Ghislaine Schoeller
Lady Jane

Ghislaine Schoeller

Lady Jane

Aus dem Französischen von
Theda Krohm-Linke

Gustav Lübbe Verlag

Titel der Originalausgabe: Lady Jane

Aus dem Französischen von Theda Krohm-Linke
Schutzumschlag: Manfred Peters, Bergisch Gladbach unter
Verwendung eines Fotos des Ölgemäldes »Lady Jane
Ellenborough« von Joseph Karl Stieler, 1831 aus der Schön-
heiten-Galerie Ludwig I. Schloß Nymphenburg, München
Satz: ICS Communikations-Service GmbH, Bergisch Gladbach
Druck und Bindung: May & Co, Darmstadt

Printed in West Germany
ISBN 3-7857-0471-2

Für Guy

Versuche nie, den Wind zurückzuhalten,
Auch wenn er bläst, wie dein Verlangen will.
Scheint auch das Schicksal dir geneigt zu sein,
Verlasse dennoch niemals deinen Weg.

Hafiz

Erster Teil

1

Durch das offene Fenster strahlte die Mittagssonne, mit dem leichten Sommerwind strömte der Duft von frisch geschnittenem Gras und Pfeifensträuchern herein.

Jane hielt es nicht mehr aus. Draußen war es so schön – und sie saß hier, eingesperrt in einem Schloßturm! Nur Musik, Zeichnen und Sprachen machten ihr Freude. Verstohlen warf sie einen Blick auf die Sonnenuhr an der Wand gegenüber dem Fenster. Es war fast Mittag! Heute übertrieb es Mr. Payne wirklich! Sobald der Schatten auf die Elf fiel, durften sie gewöhnlich spielen gehen. An der heutigen Verspätung war nur William Anson schuld. Dieser Dummkopf von einem Cousin hatte gestern nicht gelernt, so sehr hatte ihn die Aussicht auf das Fest aufgeregt. Wieder einmal sollte ›Coke's Clipping‹ das Ereignis des Monates Juli sein: Auf dem ganzen Gut wurden die Schafe geschoren, und von überallher kamen Besucher, um dem Schauspiel beizuwohnen. Aber das war schließlich kein Grund, die Hausaufgaben nicht zu machen.

Jane rutschte unruhig auf ihrem Stuhl hin und her. Mr. Payne hustete.

»Sind Sie soweit, William? Würden Sie die Freundlichkeit besitzen, mir vorzutragen, was Sie behalten haben? Falls Sie sich doch einmal dazu überwinden konnten, sich zu konzentrieren?« Die Schüler lachten. William erhob sich sichtlich verdrossen und trug zu Janes Erleichterung flüssig in einem Zug seine Aufgabe vor.

»Sie können jetzt gehen. Heute gibt es keine Strafaufgaben. Na denn los...«

Ein gedämpftes Stühlescharren folgte Mr. Paynes Worten. Jane drehte sich zu Anne um.

»Schnell! Laufen wir zu den Ställen hinüber, uns bleibt gerade noch Zeit auszureiten.«

Anne Keppel hatte vor kurzem ihre Mutter, Lady Albemarle, verloren. Thomas William Coke, der Besitzer von Holkham Hall, hatte sie aufgenommen. Er war ihr Patenonkel, und er hatte es für gut befunden, daß sein Mündel zu ihm zog. Im Schloß wohnten bereits Kinder der Digbys und der Ansons, auf eins mehr oder weniger kam es da nicht an. Holkham Hall war schließlich groß genug.

Mit einem verstohlenen Blick vergewisserte sich Jane, daß niemand sie beobachtete, dann kletterte sie auf das Treppengeländer und rutschte mit fliegendem Rock zum Erdgeschoß hinunter. Unten erwartete sie der Majordomus. Vorwurfsvoll sagte er: »Aber … gnädiges Fräulein … so schauen Sie doch, Sie haben ihr Kleid schmutzig gemacht! Ich werde es Miss Steele melden müssen.«

»Ich flehe Sie an, sagen Sie nichts! Ich verspreche Ihnen, daß ich es nie wieder tue!«

Jane zog ein tiefbetrübtes Gesicht, drückte Ridder einen Kuß auf die Stirn, wirbelte einmal herum und lief davon. Jeder in Holkham Hall war verzaubert vom Charme der ältesten der Digby-Kinder. Jane war zwölf Jahre alt. Sie war das intelligenteste und hübscheste aller kleinen Mädchen in der Grafschaft Norfolk. In ihren großen blauen Augen tanzten malvenfarbene Lichter, und wenn sie lächelte, blitzten kleine weiße Zähne, regelmäßig wie Perlen auf einer Schnur hinter ihren schön gezeichneten Lippen hervor. Ihr ausdrucksvolles Gesicht, dessen Umrisse ein vollendet ebenmäßiges Oval bildeten, verriet eine starke Vitalität, während aus jeder ihrer Bewegungen eine unvergleichliche Anmut sprach. Am bezauberndsten jedoch war ihr seidenweiches Haar, das in goldenen Wellen bis zu den Knien hinunterfiel. Jane war ein liebenswertes Kind, und sie hatte alle die Eigenschaften, die eigentlich ihre Brüder hätten besitzen sollen. Ihre Waghalsigkeit und ihre spontanen Einfälle gaben immer wieder Anlaß zu ernstem Tadel. Miss Steele, die Gouvernante, wiederholte bei jeder Gelegenheit, wie schwierig es für sie sei, aus diesem allzu lebhaften Kind ein wohlerzogenes junges Mädchen zu machen. Sie liebte Jane leidenschaftlich, aber gerade deswegen machte sie es sich zur Pflicht, sie beim kleinsten Anlaß auszuschelten und, wenn nötig, zu bestrafen.

Miss Steele hatte ihre Stellung vor zwei Jahren angetreten, und sie kümmerte sich auch um Edward und Kenelm, die zwei und vier Jahre jünger waren als ihre Schwester. Sie wachte über sie, als handelte es sich um ihre eigenen Kinder, mit jener sehr englischen Zurückhaltung, die typisch für sie war. Nur Jane hatte keine Angst vor ihr. Sie hatte entdeckt, daß ihre Erzieherin im Grunde nicht besonders klug war. Aber da sie keine andere Wahl hatte, fand sie sich damit ab. Im Grunde mochte sie sie sogar ganz gern.

Eben jetzt erschien Steely unter dem Portal. »Wohin laufen Sie so schnell und ganz allein? Wo sind die anderen?«

Jane blieb abrupt stehen.

»Anne ist zu Tante Eliza gegangen. Edward und Kenelm sind im Spielzimmer und meine Vettern bei den Schafen. Und ich...«, sie zögerte einen Augenblick, »ich will auch dorthin. Ich will noch vor ihnen ankommen.«

»Sie werden zu spät zum Mittagessen kommen!« »Nein, nein, ich bin sofort wieder zurück!« Das junge Mädchen lief die Freitreppe hinunter. Draußen sangen die Vögel, und die Kronen der Bäume wogten im heißen Dunst. Jenseits der Gärten und Felder lag das Meer, auf dem heute kein Schiff zu sehen war.

Wenn ich doch nur dahin laufen könnte, bis zu dieser Linie am Horizont, dachte Jane. Was mag da draußen nur vor sich gehen? Es sieht alles so friedlich aus. Großvater hat uns verboten, das Gut zu verlassen, aber vom Meer hat er nichts gesagt...

Sie sah Johnny bei den Ställen stehen und wußte, daß er auf sie gewartet hatte. Wie sie war er auf dem Gut geboren. Er war nur wenige Monate älter als sie, und sie waren zusammen aufgewachsen.

Mittchell, sein Vater, war einer der Verwalter von Holkham. Johnny war als Reitknecht angestellt, und er folgte blind allen Einfällen Janes, konnte ihr nichts abschlagen. Wenn sie ihre blonden Locken schüttelte, wie nur sie es konnte, und ihn dabei ansah, war er stumm vor Bewunderung.

Die Äste bewegten sich leicht im Wind. Johnny sah sie schon von weitem. War das Leben nicht schön? Heute früh hatte er ein Reihernest entdeckt, das erste, das er je auf dem Gut gesehen hatte. Auch dabei hatte er gleich an sie gedacht: Sie liebte alle Tiere, und gewiß wäre sie begeistert, daß schon wieder eine neue Tierart am Ufer des Weihers von Holkham siedelte.

Schon seit einigen Monaten war Johnny aufgefallen, wie sehr Jane ihren Vetter William Coke bewunderte, und das machte ihn sehr eifersüchtig. William war zehn Jahre älter als er, ein gutaussehender junger Mann, äußerst selbstsicher, spöttisch und ehrgeizig. Seine Gedanken kreisten nur um die Armee, der er aber als präsumtiver Erbe nicht beitreten konnte. So mußte er sich in einer Zeit, in der andere junge Männer seines Alters gegen Napoleon kämpften, damit trösten, sich die großartigen Heldentaten, die er vollbringen wollte, in Gedanken auszumalen. Er war ein wunderbarer Reiter und legte Mädchen gegenüber eine Verachtung an den Tag, die Jane nur schwer ertragen konnte. Um seine Aufmerksamkeit zu erregen, versuchte sie, ihm auf ihrem Pony in gestrecktem Galopp durch die Alleen des Parkes zu folgen. Warum gelang es ihr bloß nicht? Johnny war ganz bekümmert über diese Angelegenheit.

Jane lief auf ihn zu. Wie schön sie war, so frisch, so ungeduldig. Er hätte es ihr gern gesagt. Der Himmel war so blau wie ihr Kleid.

»Komm, Johnny, laß uns schnell losreiten, wir wollen uns die Vorbereitungen für das Fest anschauen.«

»Warte, ich muß dir erst noch eine Überraschung zeigen. Ich bin der einzige, der davon weiß«, sagte er stolz. »Für die Schafe haben wir heute nachmittag noch Zeit genug.«

Sie sprangen über das Gatter und ritten eine lange Platanenallee entlang. Als sie sicher sein konnten, daß sie niemand mehr beobachtete, galoppierten sie bis zum Weiher.

Die Sonne stand im Zenit. Über einer Seerose flirrte eine Libelle. Schweigend drangen die Kinder durch das Schilf. »Still, beweg dich nicht, hier ist es«, sagte Johnny und zeigte auf die kleine Insel. »Komm, ich habe hier ein Boot für uns versteckt. Steig vorsichtig ein und mach keinen Lärm.«

Das Nest war voller schlafender Küken. Wahrscheinlich war die Mutter auf Nahrungssuche.

»Sie sind hinreißend, wir wollen ihnen etwas zu essen geben«, sagte Jane gerührt.

Sie leerten ein Gefäß und suchten nach Würmern. Von weitem läutete eine Glocke.

»Mein Gott, ich werde zu spät kommen! Das ist wirklich nicht gerecht... Du hast es viel besser als ich, deine Eltern warten nie auf dich... Du bist wenigstens frei, brauchst nicht einmal stundenlang zu lernen. Du kannst bei den Pferden schlafen, wenn du willst, und keiner kann dich daran hindern...« Jane hatte sich in Zorn geredet, und das stand ihr gut. Johnny betrachtete seine geflickten, schmutzigen Hosen. Janes hübsches blaues Kleid sah im Augenblick nicht viel besser aus. Was war das nur für ein dummer Einfall gewesen, sie hierher zu bringen. Nun war sie schmutzig, und sie hatte keine Zeit mehr, sich umzuziehen. Die Glocke erklang zum zweiten Mal, es war schon zu spät, als daß sie noch rechtzeitig kommen konnte. Sie stürzten zum Boot, ruderten ans Ufer und galoppierten zum Schloß. Jane sprang hastig von ihrem Pony, warf die Zügel ihrem Freund zu und rannte, vier Stufen auf einmal nehmend, die Treppe hinauf.

»Wirklich, gnädiges Fräulein, man kann Ihnen kein Vertrauen schenken. Alle haben nach Ihnen gesucht. Gehen Sie sofort auf Ihr Zimmer... Und ziehen Sie sich ein sauberes Kleid an.«

Steelys Gesicht verhieß nichts Gutes. Jane gehorchte wortlos; es war besser, das Gewitter über sich ergehen zu lassen. Wer weiß, dachte sie! Am Ende sperren sie mich noch in den Wandschrank, der eigentlich den Jungen vorbehalten ist. Diese Demütigung könnte ich nicht ertragen!

Der Schlüssel wurde im Schloß herumgedreht, die Schritte entfernten sich.

Mißmutig – eigentlich war die Strafe nicht besonders hart ausgefallen, aber Jane haßte jede Art von Zwang – ließ sie ihre Blicke über die Wände ihres Zimmers wandern. Draußen war alles so einfach. Ihre drei Vettern, Thomas, Fanny und William Anson, warteten beim Pachthof auf sie und würden sich jetzt ohne sie vergnügen.

»Zum Konzert werden sie mich auf jeden Fall holen müssen.«

Sie warf sich auf das Bett, holte ihren klebrigen Vorrat an Geleefrüchten aus einem Korb und knabberte daran. Sie dachte an Dobson, die Köchin, die sie jeden Morgen besuchte, und sie trauerte ihrem Lieblingspudding nach. Vielleicht würde sie ihr etwas aufheben? Jane griff nach ihrem Schatzkästchen und öffnete es. Darin lagen ein paar treffende Karikaturen von Mr. Payne, die ihn sehr ärgern würden, wenn er sie je zu Gesicht bekäme. Ein paar Zinnsoldaten, die für Johnny bestimmt waren. Und ihre Lieblingspuppe, die sonst keiner sehen durfte und der sie jeden Abend ihre Geheimnisse anvertraute...

Sie mußte sich jetzt umziehen und schön machen. Jane nahm sich fest vor, immer heiter und freundlich zu sein, jede Nacht etwas Schönes zu träumen, und kam zu dem Schluß, daß es am besten sei, Steely und Mr. Payne gern zu haben. Ihr Leben erschien ihr nun schon nicht mehr ganz so schwierig.

Die Sonne war zu einer roten Scheibe geworden. Bald würde sie im Meer versinken. Ihre letzten Strahlen fielen auf den Steinobelisken, den sie von ihrem Fenster aus sehen konnte, und der nun leuchtete wie ein feuriges Schwert. Die Äste der Zedern wiegten sich leicht im Abendwind. Der Reiher war wahrscheinlich wieder in seinem Nest. Aus dem Zimmer nebenan drang das Lachen ihrer Brüder.

Endlich öffnete sich die Tür, und die Gouvernante erschien, in der Hand ein Tablett.

»Sie sind jetzt wieder frei. Sie können zu den anderen in den großen Salon zum Konzert gehen. Ich hoffe, Sie haben Ihren Fehler eingesehen und werden in Zukunft pünktlich sein. Jane, ich rede mit Ihnen. Schauen Sie mich wenigstens an!« Jane, die auf ihre Schuhspitzen gestarrt hatte, hob den Kopf und bemühte sich, ein betroffenes Gesicht zu machen. Wirklich, Steely begriff gar nichts. Sie sprach nur immer von »Bravsein« und »Gehorsam«. Hatte sie jemals in ihrem Leben ein Reihernest gesehen? Oder der Stimme des Windes gelauscht? Der Stallgeruch war ihr unangenehm. Was hatte ihre Mutter sich nur dabei gedacht, als sie sie kommen ließ? Vorher hatte Jane sich frei gefühlt, sie konnte auf Bäume klettern und spazierengehen, wann es ihr beliebte, sie konnte träumen …

Holkham war ein sehr großes Gut. Außer dem Park mit den alten Bäumen, den Capability Brown neu angelegt hatte, gab es noch verschiedene ›Baulichkeiten‹ – einen kleinen Tempel, den Obelisken, Ruinen … – die Kapelle, Lustgärten und einen Gemüsegarten, in denen ein Heer von Gärtnern beschäftigt war, und dann die Ställe mit den großen Boxen, in denen die prächtigsten Pferde der Grafschaft standen. Die Nebengebäude, die Scheunen und die Pachthöfe hatte ihr Großvater gebaut, der sich, wenn es nötig war, nicht scheute, selbst mit anzupacken. Jenseits des Weihers erstreckten sich Felder und Wiesen.

Die Tage waren niemals lang genug für Jane. Manchmal nahm Evans, der alte Fischer, sie mit, wenn er die Netze einholte oder am Strand Muscheln sammelte. Die meiste Zeit aber war sie mit Johnny zusammen …

Es wurde dunkel. Die Luft war sanft und lau. Der Abendwind hatte sich gelegt. Leise schlüpfte das junge Mädchen aus seinem Zimmer und lief den langen, von Fackeln erleuchteten Flur entlang, der zur Galerie führte. Die Ahnen, die hier an der Wand hängen, sind in ihrem Leben bestimmt nicht so brav gewesen, wie sie nun aussehen, dachte sie bei sich.

Vor dem Porträt ihres Großvaters blieb sie stehen. Thomas Gainsborough hatte ihn gemalt, stehend, mit dem Jagdgewehr in der Hand und drei Spaniels, die zu seinen Füßen lagen. Im Jahr 1782 hatte Thomas Coke bei König Georg III. vorgesprochen, um ihm die ›Denkschrift‹ der Grafschaft Norfolk zu überreichen, die die Unabhängigkeit der amerikanischen Kolonien anerkannte. Er war in Jagdkleidung zum König gekommen, mit hohen Stiefeln und breitkrempigem Hut … ein Privileg, das er in der Folgezeit behielt.* Thomas William Coke hatte wirklich eine stolze Haltung, und daran hatten auch die Jahre nicht allzu viel geändert. Sie liebte ihn sehr, und nicht

* Das Gemälde von Gainsborough befindet sich noch heute auf Schloß Holkham.

nur deshalb, weil er einer der wenigen war, der sie immer verteidigte.

Neben Tom Coke hing das Bild von Lady Digby, ihrer Mutter, das John Hoppner kurz vor ihrer ersten Heirat gemalt hatte. Es überstieg Janes Begriffsvermögen, daß die Leute sie manchmal immer noch ›Lady Andover‹ nannten. Es gab so viele Geheimnisse, die sie aufklären mußte, und sie war es leid, daß sie auf ihre Fragen immer nur die Antwort bekam: »Stecken Sie Ihre Nase nicht in Dinge, die Sie nichts angehen!« Sie fand ihre Mutter hinreißend schön mit ihrem weißen Musselinschal. Der Prinz von Wales hatte auf die Frage, wer seiner Meinung nach die schönste Frau des Königreiches sei, ohne Zögern geantwortet: »Lady Andover.« Seit dem Tod der Großmutter vor neunzehn Jahren lag die Leitung des Hauses in ihren Händen, und alle, sogar der Admiral, der Held von Trafalgar, hörten seither auf sie und richteten sich nach ihren Anweisungen. Tante Eliza, ihre jüngere Schwester, hatte ihr den Beinamen ›Madre‹ gegeben.

Zweifellos bedurfte es einer starken Persönlichkeit, um einen Besitz wie Holkham Hall, den schönsten in der ganzen Grafschaft, zu führen. 1734 erbaut von William Kent, einem Maler, Bildhauer, Architekten und Gartengestalter, der auch den Kensington-Palast und die Horse Guards in London entworfen hat, umfaßte er zwanzigtausend Hektar. Aber da waren nicht nur die Ländereien. Das Schloß war riesengroß mit unzähligen Empfangssälen, Wintergärten und Zimmern... Die Halle, ein riesiger Tempel mit Marmorsäulen und getäfelten Decken, öffnete sich auf ein großes Portal mit kannelierten Säulen, die den Giebel trugen.

Der majestätische Eindruck, den das Schloß vermittelte, ließ einen vergessen, wie einsam es in dieser öden Landschaft an der Nordsee lag. Holkham war der Stammsitz einer Familie, die zu den ältesten im Lande zählte. Und Janes Großvater begab sich trotz seiner siebenundsechzig Jahre noch immer regelmäßig nach London, um an den Sitzungen des Unterhauses teilzunehmen. Jane überlegte, daß sie ihn mit ein wenig Glück allein in seinem Arbeitszimmer antreffen könnte. Sie klopfte vorsichtig an die Tür. Keine Antwort. Sie öffnete die Tür einen Spalt und sah hinein, aber es war niemand darin.

»Vielleicht ist er im großen Salon...«

Die Unterhaltung stockte. Jane machte einen Knicks, ging weiter und setzte sich neben ihren Vater.

Admiral Digby hatte eine Schwäche für seine Tochter. Mit fünfzehn Jahren war er der Royal Navy beigetreten und sehr schnell Kapitän einer kleinen Fregatte, der *Aurora*, geworden. Gemeinsam mit seiner Mannschaft hatte er fünfundzwanzig feindliche Schiffe versenkt. Aber seine damaligen Prisen, die allerdings schon außergewöhnlich waren, –774 Männer und 240 Kanonen,– waren nichts im Vergleich zu der Beute, die er machte, als er später die *Alkmene* befehligte.

Von allen Geschichten, die Jane über ihren Vater gehört hatte, mochte sie die folgende am liebsten: Er war eines Nachts von einer Stimme geweckt worden, die »Digby…, Digby…« rief und ihm befahl, nach Norden zu segeln. Er hatte sich gefragt, ob es ein Traum sei oder ob er Gespenster sehe, aber da er nicht wieder einschlafen konnte, hatte er schließlich den Kurs gewechselt und kurz darauf eine riesige Galeone, beladen mit Gewürzen und Gold, aufbringen können.

Während der Schlacht von Trafalgar kommandierte er die *Afrika*. Einer Intuition folgend hatte er beigedreht, und plötzlich befand er sich mitten unter der französischen Flotte, die sich vollkommen überrascht sofort ergab. Obwohl diese mutige Heldentat eher dem Zufall entsprang, sicherte sie ihm die Bewunderung des Parlaments.

Jane hatte sogar gehört, er sei nach Nelson der berühmteste Seefahrer Englands. Mit dreißig Jahren hatte er bereits ein beachtliches Vermögen erworben und lebte auf großem Fuß. Glücklich allerdings war der Admiral nur auf dem Meer. Zu Hause war er streng und schweigsam und lebte nur auf, wenn er vor seiner gebannt lauschenden Tochter seine Abenteuer ausbreiten konnte.*

»Kleine Närrin! Du versuchst schon wieder, dich bei mir einzuschmeicheln! Ich habe gehört, du bist ungehorsam gewesen… Weißt

* Kurz nach der Geburt Janes, 1807, wurde Henry Digby zum Ritter geschlagen und zum Admiral ernannt.

du, mein Liebling, was man mit widerspenstigen Matrosen macht?«

»Ich weiß, Vater, aber es war so schön draußen. Ich habe gar nicht mehr an die Zeit gedacht. Ich war am Ufer des Weihers und...«

»Jedesmal die gleiche Geschichte! Wenn es nicht in den Ställen war, dann im Park oder am Hundezwinger... Ich habe auch gehört, daß du bei Tisch mehr herumzappelst als deine Brüder und Vettern zusammen. Aber da du deine Strafe schon bekommen hast, reden wir nicht mehr darüber.«

In gewisser Weise bewunderte der Admiral seine Tochter sogar. Sicher, Jane war stürmisch und ein anstrengender Wildfang, aber langweilig war sie bestimmt nicht. Hätten doch ihre Brüder Edward und Kenelm nur etwas von ihrer Vitalität! Sie machten nie auch nur den geringsten Ärger. Wie sollten aus diesen viel zu braven Jungen jemals furchtlose Kapitäne werden?

Jane hörte aufmerksam der Unterhaltung zu und beschloß, näher zu ihrem Großvater zu rücken. Gemeinsam mit Lady Digby unterhielt er sich mit den Gästen.

Cedric Heinley sprach von den öffentlichen Versammlungen in den Städten im Norden und in den Midlands; dann wandten sich die Männer der Aufhebung der Korngesetze zu, und schließlich kritisierten sie die Parlamentsreform. Jane hatte sie schon oft über diese Themen diskutieren hören, aber sie wußte immer noch nicht, worum es eigentlich ging.

Sie erhob sich und steckte eine Blume zurück, die aus einer großen Sèvres-Vase zu fallen drohte. Zu dieser Tageszeit verdeckten rote Seidenvorhänge die Fenster. Die Alabastersäulen schienen noch höher als sonst. Die Gemälde von Tizian, Raffael, van Dyke und Veronese, die nebeneinander an der Wand hingen, und auch der Holbein, der auf einer Staffelei stand, schienen lebendig zu werden; die Spiegel reflektierten den warmen Schein der Kerzen, in ihrem Glanz wurde alles weich, noch vertrauter und kostbarer.

An manchen Abenden fand ihr Vater Gefallen daran, seine »Schatzkammer« vor ihr auszubreiten. Und jedesmal war sie aufs neue bezaubert von der Herkunft und der Geschichte der Bilder, die ihr so nach und nach vertraut wurden. Die Ansons betraten den

Raum. Tante Ann Margareth hatte mit fünfzehn Jahren Viscount Thomas Anson geheiratet, und inzwischen hatten sie schon elf Kinder. Die Älteste, Anne, war genauso alt wie Tante Eliza, ein recht seltenes Kuriosum, das lange Zeit der bevorzugte Gesprächsstoff in den Londoner Salons gewesen war. Dann kamen George und Henry Anson und William Coke. Thomas William Coke, der nur Töchter gehabt hatte, – Jane Elisabeth, Ann Margareth und Eliza – hatte ihn zu seinem Erben gemacht und es sich seitdem in den Kopf gesetzt, ihn mit Anne Keppel zu verheiraten. Im Augenblick allerdings spielte das junge Mädchen mit seinem Malteser-Hündchen und schien den ihr zugedachten Gatten noch nicht einmal wahrzunehmen. »Guten Tag, William. Wissen Sie, ich habe erstaunliche Fortschritte gemacht, und bald können Sie mich in die Heide mitnehmen«, sagte Jane mit ungewohnter Stimme, die schon nicht mehr ganz kindlich klang.

»Wahrhaftig? Das würde ich gerne sehen, Fräulein Tausendsassa. Sehen Sie, ich glaube nicht, daß Pferde etwas für Damen sind, und schon gar nicht für junge Mädchen in Ihrem Alter. Sie sollten statt dessen lieber zeichnen – ich habe mir sagen lassen, Sie seien recht begabt.«

»Wie anmaßend! Er ist wirklich widerwärtig! Aber ich werde mich schon noch rächen«, flüsterte Jane ihrem Vater zu.

»Das ist aber ein häßlicher Gedanke«, flüsterte dieser zurück. »Ich reite nun schon seit einer Ewigkeit, Vater. Sie haben immer zu mir gesagt, ich sei auf dem Pferd geboren. Wann kaufen Sie mir endlich ein eigenes Pferd?«

»Wenn du brav bist. Und dann mußt du auch noch ein bißchen größer werden.«

Jane zuckte verärgert die Schultern. ›Groß werden‹, das war das Lieblingswort der Erwachsenen.

»Aber Vater, Sie haben doch die Striche an der Wand des Kinderzimmers gesehen. Ich bin in den letzten Monaten mindestens drei Zentimeter gewachsen. Ich bin schon einen ganzen Kopf größer als Edward.«

Das Konzert sollte gleich anfangen. Kurz zuvor war noch Steely mit den beiden Jungen hereingekommen. Die Kinder schlossen sich der kleinen Gruppe an, die dem Musiksalon zustrebte.

Heute war der letzte Abend vor dem Fest. Jane und Anne setzten sich auf einen Hocker vor dem Klavier – sie wollten vierhändig spielen. Hinter ihnen standen George, William und Henry, die sie auf der Geige, und Fanny, die sie auf der Flöte begleiten sollten. Miss Jane Steel, die Schwester von Steely, die als Musiklehrerin für die Kinder eingestellt worden war, stand vor ihnen und übernahm die Rolle des Dirigenten. Die beiden Digby-Brüder sollten mit Wasserpfeifen trillern. Das Symphonieorchester war zwar nicht sehr groß, aber was machte das schon!

Eins, zwei, drei!

Die Finger liefen über die Klaviertasten, die Bögen glitten über die Saiten. Ein wenig unsauber, aber doch leicht und beschwingt klangen die Noten Haydns durch den Raum. Jane vergaß den im Zimmer verbrachten Nachmittag, sie fühlte sich unbeschwert, glücklich und ungeduldig. Der Duft des Rosenstraußes auf dem Klavier berauschte sie; sie atmete ihn tief ein und schloß die Augen. Die Musik kam ganz von allein, manchmal war das Leben so einfach.

Als alle Beifall klatschten, suchte sie den Blick ihrer Mutter. Lady Digby lächelte.

»Bravo, Kinder, ihr habt sehr schön gespielt. Jetzt geht schnell zu Bett und vergeßt nicht euer Gebet. Morgen ist ein anstrengender Tag«, sagte sie mit fester Stimme.

In ihrem Bett, ihre Puppe fest an sich gedrückt, versuchte Jane sich den morgigen Tag vorzustellen. Aber noch ehe sie alle Schafe zählen konnte, war sie eingeschlafen.

2

Es gab zwei ganz unterschiedliche Welten auf Holkham Hall. Auf der einen Seite stand Thomas William Coke, der Herr über Ländereien und seine Familie, und auf der anderen Seite war die Dienerschaft, die eine zahlenmäßig viel größere Gruppe bildete. Die einen wie die anderen lebten nach einem genau festgelegten Protokoll, wobei das der Diener noch strenger war als das der Herren.

Tom Coke genoß in der Grafschaft großes Ansehen als Landwirt: Zum einen, weil es ihm gelungen war, durch eine kluge Fruchtfolge die Erträge der früher eher schlechten Böden seines Gutes erheblich zu steigern; und zum anderen, weil er bedeutende Erfolge in der Tierzucht erzielt hatte.

Zur Feier seiner im ganzen Land berühmten Züchtungen fand jedes Jahr das ›Coke's Clipping‹ statt. Von überallher reisten Besucher in der Postkutsche an, sogar Züchter aus dem äußersten Norden Europas kamen zu diesem Ereignis. Die umliegenden Gasthäuser waren voll belegt, bis nach Norwich war kein Zimmer mehr zu bekommen.

Seit einer Woche schon hatten die Dienerschaft, die Haushofmeister und die Knechte ohne Pause gearbeitet.

Für das Empfangsessen hatte man riesige Tischplatten auf Böcken aufgebaut, und in den Ställen warteten Landauer und Kabrioletts auf ihre Herren.

Alles war blitzblank und erinnerte an einen Kupferstich, der »Das kleine Trianon« darstellte. Ein Duft von Sauberkeit lag in der Luft, und die Frauen konnten ohne Angst, ihre Schuhe zu beschmutzen, spazierengehen. Überall flatterten Fahnen, die die Gäste willkommen hießen.

Die Wolle, die seit dem Mittelalter hauptsächlich nach Flandern ausgeführt wurde, hatte die Schafherden des Landes berühmt gemacht. Im 14. Jahrhundert hatten sich flämische Weber in Norwich rund um den mächtigen normannischen Festungsturm herum angesiedelt. Sie hatten zur Entwicklung des Kammgarnhandels beigetragen und aus der Gegend ein bedeutendes Wollzentrum gemacht. Inzwischen versorgte der große Schafmarkt allein einen Teil der englischen Webereien. Coke war einer der größten Züchter: Seine Herde zählte mehrere tausend Schafe, die auf seine sechs Besitztümer in der Grafschaft verteilt waren. Keines davon war so groß wie Holkham, aber jedes hatte doch zumindest sein Herrenhaus und seine Nebengebäude. Die Cokes besaßen auch noch andere Ländereien in Suffolk, Hertfordshire und Berkshire, und die Tiere dort stellten eine persönliche Vorauswahl dar… Aber die Endauswahl fand hier im Salzsumpfgebiet statt. ›König Tom‹ – so lautete der Spitzname von Thomas William Coke – hatte es als erster gewagt, bestimmte Rassen zu kreuzen. Dabei war es ihm gelungen, mit Hilfe des berühmten Bakewell eine besonders widerstandsfähige Rasse mit dichtem Fell und weißem, behaartem Kopf zu züchten, die unter dem Namen »Leicesterschaf« bekannt wurde.

In den Ställen der Musterschäfereien waren auf der einen Seite die Böcke und auf der anderen die Mutterschafe untergebracht. Die Lämmer in ihren Gehegen waren die Lieblinge der Frauen und Kinder.

Die schönsten Tiere, die zur Feier des Tages mit Bändern geschmückt waren, wurden von den Knechten festgehalten. Kleine Gruppen hatten sich gebildet, die die »Border Leicester« bewunderten, große weiße Schafe mit charakteristischen Ohren, gebogenem Kopf und schwarzer Nase, die etwas abseits von den anderen in einem gesonderten Pferch standen.

König Tom erklärte den Anwesenden seine neuen Methoden. Eigentlich hatte die Schafschur schon ein paar Tage früher begonnen, und die Gutsknechte verlängerten ihre Arbeit nur zu Schauzwecken. Ein Teil der Wolle, die schon gewaschen, in Bündel verschnürt und fertig zum Transport war, wartete nur auf die Agenten, die am nächsten Tag hier eintreffen und ihre Käufe tätigen würden.

Jane, umgeben von ihren Altersgenossen, verspürte einen gewissen Stolz. Sie sah sehr hübsch aus in ihrem dekolletierten Kleid aus weißer Baumwolle, das in der Taille von einer breiten blauen Schärpe gehalten wurde, und mit ihren langen Haaren, in denen sie ein Band der gleichen Farbe trug, und allmählich wurde sie sich dessen vielleicht auch bewußt. Sie zog ihre Gäste mit sich in ein Nebengebäude, um ihnen die Wolle zu zeigen, die auf großen Leinentüchern zum Trocknen ausgebreitet war.

In der Molkerei dann, in der glänzende Kupferkannen hingen, bot sie ihren Gefährten kleine runde, frische Käse an – die Angestellten sahen ein ganzes Blech davon verschwinden, ohne daß sie es wagten, Einspruch zu erheben.

Später, am frühen Nachmittag, versammelten sich alle auf dem Rasen um das Schloß. An den untersten Ästen der Bäume waren riesige Planen befestigt, die die Allee von einem Ende zum anderen wie ein Zelthimmel überspannten. Sonnenstrahlen spielten auf der Leinwand und schufen schattige und lichte Bereiche. Unter dem Zelt war das Essen auf großen Tafeln aufgebaut. An einem Grill drehten sich Geflügel und Lämmer. Jedes Familienmitglied saß einem Tisch vor. Geschäftig eilten Diener und Mägde hin und her und schenkten aus großen Krügen Bier aus.

Auf einer Behelfsbühne hatte ein Orchester aus Cromer Platz genommen. Bratschen, Geigen und Dudelsäcke spielten abwechselnd feurige Giguen, Quadrillen und Cotillons. Die Bewohner der Ortschaften und der umliegenden Häuser nahmen in ihren Festtagskleidern an den Vergnügungen teil.

König Tom eröffnete den Ball mit seiner Tochter Lady Digby. Trotz seiner siebenundsechzig Jahre tanzte er so flott wie ein junger Mann; er schwang seine Beine mit unnachahmlicher Eleganz, und alle wollten es dem unwiderstehlichen Paar gleichtun. Um sechs Uhr abends spielten die Musiker immer noch. Der Hausherr gab das Zeichen zum Aufbruch, indem er mit ungefähr dreißig auserwählten Freunden den Festplatz verließ. Jane und ihre Vettern stürzten ihnen nach, während die Gäste ihren Zimmern zustrebten.

Eine Stunde später begann das Konzert im Musiksalon, der zum Bersten voll war. Der Kerzenschein brach sich in den Lüstern. Livrierte Lakaien mit Fackeln in der Hand säumten den Gang zum großen Sommerspeisesaal. Die Tischdekoration, die unter Anleitung Ridders, einem Meister seines Faches, entstanden war, schien einem Märchen entsprungen. Früchte und große Blumengestecke, funkelnde Gedecke, Kerzen, ein Dekor, in dem Wirklichkeit und Traumwelt miteinander verschmolzen. Einen Augenblick lang spürte jeder, daß erst das Vergängliche die Vorstellung von der Ewigkeit schafft.

Jane durfte heute zum ersten Mal am großen Diner teilnehmen. Sie war von allem so hingerissen, so ausgelassen fröhlich, daß es erst eines erzürnten Blicks ihres Vaters bedurfte, bevor sie begriff, daß man ihre Anwesenheit nur unter der Voraussetzung geduldet hatte, daß sie sich still verhielt.

Nach dem Abendessen machte sie ihren Knicks und lief auf ihr Zimmer. Unten ging das Fest weiter. Jane setzte sich vor den Spiegel und löste ihr Haar, das für ihr schmales Gesicht beinahe zu schwer war.

Meine Haare sind wie ich, sie lieben die Freiheit. Warum kann ich mich nicht so vergnügen wie die anderen?

Zum ersten Mal betrachtete sie ihren Körper mit seinen erwachenden Formen, lauschte auf das Gelächter, das vom Rasen zu ihr hinaufdrang. Sie stellte sich ihren Großvater vor, wie er mit einigen Freunden in die Bibliothek ging, damit sie das *Libro della natura* mit den Zeichnungen von Leonardo da Vinci oder das *Dekameron* von Boccaccio, das Crivello für Alberto d'Este illustriert hatte, bewundern konnten. Tom Coke zeigte seine kostbaren Manuskripte nur ganz selten, und dann auch nur Kennern...

Jane stützte sich mit den Ellenbogen auf das Fensterbrett und betrachtete den aufgehenden Mond, dessen Licht nun auf fernen Wolken schwebend durch die dichten Kronen der Eichen drang. Im Schein der gelben Laternen, die hier und dort nahe den Bäumen aufgehängt waren, blitzten flüchtige Formen auf, die im Klang der Musik wie Schmetterlinge durch die Nacht wirbelten. Sie kannte jeden einzelnen Baum, jede Zeder hatte ihre eigene Geschichte. Die zweite von links beherbergte in ihrer mächtigen Krone Turteltauben, die regelmäßig dort nisteten. In der fünften hauste nachts der Geist der weißen Dame; manchmal konnte man sie klagen hören. Auf den dicken Wurzeln, die aus dem Boden ragten, wuchsen wie Korallenäste kleine Pilze. Dort baute Jane mit Vorliebe winzige Häuser für die Kobolde, die diesen Ort häufig besuchten. Aber unter dem ersten Baum, dicht bei den Rhododendronbüschen, die im Mondlicht dalagen wie eine unförmige violette Masse, hatte Henry Digby, wie jeder wußte, Lady Andover gefragt, ob sie seine Frau werden wollte. Wie wird es sein, wenn ich mit William dort unter dem letzten Baum stehen werde, wenn er mir die Hand küßt und mich fragt, ob ich mein Leben mit ihm teilen möchte, dachte Jane.

Tief atmete sie die laue Luft ein. Zu gern hätte sie gewußt, ob dieses leichte Beben, das dem Glück so nahe war, immer, wenn sie wollte, zu ihr zurückkäme…

3

Am ersten Mittwoch im November wurde die Jagdsaison eröffnet. Das war das große Ereignis auf Holkham, die große Leidenschaft von Tom Coke. Übrigens stand er in dem Ruf, einer der besten Schützen des ganzen Königreiches zu sein, und niemand – vorausgesetzt, er wäre überhaupt auf den Gedanken gekommen – hätte sich erlaubt, eine seiner Einladungen auszuschlagen. Zu den Stammgästen zählte, neben den Schloßherren aus der Umgebung, die der Reihe nach eingeladen wurden, auch der Herzog von Sussex, der Bruder des Regenten, und er war bei weitem der amüsanteste. Er erheiterte alle. Gewöhnlich kam er von der Jagd zurück, ohne besonders viel erlegt zu haben, doch ließ man ihn stets in dem Glauben, ihm seien einige hervorragende Treffer gelungen. Der Herzog kam nie ohne seinen Diener Zabra, einen Neger, der wie ein Türke gekleidet war. Zabra trug einen großen Turban aus safrangelber Seide und knöchellange Pumphosen – und erregte bei allen, nicht nur bei den Kindern, großes Erstaunen.

Jeden Abend, wenn sein Herr sich in sein Zimmer zurückgezogen hatte, streckte Zabra sich vor der Tür auf dem Fußboden zum Schlafen aus. Jane fand, daß ihr kleiner Hund, der in einem Korb am Fußende ihres Bettes lag, es besser getroffen hatte als der Neger. Für Zabra aber war es nur natürlich, daß er zu jeder Zeit über das Leben seines Herren wachte. Allerdings nahm er niemals an der Jagd teil; schon der kleinste Schuß versetzte ihn in Angst und Schrecken. Für die Kinder verkörperte er eine exotische Welt. Alle stürzten sie ins Dienerzimmer und bestürmten ihn mit Fragen. Zabra rollte seine großen, rastlosen Augen und erzählte ihnen von seinem Heimatland jenseits des Meeres, berichtete, wie man ihn den Seinen entrissen hatte, als er noch ein Kind war. Er erinnerte sich an bunte Vögel und an Tage voller Sonnenschein, und seine Erzählungen versetzten die unglücklichen Opfer des englischen Klimas, allen voran Jane, in eine Welt der Träume und Phantasie.

Im allgemeinen übernachteten die Gäste schon in der Nacht vor der Jagd im Schloß, denn der folgende Tag versprach anstrengend zu werden.

Früh am nächsten Morgen, nach einem reichlichen Frühstück, das auf dem riesigen Tisch im Speisezimmer serviert wurde, widmete sich jeder noch einmal sorgfältig seiner Ausrüstung. Gewehre, Pulver und Ladung wurden noch ein letztes Mal überprüft. Dann ging man hinunter in den Jagdsaal. Das war ein riesiger, mit heller Eiche getäfelter Raum im Keller, an dessen Wänden die schönsten auf dem Gut erlegten Jagdtrophäen hingen. Jeder zog Jagdkleidung an, deren stilvolle Eleganz sich stets nach der jeweiligen Wetterlage richtete. Dann versammelten sich alle im Schloßhof, Herren und Diener, Treiber und ihre Hunde, alle fiebernd vor Spannung.

Die Treiber – es waren fast hundert – brachen als erste auf, mit Wagen, die von einem geschmückten Pferd gezogen und von einem Kutscher in Livree gelenkt wurden. Ihnen folgten die sogenannten Hundewagen, auf denen sich die Meute drängte. Dann bestiegen die Jäger und die Auflader jeweils eine Art riesigen Kastenwagen, gezogen von vier braunen Pferden, die von zwei Kutschern in Galalivree gelenkt wurden.

Am Abend, wenn alle zurückkehrten, mischte Jane sich unter die Männer und betrachtete bestürzt das auf dem Rasen aufgereihte Wild.

Oft ritten die Jäger auch durch die Rübenfelder, um Rebhühner zu jagen, oder sie wateten durch die Moore und Marschen, um Sumpfschnepfen und Enten aufzubringen.

Wirklich begeistern konnte Jane sich jedoch nur für die Fuchsjagd. Sie stellte Pferd und Reiter auf eine harte Probe, weil Mauern, Gräben oder hohe, dichte Hecken aus dem Galopp heraus übersprungen werden mußten. Jane teilte die ursprüngliche Erregung, die Männer und Pferde ergriff. Der Fuchs hat immer eine Chance, sagte sie sich.

Sie war gerade vierzehn Jahre alt geworden, und ihr Vater hatte ihr ein hervorragendes Reitpferd namens Jupiter geschenkt, einen *hunter,* der speziell für die Hetzjagd geeignet war. Vor Freude ganz aus dem Häuschen lief sie immer wieder in den Stall, um mit ihm zu sprechen, ihn zu liebkosen und ihn, obwohl die Reitknechte das nicht gern sahen, mit Karotten und Zucker vollzustopfen. Manchmal durfte sie an der Jagd teilnehmen. Und was für eine Reiterin sie war! Sie hatte vor nichts Angst und übersprang Hindernisse, vor denen selbst die Mutigsten zögerten. Ihre Bewunderung für William war verflogen. Eigentlich war dies kein Sport für eine »Dame«. Die Gutsbesitzer aus der Umgebung neckten sie; sie gab höfliche, aber gereizte Antworten darauf und schwor sich, ihnen eines Tages eine gründliche Überraschung zu bereiten.

Sie mußten nicht lange darauf warten. In den vergangenen zwei Jahren war sie gewachsen und aus dem hübschen Mädchen war eine hinreißende Schönheit geworden. Ihre großen blauen Augen teilten manchmal Blicke aus, die selbst die Tugendhaftesten erbeben ließen. Ihr ein wenig zu groß geratener Mund und ihre vollen Lippen strahlten eine Sinnlichkeit aus, deren sie sich kaum noch bewußt zu sein schien. Anmut und Eleganz prägten jede ihrer Bewegungen, und nicht ohne Grund nannte man sie in den Ställen ›die kleine Königin‹.

Johnny Mittchell war in sie verliebt. Er hätte es jedoch niemals gewagt, es ihr zu gestehen. Er war von Geburt her dazu bestimmt, Pferdeknecht zu sein und in der Grafschaft zu leben, aber er fühlte sich doch zu etwas anderem berufen. Jane traf sich schon seit einer ganzen Weile heimlich mit ihm. Sie hatte ihn zum Zeichnen angeregt, aber die Skizzen Janes waren in den Augen des Jungen noch etwas zu lieblich. Wenn er spaßeshalber ihre Werke miteinander verglich, mußte er sich eingestehen, daß, wie im Leben, Welten sie trennten. Johnny entwarf stürmische Landschaften, bewohnt von Gestalten, die den Wolken oder dem Meer entstiegen, um Angst und Schrecken zu verbreiten. Jane machte sich lustig darüber und sagte zu ihm, er werde noch in der Hölle enden. Dennoch hatte sie eines Tages seine Zeichnungen ihrer Mutter und Miss Steele gezeigt. Und beide fanden, der Junge sei begabt.

An einem Regentag im November hatten sie sich getroffen, um gemeinsam in einer Schäferei zu zeichnen. Die Aquarelle und Skizzenmappen Janes lagen verstreut auf dem Boden herum, die beiden führten ein hitziges Gespräch miteinander.

»Warum willst du mir nicht glauben?«

Johnny fuhr mit der Hand durch seine zerzauste Mähne und redete weiter auf seine Freundin ein:

»Ich sage dir doch, sie sind in der Nähe von Welles. Die Wagen stehen in einem kleinen Tal, gegenüber der Insel...« Jane schüttelte den Kopf.

»Ich würde schon mitgehen. Aber es kommt ganz bestimmt heraus. Stell dir nur das Drama vor, wenn mich jemand sieht! Wo ich doch jetzt mein Pferd habe, verhalte ich mich besser ruhig.« Sie stand auf, stupste ihn zärtlich und band Jupiter los. »Morgen sehen wir weiter. Ich lasse meine Sachen hier. Versteck sie in der Orangerie am üblichen Platz. Wenn ich sie brauche, komme ich sie mir holen. Wir treffen uns wieder hier.« Er sah ihr nach, wie sie über die Heide fortritt. Am Himmel zogen große Wolken. Der rote Schein des Sonnenunterganges ergoß sich in das Meer.

Er war sich sicher, daß er sie morgen wiedersehen würde. Der kleinste Hauch von Abenteuer berauschte sie; wenn sie nicht von Jupiter oder der Jagd sprach, dann erzählte sie ihm, was sie gelesen hatte, versuchte, ihm die Gemütsverfassung der Heldinnen von Jane Austen oder Lord Byron zu erklären. Er hörte zu, wie sie sich beim Lesen von Gedichten an der Schilderung von Liebe und Leidenschaft berauschte. Das war mehr, als er ertragen konnte; für ihn war diese Sprache unverständlich. Er wollte nur eines: daß sie sich seiner Gegenwart bewußt wurde, und er wußte nicht mehr, was er zu diesem Zweck noch unternehmen sollte.

Johnny nahm die Pinsel, schaute auf das Meer hinaus, das seine ewigen Wellen in die Bucht von Holkham rauschen ließ. Ein paar Möwen flogen schreiend über die Wasseroberfläche. Ihm war, als bliebe die Zeit stehen. Ja, eines Tages würde er berühmt sein, ein weithin bekannter und bedeutender Maler. Vielleicht würde man ihn sogar ins Schloß einladen, wie die Künstler, die zum Porträtmalen kamen! Doch auf eine gefällige Art könnte er nie malen, das wußte er. Er fühlte sich unverstanden, wie ausgestoßen. Wütend riß er sein Blatt heraus und warf es fort. Er sah ihm zu, wie es flog. Es segelte, leicht und schnell, wurde vom Wind hochgewirbelt; einen Augenblick lang taumelte es noch, bevor es aufs Wasser niederfiel – ein lächerlicher weißer Fetzen, der versank. Er zog eine Decke, die ihm als Mantel diente, um die Schultern, sammelte sein Material ein, warf einen beunruhigten Blick auf die Wolken, die sich am Horizont auftürmten, und ging schnell davon.

Den nächsten Tag würde sie nie im Leben vergessen. Wie vereinbart waren sie beide zu Pferd aufgebrochen, um die Künstler zu besuchen, die sich in den Ruinen der Abtei von Walsingham niedergelassen hatten. Vom Sturm überrascht, konnten sie nicht mehr ins Schloß zurückkehren und mußten schließlich in einer Scheune Zuflucht suchen. Die ganze Nacht suchte man nach ihnen.

Nein, diesen Tag würde sie niemals vergessen: weder die tränenüberströmten Gesichter ihrer Mutter und Steelys, noch den väterlichen Wutausbruch, den sie als unecht durchschaute, da der Admiral nur mühsam seine Freude, sie wiedergefunden zu haben, verhehlen konnte.

Lady Digby, noch ganz aufgewühlt, schloß sie heftig in die Arme. Die ganze Nacht hatte sie an ihre eigene Kindheit in Holkham denken müssen. Niemals wäre sie auf den Gedanken gekommen, von zu Hause wegzulaufen. Ihr Vater jedoch, bemüht seine eigene Angst niederzukämpfen, hatte sie daran erinnert, daß auch sie einmal ein schwieriges Kind gewesen war. Dann hatte Tom Coke, der in einem Sessel nahe dem Feuer saß, für sie die Vergangenheit heraufbeschworen:

Mit achtzehn Jahren, 1796, hatte sie gegen den Willen ihrer Familie den Mann ihrer Wahl, Charles Nevinson Howard, Viscount Andover, geheiratet. Vier Jahre lang hatten sie ein glückliches Leben geführt. Und dann an einem Tag im Jahr 1800, war Charles bei einem Jagdausflug von einem verirrten Schuß tödlich getroffen worden. Trotz ihres Kummers hatte die junge Witwe außergewöhnliche Haltung bewahrt. Ein paar Monate später starb auch ihre

Mutter. Die junge Frau war zu ihrem Vater nach Holkham gezogen, um sich um ihre jüngere Schwester, die erst fünf Jahre alt war, zu kümmern.

Lady Andover war im ganzen Königreich berühmt für ihre Schönheit, ihren extravaganten Charakter und ihre beachtlichen Fähigkeiten als Gastgeberin. Es hatte ihr nicht an Bewerbern gefehlt, aber sie hatte die glänzendsten Partien ausgeschlagen, um sechs Jahre später den Kapitän Henry Digby zu heiraten, in den sie rettungslos verliebt war.

Aber Lady Digby hörte nicht auf das, was Tom Coke erzählte, statt dessen machte sie ihrem Mann Vorwürfe: Es sei alles seine Schuld, und im übrigen käme Jane ganz auf ihn heraus; immer wieder breche das »Digby-Erbe« bei ihr durch und lasse sie den lieben langen Tag irgendwelche Dummheiten anstellen. Sie bedachte ihn mit finsteren, vorwurfsvollen Blicken. Wie konnte er nur einem so übersensiblen Kind von den ritterlichen Heldentaten der Familie erzählen? Warum mußte Jane unbedingt wissen, daß die Digbys einst für die Rote Rose von Lancaster gekämpft hatten und daß ihr Vorfahr Kenelm Digby ein berühmter Abenteurer gewesen war? Seitdem spukte in Janes Kopf der Wunsch herum, ihm ähnlich zu sein. Ganz zu schweigen von all den Korsarengeschichten, bei denen einem die Haare zu Berge standen! Er hätte besser den Mund gehalten, versicherte Lady Digby ihm nachdrücklich. Ein Coke hätte sich solche Ungehörigkeiten niemals erlaubt. Die Devise ihrer Familie war *Prudens qui patiens* – Klug ist, wer Geduld hat.

Doch der Alptraum hatte ein Ende genommen.

Nachdem sie gewaschen und umgezogen war, wurde Jane zunächst in den eigentlich den Jungen vorbehaltenen Wandschrank eingesperrt und später dann in ihr Zimmer. Währenddessen führte Lady Digby im roten Salon den Vorsitz über den Familienrat. Das Kind reifte nun schon zu einer jungen Frau heran. Es mußte etwas geschehen, man mußte ihr das Land zeigen, ihr eine andere Welt eröffnen. In diesem Punkt hatte sich Lady Digby unnachgiebig gezeigt. Niemals, so lange es die Cokes gab, war es vorgekommen, daß eine Tochter des Hauses eine Nacht draußen mit einem Pferdeknecht verbracht hatte.

Tom Coke, dessen Strenge sprichwörtlich war, konnte ihr nur zustimmen: Das Betragen seiner Enkeltochter war unzumutbar. Obwohl der Admiral davon überzeugt war, daß zwischen Jane und dem Pferdeknecht nichts ›passiert‹ sei, sah er sich gezwungen, die Zukunft anders zu planen. Insgeheim war er darüber gar nicht unglücklich, bot sich hier doch ein Vorwand zur Abreise.

Die Armeen Napoleons waren aus Europa vertrieben worden, und die Engländer, die ein Jahrzehnt lang auf Reisen hatten verzichten müssen, konnten endlich wieder ihren Gewohnheiten nachgehen und den Kontinent besuchen. Man kam also überein, so bald wie möglich nach Frankreich, der Schweiz und Italien aufzubrechen. Die Reise würde so lange wie nötig dauern, ein Jahr vielleicht oder auch mehr. Steely würde sie begleiten, und wenn diese Luftveränderung keine Wirkung auf Jane haben würde, wollte er, der Admiral Seiner Majestät, sich am höchsten Mast hängen lassen.

Jane erinnerte sich, mit unglaublicher Genauigkeit kam ihr die Szene wieder in den Sinn.

Die Zigeunerin hatte die Karten gemischt und dabei ständig den Kopf hin und her gewiegt; seltsame Zeichen hatte sie gemacht und Litaneien in Romani psalmodiert, bis sie schließlich murmelte: »Ihr werdet ein eigenartiges Leben führen. Und Ihr werdet nicht wenigen den Kopf verdrehen...«

Nach einer Pause hatte sie hinzugefügt:

»Ich sehe drei Könige... und auch Diener. Inmitten von Gold und Purpur werdet Ihr leben. Nun sehe ich große Reisen... großes Leid... und dann etwas wie eine große Ruhe... Doch keine Sorge, Ihr werdet viele Kinder haben... Immer wieder das Schicksal und Euer Glücksstern, aber gebt acht... gebt acht auf Euch.«

Aber vor allem war da die lange Nacht in den Armen Johnnys gewesen, Stunden voller Angst und Zärtlichkeit. Sie war stolz auf ihn, und sie wußte, daß diese Nacht ihr erster Schritt aus dem

Bannkreis familiärer Verbote gewesen war, ein Schritt hin zu dem, was sie für ihre Freiheit hielt.

Eine Woche später erfuhr man im Schloß, daß Johnny verschwunden war. Am Morgen nach dieser spektakulären Rückkehr hatte Mittchell ihm vor den schweigenden Pferdeknechten zwanzig Hiebe mit der Reitpeitsche verpaßt, und seitdem war Johnny unauffindbar. Sein Verschwinden war für Jane die schlimmste aller Strafen.

4

Wider alle Erwartungen erregte ausgerechnet Anne Keppel Aufsehen.

Als Jane an jenem Morgen das Zimmer ihrer Mutter betrat, merkte sie sofort, daß ein unvorhergesehenes Ereignis den Verlauf ihrer Reise gestört hatte.

Lady Digby lag ausgestreckt auf einem Kanapee und atmete schwer. »Henry, hast du jemals etwas so Lächerliches gehört?« Der Admiral, der neben ihr stand, überflog einen Brief, wobei er kaum versuchte, sein Erstaunen zu verbergen. »Das ist unerhört, ich glaube, ich träume. Wie kann dein Vater es wagen?«

»Henry, ich werde dich mit den Kindern alleine lassen müssen, ich kehre nach England zurück.«

Jane setzte sich in einen Sessel und rührte sich nicht. Dieses Mal wenigstens fühlte sie sich für die Nervosität ihrer Mutter nicht verantwortlich.

Heute morgen war sie vor allen anderen aufgestanden und hatte die Sonne über dem Ponte Vecchio aufgehen sehen. Florenz war um diese Zeit noch ganz still, und als die Pastelltöne der Dächer und des Himmels ineinander flossen, fühlte Jane sich von einem unermeßlichen Glücksgefühl getragen; die Zartheit des Morgenrotes gehörte nur ihr, sie hatte die ersten Liebkosungen der Sonne empfangen wie etwas, das ihr zustand.

Ihr Vater runzelte die Brauen, sein Gesicht wurde zusehends

zorniger. Sie konnte nicht anders, sie mußte einfach die Verse rezitieren, die sie am Vortag gelernt hatte:

»Wer glücklich sein will, möge es sein.

Nichts ist weniger gewiß als das Morgen... Das ist von Lorenzo il Magnifico«, fügte sie hinzu.

»Willst du jetzt unverschämt werden?«

Ungerührt murmelte sie: »Alles ging so gut.«

»Es ist etwas sehr Ernstes geschehen, Jane. Dein Großvater läßt uns wissen, er habe die Absicht, sein Patenkind zu heiraten... Deine Freundin Anne Keppel...«

Jane schaute von einem zum anderen; mit einem merkwürdigen Ton in der Stimme sagte sie: »Sie ist doch nur drei Jahre älter als ich, und Großvater wird bald siebzig!«

»Siehst du, du hast es verstanden! Und nun, mein Engel, geh zu Miss Steele und Mr. Tallenti.«

Jane glaubte, nicht recht gehört zu haben. Im Flur lehnte sie sich an den Türrahmen und versuchte nachzudenken.

Anne, die Vollkommenheit in Person! Sie hatte noch Steelys Stimme im Ohr: Bei jeder Gelegenheit hatte sie sie ihr als Beispiel vorgehalten. Sie sah Anne vor sich, ganz schmächtig in ihrem Kleid aus weißer Baumwolle, wie sie sie umarmte und ihr ›gute Reise‹ wünschte. Anne mit ihren dichten schwarzen Locken, die ihr reizendes und ebenmäßiges Gesicht einrahmten; Anne, die man wegen ihres unvergleichlich weißen Teints die »weiße Lilie« nannte; der niemals ein unpassender Satz über die Lippen kam; die stets ausgeglichen und vollkommen war und immer zur rechten Zeit die treffende Antwort fand.

Ihre Mutter war unter dramatischen Umständen auf Holkham gestorben. Während eines Besuches auf dem Schloß hatten Lord und Lady Albemarle zur gleichen Zeit wie ihre Gastgeber vom Tod der Prinzessin Charlotte von Sachsen-Coburg, der einzigen Tochter des Prinzregenten und der Kindheitsgefährtin von Lade Albemarle erfahren. Diese erlitt einen solchen Schock, daß sie vorzeitig mit ihrem elften Kind niederkam und einige Stunden später im Wochenbett starb.

Annes und ihres Vaters Verzweiflung war erschütternd. Noch oft sah Jane in ihren Träumen den langsamen Leichenzug, der vom Schloß aus durch den Park die endlose Reise zum Besitz der Albemarle antrat.

Angesichts der Verzweiflung des jungen Mädchens hatte Lady Digby Anne vorgeschlagen, auf Holkham zu bleiben. Anne hatte dankbar angenommen, und im Laufe der Zeit war der Tag, an dem sie wieder zu ihrem Vater und ihren Geschwistern zurückkehren sollte, ständig verschoben worden.

Als sie fünfzehn Jahre alt war, hatte Tom Coke es sich in den Kopf gesetzt, sie mit seinem Neffen William zu verheiraten, der nach ihm Herr auf Holkham werden sollte, obwohl es ihm manchmal so vorkam, als ob William keine der Eigenschaften geerbt hatte, die bis dahin den Ruhm der Cokes begründet hatten. Sicher, er war gebildet, wie es sich für seinen Stand geziemte, aber seine Arroganz brachte ihm nicht gerade viele Sympathien ein. So hätte ihm auch niemand besondere Anziehungskraft zuerkannt.

Zu jung, um das Für und Wider einer solchen Verbindung abwägen zu können, blieb Anne von all dem unberührt und ging lästigen Fragen aus dem Weg. Sie gehörte zur Familie, führte das gleiche Leben wie die anderen Kinder, diese Zukunft interessierte sie nicht.

Eigentlich verspürte sie kaum das Bedürfnis, ihre eigene Familie wiederzusehen. Diese kam manchmal zu Besuch, sie freute sich darüber, mehr verlangte sie nicht. Sie war intelligent, aber es fehlte ihr an Sinn für Romantik; sie hatte die Dinge immer schon so gesehen, wie sie waren. Da sie von Natur aus gehorsam war, widersprach sie niemandem, und Jane konnte sich nicht erinnern, daß sie jemals mit einem beschmutzten oder zerrissenen Rock nach Hause gekommen wäre. Vielleicht gerade weil sie so unterschiedlich waren, ergänzten sie einander und verstanden sich wunderbar.

Hinter der Tür mußte Jane zwangsläufig das Gespräch belauschen. Sie hörte ihre Mutter sagen: »Henry, das ist von größerer Bedeutung, als du dir vorstellen kannst! Und wenn man bedenkt, daß ich seit dem Tod meiner Mutter alles geopfert habe!«

»Du übertreibst!« Jane zog es vor zu gehen. Sie fühlte sich schuldig, und im übrigen hatte sie genug gehört. Mit ihren vierzehn Jahren durchschaute sie die Dinge. Sie stellte sich vor, wie ihre Mutter von nun an auf einen Flügel des Schlosses beschränkt sein würde, eine Fremde in ihrem eigenen Haus; wie sie keine Anordnungen mehr geben könnte, und wie sie es, trotz aller Anstrengungen, doch nicht über sich brächte, die Herrschaft im Hause dieser kleinen Anne zu überlassen, die sie selbst einst großgezogen hatte.

Wir müssen bestimmt umziehen, sagte sie sich. Wenn wir doch immer nur auf Reisen sein könnten!

Sie stieg hastig in den ersten Stock hinauf, weil sie als erste Steely, die sich dort oben mit den Jungen beschäftigte, die Neuigkeit mitteilen wollte. Sie fand sie dort auch, zog sie in eine Ecke, damit die Jungen nichts hörten, und erzählte ihr alles.

Wenn auch nur eine Spur von Bosheit Jane beseelt hatte, so überstieg das Ergebnis doch all ihre Erwartungen. Die arme Steely sank auf einen Hocker. Ihre ›weiße Lilie‹ war Herrin auf Holkham geworden! Frau eines Mannes, der ihr Großvater hätte sein können!

Steely zog ein Taschentuch hervor und wischte sich damit über die Stirn: »Das ist unmöglich... Sie haben das falsch verstanden.«

»Ach was, Steely«, gab Jane zurück, »wie sollte ich so etwas wohl erfunden haben! Gehen Sie nur selbst hinunter und überzeugen Sie sich«, fügte sie hinzu und umarmte ihre Gouvernante liebevoll. »Kommen Sie, wir wollen auf den Hügel von Boboli gehen. Mr. Tallenti wartet mit Edward und Kenelm auf uns. Wenn wir zurückkommen, erfahren wir immer noch früh genug, was meine Eltern beschlossen haben.«

Die kleine Gruppe überquerte den Arno auf dem Ponte Vecchio. Normalerweise war Jane immer ganz entzückt von den eng aneinandergedrängten Geschäften. Mitten auf der Brücke blieben sie stehen. Flußabwärts bot der Ponte Santa Trinità trotz seiner feinen Linien den schlammigen Fluten die Stirn. Dank der scharfen Kanten seiner Pfeiler konnten sie ihm nichts anhaben. In der Ferne auf dem Hügel leuchtete im Schutz düsterer Zypressen der Marmorbau der Kirche von San Miniato.

Sie zogen weiter durch das vor Lebensfreude schier überquellende Viertel, entlang an alten Gebäuden bis zum Palazzo Pitti. Dann durchquerten sie den Park, bis sie zu den Grotten von Buontalenti kamen, die mit Einlegearbeiten, Skulpturen und Fresken verziert waren.

Jane setzte sich in die »Grotticella« nahe der Venus von Giovanni di Bologna und sah zu, wie Edward und Kenelm vergnügt über den Rasen tollten. Verborgen in diesem verschwörerischen Halbschatten hörte sie sie zwischen den großen, grünen Hecken, die nach der Meßschnur geschnitten waren, lachen. Der Himmel spiegelte sich in den Wasserbecken. Aber weder die lauten Rufe noch die duftgeschwängerte Luft konnten sie zerstreuen. Wie hatte Anne sich nur in ein solches Abenteuer hineinziehen lassen können? Jane war nämlich felsenfest davon überzeugt, daß ihre Freundin nur das Opfer der Absichten ihres Großvaters sein konnte; nicht eine Sekunde lang zog sie eine andere Erklärung für diesen Donnerschlag auch nur in Betracht. Was sie anging, so hatte sie eine ganz genaue Vorstellung von dem, was sie wollte. Sie könnte nur einen Mann lieben, der ihre Gefühle auch teilte. Sie müßten beide alles mit der gleichen Intensität erleben können, vom Sonnenaufgang über den Dächern von Florenz oder anderswo bis hin zu den gleichen Büchern, der gleichen Musik, den gleichen Freunden. Sie würden sich eins fühlen, und es gäbe in ihnen eine Flamme, ein Feuer, einen Lichtschein, der sie in jedem Augenblick wärmen würde. Dann wäre sie fähig, ihm bis ans Ende der Welt zu folgen und für ihn alles zu verlassen. Sie würde malen, sich um die Belange des täglichen Lebens kümmern; und er würde die passenden Worte finden, um das auszudrücken, was auch sie empfand, so wie einst Johnny. Natürlich hätten sie auch gemeinsame Leidenschaften: Sie würden zusammen über die Heide reiten, irgendwohin, und ihre Liebe zum Meer, zu den Blumen und den Vögeln hinausschreien. Ihren Großvater und Anne konnte sie sich nicht einen Augenblick lang so vorstellen; sie spürte, wie sie traurig wurde, und fragte sich, ob sie ihre geheimen Freuden und Hoffnungen tatsächlich gelebt hatte. Und doch, so versicherte sie sich, empfand sie diese Regungen so stark, daß sie unmöglich nur Träume sein konnten. Sie wußte wohl, daß auf Licht immer auch Schatten folgte, wie bei dieser Grotte mitten im Sonnenschein. Vielleicht bräuchte sie eines Tages nur zu wählen?

»Steely, und wenn ich auch heiraten würde? Ich bin jetzt eine Frau, ich werde bald fünfzehn... Tante Ann Margareth hat schließlich auch in diesem Alter geheiratet. Was halten Sie davon?« Seit Beginn des Spazierganges hatte die arme Gouvernante damit gekämpft, Ordnung in ihre Gedanken zu bringen, und daher antwortete sie gereizt:

»Lassen Sie dieses törichte Geschwätz, ich bitte Sie, für heute ist es genug! Genießen Sie doch lieber Florenz; für mich, das können Sie mir glauben, sind diese sechs Monate immer auf Reisen freilich eine schöne Erholung...«

Für Miss Steele war der ständige Ortswechsel wirklich ein Leidensweg. Drei Kinder von Stadt zu Stadt, von Hotel zu Hotel zu beaufsichtigen, war bestimmt recht schwierig, aber, vor allem die mangelnde Bequemlichkeit auf den holprigen und manchmal sogar unsicheren Straßen ließ sie in jedem Augenblick ihr heimatliches England vermissen. Sie hätte auf die Wunderwerke der italienischen Renaissance ganz gut verzichten können, aber niemand fragte sie nach ihrer Meinung.

Für die Digbys war die Reise hauptsächlich ein Vergnügen. Die Kinder, besonders Jane, waren ganz begeistert. An jedem Ort ließ man Lehrer kommen, damit sie von der Geschichte der Stadt durch die man gerade reiste, erzählten, und Jane zeigte eine erstaunliche Sprachgewandtheit. Auf jeden Fall war das alles viel amüsanter als der Geschichtslehrstoff, den einem Mr. Payne beibrachte.

Seit einem Monat wurden sie von Signor Tallenti unterrichtet. Er war ein linkischer und schüchterner junger Mann, liebenswürdig und bestrebt, es allen recht zu machen. Jane hatte ihn sich als Opfer auserkoren. Sie hatte bemerkt, daß er, wenn sie ihn auf eine bestimmte Art ansah, rot wurde und anfing, sich zu verhaspeln, bis ihm schließlich schwerwiegende Fehler unterliefen. Die Verwirrung des jungen Mannes erheiterte sie, und manchmal trieb sie ihre Mutwilligkeit sogar so weit, daß sie ihm zuzwinkerte, so wie es gewisse Herren taten, wenn sie vorüberging. Sie hoffte darauf, daß sich ihr nun eine unbekannte, außergewöhnliche Gefühlswelt eröffnete, aber leider war bisher keines dieser Symptome aufgetreten, und sie fand Signor Tallenti, wie die anderen Männer übrigens auch, eher lächerlich mit seinem anbetungsvoll schmachtenden Blick und seinem ewigen höflichen Lächeln. In solchen Augenblicken mußte sie an George und Henry Anson und an Johnny denken.

Andrea Tallenti betrat die Grotte. »Meine Damen, ich denke, wir können unseren Spaziergang fortsetzen.«

Sie standen auf, und Jane trat mit einem angedeuteten Tanzschritt ins Licht. Die Vögel sangen, das Wasser in den Brunnen plätscherte. Als sie die Allee hinuntergingen, knirschte der Kies unter ihren Schritten. Jane konnte sich auf nichts konzentrieren, sie verspürte nur ein heftiges Verlangen, zu ihren Eltern zurückzukehren und mehr über die ganze Sache zu erfahren. Ihr Großvater und Anne... Es kam ihr so vor, als ob es keine Regel, kein Gesetz mehr auf der Welt gäbe. All ihre großartigen Vorstellungen wurden umgestoßen.

Das Hotel erschien ihr wie ausgestorben. Wahrscheinlich ruhte sich jeder auf seinem Zimmer aus... Die Sonnenstrahlen malten Muster durch die Fensterläden, und während Jane den Korridor entlangging, der zu den Räumen ihrer Eltern führte, fragte sie sich, was sie wohl beschlossen hätten.

Sie klopfte und trat ein, noch bevor sie eine Anwort erhalten hatte. Erst nachdem sie erzählt hatte, wie sie den Vormittag verbracht hatte – das tat sie auf die Bitte ihrer Eltern hin jedesmal – wurde ihr klar, daß niemand ihr zugehört hatte. »Wir fahren alle noch in dieser Woche nach Hause. Wir bleiben nur noch so lange, bis wir unsere Koffer gepackt haben, und dann kehren wir nach London zurück.«

»Mama, ich hoffe doch, es ist alles gar nicht so schlimm! Werden wir weiter auf Holkham leben, wie früher? Und in Forston«, fügte sie hinzu, weil sie wußte, wie sehr ihr Vater diesen Ort liebte.

Forston war ein Herrenhaus aus der Zeit von Königin Anne, das dem Admiral gehörte. Es lag in der Nähe von Cerne Abbas in Dorset, dem Land der Vorfahren der Digbys. Jeden Sommer nach ›Coke's

Clipping‹ fuhr Jane mit ihren Eltern, ihren Brüdern, Steely und Mr. Payne, die Hunde auf den Knien, in der Kutsche dorthin. Vier Monate später kehrte man zur Jagdsaison nach Holkham zurück.

Lady Digby, deren Augen immer noch geschwollen waren, drückte ihre Tochter an sich und streichelte ihr zärtlich über die goldenen Haare.

»Mein Engel, haben wir nicht eine wunderschöne Reise hinter uns, wir alle zusammen? Außerdem bist du im Deutschen und im Französischen nun wirklich perfekt, und dein Italienisch ist einfach reizend... Nur leider gönnt uns das Leben nie lange unser Glück... Geh jetzt und hol mir Steely...«

Zwei Monate später, auf Holkham, hatte Jane ihre Nachforschungen angestellt und wußte alles. Die Dienerschaft sprach selbstverständlich von nichts anderem als von der Heirat und der neuen Herrin. Von einem Kutscher unter die Leute gebracht und bestätigt von einer Kammerfrau, war die Geschichte wie der Funke einer Zündschnur von der Hauptstadt nach Norfolk gelangt. Zuerst hatte man an einen Scherz geglaubt, dann aber mußten die nahezu sechzig Bediensteten, angesichts der Miene Ridders, der seit fast zwei Generationen Majordomus war, einsehen, daß eine einschneidende Veränderung bevorstand, die vielleicht auch ihr Leben betreffen würde.

Bis dahin hatte Lady Digby mit energischer Hand das Haus geführt, aber wie würde die sanfte Lady Anne, die so zurückhaltend, so gehorsam war, zurechtkommen?

Alle Vermutungen waren erlaubt. Jane verkündete großspurig vor der Dienerschaft, daß sich im Grunde gar nichts ändern sollte: Ridder würde weiterhin alles überwachen, Dobson blieb wie bisher die Herrin der Küche und konnte die Dienstmädchen herumscheuchen. Webb würde wie gewohnt jeden Tag überprüfen, ob die Zimmer in tadellosem Zustand seien, ob die Wäsche weiß und mit Lavendel parfümiert war.

»Alles, alles bleibt wie vorher!«

Jane hatte nach und nach alle Einzelheiten der Geschichte erfahren. Während sie sich in der Schweiz erholten, hatte sich Lord Albemarle ganz plötzlich entschlossen, Lady Charlotte Hunloke zu heiraten. Die Digbys waren nicht zur Hochzeit gefahren, sondern hatten lediglich geschrieben. Im übrigen mißbilligten sie diese Verbindung wegen der langjährigen Freundschaft, die sie mit Annes Mutter verbunden hatte, und auch, weil die neue Lady Albemarle einen etwas schwierigen Charakter hatte. Als Anne zu den Trauungsfeierlichkeiten nach London gekommen war, hatte sie ihre Geschwister wiedergesehen, aber die Vorstellung, mit ihrer Stiefmutter zusammenleben zu müssen, hatte sie in tiefe Verzweiflung gestürzt. Angesichts des Tränenstroms, den sie vergoß, konnte Eliza, die eigentlich schon seit längerem einen Verdacht hegte, sich nicht mehr zurückhalten und hatte sie gefragt: »Wirklich, Anne, wenn Sie so weinen, dann kann das nicht an Lady Charlotte liegen. Für welchen der beiden Williams vergießen Sie denn diese Tränen? Für meinen Vetter oder für meinen Vater?«

Da hatte sich Anne, die Vernünftige, in ihre Arme gestürzt und ihr stammelnd gebeichtet: »Sie wissen sehr wohl, daß ich ihren Vater anbete. Aber ich bin zu jung.«

Die Hochzeitszeremonie war kaum vorüber, da war Eliza auch schon zu ihrem Vater geeilt. Sie hatte lange mit ihm gesprochen und ihm zu einem Entschluß verholfen. Er sah zwar selbst ein, daß er sich damit der Lächerlichkeit aussetzte, aber im Grunde hatte er nur auf diesen Augenblick gewartet, und so war er zu seinem Patenkind gestürzt: »Anne, Sie machen aus mir den glücklichsten aller Männer. Niemals hätte ich es gewagt…«

Die Ankündigung der Hochzeit hatte sich wie ein Lauffeuer verbreitet, und im ganzen Königreich waren die dümmsten Scherze gemacht worden…

Und Anne behielt noch einmal das letzte Wort: Zehn Monate nach der Hochzeit, die am 26. Februar 1822 stattfand, brachte sie einen Sohn zur Welt, und damit war William, der bis dahin der einzige Erbe gewesen war, in der Rangfolge auf den zweiten Platz verwiesen. Tom Coke, außer sich vor Freude, daß er endlich einen Sohn hatte, hatte ein denkwürdiges Fest auf Holkham gegeben und schleunigst seinen Sitz im Unterhaus wieder eingenommen. Da die

Geburt eines Sohnes die Stellung der drei Coke-Töchter ebenso wie die ihrer Kinder vollkommen geändert hatte, mußte die Zukunft anders gestaltet werden. Die Erwachsenen konnten es, abgesehen von Eliza, die immer noch ledig war, nicht ertragen, auf den Rang von Besuchern gesunken zu sein, wie sie glaubten. Anne mochte sich noch so sehr anstrengen, ihnen mit immerwährender Höflichkeit zu verstehen zu geben, daß Holkham nach wie vor ihr Zuhause war, daß das Schloß weiterhin ihnen gehörte, daß alles wie früher war – Lady Digby war dennoch nicht zu besänftigen, und obwohl sie an Holkham hing, schmiedete sie Umzugspläne.

Für Jane war diese Heirat eine Offenbarung. Ihre Freundin, ihre Komplizin war nun Herrin auf Holkham. Sie machte den lieben langen Tag, was sie wollte, sie kleidete sich, wie es ihr einfiel, ließ sich frisieren, wie es ihr paßte... und vor allem: Sie mußte nicht mehr die Stunden bei Mr. Payne ertragen und war auch nicht mehr den unentwegten Ermahnungen Steelys ausgesetzt. Wenn die Ehe einem solche Freiheiten erlaubte, so mußte man sie nutzen. Warum sollte ich, Jane Digby, Annes Beispiel nicht folgen? Ich habe doch schon genug Verehrer... Die jungen Leute aus der Umgebung langweilten sie unsäglich. Trotzdem begann sie, sie aufmerksamer zu betrachten, was nicht sehr schwierig war, da sie sich alle Mühe gaben, sich bemerkbar zu machen.

Janes Eltern war dies nicht verborgen geblieben, und es kam ihnen als Vorwand sehr gelegen, um sich in London niederzulassen und sich mit dem gebührenden Ernst um den Eintritt ihrer Tochter in die Gesellschaft zu bemühen.

Nach ein paar Monaten in Thanet House, einem Besitz der Cokes in London, den Christopher Wren vor mehr als einem Jahrhundert erbaut hatte, kauften sie schließlich in der Harley Street ein Haus mit einem Säulenvorbau, mitten im neuen Wohnviertel von Regent's Park.

5

Das Leben in London, davon war Jane schnell überzeugt, war sehr vielseitig, und das allein war für sie schon eine Form des Glücks. Der tägliche Trubel bot ihrem spontanen Wesen tausend Vorwände, sich von den Zwängen zu befreien, denen sie bis dahin, wenn auch nicht mit allzu großer Strenge, unterworfen gewesen war. Alles war für sie neu, sie hatte ein Recht auf Nachsicht, und ihre Begeisterung ließ sie aufblühen.

Sie besaß von Geburt an vieles von dem, was sich die meisten Menschen erträumen: Schönheit, Eleganz und Anmut, einen Namen und Vermögen. Aber zusätzlich zu diesen ›Meriten‹ verstand sie sich auch noch auf eine Reihe von Fertigkeiten, die der Geist ihrer Zeit forderte. In aristokratischen Kreisen galt es als der letzte Schrei, selbst die belanglosesten Sätze mit französischen Wörtern zu würzen, und Jane brillierte in dieser Kunst. Und sattelfest, das waren damals zwar viele, aber Jane saß so sicher im Sattel, daß die jungen Leute nur staunten, wenn sie vorüberritt. Auch das Tanzen war ihr von der ersten Stunde an leichtgefallen.

Ganz London fragte sich, wer diese Erscheinung, diese Unbekannte war, die regelmäßig im Regent's Park ausritt, immer begleitet von George und Henry Anson. (Alle beide waren in sie verliebt und betrachteten die jüngere Cousine, die ein junges Mädchen geworden war, nun mit ganz anderen Augen.)

Im Schutz einer wohlhabenden Familie aufgewachsen, gehegt wie eine seltene und kostbare Treibhauspflanze, dazu bestimmt, die Herzen anderer zu beherrschen, verwöhnt, gewöhnt daran, bewundert zu werden, und völlig ohne Arg, war Jane eine leichte Beute für den ersten Schmeichler, dem sie in die Hände fiel. George und Henry gaben sich alle Mühe, sie vollkommen mit Beschlag zu belegen und keine Langeweile aufkommen zu lassen, weil sie fürchteten, ihre Spontaneität und ihre Phantasie könnten sie rasch in irgendein mißliches Abenteuer verwickeln.

Bevor es nicht offiziell in die Gesellschaft eingeführt und dem König vorgestellt worden war, durfte ein junges Mädchen auf keinen

Ball gehen. Das Debut war das wichtigste Ereignis des gesellschaftlichen Lebens, und die Vorbereitungen für diesen Tag erforderten lange Monate.

Die Digbys waren ein Paar, das sich an moralische Wertvorstellungen gebunden fühlte, und es bereitete ihnen einige Schwierigkeiten, gewisse Praktiken einer eher sittenfreien Gesellschaft zu akzeptieren. Aber wenn auch der Admiral ein langes Gesicht zog, fand Lady Digby, daß die Besuche, die sie nun wieder aufnehmen mußten, eigentlich ein wenig Abwechslung in ihr zurückgezogenes Leben brachten. Sie verkehrten mit Lady Emily Cowper, deren Mutter, Lady Melbourne, zwischen Lord Coleraine, dem Herzog von Bedford und Lord Egremont ein Leben in Saus und Braus geführt hatte.

Sie gingen auch zu Lady Jersey, deren Lebenswandel über Jahre hinweg Gesprächsstoff für Klatsch und Tratsch geboten hatte. Trotz ihres hohen Alters sprach man noch immer von ihrer Liaison mit dem Prinzen von Wales.

Man sah die Digbys auch bei der Gräfin von Oxford, der ehemaligen Mätresse Byrons. Die Fürstin Esterhazy, die Gattin des österreichischen Botschafters, wollte sie auf ihren Gesellschaften empfangen. Aber die Person, mit der man vor allen anderen in Verbindung treten mußte, wollte man seinen Eintritt in die Gesellschaft erfolgreich gestalten, war Lady Conyngham, die ›Gefährtin‹ oder ›Mätresse‹ des Königs, je nachdem, wie wohlwollend der, der von ihr sprach, ihr gegenüberstand. Einige bezeichneten sie noch rüder als die ›Vizekönigin‹. Denn ein ererbter oder verliehener Adelstitel allein reichte nicht aus, um bei Hof zugelassen zu werden. Sogar für die Digbys, die hofften, Jane schon bald vorstellen zu können, war die Fürsprache der Lady unerläßlich. Die Warteliste erstreckte sich über mehrere Jahre, und sie sahen sich nicht in der Lage, ihrer Tochter auf längere Zeit hinaus das Ausgehen zu verbieten, nur weil sie dem König noch nicht ihre Reverenz erwiesen hatte.

Fast jeden Tag wurde Jane also um die Teezeit einer anderen einflußreichen Dame vorgestellt. Niemand wunderte sich über die Freizügigkeit, die in diesen Kreisen herrschte. Die stillschweigenden Übereinkünfte zwischen Menschen aus gutem Hause verbanden die

Gesellschaft. Jeder beugte sich der Etikette, ohne sich über den oft komischen Aspekt der Sache zu wundern. Die Akteure dieses mondänen Theaters spielten nur für sich selbst, für eine geschlossene Gesellschaft, die anspruchsvoll und privilegiert war. Sie hatten ihre Regeln, und um nichts in der Welt hätten sie sich erlaubt, diese zu mißachten. All dies ging nicht ohne eine gewisse Heuchelei, aber da man auf diese Weise Skandale vermeiden konnte, fand niemand etwas daran auszusetzen.

Der Mittelpunkt dieses Balletts aus Intrigen und Ritualen war natürlich der König.

König Georg IV. hatte die Regentschaft während des Wahnsinns seines Vaters konsolidiert. Drei Jahre zuvor nun war dieser zügellose Wüstling, der lange in seinem Reich den Ton angegeben hatte, gekrönt worden. Jetzt war er fettleibig geworden und konnte sich nur noch mit Mühe bewegen; deshalb scheute er die Auftritte in der Öffentlichkeit und blieb die meist Zeit in seinem Palast. Seinen Unternehmungsgeist hatte er sich dennoch erhalten. Mit Hilfe seines Lieblingsarchitekten, John Nash, hatte er die Umgestaltung Londons beschlossen, zumindest die der nördlich und westlich von Westminster gelegenen Viertel. Er wollte den riesigen Regent's Park erweitern und ihn mit Terrassenhäusern, die um kleine Plätze herum gebaut waren, umgeben. Von einem Tag auf den anderen wurde London von einer Bauwut gepackt: Die neuen Portikus-Häuser mit ihren Türknäufen aus Kupfer hatten ihren eigenen Reiz, und jeder wollte eins besitzen. Der König hatte außerdem den Plan gefaßt, Regent's Park durch Park Crescent, Portland Place, Regent Street, Picadilly Circus und den berühmten Waterloo Place, der am Fuß der Säule des Herzogs von York in die Mail mündete, mit dem St. James Park und Westminster zu verbinden. Zum Bau dieser königlichen Straße, die länger als eine Meile ohne Unterbrechung verlaufen sollte, mußte ein Weg durch ein unentwirrbares Knäuel alter, ärmlicher Straßen gebahnt werden.

Jane hatte nur Augen für ihren Vetter George, der zehn Jahre älter war als sie. Ihre Ausritte führten sie häufig in die neuen Viertel, und manchmal blieben sie vor dem im Bau befindlichen Buckingham Palast stehen. Oft ritten sie auch zum St. James Palast, und sie betrachtete, mit einer Mischung aus Verlangen und Gleichgültigkeit, den Ort, an dem sie dem König vorgestellt werden würde.

Ihr Vetter neckte sie: »Wenn du in diesem ehrwürdigen Palast vorgestellt worden bist, wirst du mir dann noch die Gunst gewähren, mir ein wenig von deiner kostbaren Zeit zu opfern?«

»Wenn du mich nicht weiterhin jeden Tag besuchst, dann wirst du aber etwas erleben!« George war groß und schlank, und das waren in ihren Augen bei weitem nicht seine einzigen Vorzüge. Er war Offizier – hatte er nicht auch bei Waterloo gekämpft? –, er war Parlamentsmitglied, saß im Unterhaus... und seine Eroberungen konnte man nicht mehr zählen. Jane fand, er verfügte einfach über alle notwendigen Eigenschaften. Immer, wenn er erschien, drehte sich ihr der Kopf, doch sie gab sich alle Mühe, es zu verbergen. Er war ein Spaßvogel und von Natur aus fröhlich, und nie wußte man recht, ob er es ernst meinte oder gerade zu scherzen beliebte. Sie hatte manchmal das Gefühl, er mache ihr ein wenig den Hof, aber sie schrieb das seiner Höflichkeit zu.

Und dann eines Tages, als sie gerade am Rand der Serpentine im Hyde Park standen, preßte er sie an sich und schaute ihr tief in die Augen. Sie hatte seltsame Augen, klar wie Wasser, mit einer großen violetten, goldgesprenkelten Iris, und es war schüchterne Tugendhaftigkeit, was er in ihnen las. Er küßte sie. Sie ließ ihn gewähren, ohne ein Wort zu sagen.

Ein eleganter Reiter erschien, und sie fuhren auseinander. Der Zauber war gebrochen. Der Mann starrte Jane an, zog sie mit seinen Blicken aus, lächelte und ritt weiter. Jane wagte nicht mehr, George anzusehen.

»Jenny«, sagte George lächelnd, »ich hatte mir geschworen, dir deinen ersten Kuß zu geben.« Mit einer zärtlichen Geste hob er ihr Kinn hoch und fügte hinzu: »Hüte dich vor dem nächsten! Und triff deine Wahl sorgfältig, ich bin da, um aufzupassen!« So liebte er sie also nicht wirklich! Das war nur eine Wette! All ihre Verwirrung war plötzlich verflogen. Wütend stieg sie auf ihr Pferd und galoppierte davon. Sie überholte den Reiter, der sie überrascht hatte, und hörte ihn lachen. Auch er war ihr nun verhaßt.

Als sie an der Harley Street ankam, bemerkte sie George, der vor ihr angekommen war.

»Ich besuche dich morgen!«

»Mit mir brauchst du nicht mehr zu rechnen! Reit doch aus, mit wem du willst. Du solltest zufrieden sein, du hast das bekommen, was du wolltest.«

»Jenny, ich liebe dich…«

Sie flüchtete, lief in ihr Zimmer, warf sich aufs Bett und brach lautlos in Tränen aus. War das die Liebe? »Ich liebe dich«, diese so oft erträumten Worte, jetzt hatte ein Mann sie zu ihr gesagt, und sie spürte nicht das, was sie erwartet hatte.

Oft wiederholte sie diese Worte, denn sie waren – trotz allem! – sanft wie eine Liebkosung… Dann brachte sie ihre Haare in Ordnung und ging hinunter. Niemand sollte erfahren, daß sie geweint hatte.

Die Londoner Saison begann im Frühjahr und erreichte ihren Höhepunkt im Juni und Juli. Die Digbys hatten sich schon ein halbes Jahr vorher in London niedergelassen. Dank ihrer Verbindungen waren sie zuversichtlich, daß das Debut noch in diesem Jahr stattfinden würde, es mußte nur sorgfältig vorbereitet werden.

Harley Street wurde von ganzen Heerscharen von Anstreichern, Dekorateuren und allen möglichen anderen Handwerkern heimgesucht. Damaststoffe und neue Möbel ersetzten nach und nach das alte Mobiliar, das in Abstellkammern verbannt wurde. Die Schneider strömten herbei. Ganz im verborgenen, aber so schnell wie möglich mußte eine komplette Aussteuer zusammengestellt werden; die Kleiderberge schienen sich ins Unendliche zu türmen. Nicht nur das Kleid für die Vorstellung beim König, das notgedrungen weiß sein mußte, wollte besorgt sein, sondern auch die Abendkleider für die geplanten Bälle, denn es war für Lady Digby völlig undenkbar, daß ihre Tochter zweimal hintereinander das gleiche Kleid tragen könnte. All diese Abendkleider samt Schals, Samtjäckchen und anderen Accessoires erforderten wahre Massen an Seide, Musselin, feinem Leinen und Tuch. Zweimal am Tag mußte Jane sich zur Anprobe in die oberen Stockwerke begeben. Mutter und Tochter verbrachten Stunden damit, über die Wahl von Spitzen aus Mecheln oder Gent, über einen Kapuzenmantel oder eine Oldenburger Kappe zu beraten. Und Lady Digby dachte mit einer gewissen Sehnsucht an die Zeit zurück, da sie Georg III. vorgestellt worden war.

An diesem Morgen hatte selbst sie das Gefühl, daß irgend etwas nicht stimmte. Jane begeisterte sich sonst bei jeder Anprobe, sie war hingerissen, wenn sie ihre Verwandlung feststellte. Zwar war sie nicht im eigentlichen Sinne schlecht gelaunt, aber Lady Digby spürte, daß irgend etwas sie bedrückte,

»Wie schön du bist, mein Liebling!«

Mitten im Zimmer stehend probierte Jane zum ersten Mal das Kleid für den großen Tag an: Dichte Wolken von Musselin fielen wie eine Blütenkrone übereinander; aus der in Falten gelegten Taille stieg anmutig die schmale Büste auf. Die enganliegende Korsage war tief dekolletiert. Der lange, durchsichtige, von Straußenfedern eingefaßte Umhang fiel bis zu ihren Füßen nieder. Ihre langen, aufgesteckten Haare bildeteten einen Goldhelm, und dadurch trat ein romantischer Zug ihres Wesens hervor, den normalerweise ihre Lebhaftigkeit verbarg.

»Du siehst aus wie die Musen von Shelley, Keats und Byron zusammen… Aber etwas ist nicht in Ordnung, sag es mir doch!« »Es ist nichts, Mutter, ich habe mich vielleicht heute morgen beim Ausritt etwas überanstrengt.«

Während sie sprach, wurde sie lebhafter, bewunderte sich im Spiegel. Wenn George mich doch nur so sehen könnte, wünschte sie insgeheim, er würde mich auf der Stelle umarmen und heiraten, obwohl wir miteinander verwandt sind. Er würde mit mir nach Schottland fahren, nach Gretna Green, wo man Verliebte schnell traut, ohne daß man dazu die Einwilligung der Eltern braucht. Sie war die erforderlichen sechzehn Jahre alt, und dann müßten sie nur noch die dreiundzwanzig Tage Anwesenheit nachweisen, die das Gesetz verlangte, um danach ein richtiges Hochzeitsfest zu feiern…

George entführte sie zwar nicht, aber am nächsten Morgen war er etwas früher da als gewöhnlich. Sein Regiment rief ihn in die Provinz. Da seine Tante dabeisaß, war jede Geste, mit der er seine Liebe hätte bezeugen können, ausgeschlossen, und er machte ungeschickte Anstrengungen, natürlich zu wirken.

Jane gelang es, dicht an ihn heranzukommen.

»Du darfst nicht abreisen, ich flehe dich an! Erfinde eine Ausrede! Und was ist mit meinem Debut? Du hast versprochen, dabei zu sein.«

»Jenny, du brauchst mich nicht. Alle Herren werden sich nur so um die Gunst reißen, mit dir tanzen zu dürfen.«

Er schaute sie zärtlich mit einer leisen Spur von Traurigkeit an. Würde sie sich in einigen Monaten überhaupt noch an ihn erinnern?

»Jane, halte deinen Vetter nicht auf, er hat heute sicherlich noch viele Dinge zu erledigen. Sei so lieb und begleite ihn zur Tür.«

Lady Digby hatte begriffen.

George verabschiedete sich respektvoll von seiner Tante, die sie allein ließ. Jane betrachtete ihn mit tränenüberströmtem Blick.

»Sie muß sich einbilden, ich hätte mich über sie lustig gemacht«, dachte er, »sie muß sich wieder fassen.« Er schlug einen gleichgültigen Ton an. »Wahrscheinlich bist du längst verheiratet, wenn ich zurückkomme.«

»George…«

Ihre Stimme klang flehend und überwältigte ihn. Er wußte nicht mehr, wer von ihnen beiden als erster das »Ich liebe dich« aussprach. Er hörte sich nur lächerliche Sätze stammeln. »Janet, du bist für mich die Morgenröte… Du weißt es… Ich habe dich schon immer geliebt… Ich hätte es dir nicht sagen sollen… Ich werde dir schreiben… Ich verspreche es dir.«

Sie warf sich ihm mit einer Geste der Verzweiflung an den Hals.

»Aurora, ich bitte dich, du mußt mich gehen lassen…« Langsam löste er sich von ihr und ging. Nach ein paar Schritten drehte er sich noch einmal um und sah ihre zarte Silhouette, wie sie da, gegen eine Säule gelehnt, stand.

»Morgenröte, Aurora«, flüsterte er, »wenn du wüßtest…«

6

Harley Street 78. Alle hatten sich vor dem Haus versammelt. Diener und Nachbarn drängten sich um Jane. In ihrem weißen Kleid mit Schleppe und ihrem Diadem aus edlen Perlen, über dem drei Straußenfedern wippten, sah sie aus wie eine Märchenprinzessin. Die von vier Pferden gezogene, wappengeschmückte Kalesche wartete vor der Tür. Kutscher und Diener mit Perücken trugen neue Livreen mit großen Sträußen am Revers.

Die Kutsche setzte sich in Bewegung und bahnte sich einen Weg über den Picadilly bis zum St. James Palast. Der Admiral hatte seine Galauniform und alle seine Auszeichnungen angelegt; Jane hörte, wie die Orden aneinanderschlugen. Das zumindest kam ihr einigermaßen wirklich vor. Lady Digby bewunderte den reinweißen Musselin. Vor fünfundzwanzig Jahren war sie in einer ähnlichen Kutsche gefahren, begleitet von ›König Tom‹ und ihrer Mutter, und sie suchte in dem Gesicht ihrer Tochter nach einer Spur der Verwirrung, die sie damals empfunden hatte. Aber nichts! Jane war strahlend und selbstsicher.

Als sie in St. James ankamen, verlangsamte sich die lange Prozession. Die Frauen in ihren schulterfreien Kleidern stellten all ihren Schmuck zur Schau. Die Höflinge in ihren Hemden mit dem spitzenbesetzten Jabot, ihrer hohen weißen Krawatte und ihren Orden gaben sich den Anschein von Gleichgültigkeit; die Ritter des Hosenbandordens trugen ihre Auszeichnung unter dem linken Knie. Die herausgeputzten Uniformen brachten eine zusätzliche heitere Note in den langen Zug, der sich bis zu dem Saal, in dem der König thronte, in Reihen aufteilte.

Mit ihren Eltern an der Seite wartete Jane voller Zuversicht darauf, daß sie an der Reihe war. Sie war nicht der Typ, um in Ohnmacht zu fallen, ganz im Gegensatz zu einigen anderen Mädchen, für die der heutige Tag die Krönung einer Laufbahn war. In ihren Augen war dies heute lediglich ein Debut, sie bemühte sich nur, alles in sich aufzunehmen.

Als ihr Name aufgerufen wurde, sah sie, wie ihre Mutter in einen tiefen Hofknicks sank und ihr Vater sich verbeugte. Ein Schritt, zwei Schritte nach vorne, einer nach hinten, vollkommen graziös sank sie in den Knicks, wie ihr Anstandslehrer es ihr beigebracht hatte. Drei, vier, ein Schritt nach hinten, sie knickste erneut. Der König gab ihr durch ein Zeichen zu verstehen, sie möge nähertreten. Mit einem unverkennbar deutschen Akzent – er hatte ihn zeit seines Lebens nicht ablegen können – sagte seine Majestät:

»Wir hoffen, Miss Digby, Sie wiederzusehen. Es wäre ein Vergnügen für uns. Die Verdienste Ihrer Familie sind uns bekannt. Erlauben Sie mir, Ihnen ein Kompliment zu machen: Ihrem jungen Ruhm kommt nur Ihre Schönheit gleich.«

Plötzlich bewegt, betrachtete Jane den König, der sich nun mit ihren Eltern unterhielt. Er ähnelte dem offiziellen Porträt, das Sir Thomas Lawrence von ihm gemalt hatte, überhaupt nicht mehr. Mit der Zeit hatte der Souverän viel von seiner Haltung verloren. Der brillante und kultivierte König von Großbritannien, Irland und Hannover sah nun eher aus wie ein dickbäuchiger Schlauch. Das junge Mädchen wußte wohl, daß er vor seiner Regentschaft gegen den Willen seines Vaters, König Georg III., Charles Fox unterstützt hatte. Aber er hätte mehr Energie zeigen müssen, wenn er sich erhofft hatte, eine bedeutende politische Rolle zu spielen. Jane wußte auch, daß dieser Mann sich 1785 den Luxus geleistet hatte, eine Katholikin, Margareth Fitzherbert, zu heiraten. Die Affäre war vertuscht worden und die Heirat wurde annulliert. Zehn Jahre später heiratete der König wieder, dieses Mal Caroline von Braunschweig... um sich am Tag nach der Geburt ihrer gemeinsamen Tochter, der Prinzessin Charlotte, mit ihr zu entzweien.

Der skandalöse Scheidungsprozeß, der vor vier Jahren angestrengt worden war, hatte seine Gattin, die zu krönen er sich geweigert hatte, vor Kummer und Scham sterben lassen. Jane erinnerte sich noch an die Diskussionen, in denen ihr Großvater leidenschaftlich für Prinzessin Caroline eingetreten war, und an den Skandal, den sein Einspruch vor dem versammelten Parlament entfacht hatte. Der König hatte ihm das nie verziehen, denn seine Vergnügungen waren das einzige, wofür er sich interessierte. Im übrigen vertraute er nur der Tory-Partei und überließ die Regierungsgeschäfte seinen Ministern.

Seit dem Streit Tom Cokes mit dem König war es das erste Mal, daß ein Mitglied der Familie wieder bei Hofe zugelassen war. Georg IV., der sich angeregt mit den Digbys unterhielt, konnte der Versuchung nicht widerstehen, das junge Mädchen mit Blicken zu liebkosen. Aber schon mußte den Wartenden Platz gemacht werden. Man stürmte auf den Admiral und seine Gattin ein. Völlig unbefangen antwortete Jane in kurzen Sätzen auf die Fragen, die ihr gestellt wurden, während Lady Digby mit gleichgültiger Stimme die Einladungen entgegennahm. Jane glaubte zu träumen. Sie hatte sich nur zeigen brauchen, und schon feierte man sie. Das Protokoll schrieb vor, daß man mindestens eine Stunde lang bleiben mußte. Als sie den Palast verließen, mußten sie noch so vielen Leuten zulächeln, daß Jane die wenigsten Gesichter in Zusammenhang mit einem Namen hätte bringen können.

Das Gefühl des Unwirklichen, eines Traumes aus Weiß und Gold, hielt an. Alles floß ineinander. Aber sie würde niemals vergessen, daß der König das Wort an sie gerichtet hatte.

»Ihr wart alle beide hinreißend«, sagte der Admiral und hob sein Glas. »Ich weiß zwar nicht, ob es mir auch noch so viel Vergnügen bereiten wird, wenn ich euch jeden Tag begleiten muß, aber ich trinke gern auf euren Erfolg.«

Lady Digby jubelte. Durch ihre Tochter war ihr eigenes Debut für sie noch einmal lebendig geworden, und wenn der große Ball für Jane auch erst in einem Monat stattfinden würde, so war doch in der Zeit bis dahin jeder Abend schon belegt.

»Wie schade, daß George nicht da ist.«

Jane hatte es nicht verhindern können, daß sie laut dachte. Der Admiral zögerte und schaute seine Frau an: »Mein Liebes, der Augenblick ist vielleicht schlecht gewählt, aber da du schon davon sprichst, sage ich es dir lieber gleich: Du wirst keine Nachricht mehr von George bekommen.«

»Warum, was ist ihm denn zugestoßen?« fragte sie beunruhigt.

Der Admiral, dem dieses Gespräch sichtlich peinlich war, zögerte mit seiner Antwort: »Stell dir vor, daß die Briefe, die du an Anne geschrieben hast, abends auf Holkham vorgelesen wurden, und das ist eigentlich auch ganz normal. Dein Großvater und Viscount Anson, dein Onkel, waren der Meinung, daß für ihren Geschmack Georges Name zu häufig vorkam. Sie haben daher beschlossen, ihren Einfluß geltend zu machen, damit er besonders weit fort geschickt wird.«

Dann war dies also ein Komplott! Diese Ungeheuer! Verteidigungsbereit richtete Jane sich auf, nur mit Mühe konnte sie ihren Zorn unterdrücken. »Und warum hätte ich nicht von George sprechen sollen? Er ist schließlich mein Vetter!«

»Jane, sei nicht albern. Eure... Freundschaft...«

Lady Digby wußte nicht, wie sie es ausdrücken sollte. Allerdings brauchte Jane auch keine Erklärung, sie hatte noch nie eine andere Wahrheit als die ihre gelten lassen. Noch schlimmer aber als ihre Wut war, daß sie sich für ihre Eltern schämte. Sie fand, daß sie besser nach Gretna Green geflohen wäre. Zugleich verspürte sie eine unerwartete Erleichterung: Sie wußte nun, warum sie keine Nachricht erhalten hatte, und sie ballte die Fäuste, um nicht in Tränen auszubrechen. In was mischte sich ihr Großvater da ein? Und Anne! Sie war wirklich zu töricht! Sie gelobte sich, das letzte Wort zu behalten. Sie wollten sie verheiraten, nun gut, sie würde heiraten. Wer zuletzt lacht, lacht am besten!

Mit raschelnden Röcken verließ Jane würdevoll das Zimmer. »Lassen wir sie, Henry, das ist ihr erster Liebeskummer. In zwei Stunden hat sie sich wieder beruhigt... Deine Tochter ist ein Dickschädel, aber sie ist die beste aller Töchter.« »Schade, daß sie einen Rock trägt, sie wäre ein Seemann nach meinem Herzen geworden«, murmelte der Admiral.

»Zu einem gelungenen Ball«, pflegte Lady Digby zu sagen, »benötigt eine Frau drei Männer. Einen zum Tanzen, einen zum Essen und einen zum Bewundern.« Lächelnd fügte sie hinzu, daß diese notwendigen Voraussetzungen allein noch nicht ausreichten: Die Frauen mußten zudem noch hübsch und elegant sein, und sie mußten umgeben sein von beeindruckten jungen Leuten, während ihre Ehemänner, sofern sie welche hatten, untereinander über ihre Geschäfte sprachen. Das Buffet mußte üppig sein, und es durfte vor allem nicht am Alkohol gespart werden.

Holland House war eines der prächtigsten Häuser in London. Als der Admiral in Begleitung seiner Frau und seiner Tochter eintrat, erreichte das Fest seinen Höhepunkt. In ihrem weißen Kleid sah Jane unvergleichlich anmutig aus. Das Diadem war in ihrem Schmuckkasten geblieben, sie trug nur ein mit Smaragden besetztes Medaillon, das die elfenbeinerne Blässe ihres Dekolletés hervorhob. Lady Holland kam auf sie zu: »Sie kennen meinen Gatten?«

Henry Richard Fox, der dritte Baron Holland, war ein vornehmer kultivierter Mann, der eher wegen seines Mäzenatentums als wegen seiner literarischen Aktivitäten geschätzt wurde. Er war der Neffe von Charles Fox, des Politikers der radikalen Partei, und ein Freund von König Tom. Er las fließend Griechisch und kannte alle Staatsmänner Europas persönlich. Er hielt sich freiwillig im Hintergrund und hütete sich, gegen seine kapriziöse Frau anzutreten, die sich mit Intelligenz und Geschmack für Literatur, Kunst und Wissenschaft interessierte. Jeder Schriftsteller, Dichter, Maler, Musiker und Gelehrte, der auch nur im geringsten gesellschaftlich anerkannt war, wurde bei ihr mit offenen Armen empfangen, allerdings verschlossen sich ihm auch sogleich wieder ihre Türen, wenn er das Unglück hatte zu mißfallen.

»Kommen Sie! Ich werde Sie unseren Freunden vorstellen.«

Lady Neville unterbrach das Gespräch.

»Meine lieben, lieben Freunde…«

Sie hatte Jane in die Arme geschlossen:

»Kommen Sie! Ich stelle Sie Lord Petersham vor… Lord Grey… Lord Ellenborough…«

Letzteren fand Jane unsympathisch. Groß, elegant und selbstsicher hatte er eine unangenehme Art, sie offen zu mustern. Er schätzt mich ab wie ein Stutenfohlen, sagte sie sich. Sie erwiderte seinen Gruß kühl. Grey bat darum, sich für die Quadrille auf ihrer Tanzkarte eintragen zu dürfen, auch Petersham reservierte sich einen

Tanz. Ellenborough wechselte mit einem amüsierten Funkeln in den Augen zu einer anderen Gruppe.

»Was für ein Mensch!« dachte das junge Mädchen. Aber schon wurde sie von der Prinzessin Esterhazy, die sie im Salon herumreichte, weitergezogen. Thomas Creevey bot ihr an, sie ans Buffet zu begleiten.

»Ich darf nicht an George denken...« Wie ein Leitmotiv tönte dieser Satz durch alle Takte...

»Ich bin überglücklich, Sie einen Augenblick für mich zu haben«, sagte der junge Mann und reichte ihr ein Glas Champagner.

Sie schenkte ihm ein Lächeln, das er als Ermunterung auffaßte.

Jane hatte sofort alle Aufmerksamkeit auf sich gezogen. So jung und so schön, eine Unbekannte noch einen Tag zuvor, besaß sie alles, um selbst die Gleichgültigsten neugierig zu machen. Die Männer musterten sie; die Frauen, die eine ernsthafte Konkurrenz fürchteten, berieten sich insgeheim und versuchten, einen entscheidenden Makel zu finden.

Die guten Sitten verlangten es, daß man nie zweimal mit der gleichen Person tanzte. Ihr kleines silbernes Carnet war in Sekundenschnelle voller Namen. Nach jedem Tanz wurde Jane zu Lady Digby zurückgeleitet, die zwischen der Gräfin von Oxford und Mrs. Arbuthnot in der vordersten Reihe an der Tanzfläche saß. Mit ihren Fächern spielend und scheinbar ganz vertieft in ein Gespräch über wichtige Dinge, überwachten die Mütter ihre Töchter.

Im Zwischengeschoß spielte das Orchester. Jane wirbelte mit geschlossenen Augen herum, ließ sich vom Tanz mitreißen. Ich möchte davonfliegen, dachte sie. Wie in einem ständigen Wirbel möchte ich leben, das wäre mein Traum.

Sie glitt im Walzerrhythmus über das Parkett. Im Dreivierteltakt drehte sie sich in den Armen von Lord Grey. Sie liebte diesen Tanz aus Österreich, der kurz nach der Französischen Revolution in Mode gekommen war, und den einige immer noch für anstößig hielten.

Jane genoß es, von ihrem Partner so gehalten zu werden. Sie

stellte sich vor, es seien Georges Arme, und da ihr der Champagner zu Hilfe kam, war alles ganz einfach. Diesen Walzer von Pfister hatte sie so oft auf dem Klavier gespielt!

Ein Lachen riß sie aus ihrer Träumerei. Sie streifte ihre Mutter, die auch tanzte.

Seltsam, dieses Lachen habe ich schon einmal gehört! Sie versuchte sich zu erinnern:

Nein, das ist unmöglich, ich habe diesen Mann noch nie gesehen. Aber Mutter scheint ihn zu kennen.

»Miss Digby, Sie tanzen, als ob sie Ihr ganzes Leben lang nichts anderes getan hätten!«

Bald darauf, als die Uhr zwölf schlug, wie im Märchen, gab der Admiral das Zeichen zum Aufbruch. Jane hätte bis zum Morgengrauen weitertanzen können.

Die Kühle der Frühlingsnacht brachte sie wieder zur Besinnung. Die weißen Blüten der großen Kastanienbäume leuchteten um diese Stunde wie kleine weiße Kerzen über den dunklen Anlagen von Kensington. Jane betrachtete noch einmal das beeindruckende Gebäude mit seinen efeuberankten Mauern und seinen sorgfältig geschnittenen Rasenflächen. Weiße Fackeln in Töpfen erleuchteten mit ihren flackernden Flammen Fassade und Alleen. Das Herz quoll ihr über von Dingen, die sie empfand und nicht auszudrücken wußte. Da begann Jane ›ihren Walzer‹ summend, sich schnell im Kreise zu drehen, bis sie, gefolgt von ihren Eltern, in die Kalesche sprang.

Die gute Gesellschaft, daß heißt, die zwei mal zweitausend Individuen, deren Gewohnheiten nichts weniger als anständig oder erbaulich sind, deren ständige Angewohnheit es aber ist, aufzustehen, wenn die anderen zu Bett gehen, und den Rest des Universums mit einem mitleidigen Blick zu bedenken, wie Lord Byron einmal definiert hat, sprach von nichts anderem als von ihrem neuen ›Stern‹.

Edward Law, Lord Ellenborough, zweiter Baron dieses Namens, war von Anfang an von Jane bezaubert gewesen.

War er in sie verliebt? Darauf kam es nicht so sehr an. Aber wer war sie? Als er sie vor einigen Monaten in den Armen von George

Anson gesehen hatte, hatte er sich gesagt, daß es dem jungen Mädchen sicher nicht an Leidenschaft fehlte. Sie war außergewöhnlich schön, und sie zeigte Charakter. Im ersten Augenblick hatte ihn vor allem ihr langes goldblondes Haar beeindruckt, das ihn an einen Fuchspelz erinnerte. Ihr den Hof zu machen, dürfte recht unterhaltsam sein. Da wollen wir mal versuchen, ihren Namen herauszubekommen! Janes verstörter Blick hatte ihm ein Lächeln entlockt, und ihr reiterisches Ungestüm hatte ihn gänzlich entzückt. Und was für eine Reiterin sie war! Seitdem hatte er jeden Tag die Parks der Stadt durchstreift, in der Hoffnung, sie wiederzusehen, aber vergeblich.

Zynisch und blasiert, wie er war, sagte Lord Ellenborough gern: »Der Krieg und die Frauen sind das einzig Interessante am Leben.« Peer seit 1802, war Edward mit seinen vierunddreißig Jahren ein begehrter Mann. Er war schon einmal verheiratet gewesen, mit Lady Octavia Stewart, der Schwester von Lord Castelreagh, der England auf dem Wiener Kongreß als Außenminister vertreten hatte, aber seit 1819 war er Witwer und ohne Erben. Die Freundschaft seines Schwagers, der viel für den Frieden und das Gleichgewicht in Europa getan hatte, hatte ihm eine schnelle Karriere gesichert. Allerdings hatte der Selbstmord von Lord Castelreagh, der in der Zwischenzeit Marquis of Londonderry geworden war, die Verwirklichung seiner Ambitionen ein wenig gebremst.

Als brillanter Redner, der wegen seiner scharfen Zunge gefürchtet war, hatte Lord Ellenborough in politischen Kreisen zahlreiche Freunde gewonnen, sich aber auch manche Feindschaft zugezogen. Seine mit Arroganz gepaarte Intelligenz machte ihn zu einem geachteten, aber auch gefürchteten Mann. Obendrein besaß er noch unermeßliche Reichtümer.

Lady Londonderry, seine Schwiegermutter, drängte ihn, sich wieder zu verheiraten: »Du hast Octavia glücklich gemacht, aber du solltest nun nicht länger allein bleiben. Jeder hat das Recht, glücklich zu sein!«

Glücklich war Edward selten. Er ging jeden Abend aus und langweilte sich sehr. Wie jeder gute Junggeselle zeigte er sich in den Clubs, deren Mitglied er war, und zwang sich, ganz früh am Morgen im Regent's Park zu laufen. Sport war sehr in Mode, er trainierte seinen Körper, obwohl er genau wußte, daß er Edward Rayner, der in diesem Jahr hundert Meilen in achtzehn Stunden gelaufen war, nie übertreffen würde. Dennoch waren seine Leistungen für einen sportlichen Gentleman beachtlich. Um fünf Uhr nachmittags ritt er, wie alle Leute, die etwas auf sich hielten, im Hyde Park in Rotten Row, wo sich die ganze vornehme Welt zu Pferd einfand. Dieser Reiteraufmarsch bot Gelegenheit zu belanglosen Gesprächen, kleinen Scherzen und kurzen Flirts, wie auch zu förmlicheren Begrüßungen. Als er Jane den Salon von Holland House hatte betreten sehen, hatte er gleich die kleine Wildkatze aus dem Hyde Park wiedererkannt. Sie war noch schöner, als er sie in Erinnerung hatte. Er beschloß, daß sie ihm gehören mußte.

Sein Plan war ebenso einfach wie banal: Er tat so, als ob er sie gar nicht bemerkte und sich für ihre Mutter interessierte.

Lady Digby war entzückt über einen so aufmerksamen Kavalier. Sie war immer noch eine schöne Frau, aber sie stand mit beiden Beinen auf der Erde und ließ sich nicht einen Augenblick lang täuschen. Sie überprüfte Lord Ellenborough, fand ihn äußerst anziehend und lud ihn auf den Ball ein, den sie in Harley Street gab.

Die Junggesellen waren sorgfältig ausgewählt worden. Obwohl sie ihn für Jane etwas zu alt fand, brauchte sie eine ausreichende Anzahl von Kavalieren, damit kein Mädchen Mauerblümchen spielen mußte. Edward beeilte sich zuzusagen. Er wartete auf den Zeitpunkt, an dem er Jane auf sich aufmerksam machen könnte, er würde ihn herbeiführen, wenn es nötig sein würde.

Jane und ihre Kusine Fanny Anson gingen die Gäste durch und lachten.

Jane wunderte sich, sie hatte keinen Augenblick ausruhen können, und der Galopp hatte sie außer Atem gebracht.

»Keiner dieser Männer kann George das Wasser reichen. Er ist der erste gewesen, der mich Aurora genannt hat!...« »Das ist ein Name, der wunderbar zu dir paßt! Ich weiß, warum du ihn so sehr liebst. Das ist der fünfte Gesang aus Don Juan, Aurora Raby.«

Es gab damals kein junges Mädchen, das nicht für Byron schwärmte. Und dann paßte dieser Beiname auch noch um so besser zu ihr, weil die Fregatte, die der Admiral bei seinem ersten Sieg an der portugiesischen Küste kommandiert hatte, genauso geheißen hatte. Aurora, das war unvergleichlich romantischer als Jane, Janet oder Jenny.

Sie sah wieder George vor sich, wie er auf der Türschwelle stand, und das machte sie traurig.

»Es ist ein hinreißender Name, aber selbst wenn sie mich so nennen würden, so würde ihnen das gar nichts nützen!«

Fanny war ihre Vertraute, und Jane hatte sie über das »Komplott« gegen sie und George unterrichtet.

»Vergiß meinen Bruder! Schau dich doch um, alle wollen sie nur dich lieben!«

»Das sagt sich so leicht. Ich pfeife auf die anderen!« »Wenn ich doch nur deinen Erfolg hätte«, seufzte Fanny. Sie war nicht neidisch, aber sie wußte, daß Jane alle ihre Chancen zunichte machte. Gut und großzügig, wie sie war, zeigte sie keine Spur von Verbitterung. Wenn sie keine Mitgift besaßen, fürchteten die meisten jungen Mädchen, die die Zwanzig überschritten hatten, keinen Ehemann mehr zu finden. »Wer sieht deiner Meinung nach Don Juan am ähnlichsten? Grey... Lamb... oder der dicke Gresham?«

Dieser Vergleich löste bei Jane einen Heiterkeitsausbruch aus, der abrupt endete, als sie Fanny antworten hörte! »Für mich ist es Lord Ellenborough.«

»Du bist verrückt. Er ist gräßlich und alt!«

Was war ihr aufgefallen, daß sie so streng urteilte? Ein ironisches Funkeln unter halb geschlossenen Lidern? Ein verächtlich verzogener Mund? Sie konnte sich noch nicht einmal rühmen, mit ihm getanzt zu haben. Er stand meistens mit gekreuzten Armen da, seine schmale, ein wenig gebeugte Silhouette sah für einige Augenblicke recht beunruhigend aus.

»Wirklich, du bist nicht bei Verstand!«

Jane erhob sich, gefolgt von Fanny.

John Fitzpatrick und Peter Hamilton erwarteten sie zur Quadrille.

Dieser Tanz französischen Ursprungs war vor ungefähr zehn Jahren nach England gelangt. Er machte nun Furore in London, und Jane beherrschte die Figuren im Schlaf: zuerst der *Sommerschritt*, dann die *rechte Hand*. Dann das *Hirtenmädchen* und die *Hose*, der man manchmal noch eine fünfte Figur, den *Schlußschritt*, hinzufügte.

»En place«, rief Fitzpatrick laut.

Die Paare folgten der Geigenmusik.

Jane, die sich ganz dem Tanzen hingab, hatte nicht sofort bemerkt, daß sie Lord Ellenborough gegenüberstand. Mit einem spöttischen Blick verbeugte er sich, wobei er so wenig Schritte wie möglich machte.

»Es hat ein kleines Durcheinander gegeben«, sagte er zu ihr, »aber ich bin entzückt darüber! Es ist unmöglich, in ihre Nähe zu gelangen!«

Seine Stimme klang warm, und sie überraschte Jane, die sie sich nicht so vorgestellt hatte.

»Ich hoffe, Sie gewähren mir einen Tanz?«

»Ich weiß aus sicherer Quelle, mein Herr, daß Sie diese Art der Zerstreuung nicht allzu sehr schätzen. Sie müssen sich nicht verpflichtet fühlen...«

Nun war es an Edward, erstaunt zu sein. Ihr Tonfall war liebenswürdig gewesen, aber das hatte die kleine, boshafte Spitze nur um so besser zur Geltung gebracht. Für gewöhnlich versetzte ihn diese Angewohnheit junger Mädchen, sich zu zieren, bevor sie in etwas einwilligten, sei es nun ein Tanz oder ein Kuß, in Wut. Aber dieses hier hatte eine höchst eigenwillige Art, einen wissen zu lassen, wie die Dinge stehen, und sie schaute ihm dabei ruhig lächelnd direkt in die Augen.

»Sie ist lebhaft und geistreich«, sagte er sich, »und so wahr ich Ellenborough heiße, ich werde sie in den nächsten Monaten heiraten, oder ich gehe ins Kloster!«

Aber Jane hatte sich ihm schon entzogen.

Wenigstens weiß sie nun endlich, dachte Lord Ellenborough, daß es mich gibt!

Ein Satz von Henry Fielding kam ihm in den Sinn: »Die Liebe junger Mädchen ist so ungewiß, kapriziös und unüberlegt, daß man sich selten darüber klar ist, was sie wollen; man kann beinahe daran zweifeln, ob sie es selbst wissen.«

»Vielleicht habe ich eine Chance«, sagte er sich.

7

Sie trabte durch die Allee auf ihn zu, als ob sie alleine wäre. In ihrem Reitkleid, das bis zum Boden reichte, und ihrem hohen Hut mit Schleier war Jane fast noch anziehender als auf dem Ball.

Zahlreiche Spaziergänger, elegante Müßiggänger, ebenso auch einfache Leute aus dem Volk, waren unterwegs oder warteten geduldig, um die Elite der Aristokratie vorbeidefilieren zu sehen.

Jane Digby erregte Aufsehen; ihre Schönheit, ihre Anmut und ihre Vornehmheit verursachten beinahe genauso viel Wirbel wie das Erscheinen des Herzogs von Wellington, des Siegers von Waterloo. Man kam nach Rotten Row, um zu sehen, aber mehr noch, um gesehen zu werden; politische und weltliche Berühmtheiten paradierten hier jeden Tag auf den schönsten Pferden der Ställe Englands. Gegen fünf Uhr nachmittags traf Jane zufällig Lord Ellenborough. Sie ritten ein Stück des Weges zusammen, gemeinsam mit dem Admiral.

Dies ging etwa einen Monat so. Sie begegneten einander häufig, und stets grüßte er sie mit ausgesuchter Höflichkeit. Sie fand ihn nicht mehr so arrogant und weniger zynisch, und außer einer starken Persönlichkeit gestand sie ihm nun auch einen gewissen Charme zu.

Mit ein wenig Glück könnte er bei ihr mehr erreichen als jeder andere, dachte sie. Offensichtlich gefalle ich ihm, und er will heiraten. Und wenn ich ihn gewähren ließe?

Lord Ellenborough hatte ihr den Namen Ianthe gegeben. Das war der Name, den Lord Byron Charlotte Harvey in der Widmung zu *Childe Harold's Pilgrimage* gegeben hatte, und der Vergleich berührte Jane. Sie fand Ianthe noch romantischer als Aurora. Zwei Beinamen in drei Monaten. Wenn das kein Rekord war.

Edward Ellenborough hatte nur wenig Ähnlichkeit mit Childe Harold. Im Gegensatz zu dem Helden des Gedichtes akzeptierte er das Leben, ohne nach dem großen Glück zu streben; die Eroberung all der hübschen Mädchen, die ihm über den Weg liefen, war seine Art, glücklich zu sein. Und seit einiger Zeit hatte er auf Jane ein Auge geworfen, richtete es so ein, daß er sie wie zufällig auf jedem ihrer Ausritte traf, und wandte all seine Listen an, um ihre Aufmerksamkeit auf sich zu ziehen. Er kreiste sie ein wie ein Jagdwild.

Nach zwei Monaten bat er sie mit der Ungeduld eines Schuljungen, die nur gemildert wurde durch die Eleganz, die sein Rang und sein Alter ihm verliehen, um ihre Hand. Jane, die wußte, daß dieser Augenblick hatte kommen müssen, dachte nicht daran, abzulehnen.

Fanny erfuhr es als erste. Die beiden jungen Mädchen saßen auf einer Chaiselongue und machten tausend Pläne, berieten sich, wie man sich am besten verhalten sollte.

»Ich möchte es so gerne Anne mitteilen, stell dir bloß das Gesicht von Großvater vor! Aber ich muß erst abwarten, bis Edward seinen Antrag gemacht hat.«

»Was wird George dazu sagen?«

»Er wird nichts sagen, er hat nichts zu sagen, sprechen wir nicht mehr davon!«

Jane ergriff die Hand ihrer Kusine, sie konnte ihr diese seltsame Mischung aus instinktiver Furcht und Vertrauen, die sie zu diesem Mann, den sie kaum kannte, hindrängte, nicht erklären.

»Fanny, ich muß heiraten. Edward hat mir versprochen, daß er Mayfair, wo er mit Lady Octavia gelebt hat, aufgibt. Er wird seinen Besitz in Roehampton behalten. Ich werde mein eigenes Haus haben, und du kannst bei mir wohnen. Ich kann endlich empfangen, wann und wen ich will. Das wird eine Zeit werden!«

»Ja, aber du kennst ihn noch gar nicht richtig.«

»Erinnere dich bitte«, erwiderte Jane gereizt, »*du* warst es, die mir sagte, er sei unwiderstehlich.«

»Warum wartest du denn nicht noch ein wenig?«

»Das ist der Gipfel! Dein Bruder hat mich verlassen, und ich will jetzt heiraten!«

»Höre doch, Jane, du liebst Lord Ellenborough nicht. Warte doch noch...«

Jane wurde ungeduldig. Sie leugnete alles ab, und als ihr keine Argumente mehr einfielen, zog sie aus ihrem Mieder ein zerknittertes Blatt Papier und las ihrer Kusine das Gedicht vor, das Edward ihr geschickt hatte.

»Nun, was hältst du davon? Du siehst doch, daß er mich liebt.« Wie um ihre Gemütsbewegung zu verbergen, drehte Jane sich wie eine Sonnenblume in der Sonne und warf sich auf das alte Sofa. Doch Fanny hielt ihr entgegen: »Du bist viel zu enthusiastisch! Lord Ellenborough ist ein erwachsener Mann, und du bist noch ein Kind! Du willst vergessen, das ist alles!«

»Sei kein Spielverderber! Ich liebe George, das ist eine Tatsache, aber es ist eine hoffnungslose Liebe. Edward, das ist ... das ist schwierig zu erklären. Ich liebe ihn anders. Ja, genau, meine Gefühle für Edward haben nichts mit dem zu tun, was George mir bedeutet. Aber sie sind da!«

»Genauso kam es mir auch vor«, sagte Fanny.

Jane richtete sich wieder auf; es fiel ihr einfach zu schwer, die Verwirrung, die sie empfand, zu erklären.

»Ich verstehe mich gut mit ihm! Und außerdem findet alle Welt, daß er gut aussieht und intelligent ist. Da hätte ich es doch wirklich schlechter treffen können!«

Fanny zuckte die Schultern. »Diese Heirat ist absurd, du bist keine Byronsche Heldin. Du bist nicht dazu verdammt, diese Wunde, die die Zeit niemals heilen wird, von der er im *Giaour* spricht, zu ertragen.«

Fanny nahm, plötzlich des Ganzen überdrüssig, ihre Handarbeit auf. Die Rolle der Vertrauten machte ihr zu schaffen. Immer diese Gespräche über die Liebe, während nach ihr selbst niemand schmachtete! Sie bemühte sich um Fassung und ließ in Gedanken die anderen Partien, die sich Jane boten, Revue passieren.

»Siehst du, das Leben ist wie eine solche Handarbeit. All diese ineinander verschlungenen Fäden dienen nur dazu, in ihrer Gesamtheit ein vollkommenes Bild zu ergeben. Vergiß nie, daß du selbst, wenn du mit Lord Ellenborough unglücklich bist und dich tausend Ängste bedrücken, nach der Heirat immer eine gute Figur machen mußt. Du mußt glatt erscheinen, ganz glatt, trotz des Durcheinanders, das du gerade entwirrt hast, und das vielleicht schnell wieder in Unordnung geraten wird…«

»Wirklich, Fanny, du redest so, als ob unglückliche Ehen die Regel wären! Schau doch nur unsere Eltern an, sie verstehen sich ausgezeichnet.«

»Das weißt du doch gar nicht! Vielleicht hast du recht – aber du kannst doch gar nicht sehen, was sich da hinter den Kulissen abspielt.«

Jane war schockiert. Nicht einen Augenblick lang hatte sie darüber nachgedacht, ob ihre Eltern sich wirklich liebten oder ob sie Komödie spielten. All das erschien ihr zu kompliziert. »Ich gehe jetzt zu Steely. Sie wird mir hoffentlich keinen so trübseligen Vortrag über das Leben halten. Im Augenblick warte ich nur auf eins: daß Edward unverzüglich seinen offiziellen Antrag macht. Und vergiß nicht: Du weißt von nichts!« Sie warf Fanny eine spöttische Kußhand zu und ging.

Fanny legte ihre Arbeit beiseite, und ohne genau zu wissen, warum, fing sie leise an zu weinen. Es war wie eine längst vergessene Wunde, die Trauer über ein verlorenes oder im Schwinden begriffenes Gut, wie der Frühling, der sich seinem Ende zuneigte. Sie weinte weder über sich noch über Jane, empfand lediglich ein wirres Gefühl von Einsamkeit und Angst.

Sie ging hinaus. Überall, in den Häusern, auf den Straßen, überall schien sich eine neue, gewitterbeladene Jahreszeit anzukündigen. Das junge Mädchen fühlte, daß der ruhige Strom der Tage bald von einer neuen, brodelnden Strömung erfaßt werden würde.

8

Drei Tage später hielt Lord Ellenborough um Janes Hand an. Der Admiral war darüber verstimmt, Lady Digby hingegen war entzückt. Sie besprachen sich miteinander und kamen überein, daß die beiden sich noch ein Jahr gedulden sollten.

Aber die beiden, um die es ging, wollten nichts davon wissen. Edward machte ihr immer drängender den Hof, und Jane vereitelte jede Überwachung, um ihn zu treffen.

Lady Londonderry kündigte ihren Besuch bei den Digbys an. Sie trat für ihren Schwiegersohn ein und versicherte, daß ihre Tochter, Lady Octavia, sehr glücklich mit ihm gewesen sei.

»Lord Ellenborough ist ein in jeder Beziehung bemerkenswerter Mann«, sagte sie, »und ich kann Ihre Bedenken nur schwer verstehen. Sicher, Jane ist jung, aber schließlich ist ein Mann wie Edward, mit seiner Erfahrung und mit seiner Lebensart, ein von der Vorsehung gesandter Trumpf! Ich fand sein Betragen stets untadelig, und er wird mir immer teuer wie ein Sohn sein. Wenn sie sich doch lieben, warum sollen sie dann noch länger warten?«

Der Admiral konnte der alten Dame schlecht erklären, daß ihr Ex-Schwiegersohn ihm zu ehrgeizig erschien. Eine diskrete Nachforschung hatte ergeben, daß seine Familie, nachdem sie über Generationen unauffällig in Westmoreland gelebt hatte, erst dank Edwards Vater, einem berühmten Juristen und dem ersten Baron Ellenborough, aus der Anonymität gelangt war. Lady Digby erinnerte sich noch gut an die große Novemberparade: Sie sah die vergoldete, von sechs kräftigen Pferden gezogene Karosse des *Lord Mayor* vor sich, die vom Präsidenten des Gerichtshofes, nämlich Edwards Vater, empfangen wurde. Soviele Jahre, soviele Winter und soviele Dinge waren vergangen, bis dieses Bild ihr wieder deutlich vor Augen stand. Die Digbys erfuhren auch, daß es unter den Laws – so lautete der Name von Edwards Familie – zwei Bischöfe und einen ›Nabob‹-Onkel gegeben hatte: Thomas Law hatte sich, nachdem er in Indien ein beträchtliches Vermögen erworben hatte, in Amerika niedergelassen, wo er die Enkelin von Martha Custis Washington heiratete.

Wenn die Laws auch von jüngerem Adel waren, so waren sie doch tüchtig, begabt und reich. Das hinderte Edward allerdings nicht daran, zu verbreiten, daß seine Familie über eine Schwester von Edouard III. von den berühmten Plantagenets abstammte.

Da er bereits vierunddreißig Jahre alt war, beunruhigte ihn allmählich der Gedanke, daß er keinen Erben hatte. Jane Digby machte ihm wieder Hoffnung, aber er fürchtete, sie zu verlieren, wenn ihre Eltern nicht ihre sofortige Zustimmung gäben. Die Liebe oder die Ungeduld hatten aus ihm den reizendsten Mann von ganz London gemacht.

Nach einem Monat gab der Admiral schließlich seine Voreingenommenheit auf. Er ließ seine Tochter kommen: »Ich sehe, wie glücklich du immer bist, wenn Edward erscheint. Liebst du ihn wirklich so sehr? Vor sechs Monaten hast du noch sehr an deinem Cousin gehangen.«

»Ich werde ihm eine vollkommene Ehefrau sein«, erwiderte Jane, die bereit war, die Sterne vom Himmel zu versprechen, »ich werde mich nur dem Glück Edwards widmen.«

»Um Gottes willen, das würde noch fehlen, daß das wirklich deine Absicht ist!«

Um seine Rührung zu verbergen, hatte der Admiral viel zu laut geredet.

»Vater, all Ihre Sorgen sind vorüber!«

Nicht ohne Boshaftigkeit fügte sie hinzu: »Sie können sich jetzt endlich nach Forston zurückziehen, und Mutter hat keinen Grund mehr, Sie auf diese schrecklichen Bälle mitzuschleppen. Arme Mama! Sie sollten aber trotzdem nicht versäumen, von Zeit zu Zeit mit ihr auszugehen...«

Lady Digby hatte damit gerechnet, wenigstens zwei Jahre in London zu verbringen, bis ihre Tochter sich verheiratete, und nun mußte sie wieder einmal ihre Pläne ändern... Allerdings sagte sie sich, daß sie bei Henry immer das letzte Wort behalten würde, und daß ein wenig Geduld ihr tausend Vorwände liefern würde, um sich einen Teil des Jahres in London aufhalten zu können. Im übrigen liebte Henry seine Tochter viel zu sehr, als daß er sich zu lange ihrer Gegenwart berauben würde.

Mit drei Schritten war der Admiral bei seiner Frau. Er faßte sie um die Taille, während Jane ans Klavier lief und ›ihren‹ Walzer zu spielen begann. Das Paar fing an zu tanzen, und alle drei summten die Melodie mit. Da trat Fanny ein, gefolgt von Edward. Sie wurden mit Gelächter empfangen.

»Gütiger Gott, was ist denn passiert? Hier ist ja ein Treiben lieber Onkel, wie wenn ein Matrose nach Monaten auf See zum ersten Mal wieder Landluft schnuppert.«

Auch Fanny, die wie auf einer Bühne die Hände in die Hüften stemmte, wurde von einem heftigen Lachanfall geschüttelt. Der Admiral machte solche Sprünge, daß ein reges Geklimper über ihren Köpfen einsetzte: Auch die Gehänge der Lüster tanzten im Dreivierteltakt. Jane spielte noch schneller.

»Sie sind einverstanden, sie sind einverstanden«, sang sie aus vollem Hals.

Das Ganze war kaum schicklich. Der Admiral faßte sich schließlich wieder, holte Jane hinter dem Klavier hervor und zog sie mit sich zu Lord Ellenborough. Nach einem kurzen Gruß verfiel er in einen feierlichen Tonfall und erklärte: »Wir wollen Champagner trinken, um das Ereignis zu feiern, von ernsteren Dingen reden wir später.«

Er zog an der Klingelschnur, um einen Diener zu rufen. Der Korken erzeugte einen kleinen, trockenen Knall.

»Auf die zukünftige Lady Ellenborough«, sagte der Admiral. »Da alle einverstanden sind, brauchen wir nur noch das Datum festzulegen.«

»Ich schlage September vor«, sagte Edward und erhob sein Glas. Lady Digby stieß einen Seufzer aus. So schnell eine Zermonie von solcher Bedeutung organisieren zu müssen... »Gnade! Warten wir wenigstens bis zum Jahresende! Lassen Sie uns ein wenig zu Atem kommen!«

»Mama, ich bitte Sie, es ist doch alles bereit. Meine Garderobe reicht spielend für das ganze Jahr, ich brauche eigentlich nur noch das Hochzeitskleid und... eine Heiratserlaubnis.«

Man beschloß, die Verlobung auf einer Abendgesellschaft in der Harley Street für die Familie und die engsten Freunde bekannt zu geben. Damit unterwarf sich Lady Digby dem ungeschriebenen gesellschaftlichen Gebot, jedes glückliche Ereignis als willkommenen Vorwand für ein rauschendes Fest zu nutzen. Bis dahin sollte niemand etwas über den Plan verlauten lassen, er würde erst im Verlauf des Festes bekanntgegeben.

Nachdem die Entscheidung getroffen und das Datum auf den 15. September festgesetzt worden war, blieb nur noch das Problem der Heiratserlaubnis zu lösen, die nur der Erzbischof von Canterbury erteilen konnte. Außerdem mußte noch die finanzielle Absicherung Janes geregelt werden. Edward blieb unnachgiebig und lehnte alles ab, was auch nur im geringsten nach einer Mitgift aussah. Statt dessen verpflichtete er sich, Jane am Tag der Hochzeit einen Teil seines Vermögens zu überschreiben. So wäre für sie, gleich was geschehen würde, vorgesorgt: Sie würde nicht nur das Leben weiterführen können, das sie gewöhnt war, sondern außerdem noch über weit mehr als ausreichende Mittel verfügen, um ganz nach ihrem Geschmack zu leben, ohne daß sie jemanden um etwas bitten mußte. Edward hatte nichts Eiligeres zu tun, als das Aufgebot so schnell wie möglich bekannt zu geben, und Jane, die es nicht mochte, wenn die Dinge hinausgezögert wurden, konnte diese Ansicht nur teilen.

Der Erzbischof von Canterbury gab seine Zustimmung: »Der ehrenwerte Lord Ellenborough und Jane Elisabeth Digby, der eine volljährig und die andere minderjährig, haben das Recht, einander in Treue und Gesetz das Ehegelöbnis abzulegen, mit der Zustimmung von Henry Digby, Admiral der Flotte Seiner Majestät, als dem Vater der benannten Minderjährigen.«

Jane zeigte sich etwas überrascht, als Edward ihr vorschlug, die Flitterwochen in Brighton zu verbringen.

»Warum fahren wir nicht nach Italien?«

»Ianthe, mein Vorschlag ist sicher nicht sehr romantisch, aber vom Herbst an ist meine Anwesenheit in London zwingend erforderlich. Die politischen Auseinandersetzungen versprechen, hart zu werden, und sie erlauben es nicht, daß ich mich zu weit entferne.«

Jane spielte mit ihren Locken und schien nachzudenken: »Und wenn wir nach Holkham führen? Ich möchte Ihnen so gern alles dort zeigen... Sie werden Großvater und Anne hinreißend finden.«

»Ihren Großvater kenne ich bereits, wir hatten ein paar politische Meinungsverschiedenheiten! Aber keine Sorge, nichts Ernstes. Er ist ein Mann, den ich sehr bewundere.«

»Ich bin so enttäuscht, daß er nicht zu unserer Hochzeit kommen kann. Ich hätte mich so gefreut, wenn sie alle beide da gewesen wären. Aber Anne steht kurz vor ihrer Niederkunft, und Großvater würde sie um nichts in der Welt allein lassen. Er ist so stolz darauf, daß er jetzt Erben hat. Zweiundsiebzig Jahre, und bald schon wieder Vater. Sie müssen zugeben, Edward, das ist schließlich nichts Alltägliches!«

Edward stimmte ihr zu:

»Was ihn angeht, so hat er natürlich recht. Aber Sie werden sehen, wir holen ihn schon bald ein.«

Jane errötete. Sie würde ihm bestimmt einen Erben schenken, aber die Vorstellung, sofort nach der Hochzeit schon so unförmig zu werden und nicht mehr ausgehen zu können, erheiterte sie ganz und gar nicht. Sie hatte die Geheimnisse des Lebens bereits auf Holkham in den Schäfereien und den Ställen kennengelernt, und deshalb erschienen ihr alle diese Dinge nun ganz natürlich, obwohl selbstverständlich nie auch nur die kleinste Andeutung darüber gemacht wurde. Aber das Ende der Feste, der Ausritte, der Sorglosigkeit, all das erschien ihr ein wenig verfrüht. Obwohl sie eher durch praktische Anschauung als durch die vertraulichen Gespräche, die sie in der Verschwiegenheit der Boudoirs aufschnappen konnte, unterrichtet war, hatte sie sich eine Art von Naivität bewahrt, die an Unwissenheit grenzte, und die Edward aus der Fassung brachte. Jedesmal, wenn er Jane in die Arme nahm und sie zu küssen versuchte, spürte er, daß sie zitterte, aber sie löste sich immer rasch von ihm. Dann sah er sie wieder vor sich, vielmehr, er sah »die beiden«, sie und George Anson, vor sich, wie er sie damals eng umschlungen im Hyde Park überrascht hatte. Allerdings hütete er sich, ihr gegenüber auch nur die kleinste Bemerkung darüber zu machen. Die Schöne war gezähmt; jetzt war nicht der richtige Augenblick, sie vor den Kopf zu stoßen, wo er sie sich doch schon ergeben, flehend und voller Leidenschaft vorstellte. Im übrigen wußte er wohl, daß sie bestimmt über seine Vergangenheit unterrichtet war, und vor allem darüber, daß er damals beschlossen hatte, seine Hochzeitsreise nach Wien zu machen. Der Grund war der Kongreß gewesen, für den sein Schwager, Lord Castelreagh, ihm seine Hilfe zugesagt hatte, damit er den ersten Grundstein für seine Laufbahn legen konnte. Und obwohl Lady Londonderry, seine Schwiegermutter, ihm versichert hatte, daß sie für ihn eingetreten war, so konnte doch die alte Dame, die wußte, daß sein Eheleben keineswegs ein Erfolg gewesen war, ihn zu jedem Zeitpunkt verraten. Es war zu wahr, daß Lady Octavia, die leidend war, ihn nur sehr selten jene ›Glut‹ hatte spüren lassen, die er bei Jane zu finden hoffte.

Im Moment schien Jane Angst vor ihm zu haben. Edward war sich dessen bewußt, schrieb das allerdings eher dem Ruf zu, der ihm, wie er wußte, vorauseilte. Sie, die Undisziplinierte, die Spontane, die kleine Wildkatze, errötete, wenn sie ihn ansah, und schien ständig seine Anerkennung zu suchen. Aber sobald eine dritte Person hinzu kam, und wenn es auch nur Steely war, fand sie sofort wieder zu ihrer sicheren Haltung zurück, zu dieser gleichgültigen Miene und dieser Zurückhaltung, die ihn immer wieder beunruhigten.

»Wir fahren auf jeden Fall nach Holkham, nicht wahr? Dort werden wir gemeinsam über die Heide reiten…«

»Wir werden sehen, meine Ianthe… Aber passen Sie auf, was würden Sie sagen, wenn ich Sie morgen nach Montague House mitnähme? Ich muß Ihnen unbedingt die Sloane-Sammlung und die Bibliotheken von Cotton und Harley zeigen.«

»Aber sehr gerne würde ich noch einmal dorthin gehen!«

Edward tat so, als ob er sehr beeindruckt wäre: »Ich rechne damit, daß Sie mir die Antiquitäten erklären«, neckte er sie.

»Machen Sie sich nur lustig! Dabei bin ich mir sicher, daß Sie weder den Stein von Rosette noch die anderen Wunderwerke kennen. Geben Sie zu, daß Sie sie noch nie gesehen haben!«

»Ich gebe es ja zu, aber dafür haben die Marmorskulpturen von Townley und Elgin keine Geheimnisse mehr vor mir zu verbergen.«

»Wie anmaßend! Auf jeden Fall werde ich Ihnen erzählen, was Mr. Payne und König Tom mir beigebracht haben!«

»Genug der Scherze! Da seine Majestät die Idee gehabt hat, die wunderbare Bibliothek seines Vaters zu stiften und das Parlament den notwendigen Mitteln zur Errichtung eines Gebäudes, das dieser Sammlung würdig ist, zugestimmt hat, müssen wir uns dort auch sehen lassen. Bestimmt treffe ich gleich Smirke* in meinem Club. Ich werde ihn darum bitten, uns persönlich zu führen und uns seine Entwürfe zu zeigen.«

Sie sah nur ihn. Er wußte soviel, er war ihr Lehrmeister. Sie trat auf ihn zu.

»Meine Ianthe, ich liebe Sie«, murmelte er.

Sie legte ihre Stirn an seine Schulter und sog seinen Geruch ein, diesen männlichen, von Tabak durchtränkten Geruch.

»Edward, verlassen Sie mich niemals. Ich könnte ohne Sie nicht leben.«

»Janet«, sagte er ernst, »was auch immer geschehen mag, ich werde niemals aufhören, Sie zu lieben.«

Er nahm ihre Hände und küßte sie langsam eine nach der anderen. Sie setzten sich nebeneinander, er mit übereinandergeschlagenen Beinen, seine Tabakdose in der Hand, und nicht ohne zu bedauern, wie leicht doch seine Gefühle die Oberhand gewannen, sie mit aufgerichtetem Oberkörper, beschäftigt, eine imaginäre Falte zurechtzuzupfen.

Lady Digby trat hastig ins Zimmer. Edward erhob sich.

»Um seine Abwesenheit zu entschuldigen, schenkt Großvater dir ein Vollblut. Und was für eins, einen Urenkel des Arabers Godolphin!«

»Mutter, das ist nicht wahr, ich kann es gar nicht glauben!«

* Sir Robert Smirke, der Architekt, der den Auftrag hatte, die Gebäude von Montague House zu erweitern, da sie nicht genügend Platz mehr boten für die ständig anwachsenden Kunstschätze. Diese Gebäude sind heute das British Museum.

Selbst Edward blieb nicht so ruhig wie gewöhnlich. Godolphin Arabian! Es war unmöglich, einen seiner Abkömmlinge zu erwerben! Er kannte die Geschichte des berühmten Zuchthengstes auswendig: Sie ging auf das Jahr 1724 zurück, das Geburtsjahr von Godolphin Arabian, der damals allerdings einen anderen Namen trug. Der Kaiser von Marokko hatte ihn Ludwig XV. zum Geschenk gemacht, aber der König von Frankreich hatte ihn in die abgelegenste Ecke seiner Ställe verbannt. Schlecht gepflegt verfiel das Pferd zusehends, bis ein Stallknecht es heimlich an einen Pariser Wasserhändler verkaufte – es gab genug tödliche Krankheiten, mit denen man das Verschwinden des Pferdes erklären konnte... Dort wurde der Hengst zwischen die Deichseln eines Karrens gespannt, mit dem Wasser transportiert wurde, bis zu dem Tag, als er am Palais Royal in Paris einen englischen Edelmann umstieß. Als sich das Opfer, Edward Coke, von dem Schrecken erholt hatte, sah er das Pferd und kaufte es auf der Stelle für fünfundsiebzig Livres. Als Gestütsbesitzer in Derbyshire hatte Edward Coke sofort erkannt, daß es sich um ein erstklassiges Rassetier handelte. Im Jahr darauf starb Edward Coke leider. Er hinterließ seine Neuerwerbung seinem Freund Roger Williams, seines Zeichens Kellner, und seine Stuten hinterließ er Lord Godolphin. Dieser witterte ein gutes Geschäft und erwarb das Pferd für fünfundzwanzig Guineen. Er verwendete ihn als ›Probierhengst‹ für seinen Hauszuchthengst ›Hobgoblin‹, und in diesem traurigen Stand wäre er auch gestorben, wenn sich nicht Hobgoblin hartnäckig geweigert hätte, die schöne Stute Roxana zu bespringen...

Godolphin hatte wahrscheinlich an dieser ersten Erfahrung Geschmack gefunden, denn von da an geriet er außer sich, wenn er nicht zu seinem Ziel gelangen konnte. Und eines schönen Tages stürzte er sich plötzlich in einer Anwandlung von schlechter Laune auf seinen Rivalen und tötete ihn. Das war der Beginn seiner sagenhaften Karriere... So wurde Godolphin zusammen mit Darley Arabian und Byerley Turk zu einem der drei Gründungsväter der Rasse der englischen Vollblüter.

Jeder Pferdeliebhaber, der diesen Namen verdiente, kannte diese

Geschichte. Jane ging auf und ab. Edward hörte, wie sie vom Beschälen sprach, als ob es die natürlichste Sache der Welt sei. Was für ein seltsames Mädchen, dachte er. Sie errötet bei der kleinsten Anzüglichkeit, aber sie spricht von der Fortpflanzung wie ein Pferdeknecht. Wirklich, mit ihr werde ich wohl immer neue Überraschungen erleben.

Sie trat wieder auf ihn zu: »Sie können sich nicht vorstellen, wieviel Mühe mein Großvater Thomas Coke aufgewandt hat, um Nachfahren von Godolphin zu erwerben. Aber am meisten hat ihn geärgert, daß Godolphin aus dem Gestüt der Familie Coke stammte. Oh, Edward, er macht uns... ein wunderbares Geschenk.«

Edward ergriff ihre Hände. Aber sie war schon weit von ihm entfernt, sie galoppierte auf ihrem Pferd ihren Träumen entgegen, von Wüstenwinden gepeitscht, trunken vor Freiheit, dem Blau des Himmels und vor Liebe.

Zweiter Teil

1824-1828

1

Die Jungvermählten verließen London bei naßkaltem Wetter. Der Himmel war bleigrau, der Herbst hatte einen Monat zu früh begonnen. Aber Jane kümmerte sich nicht im geringsten um das Wetter.

»Von nun an sind Sie meine Sonne«, sagte sie und schmiegte sich an ihn... Sie legte den Kopf auf Edwards Schulter und schlief fast augenblicklich ein.

Der kleine Hund, der zusammengerollt dalag, verdrehte unruhig die Augen, das Rütteln der Kutsche störte ihn. Ich werde wohl ein Auge darauf haben müssen, sagte sich Edward, daß hier nicht ein ganzer Tierpark Einzug hält. Janes Tierliebe ging ihm schon ein wenig zu weit, und es hatte bereits Streit gegeben, weil sie unbedingt das Kanarienvogelpärchen mitnehmen wollte. Fanny hatte versprochen, sich um die kleine Gesellschaft zu kümmern, und nur der King-Charles-Spaniel mit seiner Schleife um den Hals durfte sie auf ihrer Reise begleiten.

»Sie soll sich nur ausruhen«, dachte Edward, den unvermittelt Rührung überfiel, als ein Lächeln über das Gesicht seiner schlafenden Frau huschte. Er betrachtete Janes lange Finger, den zu großen Smaragd, den er ihr geschenkt hatte, und eine mächtige Gefühlswallung schnürte ihm die Kehle zu. Der lässige Verführer von einst, wo war er denn nun geblieben? Edward mußte über sich selbst staunen.

Wie die Erinnerung an eine Liebkosung drängten die Bilder dieses Tages auf ihn ein. Nach der Trauungszeremonie, die der Bischof von Bath und Wells, Edwards Onkel George Henry Law, vollzogen hatte, war auf einem Empfang bei den Digbys alles versammelt, was in London und im Adel der Umgebung Rang und Namen hatte.

Mrs. Arbuthnot, die im allgemeinen mit Komplimenten geizte,

hatte verkündet, sie habe noch nie ein schöneres Paar gesehen. Und Lady Neville hatte, ein wenig geistlos, den Lobeshymnen die Krone aufgesetzt und jedem, der es hören wollte, vorgeschwärmt, in ganz Europa könne sich keiner mit Lord und Lady Ellenborough messen. Edward war sich seines Wertes sehr bewußt und erkannte durchaus, daß ihn seine Willenskraft und seine Intelligenz über die anderen Männer, mit denen er verkehrte, erhoben; darum fand er es nur natürlich, daß er seine Wette gewonnen hatte. Das hübscheste Mädchen im ganzen Land, so schlank und überirdisch schön, gehörte ihm. Ja und?

Als er sah, wie sie am Arm ihres Vaters in die Kirche schritt, geriet er doch ein wenig außer Fassung. Stolz, das Gesicht von ihren blonden Locken umrahmt, die Wimpern züchtig gesenkt über großen blauen Augen, die dennoch verstohlen das Fest beobachteten, die Wangen rosig vor Erregung, schien sie wirklich eine Königin. Die außergewöhnliche Schlichtheit ihres Brautkleids hob nur noch mehr die vollkommenen Formen ihres Körpers und ihre strahlende Schönheit hervor. Mit unerschütterlichem Lächeln hatte sie die nicht enden wollenden Glückwünsche über sich ergehen lassen, und dann, im Augenblick des Aufbruchs, hatte sie sogar noch daran gedacht, ihrem Vater und ihrer Mutter in den bewegendsten Worten zu danken.

Der Admiral, der nur mit Mühe seiner Rührung Herr wurde, hatte Unverständliches gebrummt, während Lady Digby in Tränen zerfloß. Miss Steele war ihnen nicht von der Seite gewichen, und Fanny hatte ihr im letzten Moment ein kleines Paket zugesteckt – mit der Anweisung, es nicht vor dem nächsten Morgen zu öffnen. Jane mußte versprechen, so schnell wie möglich zu schreiben, und hatte all die Wangen, die sich ihr zum Abschied boten, geküßt, während er sie mit sich zog, ihrem Schicksal entgegen.

Edward beglückwünschte sich zu seiner Wahl. Brighton war damals sehr in Mode, eine heitere Atmosphäre beherrschte die Stadt, und schließlich waren die Krebse dort ganz ausgezeichnet. Der Chinesische Pavillon – Edward fand ihn ausgesucht geschmacklos – genoß ein besonderes Ansehen, nur weil der König ihn hatte erbauen lassen. Er versuchte, sich den morgigen Tag vorzustellen, wie sie zusammen am Meer entlangspazieren und nach allen Seiten hin Freunde begrüßen würden...

Er konnte nicht mehr zwischen seiner Ungeduld und einer leisen Unruhe unterscheiden. Wie würde sie reagieren? Er zog seine Uhr aus der Westentasche und rechnete sich aus, daß sie bald ankommen müßten. Er hatte die schönste Suite im Norfolk Hotel reservieren lassen und darauf bestanden, daß die Zimmer mit weißen Blumen und mit Obstschalen geschmückt wurden. Um sich zu vergewissern, daß alles seinen Wünschen entsprechend vorbereitet war, hatte er seinen Kammerdiener und Emily, die neue Zofe, vorausgeschickt.

Ein gedeckter Tisch vor einem fröhlich flackernden Feuer, daneben ein Serviertisch mit kalten Platten und Süßigkeiten – Edward hatte für alles gesorgt. Er hatte niemanden zum Bedienen gewollt. Zufrieden betrachtete er die Szene: der Champagner in einem Silberkübel, die brennenden Kerzen in den Leuchtern, die hinreißenden Blumenarrangements.

Jane, ganz entzückt, wollte zuerst die Zimmer sehen; sie tat so, als bemerke sie das spitzenverzierte Bett nicht.

»Edward, Sie sind ein Zauberer. Aber ich habe Hunger wie ein Wolf!«

Als er sich ihr näherte, wich sie ihm mit einer anmutigen Bewegung aus und setzte sich an den Tisch.

»Entweder macht sie sich über mich lustig, oder ihre Naivität ist noch größer, als ich es mir vorgestellt habe«, sagte sich Edward, während er sein Glas auf ihr gemeinsames Glück hob und »seiner Frau«, die so zutraulich und zärtlich dreinblickte, fest in die Augen schaute. Immer wenn sie lächelte, erschienen zwei kleine Grübchen auf ihren Wangen. Sie schwatzte munter drauflos, um ihre Aufregung zu verbergen, und trank in kleinen Schlucken, ein wenig zu schnell.

Er tat so, als höre er ihr zu, als begeistere er sich für dieses Geplänkel, aber in Wirklichkeit kochte es in ihm vor Ungeduld; es machte ihm Freude, sein Verlangen hinauszuzögern und mit Janes Verwirrung zu spielen.

»Kommen Sie her, meine Ianthe. Ich will einen Kuß!«

Zitternd wie Espenlaub kam sie zu ihm. Im Kamin zerbarst funkensprühend ein Holzscheit...

Langsam begann es zu dämmern. Jane lag bewegungslos unter ihren Decken. Sie begriff nichts mehr. Um Edward nicht berühren zu müssen, hatte sie sich an den äußersten Rand des Bettes zurückgezogen. Schon die Vorstellung, er könnte sie streifen, erfüllte sie mit Entsetzen. Wie konnte er nur so friedlich, mit halboffenem Mund, schlafen? Er hatte sich auf sie gestürzt wie ein Tiger auf seine Beute, ohne Rücksicht auf ihre Scham, ohne Sanftheit, ohne Zärtlichkeit, nur auf sein Vergnügen bedacht... »Edward . . .« Sie sagte diesen Namen vor sich hin, der nun einen ganz neuen Klang für sie hatte. Wie konnte jemand nur so brutal sein?

Alles war ihr unerträglich gewesen, aber nie würde sie diesen triumphierenden Blick vergessen, als er sich aufgerichtet und zu ihr gesagt hatte: »Nun sind Sie eine Frau! Sie gehören mir!«

Sie fühlte sich gedemütigt und beschämt, sie wagte nicht mehr, sich zu rühren.

Dann hatte er von neuem angefangen, ohne auf ihren Protest zu achten. Befriedigt hatte er sich danach umgedreht und war eingeschlafen.

Jane weinte. Sie verachtete sich, fühlte sich schmutzig, zerschlagen, besiegt. »Das ist nun mein Mann, und ich hasse ihn bereits. Nie mehr werde ich es zulassen, daß er mich anrührt.«

Sie stand auf, tastete sich im Halbdunkel vorwärts und suchte Zuflucht im Nebenzimmer. Sie verabscheute diese Blumen, diese Kerzen, all diese absurden Vorbereitungen, Zeugen ihrer Vergewaltigung, schmückendes Beiwerk für ein Fest, das nicht stattgefunden hatte. Ihre Tränen verwandelten sich in Schluchzen, sie begann zu zittern. Der kleine Hund kam auf das Sofa gesprungen, kletterte auf die zusammengesunkene Jane und machte sich daran, ihr liebevoll das Gesicht zu lecken.

»Wenigstens du hast mich gern.«

Sie war an Edward gebunden. Diese Erkenntnis lastete wie ein

Verhängnis auf ihr. Das Unabänderliche war geschehen. Was soll nun aus mir werden? dachte sie. Eines weiß ich ganz gewiß: Kein Mann darf es sich erlauben, aus mir so eine willenlose Puppe zu machen, mit der er nach Belieben umspringen kann...

»Nie mehr«, sagte sie sich. Und ihre Tränen flossen noch heftiger.

Sie erinnerte sich an ihre Aufregung am Vortag. »Deine letzte Nacht als junges Mädchen«, hatte Fanny gemurmelt.

Jane dachte an Johnny, an George, an ihre ersten Sehnsüchte. Und nun hatte Lord Ellenborough aus ihr diese gedemütigte, geschändete Frau gemacht.

Sie stand auf, wickelte sich in ihren Morgenmantel. »Was kümmern mich die Dienstboten, ich kann diese Räume nicht mehr ertragen. Ein wenig frische Luft wird mir guttun.«

Es war Ebbe, lediglich ein paar Fischer waren am Strand. Jane schritt eilig aus, sie fühlte sich frei und atmete gierig die salzige Luft ein. Eine Welle von Zärtlichkeit durchströmte sie: Das war der Geruch von Holkham.

»Wie habe ich es nur sechs Monate lang ausgehalten, ohne dorthin zurückzukehren?«

Ihre Kindheit dort erschien ihr auf einmal so fern. Sie hatte unbedingt heiraten wollen, das war nun geschehen. Wenigstens hatte sie dadurch die Freiheit errungen, ausgehen zu dürfen, ihre Freunde selbst zu wählen. Sie hatte geglaubt, Edward zu bewundern, doch sie hatte sich vom Schein trügen lassen. Fanny hatte recht gehabt. Vielleicht würde sie sich mit der Zeit daran gewöhnen. Sie entdeckte, daß sie nun ganz allein war, und bei diesem Gedanken kamen ihr von neuem die Tränen.

Das Knirschen der leeren Muschelschalen unter ihren Füßen, die Schreie der Möwen, der Wind in ihren Haaren zwangen sie zu reagieren. Sie beschloß, zu der verlassenen Mole zu gehen, die weiter hinten ins Meer ragte. Sie sprang über die schlecht verlegten Planken bis ans Ende der Mole und setzte sich dann, um auf die Wellen hinauszuschauen. Plötzlich wurde die Bucht vom Licht der Morgensonne überflutet.

Da befiel Jane eine tiefe Angst, und sie murmelte: »Wie das Wasser, wie Ebbe und Flut diese Brücke unterspülen werden, so zerstört das Licht dieses Tags meine Hochzeitsnacht. Oh Edward! Warum gerade Sie, zu dem ich solches Vertrauen hatte, warum?…«

Regungslos sah sie den heimkehrenden Fischern und dem Ansteigen der Flut zu. »Was macht es schon, wenn mich das Meer verschlingt…« Ihre Lippen bewegten sich wie im Gebet.

»Janet, Janet!«

Ein eiskalter Schauder überlief sie. Wie durch Nebel drang die Stimme zu ihr.

»Janet, Sie sind wahnsinnig, ich suche Sie überall. Was macht das denn für einen Eindruck?«

Es war ihr vollkommen gleichgültig, was die Leute dachten, und auch er, er dachte ja doch nur an sich!

Als er bei ihr ankam, kroch sie wieder in sich zusammen.

»Sie sind töricht, so spazierenzugehen, im Hemd und mit ungekämmten Haaren. Kommen Sie, wir gehen.«

»Fassen Sie mich nicht an!«

Dennoch ließ sie sich ohne Widerstand wegziehen, sie war plötzlich zu erschöpft, um sich zu wehren.

»Sie reden Unsinn! Ich und Sie nicht mehr anrühren, das, meine Liebe, können Sie sich aus dem Kopf schlagen! Sie gehören mir!«

Aber diese Worte, die er, wie um sich selbst zu überzeugen, wiederholte, machten keinen Eindruck mehr auf sie. Sie war schwer, eiskalt wie eine Tote, und er hatte Mühe, sie bis zur Promenade zu tragen. Die Villen, die Hotels, alles schien noch zu schlafen. »Wie demütigend«, dachte Edward, »wenn mich jemand zu dieser Morgenstunde überraschen würde.«

Als er aufgewacht war, hatte er automatisch nach ihr getastet, und dann, als er das leere Bett entdeckt hatte, war er zunächst durch alle Zimmer gegangen. Verärgert hatte er auf sie gewartet.

Mit der Zeit wurde er unruhig, und schließlich beschloß er,

hinauszugehen und sie zu suchen. Nun, wo er sie wiedergefunden hatte, verwandelte sich seine Unruhe in Wut. »Sie muß in die Knie gezwungen werden, sie muß begreifen, daß ich ihr Herr bin.«

Als sie wieder in ihrer Suite waren, ließ Edward seinem Zorn freien Lauf: »Wenn Sie es sich noch einmal einfallen lassen, halbnackt draußen herumzuspazieren, sperre ich Sie ein. In meinem ganzen Leben habe ich noch nichts so Groteskes gesehen. Sie sollten glücklich sein.«

Sie stammelte ein paar Worte, dann schwieg sie, mit abwesender Miene.

»Jane, sind Sie krank?« Er fiel auf die Knie, versuchte, sie zu umarmen.

Sie richtete sich auf und sagte mit tonloser Stimme: »Rühren Sie mich nicht an, mir graut vor Ihnen!«

Sie wollte fliehen, als hätte Edwards Verlangen sie plötzlich wachgerüttelt, aber er klammerte sich an sie und ließ erst los, als Jane ihn biß.

»Sie wollen also nicht mehr, daß ich Sie berühre! Ich versichere Ihnen, als ich Ihnen im Hyde Park begegnet bin, waren Sie nicht so zimperlich. Glauben Sie aber nur nicht, daß Sie später mit Flehen und Bitten bei mir noch etwas erreichen können!«

Er ging hinaus und warf die Tür hinter sich ins Schloß.

Jane spürte, wie ihr das Blut in die Wangen stieg und ihr Gesicht scharlachrot wurde. Wie hätte sie das auch nur ahnen können?

»Er ist ja gräßlich, er hätte es mir vorher sagen müssen! Niemals werde ich seine sarkastischen Äußerungen ertragen können. Mein Gott! Was soll nur aus mir werden? Ich bin seine Gefangene.«

Alles wurde ihr klar. Während ihrer ganzen Verlobungszeit hatte Edward sie niemals so geküßt wie George. Sie fühlte sich plötzlich schuldig.

Die Tage vergingen grau und eintönig. Jeden Abend nach dem Abendessen ließ Edward sich ein Bett im Salon richten. Tagsüber war sie die schöne, elegante und begehrte junge Frau. Doch ihre Abende waren einsam. Edward hatte nie wieder versucht, sich ihr zu nähern, er machte nie wieder ein Anspielung auf ihren Streit. Alles schien vergessen, und manchmal wagte er vor Dritten sogar eine zärtliche Geste.

Jane wußte nicht, wie sie sich verhalten sollte. Nur Emily und Joseph ahnten, daß etwas Ernsthaftes die Flitterwochen ihres Herrn gestört hatte. Im Dachgeschoß des Hotels hatte man Lord Ellenborough verstohlen in das Zimmer einer Näherin schleichen sehen.

2

Lord und Lady Ellenborough verließen jeden Morgen um die gleiche Zeit das Haus. Zuerst zeigten sie sich vor dem Königlichen Pavillon, einem extravaganten mongolischen Palais, dann folgten sie dem Bogen, den der Royal Crescent beschrieb, spazierten durch das Wohnviertel am Meer und grüßten nach links und rechts die Jeunesse dorée der Londoner Gesellschaft, die hier ihr Vergnügen suchte.

Manchmal besuchten sie Henry, einen der Brüder Edwards, und frühstückten mit ihm. Das Gespräch drehte sich hauptsächlich um Politik, und auch Jane erlaubte sich, ihre Meinung dazu zu äußern. Sie hatte bei Hume und Lawrence alles über die Geschichte Englands gelesen, und auch die Bücher und Zeitungen, die gewöhnlich im Haus herumlagen, waren ihr vertraut. Zwar hatte sie sich nie wirklich dafür begeistern können, aber einer Unterhaltung über die europäischen Belange konnte sie ohne Schwierigkeiten folgen.

Nachdem sie sich an Muscheln und Fischen sattgegessen hatten, spazierten sie weiter durch das Gewirr der engen Gäßchen und kehrten dann heim, um sich für ihren Ausritt in die Downs umzuziehen. Auf dem Gipfel des Dyke Hill hielten sie schweigend an und bewunderten den Ausblick, der sich ihnen bot.

An manchen Tagen fuhren sie ganz einfach nach Hove.

Das gesellschaftliche Leben interessierte Jane überhaupt nicht. Vielmehr gefiel ihr das Schauspiel der Sonnenuntergänge, wenn Edward sie zum Old Stein mitnahm, den zwei Häuserreihen mit Balkonen umgaben; dort saßen sie friedlich Seite an Seite und schauten den Fischern zu, die ihre Netze trockneten. Woran mag Edward nur denken? fragte sie sich, denn was verbirgt er hinter dieser kalten Höflichkeit?

Für Edward war das Problem geregelt, wenn es überhaupt jemals ein Problem gegeben hatte. Er mußte nur warten, seine Frau gehörte ihm. Wenn er auch zugab, daß er es an Feingefühl hatte fehlen lassen, so fühlte er sich dennoch als Ehemann in seinem Recht. Er hatte sie haben wollen, nun hatte er sie. Mochte sie sich immer noch schamhaft wie ein kleines Mädchen zieren und sich wie ein verschrecktes Reh betragen, nun gut, das würde vorübergehen! Kleine Näherinnen gab es einstweilen genug.

Henry Law spielte die Rolle des unerläßlichen Begleiters, der peinliches Schweigen vermeiden half. Edward hatte ihm zudem nahegelegt, sich nach ihrer Rückkehr in Roehampton niederzulassen.

Nach dem Dinner besuchten die beiden Brüder die Spielzirkel, oder sie hielten sich bis tief in die Nacht in irgendeinem Club auf und überließen Jane ihrer Einsamkeit.

Schon während der Badesaison kamen Gerüchte auf, man begann, das Verhalten von Lord Ellenborough merkwürdig zu finden, aber noch wagte es niemand, seine Mißbilligung öffentlich zu äußern.

Einsamkeit, Langeweile, Verzweiflung – Jane hatte das Gefühl, daß es für sie keine Aussicht mehr gebe. Die Gesellschaft Henry Laws war ihr zutiefst zuwider. Ständig war er da, und keine Minute konnte er einmal seinen Mund halten; dabei hatte er eine Art zu reden, daß man ihn wiehern hören glaubte, und Gott weiß, wie sehr sie Pferde liebte!

Unabhängig vom Wetter, und immer gegen den Willen Edwards, badete Jane im Meer. Bekleidet mit einer langen Bluse, einer Hose aus gefärbter Schafswolle und einer enganliegenden Haube aus wasserdichtem Taft ging sie ins Wasser; zur Abkühlung ließ sie sich vorher mit einem Kübel bespritzen. Sie liebte das kalte Wasser oder vielmehr dieses Gefühl, gepackt zu werden, und dann mit kraftvollen Schwimmzügen darauf reagieren zu müssen, bis sie in eine Art Rausch geriet, in dem sie sich zugleich frei und von den Wellen fortgetragen fühlte.

Die Saison neigte sich ihrem Ende zu. Sie mußten nach London zurückkehren.

In der Nähe der Stadt besaß Edward ein von einem Park umgebenes Anwesen. Während ihrer Verlobungszeit hatte er nicht zugelassen, daß sie dorthin kam, es sollte eine Überraschung für sie werden. Innenausstatter und Gärtner hatten ohne Pause gearbeitet. Alles war brandneu, im Stil der jüngsten Mode gestaltet.

Die antiken Statuen in der Eingangshalle erinnerten Jane an Holkham. Von der Höhe der Freitreppe aus bewunderte sie die von grünen Laubengängen umgebene Rasenfläche und die Lindenallee, an deren Ende eine Kopie der *Flora antica* aus dem Palazzo Farnese stand.

Ihr Zimmer im ersten Stock war mit rosa Taft ausgeschlagen, an den Fenstern hingen üppige, geraffte Vorhänge, und auf dem Bett, über dem sich ein Baldachin wölbte, lag eine Musselindecke. Sie hätte sich kaum eine harmonischere Ausstattung wünschen können.

Die Salons, in denen schön geschwungene Prunkmöbel standen und deren Wände die Porträts der Familie Law beherrschten, erschienen ihr streng mit ihren antiken, italienischen Kaminen. Fast kam es Jane vor, als würden diese starren Blicke an den Wänden, obwohl von Romney und Lawrence gemalt, ihr die eigene Jugend und ihre zu hellen Kleider vorwerfen. Edward hatte einige Bilder von John Martin und John Crome aufhängen lassen, die das Gesamtbild etwas auflockerten.

Es gab ungefähr zwanzig Dienstboten im Haus. Jeden Morgen unterbreiteten sie Jane ihre Vorschläge für den Tagesablauf. Sie stimmte zu, wohl wissend, daß eine gegensätzliche Meinung wahrscheinlich nichts ändern würde, denn bevor sie zu ihr kamen, hatte jeder bereits von Edward seine Anweisungen empfangen.

Dieser widmete seine Zeit der Politik, als hätte er nur auf die Ehe gewartet, um sich Hals über Kopf in diese Tätigkeit zu stürzen. Er verschwand früh am Morgen und kehrte erst am Abend wieder heim.

Die ersten Tage waren schrecklich. Glücklicherweise hatte sie Mameluck, das Vollblut, das ihr König Tom geschenkt hatte. Jane bewegte ihn jeden Tag, gewöhnte ihn an ihren Reitstil und ritt mit ihm aus, um die Gegend zu erkunden.

Da Edward außer Haus war, gab er ihr wenigstens die Freiheit, die sie erwartete. Sie hatte letztlich seinem Verlangen nachgegeben, und wenn sie auch nicht mehr den gleichen Ekel empfand wie zu Anfang, so verspürte sie doch auch kein Vergnügen. Nach erfüllter Pflicht schlief sie ein und erwachte allein in ihrem Zimmer... traurig und unruhig, voller Angst, ein Kind zu empfangen, das sie sich nicht wünschte.

Auf Holkham war jetzt Jagdsaison; Janes größter Wunsch war es, dorthin zu eilen, um ihre Eltern wiederzusehen, die Bäume, die Pferde, die Heide... aber niemand hätte Verständnis dafür gehabt, wenn sie ohne ihren Gatten gekommen wäre. Edward, den seine Arbeit ganz in Anspruch nahm, hatte keine Zeit für die Jagd. Hatte er überhaupt Lust dazu?

Bei den Cokes und den Digbys hatte sich zwar jeder auf seine Art ausgezeichnet, aber dies war nie aus reinem Ehrgeiz geschehen. Für alle war klar ersichtlich, daß Edward einer neuen Art angehörte. Der Admiral hielt ihn für einen ›Parvenu‹, trotz seiner Titel und seiner unbestreitbar vornehmen Umgangsformen. Lady Digby wagte nicht, sich einzugestehen, daß sie sich in ihrem Urteil getäuscht hatte. Beide wiesen den Gedanken von sich, daß ihre Tochter unglücklich sein könnte, und sie unterhielten einen regen Briefwechsel, wobei jeder behauptete, es stünde alles zum Besten.

Jane wußte, daß Anne und König Tom glücklich waren. Sie hatten gerade einen zweiten Sohn bekommen. William Cokes Chancen wurden immer geringer. Fanny überhäufte sie mit Briefen und fand die Vorstellung amüsant, zwei Großonkel von einem Jahr und einem Monat zu haben. Sie berichtete Jane auch über Tante Elizas Verlobung mit Lord Spencer Stanhope, so daß jetzt alle drei Coke-Töchter endlich unter der Haube waren.

Jane versicherte allen, das Leben mit Edward sei traumhaft. Manchmal versuchte sie, es sich selbst einzureden, aber sie konnte sich nicht an ein solches Leben gewöhnen, und diese Vorstellung erschreckte sie bisweilen.

Schließlich beschloß sie zu handeln. Von einem Tag auf den anderen stürzte sie sich in einen Wirbel von Gesellschaften, zu denen sie ihr Mann, der im ersten Augenblick überrascht war, jeden Abend begleitete, ohne Fragen zu stellen. So kamen für alle die Dinge wieder ins Lot.

3

Das Almack war in Mode. Dieser elegante Zirkel war an die Stelle von Carlton House getreten, dessen Steine man dann zum Bau des Buckingham Palasts und von Schloß Windsor nutzte. Sechs Göttinnen schwangen dort das Szepter: 1825 regierten Lady Jersey, Lady Sefton, Lady Londonderry, Lady Cowper, die Fürstin Esterhazy und die Fürstin von Lieven in den weitläufigen Salons der King's Street.

An den Mittwochabendbällen durfte bei weitem nicht jeder teilnehmen. Zuerst mußte man eine schriftliche Anfrage einreichen, dann einen Lakaien entsenden, um die Antwort entgegenzunehmen, die in der Hälfte aller Fälle negativ ausfiel, ohne daß die Ablehnung auch nur irgendeiner Begründung bedurft hätte. Eine vornehme Abstammung, ein tadelloser Ruf, die Tatsache, keine der dort herrschenden Königinnen auch nur im geringsten beleidigt zu haben, waren nicht immer ausreichend für ein magisches ›Sesam-öffne-dich‹, eher war Willkür die Regel. Der glücklich Auserwählte, der einen lächerlich geringen Beitrag zahlen mußte – sieben Schilling sechs Pence – erhielt eine ›Eintrittskarte‹, die ihm Zutritt zum Allerheiligsten gewährte, wo er von nun an die ganze Eleganz und Schönheit Londons versammelt sehen konnte.

Zu den Witwen von Stand, die mit Schmuck überladen waren, zu bezaubernden jungen Frauen, eleganten Dandys mit weißen Krawatten und brillanten Offizieren gesellten sich gelegentlich nationale Berühmtheiten: Der Herzog von Wellington tanzte dort gerne die Quadrille, bis zu dem Tag, an dem ihm der Eintritt unter dem Vorwand verweigert wurde, er trage lange Hosen und keine Kniehosen. Der Sieger über Napoleon beugte sich anstandslos.

Jane wurde ohne das geringste Zögern akzeptiert. Begleitet von Edward, der begeistert war von der Aussicht, hier neue politische Verbindungen zu knüpfen, versäumte die junge Frau keinen Ball. Sie amüsierte sich, nahm teil an dem Spiel, indem sie die extravagantesten, mit Unmengen von Bändern geschmückten Frisuren einführte, die unglaublichsten Gewänder trug. Man muß dazu sagen, daß Koketterie zu den ungeschriebenen Gesetzen des Zirkels gehörte: Die Männer verbrachten ebenso wie die Frauen Stunden damit, ein Kleidungsstück auszuwählen, darüber zu sprechen, und die Kleidung ihrer Rivalen zu kritisieren. George Brummel, der berühmteste Dandy seiner Zeit, war tonangebend. Jeder dachte nur daran, durch irgendeine Besonderheit aufzufallen: Lord Petersham zum Beispiel wählte für jeden Tag des Jahres eine andere Tabakdose, und dieser Vorgang beanspruchte seine ganze Energie; er hätte zum Beispiel niemals gewagt, bei Ostwind eine leichte Dose zu nehmen.

Edward verlieh seiner Befriedigung Ausdruck: Jane hatte keinen Augenblick mehr für sich, in wenigen Abenden war sie der Liebling der Stadt geworden. Man kaufte ihr Porträt bei Colnaghi, so wie man das der anderen zeitgenössischen Berühmtheiten kaufte. Man konnte keine Gazette mehr aufschlagen, ohne auf einen rühmenden Artikel über »das göttlichste und bezauberndste Wesen, das man sich vorstellen kann«, zu stoßen. Und schließlich wurde ihr die höchste Weihe zuteil: Man nannte sie nur noch ›Lady Jane‹. Edwards Eitelkeit war nun vollends befriedigt. Dennoch blieb er, wenn es ihm auch manchmal durch den Kopf ging, daß sich seine Frau doch geändert habe, unfähig, ihre verschiedenen Gefühlslagen, das Vergnügen, das Jane an diesen Festen fand, und die Melancholie, die sie immer häufiger ergriff, klar zu erkennen.

Wenn es doch nur, so dachte sie zuweilen, ein paar Besuche weniger, ein paar Komödien weniger gäbe, und dafür etwas mehr Ruhe, um wieder zu Atem zu kommen.

Aber London kannte kein Erbarmen, entweder man war in Mode oder man war so gut wie gestorben. Außerhalb der Gesellschaft gab es kein Heil. Einen Ball oder ein Konzert zu versäumen, hieß, dem eigenen guten Ruf in den Rücken zu fallen; man riskierte, daß einem dann alle Türen verschlossen blieben. Jane zeigte sich also pausenlos zur rechten Zeit am rechten Ort. Man sah sie im Hyde Park, zu Pferd oder in der Kutsche, sie nahm am Dinner teil, und die, die sie an diesem Tag noch nicht gesehen hatten, mußten zum Ball kommen. Und diese unerbittliche Hetze begann jeden Morgen aufs neue.

Nach ein paar Monaten gestand sich Jane ein, daß ihre gesellschaftlichen Erfolge nichts weiter als eine Fassade waren, hinter der sie ihre Traurigkeit nicht mehr länger verbergen mochte. Sie beschloß, mit Edward zu sprechen.

Am nächsten Morgen, beim Frühstück, sprach sie ihn an: »Edward, wenn Sie mir vielleicht einige Minuten widmen könnten...?«

»Aber natürlich, meine Liebe.«

»Ich frage mich, ob Sie sich eigentlich darüber im klaren sind, wie sehr wir uns voneinander entfernen.«

»Ach was, meine Teuerste, Ihr Vorwurf überrascht mich. Sie wissen so gut wie ich, daß wir eine Vernunftehe eingegangen sind: Im Austausch für meinen Namen und mein Vermögen geben Sie mir die Befriedigung, der Gemahl der begehrenswertesten Frau von ganz England zu sein. Worüber sollten wir uns also beklagen?«

Jane konnte diesen spöttischen Ton, den Edward immer anschlug, selbst wenn sie von den ernsthaftesten Dingen redeten, nicht ausstehen.

»Edward«, sagte sie und schaute ihm kalt in die Augen, »ich tue alles, um Ihnen gefällig zu sein, aber meine Enttäuschung wächst zusehends.«

»Nun gut! Sie werden aber immerhin zugeben, daß Sie mir nicht alles geben.« Er stockte einen Augenblick und fuhr dann fort: »Nicht alles frohen Herzens. Ich glaube allerdings nicht, daß ich ein sehr empfindlicher Ehemann bin. Begeistern Sie sich nur für Ihre Pferde, Ihre Kleider, Ihre Skizzen. Machen Sie es wie ich: Legen Sie Ihre ganze Leidenschaft in das, was Sie tun. Und hindere ich Sie etwa daran, auszugehen? Im Gegenteil, ich liebe es, wenn man Sie feiert. Vielleicht sollten Sie sich jemanden suchen, der Sie begleitet... Ich bin in zunehmenden Maße überlastet.«

»Es ist vielleicht normal«, antwortete sie, »daß ein Ehemann sich nicht um seine Frau kümmert. Nach dem zu urteilen, was ich um uns herum sehe, scheint es das Alltäglichste auf der Welt zu sein. Erlauben Sie mir jedoch, Sie daran zu erinnern, daß es genauso üblich ist, daß die Frauen sich trösten. Ich bin achtzehn Jahre alt, Edward...«

Er mußte zugeben, daß die Bemerkungen Janes ihn empfindlich trafen.

»Sie sind reizend, und zudem sind Sie anständig! Ianthe, die Art, wie ich handle und auch wie ich liebe, mag Sie vielleicht enttäuschen. Man nennt mich egoistisch und arrogant, auf jeden Fall habe ich viele Feinde, das weiß ich wohl, und Sie wissen es auch, nicht wahr? Lassen Sie uns doch Freunde sein; Sie sollen Ihr Leben führen, wie Sie es für richtig halten, aber erschweren Sie mir bitte nicht das meine. Ich vertraue Ihnen.«

Jane seufzte: »Darum handelt es sich doch gar nicht, mein armer Freund. Wenn Sie doch nur wüßten, wie sehr ich manchmal das Gefühl habe, nur wie ein Ding in Ihrem Leben zu sein.«

Er unterbrach sie:

»Ich bin untröstlich, meine Ianthe, doch ich muß jetzt gehen. Bitte entschuldigen Sie mich.«

Wirklich, sagte sich Jane, da ist nichts mehr zu machen, er wird sich niemals ändern, und ich kann so nicht mehr leben.

Wie weit entfernt ihr alles schien, ihre Träume, ihre Hoffnungen, ihre Lebensfreude. Die Welt war nur eine Komödie, in der sie noch nicht einmal mehr ihre Rolle spielen mochte.

Trotz allem hatte dieses Gespräch ihr gutgetan. Sie fühlte sich befreit, als wenn sich ihr nun neue Horizonte eröffneten.

Sie fällte nicht gern ein unwiderrufliches Urteil über die Menschen; sie fand, daß jeder so leben sollte, wie es ihm gefiel. Von Natur aus eher glücklich als unglücklich veranlagt, wußte Jane, daß diese Mischung aus Intelligenz und Instinkt, die jedem Menschen eigen ist, zum gegebenen Zeitpunkt ihre Wahl lenken und beeinflussen würde, auch wenn sie sich seit ihrer Heirat wie eingerostet vorkam. Diese Freiheit, die ihr in ihrer Jugend die Gewißheit gegeben hatte, immer den gewünschten Weg einzuschlagen, schien ihr wie verlorengegangen. Doch dieses Gefühl schwankte mit der Tageszeit, hing von den Leuten, die sie traf, und von ihrer Laune ab. Sie sann immer häufiger über Don Juan, über Childe Harold nach, und sie begann wieder, sich Liebesabenteuer zu erträumen, wenn sie auch das Schicksal von Haidée, der Tochter des Korsaren, fürchtete.

Vor allem wollte sie Kenelm Digby ähnlich sein, ihrem Vorfahren, dessen kühnes und abenteuerliches Leben die Phantasie seiner Zeitgenossen so sehr angeregt hatte. Seine Liebe zu Venetia Stanly hatte einen solchen Wirbel in der Familie verursacht, daß die beiden jungen Leute sich trennen mußten. Kenelm, der auf den Kontinent geschickt wurde, um die große ›Rundreise‹ zu machen, verführte die Königin von Frankreich, Maria de Medici, die fünfundzwanzig Jahre älter war als er. Diese Gerüchte kamen Venetia zu Ohren, und die Unglückliche, die sich verlassen glaubte, wurde schließlich die Mätresse von Sir Edward Sackville und schenkte ihm zwei Kinder. Aber nach seiner Rückkehr heiratete Kenelm Digby doch die Frau, die er liebte.

Sie kannte alle Anekdoten über dieses Leben, das so reich an Heldentaten war. Während einer Italienreise hatte ein Fürst Kenelm angefleht, er möge seine Frau schwängern, denn alle beide wollten, hingerissen von der physischen Kraft, der Schönheit und dem Charme des Engländers, einen Sohn von ihm.

Das Böse, sagte sich Jane, gibt es im Grunde nicht, es kommt nur aus der Gesellschaft. Kenelm und Venetia waren der Beweis dafür: Sie hatten so gelebt, wie sie wollten, voller gegenseitiger Zuneigung. Aus diesem Gefühl, dessen war sie sicher, konnte nur Gutes entstehen.

Aber in der Tiefe ihres Herzens wußte sie, daß sie abseits von der Liebe stand...

Alles wurde anders, als sie George Anson wiedersah. Zuerst verhielt sie sich abwartend; sie fürchtete, ihre erste Wunde könne wieder aufbrechen, doch dann ließ sie sich, zu spontan, um vorsichtig zu sein, von einem Glück mitreißen, das ihr bis dahin unbekannt geblieben war.

Zwei Jahre Ehe, zwei Jahre Zwang... Mit neunzehn Jahren fühlte Jane sich wie neugeboren. Man gewöhnte sich daran, sie zusammen zu sehen. Edward gab sich gleichgültig und lehnte es ab, sich Fragen zu stellen. Die beiden waren miteinander verwandt, Jane hätte keinen unauffälligeren Kavalier finden können. Waren sie ineinander verliebt? Er verdrängte die Frage, obwohl er feststellen mußte, wie sehr Jane sich verändert hatte!

Sie strahlte, sprühte plötzlich vor Lebenslust. Vorbei die Mattigkeit, die Seufzer, die Migräne. Die traurige morgendliche Frühstückszeremonie zum Beispiel war wie von Zauberhand in einen prickelnden Strom heiteren Geplauders verwandelt. Edward ertrug diese Veränderung mit leiser Eifersucht, wobei er sich einzureden versuchte, daß alles nur ein Strohfeuer sei. Manchmal jedoch konnte er es nicht lassen, eine seiner perfiden Bemerkungen zu machen:

»Sie kommen mir wie verwandelt vor... welches Wunder ist geschehen? Welches Hausmittel hat das bewirkt?«

Dann lachte Jane: »Es hat mir gutgetan, daß ich Ihre Ratschläge befolgt habe! Ich amüsiere mich ›leidenschaftlich‹. A propos, Edward, würden Sie etwas Unschickliches darin sehen, wenn ich nach Holkham führe? Ich möchte gerne meine Familie wiedersehen, und ich würde vor allem so gern dabei sein, wenn Anne ihr nächstes Kind bekommt. Das Leben ist schon seltsam: Anne und mein Großvater – und ich habe mich weiß Gott über ihre Heirat lustig gemacht – haben offenbar ihr Glück gefunden und erwarten nun ihr drittes Kind!«

War man wirklich selbst der Schmied seines Glückes? Jane begann daran zu zweifeln. Anne war also glücklich, wie es hieß. Und sie, die immer soviel vom Leben erwartet hatte...

»Ich hoffe nur, mein Liebling, daß Ihr Lieblingscousin Ihnen nicht dorthin folgen will!«

»Ach was, Edward, davon kann gar keine Rede sein.«

Sie hatte zu schnell geantwortet, als ob sie ein schlechtes Gewissen hätte. Sie ärgerte sich darüber und ging sofort zum Gegenangriff über: »Muß ich Sie daran erinnern, daß in unseren Adern das gleiche Blut fließt? Vielleicht sind wir aus diesem Grund, um Ihnen alles zu gestehen, immer Komplizen gewesen.«

»Ich weiß, ich weiß... Jedenfalls habe ich Ihnen gesagt, daß ich Ihnen vertraue. Wann gedenken Sie aufzubrechen?«

»Das Neugeborene wird für Ende Januar erwartet. Ich werde also so fahren, daß ich kurz nach seiner Geburt ankomme, in den ersten Februartagen. Meine Eltern sind auch da. Ich werde endlich einmal meine kleinen Onkel kennenlernen, ich habe sie ja noch nie gesehen. Ich denke, ich werde ungefähr zwei Monate bleiben.«

»Einverstanden. Sie werden mir fehlen, das wissen Sie...«

Im Grunde, wunderte sich Jane, ist das fast eine Liebeserklärung. Was für ein seltsamer Ehemann, ich weiß niemals, wie er reagieren wird. In zehn Jahren wird er immer noch das gleiche sagen. Bei George ist es ganz anders, alles ist einfach, wir verstehen uns, wir sind zusammen, als ob wir uns niemals getrennt hätten, als ob diese lange Trennung nur immer wieder ein Versprechen erneuert hätte; in einem Universum, das nur uns gehört, haben wir uns aneinander verloren, in einem unendlichen Raum gleich dem Meer, der Erde, der Liebe, wir sind aus dem selben Stoff. Wir lachen und plaudern miteinander, unsere Erinnerungen reichen bis in die Gegenwart. Ich brauche nur zu sagen: »Morgen um zehn reite ich mit Mameluck in den Wäldern von Roehampton aus«, und ich kann sicher sein, daß George da ist und auf mich wartet.

Sie, die man aus Gründen der Schicklichkeit voneinander getrennt hatte, hatten zusammen nie etwas anderes erlebt als eine Mischung aus Zärtlichkeit, Sinnlichkeit und Fröhlichkeit. Ihre Eltern hatten darin eine Gefahr, ja sogar ein Verbrechen sehen wollen, als könnte aus so reinen, so natürlichen Gefühlen jemals eine Sünde entstehen. Und nun war ihre Freude darüber, sich wiedergefunden zu haben, um so größer, als sie die Erfahrung einer ungerechten, erzwungenen Trennung hinter sich hatten. Wohl versuchte George bisweilen, der lebhaften Freude an der Vergeltung den bitteren Geschmack von Gewissensbissen unterzumischen, aber Jane, sorglos wie sie war, erlag dieser Versuchung nicht. Sie wußte nur, daß sie George schon immer geliebt hatte und immer lieben würde.

Als sie ihn verließ, um nach Norfolk zu fahren, gab es keinen Kummer, kein Lebwohl. Sie schauten sich zärtlich an und wußten, sie würden sich wieder begegnen, wenn einer von ihnen den Wunsch verspüren würde.

4

Der Winter in Holkham war schrecklich. Zwar brannten die großen Kamine Tag und Nacht, aber es herrschte doch immer eisige Kälte, vor allem in den langen Fluren, die zu den Zimmern führten. Sie erinnerte sich an ihre Kindheit: Um dieser Unternehmung standhalten zu können, tranken sie und ihre Vettern etliche Tassen des unnachahmlichen Gebräus, das Dobson ihnen zubereitete. Heute wußte sie, woraus es bestand. Die Erwachsenen, das heißt, eigentlich nur die Männer, hatten das Recht, nach dem Abendessen ihre Moral mit einigen Gläsern ›Negus‹ zu heben. Jane hatte lange gebraucht, bevor sie das genaue Rezept herausgefunden hatte: Zitronensaft wurde mit heißem Wasser aufgefüllt, und darein mischte man im richtigen Verhältnis Zucker, Kräuter und Portwein...

Sie würde sich bestimmt niemals an die Kälte gewöhnen können. Jane sah sich noch mit ihren Vettern und Brüdern, alle warm eingemummelt, wie sie bei jedem Wetter ihren obligatorischen Spaziergang machten. »Die Luft in Norfolk verhindert jede Erkältung«, pflegte König Tom zu sagen, der in seinem ganzen Leben noch nie krank gewesen war.

Nach zweijähriger Abwesenheit kam sie nun, um den Alabasterpalast ihrer Kindheit wiederzufinden, und es war so, als sei die Zeit stehengeblieben, es war, als betrachte sie im Vorbeigehen zeitlose Gestalten, die, eingeschlossen in ihrer Welt, handelten und sich bewegten, und dann wieder stillstanden, bevor sie von neuem die gleichen Dinge sagten.

»Die Zeit ist nur eine Bewegung, die vorwärts oder rückwärts geht; sie ist eine große Kugel, die unser Leben umfaßt. Ich fühle mich diesem Ort verbunden, ich kehre hierher zurück, und schon bin ich wieder in der Kugel. Ich bewege mich mit denen, die in ihr wohnen, und es ist ganz, als hätte ich nie anders gelebt. Jeden Abend spielt man mit immer den gleichen Gästen Whist und Ecarté. Ich reite immer noch aus, die Schäfereien sind nach wie vor musterhaft, und man geht wie immer auf die Jagd. Nur Johnny fehlt... und George und Henry...«

Anne hatte gerade ihr drittes Kind zur Welt gebracht. Auch Lady Anne war immer noch die gleiche, immer noch so vollkommen, so bestimmt wie einst! Tom Coke thronte wie ein Patriarch inmitten seiner Frauen; er sah in seinen Schwiegersöhnen nur Elemente, die zwar zweifellos notwendig waren, um das Fortkommen des Ganzen zu gewährleisten, die aber für ihn nie eine größere Rolle spielen würden.

Im Gegensatz dazu war er begeistert von seiner jungen männlichen Nachkommenschaft, die ihn mit Stolz erfüllte. Es waren gesunde, kräftige Jungen, kleine Schreihälse, von drei Kinderschwestern überwacht, die beim kleinsten Laut zur Stelle waren. Nur der jüngste durfte im Zimmer der Mutter schlafen, die sich nur langsam von der Niederkunft erholte. Die anderen wohnten in dem den Kindern vorbehaltenen Turm, wie vor ihnen die Kinder der Ansons und der Digbys, und davor deren Eltern. Die Kinderstube war schon immer eine Welt für sich gewesen, mit besonderen Dienstboten, und die Erwachsenen betraten sie nur selten.

Trotz aller Freude über seine drei Söhne blieben Tom Cokes Erziehungsprinzipien unverändert; jedes Kind kam mit dem Makel der Erbsünde zur Welt, die Pflicht der Eltern bestand darin, aus diesem Wurf Menschlein Gentlemen zu machen. Einmal am Tag brachten die Kinderschwestern sie herunter, frischgewaschen und sauber angezogen, damit sie ihren Eltern guten Tag sagen konnten, und darin erschöpften sich die Beziehungen.

Jane saß in einen riesigen Kaschmirschal gehüllt neben dem Feuer und plauderte mit Frederic Madden.

»Ich bin nicht mehr sehr daran gewöhnt, so abgeschieden zu leben. Und doch muß ich gestehen, daß es mir gefehlt hat. Aber Sie, sehnen Sie sich nicht nach dem Leben in London?«

»Wissen Sie, die Werke in der Bibliothek hier sind einzigartig. Ich hätte nie auf solche Schätze zu hoffen gewagt. Es wird schon noch einige Zeit in Anspruch nehmen, bis ich den Katalog angelegt habe, aber ich bedauere es wirklich nicht.«

Frederic Madden lebte seit einigen Wochen auf dem Schloß. Tom Coke hatte ihn auf Empfehlung des Kurators des British Museum eingestellt. Er saß von morgens bis abends über den griechischen und lateinischen Autoren, nahm aber auch gern an den Unterhaltungen der Familie teil, ging manchmal nachmittags spazieren und fehlte abends nie beim Kartenspiel.

Jane fand ihn gutaussehend. Sein griechisches Profil mit der geraden Nase und den lebhaften Augen, sein zugleich zurückhaltendes und stolzes Auftreten, alles an ihm war so ganz anders als bei den Lehrern, die sie früher kennengelernt hatte. Und außerdem lebte er nur für die Literatur.

Gleich nach ihrer Ankunft vor zwei Tagen hatte Jane gemerkt, daß der junge Mann für ihren Charme nicht unempfänglich war und daß er bereits, unter dem Vorwand, ihr den Ursprung der schönsten Manuskripte ihres Großvaters zu erläutern, nur noch daran dachte, sie zu ihm in die Bibliothek zu locken. Ein paar Tage später machte der junge Mann die folgende Tagebucheintragung: »13. März. Lady Ellenborough ist noch keine zwanzig Jahre alt. Sie ist die schönste Person, der ich jemals begegnet bin, ein Muster an Rechtschaffenheit, ihr Blick könnte selbst einen Heiligen um sein Seelenheil bringen, ihre Lippen sind eine ständige Versuchung.«

Nach einer Woche wartete er nur noch darauf, sie zu sehen, und er, der Schüchterne, hatte sich dazu durchgerungen, sie auf dem Klavier zu begleiten, wenn sie sang. Jane war über seine Leidenschaft, die sie leicht erriet, amüsiert und wählte mit Absicht Lieder aus, deren zweideutiger, mit amoureusen Anspielungen beladener Text den verrücktesten Hoffnungen Nahrung geben mußte.

Am 17. März klangen die Eintragungen ins Tagebuch noch leidenschaftlicher: »Noch nie habe ich eine schönere Frau gesehen. Sie singt so wunderbar, daß ich bald nicht mehr Herr meiner selbst bin, ich werde noch den Kopf verlieren. Und ihre Zeichnungen, die sie die Güte hatte, mir zu zeigen, sind einfach bemerkenswert.«

Jane hatte Frederic Madden versprochen, er dürfe sie auf einem Spaziergang um den See begleiten, und die Aussicht auf dieses Beisammensein ließ ihn die ganze Nacht nicht schlafen. Am nächsten Tag jedoch kam Jane in Begleitung von Hauptmann Greville zum verabredeten Ort.

Wieder ein Tag... Sie kam erst gegen fünf Uhr nachmittags in die Bibliothek.

Dieses Treiben raubte ihm den Verstand. Er vergaß darüber Griechisch und Latein, Leonardo da Vinci und Crivelli und alle anderen. Sie plauderten über dieses und jenes, und einmal zeigte sie ihm ein sehr gelungenes Porträt von Lady Anne.

»Im Austausch dafür hätte ich gern ein Aquarell für mein Album... für mich allein, zur Erinnerung!«

»Mylady, leider besitze ich nicht Ihr Talent. Dennoch nehme ich an, unter der Bedingung allerdings, daß ich ein Gedicht dazu schreiben darf.«

»Sagen wir also, Sie schreiben ein Gedicht für mich und illustrieren es. Warten Sie, ich gebe Ihnen die Farben.«

Gegen das Licht schmiegte sich ihr karmesinrotes, mit Valenciennespitzen besetztes Samtkleid um sie wie ein See von Blut, über den das Kaminfeuer Wellen warf. Frederic nahm die Stifte, machte einige rasche Striche, während Jane zu einer Gitarre griff und eine alte Melodie summte, die sie noch nie gesungen hatte.

»Das ist eine alte Troubadourweise, die auf Alienor von Aquitanien zurückgeht,« sagte sie. »Zu dieser Zeit verstand man sich auf die Liebe, zumindest verstand man es, von Liebe zu sprechen.«

Frederic legte die Stifte hin: »Gut, Sie können sich jetzt wieder bewegen. Mir ist es heute beim besten Willen nicht möglich, Ihr Porträt zu zeichnen, das wäre eine Qual. Ich habe nur eine rasche Skizze hingeworfen, aber zu meiner Entschuldigung werde ich diese Verse von Keats dazusetzen:

›Die Schönheit ist Wahrheit, die Wahrheit Schönheit.
Das ist alles, was man auf der Erde weiß,
und es ist alles, was man wissen muß.‹«

»Aber, das ist wunderschön... Ich spreche natürlich von Ihrer

Skizze. Sie sind ein wahrer Künstler! Dieses Verschwommene erzeugt ein Gefühl des Unwirklichen, und die Abstufung der Farbtöne, vom Rot meines Kleids zu dem des Feuers, erinnert mich an gewisse Sonnenuntergänge über der Heide. Und wirklich, diese wenigen schönen Tage möchte ich gern voll auskosten. Wir könnten vielleicht übermorgen gemeinsam ausreiten?«

Für Frederic Madden war die Wartezeit unendlich lang. Am 20. März schrieb er in sein Tagebuch: »Ich wäre vollkommen glücklich, wenn mich nicht manchmal mein Gedächtnis, wie der Stachel eines Skorpions, daran erinnern würde, daß mein Leben leer und vergänglich ist.«

Seine Ungeduld machte ihn unruhig. Warum diese unnötige Verzögerung?

»Ich möchte die Geheimnisse ihres Lebens kennenlernen, ihre Kräfte binden und sie mir zu eigen machen, diese olympische Ruhe vernichten. Sie ist zu schön, mit diesem ernsten und tiefen Ausdruck, der schwindet, wenn sie sich bewegt. Sie hat mir vorgeschlagen, nach Houghton zu galoppieren. Braucht sie einfach nur einen Begleiter, oder verfolgt sie einen Hintergedanken damit? Aber da die kleinen Dinge den ersten Schritt zu den großen darstellen, und da ihr meine Gegenwart schließlich nicht zu mißfallen scheint, warten wir ab.«

In seinem Tagebuch war nun nie mehr die Rede von seiner Arbeit oder den Büchern. Am 22. März notierte er lakonisch: »In der Bibliothek bis vier Uhr. Dann draußen mit Lady Ellenborough und Miss Anson auf dem Gut.«

Morgens konnte er nicht arbeiten, weil seine Gedanken ständig um sie kreisten, wie sie über die Heide oder über den Strand galoppierte. Am Nachmittag war er zu nichts anderem fähig, als auf die Partie Ecarté zu warten, die sie ihm manchmal gewährte, oder auf den versprochenen Ausritt. Aber sie kam immer nur in Begleitung.

Jane ihrerseits fand ihn reizend. Sein Wissen, seine ausgesprochene Höflichkeit, die für schüchterne Männer so charakteristisch ist, kamen ihr sehr entgegen, und sie war davon überzeugt, daß an seinem Verhalten nichts Unechtes war. Auch die Art, wie er beim

Kartenspiel um jeden Preis gewinnen wollte, während sonst die Männer dazu neigten, sie gewinnen zu lassen, gefiel ihr. Und unter seinem zurückhaltenden Äußeren verbarg er nur unvollkommen ein heftiges Bedürfnis, sich zur Geltung zu bringen, was sie ebenfalls zu schätzen wußte.

Am Samstag, dem 24., schrieb der Bibliothekar in sein Tagebuch:

»Bis vier Uhr in der Bibliothek. Dann draußen. Am Abend habe ich Zeichnungen angefertigt für Lady Anne Coke und Miss Anson. Auch Whist gespielt und gewonnen. Lady E. ist später als die anderen gekommen, und um Mitternacht habe ich sie bis zu ihrem Zimmer begleitet. Ich werde nicht schreiben, was sich ereignet hat. Gütiger Gott! Wer hat jemals solches Glück gehabt?«

Warum war sie ihm an den folgenden Tagen aus dem Weg gegangen, als ob er sie beleidigt hätte? Zürnte sie ihm, weil er sie am nächsten Morgen bei ihrem Vornamen genannt hatte? Sollte ihm etwa, ganz gegen seine Absicht, ein triumphierender Blick auf sein williges Opfer entwischt sein?

Er konnte sich nur an ein kleines Mädchen erinnern, das nach Liebkosungen dürstete und sich ihm mit solcher Leidenschaft hingab, daß ihn die Erinnerung daran erbeben ließ.

Sie war den ganzen Tag über ausgeritten, durchstreifte die Heide und trug im Galopp ihres Pferdes die Bilder und Wunder dieser zauberischen Nacht davon.

Nach drei Tagen endlich gewährte Jane ihm das ›Tête-à-tête‹, um das er sie bat. Sie traf sich mit ihm tief im Park, an einer Stelle, wo sie schon mehrere Male miteinander spazierengegangen waren.

Der Boden war feucht, und Jane bedauerte es, daß sie leichte Schuhe und ein langes Kleid trug. Als sie noch ein Kind war, hatte sie zum Laufen die Schuhe ausgezogen. Eines Tages hatte sie sogar mit ihrem Bruder Edward St. Vincent gekämpft und auf einmal in Hosen dagestanden. Was war das damals für ein Glücksgefühl gewesen, als sie nicht mehr von diesen Stoffmassen eingeengt war, sich frei fühlte und viel schneller laufen konnte. Steely hatte sie geschlagen, aber sie hatte ihr nicht entlocken können, wie um alles in der Welt sie sich auf einmal in diesem Aufzug befand. Es kam Jane vor, als sei dies alles erst gestern geschehen.

Um diese Tageszeit schwiegen die Vögel. An den Bäumen trieben die ersten Knospen, und nur die Forsythien leuchteten wie brennende Büsche.

Schweigend gingen sie nebeneinander her. Er verzweifelt und ungeschickt, sie mißmutig wegen der unnötigen Verabredung.

»Schade«, sagte sie schließlich, nur um irgend etwas zu sagen, »wir hätten einen Ausflug ins Moor machen sollen, ich beobachte zu gern wilde Vögel.«

»Ja, das ist schade...«

»Frederic, Sie sind wirklich nicht allzu fröhlich. Warum lassen Sie den Kopf so hängen?«

»Weil ich das Gefühl habe, daß ich Sie in London nicht mehr sehen werde.«

Sie tat so, als habe sie nichts gehört.

»Wir sind da. Das ist eine Stelle, die ich besonders liebe. Der Geruch von feuchter Erde, von Humus hier ist überwältigend. Ich habe hier immer das Gefühl, dem Ursprung des Lebens nahe zu sein. Früher habe ich mich damit vergnügt, an dieser Stelle Stecklinge zu setzen, und dieses Wunder, das durch meine eigenen Hände entstand, hat mich zutiefst beeindruckt. Der Ableger bekam Wurzeln, dann kleine Knospen, und schließlich wurde eine schöne lebendige Pflanze daraus. Natürlich hat der Gärtner sie, wenn sie meiner Pflege nicht mehr bedurfte, verpflanzt. Genauso wie man mich, als ich groß genug geworden war, von Holkham verpflanzt hat.«

Frederic sog jedes ihrer Worte in sich auf, und eine sanfte Rührung befiel ihn, als sie plötzlich ein paar Rosengeranienblätter zerrieb, um ihren Duft einzuatmen.

Er nahm sie in die Arme, stammelte, daß er sie niemals gehen lasse. Sie taumelten. Der grüne Schatten drehte sich, und es war, als öffneten sich einladend kühle Lichtungen, die die Sonne überflutete.

Am 28. schrieb Frederic Madden[1]* abends in sein Tagebuch:

* Die mit einer Zahl gekennzeichneten Anmerkungen stehen am Ende des Buches.

»Wir haben uns wieder vollständig ausgesöhnt. Sie ist die anbetungswürdigste und faszinierendste aller Frauen. Heute abend Whist. Gewonnen. Danach Porträt in das Album von Lady E. gezeichnet.«

Und dann, trotz aller Hoffnungen, die er gehegt hatte, sie in London wiederzusehen, trotz seiner Versprechungen, sein Verlöbnis für sie zu brechen, trotz der Kraft und der Kühnheit, die er nun fühlte, hatte er sie nicht beeinflussen können. Eines Morgens verschwand sie genauso plötzlich, wie sie in seinem Leben aufgetaucht war. Ein Monat und ein paar Tage voller Glück...

Wenn er das Gedicht hätte lesen können, das Jane gerade geschrieben hatte, so wäre er ihr nachgestürzt, um sie zurückzuholen... Aber wie konnte er sich das vorstellen, wo er voller Zweifel war und mit tränenverhangenem Blick versuchte, die Worte auf dem kleinen Billet, das sie ihm hatte zukommen lassen, zu entziffern: »Leben Sie wohl, Sie sind ein Engel und ich war glücklich mit Ihnen. Versuchen Sie nicht, mich wiederzusehen, mein Leben ist an einem anderen Ort. Jane Ellenborough.«

Das Gedicht, das Jane in ihr Tagebuch geschrieben hatte, begann mit diesen Zeilen:

»Ich Arme. Ist mein Traum von Leidenschaft erloschen?
Ist die Zärtlichkeit mit der Liebe entflohn?
Zu früh verstoßen, mein Geliebter, niemals mehr,
vergessen, als ob du unter den Toten weiltest.«

In der Kutsche, die sie nach Hause brachte, weinte Jane.

In Roehampton fand Jane ein leeres Haus vor. Auf ihre Fragen antworteten die Dienstboten, daß sie ihren Herrn seit drei Wochen nicht gesehen hätten, daß jedoch während ihrer beider Abwesenheit alles seinen gewohnten Gang gegangen sei.

Mit einem Mal stand ihr vor Augen, wie unnütz ihr Leben war und wie einsam. Einen Augenblick lang empfand sie Verzweiflung bei dem Gedanken, weiterhin in diesem goldenen Käfig leben zu müssen. Die Erinnerung an die Wochen auf Holkham, bei den Menschen, die ihr teuer waren, an ihr Abenteuer, das ihr noch so gegenwärtig war, ließen sie ihre Rückkehr bedauern. Sie hatte Edward erwartet, und sein Mangel an Aufmerksamkeit verärgerte sie.

Sie ging den Flur entlang und setzte sich in ihr Zimmer. Die Durchsicht ihrer Post tröstete sie ein wenig: man hatte sie nicht vergessen. Auch George hatte ihr geschrieben. Da meine Briefe nicht mehr da sind, hat Edward sie bekommen. Ich brauche nur noch zu warten, wahrscheinlich wird er heute abend erscheinen. Ich werde ihn mit allen Ehren empfangen, die man seinem Herrn schuldig ist! Diese Vorstellung entlockte ihr ein trauriges Lächeln: Edward ihr Herr? Es war gut, daß ich gefahren bin, dachte sie, mein Abenteuer führte zu nichts, es hätte uns eher schaden können. Und außerdem wird es jetzt Frühling!

Sie stand auf, gefolgt von ihrem Spaniel, und ging zum Fenster. Die Alleen waren zartgrün, auf dem Rasen blühten Osterglocken und Narzissen. Sie schwankte zwischen Sehnsucht und Hoffnung.

5

Das Leben ging weiter wie bisher, und Jane errang wieder ihre gewohnten Erfolge. Sir Harry Nicolas hatte gerade ein Buch über das Leben ihres Vorfahren Kenelm Digby veröffentlicht, und das Buch erregte einiges Aufsehen.

»Es fiele mir schwer, diesem Beispiel zu folgen, und doch, wie gerne würde ich so leben. Schon in Minterne hat mich sein Porträt fasziniert. Aber man kann im Augenblick wohl kaum sagen, daß ich ihm nacheifere«, sagte sie seufzend.

Edward zog seine Tabakdose hervor und schnupfte eine Prise Tabak.

»Gott im Himmel«, sagte er, »was haben Sie denn noch alles vor? Soviel ich weiß, habe ich keine Abenteurerin geheiratet.«

»Sie werden es ertragen müssen, daß sein Blut in meinen Adern fließt, und mir das Recht zugestehen, mich daran zu erinnern!«

»Sie würden besser ein für alle Male vergessen. Ihr Vorfahr und

Lord Byron entfachen in Ihnen romantische Träumereien, die ich verabscheuungswürdig finde. Gestatten Sie mir, daß ich mich zurückziehe, ich erwarte meinen Bruder.«

Er wird mich nie verstehen, dachte sie wütend.

Heute war ihr Geburtstag; sie beschloß, ihre Tante und Fanny zu besuchen.

Schon bereit zum Aufbruch in ihrem Cape aus rosa Shantungseide mit lila Spitzenbesatz, ihren beigen Stiefeln und dem Strohhut auf dem Kopf, hielt sie plötzlich inne.

Woher kam dieses Schluchzen? Als sie George sah, der eigentlich bei seiner Garnison hätte sein sollen, wußte sie, daß etwas geschehen sein mußte.

Henry war tot. Wie eine Schlafwandlerin trat Jane in den abgedunkelten Salon, in dem sie nur das Gesicht von Lady Anson erkennen konnte, ein heller Fleck im Dunkeln, wie ein zerrissenes und zerknittertes Blatt Papier.

Seit einiger Zeit schon hatten sie nur noch wirre Nachrichten bekommen. Henry war mit seinem Freund John Fox Strangways ins Heilige Land und in die syrische Wüste aufgebrochen. Jane erinnerte sich, daß sie sie beneidet hatte, und daß sie sogar auf den Gedanken gekommen war, es ihnen gleichzutun.

Sie hatte erfahren, daß die beiden jungen Männer, als Araber verkleidet, eines Tages in Mekka vergessen hatten, beim Betreten einer Moschee ihre Schuhe auszuziehen. Eine Gruppe fanatischer Moslems, erzürnt über ein solches Sakrileg, hatte sie ausgepeitscht und sie dann ins Gefängnis geworfen. Das war weiter noch nichts Schlimmes, alle waren ein wenig besorgt, aber die Burschen waren kräftig.

Seitdem hatte man nur noch widersprüchliche Einzelheiten erfahren. Man erzählte, sie seien in einem Harem überrascht worden, und hätten nur noch die Wahl zwischen Gift und Verstümmelung gehabt. Ohne zu zögern, hätte Henry angeblich die erste Möglichkeit gewählt, während Fox Strangways auf dem Heimweg sei, aber gräßlich zugerichtet, blind, ohne Nase, ohne Zunge, ohne Ohren. Natürlich hatte niemand dieser Version Glauben geschenkt.

Jane konnte es nicht fassen. Henry, ihr Vetter... – es war so, als verließe sie zum ersten Mal die geschützte Welt der Kindheit. Henry, der einzige, der bisher ihre Liebe zu fernen Ländern geteilt hatte. »Vielleicht, wenn du groß bist und verheiratet«, hatte er immer im Scherz gesagt.

Als sich Jane an die Dunkelheit des Raumes gewöhnt hatte, sah sie Fanny und setzte sich zu ihr in eine Ecke des Salons. Von ihr erfuhr sie den tatsächlichen Hergang: Die Episode mit dem Gefängnis stimmte; trotz der Intervention des französischen Konsuls hatte man sie nicht freibekommen können. Henry war an der Pest erkrankt, und die Freiheit war für ihn zu spät gekommen. Ohne Rücksicht auf sein eigenes Leben hatte sein Leidensgefährte versucht, ihn zu pflegen. Und er war nun auch, nachdem er seinen Freund auf einem kleinen Friedhof in Aleppo begraben hatte, als Überbringer der schrecklichen Botschaft nach London gekommen.

»Es ist gut, daß sein Körper dort unten bleibt«, murmelte Fanny, »das ist ein wenig so, als ob er für immer auf Reisen sei.«

Jane brach in Tränen aus, das Herz verkrampfte sich ihr vor Trauer und zärtlicher Gesinnung. Langsam, wie Regen über den Stein einer Statue flossen die Tränen über ihre Wangen. »Eines Tages werde ich zu seinem Grab fahren«, schwor sie sich schluchzend, »zu oft haben wir gemeinsam Pläne geschmiedet, in dieses Land zu fahren, ich kann ihn nun doch nicht ganz allein dort in der Ferne lassen.«

Diese Tragödie brachte sie George noch ein Stück näher.

Vielleicht war er nur ungeschickt oder aber blind, Edward jedenfalls kümmerte sich weiterhin nur um seine Karriere, in der er um so mehr aufging, als der Herzog von Wellington ihm einen bedeutenden Posten zugesagt hatte. Für Edward stand ein für alle Mal fest, aus der Zuneigung der beiden Cousins spreche nur die bekannte Anhänglichkeit des Coke-Clans, und er wollte nichts weiter als familiäre Zärtlichkeit dahinter sehen. Von der Arbeit erschöpft, erschien er jeden Abend nur auf Roehampton, um seine Frau auf irgendeinen Ball zu begleiten, oder um ihr schnell guten Abend zu sagen, bevor er allein wieder fortging, um an seinen politischen Versammlungen teilzunehmen.

Da stellte Jane fest, daß sie schwanger war. Eingeschnürt in ein

Korsett, verbarg sie der Gesellschaft ihre Schwangerschaft sieben Monate lang. Zur großen Verzweiflung ihres Mannes ritt sie nach wie vor aus, als ob nichts wäre. Mir verbieten zu wollen auszureiten! Mir so das Leben zu vergällen!

Es war das Jahr der Giraffe, und ganz London redete von nichts anderem. Das seltsame Tier war zusammen mit nubischen Sklaven in die Hauptstadt gekommen. Als Geschenk des Paschas von Ägypten an den englischen König entzündete sich die Phantasie an dem exotischen Vierbeiner; er wurde auf Medaillen dargestellt, auf ganzen Servicen aus feinem Porzellan, und auch Jane huldigte der Mode, indem sie eine Frisur ›à la girafe‹ trug, ein außergewöhnliches Kunstwerk aus fächerförmigen Haarzöpfen. Die kritischen Blicke, die spöttischen Bemerkungen ihrer Neider, die spitzen Kommentare berührten sie nicht. Seit ein paar Monaten besaß sie die Kraft derer, die sich nicht mehr fragen, ob sie auf dieser Erde glücklich sind.

Edward war zum aufmerksamsten aller Ehemänner geworden. Er trieb seine Zuvorkommenheit so weit, daß ihn sogar die Sorglosigkeit seiner Frau beunruhigte.

»Aber wirklich, Edward«, protestierte sie, »ich bin nicht die erste Frau, die ein Kind erwartet! Wenn ich auf dich hören würde, bliebe ich den ganzen Tag liegen, säße da mit einem Kissen unter den Füßen und würde die Stunden bis zu deiner Rückkehr zählen. Ich will aber nicht still hier sitzen bleiben und die Säuglingsausstattung vorbereiten, alle Welt ist damit beschäftigt, die Wiege quillt schon über vor Spitzen, und ich fühle mich großartig!«

Zweimal am Tag schickte Edward seinen Kammerdiener, um sich nach ihrem Befinden zu erkundigen. Gegen Ende des Abends trank er zwei Schluck Portwein, um seine Unruhe zu meistern, aber er konnte nicht anders, er fand sie jedesmal zu dünn oder zu dick, zu müde oder zu nervös.

Jane hatte endlich ihre Genugtuung, nun kümmerte er sich mehr um sie als um seine Politik, sie erlebte sogar die Überraschung, ihn eines Tages in einer anatomischen Abhandlung blättern zu sehen.

»Wenn man dich hört, könnte man glauben, es handle sich um eine Staatsaffäre!«

Sie wußte, daß der Scherz ihn nicht zum Lachen bringen würde, denn Edward hatte überhaupt keinen Humor.

Jeden Abend kam der Admiral mit Lady Digby, manchmal in Begleitung von Edward St. Vincent und Kenelm, die sie seit Jahren praktisch aus den Augen verloren hatte. Der eine war gerade der Armee beigetreten, der andere studierte Theologie. Jane zog Kenelm mit seinem offenen Gesicht, seinem Freimut, seinen immer neuen, lustigen Geschichten und seiner Fähigkeit, das Leben von der heiteren Seite zu nehmen, vor. Ihr anderer Bruder dagegen war immer bereit, ihr etwas vorzuwerfen, ewig ernst, unruhig und abwartend...

Am 15. Februar 1828 bekam Jane Wehen. Es herrschte allgemeine Panik, der Arzt war unauffindbar. Man mußte ihn überall suchen, glücklicherweise kam die Hebamme rechtzeitig, ebenso wie Edward.

Lady Digby bewahrte in den schweren Stunden die gewohnte Ruhe und nahm die Dinge in die Hand. Sie ordnete an, daß Kessel mit heißem Wasser aufs Feuer gestellt werden sollten und schleuderte Blitze auf Steely, die hin- und herrannte und die Hände rang.

»Würden Sie sich bitte nützlich machen, anstatt das Gesicht zu verziehen! Bringen Sie saubere Leintücher und achten Sie darauf, daß sie nicht unnötig angefaßt werden!«

Dann schlug sie ihr die Tür vor der Nase zu. Edward legte das Ohr ans Schlüsselloch und versuchte, etwas zu hören.

»Wenn sie nur nicht tot ist«, sagte er und wandte sich zu Steely um. »Ich habe geglaubt, man entbindet unter Schmerzen und Tränen! Aber kein Laut!«

Steely fand, daß Lord Ellenborough in dieser Haltung etwas Lächerliches hatte, das ihr nicht mißfiel. Sie hatte ihn niemals gemocht, er war ganz und gar nicht der Ehemann, den Janet gebraucht hätte.

Eine Minute später hörten sie eine Stimme, die anordnete:

»Halten Sie es mit dem Kopf nach unten, es muß schreien.« Und tatsächlich schrie etwas.

»Das ist ein Sohn, ich weiß es genau«, jubelte Edward, zu aufgewühlt, als das er gewagt hätte, die Tür zu öffnen.

Der Arzt erschien erst nach dem Erben, einem kleinen Paket aus weißem Leinen, angesichts dessen Jane noch versuchte, wieder zu Atem zu kommen.

Später am Abend schrieb Edward in sein Tagebuch: »Janet hat mir einen Sohn geschenkt. Das ist ein politisches Ereignis, und ich werde aus ihm eine politische Persönlichkeit machen. Ich werde den Herzog von Wellington und Lord Dudley bitten, die Patenschaft für ihn zu übernehmen. Die Fürstin Esterhazy soll seine Patin werden... Eine gute Einführung in die Gesellschaft...«

Zärtlichkeit hatte Edward nie überwältigt. Aber er war glücklich: Endlich nahm seine Ehe die positive Wendung, auf die er so lange hatte warten müssen.

Arthur Dudley Law war ein schwächliches Kind. Die Amme, die seine Pflege übernommen hatte, weinte, wenn er an ihrer Brust einschlief, während die Kinderschwester, die den Ablauf der Ereignisse überwachte, sich in eine schulmeisterliche Pose warf, um den Eltern beruhigend zu erklären, daß alle Säuglinge auf der ganzen Welt gleich seien.

Eine Woche später war Jane schon wieder auf den Beinen. Einen Monat danach wohnte sie, die Taille wieder schlank in einem Kleid aus aprikosenfarbenem Musselin, strahlend dem Dinner bei, das der Herzog von Wellington zu Ehren seines am gleichen Tag getauften Patenkindes gab.

Jane machte übermenschliche Anstrengungen, um heiter zu wirken. Es war nicht so sehr die Geburt Arthurs, die sie erschöpft hatte, auch nicht die Sorgen um den Säugling. Sie sah ihn selten, da er, wie es sich gehörte, in der Kinderstube versorgt wurde. Aber George Anson mußte zu seinem Regiment am anderen Ende des Landes zurückkehren.

Ihr einziger Freund ging fort. Hatten ihre Eltern etwas gemerkt? Immerhin hatte George sie gleich nach der Geburt von Arthur besucht, um ihr Lebwohl zu sagen. Er hatte ihr erklärt, daß kränkende Gerüchte in der Stadt kursierten, man habe sie zu oft zusammen gesehen... Er mußte abreisen, um diesen Gerüchten ein Ende zu setzen.

Der Monat verging. Jane nutzte die momentane Überlegenheit, die ihr die Geburt eines Sohnes verlieh, um Edward, der dies schon seit längerem geahnt hatte, begreiflich zu machen, daß sie nicht mehr wünsche, das Bett mit ihm zu teilen. Edward fügte sich gutwillig. Seit langem schon hatte er sich ein anderes Leben geschaffen. Für ihn ging die Rechnung auf. Das war sein Jahr: ein Sohn, eine Karriere, die sich unter den besten Voraussetzungen anbahnte – seine Ernennung in das neue Kabinett des Herzogs von Wellington hatte, obwohl bisher nur unter dem Siegel der Verschwiegenheit ausgesprochen, den Zorn der Lordschaften Wharncliff, Grey und Holland erregt. Die Gattin des letzteren – ›Whig-Minister ohne Geldbörse‹, wie man ihn gern nannte – hatte getobt, diese Ernennung sei eine Beleidigung für die Politik des Landes, und man erzählte sogar, sie habe in ihrem Ärger den Boten beschimpft.

Der unpopuläre Edward hatte sich durchgesetzt. Seine Intelligenz vielleicht, bestimmt sein Ehrgeiz und seine enorme Arbeitsfähigkeit, verbunden mit einem persönlichen Einsatz für die Sache, der für einen Gentleman durchaus unüblich war, hatten seine Feinde schließlich dazu gezwungen, zumindest seine Tüchtigkeit anzuerkennen.

An einem Mittwoch im April 1828 ging Jane zum ersten Mal wieder ins Almack; Lord Ellenborough, der sie bis in den großen Saal begleitet hatte, verließ sie bald wieder und versprach, sie in der Nacht abzuholen.

Jane war gerade einundzwanzig geworden. Noch nie war sie so schön gewesen. Die Geburt ihres Sohnes verlieh ihr ein blühendes und glückliches Aussehen.

Ihr Erscheinen erregte Aufsehen. Das lag nicht nur an dieser neuen Sicherheit, sondern auch an ihrem ganzen Auftreten, aus dem ein Hauch von ruhiger Provokation sprach. Jane hatte beschlossen, ihre eigene Mode zu kreieren. Schluß mit den extravaganten Frisuren... sie trug die Haare glatt in der Mitte gescheitelt, so daß sie unten zu Naturlocken aufsprangen. Oben auf dem Kopf hatte sie einen mehrmals gedrehten Zopf geflochten, der ihren grazilen Nakken freilegte. Schluß mit den riesigen, mit Bändern umwickelten Puffärmeln; die natürlichen Umrisse der Gestalt kamen wieder zu ihrem Recht, und Jane verkörperte in ihrem weißen, in der Taille gebundenen Organdykleid mehr denn je in den Augen vieler die romantische Heldin par excellence. Das Orchester intonierte eine Weise von Boieldieu, sie erkannte *Die Ballade von der weißen Dame* aus einer bekannten komischen Oper. Im Ballsaal war gerade Gasbeleuchtung eingeführt worden, und Jane mußte auf den neuen Kavalier dieser neuen Epoche nicht lange warten.

Die Fürstin Esterhazy stellte ihr den Botschaftsattaché ihres Gatten, Prinz Felix zu Schwarzenberg, vor.

Dritter Teil

1828 - 1831

1

Tief in Gedanken versunken, hörte der junge Diplomat nicht, wie Dietrichstein eintrat. Felix, der zweite Sohn des Fürsten Joseph Schwarzenberg und der Fürstin Pauline, geborene von Arenberg, schlug seinen Rasierpinsel in einer Silberschale mit seinen Initialen und bestrich sich das Gesicht mit Rasierschaum. Er wählte vom Tisch ein Rasiermesser mit Elfenbeingriff und schabte seine Wangen ab, wobei er sorgfältig Schnurrbart und Backenbart ausließ. Aus einem böhmischen Kristallflakon tupfte er sich ein wenig Eau de Cologne ins Gesicht und musterte sich schließlich zufrieden im Spiegel.

Mit äußerster Sorgfalt wählte er aus einem Velourslederetui ein Paar Amethystmanschettenknöpfe, dann schlüpfte er in ein blendendweißes Hemd. Einen Augenblick lang zögerte er, ob er seine Krawatte auf die englische Art binden sollte: *Knoten à la Byron* oder *Knoten à la sentimentale*? Er entschloß sich schließlich für den *gordischen Knoten*, der speziell für Diplomaten entworfen worden war.

Nachdem er Hosen aus hellem Nanking, eine weit offene Weste mit Goldkettenverschlüssen und darüber seinen Gehrock aus grünem Veloursleder angezogen hatte, wählte er ein Paar elegante Stiefel und erkundigte sich schließlich mit zerstreuter Stimme nach Dietrichsteins Gesundheit. Aber heute war ihm eigentlich mehr danach, über sich selbst zu sprechen.

»Um es Ihnen gleich zu sagen, ich bin verliebt, unsterblich verliebt. Kommen Sie, ich erzähle Ihnen alles auf dem Weg zu Shandor's House. Sie können sich kein göttlicheres Wesen vorstellen. Ein solches Strahlen, eine solche Anmut gehen von ihr aus. Als ich sie gestern abend sah, wußte ich gleich, daß sie mein Leben völlig verändern wird.«

»Ihre Begeisterung hebt meine Moral. Schon allein die Vorstellung, diesem Wunderwesen bald einmal zu begegnen, hat mich einen Augenblick lang den ganzen Stapel ungeöffneter Depeschen vergessen lassen.«

»Zum Donnerwetter«, unterbrach ihn Felix, »ich spreche von Liebe, und Sie kommen mir mit Politik. Also, lassen Sie sich erzählen... Als ich sie gestern abend im Almack sah, habe ich sofort gewußt, daß SIE es war, auf die ich bis dahin gewartet hatte. Ich habe mit ihr einen Walzer getanzt, der ist mir ins Blut gefahren, und mein Herz schlägt immer noch im Dreivierteltakt. Und das Schönste: Ich müßte mich schon sehr täuschen, wenn sie meine Gefühle nicht erwiderte; wir haben unsere Blicke gar nicht mehr voneinander lösen können. In meinem ganzen Leben ist mir so etwas noch nicht passiert, dies übertrifft alles, was ich bisher empfunden habe.«

»Immerhin, mein lieber Felix, ist es nicht das erste Mal, daß Sie sich so verliebt haben; diesmal freilich können Sie sich nicht darüber beklagen, Sie hätten unnütz Ihre Zeit vertan. Sie sind gerade erst eine Woche hier und dann schon so etwas! Aber jetzt genug des Geplauders: Kann man erfahren, wer die glückliche Auserwählte ist?«

»Sie werden Sie heute abend auf dem Ball bei Lady Londonderry sehen. Sie heißt... Lady Ellenborough. Zufällig ist sie mit einem alten Graukopf verheiratet, der es sich erlaubt hat, sie mir in den Morgenstunden zu entführen.«

»Für einen Diplomaten, der die Nuancen beherrschen sollte, übertreiben Sie ein wenig. Lord Ellenborough kann nicht älter als vierzig Jahre sein – ungefähr zehn Jahre älter als Sie. Ach, da sind wir ja schon. Jetzt müssen wir uns aber etwas ernster geben.«

»Ich könnte nicht ernster sein. Zu niemandem ein Wort. Ich wollte, es wäre schon heute abend.«

»Beeilen wir uns, Fürst Esterhazy wird uns wahrscheinlich schon erwarten.«

Als sie die Botschaft betraten, trafen sie auf Marie Esterhazy, die sie abgepaßt hatte. Mit ihren fünfzehn Jahren war sie ganz vernarrt in Felix, und sie richtete es so ein, daß sie ihm fünfmal am Tag über den Weg lief. Sie war schön, wenn auch noch ein bißchen jung, mit Gesichtszügen, die seltsam an ihre Tante, die Prinzessin Leopoldine von Lichtenstein, erinnerten. Alfred Dietrichstein schmunzelte, als er das junge Mädchen erröten sah, weil Felix sie ein wenig väterlich dazu beglückwünschte, immer schon so früh auf den Beinen zu sein.

Sie traten in den mahagonigetäfelten Salon; Bauer erwartete sie und überreichte ihnen einen Korb voll Post. Dann kam Fürst Esterhazy, und nachdem er sie genötigt hatte, Platz zu nehmen, besprach er mit ihnen die anstehenden Angelegenheiten.

Während er sprach, beobachtete er Felix. Der junge Mann war erst sechsundzwanzig Jahre alt, aber er hatte seine Feuerprobe bestanden. Hauptmann im zweiten Ulanen-Regiment – man nannte ihn auch ›Ulan Schwarzenberg‹ wegen seines Onkels, der 1813 als Feldmarschall in der Schlacht von Leipzig Kaiser Napoleon besiegt hatte –, war Felix der würdige Repräsentant einer berühmten Familie, deren Name mit dem Heiligen Römischen Reich, der deutschen Nation und der österreichischen Monarchie verbunden war. Ihre Besitztümer waren so riesig, daß man sie gewöhnlich unter dem Titel »Königreich Schwarzenberg« zusammenfaßte.

Wenn Esterhazy an die Wirkung dachte, die Felix auf seine Frau und seine ältere Tochter gehabt hatte, konnte er sich leicht ausmalen, welche Verheerung dieser junge Mann in der Londoner Gesellschaft anrichten dürfte. Felix war groß, eher schmal – sah man ihn zum ersten Mal, so stach vor allem seine außergewöhnlich vornehme Erscheinung ins Auge. Wenn man versuchte, die Gründe für diese Ausstrahlung unter die Lupe zu nehmen, fiel eine eigentümliche Besonderheit auf: In seiner Natur lag eine erstaunliche Dualität, Ungestüm und Melancholie, Draufgängertum und wehmütige Mattheit paarten sich in ihm zu einer unwiderstehlichen Mischung. Halb Asket, halb Don Juan – auf diesem Gebiet brauchte er sich um seinen Ruf nicht erst noch zu sorgen –, konnte ihn jeder nach Belieben von der Seite sehen, die ihm am besten gefiel, und davon träumen, sei es, ihn zu retten, sei es, bei ihm Rettung zu finden.

Der Botschafter schwor sich, diesen jungen Mann im Auge zu

behalten, und gönnte sich selbst ein Lob dafür, daß er ihn Dietrichstein anvertraut hatte.

Fürst Metternich hatte ihm seinen Schützling, Felix Ludwig Johann von Nepomuk zu Schwarzenberg, empfohlen und ihm beiläufig dessen Meriten ins Gedächtnis gerufen: Dieser brillante junge Mann hatte sich bereits in Rußland hervorgetan, anläßlich der Manöver von Krasnoje Selo; als Kavallerieoffizier genoß er einen hervorragenden Ruf. Er war nach Astrachan und bis nach Nischnij-Nowgorod gereist und hatte in Moskau der Krönung von Zar Nikolaus beigewohnt.

Zu den Führern des Dekabristen-Aufstandes, der sich gegen die absolute Autorität des Zaren wandte, gehörte Prinz Troubetzkoi, Oberst der Preobrashenski-Garde. Troubetzkoi, der Schwiegersohn des österreichischen Gesandten Lebzeltern, war Felix bester Freund. Als die Verschwörung entdeckt wurde, befand sich Prinz Schwarzenberg in einer peinlichen Lage, und daher sah sich Metternich gezwungen, ihn nach Wien zurückzurufen. Vor seiner Abreise aus Moskau jedoch hatte der Zar ihm noch den Wladimirorden verliehen.

Felix wurde zuerst nach Paris geschickt, dann nach London, wo ihn Baron Neumann erwartete, der damit beauftragt war, Dom Miguel die Herrschaft über Portugal anzubieten. Die Delegation hatte Portsmouth im November 1826 auf der englischen Fregatte *Fort* verlassen und war drei Monate später in Rio de Janeiro angekommen. Sie blieben nur ungefähr zehn Tage, denn während der Verhandlungen starb Franz I., der Kaiser von Österreich. Zurück in Wien, nutzte Felix die Gelegenheit, um einige Tage im Krummau, in seiner böhmischen Heimat, zu verbringen. Dann schickte Metternich ihn nach Lissabon, wo Felix beinahe gelyncht worden wäre, ohne daß er jemals erfuhr, ob er dies den absolutistischen Partisanen Dom Miguels oder den verfassungstreuen Partisanen Dom Pedros zu verdanken hatte. Als der Regent endlich auf dem Thron saß, wurde Felix ein zweites Mal nach London entsandt.

Felix kam mit Herzklopfen zum Ball. Gott sei Dank hatte er daran gedacht, ein Kostüm einzupacken. Innerhalb nur einer Woche hätte ihm kein Schneider dienen können, häufiges Reisen hatte ihn jedoch gelehrt, diese Art von Accessoire immer bei sich zu haben. Trotz aller Verkleidung war und blieb er unverkennbar Prinz Schwarzenberg. Er hatte einen ähnlichen Aufzug gewählt, wie ihn einer seiner Vorfahren vor einem Jahrhundert auf einer in *Trompe-l'oeil*-Technik gemalten Loge trug, die die Wände des Maskensaals in Krummau schmückte – ein eigenartiges Bildwerk, das der Phantasie Joseph Lederers entsprungen war: Die Fresken öffneten sich perspektivisch zu Galerien, Balkons, Gärten voller maskierter Menschen und entführten den Betrachter in ein fremdartiges Traumreich. Und eben heute abend, auf Lady Londonderrys Maskenball fühlte sich Felix in eine ganz ähnlich schillernde Zwischenwelt eintauchen.

Wie wird Lady Jane wohl verkleidet sein? fragte er sich.

Strahlend, mit Schmuck überladen, war Lady Londonderry als Elisabeth I. kostümiert. Sie saß auf einem Thron, über dem sich ein Baldachin mit dem Wappen der Krone wölbte, zu ihren Füßen, auf golddurchwirktem Samt, saßen die beiden Höflinge aus jener Zeit. Mit königlichem Blick betrachtete sie die Gäste, die vortraten, um ihr ihre Reverenz zu erweisen. Wie die Königin erhob sie sich für niemanden.

»Wird sie auch kommen?«

Felix' Unruhe wuchs! Mit einem Auge blickte er zur Tür, wo er gerade Fürst und Fürstin Esterhazy erblickt hatte, gekleidet wie das Ehepaar Arnolfini auf dem Gemälde von van Eyck. Er fürchtete, alle Gäste seien schon da, als sie endlich den Saal betrat. Sie trug Mongolenhosen, ein besticktes Mieder, einen Kaftan aus durchsichtigem Voile, unter dem man die Formen ihres Körpers erahnte, und einen Kaftan aus orangeroter Seide, an dem eine Straußenfeder steckte. Felix hielt die Luft an. Eine Art Sultan, der Lord Ellenborough sein mußte, schritt stolz am Arm seiner Frau. »Er sieht wirklich gut aus«, mußte Felix sich eingestehen, und gleichzeitig fühlte er sich lächerlich und linkisch in seinem Brandenburger Gewand. Ein rascher Blick der Sultanin beruhigte ihn. Alle Hoffnungen waren erlaubt.

Jane, die seit dem Vortag auf Wolken schwebte, begriff in der gleichen Sekunde wie der Prinz sie beim Walzer in die Arme nahm, daß dieselbe unkontrollierbare Anziehungskraft, die sie immer an den Wendepunkten ihres Lebens gespürt hatte, sie unwiderstehlich neuen, unbekannten Horizonten entgegenführen würde. Sie sahen sich an, sie brauchten keine Worte. Leicht, wie über die Erde schwebend, erbebte sie, wenn er ihr nur die Hand auf die Schulter, um die Taille legte. Sie verlangte mit jeder Faser ihres Körpers nach ihm, sie gehörte ihm bereits.

Die Stärke ihres Verlangens löschte die Vergangenheit aus ihrem Gedächtnis. Für die beiden gab es nur noch diesen Frühling 1828. Die Saison war verregnet, eine bleiche Sonne versuchte verzweifelt, durch den dichten Nebel zu dringen. Aber Kälte und Regen kümmerten sie wenig, sie waren leidenschaftlich verliebt, unfähig, einen klaren Gedanken zu fassen.

Die ›Society‹, wie man in London sagte, hatte ihr Geheimnis bald erraten. Zuerst gerührt und amüsiert, dann spöttisch gab sie Felix den Namen des Pferdes, »Catland«, das gerade das Derby gewonnen hatte, indem es den Favoriten »Colonel« um eine Länge geschlagen hatte. Diese Anspielung auf Colonel George Anson berührte die Verliebten nicht, sie waren zu sehr mit sich selbst beschäftigt, um sich über andere Dinge den Kopf zu zerbrechen. Was Edward betraf, so sah und hörte er nichts, er hatte weder Zeit noch Raum für einen Gedanken an seine Frau. Ein kurzer Besuch in Roehampton, um seinen Sohn und Jane zu sehen, reichte aus, um ihn zu beruhigen; Arthur lachte fröhlich, und Jane sah gut aus. Die meiste Zeit verbrachte er seine Abende in London in seiner Wohnung am Connaught Place, wo er in der Regel auch schlief.

In der englischen Politik wehte nun ein anderer Wind. Nach einem Probelauf von Lord Goderich hatte die neue Regierung unter dem Herzog von Wellington soeben alle Vollmachten bewilligt bekommen. Aber die Aufgabe war nicht einfach: Auf die Euphorie, mit der man den Frieden auf dem Kontinent aufgenommen hatte, war der unvermeidliche Rückfall der Tage nach dem Sieg gefolgt. Der Herzog, deutlich konservativ, verwandte all seinen Eifer auf Reformen. Er entledigte sich der Whig-Mitglieder des Kabinetts und holte die alten Tories zurück. Huskisson und einige Anhänger Cannings behielt er... Nach und nach gingen die liberalsten Tories von selbst, und das Ministerium wurde wieder so reaktionär wie 1822.

Edward dachte nicht im Traum an die Niederlage, die sich abzeichnete: Er lauerte mit der Ungeduld eines Raubtieres auf den Posten des Außenministers, den sein Freund Lord Dudley innehatte. Dieser billigte die Reformen Wellingtons nicht, und jeder rechnete mit seinem Rücktritt. Und so kam es auch... An seiner Stelle wurde indessen Lord Aberdeen ernannt! Tief gekränkt vergrub sich der Lordsiegelbewahrer in seine Arbeit, seine Selbstbeherrschung machte großen Eindruck auf seine Freunde. Edward zwang sich zur Geduld und verdoppelte seine Aufmerksamkeit.

Janes Spielraum war damit nur noch gewachsen. Aber sie hatte sich eine Naivität und eine Unschuld bewahrt, der auch vier Jahre Ehe und die Geburt von Arthur nichts anhaben konnten. Ihre Flirts im Almack, über die man gelächelt hatte, hatten nichts gemeinsam mit dieser Leidenschaft, der sie nun ganz ergeben war. Und sie dachte auch gar nicht daran, ihre Liebe zu verbergen, ganz einfach, weil es ihr nie in den Sinn gekommen wäre, sich zu verstecken.

Dieses Mal erregte die Affäre Aufsehen. Jeder hatte sofort begriffen, daß es sich um mehr als um eine kleine Romanze handelte, um so mehr als Felix in seiner Paradeuniform, seinem über die Schultern getragenen Dolman und seinen Pomponstiefeln so kriegerisch und herausfordernd aussah, daß die Frauen jeden Alters dahinschmolzen.

Man tuschelte. Leidenschaften wurden geduldet, exzentrisches Verhalten zugelassen, solange der äußere Schein gewahrt blieb. Beide jedoch meinten, es sei genug der Zugeständnisse, wenn sie auf den Abendgesellschaften getrennt erschienen; dabei wurde es ihnen gar nicht bewußt, daß sie sich, wenn sie endlich beisammen waren, nicht mehr voneinander trennten, so hingerissen waren sie von der Gegenwart des anderen.

Zufällig – Jane allerdings wollte darin ein Zeichen sehen –

befand sich das Haus, in dem Felix mit Dietrichstein wohnte, in der Harley Street, nicht weit von Shandor's House, und nur wenige Schritte von dem der Digbys entfernt.

Jeden Tag verließ Jane, verborgen in ihrem grünen Coupé, mit klopfendem Herzen Roehampton. William, ihr Groom, fuhr sie auf Umwegen zur Harley Street 73. Weil sie glaubte, so Verdächtigungen zerstreuen zu können, kam sie im allgemeinen durch die Chandos Street, und manchmal ließ sie sich am Cavendish Square absetzen, von wo aus sie munter zu Fuß ging, immer fröhlich, weil sie wußte, daß Felix auf sie wartete.

Und tatsächlich stand er wartend hinter dem Fenster, und sobald er sie erblickte, stürzte er eilig hinunter und öffnete ihr selber die Tür.

Stunden voller Glück und Ekstase. Felix löste ihr langes Haar... der Nacken Janes roch so gut nach Verbene, sie war so warm und bebte unter seinen Küssen. Für Jane war alles eine Offenbarung. Ihr wiedererwachter Körper taumelte, gab sich hin, versank und ließ sich verströmen. Sie waren wie zwei Schiffe, die beladen mit Umarmungen, Versprechen, Hoffnung und Lust aufs Meer hinaussegelten, ohne sich um das Wetter oder den Hafen, den sie erreichen wollen, zu kümmern. Felix schenkte ihr seine Liebe, etwas anderes wollte sie nicht. Er legte ihr unmögliche Schwüre ab, die sie dann wiederholen mußte: »Wir sind auf ewig miteinander verbunden, wie Efeu und Baum, du umschlingst mich und ich trage dich.«

Sein Blick unterjochte sie. Wenn er ihr von seiner Heimat Böhmen erzählte, ging sie, tief in ihrer Seele eine Zigeunerin, mit ihm über die Straßen dieser Reise, sie fand in ihm das Abenteuer, eine ferne Vergangenheit, Leidenschaft, Stärke. Er sprach fließend Deutsch, Tschechisch, Französisch und Latein, sein eigentümlicher Akzent steigerte nur noch seinen Reiz.

»Noch einmal, Felix, erzähl mir von den Ufern der Moldau, von dem endlosen Winter, von den Schlittenfahrten... Und den Zwiebeltürmen von Krummau. Sag, singst du wirklich in eurem Dorf die Messe mit deiner Schwester Mathilde? Gibt es bei euch tatsächlich Wölfe? Und die Frauen in Wien, sind sie schöner als hier?«

»Du stellst zuviele Fragen auf einmal. Wie soll ich das alles beantworten, mein Liebling?«

Dann zog er sie an sich, sie kuschelte sich mit offenen Haaren an ihn und wartete.

»Es gibt nur dich«, sagte er, »du bist einzigartig, allein mir, meine Geliebte, sollst du dich öffnen. Schwöre, daß du mich niemals verläßt... wir wollen zusammen alt werden.«

»Felix«, antwortete sie, »um dir zu folgen, würde ich alles opfern, was mir teuer ist.«

Niemals verging die Zeit im gleichen Rhythmus, mal stürzte sie herein wie das Meer bei Flut, mal stand sie still wie ein Teich. Sie liebten das Leben und waren voller Hoffnungen; jeder Morgen war Versprechen und jeder Abend Erinnerung. Alles war neu, alterslos. Man sah sie beim Dinner im Jockey Club in St. James, ein denkwürdiger Abend, weil der König zum ersten Mal seit vielen Monaten wieder in der Öffentlichkeit erschien. Aber alle hatten nur Augen für die strahlende Jane. Man sah sie beim Ausritt in den Wäldern von Surrey, bei einer Bootsfahrt auf der Themse, sonntags zu Pferd in Rotten Row oder Kensington Garden.

Sie saß James Holmes Modell, dem Lieblingsmaler des Königs, derselbe, der 1816 Lord Byron vor seiner Abreise ins Exil gemalt hatte. Jane wurde immer berühmter, und ihre Porträts verkauften sich immer besser bei Colnaghi. Und tagaus, tagein war sie in aller Munde.

Anfang Juni mußte Jane nach Forston fahren – Lady Digby hatte den Wunsch geäußert, ihre Kinder den Sommer über um sich zu haben.

Nach ein paar Tagen dachte Jane, trotz ihrer Freude darüber, alle wiederzusehen, nur noch daran, wieder heimzufahren. Wie es wohl Felix erging?

Weder die blühenden Rhododendren in Forston und Minterne, noch die Fuchsien konnten ihre Unruhe vertreiben. Ihre Eltern dachten, ihr Sohn fehle ihr.

Der Prinz beschäftigte sich, er arbeitete, aber er hatte schreckliche

Laune. Man sah ihn mit Dietrichstein im italienischen Theater. Doch diese Abende langweilten ihn schrecklich, trotz der Freunde, die er wiedersah.

»Alles langweilt mich«, fluchte er. »Alles, was mich gestern noch amüsiert hat, erscheint mir heute lächerlich. Veluti und Miss Sontag haben keine Stimme, und spielen tun sie wie die Hampelmänner.«

Ab und zu ließ er sein Pferd satteln und ritt mit Graf Apponyi durch London. Aber Felix, der mit seinen Gedanken ganz woanders war, gab nicht eben einen amüsanten Begleiter ab.

Nach zehn Tagen kam sie zurück, frisch und lebhaft, voller Begeisterung endlich wieder bei ihm zu sein, und noch verführerischer als in seiner Erinnerung.

In Felix' Zimmer, das in chinesischem Stil eingerichtet war, hing eine Laterne, die ein gedämpftes Licht verbreitete und die Perkalvorhänge und die Liebenden mit zärtlichen und schillernden Reflexen umgab.

»Ich war wie gelähmt, ich dachte, du hättest mich vergessen, du wärest mir nicht mehr treu, ich war so einsam.«

Ihre riesigen, in Tränen schwimmenden Augen, ihre wilde, leidenschaftliche Art zu sprechen, berührten ihn wie am ersten Tag. Dann nahm er sie in seine Arme, beruhigte sie, beruhigte sich selbst, und alles begann von neuem, von der Entdeckung bis zur Ekstase.

Jedesmal, wenn er sie sah, war es wie eine Wiedergeburt. Er bat sie, ewig für ihn am Leben zu bleiben, so warm und sanft, niemals solle sie sterben.

Alle seine Träume kreisten nur um sie: Er wollte sich ihr ohnmächtig ausliefern, sich vor ihrer Schönheit, ihrer Anmut niederwerfen, jede Spur seiner selbst unterdrücken, um mit ihr zu verschmelzen; nichts wünschte er sich inniger, als mit ihr schlafen zu können, und wäre es nur eine einzige Nacht.

Felix war besitzergreifend, er war eifersüchtig auf Edward und sogar auf Arthur. Er überwachte sie ständig. Eines Abends, als sie von einem Ball bei Mrs. Michels nach Hause kamen, machte er ihr eine Szene, er warf ihr vor, mit Rudolph Apponyi getanzt zu haben. An sich war dies eine der normalsten Angelegenheiten der Welt,

Lady Jane mußte aus Schicklichkeitsgründen jede Aufforderung annehmen.

Als er sie ihrem Kavalier so strahlend zulächeln sah, war Felix mit düsterem Blick, kaum daß der Tanz vorüber war, zu ihnen getreten. Jane stand einen Augenblick wie erstarrt da, aber dann hatte sie sich wieder in der Gewalt, und mit ihrem charmantesten Lächeln hatte sie ihm erklärt:

»Prinz, der Graf ist Ihr Freund, lassen Sie ihn versprechen, daß er mich zum ersten Walzer auffordert.«

Apponyi beeilte sich anzunehmen.

»Der erste Walzer! Sie ist ja verrückt«, dachte Felix, »bisher hat sie ihn immer nur mir gewährt... Sollte sie mich nicht mehr so sehr lieben?«

»Was du für ein mürrisches Gesicht machst, mein Freund«, sagte sie in aller Unschuld, als sie wieder allein waren. »Du weißt sehr gut, daß ich keiner meiner Launen widerstehen kann, und wenn du mich dann auch noch so herausforderst! Und im übrigen, was glaubst du denn, wie du mir das Tanzen verbieten könntest, was würden dann wohl die Leute denken?«

Sie fühlte, daß er ihr ausgeliefert war, und wunderte sich, welch perverses Vergnügen ihr das bereitete.

Mehr bedurfte es nicht, um ihn seine Eifersucht bedauern zu lassen, und er ärgerte sich über seine Ungeschicklichkeit.

Am nächsten Morgen stürzte er zu Bridge, dem Juwelier, um den die ganze Welt London beneidete, und kaufte für sie ein kostbares Perlenarmband.

Würde Edward es bemerken? Jane würde antworten, sie hätte dem Reiz des Schmuckstückes nicht widerstehen können. Sie besaß ungeheuer viel Schmuck, aber dieser war natürlich von nun an mehr wert als die anderen, und sie legte es nie ab.

Die Fürstin Esterhazy nahm die Verliebten unter ihre Fittiche und bot ihnen noch mehr Ausflüchte, um jeden Verdacht zu zerstreuen.

Sie, die Jane immer gemocht hatte, hatte als erste begriffen, daß ihre Ehe in der Katastrophe enden würde. Von da an gab es kein

Dinner mehr in Shandor's House ohne die Ellenboroughs – oder zumindest keins ohne Jane, denn Edward kam nur, wenn er gerade konnte.

Jane wußte es noch nicht, aber das Glück machte sie unvorsichtig. Felix zwang sie trotz seiner leidenschaftlichen Liebe zu ihr, in ihrer eigenen Kutsche nach Hause aufzubrechen, bevor sie in seine, die an der nächsten Kreuzung auf sie wartete, umstieg. Obwohl er ihr immer seltener gestattete, sich mit ihm an öffentlichen Plätzen zu treffen, kamen sie nach wie vor jeden Abend auf den Gesellschaften zusammen, nur lag er nun ständig auf der Lauer, ob Jane nicht etwa auch anderen Männern Interesse entgegenbrächte.

Überzeugt davon, daß es ihnen gelungen war, dank ihrer Umsicht die Aufmerksamkeit von sich abzulenken, verbrachten sie schließlich kurze Augenblicke zusammen, bevor sie sich allzu schnell wieder trennen mußten.

Im August sah man sie auf dem Rennen in Egham. Das Interesse der Menge, so hieß es, teilte sich in das öffentliche Auftreten des wassersüchtigen George IV. und das Schauspiel einer strahlenden Lady Jane am Arm ihres Prinzen.

Am nächsten Tag erwähnten die Gazetten ihre Anwesenheit in der Gesellschaftsspalte.

Bei der Eröffnung der National Gallery im nördlichen Teil des Trafalgar Square waren sie auch anwesend und ließen sich nicht aus den Augen. Die Kuppel von William Wilkin, die der König in Auftrag gegeben hatte, weil sie die Kunstschätze aus seiner Sammlung aufnehmen sollte, hatte eine gewaltige Menschenmenge angezogen; dennoch blieben die beiden nicht unbemerkt: Felix und Jane waren einfach zu glücklich, zu jung, zu schön und zu skandalös.

Lord Edward, tuschelte man, ist ein Dummkopf, daß er seine Frau vernachlässigt hat, und er hat es verdient, wenn man ihm nun so mitspielt. Wer aber kannte, auf der anderen Seite, Edwards Verhältnis mit der Gräfin San Antonio?

Gegen Ende des Sommers waren die Gerüchte so zahlreich und hartnäckig geworden, daß die Familie nicht länger ihre Augen davor verschließen konnte. Lady Digby versuchte, ihre Tochter zur Vernunft zu bringen. Jane spielte die Überraschte, sie genoß eben das Leben, und daran war doch nichts Schlechtes. Der Admiral hatte lange Zeit vorgeschützt, er wisse von nichts; nun jedoch fühlte er sich zum Einschreiten verpflichtet und erklärte, das Betragen seiner Tochter sei unerträglich und sie zöge seinen Namen in den Schmutz.

Da betrat Steely die Szene. Nach Tagen des Zögerns und nach schlaflosen Nächten faßte sie sich schließlich ein Herz und beschloß, mit Lord Ellenborough zu sprechen. Sie fuhr unter dem Vorwand nach Roehampton, Jane und Arthur sehen zu wollen. Dann, eines Morgens, als im Haus alles ruhig zu sein schien, klopfte sie an die Tür von Edwards Arbeitszimmer. Er war gerade damit beschäftigt, einige Akten zu studieren.

»Ja«, erklang es von drinnen.

Steely trat ein, die Haare noch strenger als gewöhnlich zum Dutt gestrafft und die Lippen fest zusammengekniffen; nervös spielte sie an ihrer Halskette.

»Welcher gute Wind führt Sie hierher, Miss?«

Die Gouvernante nahm all ihren Mut zusammen.

»Um die Wahrheit zu sagen, Mylord, ich möchte Ihnen von einer Sache berichten, die mich nichts angeht und die zu enthüllen ich dennoch verpflichtet bin.«

»Nur zu, das klingt interessant«, sagte Edward und setzte sich in seinen Sessel.

Steely holte tief Luft und sprudelte heraus:

»Es handelt sich um die Ehre von Mylady.«

Edward hob die Brauen. Steely zögerte wieder und fuhr dann fort:

»Vielleicht können Sie sie zurechtweisen, sie ist noch so jung und so unerfahren...«

Edward unterbrach sie mit einer Handbewegung.

»Miss, die Ehre von Lady Jane, denke ich, geht Sie nichts mehr an. Das ist jetzt meine Sache, und ich lasse es nicht zu, daß sich jemand anders darum kümmert. Wenn Sie mich jetzt allein lassen möchten...«

Das arme alte Mädchen schlich rückwärts aus dem Zimmer, ohne ein Wort der Entschuldigung zu finden.

»Was für eine Unverschämtheit… diese Leute sind unmöglich, nun kümmern sie sich auch schon um die guten Sitten. Daran sind nur diese französischen Ideen schuld!«

Er war zornig: Da nahm es sich doch ein Domestik heraus, ihm Ratschläge zu erteilen.

Trotzdem zwang ihn dieser ungelegene Besuch, über seine Ehe nachzudenken. Union der Betrogenen? Was hatte er seiner Frau gegeben, außer einem bequemen Leben, das sie auch schon vorher hatte? Sie hatte ein halbes Jahr lang geglaubt, verliebt zu sein, und nun war sie für ihr ganzes Leben gebunden! Und er, was hatte er dafür bekommen? Alle Frauen nahmen sich letztendlich einen Liebhaber, das wußte er wohl. Er gab zu, daß sie wenig tat, um ihre Leidenschaft zu verbergen, aber wenn sie glücklich war, war sie immer so leicht zu durchschauen… Mit ihr sprechen? Warum sich unnötig das Leben erschweren? Wie gewöhnlich würde die Zeit die Dinge wieder ins Lot bringen, so wie sie auch die Enttäuschung milderte. Getreu seinen Prinzipien beschloß er, es sei besser, die Augen zu schließen.

Zwei Monate später besuchte ihn Eliza, aufgescheucht durch die Klagen ihrer Schwester, Lady Digby, und sprach ebenfalls mit ihm darüber. Der Lordsiegelbewahrer war schockiert und entgegnete, daß die Gerüchte jeder Grundlage entbehrten. Seine Frau sei unschuldig, vielleicht ein wenig zu sehr mit gesellschaftlichen Verpflichtungen beschäftigt, aber was sollte daran Schlechtes sein? Meistens lasse sie sich, wenn sie sich in die Stadt begebe, von Henry Law, seinem Bruder, begleiten. Welches Ziel verfolge denn eigentlich dieses Komplott von Neidern und Mißgünstigen?

Edwards Ungezwungenheit und der Nachdruck, mit dem er alle Verdächtigungen in den Wind schlug, konnten schließlich Eliza beruhigen, und sie entschuldigte sich für ihr Betragen.

Liebende gehen meist vollkommen in ihrer Leidenschaft auf, und sie können sich nur schlecht vorstellen, daß andere sich möglicherweise über ihren Lebenswandel Gedanken machen. Jane und Felix glaubten sich sicher, Sinnenfreude, Poesie und Musik, mehr brauchten sie nicht, um glücklich zu sein. Als bekannt wurde, daß Jane, um es Felix gleichzutun, regelmäßig an der katholischen Sonntagsmesse teilnahm, war der kritische Punkt erreicht! Nun auch noch Gott in solch eine skandalöse Verbindung hineinzuziehen, das ging doch entschieden zu weit!

Der Bischof von Bath und Wells suchte seinen Neffen auf und redete ihm ins Gewissen. Hatte er sie nicht vor vier Jahren erst getraut? »Ihre Stellung in der Gesellschaft, mein lieber Edward, gebietet Ihnen, sich um ihre Mitmenschen zu kümmern. Adel verpflichtet! Ihre Gattin bedarf ohne jeden Zweifel der Anleitung. Was geht hier eigentlich vor? Was bedeutet diese plötzliche Neigung zur heiligen Messe, während ihr Betragen ehrenhaften Leuten bereits zu viel zu denken gibt? Sie sind Lord Ellenborough, machen Sie diesen Gerüchten ein Ende! Sehen Sie sich vor, Edward, England liebt keine Skandale.«

Edward war verdrossen.

»Seien Sie unbesorgt, Onkel, ich werde mit Jane sprechen. Wahrscheinlich treibt sie einfach die Neugier, Sie kennen ja ihren ein wenig extravaganten Charakter.«

»Ich will hoffen, daß es so ist, aber ich bitte Sie, halten Sie sie zumindest davon ab, in die Kirche zu gehen.«

»Onkel, sie wird Anglikanerin bleiben, das verspreche ich Ihnen.«

Der Bischof schien überzeugt.

Edward mußte sich also wohl oder übel aufraffen, und eines Abends versuchte er ungeschickt, Jane begreiflich zu machen, es sei besser, wenn sie sich nicht mehr in der Kirche zeigte.

»Das ist doch absurd! Ich liebe diese Liturgie und die Gesänge«, erwiderte sie schnell. »Was soll daran Schlechtes sein?«

Edward beharrte nicht weiter auf diesem Thema, er fügte nur hinzu: »Tu es mir zuliebe.«

Sie wandte ein: »Was könnte man uns denn eigentlich vorwerfen?« Dabei klang ihre Stimme eher romantisch als tragisch. Wie jede liebende Frau erriet sie sofort jeden Gedanken, den auch nur die kleinste Gefühlsregung bei ihrem Geliebten hervorrief.

»Felix, ich möchte, daß alle wissen, daß ich dich liebe, erst dann wäre ich vollkommen glücklich.«

Sie beschlossen, daß es vielleicht klüger wäre, sich etwas seltener zu sehen und sich dafür häufiger zu schreiben. William würde die Botschaften überbringen und auf Antwort warten.

Diese Briefchen voller Küsse und gepreßter Blumen berührten Felix; er antwortete darauf mit den banalen Sätzen, wie sie jeder Liebende, wenn es ihm eilig ist, wohl schreibt: »Du weißt nicht, wie sehr ich leide, fern von dir, ich irre umher wie eine ruhelose Seele, die Einsamkeit erdrückt mich. Wenn wir doch nur zusammenleben könnten! Wenn ich dir doch nur früher begegnet wäre, du könntest mein sein, wir müßten uns nicht verstecken... Ich liebe dich und denke immer nur an dich.«

Das Jahr neigte sich dem Ende zu. London war ruhig, fast leer, der Adel befand sich wie gewöhnlich zur Jagd auf dem Land. Lord Ellenborough sagte nichts, als Jane ihm mitteilte, sie wolle zu ihrem Sohn nach Brighton fahren – die Gesundheit Arthurs hatte Luftveränderung ratsam erscheinen lassen. Das Parlament nahm seine Sitzungen am 5. Februar auf, und Edward war mit Arbeit überlastet. Er wandte lediglich ein, daß das Leben dort in dieser Jahreszeit für sie eintönig sein würde. Sie erklärte: »Ich nehme meine Aquarelle mit, und in einer Woche bin ich schon wieder zurück... Ich werde dir schreiben.«

In Wirklichkeit sollte Felix dort mit ihr zusammentreffen, sie würde endlich ihre erste Nacht mit ihm zusammen verbringen... ihre erste gemeinsame Nacht nach zehn Monaten!

Als sie in der von William gelenkten Kutsche saß, verspürte sie zum ersten Mal wieder diesen ein wenig beunruhigenden Rausch der Unabhängigkeit und Einsamkeit, den sie als Kind oft empfunden hatte. Sie hatte nur ein einziges Ziel: Felix. Ihr Sohn gehörte Edward, sie hatte damit ihre Pflicht erfüllt.

In Brighton stieg Jane im Norfolk Hotel ab, wo sie über eigene Räume verfügte, da Arthur und die Kinderschwestern ein Stockwerk tiefer wohnten. Sie gab ihrem Kind einen Kuß, schrieb ein paar hastige Zeilen an Edward, in denen sie ihm versicherte, alles sei bestens, Arthur ginge es prächtig, er sei lärmend und niedlich, obwohl er immer noch ein wenig schlecht aussähe.

Als der Brief aufgegeben war, kümmerte sie sich um sich. Felix traf am gleichen Tag im Hotel ein. Seine Koffer mit seinen Initialen unter einer Krone erregten Neugier. Sein Auftreten stieß auf um so mehr Überraschung in dieser Jahreszeit, als der Prinz mit unschuldiger Miene fragte, ob irgendwelche bedeutenden Gäste anwesend seien.

»Ja«, erwiderte der Portier und nannte ein paar Namen, darunter auch den von Lady Ellenborough.

»Die Witwe?« fragte Felix gleichgültig.

»Nein, mein Herr, es handelt sich um Lady Jane.«

»In diesem Fall überreichen Sie ihr bitte meine Karte. Ich hatte die Ehre, ihr vorgestellt worden zu sein.«

Jane antwortete darauf mit einer Einladung, mit ihr in ihren Räumen den Tee zu nehmen. Sie blieben zwei Stunden zusammen, dann ging Felix, nachdem er sich noch einmal in der Eingangshalle gezeigt hatte, auf sein Zimmer und ließ sich das Abendessen hinaufbringen.

Gegen elf Uhr – diese Zeit hielt er für günstig – schlich er auf Zehenspitzen über Flure und Treppen, wobei er häufig stehenblieb, um auf Geräusche zu lauschen. Das Knarren alarmierte den Nachtwächter, einen Mann namens Hepple. Als Felix ihn hochkommen hörte, versteckte er sich in einer Ecke und wartete dort, festgenagelt wie ein Bild an der Wand. Aber er hatte nicht mit dem Eifer des Mannes gerechnet, der sich nun seinerseits auf die Lauer legte. Nach zehn Minuten schlich Felix weiter, klopfte an Janes Tür und trat ein. Hepple hatte alles gesehen. War es nicht seine Aufgabe, über den Schlummer der Gäste zu wachen? Zur Sicherheit legte er noch sein Ohr an die Tür, und beruhigt schwor er sich, niemandem von seiner Entdeckung zu erzählen. Diskretion gehörte zu seinen Aufgaben.

Da nur noch wenige Sommergäste anwesend waren, blieben sie auf der Strandpromenade nicht lange unbemerkt. Mit Leib und Seele verschworen, lebten sie von den gewöhnlichen Sterblichen abgesondert, genossen mit sorglosem Leichtsinn ihr Glück und dachten nicht an die Zukunft. Der Seewind streichelte sie wie eine Liebkosung, Arthur nahm zu und bekam Farbe.

Als sie wieder heimkehren mußten, reiste Felix als erster ab, doch diese Vorsichtsmaßnahme täuschte niemanden.

In Shandor's House stand das Barometer auf Sturm. Graf von Dietrichstein schritt nervös im Salon auf und ab. Seit nunmehr zwei Tagen wartete er auf Felix' Rückkehr, damit dieser nicht unbedacht dem Fürsten Esterhazy, dessen Zorn noch nicht verraucht war, in die Arme lief.

»Was denkst du dir nur? Du verschwindest einfach, ohne Bescheid zu sagen. Man hat sehr schnell erfahren, daß du in Brighton warst, wo sich ganz zufällig auch Lady Jane aufhielt. Fürst Esterhazy hat von mir einen Bericht verlangt.«

»Du hast hoffentlich nichts gesagt?«

»Ich mußte irgend etwas erfinden! Jeder weiß von eurem Verhältnis! Hier handelt es sich nicht mehr bloß um unerledigte Depeschen, es geht um deine Karriere! Für einen Diplomaten ist es nie gut, in einen Skandal verwickelt zu sein, so etwas wird man nie wieder los!«

Felix lief durch das Arbeitszimmer.

»Wenn man mir einen Verweis erteilen will, dann soll man das eben tun. Im übrigen ist das der Gipfel! Eine Liaison hat in diesem Land noch niemals gestört, die Chronik ist voll von solchen Geschichten! Man soll mich doch damit in Ruhe lassen!«

»Du willst offenbar einfach nicht begreifen! Lord Ellenborough ist eine mächtige Persönlichkeit, und England ist im Wandel begriffen, mein Alter! Es stimmt, bis vor kurzem war es das freieste Land in Europa, aber diese Zeiten sind vorbei. Die Mittelklasse ist auf dem Vormarsch, und ihr sind alle Vorwände recht, um die Mitglieder der jetzigen Regierung lächerlich zu machen. Über Lord Ellenborough und den Prinzen Schwarzenberg kursieren die geschmacklosesten Witze. Jane hält man zur Zeit noch heraus. Betroffen sind ja nur ein Kabinettsmitglied und ein österreichischer Diplomat, alle beide bekannt!«

»Wenn ich deinem Gedankengang folgen kann, so ist Fürst Esterhazy aus Gründen der Staatsraison wütend!«

»Genau, Felix!«

»Gut! Da ich anscheinend hier jemandem das Leben schwer mache, werde ich mir eben eine andere Bleibe suchen!«

»Gib gut acht! Viel schlimmer ist noch, daß die Fürstin Esterhazy langsam bedauert, euch unter ihre Fittiche genommen zu haben.«

Dietrichstein war unschlüssig, er wußte nicht mehr, was er noch sagen sollte. Er, der die Vorsicht selbst war, der jede zweideutige Begegnung wie die Pest mied – er hatte Paris vor zwei Jahren verlassen und trauerte immer noch den kleinen Theatern, den Grisetten und den Spielhäusern nach –, fand es traurig, daß man sich in London nicht so vergnügen konnte wie anderswo. Die kleinste unangebrachte Geste konnte gleich lächerliche Ausmaße annehmen. Das hatte er im Laufe der Zeit begriffen, und seitdem versuchte er, Felix, den die Leidenschaft blind machte, die Augen zu öffnen.

Und eben diese Leidenschaft zeigte keinerlei Ermüdungserscheinungen. Der Aufenthalt in Brighton hatte Felix von der Aufrichtigkeit der Gefühle Janes überzeugt. Die Liebe war für sie etwas Absolutes. Liebe zu schenken und Liebe zu empfangen, das war für sie das einzige Glück, das sie erstrebte. Felix träumte bereits von der Zukunft, wenn er sich auch hütete, das Thema anzuschneiden. Er war nicht feige, aber das Problem erschien ihm unlösbar. Wozu also von der Zukunft sprechen? Sie hatten keine. Sie war verheiratet, und wenn man Verhältnisse auch duldete – eine Scheidung hätte einen ungeheuren Skandal verursacht.

»Im übrigen könnte ein Schwarzenberg eine solche Verbindung niemals ins Auge fassen«, dachte Felix. »Jane ist zudem auch noch anglikanisch. Selbst wenn sie ihre Ehe annullieren könnte, wäre eine Heirat ausgeschlossen. Und da sie zu verlassen völlig undenkbar ist...«

Diese quälenden Gedanken vergifteten sein Leben, der Prinz magerte zusehends ab. Sein alter Ehrgeiz, seine unterdrückten Träume stiegen in ihm wieder, wie sehnsuchtsvolle Kindheitserinnerungen, empor, während gleichzeitig ein Sturm der Auflehnung durch seine Adern tobte. Er liebte diese Frau und ging daran zugrunde, er konnte diese absurde Logik, die so oft zur Liebe gehört, nicht ertragen.

Jane verstand alles: »Aber es kann gar keine Rede davon sein, daß du deine Karriere opferst... Wir werden noch vorsichtiger sein. Wenn du mich liebst, Felix, bin ich mit allem einverstanden...«

Ihre wilde Entschlossenheit verlieh ihren Worten etwas Mächtiges und Starkes, das sie unangreifbar machte.

»Ich habe eine Wohnung in der Hoole Street gemietet, dort sind wir ungestörter«, sagte er ruhig. »Ich werde anderen Frauen den Hof machen, um eine falsche Fährte zu legen und den Gerüchten ein Ende zu setzen.«

Jane hatte ihre Kräfte überschätzt. Eine Woche lang sah sie einem Flirt mit der Gräfin Hatzfeld zu, bevor sie sich beklagte, Prinz Schwarzenberg habe sie verlassen.

Doch sie täuschte niemanden. Sie glaubte, es besonders gut zu machen, übertrieb dabei und schockierte nur. Lord Ellenborough wurde zur Zielscheibe des allgemeinen Spotts, und dieses Mal fand das Betragen seiner Frau keinen Fürsprecher mehr.

Immer wütender über seinen Botschaftsattaché, entschloß sich Fürst Esterhazy, Fürst Metternich um Hilfe zu bitten. Dieser war durch seine Freundin, die Fürstin Lieven, über die Heldentaten seines jungen Schützlings unterrichtet worden und hielt es für besser, ihn nach Österreich zurückzurufen. Vom Wert des jungen Mannes war er auch weiterhin überzeugt. Er hatte 1824 darauf gedrängt, daß Felix in den Auswärtigen Dienst eintrat, weil er mit Felix' hoher Intelligenz und seinem ausgeprägten Ehrgeiz die idealen Voraussetzungen gegeben sah, um erfolgreich die Klippen dieser schwierigen Laufbahn, die hinter den Kulissen Feingefühl und psychologischen Scharfsinn erfordert, zu umschiffen. Außerdem wollte Metternich, indem er ihn in der ganzen Welt herumschickte, das ungestüme Temperament des jungen Prinzen zügeln.

Anfang Mai wurde Felix mitgeteilt, er habe sich unverzüglich nach Wien zu begeben.

Er war niedergeschmettert. Sicher, er wußte, daß er zu weit gegangen war. Er versuchte, die Situation kaltblütig zu beurteilen und redete sich ein, daß mit etwas gutem Willen seine Jugend und die Zeit seine Gefühle ändern könnten. Aber da war das Warten auf Jane, ihre Heiterkeit, ihre Würde, ihr Verlangen nach ihm, selbst ihre Briefe, die Freude, zusammen zu sein, die nur sie jeden Tag aufs neue wiederbeleben konnte – er konnte unmöglich darauf verzichten. Einen Augenblick lang dachte er daran, um seine Entlassung zu bitten und friedlich mit ihr zusammen zu leben. Der Graf von Dietrichstein riet ihm jedoch von einem solchen Wahnsinn ab.

»Du darfst niemals deine Ambitionen einer Frau opfern, das würde sie dir nie verzeihen. Schau, Felix, du solltest wissen, daß Leidenschaft nicht von Dauer ist. Ihr werdet euch schreiben, das Leben hält noch viele Überraschungen bereit für die, die sich wacker schlagen.«

»Ich möchte nur für sie leben, bis zu ihrem Tod oder dem meinigen!«

Dem Grafen entwischte ein zufriedenes Lächeln. Sein Freund begann, ohne daß er sich dessen bewußt war, ein mögliches Ende seiner Leidenschaft in Betracht zu ziehen.

Länger als eine Stunde saß Felix, in Träume versunken, da, und immer stärker wuchs in ihm das Gefühl, er müsse nun alles, was er bisher an Gutem im Leben gekannt hatte, für immer verlassen. Das vor allem quälte ihn.

Mehrere Tage lang verharrte er in seiner trüben Stimmung, dann beschloß er, mit Jane zu sprechen. Er bestellte sie für fünf Uhr am kommenden Donnerstag, wußte allerdings immer noch nicht ganz genau, was er ihr sagen wollte, hoffte aber darauf, daß die Zeit ihm zu einem Entschluß verhelfen würde.

Der mit Cordoba-Leder ausgeschlagene Salon, die dunklen Vorhänge, die für gewöhnlich eine Atmospäre gemütlicher Wärme schufen, erschienen ihm jetzt trist. Als er sein Gesicht in dem venezianischen Spiegel sah, in dessen Ebenholzrahmen Figuren geschnitzt waren, fand er es entstellt und düster. Gleich würde sie kommen, unruhig und erstaunt darüber, daß er sie in den letzten Tagen nicht hatte sehen wollen, doch aus Freude, ihn wiederzusehen, würde sie ihn mit strahlendem Lächeln empfangen.

Und tatsächlich kam sie, in einem Kleid aus geblümtem Musselin, wie eine Frühlingsblume herein. Ihre Veilchenaugen, ihr kindliches Lachen, ihre ungezwungene Anmut ließen ihn all seine Entschlüsse vergessen. Oder vielmehr, als er sie in die Arme nahm und sie bis zum Ersticken an sich preßte, wußte er, daß er genau das Gegenteil dessen sagen würde, was er so lange vorbereitet hatte.

»Halt ein, mein Liebling! Man könnte meinen, du willst mich umbringen«, protestierte sie lachend, als seine Umklammerung nachließ.

»Ich hatte große Mühe, meinen Schwager Henry loszuwerden. Er wollte unbedingt meine Meinung über ein Bild von Stubbs hören.«

»Und?«

»Ich habe gesagt, das Bild sei großartig, und bin gleich verschwunden, als Ausrede habe ich angegeben, ich ginge zu meinen Eltern!«

Felix nahm ihr den Kaschmirschal ab. Sie schmiegte sich an ihn und streichelte mit ihren Händen die Brust ihres Geliebten, als wollte sie an die Tür zu seinem Herzen klopfen. »Ich liebe sie so sehr«, dachte er, »doch ich muß es einfach über mich bringen, ich darf es nicht länger hinauszögern.«

»Wenn ich bei dir bin, Felix, beginnt die Welt für mich von neuem. Alles wird wieder möglich, beinahe, als müßte man es nur wirklich wollen. Übrigens, ich muß dir etwas Wichtiges sagen«, fügte sie mit äußerster Vorsicht hinzu.

Er ergriff diesen Satz wie einen rettenden Strohhalm: »Ich habe auch etwas mit dir zu besprechen, mein Herz. Wer fängt an? Du?«

»Nein... Du...«

Jane zuckte leicht mit den Schultern, als ob sie sagen wollte: »Wir haben alle Zeit der Welt.«

Er streichelte sanft und zärtlich ihre Wange und schaute sie ernst an. Ihre unwirklich weiße Haut, ihre blonden Haare, auf denen goldene Lichter tanzten, erinnerten ihn an ein Gemälde von Botticelli. Felix versenkte sich in dieses Gesicht, das er tief in sein Herz aufnehmen wollte, wie eine wunderschöne Landschaft, die man verläßt und fürchtet, nie mehr wiederzusehen. Voller Inbrunst betete er sie an.

Lange lagen sie einander schweigend in den Armen, dann zerbrach Felix den Zauber, der sie noch verband:

»Ich bin nach Wien zurückgerufen worden«, stieß er verzweifelt hervor.

»Felix! Nein, das ist doch nicht möglich! Dich nicht mehr zu sehen... Dich nicht mehr lieben zu können...«

Ihre Stimme klang ganz gebrochen, so hatte er sie noch nie erlebt. Sie hatte das Gefühl, verrückt zu werden.

»Das ist ein böser Traum... sag doch... Felix?«

Sie schaute ihn fragend an. Eine lebhafte Röte färbte ihr Gesicht, zog sich fleckig über Hals und Schultern. Sie stammelte: »Das ist gräßlich... ich wollte dir mitteilen... dir sagen... ich... ich erwarte ein Kind... seit drei Monaten... ich wollte es zunächst gar nicht glauben...«

Tränen stürzten ihr aus den Augen, Schluchzen schnürte ihr die Kehle zu, sie schüttelte fassungslos den Kopf.

Felix spürte, wie ihm ein Frösteln über den Rücken lief.

»Bist du sicher?«

Jane antwortete nicht, die Frage war absurd. Er setzte sich, rang nach Luft. Nicht einen Augenblick dachte er daran, seine Vaterschaft in Zweifel zu ziehen – Edward hatte sich seiner Frau seit der Geburt ihres Sohnes nicht mehr genähert, er kannte Jane gut genug, um zu wissen, daß sie niemals log.

Minutenlang wirbelte alles in seinem Kopf umher, das wirre Verlangen, so schnell wie möglich zu verschwinden, und zugleich auch Scham, überhaupt an so etwas zu denken. Er wußte nicht mehr, was er sagen sollte, egoistische Gedanken bemächtigten sich seiner, ja, in diesem Augenblick, wo ihm ein Kind angekündigt worden war, dachte er nur an sich.

Als er nichts sagte, begann sie langsam, aber entschlossen zu sprechen, drängte ihre Tränen zurück. »Heute abend werde ich mit Edward sprechen!«

»Was willst du ihm denn sagen?« fragte er verstört.

»Ich werde ihn bitten, mich freizugeben, und ich werde dir folgen.«

Er konnte eine ablehnende Geste nicht unterdrücken und befürchtete, daß sie seine Panik bemerkte. Wie sollte sich seine Ankunft in Wien gestalten, in Begleitung einer verheirateten Frau, so schön sie auch sein mochte! Und dazu noch schwanger!

»Laß uns nachdenken, wir wollen nichts überstürzen. Ich fahre in ungefähr zehn Tagen, bis dahin werde ich einen Lösung gefunden haben.«

»Aber ich habe schon alles überlegt! Ich wußte zwar nichts von deiner Abreise, dafür aber alles über meine Lage! Ich hatte genug Zeit, alles zu überdenken.«

Ein langes Schweigen folgte, während er sie an sich zog. Jane zitterte.

»Ich werde also Edward gestehen, daß ich einen anderen liebe, als ob er das nicht wüßte! Ich kann und will diese Komödie nicht länger aufrechterhalten!«

»Er wird es niemals zulassen. Und da ist auch noch dein Sohn... Du bist Lady Ellenborough... Du bist die Tochter von Admiral Digby. Wenn Edward erfährt, daß du schwanger bist...«

»Dann werde ich schon bei dir sein!«

Sie sah so entschlossen aus.

»Ich liebe dich Felix, wenn du wüßtest, wie sehr ich dich liebe.«

Die Wanduhr schlug halb sechs.

»Laß mir diese Nacht zum Nachdenken. Das ist alles sehr ernst, weißt du.«

Konnte er ein so großes Opfer von ihr verlangen? Konnte er sie mitnehmen? Konnte er sie zurücklassen? Sie kam ihm so zerbrechlich, zugleich aber auch so entschlossen vor. Er wußte, daß ein Wort von ihm diese Kraft brechen konnte.

2

Es war einer jener stillen, lauen Nachmittage, die verborgene Freuden wiederbeleben und Hoffnung wecken.

Jane ging zu Edward und teilte ihm mit, daß sie die Absicht habe, sich scheiden zu lassen.

Nachdem der erste Augenblick der Überraschung vorüber war, tat Edward so, als nähme er die Sache mit einer gewissen Gleichgültigkeit auf, als ob dies bloß wieder einmal eine ihrer Launen sei. Gab er ihr nicht alle Freiheit, die sie sich nur wünschen konnte? Warum wollte sie ihn dann verlassen? Sie antwortete, sie sei ernsthaft in einen anderen verliebt, und sie bringe es nicht mehr übers Herz, weiter in Lüge und Heuchelei zu leben.

»Wirklich, Edward, ich kann nicht mehr, das geht über meine Kräfte.«

»Sind Sie sich eigentlich der Tragweie Ihrer Worte bewußt? Ich habe sie geheiratet, wir haben einen Sohn, alles Weitere sind Kindereien, die sich schon wieder legen werden. Ich will vergessen, was sie mir eben gesagt haben. Von seinen Launen kann man nicht leben... Ich werde heute abend nicht zu Hause sein, ich diniere bei Lord Hills.«

»Edward«, fuhr sie mit fester Stimme und in einem Ton, der keinen Einspruch duldete, fort, »der Augenblick ist vielleicht schlecht gewählt, aber ich meine es ernst, ich will mich scheiden lassen. Ich bin mir völlig darüber im klaren, was das alles bedeutet, und ich bin bereit, allen Schwierigkeiten ins Gesicht zu sehen, die sich mir dabei stellen werden.

Sie kennen mich gut genug, um zu wissen, daß es sich nicht um eine augenblickliche Laune handelt, und daß meine Wünsche mir noch nie Angst gemacht haben.«

Sie hütete sich wohl, ihm zu gestehen, daß sie in Versuchung gewesen war zu fliehen, weil sie hoffte, es sei leichter, ihm alles schriftlich zu erklären. Aber Felix hatte dieses Vorgehen als unwürdig abgetan. Beunruhigt über die bedrohlichen Aussichten, die ihm seine Liebe zu ihr eröffneten, hatte er sie gebeten, mit ihrem Mann zu sprechen. Hoffte er etwa noch, daß Lord Ellenborough den Schlag einstecken und ein Mittel finden würde, um den Skandal zu vermeiden?

Jane wußte nichts von diesen Manövern. Für sie war es eine ganz einfache Gleichung: Felix geht fort, also folge ich ihm. Sie verzichtete auf alles, und in ihrem Zustand überspannter Erregung fühlte sie sich endlich als Byronsche Heldin, die für die Liebe zu jedem Opfer bereit ist. Sie betrachtete Edward mit einer Mischung aus Gleichgültigkeit und Ablehnung, mit einem kalten Blick, der besagte, daß sie nicht von ihrem Plan abzubringen war.

»Ich rede kein dummes Zeug, das wissen Sie genau. Die Einwände, die Sie vorbringen können, kenne ich bereits, ich habe sie alle vorausgesehen. Meine Entscheidung steht also fest, und ich bitte Sie ein letztes Mal, mir meine Freiheit zurückzugeben.«

Wut überfiel Edward, die Wut eines gedemütigten Mannes gegenüber dieser unabhängigen, zu schönen und zu starken Frau, die nun sein so wohlgeordnetes Leben zu zerstören drohte.

»Himmelherrgott! Begreifen Sie denn nicht, daß ich bis über beide Ohren in Arbeit stecke und daß dies wirklich nicht der rechte Augenblick für Ihre Dummheiten ist. Ich liebe das Unvorhersehbare, es hat mich bei Ihnen immer entzückt, aber jetzt gehen Sie zu weit!«

»Ich bin untröstlich, Sie verärgert zu haben... und mehr noch, Sie in Ihrer Arbeit gestört zu haben! Wir haben einander immer wie Freunde behandelt, das stimmt. Es ist nur einfach so, daß ich mehr vom Leben verlange!«

»Ich nehme an, Sie haben diese Entscheidung in der Absicht gefällt, Ihrem österreichischen Prinzen zu folgen?«

»Ja«, flüsterte sie und schaute ihm direkt in die Augen, »ich will von nun an den Mut haben, mein eigenes Leben zu führen.«

Edward dachte schweigend nach. Lange. Er nahm einen Stuhl, setzte sich rittlings darauf und sagte, indem er seine Frau musterte: »Was wissen Sie schon vom Leben? Ein Verlangen, zwei Beschlüsse, drei kleine Drehungen, und dann macht man etwas anderes... Das wäre zu einfach! So geht das nicht! Sie waren zu jung, als wir geheiratet haben, und Sie sind es immer noch... Ich werde Sie daran hindern, einen Irrtum zu begehen.«

Er hatte ruhig gesprochen, und nun erhob er sich, nahm ihre Hand und drückte einen Kuß darauf.

»Janet, ich bitte Sie, kehren Sie zu normalen Vorstellungen zurück. Wir werden immer noch Zeit zum Nachdenken haben.«

Edward schaute sie an, und ein Schatten von Traurigkeit, den sie noch nie zuvor bei ihm gesehen hatte, verdunkelte seinen Blick.

»Ich halte an meinem Entschluß fest«, sagte sie laut.

Sie zog sich in ihr Zimmer zurück. Allein, befreit von einer schweren Last – *alea iacta est*, sagte sie sich immer wieder, die Würfel sind gefallen – setzte sie einen Brief an Felix auf.

Am nächsten Morgen war Edward niedergedrückter als gewöhnlich. Er versuchte noch einmal, sie zur Vernunft zu bringen, indem er ihr die Vorzüge ihres gemeinsamen Lebens vor Augen hielt, die Freiheit, die sie hatte, die neuen Aussichten in seiner Karriere: Bei seinem heutigen Treffen mit Robert Peel würde sicher seine Ernennung in die Admiralität bestätigt. Dies sei nicht der richtige Augenblick, um die Geduld zu verlieren oder um privaten Angelegenheiten den Vorrang zu geben, er müsse erst noch so viele Probleme lösen.

Mit erstaunlicher Ruhe lehnte Jane diese Art von Erpressung, die ihr so verhaßt war, ab. Sie gab keine Handbreit nach.

»Ich nehme doch an, daß Sie auch über Arthur nachgedacht haben?«

»Sie sind recht kühn. Sie lassen mir ja gar keine andere Wahl. Im übrigen gehören in der Welt, in der wir nun einmal leben, die Kinder dem Vater, das muß ich Ihnen nicht erst sagen, Edward. Ich könnte mit Zähnen und Klauen um ihn kämpfen, es würde doch nichts ändern. Ich bitte Sie also nur um die Erlaubnis, ihn sehen zu dürfen. Ich suche nicht nach Ausflüchten, ich weiß, daß er hier alles hat, was er sich nur wünschen kann. Weiß er überhaupt, daß es mich gibt? Mit seinen dreizehn Monaten wird er überhaupt nichts merken... Und später, so hoffe ich, wird er seine Mutter verstehen.«

Edward ereiferte sich: »Wie außergewöhnlich! Sie haben mir

immer meine Kälte vorgeworfen, meinen Egoismus und was sonst nicht noch alles! Ich möchte gerne wissen, wie Sie Ihr Verhalten einschätzen würden.«

Es war ihr lieber, ihn wütend zu sehen.

»Edward, Sie sind immer ein guter Ehemann gewesen, so gut, wie es eben ein Mann sein kann, der seine Frau nicht liebt. Begreifen Sie doch, ich kann ohne Liebe nicht mehr leben, seitdem ich entdeckt habe, was Liebe heißt. Das gibt mir die nötige Kraft, um auf gewisse Dinge verzichten zu können.«

Edward zog es vor, darauf nicht zu antworten, und stand auf: »Ich werde in den nächsten Tagen in London bleiben; denken Sie noch einmal über alles nach, übereilen Sie nichts. Vielleicht werden Sie auch bemerkt haben, daß ihre unbedachten Erwägungen mir weh tun.«

Er schrieb eilig an Lady Digby und bat sie, die gleiche Position zu vertreten wie er, dann ging er zu seiner Verabredung. »Alles zu seiner Zeit«, sagte er sich. »Lady Digby wird ihre Tochter schon überzeugen können...«

Lord Ellenboroughs Brief löste ungeheure Bestürzung aus. Wie hätten sich die Digbys auch nur einen Augenblick lang vorstellen können, daß ihre Tochter von sich aus auf einer Trennung bestünde? Das konnte doch zweifellos nur ein Vorwand Edwards sein, der skandalöses Verhalten nicht länger hinnehmen und Jane verlassen wollte.

Der Admiral und Lady Digby eilten herbei, um ihre Tochter zu trösten und sich mit ihrem Schwiegersohn auseinanderzusetzen. Aber angesichts des Verhaltens und der Ansichten Janes waren ihre Illusionen schnell verflogen. Nun bekam sie den elterlichen Zorn zu spüren, einen geräuschvollen, tränenreichen Zorn, abwechselnd wurde gedroht und gefleht: Sie möchte doch bedenken, was würde das nur für einen Skandal über die Familie heraufbeschwören, nie und nimmermehr, so wahr sie Digby und Coke hießen, würden sie eine solche Torheit zulassen.

Lady Digby fühlte sich verantwortlich für ihre fehlgeleitete Tochter – hatte sie doch gegen den Willen ihres Mannes diese Heirat unterstützt – und schluchzte geräuschvoll.

Aber nichts hatte Erfolg. Jane ließ sich nicht beeinflussen, im Gegenteil, sie suchte nach Worten, um ihre Mutter zu trösten. Diese Unverschämtheit versetzte den Admiral in Rage: »Wenn du auf deinem Entschluß bestehst, bist du für uns gestorben!«

Es war eine gräßliche Szene, mit den erwarteten Vorwürfen, heftigen gegenseitigen Anschuldigungen, aus der Luft gegriffenen Anklagen. Alles kam zur Sprache, selbst der Vorfahr Kenelm Digby, den Jane zu ihrer Unterstützung anführte, weil er um seine Liebe gekämpft hatte. Den verzweifelten, von der Schande gebeugten Eltern blieb nichts anderes übrig, als traurig nach Hause zurückzukehren. Auf dem Rückweg beschlossen sie, bei Lady Anson vorbeizuschauen, die ihnen als Frau mit gesundem Menschenverstand sicher einen guten Rat geben konnte.

Lady Anson nahm die Angelegenheit in die Hand. Sie kannte ihre Nichte und wunderte sich bei ihr über nichts. Sie hatte ihre mütterliche Autorität einsetzen müssen, damit George damals vernünftig wurde, und alles hatte ein gutes Ende genommen – soeben hatte er sich mit Isabelle Weld Forrester verlobt. Also ging sie zu Jane und wurde dort mit der allergrößten Höflichkeit von einer abwesend dreinblickenden Liebenden empfangen, die sich völlig in ihren Elfenbeinturm zurückgezogen hatte.

Als Lady Anson merkte, daß hier nichts auszurichten war, zog sie es vor, der siegreichen Sache zu Hilfe zu eilen. Sie riet Jane, die besten Bedingungen für ihre Trennung auszuhandeln.

»Verreise für einige Zeit! Außerdem ist die Saison auf dem Höhepunkt! Du mußt einen Vorwand finden, um deine Abwesenheit zu erklären. Vielleicht wird Edward dir mit der Zeit verzeihen.«

Aber Jane wollte von solchen Übereinkünften nichts wissen. »Für die Ehre der Familie will ich mich gern aufs Land zurückziehen, aber verzichten werde ich niemals! Ich liebe Felix.«

So dachte sie, hätte sie Zeit, wieder Ordnung in ihr Leben zu bringen.

»Mit ein wenig Glück kann ich meine Schwangerschaft noch drei Monate verbergen. Und dann werde ich schon bei Felix sein. Nicht auszudenken, wenn sie es erführen!«

Kaum war ihre Tante gegangen, schrieb sie an Edward, daß sie zwar ihre Meinung nicht ändere, jedoch damit einverstanden sei, für einige Zeit wegzufahren; so bliebe ihm Zeit genug, alle für ihre Trennung notwendigen Formalitäten in die Wege zu leiten.

Henry Law, der über die Situation unterrichtet war, diente als Bote. In der darauffolgenden Woche ließen sich Lady Anson und Lady Digby auf Roehampton nieder und lieferten Jane weiterhin einen erbitterten Kampf. Doch Jane gab nicht nach. Am vierten Tag schloß Miss Steele sich den beiden Frauen an und redete ihrerseits auf ihren »kleinen Teufel« ein, als handle es sich hier immer noch um einen von Janes Kinderstreichen, mit denen sie ihre Erzieherin aus der Fassung bringen wollte.

Man führte Arthur an, König Tom und die weiße Lilie, die Pferde, die Malerei, England und die Religion, alles nur Erdenkliche, um sie zum Nachgeben zu bewegen. Es war verlorene Liebesmühe. Je mehr Lobeshymnen man auf Lord Ellenborough sang, desto mehr vergrub sie sich in ein entsetzliches Schweigen. Je öfter man ihr vorhielt, daß ihr Schritt sie ruinieren würde, daß sie jegliche gesellschaftliche Stellung verlöre, daß sie nach und nach gezwungen sein würde, das Leben einer Kurtisane zu führen, desto nachdrücklicher erwiderte Jane mit ruhiger Stimme, sie habe die Freiheit und das Glück gewählt.

Am 30. Mai, nach Tagen äußerster Spannung, beschlossen Lady Digby und Lady Anson, Jane mit Steely in einen abgelegenen Winkel von Devon, nach Ilfracombe an der Westküste zu schicken. Entfernte Vettern hatten ein Landhaus zur Verfügung gestellt, wo inzwischen alles für sie vorbereitet sein würde, um die Wendung abzuwarten, die die Ereignisse nehmen würden.

Jane stimmte zu. Der Graf von Dietrichstein hatte versprochen, ihr die Briefe von Felix zu übermitteln. Langsam wurde sie bereits unruhig: »Warum antwortet er mir nicht? Ist seine Zukunft denn ungewisser als meine?«

Der Graf erwiderte, daß nicht nur die Reise lang sei, sondern daß auch die Post Zeit benötige, ganz abgesehen davon, daß auch der Entschluß des Prinzen bedacht werden müsse.

»Aber der Prinz wird Ihnen sicher bald schreiben. Sie werden sofort unterrichtet, haben Sie keine Angst.«

Jane hatte gesiegt, aber sie war am Ende ihrer Kräfte. Als sie London verließ, die Hand um den Türgriff der Postkutsche geklammert, den Blick starr auf die schlammige Wagenspur gerichtet, dachte sie an Arthur, an seine großen, unschuldigen Kinderaugen, an sein mit Marmelade verschmiertes Gesicht, und sie brach in Tränen aus.

3

Vollkommen erschöpft schlief Jane in ihren Kleidern ein, und erst am nächsten Mittag kam Steely zu ihr, um sie zu wecken. Sie entkleidete sich hastig, wusch sich, zog sich warm an, und nachdem sie sich sorgfältig gekämmt hatte, verkündete sie, sie habe Hunger.

»Ich versuche, eine Seite im Buch meines Lebens umzublättern, Steely. Seien Sie verständnisvoll, oder schweigen Sie zumindest, machen Sie mir keine Vorwürfe mehr«, sagte sie, als sie sich setzte.

»Erstens habe ich heute noch gar nichts gesagt, und außerdem wissen Sie recht gut, daß ich nur an Ihr Wohl denke. Essen Sie, Sie haben es nötig. Wir gehen dann gemeinsam aus.«

»Danke, Steely, ich weiß, daß Sie alles aufs Beste gerichtet haben, ich werde mir das Haus später genau anschauen.«

»Sie werden schon wieder viel zu sehr verwöhnt, man hat Sie ja in einen paradiesischen Winkel verbannt«, murrte die Gouvernante. »Ehrlich gesagt verdienen Sie das gar nicht.«

»Genug, wir haben gesagt ›keine Vorhaltungen‹.«

»Wenn man bedenkt, daß wir ›die Saison‹ versäumen!«

»Das ist meine geringste Sorge im Augenblick. Außerdem war mir die frische Seeluft schon immer viel lieber. Ich bedauere nur, daß man mich nicht in Holkham aufgenommen hat.«

»Ein schwarzes Schaf in dieser Musterschäferei! Das kann doch nicht Ihr Ernst sein«, erwiderte Steely spöttisch.

Jane lächelte: »Sie werden ja witzig… kommen Sie, wir wollen Frieden schließen! Ich brauche Mut, und ich danke Ihnen dafür, daß Sie mich hier ins Exil begleitet haben, man kann im Augenblick nicht gerade behaupten, ich sei die fröhlichste Frau im ganzen Königreich.«

»Sie wissen recht gut, daß ich Ihnen bis ans Ende der Welt folgen würde«, antwortete Steely. »Jedenfalls werden Sie jemanden brauchen, der auf Sie aufpaßt.«

Jane widersprach nicht.

Auf dem Geschirrschrank ließ ein Sonnenstrahl eine Sammlung vergoldeter Jerseyrinder aufleuchten.

»Das ist ein Zeichen«, dachte sie, »diese plötzliche Helligkeit.«

Nach dem Sturm dieser letzten Tage, in dem sie wie ein guter Seemann das Ziel nicht aus den Augen verloren hatte, begann sie nun wieder Hoffnung zu schöpfen. Die Vorstellung, auf Felix zu verzichten, war ihr unerträglich. Sicher würde ihr Mann letztendlich nachgeben, Arthur und ihr zuliebe. Aber die Zukunft wartete nicht, man mußte sofort beginnen, und dieser große Entschluß, das war der Knall, der dem Glück vorausging.

Während sie die Details der in *Trompe-l'oeil*-Technik gemalten Bilder, auf denen Schalen randvoll mit Früchten dargestellt waren, näher betrachtete, träumte sie davon, daß sie, ihr Kind und Felix bald irgendwo in Europa miteinander vereint wären. Dann würde der ganze Alptraum, den sie durchlitten hatte, bereits in weiter Ferne liegen. Sie wußte mit Sicherheit, daß sie nicht die Frau war, die Katastrophen hervorrief, wie ihre Mutter es behauptet hatte. Die Perversion ging von den anderen aus, von ihrem Bedürfnis zu herrschen, anderen ein Glück vorzuschreiben, das sie selbst nicht erleben konnten. »Ohne uns wärst du nichts«, sagten sie gern und oft. »Na ja, um so besser!« sagte sie sich.

»Wie verabscheue ich doch diese Zwänge, diesen Wust vorgefertigter Ideen, die die Freiheit töten. Edward verdiente zweifellos etwas…«

Sie suchte nach dem richtigen Wort: Leichteres? Liebenswürdigeres? Etwas ›Ergebeneres‹ schien ihr am passendsten. »Es tut mir leid für ihn, er ist so ein ehrgeiziger und pflichtbewußter Mann. Eine Scheidung schadet seiner Karriere. Was meinen Sohn betrifft, so wird er immer mein Sohn bleiben. Das Leben beginnt nun von neuem hier in Ilfracombe. Felix wird, wie Kenelm Digby, Sturm und Gezeiten trotzen und mich mitnehmen, seine Liebe ist zu stark, als daß er sich um die Meinung anderer kümmern würde. Wir sind uns ähnlich, er und ich. Während ich hier meine Probleme in Ordnung bringe, hat er die seinen zu lösen. Felix ist eine Mischung aus Ernsthaftigkeit und Klarheit, er ist gläubig, fast ein Mystiker, und so gut, von ihm kann nichts Schlechtes ausgehen. Wahrscheinlich sorgt er sich sehr um mich, aber ich werde ihn dafür entschädigen.«

Sie wußte, was sie wollte. Im Augenblick hatte sie Durst, ein wenig Wein würde sie stärken. Sie nahm die Karaffe, die auf dem Tisch stand, und bediente sich daraus.

»Wir werden später etwas spazierengehen. Ich muß noch Briefe schreiben. Wie ich sehe, fühlt sich unser kleines Raubtier schon heimisch«, sagte sie und gab ihrem bettelnden Hund ein Stück Zucker. Dann änderte sie ihre Meinung und beschloß, sofort mit der Besichtigung der Örtlichkeiten zu beginnen.

Es war ein hübsches und bequemes Haus; die unterschiedlichsten, von überall her zusammengetragenen Gegenstände fanden sich darin, und jeder besaß seinen eigenen charakteristischen Reiz. Der Salon war bis zur halben Höhe getäfelt und mit lauter Seide ausgespannt. Zwei mit hellblauem Samt gepolsterte Palisanderlehnstühle standen gegenüber dem Kamin, an dessen Vorderseite eine Ofenbank mit Lederpolster angebracht war. Neben dem Klavier, auf dem eine Opalkristallvase mit violetten Iris stand, ragten Musikpartituren aus einem Canterbury: Vivaldi, Mozart, Beethoven. »Da hab' ich ja Glück gehabt«, dachte Jane, »in der Eile habe ich tatsächlich meine Noten mitzubringen vergessen.«

Sie lächelte, als sie ihren Aquarelliertisch und ihre Malutensilien nahe am Fenster entdeckte. Während sie schlief, war Steely nicht untätig geblieben. Auf einem kleinen runden Tisch mit einer Decke aus indischer Seide lagen kleine Elfenbeingegenstände aus Dieppe, zart wie Spitze: Schachteln, Döschen für Verlobungsringe von so erstaunlicher Kunstfertigkeit, daß man selbst mit einer Lupe nicht alle Einzelheiten hätte erkennen können.

Im ersten Stockwerk gab es zwei Zimmer: Das größere für sie war mit rosa Stoff bespannt – die Farbe der Liebe, dachte Jane –, eine Farbe, die etwas dunkler in den Vorhängen wiederkehrte. Ihr Toilettennecessaire aus Schildpatt und Silber mit ihren Initialen lag für sie auf einem Toilettentisch bereit. In einem großen Spiegel sah sie ihr abgespanntes Gesicht, sie fand sich ein wenig blaß. Sie war nun im fünften Monat schwanger, und bisher hatte noch niemand etwas bemerkt. Lange konnte diese Komödie nicht mehr so weitergehen.

Sie setzte sich, um ihre Briefe zu schreiben. Eine Liebeserklärung an Felix, ein paar Zeilen an ihre Mutter, in denen sie sie bat, sie möge sie über Edwards Entscheidungen auf dem Laufenden halten...

Später gingen die beiden Frauen über einen Pfad, der am Strand entlangführte, ins Dorf. Es war ein kleines, ruhiges Fischernest mit einer einzigen Straße, an der dicht gedrängt die Häuser standen. Hinter der kleinen felsigen Insel Lundry, über der Meeresvögel kreisten, versank langsam die Sonne im Meer.

Das geordnete und beinahe verschlafene Aussehen der Gegend verstärkte noch Janes Angstgefühle. Welch ein Unterschied zu ihrer ersten Schwangerschaft, wo alle sich bemüht hatten, ihr jeden Wunsch von den Augen abzulesen! Vielleicht werde auch ich eines Tages von Einsamkeit und Kälte umgeben sein wie diese Insel, über die nur die Schreie der Vögel gellen, dachte sie.

Wenn sie sich vorstellte, daß diese heimliche Melancholie sie nie mehr verlassen würde, packte sie die Verzweiflung.

Drei Wochen waren vergangen, als Lady Digby ihr die von Edward eingeleiteten Maßnahmen mitteilte. Er hatte seinen Anwalt konsultiert und ließ Jane wissen, daß er, falls sie immer noch auf ihrem Entschluß beharrte, ›das Notwendige‹ veranlassen würde. »Es kann kein Zweifel daran bestehen«, betonte Lady Digby »daß Edward, so methodisch, wie er ist, bereits Nachforschungen angestellt und Beweise gegen dich gesammelt hat.«

Jane konnte sich lebhaft vorstellen, wie entsetzt ihre Familie über »diese Dinge, die früher oder später ans Tageslicht kommen mußten«, sein mußte. Eine Scheidung kam so selten vor, daß ihr Verhalten, mochte man auch um die größtmögliche Diskretion bemüht sein, zwangsläufig in der Öffentlichkeit breitgetreten werden würde. Ihre Mutter flehte sie immer noch an zurückzukehren, um den Skandal zu verhindern, und mahnte sie ein letztes Mal, doch in sich zu gehen. Sie erinnerte Jane noch einmal an das Prozeßverfahren: Zuerst erfolgte die gerichtliche Trennung durch einen kirchlichen Gerichtshof, dann folgte die Verhandlung vor einem gewöhnlichen Gericht, und im Erfolgsfall mußte man dem Geschädigten Schadenersatz leisten – das alleine machte schon den denkbar schlechtesten Eindruck. Dann würde der Prozeß vor dem Oberhaus verhandelt werden. Nach Einwilligung in die Scheidung, verbunden mit der Erlaubnis, sich wieder zu verheiraten, müßte sich schließlich auch noch das Unterhaus dazu äußern (ein besonderes Komitee würde den Fall begutachten). Erst dann dürfte der König seine Zustimmung geben.

»Edward wird alles tun, um den Prozeß zu gewinnen«, sprach Lady Digby ihrer Tochter ins Gewissen, »und er wird ihn auch gewinnen. Wenn du jedoch irgendwelche ernsthaften Beschwerden vorbringen kannst, die als Beweise dienen könnten, so laß es mich bitte so schnell wie möglich wissen. Und eins solltest du dir noch sehr gründlich überlegen: Wenn du dann wirklich geschieden wirst – und mit ziemlicher Sicherheit schuldig, da sind wir uns doch einig? –, kannst du es dir aus dem Kopf schlagen, jemals wieder einen Mann zu finden, der dich heiraten würde. Es gibt kaum Hoffnung für Frauen, die ihren Mann verlassen haben. Du glaubst doch nicht im Ernst, mein liebes Kind, daß ein Prinz – sie meinte Schwarzenberg –, ein gläubiger Katholik es wagt, die Welt herauszufordern, indem er dich heiratet. Hör auf zu träumen und sieh die Dinge, wie sie sind: Du findest viele Vorteile in deiner Verbindung mit Edward, ganz abgesehen von eurem Kind, auf das du dann kein Recht mehr hast. Nichts im Leben geht von ganz allein. Man muß sich sein Glück immer wieder erarbeiten.«

Nun gut, wenn das so ist, dann werde ich es mir eben erarbeiten, dachte sie.

Jane faltete den Brief zusammen. Trotz aller Anstrengungen konnte sie eine gewisse Sorge nicht unterdrücken. Das Bild von Felix trübte sich ein wenig, war er nicht ein bißchen leichtlebig und oberflächlich?

Wie konnte er sie hier im hintersten Winkel Englands so allein lassen, ohne jeden Trost, nur die Stunden zählend, die sie von ihrem neuen Leben trennten? Um ihre Einsamkeit zu lindern, versuchte sie sich auf vielerlei Arten zu beschäftigen: Lesen, Malen, Spazierengehen… aber nichts lenkte sie wirklich von der Furcht davor ab, was sie noch alles zu überwinden hatte.

Sie versetzte sich in die Zukunft: Die Zeit der Erinnerungen ist vorbei. Die Zukunft war kein ungewisses Warten auf das Glück mehr, sie bestand nun in diesem Kind, das sich in ihr regte. Dann überflutete sie eine Woge des Vertrauens, sie gelobte sich, bis zum bitteren Ende für dieses Kind von Felix zu kämpfen.

Aber zwei Stunden später verfiel sie wieder in rasende Verzweiflung. Gepeinigt von dem Gefühl, daß die Zeit gegen sie spielte, versuchte sie mit verstärkten Aktivitäten gegen ihre Angst anzukämpfen. Sie ritt aus auf einem alten Gaul mit glanzlosem Fell, den sie im Dorfgasthaus gemietet hatte, und der sie mehr schlecht als recht nach Mortehoe und Woolacombe trug. Doch die Seeluft genügte nicht, um sie wirklich zu beruhigen.

»Felix? Felix, laß mich nicht so allein…«

Und in ihrer Stimme schwang ein leiser Vorwurf, als ob ihr Geliebter, um sie auf die Probe zu stellen, ein gewisses Vergnügen daran fände, sie zwischen Zweifel und Hoffnung schwanken zu lassen, wie die Natur, die sich je nach den Launen des Windes und der Gezeiten immer wieder selbst in Frage stellte.

Am liebsten waren ihr die Ausflüge auf die Insel Lundry, einem ehemaligen Piratenschlupfwinkel. Zusammen mit Steely konnte sie nun schon die Vogelarten, die auf den Felsen nisteten, bestimmen.

»Felix, wenn ich eine Seeschwalbe wäre, flöge ich zu dir. Felix…«

Eines Tages machte die Gouvernante sie darauf aufmerksam, daß sie zugenommen habe: »Allerdings gefallen Sie mir so besser«, fügte sie gleich hinzu, »es macht sie noch schöner.«

Insgeheim begann sie sich zu fragen, ob Jane nicht vielleicht ein Kind erwartete. Auch ihre immer offensichtlichere Nervosität, ihre zwischen Optimismus und Verzweiflung schwankende Stimmungslage nährte diesen Verdacht. Eines Abends schnitt sie das Thema an.

»Trotz dieses Korsetts, das sie einschnürt, würde ich gerne wissen, warum Sie versuchen, Ihren Zustand zu verbergen. Eine vernünftige Person läuft nicht von zu Hause fort, wenn sie ein Kind erwartet. Lord Ellenborough wird Ihnen alles verzeihen, wenn er davon erfährt. Nichts könnte ihn glücklicher machen, er würde die Augen allem anderen gegenüber schließen.«

Eine tiefe Mattigkeit überfiel Jane. Sie mußte also immer noch alles erklären, von selbst begriff niemand etwas.

»Um Himmels willen, Steely, das Kind ist nicht von Edward. Es ist von Prinz Schwarzenberg! Freuen Sie sich nun immer noch so?«

Endlich waren die Lügen der letzten Monate vorüber. Es war, als ob die Mauern eines Gefängnisses plötzlich einstürzten, als ob nur diese Komödie an allem Schuld gewesen sei. Sie hatte langsam an ihr genagt, hatte das Gift der Angst und der Unsicherheit in ihrem Blut verströmt. Früher einmal hatte sie vor nichts Angst. Es schien ihr, als ob ein Wind in jeden Winkel dringen würde, und sie nun endlich alles gestehen könnte. Sie sagte ›alles‹, mit einer Art angriffslustigem Stolz.

»Was soll nun geschehen?« jammerte Steely. »Ich glaube, gleich wird es mir übel. Geben Sie mir etwas Ammoniak.«

Das arme alte Mädchen griff noch nach einem letzten Strohhalm.

Sie stammelte: »… Sind sie ganz sicher?«

»Lord Ellenborough hat mich seit der Geburt Arthurs nicht mehr angerührt.«

Das dumme Gesicht, das Steely jetzt schnitt, tröstete Jane seltsamerweise.

Sie mußte nun diese Last nicht mehr alleine tragen. Jane erzählte ihr ihre ganze Geschichte, ihre Begegnung, ihre Flitterwochen mit Felix in Brighton im Norfolk Hotel.

»In Brighton? Aber das ist ja schändlich! Am gleichen Ort, an den Sie Ihre Hochzeitsreise gemacht haben! Sie haben jedes Gefühl für Moral verloren!«

Steely fühlte sich auf einmal sehr elend. Alles brach zusammen: ein Mann, der seine Frau nicht ehrt... Jane hatte vielleicht nicht so viel Schuld, aber trotzdem...

Wie eine dicke Hornisse war dieser Alptraum in ihren Kopf eingedrungen und summte nun dort herum, stieß an die Wände ihres Gehirns. Schließlich faßte sie sich wieder: »Ich werde Ihnen keine Vorwürfe mehr machen«, sagte Steely tapfer, bleich wie eine Tote. »Ich bin hier, um Ihnen zu helfen.«

»Hören Sie zu, ich kann meinen Zustand nicht mehr lange verbergen. Schwören Sie mir, daß Sie niemandem etwas erzählen, weder meinen Eltern noch Lord Ellenborough, versprechen Sie es mir...«

Vor Schluchzen geschüttelt, willigte Steely mit einem Kopfnicken ein.

Ein paar Tage später verkündete Jane ihr ihren Entschluß: »Wir werden nach Minterne zu meiner Tante Digby fahren und dort die Ankunft meiner Eltern auf Forston Manor abwarten. Ich habe den Grafen Dietrichstein unterrichtet, er wird mir meine Post nachsenden. Wir können in vier Tagen dort sein.«

»Ist das alles?«

»Das ist alles... für den Augenblick. Die Familie wird es schon noch erfahren«, fügte Jane mit einem schwachen Lächeln hinzu und wies auf ihren mehr und mehr sich rundenden Bauch.

4

Dorchester... Cerne Abbas. Noch drei Kilometer. Die Hufe der Pferde klapperten im Takt. Jane sah den Straßenrand vorüberziehen, und weiter entfernt bewegte sich, gemächlicher, die dunkle Masse des Parks, der das alte Schloß umgab.

»Meine Familie, die Meinen...« Die Kutsche passierte die Einfahrt. »Sie werden ganz schön schockiert sein. Zum Glück sind meinen Eltern nicht da, das gibt mir einen kleinen Aufschub.«

Nachdem die beiden Reisenden ausgestiegen waren, blickten sie eine Zeitlang dem Kutscher nach, der zu den Gesindehäusern ging, bevor sie, gefolgt von den Dienern, die Schwelle überschritten.

Lady Mary, ihre Tante, hatte mit einem einzigen Blick die Lage erfaßt. Als erfahrene Frau ließ sie sich nichts anmerken und stellte keine Fragen.

Mehrere Tage vergingen. Morgens gingen sie im Rosengarten oder zwischen den Azaleensträuchern spazieren, sprachen von diesem und jenem, nur die Zukunft, wie es weitergehen sollte, sparten sie peinlichst aus.

Sie gingen zu Tisch, am frühen Nachmittag, dann zogen sie sich tief in den Park zurück, unter den kühlen Schatten an dem kleinen Bach. Jane spann. Die Diener brachten Erfrischungen.

Abends spielte sie Klavier und Lady Mary Harfe. Aber unter ihrer heiteren Miene verbarg Jane nur schlecht ihre innere Qual. Endlich kam ein Brief. Mit klopfendem Herzen stürzte Jane auf ihr Zimmer, zögerte, bevor sie ihn öffnete. Dann drehte sie den Umschlag noch einmal um und preßte ihn an ihre Brust.

»Mein Leben, meine Hoffnung, eingeschlossen in dieser Hülle. O Felix, warum hast du mich so lange warten lassen, jetzt habe ich Angst.«

Er erzählte ihr von seinem Leben in Krummau. Alles schien sich bestens zu entwickeln: Er hatte einige Zeit im Kreise seiner Familie verbracht... bevor er sich zu der Unterredung mit Fürst Metternich begeben hatte. Dieser ließ nicht die geringste Anspielung auf sein Leben in London verlauten, sondern hatte ihm im Gegenteil seine

Berufung nach Paris als eine glückliche Etappe seiner Karriere dargestellt. Inzwischen steckte er bis über beide Ohren in Arbeit und bat sie, so bald als möglich auf den Kontinent zu kommen. Natürlich nicht nach Österreich, da er dort das Gefühl hatte, überwacht zu werden, wahrscheinlich wegen des Prozesses. Am besten, so riet er ihr, sei es, eine Stadt zwischen Österreich und Frankreich zu finden, wo sie auf ihn warten sollte. Das Leben dort würde anfangs gewiß nicht so einfach sein, aber das sei nicht so wichtig, schließlich liebten sie sich.

Er fügte hinzu, er bedauere die Lage, in der sie sich befand, zutiefst, aber er wisse ja, daß sie tapfer sei. Und dann, so ganz nebenbei, ließ er sie wissen, daß er sie niemals würde heiraten können, seine Religion sei ein unüberwindliches Hindernis. Er warte voller Ungeduld auf ihre Entscheidung, welchen Ort sie für ihr Zusammentreffen wählen würde, wenn sie, wie er von ganzem Herzen hoffe, ihn wiedersehen wolle. Zum Schluß versicherte er sie natürlich seiner Liebe und Anbetung.

Jane glaubte, ohnmächtig zu werden, doch er liebte sie, er wartete auf sie! Nur das wollte sie hören. Die Heirat erschien ihr auf einmal als die geringste ihrer Sorgen.

Obgleich diesen eilig geschriebenen Zeilen der warme innige Ton fehlte, ahnte sie in keinem Augenblick etwas von dem Entsetzen, das ihren Geliebten erfaßt hatte.

Hin- und hergerissen zwischen seinen Gefühlen für Jane und den zwingenden Verpflichtungen seiner Karriere durchlebte Felix alle Schrecken der Unentschlossenheit. Seine streng katholische Familie drängte ihn zum Bruch. Bei dieser Affäre standen zu viele Dinge auf dem Spiel. Seine Ehre verbot ihm, diese Frau und sein Kind zu verlassen, eine solche Verantwortung ging jedoch über seine Kräfte. Er hatte das Gefühl, allein auf der Welt zu sein, als sei ein Teil seines Schicksalswegs unwiderruflich in diese Leidenschaft verstrickt. Er versuchte sich vorzustellen, wie Jane in Krummau oder auch in Wien erschien, und dann in ihrem Zustand! Nein, daran war nicht zu denken, das schien ihm schlichtweg undurchführbar. Die Lage war ausweglos, und jeder Brief aus England machte sie nur noch schlimmer.

Mathilde, seine Schwester, erinnerte ihn ständig an seine Pflicht. Manchmal trieb sie es zu weit, wie an dem Tag, an dem sie behauptete, aus dem Herrn, der er einmal gewesen sei, sei nun der Sklave einer Frau geworden, die weder Gott noch Teufel fürchte und auch auf das Urteil rechtschaffener Menschen nichts gebe.

Felix erwiderte: »Genau aus diesem Grunde bewundere ich sie so sehr. Sie lehnt jede Beeinflussung ab, und auch ich will von nun an nach meinen Vorstellungen leben. Unter dem Vorwand, Anstand und Sitte zu verteidigen, wirst du selber unmoralisch, Mathilde. Lady Jane ist eine Frau, wie es nur ganz wenige gibt. Sie hat vor nichts Angst und will nur der Stimme ihres Herzens folgen. Wie könnten wir unsere Leidenschaften jemals überwinden, wenn wir ihnen nicht auch nachgäben? Warum zum Schmerz der Versuchung noch die Qualen des Bedauerns gesellen? Ich liebe diese Frau, warum sollte ich zwischen ihr und mir wählen? Jane hat den Mut gehabt, England die Stirn zu bieten, weil sie sich ganz einfach geweigert hat, auf meine Liebe zu verzichten. Wo steckt denn da das Verbrechen, das alle Welt mir vor Augen führen will?«

»Das ist zwar kein großartiger Vorschlag, aber es ist immerhin ein Angebot, und Jane hat keine Wahl«, seufzte Lady Digby.

Nun ließ sich nichts mehr verbergen. Niemand in der Familie gab mehr vor, die Lage zu verkennen. Der Admiral unterdrückte seinen Zorn und zog sich mit seinen Söhnen nach Forston Manor zurück. Er überließ es den Frauen, sich in Minterne offen über die Zukunft Gedanken zu machen. Er hatte ein für allemal klargestellt, daß er das Ganze mißbillige; die Berichte und die Nervosität seiner Frau genügten ihm vollauf.

Es war ein Sommer wie alle anderen, mit vielen kühlen Tagen durchsetzt. Jane, sein Liebling . . . Bei Licht betrachtet, war es vielleicht tatsächlich besser, sie ging fort, dann hätte sie unter den Folgen der Scheidung weniger zu leiden. Mit der Zeit, wenn sie wieder zur Vernunft gekommen war, würde er ihr Betragen vielleicht vergessen.

Jane entschied sich für Basel: Sie kannte dort niemanden und konnte in aller Ruhe ihr Kind zur Welt bringen. Und in Brüssel eine Zofe zu finden, die nichts von ihrer Vergangenheit wußte, das dürfte ein Kinderspiel sein.

Edward willigte nur widerstrebend in die Scheidung ein. Dafür jedoch, daß er das Kind behielt, verpflichtete er sich, ihr eine großzügige Pension auszusetzen und sich um alles zu kümmern. Jane verzichtete also auf ihren Sohn und gewann dafür ihre Freiheit. Wohl fragte sie sich manchmal, warum sie so wenig darunter litt, nun Arthur nicht mehr sehen zu können, aber sie konnte sich beim besten Willen nicht als Ungeheuer bezeichnen. Sie war für die Liebe geschaffen, für eine Liebe, die erwidert wurde und so ihre vollkommene Hingabe rechtfertigte, und das allein reichte aus, daß sie mit unerschütterlichem Optimismus an die Zukunft denken konnte.

Den Abschied von ihrem Vater und ihren Brüdern überschattete die frostige Atmosphäre, die aufgrund der Umstände in der Familie herrschte. Wie ein begossener Pudel reiste Jane, von ihrer Mutter und Steely begleitet, nach London.

Sie mußte noch einige Papiere unterzeichnen, persönliche Wertsachen und Gegenstände einpacken und mit ihren Bankiers sprechen. Dann wollte sie Arthur noch einmal sehen und ihm Lebewohl sagen. In dem Maße, wie die Dinge fortschritten, fühlte sich Jane von einem unerwarteten Gefühl ergriffen. Die Gewißheit, ihr Leben selbst bestimmen zu können, wurde nun von der eigentümlichen Empfindung verdrängt, Spielball der Elemente zu sein, ein Strohhalm, der von wilden Fluten einer Zukunft voller Stürme und Unheil entgegengetragen wird. Sie war ganz verwirrt, konnte sie sich doch diese veränderte Sicht der Dinge nicht erklären.

Lady Digby sparte nicht mit allen möglichen Ratschlägen. Sie war zwar zutiefst betroffen von der Entscheidung ihrer Tochter; daß Jane etwas Sicheres und letztendlich auch Befriedigendes für eine ungewisse Zukunft aufgab, erschreckte sie. Doch sie hatte wohl oder übel einsehen müssen, daß es nicht in ihrer Macht lag, den Lauf der Ereignisse aufzuhalten oder gar zu ändern. Da sie intelligent war und ihre Tochter liebte, versuchte sie, gute Miene zum bösen Spiel zu machen. Ihre Gedanken aber flatterten unstet wie Nachtfalter umher. »Die Welt ist nicht gastfreundlich«, sagte sie sich. »Jane hat niemals wirkliche Einsamkeit gekannt, ich habe solche Angst, daß sie ihr nicht standhalten kann.«

Sie begleitete Jane bis Ramsgate, dann trat bis Brüssel Steely an ihre Stelle. Danach würde Jane alleine weiterreisen, sie hatte es so gewollt.

Klarheit, Mut, Unbewußtes, Leidenschaft, Wahnsinn – die arme Mutter wußte nicht mehr, welcher Kraft ihr Kind gehorchte. Sie wußte nur, daß diese ganze Geschichte absurd war…

In London verkroch sich Jane im Haus in der Harley Street. Der Graf von Dietrichstein besorgte ihr einen Paß auf den Namen Madame Einberg.

Arthur kam sie ein letztes Mal besuchen.

Ein Gefühl warm und sachte aufsteigenden Glücks durchströmte sie, als sie ihren Sohn umarmte; sie wollte diese Empfindung tief in ihrem Herzen einprägen, um ihn immer vor Augen zu haben: Arthur, unter Schmerzen geboren, Arthur mit den lachenden Augen, umgeben von seinen Kinderschwestern, Arthur, der nichts von ihrem Drama wußte. Sie hatte ihm das Leben geschenkt, nun mußte sie ihn Edward überlassen…

Als er fort war, ließ sie sich aufs Bett fallen und weinte still, den Kopf in den Armen vergraben. Lange blieb sie wie ausgebrannt liegen, sie war sich nun der schrecklichen Qual ihres Verzichts bewußt. Es gab keine Wahl mehr, für jede Rechtfertigung war es jetzt zu spät; in den Augen der Welt, ihrer Familie und auch ihres Sohnes würde sie endgültig im Unrecht sein… und – sie wagte kaum, es auszudenken, doch in ihrem Innersten war sie davon überzeugt – auch in Felix' Augen. Aber jetzt, wo sie kurz vor dem Ziel stand, war keine Zeit mehr, sich entmutigen zu lassen. Selbstvorwürfe und Gewissensbisse waren jetzt nicht mehr am Platze.

Nach einer Woche voller Trubel, in der sie Koffer packen, Abschied nehmen und Anwälte aufsuchen mußte, brachen Lady Digby und ihre Tochter nach Ramsgate auf.

Noch ganz betäubt überließ sich Jane den Erschütterungen der Kutsche und versuchte, ein wenig Ordnung in die Gedanken zu bringen, die ihr wild durch den Kopf schwirrten. Sie fühlte sich zum Meer, zur Überfahrt nach Europa, zu Felix getrieben. Jedes dieser Worte klang wie eine Etappe, die sie ihrem Glück näherbrachte.

Bald würde sie die letzten Brücken hinter sich abgebrochen haben, endlich auf dem Schiff sein! Aber bevor sie Felix wiedersehen durfte, hieß es noch, von ihrer Mutter und ihrem Heimatland Abschied zu nehmen.

Endlich in Ramsgate... Jane erwachte aus ihrer Lethargie, der große Augenblick rückte immer näher, wie ein Streifen am Horizont kündigte sich bereits die Zukunft an.

Sie dachte daran, daß an eben dieser Küste Thomas Beckett und Richard Löwenherz vor vielen Jahrhunderten wieder das Vaterland betreten hatten, als sie aus dem Exil wiederkehrten. Nun war es an ihr, fortzufahren, in dieses ewige Spiel von Ebbe und Flut einzutreten. Von Schaumkronen getragen, würde sie von einem Ufer zum anderen gespült. Doch das neue Leben, das in ihrem Schoß schlug, erfüllte sie mit Zuversicht, alle Stürme zu bestehen, bis es in sicherem Hafen das Licht der Welt erblickte. Das Abenteuer, auf das sie sich einließ, betraf nun nicht mehr nur sie, sondern auch das Kind, das sie trug.

Sehr früh am nächsten Tag, nach einem herzzerreißenden Abschied, nahmen Jane und Steely ihre mit Koffern vollgepackten Kabinen in Besitz, der Hund heulte klagend.

Es war ein heißer Augusttag. Zum Kai hinüber, auf dem es von Menschen wimmelte, winkte Jane ein letztes Mal ihrer Mutter zu, die ihren Sonnenschirm schwenkte.

Wasser plätscherte, Taue wurden gelöst, dann glitt das Schiff aufs Meer. Der offene Ozean schien auf sie zu warten.

Sie dachte an Byron, auch sie verbannte die Liebe nun ins Exil: »... und ich werde den weißen Schaum durchqueren, ich werde in die Fremde fahren auf der Suche nach einer Heimat... ich kann die düsteren Gedanken nicht verscheuchen, ich bin dazu verdammt, zu lieben und nur dich zu lieben...«

Die meisten Passagiere fuhren zu ihrem Vergnügen auf den Kontinent; Schüler in Begleitung ihrer Lehrer, Kinder mit ihren Kindermädchen, elegante Damen und Herren. Jane hielt sich mit tiefverschleiertem Gesicht meistens am äußeren Ende der Brücke auf und vermied es sorgfältig, mit den anderen in Kontakt zu treten. Bald war sie als die geheimnisvolle Madame Einberg in Begleitung ihrer schweigsamen Gouvernante bekannt, die beide ihre Mahlzeiten allein einnahmen.

Die Aussicht auf ein Wiedersehen mit Felix versetzte Jane in einen Zustand ungewohnter Erregung, eine Mischung widersprüchlicher Gefühle, wie sie sie noch nie empfunden hatte: Es schien ihr, als sei sie allein an allem schuld, sie stand nun auf immer außerhalb der Gesellschaft, von dieser verstoßen, für alle Zeit gezeichnet.

Aber ist sich die Liebe nicht selbst genug? sagte sie sich. In einem fremden Land werde ich ein neues Leben beginnen, das nach und nach das frühere verdecken und über seine Narben einen Mantel von Glück breiten wird. Sie hatte die Klippe zwischen Ehre und Scham umsegelt, hatte diesen dunklen und leeren Tunnel hinter sich gelassen, der Alles vom Nichts trennt, diese größte aller Alternativen, die sie in heftiger Freude erbeben ließ. Jane schwelgte in dem romantischen Gefühl, ganz einem leidenschaftlichen Drang zu gehorchen, und das Wissen, ein freiwilliges Opfer geleistet zu haben, gab der Aussicht auf eine ungewisse Zukunft noch die notwendige Würze des Bedauerns. Alles für Felix und das Kind, das sie unter dem Herzen trug. Alles, aber diese Wahl, die sie für sich und für sie hatte treffen müssen, bedeutete auch die Trennung von Menschen, die sie sehr geliebt hatte.

Ein Meer voller Liebe, dieser Ruf von einem anderen Kontinent zog sie fort von allem, was aus ihrem vergangenen Leben erwachsen war. Eines Tages wird mir meine Familie vergeben, hoffte sie, bald werde ich Arthur wiedersehen, und die Leidenschaft wird das letzte Wort behalten.

Als am nächsten Tag Ostende in Sicht kam, war alle Traurigkeit aus dem Herzen der jungen Frau verschwunden.

Sie legten bei strahlendem Wetter an. Jane und Steely nahmen sich ein Zimmer in einem Hotel am Strand, um dort die Nacht zu verbringen. Jane hätte gern im Meer gebadet, doch ihre Gouvernante erinnerte sie daran, daß ihr Zustand solche Anwandlungen nicht mehr gestattete.

Die Hitze machte die Reise beschwerlich, erst am nächsten Tag erreichten sie Brüssel. Die meisten der englischen Reisenden kamen, um das Schlachtfeld von Waterloo zu sehen, das zehn Meilen außerhalb der Stadt lag. Um nicht Gefahr zu laufen, zufällig auf Bekannte zu treffen, sonderten sie sich ab. An den folgenden Tagen gingen sie dann auf dem großen, von gotischen Häusern gesäumten Platz spazieren; der alte Markt, das Rathaus und der Rathausturm erregten Janes Bewunderung, während Steely in den gewundenen Gäßchen umherirrte, um Einkäufe zu machen.

»Ihr Kind mag vielleicht keinen Namen haben... aber es soll zumindest eine angemessene Ausstattung haben.«

Die bestand dann aus einem Berg von Kleidchen, Jäckchen, Spitzenwäsche aus Brügge oder Mecheln, weiß und duftig, und sie hatte ihre liebe Mühe, dies alles noch in die bereits übervollen Koffer zu stopfen.

»Was für ein Land! Stellen Sie sich vor, auf einmal stand ich vor einer vollkommen unsinnigen Statue: dem ›Mannekenpis‹«, sagte Steely angewidert. »Ein Kind beim Urinieren! England ist wirklich das einzige zivilisierte Land auf der Welt. Und außerdem ist auch die Wäsche dort von besserer Qualität!«

Jane ließ sie stöhnen. So verging die Woche mit Nichtigkeiten. Sie hatten jedoch nicht das Gefühl, ihre Zeit vergeudet zu haben: Ein halbes Dutzend Zofen hatte sich vorgestellt, und eine von ihnen hatte sie ausgewählt.

Emma war eine kräftige, diskrete und arbeitswillige Frau von fünfundzwanzig Jahren. Als älteste von acht Geschwistern kannte sie sich mit Kindern aus und war über alles Nötige im Bilde. Im übrigen hatte sie ein paar Jahre lang bei einer Bürgerfamilie gedient, und sie verließ diese Stelle nur, weil nach dem Tode »Monsieurs«, »Madame« nun gezwungen war, ihre Lebensführung einzuschränken. Außerdem träumte Emma vom Reisen. »Madame Einberg« zögerte nicht, sie mit Billigung ihrer Gouvernante einzustellen.

Nun begaben sie sich auf die Suche nach einem Mietwagen, um nach Basel zu fahren. Emma erwies sich als tüchtig und fand, was sie brauchten.

Anfang September war alles für die Abreise vorbereitet. Steely wollte Jane noch ein Weilchen zurückhalten, aber sie ließ sich nicht überreden. Unter Tränen und mit Post und Geschenken beladen überquerte Steely wieder den Ärmelkanal und überließ diese hilflose und doch so entschlossene junge Frau, die ein wenig auch ihre Tochter war, ihrem ungewissen Schicksal...

5

Jede Umdrehung der Räder brachte sie Felix näher. Als Treffpunkt hatte er mit ihr das Hotel Goldener Hirsch vereinbart. Keine Klage über das holprige Pflaster, das sie durchrüttelte, kam über ihre Lippen, sie klammerte sich am Türgriff fest und stieg bei jedem Halt, mit Staub bedeckt, aus, um ein paar Schritte zu laufen. In den Dörfern stürzten sich scharenweise Kinder auf die Kutsche, wie Spatzen auf ein Weizenfeld. Jane verteilte ein paar Münzen und trat müde in ein Gasthaus. Emma hielt sich an die Version ihrer Herrin: Madame Einberg reiste zu ihrem Gatten. Die Flämin besorgte ihr das beste Zimmer und kümmerte sich um alles.

Mit dem gesunden Appetit, den die täglichen zehn Stunden Fahrt ihr bescherten, sprach Jane dem Abendessen zu. Das Feuer knisterte im Kamin, die Gabeln klapperten, die Gläser klangen, heilend schlich die Nacht herbei.

Sie fuhren durch endlose Ebenen, bis sie den Rhein erreichten: Dann ging die Fahrt am Fluß und seinen Weinbergen entlang. Die blauen Massive von Vogesen und Schwarzwald, auf deren Höhen alte Dörfer lagen, schoben sich bedrohlich zusammen und ließen nur das Flußtal als Durchfahrtsweg. In den kleinen Dörfern mit den schiefen Hausdächern kehrten junge Frauen in roten Röcken und schweren Hauben vom Brunnen zurück. Alles schien friedlich und ordentlich. Noch ein paar Zollstellen, dann war sie bald da.

Basel, die alte Römerstadt, auch die Stadt Holbeins und Erasmus'. Die Kutsche überquerte den Oberen Rheinweg, fuhr an der Kathedrale aus rotem Sandstein vorbei und verlor sich in einem Gewirr alter Straßen, bevor sie das Hotel erreichte.

Janes Müdigkeit war verflogen. Blind für alles, was um sie herum geschah, schritt sie voran und trat wie eine Schlafwandlerin über die Schwelle des Gasthofes. Gleich würde sie in Felix' Armen liegen. Fast fünf Monate waren sie voneinander getrennt gewesen.

Aber warum war er nicht da?

Der Gastwirt überreichte ihr einen Brief, den sie in ihrer Hast beinahe zerriß. Felix war in Wien aufgehalten worden, teilte ihr aber seine bevorstehende Ankunft mit und bat sie, sich keine Sorgen zu machen. Die Unwägbarkeiten der Diplomatie seien alleinverantwortlich für diese Verspätung. Er riet ihr, sich eine Wohnung zu suchen, damit sie bequem auf ihn warten könnte.

Jane stand minutenlang da, ohne zu begreifen. Der Berg von Koffern neben ihr wuchs und wuchs. Alles drehte sich um sie, die Stimmen schienen auf sie einzudringen, sie fühlte, wie sie ohnmächtig wurde: »Nein, das ist nicht möglich! All die Entbehrungen, die Anstrengungen der Reise, Kummer und Hoffnungen . . . All das für nichts!«

»Morgen werden wir uns um alles kümmern«, sagte sie tonlos zu Emma. »Wir brauchen beide Ruhe.«

Allein in ihrem Zimmer, las sie den Brief noch einmal, dann sammelte sie alle Kräfte und beschloß, auf der Stelle zu antworten. Sie war sehr enttäuscht, das war mehr, als sie ertragen konnte. Sie verstand zwar, daß er nicht Herr über seine Zeit war, aber Basel lag immerhin auf dem Weg nach Paris. Sie fühlte, wie sich das Kind in ihrem Bauch bewegte, und das beruhigte sie wieder. In ihren ausladenden Schriftzügen versprach sie, sich um eine Wohnung zu kümmern... aber sie vertraute ihm auch an, daß ihre Kräfte nachließen, und bat ihn, nicht länger zu zögern: »In zwei Monaten kommt das Kind zur Welt, ich hätte so gerne, wenn du dann hier wärst.«

Eine tiefe Melancholie zog in ihr Herz. Mit Emmas Hilfe fand sie endlich auf dem Marktplatz, hinter dem Rathaus, eine einfache

Wohnung. Die Besitzerin, Frau Wirtz, klopfte zweimal täglich an ihre Tür, um zu erfahren, ob es den »Damen« auch an nichts fehle. Ihr Bruder war Arzt, und Mme Einberg könnte zumindest sicher sein, zu gegebener Zeit versorgt zu werden.

Die brave Frau hatte noch nie ein so schönes Wesen gesehen. Trotz der fortgeschrittenen Schwangerschaft machte Janes Aussehen, diese zerbrechliche Jugend, in der sich ein Hauch von Unruhe mit soviel Anmut paarte, die Enttäuschung hinter der scheinbaren Stärke den größten Eindruck auf sie, und sie konnte vor Neugierde kaum an sich halten. Zweifellos war es verständlich, daß Madame Einberg in ihrem Zustand ihre Reise nicht fortsetzen konnte. Aber es war irgendein Geheimnis um sie.

Mit Emmas Unterstützung hatte Jane die drei ein wenig dunklen Zimmer im Erdgeschoß in einen behaglichen Winkel verwandelt. Ein massiver gewachster Schrank mit Einlegearbeiten, zwei oder drei niedrige Truhen, auf denen Vasen mit großen Astern- oder Dahliensträußen standen, der Duft von frischem Wachs, kurze rotkarierte Vorhänge, alles trug zu einem hübschen und freundlichen Gesamtbild bei.

Jede Woche kamen Neuigkeiten aus Wien, das heißt, eigentlich waren sie nicht sehr neu, denn Felix schrieb immer das gleiche: Er erwarte jeden Tag seine Abreise nach Paris. Sie würden zusammen ein paar ruhige und glückliche Tage verleben, dann würde er sie mit nach Frankreich nehmen.

Er kam am 10. November nach Basel.

Jane wartete bereits zwei Monate auf ihn! Die Geburt stand unmittelbar bevor, und sie fühlte sich so elend und häßlich, daß sie Unwohlsein vorschützte, um im Bett bleiben zu können.

Was war aus der zartgliedrigen Elfe aus dem Almack geworden? Felix war immer noch so verführerisch, schlank und fröhlich. Zum ersten Mal sagte sich Jane, daß hinter dieser tiefen und aufrichtigen Leidenschaft doch der Verstand die entscheidende Rolle spielte. Sie spürte einen leichten Unterschied, wenn ihr auch nichts auffiel, was ihr nicht schon früher aufgefallen war: eine Mischung aus Heißblütigkeit und kühler Überlegung? Nicht, daß sie enttäuscht gewesen wäre, aber sie war irritiert. Felix war nicht mehr so sehr *Prince charmant* aus London, er war mystischer und zugleich disziplinierter, kurz, er war weniger romantisch, dafür aber ernsthafter. Bei aller Freude über das Smaragdarmband, das er ihr mitgebracht hatte, konnte sie ein Befremden nicht unterdrücken, als sie ihn in religiösen Erbauungsbüchern lesen sah.

Ihr Zusammentreffen war überhaupt nicht so, wie sie es sich vorgestellt hatte. Zwei Tage nach Felix' Ankunft bekam sie die ersten Wehen. Felix wußte zuerst gar nicht, was er machen sollte, als er sah, wie sie litt und blaß wurde, als er die Angst in ihren Augen sah. Es gelang ihm jedoch, Ruhe zu bewahren, er rief Frau Wirtz und trug ihr auf, den Doktor zu holen. Aber als dieser kam, hatte Jane bereits mit Emmas Hilfe entbunden.

Das Kind war schön und stark und sah gesund aus, es war ein Mädchen. Felix beschloß, es solle Mathilde heißen wie seine Lieblingsschwester, und nach einigen Wochen nannten alle es nur noch Didi.

Auf dem Standesamt wurde das Neugeborene unter dem Namen »Kind Einberg« eingetragen.

»Zu unserem Unglück ist die Liebe der Frauen etwas Wunderbares und Erschreckendes zugleich.« Dieser Satz Byrons ging dem Prinzen nicht aus dem Sinn. Er betete Jane an, er bewunderte sie für das, was sie gewagt hatte: Sie war von der britischen Wolke, die ihr ein bequemes Leben und gesellschaftliche Anerkennung gesichert hätte, herabgestiegen, hatte sich ohne Hintergedanken auf Gedeih und Verderb der Macht ihrer Gefühle ausgeliefert, sich rückhaltlos hingegeben und hatte ohne Bedauern den Sprung in die Zukunft gewagt, das war eine großartige, geradezu erhabene Tat.

Sie lebte nur für ihn, sie war ihm hilflos ausgeliefert, er wußte das, und dennoch raubte es ihm die Fassung. Denn zugleich stand für ihn fest, daß er sie, obwohl er sie liebte, niemals heiraten würde. Er konnte sich jedoch nicht dazu durchringen, ihr diese Gewißheit zu gestehen. Oder vielmehr, er ließ sie im Ungewissen, als ob ein

Wunder in letzter Minute, ein Zeichen des Himmels, das Unerbittliche abwenden könnte.

Trotz ihrer Erschöpfung begriff Jane, daß sich irgend etwas geändert hatte, aber jetzt war nicht der richtige Augenblick, sich Fragen zu stellen.

»Du bist noch nicht in der Verfassung zu reisen, aber sobald ich in Paris bin, werde ich mich um eine Wohnung bemühen«, sagte Felix zu ihr. »Ich verspreche dir, daß ich Weihnachten hier mit euch zusammen verbringen werde. Und im nächsten Jahr sind wir in Paris.«

Jane wußte, daß er recht hatte. Weder Didi noch sie waren in der Lage zu reisen.

Die Verantwortung, die der Fürst von Metternich ihm übertragen hatte – und Jane war sich dessen wohl bewußt –, würde Felix immer mehr in Anspruch nehmen. Im Grunde fand sie nichts daran auszusetzen, aber sie ahnte, daß ihr da ein mächtiger Rivale erwuchs. »Die Politik ist eine Mätresse, die immer gewinnt«, hatte ihr Vater ihr einmal gesagt. »Und nur deshalb, weil man sie nicht besitzen kann.« Im übrigen sah sie nur zu gut, wie aufgeregt Felix wurde, wenn er ihr die »europäischen Angelegenheiten« erklärte.

Die Völker wollten nun eigene Macht gewinnen, die absolutistischen Prinzipien von Wien standen auf tönernen Füßen: Die Revolution war mit der Vernichtung des Tyrannen nicht gestorben. Felix' Aufgabe war es, den Status quo in Frankreich zu erhalten, und alles zu tun, um die Verträge der Heiligen Allianz zu sichern. Nun hatte Frankreich die Freiheit geschmeckt, zugleich hatte es sich an Eroberungen und Ruhm berauscht, es würde nicht so einfach hinnehmen, daß es wieder das brave Kind Europas werden sollte. Schon war das Bürgertum von der Restauration enttäuscht, schon hatte Karl X. den altvertrauten Vertrauensvorschuß, den die französische Monarchie genoß, verschwendet. Das belgische Problem schaffte immer noch Uneinigkeit in Europa, und Metternich fürchtete, es könnte dort zu einem Krieg kommen. Sein Plan war einfach: sich mit Preußen verbünden in der Hoffnung, daß es in dieser Interessenverbindung seine Unabhängigkeitsabsichten vergessen würde, und sich bemühen, die Teilung zwischen den deutschen Staaten im Norden und im Süden aufrechtzuerhalten.

Der Fürst von Metternich, Felix wiederholte es ihr häufig, hatte ihm eine »Vertrauensstellung« angeboten. Eine andere Frau, die ihrer Herrschaft sicher gewesen wäre, hätte dieses unendliche Spiel mitgespielt. Aber von ihrem Bett aus fühlte Jane sich nicht imstande, die politischen Leidenschaften Felix' zu teilen. Sie fürchtete nur eins: daß der Skandal ihrer Liaison auf ihn zurückfallen könnte.

Felix' Abreise hinterließ eine schmerzliche Leere, um so mehr, als auch die beiden anderen Frauen im Haus ihn sehr vermißten. Denn er hatte Frau Wirtz und Emma bezaubert, und sie wurden nicht müde, sein Loblied zu singen und dem Säugling alle Eigenschaften des Vaters anzudichten. Didi schlummerte in süßenTräumen und in der Wäsche von Steely. Verhätschelt wie eine Prinzessin, die sich ihrer Bedeutung nicht bewußt ist, lebte sie in ihrem Rhythmus von Hunger und Schlaf. Mit der Amme, die nun ihre Pflege übernommen hatte, war das Haus vollends ein Königreich der Frauen geworden.

Nach einem Monat war Jane wieder auf den Beinen und besorgte sich als erstes ein Pferd. Die Bewegung würde ihr gewiß guttun. Und bald käme auch Felix. In der verschneiten Stadt begannen die Weihnachtsvorbereitungen. Der Boden des Marktplatzes war übersät mit abgeschlagenen Tannen, die auf ihre Girlanden und Silberkugeln warteten. Über jeder Tür hing ein Adventskranz. Der würzige Duft der ›Leckerli‹ strömte durch die Haushöfe. Manchmal durchrann Jane ein Schauer des Glücks, obwohl sie beim Gedanken an die Weihnachten in England ein wenig unter Heimweh litt und einen Stich im Herzen spürte.

6

Mehr oder weniger regelmäßig erhielt sie Nachrichten aus England. Allen ging es den Umständen entsprechend gut. Die Scheidung der Ellenboroughs erregte großes Aufsehen, und wenn Jane auch nicht mehr das Lieblingskind der Gazetten war, so blieb sie doch anscheinend eines der bevorzugten Gesprächsthemen der Gesellschaft. Das Scheidungsverfahren kam vor das Kirchengericht, das würde die Polemiken wieder aufflammen lassen. Lady Digby gab ihr in zurückhaltenden Worten zu verstehen, daß es zur Zeit nicht ratsam sei, englischen Boden zu betreten. Die einzig gute Nachricht darunter: Edward hatte es für gut gehalten, sie mit Vorwürfen zu überhäufen. Das hatte die denkbar schlechteste Wirkung gehabt und ihn sogar bei seinen glühendsten Anhängern in Mißkredit gebracht. Seine Unbeliebtheit nahm von Tag zu Tag zu, auch wenn dies offensichtlich seiner Karriere nicht schadete.

Jane sehnte sich nicht besonders nach ihrer Heimat, dennoch lebte ihr Land in einem Teil ihres Wesens fort: Ein tropischer Glanz, Erobererstolz und die weiten Erbgüter, das alles war tief in ihr eingegraben. Sie dachte an die schmucklosen, aber bequemen Herrensitze, an die efeubewachsenen Bauernhäuser… Soviele Kindheitserinnerungen, die sie seit langem vergessen hatte, stiegen plötzlich aus ihrem Gedächtnis empor. Johnny und ihre verrückten Ausritte in die Heide, ihre Brüder und ihre Cousins, ihre Familie – dazu zählte sie auch die Leute aus der Grafschaft –, sie alle tauchten, in einen warmen, zärtlichen Glanz gehüllt, vor ihr auf. Arthur, ihr Sohn… Sie war stolz darauf, einer Rasse von jagenden und trinkenden Reitern und Schloßherren anzugehören, die von ihren Ideen überzeugt waren, und deren tragende Stimmen durch die Gewölbe des Unter- und Oberhauses geschallt hatten, exzentrische Menschen vielleicht, aber auch mutige und anständige Menschen, deren sie sich vor dieser germanischen Rasse nicht zu schämen brauchte.

Bisweilen las sie mitten in der Nacht noch einmal Byron und Shelley, deren Verse ihr aus der Seele sprachen und heftige Gefühle in ihr aufwühlten. Hier fand sie immer neue Quellen, um in

Empfindsamkeit zu schwelgen; sie und Felix verwandelten sich in romantische Helden, und ihr Prinz, der ihrer Rasse fremd war, den sie aber leidenschaftlich liebte, wurde der Gott ihres Lebens. Tagsüber lernte sie mit Feuereifer Deutsch und Latein, und sie freute sich auf Felix' verblüfftes Gesicht, wenn sie ihn mit ihren neu erworbenen Kenntnissen überraschen würde.

Der Winter war außergewöhnlich kalt. Die Rauchsäulen stiegen nur mit Mühe aus den Kaminen. Auf den Straßen und Gassen hasteten die Menschen einher. Aber zu Hause machte es sich Jane am Ofen gemütlich, die Kupferkessel glänzten, die Möbel waren poliert, diese bäuerliche Atmosphäre paßte zum Schnee und zu ihren Stunden des Wartens. In zwei Tagen würde Felix kommen. Dennoch lauschte die junge Frau schon jetzt auf die Geräusche von draußen.

Im gleichen Augenblick, in dem sie die Schritte auf dem Schnee knirschen hörte, schlug der Hund an. Jane stürzte zitternd hinaus. Felix stand auf der Schwelle, riesig in seinem pelzgefütterten Mantel. Er schloß sie in die Arme.

»Ich bin's, mein Liebling«, sagte er nur. »Und Didi?«

Jane bedeckte sein Gesicht mit Küssen, ließ ihn nicht hereinkommen. Hinter ihnen, mitten im Zimmer, lächelte das Kind in den Armen der Amme.

»Sie erkennt mich wieder«, sagte er, als er auf sie zuging.

»Ihr habt mir so gefehlt, meine Lieblinge!«

Wie ein Weihnachtsmann hatte Felix an alle gedacht. Jane bekam mit Smaragden besetzte Ohrgehänge von Chaumet, ein Porträt von ihm, das Deveria gemalt hatte und das ihn in Ulanenuniform darstellte, für Didi gab es eine goldene Kinderrassel, für Emma eine emaillierte Brosche, und Frau Wirtz schließlich brachte er einen Hut nach der neuesten Pariser Mode mit.

An diesem Tag hallte das Haus noch lange von ihrem Lachen wider. Zweifel und Sorgen waren verflogen. Felix vergaß seine Arbeit und die unfreundlichen Zeitungsartikel über die »Scheidung Ellenborough«. Jane wurde wieder seine Frau, die ihm im Schein der

Opallampen ihre Liebe geschenkt und die tieferen Geheimnisse der Erotik offenbart hatte. Mit immer größerer Lust entdeckte er ihren nackten Körper, und ohne Scham besaß er sie sanft und leidenschaftlich.

Frau Wirtz hatte ganz gerührt von sich aus vorgeschlagen, Emma, die Amme und Didi in ihrer Wohnung aufzunehmen.

Die Liebenden konnten, eng aneinandergeschmiegt in ihrem Zimmerchen, nach Belieben turteln und Pläne schmieden.

»Du kannst unmöglich mit mir fahren, die Straße ist zu schlecht. Didi würde die Reise nicht durchstehen.«

Sie schaute ihn beunruhigt an. »Dann werden wir in einem Monat kommen.«

»Wir müssen vernünftig sein, wenn etwas passieren sollte, werde ich es mir nie verzeihen. Ihr könnt im Sommer fahren.«

Jane stieß hervor: »Fast ein Jahr ohne dich! Nein, Felix, ich erwarte etwas anderes, ich habe keinen Grund mehr, mich zu verstecken. Das Leben besteht doch nicht nur aus Pflichten und Verzicht, es darf uns doch auch Fülle und Genuß bescheren. Hier vegetiere ich nur, dieses Warten bringt mich um...«

Jane konnte es nicht länger ertragen, in dieser Einsamkeit zu leben, und Felix war sich dessen voll bewußt.

»Du machst es dir aber gar zu leicht«, rutschte es ihm heraus.

»Mag sein, aber das ist ein Privileg, eine Kunst! So flüchte ich vor der Ungewißheit, in der du mich ständig hältst. Du überläßt mich einfach mir selbst, mein Leben besteht nur noch aus Warten, ich bin es leid, meine Anstrengungen zu verbergen. Felix! Nimm uns mit.«

»Dieses Mal noch nicht, mein Liebling, du weißt sehr wohl, daß es unmöglich ist. Es ist nun einmal nicht zu ändern...«

Am Heiligen Abend fuhren sie im Schein einer Laterne mit dem Schlitten in die Franziskanerkirche. Um nichts in der Welt hätte Felix die Christmette versäumt. Die Nacht war klar, der Himmel überspannte mit seinem Sternengewölbe die verschneite Stadt, die Kirchenglocken forderten die Gläubigen auf, die Geburt des Heilands zu feiern. »Friede auf Erden und den Menschen ein Wohlgefallen«, wiederholte Jane bei sich. Das Gefühl für Gutes und Böses waren für sie göttliche Ratschlüsse. Ihre Pflicht erschien ihr einfach: das hochzuhalten, was an Gutem in ihr war, die schwachen Seiten ihrer Natur niederzukämpfen und zu ersticken. Selbst als Person ausgelöscht, wie weggeschmolzen in ihrer Liebe zu Felix, glaubte sie nur noch an ihn, ihre Gebete richteten sich nur noch an ihn.

Am nächsten Tag gingen sie beide zur protestantischen Kirche. Über dem romanischen Tympanon der Pforte des Heiligen Gallus thronte Christus der Richter, umgeben von weisen und törichten Jungfrauen, ein und derselbe Gott, trotz aller unterschiedlichen, mit den Religionen wechselnden Darstellungen, in denen die universelle Melancholie der Seelen Trost zu finden sucht. Diese große, noch vor der Reformation erbaute Kathedrale, in der sich gotische Labyrinthe aus rotem Sandstein mit den in die Mauern gemeißelten Bibelversen paarten, hatte etwas Strenges und Beeindruckendes. Das große Schisma war über sie hinweggegangen und hatte der lutherischen Religion eine ihrer verehrungswürdigsten Stätten beschert.

Der Rhein schien sich der Krümmung der Kathedrale anzupassen. Sie gingen über die Pfalzterrasse, bewunderten den Schwarzwald und die Vogesen, die sich in der Ferne gegen einen klaren Himmel abzeichneten. Zu ihren Füßen ankerten ruhig Schiffe, trotz des aufgewühlten Stromes, und die Häuser der Fischer und Seeleute, die eng zusammengedrängt längs des Kais lagen, schienen verlassen. Weihnachten! Die sparsamen und ruhigen Bürger zogen es vor, zu Hause zu feiern. Die beiden Liebenden blieben noch einmal an einer Brüstung aus rotem Backstein stehen und schauten ein paar Enten zu, die im Schilf herumwateten. Die schwarzen und kahlen Bäume am Ufer hatten in diesen friedlichen Tagen ihr bedrohliches Aussehen verloren. Der Schnee war festgestapft und knirschte nur noch mehr unter ihren Schritten. Ganz durchfroren trotz ihrer Pelzmäntel kehrten sie durch gewundene Gäßchen in die Stadt zurück. Frau Wirtz hatte ihnen ein Festtagsmahl zubereitet. In ihrer Wiege lächelte Didi den Engeln zu.

Die Woche verging viel zu schnell, und Felix reiste wieder ab.

Die kurzen Wintertage schienen überhaupt kein Ende zu nehmen.

Der Januar ging vorüber, ebenso wie der erste Schnee. Manchmal ritt Jane aus der Stadt hinaus bis zum Geschützplatz, wo die Konföderierten 1815 ihre Unterstände gebaut hatten. Aber bald war sie auch dieser Ausritte überdrüssig. Eines Tages zeigte ihr Dr. Wirtz, der ein begeisterter Archäologe war, die Überreste der ältesten römischen Kolonie am Rhein. Vom antiken Theater, das einst achttausend Menschen gefaßt hatte, war nur noch ein riesiges Trümmerfeld übriggeblieben. Untergegangene Kulturen faszinierten sie seit ihrer Kindheit. Eines Tages würde auch sie vergessen sein, ebenso wie alle politischen Aufregungen in Europa, die Felix so sehr beschäftigten. Wie töricht, überlegte sie, daß wir unsere schönsten Jahre vergeuden. Wenn wir zu Staub geworden sind, dann hilft alles Bedauern über die versäumten Möglichkeiten nichts mehr. Felix ist unerträglich mit seiner vernünftigen Vorsichtigkeit.

Mitte Februar teilte ihre Mutter ihr in einem Brief den Tod Arthurs mit. Ihr kleiner zweijähriger Junge hatte an Krämpfen infolge einer Erkältung gelitten. Er war am 1. Februar gestorben. Und kein Wort von Edward...

Die Erinnerungen stürmten in wirrem Durcheinander auf sie ein: Sie sah das Gesicht ihres Kindes mit unglaublicher Genauigkeit vor sich. Einzelne Szenen liefen so lebendig vor ihrem inneren Auge ab, daß sie trotz ihrer Tränen ein Lächeln nicht unterdrücken konnte, es war, als ob Arthur noch leben würde. Auf einmal hatte sie die Illusion, ihren Sohn als erwachsenen Mann mit einem ganz anderen Gesicht, wie sie ihn doch nie kennen konnte, vor Augen zu haben. Am schmerzlichsten für sie war es, wenn sie sich seine letzten Augenblicke vorstellte, ohne daß ihr jemals jemand erzählt hätte, was eigentlich geschehen war. Und sie konnte das schreckliche Gefühl nicht aus ihren Gedanken verbannen, daß sie, wäre sie nur da gewesen, diese Tragödie hätte verhindern können. Aber wie nur? Dieser Zweifel nagte an ihr mit der entsetzlichen Unerbittlichkeit eines Gewissensbisses.

Sie war allein auf der Welt, bei niemandem konnte sie Trost suchen. Sie konnte sich des Gedankens nicht erwehren, daß sie alle Verantwortung trage, schuld am Tod ihres Sohnes zu sein.

Von Panik ergriffen, schloß sie sich in ihr Zimmer ein. Niemand war da, um diesen unmenschlichen Kummer mit ihr zu teilen. Da konnte sie ihr Schluchzen nicht mehr beherrschen, brach zusammen unter der Anklage, die sie gegen sich selbst erhob. Sie sah sich wieder in Roehampton, sie hätte alles dafür gegeben, um diese kurzen Augenblicke, in denen sie mit Arthur zusammen war, noch einmal erleben zu können. Aber die Vergangenheit erhob sich vor ihr wie eine Mauer, die sie selbst errichtet hatte. Sie dachte an Edward. Auch für ihn mußte es entsetzlich sein, ihr gemeinsamer Sohn, sein Sohn, alle seine Hoffnungen waren damit zunichte. Sie mußte ihm schreiben, es ihm sagen.

Sie verbrachte schreckliche Nächte, stand fortwährend auf, um auf Didis Gesicht nach dem geringsten Anzeichen zu forschen, in ständiger Furcht, der Himmel könnte auch sie ihr noch rauben. Sie schloß sie in ihre Arme, betrachtete sie voller Verzweiflung. Dann überfiel sie eine große Mattigkeit, sie hatte keine Kraft mehr, blieb ganze Tage im Bett, bewegungslos im Dunkeln, aß kaum noch etwas. Und Felix war nie da, wenn sie ihn brauchte. Nach einer Woche war ihr Verlangen, ihn wiederzusehen, so groß geworden, daß sie es nicht länger aushielt, noch weiter zu warten. Sie schrieb an Felix und teilte ihm ihren Entschluß mit: In Paris sei sie zumindest an Ort und Stelle, sie würde Didi so warm einpacken, daß sie sich nicht erkältete, dort habe sie alle Möglichkeiten, um sich abzulenken und zu vergessen...

In der letzten Februarwoche verließen sie zu Frau Wirtz' großer Verzweiflung gemeinsam mit der Amme Basel. Ein wahrer Umzug! Jane ließ sich Zeit und machte an den Poststationen halt. Sie hatte diese ertrotzte Reise unternommen, wie man seine letzte Karte ausspielt. Die Landschaft glitt im langsamen Rhythmus der alten Postkutsche vorbei. Didi, eingehüllt in Decken, ertrug die Fahrt ohne viel zu weinen.

Nach zehn Tagen erreichte die Kutsche durch die Porte Saint-Denis Paris. Erstaunt über die lebhafte Menschenmenge, die gegen sie anströmte wie ein Fluß, fuhren sie zum Faubourg Saint-Germain in die Rue de Grenelle, wo Felix ihnen im Erdgeschoß einer Privatpension eine Wohnung gemietet hatte.

Alles schien auf sie zu warten, als sie durch die Tür traten. Außer Felix.

»Richten wir uns ein«, sagte sie nur zu Emma, die sich vor Müdigkeit kaum noch auf den Beinen halten konnte.

»Gut, Madame! Endlich sind wir in einem zivilisierten Land, wo man eine Sprache spricht, die ich verstehe.«

In kürzester Zeit häuften sich auf dem Gehweg die Koffer, während Jane schon die Örtlichkeiten inspizierte. Es war nichts Außergewöhnliches, im Vergleich zu Basel jedoch dachte sie nun im Luxus zu schwimmen. Der Salon war sehr elegant, mit weißen Türen und Holztäfelung mit vergoldeten Abschlußleisten. Auf dem geometrischen Parkett lagen wie zufällig verstreut kleine Teppiche mit Blumenmotiven. In einer Ecke stand ein mit unzähligen Büchern beladener Schreibtisch mit Amaranteinlegearbeiten. Eine Liege voller Kissen, Sessel in Form von Gondeln wiesen zumindest darauf hin, daß jemand sich darum bemüht hatte, ihnen bei ihrer Ankunft ein wohnliches Zuhause zu bieten.

In ihrem Zimmer mit dem schmalen Bett überlief sie ein Schauer, die indigoblauen Tapeten gaben ihr eine Vorstellung von dem kommenden Glück. Auf dem Nachttischchen lag deutlich sichtbar ein Brief. Sie stürzte darauf zu.

»Oh Felix«, seufzte sie und preßte den Umschlag an ihr Herz. Ein Willkommensgruß, er erwartete sie. Natürlich konnte er weder Tag noch Stunde ihrer Ankunft genau wissen. Er schrieb nur, er käme heute abend, wie jeden Abend vor dem Essen, hier vorbei. Fast hätte sie geweint.

Sie ging durch das Eßzimmer, inspizierte das Kinderzimmer, das mit pastellfarbenem Perkal ausgespannt war, mit seiner musselinbezogenen Wiege, und das angrenzende kleine Zimmer für die Amme. Emma sollte unterdessen mit der Zofe, die Felix bereits eingestellt hatte, unter dem Dach wohnen.

Jane trat ans Fenster. Draußen neigte sich der Tag seinem Ende zu, die Bäume im Garten ragten noch kahler empor als sonst. Alles kam ihr außergewöhnlich vor. »Ich bin ganz allein in dieser unbekannten Stadt, und zugleich weiß ich, daß das Leben hier einfach und ruhig sein wird. Das Umherirren der letzten Monate ist endlich vorüber.«

Sie nahm ein Bad, ließ sich ihr grünes Samtkleid mit den weiten Falten bringen und legte ein kastanienbraunes Tuch um, das die Weiße ihres Halsansatzes verführerisch durchschimmern ließ. Während sie ihre Haare bürstete, bemühte sie sich, ihrer Nervosität Herr zu werden. Felix würde bald kommen. Sie gab Anweisung, Feuer in den Kaminen zu machen. Didi schlief schon.

Der Abend wurde ruhig; trotz ihrer Ungeduld versuchte sie, sich an diese neue Bleibe, die für ihren Geschmack zu klein war, zu gewöhnen.

»Später werden wir umziehen. Jetzt ist sicher nicht der richtige Augenblick, um Felix damit zu behelligen. Ich darf nur das Nötigste von ihm fordern.«

Ihre Augen strahlten, ihr Blut rauschte in ihren Ohren wie Glockengeläut. Felix war da.

Sie stolperte, als sie ihm entgegenlief, stand wieder auf und sank in seine Arme.

7

Lange danach, besiegt, erschöpft, vom gleichen Schweiß benetzt, fragte Jane ihn:

»Ist es absolut unerläßlich, daß du deine eigene Wohnung behältst?«

»Wir müssen den Schein wahren. Ich komme zu dir, wann immer ich kann.«

Felix kniff sie in die Wange, wie man es bei Kindern macht. »Ich habe dir ein paar Zeitungen mitgebracht; verzeih, aber ich glaube, deine Eltern erweisen dir einen schlechten Dienst, wenn sie dir die Wahrheit verschweigen.«

Er zeigte ihr eine englische Karikatur, die ihm über die österreichische Botschaft in London geschickt worden war. Der Text darunter betonte noch die boshafte Darstellung: »Unschuldige Beschäftigung eines ausländischen Prinzen.« Sie waren alle beide zu sehen, er im Begriff, Lady Janes Korsett zuzuschnüren, sie, mit wirren Haaren, sich an einen Stuhl festklammernd. Das war offensichtlich nicht die Art von Scherzen, die man in Wien schätzte!

Der in Paris erscheinende *Le Messager de Galignani* verschonte sie ebenfalls nicht und schoß beiläufig einige Pfeile auf Lady Jane ab.

»All das interessiert mich nicht«, sagte sie halb lächelnd, halb verärgert.

»Da bin ich nicht so sicher wie du. Du hältst dich für stark, aber die französische Gesellschaft ist genauso engstirnig wie die englische. Du wirst unweigerlich auch hier angegriffen werden, ob du willst oder nicht.«

»Ich bin eben anders! Ich kann ganz gut auf Einladungen verzichten, wenn mir nur jemand einen Platz in seinem Herzen angeboten hat. Zerstreuung werde ich in dieser Stadt schon genug finden, und ... wenn mir eines Tages danach sein sollte, werde ich empfangen, wen ich will.« Felix rückte langsam näher, ihre Körper berührten einander. Er liebte diese weibliche Entschlossenheit bei ihr, doch sie machte ihm zugleich auch Angst. Von Arthur sprach sie nie, aber er ahnte ihren Kummer.

»Ich liebe dich, und das genügt mir. In London hatte ich alles, was die Gesellschaft mir nur bieten konnte, und ich habe mich trotzdem gelangweilt.«

Seit zwei Monaten war sie nun in Paris. Jane hatte bereits gemerkt, daß sich das Leben hier nicht so einfach gestaltete, wie sie es sich vorgestellt hatte. Felix hatte sehr viel zu tun und konnte ihr nur wenig Zeit widmen. Sie hatte gehofft, er hätte genauso viel Zeit wie in London, aber die Aufgabe, mit der Fürst Metternich ihn betraut hatte, nahm ihn vollkommen in Anspruch.

Einmal am Tag erschien er, um sie und Didi zu umarmen; manchmal hatte er einen oder zwei freie Abende, die er mit ihr verbringen konnte. An den übrigen Abenden mußte er seinen Verpflichtungen oder den Einladungen zum Abendessen nachkommen. Glücklicherweise blieben ihrer Liebe noch die Nächte; im Morgengrauen stahl er sich dann davon wie ein Dieb.

Felix teilte ihr seine Sorgen mit. »Mein Liebling, wir erleben ein wahres Drama! Die Ultras verschanzen sich hinter dem König, die übrigen hinter der parlamentarischen Gewalt und sprechen von der Freiheit des Volkes. Das Bürgertum greift im Namen eben dieser Freiheit den König an; das Parlament versucht, sich von Karl X. zu trennen. Manche spielen mit dem Gedanken, den Herzog von Reichstadt auf den Thron zu setzen, als ob Österreich es zulassen könnte, daß er Schönbrunn verläßt. Der Sohn Napoleons... Dennoch wird behauptet, dieser ›Thronanwärter‹ zögere nicht zu erlären, Frankreich sei seine Mutter und Österreich sein Kindermädchen.«

»Eigentlich hat er recht. Allerdings scheint er zu vergessen, daß seine Mutter immer noch Kaiserin Marie-Louise ist«, entgegnete sie.

Felix schaute sie zärtlich an; sie fühlte sich schön unter seinem Blick. Sie war Jane Digby, einstweilen Mme Einberg, und auf jeden Fall Lady Jane und damit an eine bestimmte Lebensführung gewöhnt, Felix war sich darüber völlig im klaren. Eigentlich ertrug sie es immer weniger, sich im Abseits zu fühlen: in der französischen Hauptstadt ereignete sich einfach zuviel, um lange so zurückgezogen zu leben.

Jane begann, auf ihren täglichen Spaziergängen Paris zu erkunden. Der gerade fertiggestellte Arc de Triomphe, die noch im Bau befindlichen Champs Elysées, die Madeleine mit ihren Säulen, hinter Gerüsten verborgen. Die klassische Architektur mit ihrer Strenge und Symmetrie erweckte in ihr immer wieder die gleichen Gefühle. Sie ging gern zum Invalidendom, dann weiter bis zur Ecole Militaire, und manchmal überquerte sie die Seine, um sich zur Place Royale zu begeben. Doch auf diesen Streifzügen über die Boulevards und die Rue de la Paix sah sie eher Dinge als Menschen. Der Luxus der Geschäfte, die vielen Kutschen, der Reichtum, dieses ganze Treiben versetzte sie zwar zweifellos in Erstaunen, aber es fehlte ihr der

Austausch, der Kontakt mit ihresgleichen. Sie fühlte sich enttäuscht, unbefriedigt. Da sie seit jeher daran gewöhnt war, allseits Beachtung zu finden, ertrug sie ihr Inkognito wahrscheinlich noch schlechter als die Einsamkeit. Sie mußte es sich eingestehen, und mit traurigem Lächeln sagte sie zu Felix: »Wenn man in seiner Heimat jemand gewesen ist, ist es nicht leicht, in Paris ein Niemand zu sein, das muß ja zwangsläufig zu Verstimmungen führen. Leider habe ich zuviel Phantasie und male mir alles noch schlimmer aus, als es wohl ist. Wenn ich nur daran denke, erscheint mir Paris wie eine gräßliche Wüste. Und das sollte sich nie ändern dürfen?«

»Ich weiß«, erwiderte er. »Gib mir ein wenig Zeit. Noch hat sich Lady Ellenborough nicht ›wirklich‹ in Paris niedergelassen. Du mußt ein größeres Haus beziehen, dann kannst du auch Feste geben und deine Stellung wahren. Jeder hier weiß, daß du deinen Mann verlassen hast. Da jedes Unglück auch seine gute Seite hat, kann zumindest niemand etwas dabei finden, wenn man mich bei dir sieht. Ich werde meine Wohnung weiter behalten, aber nur als Vorsichtsmaßnahme, von nun an gehöre ich an deine Seite.«

»Darauf warte ich doch nur! Wenn man schon am Rand der Gesellschaft leben muß, dann wenigstens mit aller Pracht!«

Eines Tages kam ihr Vetter, William Anson, nach Paris. Er besuchte sie und nahm sie zu einem Dinner bei Lady Blessington mit.

In den riesigen Salons in der Avenue Matignon fühlte Jane ihre Lebensgeister wiederkehren. Sie machte die Bekanntschaft des Comte d'Orsay und seiner Frau Harriet, der Tochter von Lord Blessington, der vor einigen Monaten gestorben war.

Als sie in London debütierte, hatte sich dieses unvergleichliche Trio, das die Blessingtons und Alfred d'Orsay bildeten, in Italien aufgehalten. Danach hatte der Graf Harriet geheiratet, sich aber kaum um sie gekümmert, sondern sich offen um Lady Blessington, seine Schwiegermutter, die sehr viel älter war als er, bemüht.

Jane und Harriet verstanden sich auf Anhieb und beschlossen, an diesem Abend, sich so bald wie möglich wieder zu sehen.

William blieb einige Tage in Paris. Für Jane war es, als ob lichte

Flecken die Eintönigkeit ihres Lebens erhellten. Sicher, sie war hier glücklich, aber William verkörperte für sie ihre ganze Familie. Die Tatsache, endlich wieder englisch sprechen zu können, reichte bereits aus, damit ihr das Herz höher schlug, und zudem war ihr Vetter die erste Verbindung zu den Ihren seit Monaten.

Er erzählte ihr, daß Fanny sich in Ambrose Isted, einen Taubstummen, verliebt habe, daß sich jedoch ihre Familie der Heirat widersetze und ihr den Bruder von Lord Mansfield, Charles Murray, aufzwingen wolle. Jane bemerkte dazu: »Sie ist immer gehorsam gewesen, es tut mir wirklich leid für sie, ich liebe sie so sehr.«

»Was willst du machen, sie hat eben nicht deinen Charakter. Man hat ihr auch verboten, dir zu schreiben, aber du wirst sehen, das kommt schon wieder in Ordnung.«

»Ich wäre schon glücklich, wenn sie mir nur verzeihen würden.«

»Alles zu seiner Zeit, Jane. Wenn du den Inhalt dieses Umschlages gesehen hast, wirst du verstehen. Sie können nicht vergessen. Seitdem Arthur tot ist, zeigt sich Lord Ellenborough in einem Maße rachsüchtig, daß es beinahe schon würdelos ist. Man kritisiert ihn sehr, um so mehr, als die *Times* das Prozeßprotokoll auf der ersten Seite abgedruckt hat. Und John Miller aus der St. James Street verkauft mit einem Erfolg, den du dir nicht vorstellen kannst, den Bericht des Unterhauses.«

»Ich nehme an, alles ist in dem Umschlag enthalten?«

»Ja, alles ist darin, dein Vater hat mir aufgetragen, ihn dir zu überreichen.«

»Ich würde gern Geschenke für sie mitgeben, glaubst du, daß sie sie annehmen?«

»Vielleicht ist jetzt nicht der richtige Zeitpunkt... ach was, gib sie mir nur.«

Er verabschiedete sich. Nachdenklich drehte sie den Umschlag in den Händen, zögerte und schloß sich dann in ihrem Zimmer ein, nachdem sie darum gebeten hatte, niemand möge sie stören. Die Berichte trafen sie wie Schläge. Alle diese Einzelheiten waren also an die Öffentlichkeit gezerrt worden! Edwards Anwalt, Mr. Adam, hatte anscheinend die Beweise »gegen die hinreißende und bezaubernde Lady Ellenborough«, schuldig des Ehebruchs, zu seinem Vergnügen gesammelt. Zuerst war George Anson aufgeführt, dann Prinz Felix zu Schwarzenberg. Und was noch schlimmer war: Man hatte die Domestiken als Zeugen aussagen lassen. Robert Hepple aus dem Norfolk Hotel stellte seine Version der Nächte in Brighton dar; der Kutscher, der Felix zu dem Seebad gefahren hatte, bestätigte die Übereinstimmung der Daten. Ein Mann namens John Ward, den Jane nicht kannte, ging sogar so weit zu behaupten, er habe die Liebenden durch das Fenster der Harley Street 73 in einer eindeutigen Stellung überrascht. So viele bestürzende Beweise, die Mr. Dampier, der Berater Janes, angestrengt zu widerlegen versucht hatte.

Der Earl of Roslynn verlangte eine neue Lesung, der Earl of Radnor noch eine weitere, wobei er um jeden Preis ein Fehlverhalten Lord Ellenboroughs nachweisen wollte. Nach Lord Radnors Meinung war es seltsam, daß gegen den Ehemann nichts vorgebracht werden konnte.

Ein vernünftiger und reifer Mann muß seine Frau schützen. Aus welchem Grund ließ er sie allein ausgehen, so daß sie die Freiheit hatte, sich so ungebührlich zu betragen? Warum hatte er sich niemals um das gekümmert, was sein Frau tat? Er zitierte aus Matthäus: »Und ich sage euch, wer seine Frau verstößt, macht sie zur Ehebrecherin.«

Allein der Bericht über ihren Aufenthalt im Norfolk Hotel nahm in dem zweistündigen Verfahren Ellenborough einundvierzig Seiten ein. Aber es kam noch schlimmer. Man hatte sogar Anne Lewis, Felix' Zimmermädchen, in den Zeugenstuhl gerufen. Sie berichtete, Lady Ellenborough habe sich mehrmals in der Woche zwei bis drei Stunden im Schlafzimmer des Prinzen aufgehalten. Die Fragen und die Antworten waren mit teuflischer Genauigkeit protokolliert:

R.: In welchem Zustand fanden sie das Bett vor?

Z.: Ich fand es so vor, als ob zwei Personen darin geschlafen hätten.

R.: Sie meinen, unter der Bettdecke?

Z.: Ja.

R.: Jedesmal? Oder nur manchmal?

Z.: Ja, Herr Richter.

Wie peinlich das alles war! Jane wurde es ganz übel. Ganz London mußte sich darüber lustig machen! Sie hörte noch die verächtliche Stimme Edwards: »Ich liebe niemanden, meine Teuerste. Wenn überhaupt, dann meine Feinde, wegen ihrer Gehässigkeit...«

Dann konnte er ja jetzt wenigstens befriedigt sein!

Zitternd vor Empörung las sie weiter. Diese perfide Anne Lewis, die sie immer nur angelächelt hatte, schilderte alle Einzelheiten. William Carpenter dagegen, ihr treuer Groom, der auch als Zeuge aufgerufen worden war, hatte sich als absolut verschwiegen erwiesen. Er hatte nur einsilbige Antworten gegeben und sich vor allem geweigert zuzugeben, er habe sie jemals anderswohin gefahren als zu ihren Eltern in die Harley Street. Die übrigen Diener aus Roehampton hatten sich bisher bis zum Ende ergeben gezeigt und nichts gesagt, was den Ruf ihrer Herrin hätte beeinträchtigen können.

Für eine Überraschung sorgte Margareth Steele. Als sie vor das Unterhaus gerufen wurde, sorgte sie für einen Aufruhr in der Versammlung. Sie erklärte voller Überzeugung, daß Lady Ellenborough nur das tat, was sie schon viel früher hätte tun sollen, sie hätte viel zu spät die Scheidung verlangt. Lord Ellenborough – sie stand unter Eid und mußte alle Geheimnisse offenbaren – hätte sich seiner Frau seit der Geburt ihres armen verstorbenen Sohnes nicht mehr genähert.

Diese Erklärung schlug wie eine Bombe ein. Das verschaffte Lady Ellenborough mildernde Umstände. Lord Ellenborough war nicht mehr das Opfer, sondern er hatte im Gegenteil seine Frau auf den Weg der Untreue gebracht, weil er sie vernachlässigte... diese junge und unerfahrene Frau. »Vernachlässigt, verlassen und geopfert«, las sie in ihrer Verteidigung. Sie übertreiben ein wenig. Ach! Ein Brief meiner Mutter, in dem sie Edward von aller Schuld freispricht. Aber das Komitee hat ihn nicht berücksichtigt... Gut. Edward hat eine Vereinbarung über dreihundertdreißig Pfund im Jahr, zahlbar im April und im Oktober, unterschrieben. Glücklicherweise müßte die Summe, die er mir läßt, ausreichen, ganz abgesehen von dem, was er mir bei unserer Hochzeit überschrieben hat. Felix muß Schadenersatz an Edward zahlen. Aber dieser Skandal...

Sie las weiter. Von allen Zeitungen hatte nur die *Times* sie verteidigt. »Wie haben sie nur herausbekommen, daß Edward mich schon während unserer Flitterwochen in Brighton betrogen hat? Und während des Prozesses hat niemand davon gesprochen. Die Drucker haben es sich nicht nehmen lassen, einen ganzen Roman daraus zu machen, mit meinem Porträt von Colleen auf dem Umschlag als Zugabe.«

Jane mochte sich noch so sehr verteidigen, sie hatte ihren guten Ruf verloren. Auch Steely hatte ausgesagt; woher nahm eine Frau aus ihren Kreisen nur die Kühnheit, das Benehmen Edwards in Frage zu stellen? Und noch toller: Sie hatte gleichzeitig die Gräfin San Antonio kompromittiert.

Liebe Steely, dachte Jane und schloß die Akte mit dem Gefühl, um zwanzig Jahre gealtert zu sein. Sie betrachtete die Bäume, von denen es auf die durchnäßte Erde tropfte. Der Frühling kündigte sich an, und sie war endlich frei. Aber was hatte sie alles ertragen müssen, bevor sie dieses Ziel erreichte. Und würde Felix es unter diesen Umständen noch wagen, sie zu heiraten? Bis heute hätte sie es beschworen, aber jetzt war sie sich dessen nicht mehr so sicher.

Wie sollten ihm diese Unterlagen nicht zur Kenntnis gelangt sein? Er hatte sie bestimmt in der österreichischen Botschaft bekommen. Sie machte sich Vorwürfe, daß sie ihm nie von George erzählt hatte.

Die Stirn an die Scheibe gepreßt, ermaß Jane den Abgrund, in den sie gestürzt war, ohne Hoffnung, jemals wieder aus ihm herauszukommen.

Sie ging in den Salon, legte sich auf die Liege und versuchte, ihre Gedanken zu ordnen. Sie sprang auf, als Felix, lächelnd und liebenswürdig, eintrat.

»Ich wollte dich sehen, einen Augenblick mit dir und Didi zusammensein. Wo ist sie übrigens? Was ist denn geschehen? Du siehst so unruhig, so nervös aus.«

Jane zog es vor, ihm die Wahrheit zu sagen: »Mein Vetter

William Anson hat mir vor seiner Abreise einen Umschlag gegeben. Ich bin endlich geschieden! Aber die Lektüre dieses Verfahrens, die Tatsache, daß sich alles so in der Öffentlichkeit abspielt, ist mir widerlich.«

»Das ist in der Tat sehr unangenehm, das glaube ich gern«, sagte der Prinz und nahm sie in die Arme, »doch was hast du anderes erwartet? Und außerdem – du bist jetzt bei mir, wir sind endlich zusammen, das allein zählt. Deine Vergangenheit soll ruhig in England bleiben! Nun bist du frei, wir brauchen uns nicht mehr zu verstecken. In ergebener Liebe werfe ich mich Ihnen zu Füßen, Madame, Ihre Pläne sind auch die meinen«, sagte er und hob ihr Kinn mit einer zärtlichen Geste hoch. »Solltest du etwa die Absicht haben, mich zu verlassen?«

Sie lächelte schwach: »Verzeih mir! Ich muß erst wieder zur Ruhe kommen, und im Augenblick habe ich das Gefühl, das Blut kocht mir in den Adern. Laß bitte die Pferde satteln, wir könnten zum Marsfeld reiten.«

»Alles, was du willst, mein Liebling. Jane, ich habe dich immer vor der Gefahr zittern sehen, ohne daß du jemals geflohen bist... Und du hast jedesmal triumphiert, vergiß das nicht!«

8

Jane mußte ziemlich schnell feststellen, daß es nicht so leicht war, in den engen Kreis der Pariser Gesellschaft aufgenommen zu werden. Die Freunde von Felix gehörten fast alle zur geschlossenen Gesellschaft der Diplomaten, die zur Vorsicht und Zurückhaltung angehalten war. Sie besuchten sie zwar, bewahrten aber Janes Meinung nach eine stets nur oberflächliche Höflichkeit. Zu Anfang empfing sie ausschließlich männliche Gäste. Keine legitime Ehefrau – mit Ausnahme von Harriet d'Orsay – hätte es gewagt, und wäre sie noch so neugierig gewesen, ihr Haus zu betreten.

Aber Felix hatte keine Angst, mit ihr auszugehen; es gab in Paris genügend Orte, die man aufsuchen konnte, ohne Gefahr zu laufen, unangenehm aufzufallen.

Es war eine neue Welt, aufregender als die, die sie bisher kennengelernt hatte. Der Boulevard des Italiens mit seinen Theatern und seinen Cafés – das Café Riche, das Café Hardy (dessen Besitzerin das ›Gabelfrühstück‹, eine kalte Mahlzeit mit Eiern oder mit Koteletts, erfunden hatte), das Café de Paris, der »Tempel der eleganten Welt«, die *Bains chinois* (diese riesige Pagode, die Badehaus, Restaurant und Café zugleich war, liebte sie ganz besonders) und natürlich das Café Anglais – war der Mittelpunkt eines lebhaften und fröhlichen Nachtlebens. Nicht weit von dort, im Théâtre Français, gab man *Hernani* von Victor Hugo. Jane fand das Stück sehr »romantisch«, aber es erschien ihr weder absurd noch lächerlich, im Gegensatz zu dem, was die Kritiker schrieben.

»Was für ein Benehmen! Gehört es sich, soviel Lärm zu machen und so die Türen zu schlagen? Mlle. Mars und Michelot haben eine solche Aufnahme wirklich nicht verdient. Mich haben sie jedenfalls zum Weinen gebracht, obwohl ich immer noch nicht alle Feinheiten der französischen Sprache verstehe. Wie kann man nur versuchen, einen Schriftsteller so zu vernichten?«

»Das ist eben Paris«, antwortete Felix, erheitert über ihr Ungestüm. »Das Stück ist gerade verlegt worden, wir sollten es einmal lesen. Interessant wird es diese Woche jedenfalls an der Porte Saint-Martin, dort gibt man eine Parodie auf *Hernani* mit dem Titel *Die Gefahr von Kastilien.*«

»Müssen wir uns das unbedingt ansehen?«

»Aber unbedingt! Denn Hugos Stück ist in aller Munde und auch im Théâtre de la Gaieté, im Vaudeville und in den Variétés hat man sich schon darüber lustig gemacht. Das ist eine Facette des französischen Geistes, die man nicht versäumen sollte.«

Es gab auch Morgen- und Abendkonzerte. Die Malibran sang hinreißend, und die Symphonien Beethovens begeisterten die Zuhörer.

Eines Abends nach dem Essen stellte Felix ihr einen jungen Pianisten vor, den er in Wien kennengelernt hatte, und dessen Vater Gutsverwalter bei Fürst Esterhazy gewesen war. Es handelte sich um Franz Liszt, einen großen, jungen Mann, schlank in seinem Gehrock, mit einem schmalen, nervösen Gesicht, in dem riesengroß die Augen funkelten. Er zog Jane eine Stunde lang in seinen Bann, erzählte ihr von den Büchern, die er gelesen hatte, zitierte in wirrer Reihenfolge Homer, Plato, Goethe, Montaigne, Chateaubriand und Victor Hugo. Die junge Frau unterhielt sich begeistert mit ihm über die *Physiologie der Ehe* von Honoré de Balzac, und das Gespräch kam natürlich auf die Liebe. Der junge Pianist war unsterblich verliebt in Caroline de Saint-Criq, die Tochter eines Ministers der Regierung Karl X., der diese Idylle nur ungern sah.

Mit unglücklicher Liebe kannte Jane sich aus.

»Was für ein erstaunlicher Künstler! Kannst du dir vorstellen, daß er noch keine achtzehn Jahre alt ist«, sagte sie zu Felix, als sie nach Hause fuhren. »Er macht eine schwierige Musik, sagt man, und deshalb sind auch nur wenige Leute in der Lage, sie zu schätzen.«

»Meine Landsleute sind wundervolle Künstler«, antwortete Felix mit einem unüberhörbaren Unterton von Stolz. »Aber warte, bis du erst einmal Frédéric Chopin kennengelernt hast. Er hat noch außergewöhnlicheres Talent. Zur Zeit ist er in Warschau.«

Sie machten auch die Bekanntschaft von Hector Berlioz. Der Musiker mit dem finsteren Blick scheute sich nicht, seine phantastischen Träume, seine Leidenschaft für Shakespeare und Beethoven in seine Musik einzubringen. Seine musikalischen Kühnheiten schokkierten die meisten seiner Zuhörer, Felix indes unterstützte ihn, überzeugt von seinem Genie. So bewegte sich Jane in einem kleinen Kreis, in dem sie mit natürlicher Anmut und mit einer Anpassungsfähigkeit, die Felix' Bewunderung erregte, ihren Platz einnahm.

Elegant, direkt und spontan sammelte Jane junge, leidenschaftliche Leute um sich, die zu den größten Hoffnungen Anlaß gaben. Prinz Alfred Schönburg Hartenstein, ein Freund von Felix, war einer ihrer glühendsten Verehrer. Aber Felix hatte allen voraus, von ihr geliebt zu werden, und da er dessen gewiß war, neidete er Jane ihre Erfolge nicht.

Daher war er an dem Tag, an dem sie ihm, als sei es die natürlichste Sache der Welt, verkündete, sie erwarte ein Kind, überglücklich und sogar hoch zufrieden.

Die Wohnung in der Rue de Grenelle wurde zu klein. Er mietete für sie eine ganze Etage in einem Hotel an der Place du Palais Bourbon. Dort verfügte sie endlich über mehrere Salons sowie über eine Wohnung, die nur Didi und dem erwarteten Kind vorbehalten war. Es war keine heimliche Bleibe mehr, hier konnte sie ein Leben im großen Stil führen und nach ihrem Belieben empfangen. Felix behielt immer noch seine kleine Wohnung, doch niemand ließ sich davon täuschen.

Sie war erfreut, den Grafen Apponyi wiederzusehen und gab ihm zu Ehren ein Abendessen.

Er fand Jane verändert. Sie hatte nichts Kleinmädchenhaftes mehr an sich, aber sie war immer noch genauso schön und bezaubernd, strahlte immer noch diese Heiterkeit aus, die ihr zusätzlichen Reiz verlieh.

»Lady Ellenborough ist wirklich eine außergewöhnliche Frau«, erklärte der Graf dem Prinzen Schönburg.

»Ja«, bestätigte dieser. »Neben ihr verblassen alle anderen Frauen. Ich verstehe nicht, warum der Prinz sich nicht entschließen kann, sie zu heiraten.«

»Das ist unmöglich, Friedrich, sein jüngerer Bruder, hat die geistliche Laufbahn eingeschlagen und hat die besten Chancen, in der Kirche zu hohen Würden zu gelangen. Außerdem ist in den Augen seiner Schwester Mathilde keine Frau seiner würdig. Sie kennen die Schwarzenbergs nicht so gut wie ich, es gibt nur wenige Familien, die sich so einig sind; man könnte fast meinen, sie seien sich ihrer Stellung nicht genügend sicher, als daß sie es wagen könnten, ein neues Mitglied in die Familie aufzunehmen.«

»In diesem besonderen Fall haben sie zweifellos unrecht.«

»Die Französinnen sind weder so hübsch noch so zuvorkommend wie die Engländerinnen«, sagte Apponyi. »Lady Jane ist aufrichtiger, ehrlicher; ich kenne in der Tat keine stärkere, eindrucksvollere Persönlichkeit.«

Prinz Alfred Schönburg pflichtete ihm bei. Er fand Jane bezaubernd.

An diesem Abend wandte sich der Earl of Londonderry, Edwards

Ex-Schwager, der Jane immer offene Sympathie entgegengebracht hatte, mit dem größtmöglichen Takt an Felix und erkundigte sich nach seinen Absichten. Obwohl es sich um ein Gespräch von Mann zu Mann handelte, war ihm die Unterhaltung peinlich. Er fügte hinzu, daß nun, wo sie geschieden sei, jeder erwarte, daß Felix sie heiratete. Felix indessen wich aus, und der Earl bestand nicht weiter auf diesem Thema.

Als der Earl spät am Abend allein war mit Jane, beschloß er, offen mit ihr zu sprechen. »Verlassen Sie den Prinzen, Sie sind jung und schön. Sie werden ihr Leben vergeuden, er wird sie niemals heiraten können. Sie sind geschieden, haben nicht die gleiche Religion. Sie wissen doch, daß dies für einen Schwarzenberg ernsthafte Hinderungsgründe sind.«

»Ich liebe Felix, und wenn es sein muß, werde ich mich damit begnügen, mein ganzes Leben in seinem Schatten zu verbringen. Auch wenn ein solches Verhalten Mißfallen erregen könnte! Ich danke Ihnen für Ihre Aufrichtigkeit«, fügte sie hinzu und reichte ihm die Hand. »Ich weiß, daß Sie mein Freund sind; Sie sollten wissen, daß es mir wohltut, Sie wiederzusehen.«

Sie erhob sich und bedeutete ihm dadurch, daß sie die Unterredung als beendet ansah. Felix würde gleich kommen. Nachdem er den Grafen Apponyi bis zum Hotel Eckmühl begleitet hatte, würde er ihr Haus diskret durch den Dienstboteneingang betreten, um niemandem zu begegnen... wie gewöhnlich.

Jane wartete lange. Die Nacht verging wie ein Alptraum, Felix kam nicht.

Tief beunruhigt über die Worte des Earl of Londonderry beschloß der Prinz, noch einen Augenblick lang im »Salon der Ausländer« vorbeizuschauen. Man traf dort reizende und leichtsinnige Ballettänzerinnen aus der Oper. An den Tischen spielten, versunken in ihre Berechnungen, die einen Rouge et Noir, die anderen Roulette. Unerschütterliche Croupiers warfen den Gewinnern mit geschickten Handbewegungen die Louisdors zu, die manchmal wie ein Goldregen auf die grüne Decke niederfielen. Felix hatte diesem schwelgenden

Treiben zuerst voller Ablehnung zugeschaut, bevor er sich entschloß, sich ein wenig mit den Frauen zu unterhalten. Während der Unterhaltung ließ er sich zum Trinken animieren und betrank sich schließlich. Er fühlte seine Zukunft bedroht, und das war etwas, das er nicht ertragen konnte. Janes Opfer verdiente seine Anerkennung und seine Achtung, er war nicht feige, und er liebte sie. Aber weiter konnte er doch nicht gehen? Und wie konnte er hoffen, sie zu halten, wenn er es nicht wagte, für sie die absurden Verbote seiner Familie zu mißachten?

»Ich muß an meinen Namen denken, Rücksicht auf meine Karriere nehmen. Es gibt für mich nur eine Wahl. Sie oder ich.«

Abgestumpft, schuldbewußt und unglücklich nahm er im Morgengrauen Coralie mit zu sich nach Hause.

Eine dunkle Wolke schob sich vor das Vergnügen, er schickte die junge Tänzerin gleich wieder fort und war wie niedergeschmettert, daß er sich zu einer so unnützen, so unnötigen Handlung hatte hinreißen lassen.

Plötzlich wurde er von einer Art Haß gegen die Frauen im allgemeinen, gegen sich selbst, vielleicht auch gegen alle beide, gepackt. Der Gedanke an Jane ließ ihn nicht los, er stellte sich vor, wie sie verzweifelt nach Gründen für seine Abwesenheit suchte. Ihre Gesten, ihre Großzügigkeit, ihre Zärtlichkeit verwandelten sich auf einen Schlag in lauter Vorwürfe, schienen nur den Beweis für seinen männlichen Egoismus erbringen zu wollen. Da brach es aus ihm wütend hervor: »Sie klammert sich ja an mich wie eine Muschel an ihren Felsen.«

Nach und nach wurde ihm die ganze Ungerechtigkeit seiner Gedanken bewußt, und sein Verhalten kam ihm nun absolut unerträglich vor. Die Vorstellung, sie sofort zu verlassen, stürzte ihn in Verzweiflung. Er beschloß, sie seltener zu sehen, er würde Ausreden erfinden, die Entschuldigungen kämen dann schon von ganz allein. Und schließlich nahm er sich, da er sich nicht anders zu helfen wußte, vor, sich Hals über Kopf in seine Arbeit zu stürzen, um gegen dieses wachsende Unbehagen anzukämpfen.

In der Botschaft war ein ständiges Kommen und Gehen österreichischer Agenten – Metternich hatte sie damit beauftragt, die Strömungen einer bewegenden und bewegten Politik aus der Nähe zu überwachen.

Der Verantwortliche der österreichischen Diplomatie war wachsamer denn je: Karl X. hatte gerade die Abgeordnetenkammer aufgelöst; in Toulon schiffte sich ein Expeditionskorps nach Algerien ein; die französische Jugend war in zwei Lager gespalten; das Bürgertum hatte sich bereits der neuen monarchistischen Opposition, vertreten durch den Herzog von Chartres, Louis-Philippe, den Vetter des Königs, angeschlossen. Louis-Philippe hatte sich den Ruf eines Mannes mit Verbindungen erworben, der offen war für Fortschritt und liberale Ideen – hatte sein Vater nicht für den Tod seines Vetters Louis XVI. gestimmt? Mächtiger als die noch in den Kinderschuhen steckende republikanische Opposition, konnte Louis Philippes Partei mit anerkannten Führern wie La Fayette, Laffitte, Thiers, Guizot aufwarten, und sie beanspruchte die Macht, um endlich wieder alle Freiheiten, vor allem die wirtschaftliche Freiheit einzusetzen.

Aber noch regierte, gestützt auf die Kirche und die Ultras, der König von Frankreich. Die Pressegesetze, die Kontrolle der Kirche über die Universität, die Rückkehr der Jesuiten, die Auflösung der Nationalgarde, die Milliardenspende für die politischen Flüchtlinge, das alles verschaffte ihm zwar auf der einen Seite treue Anhänger, ließ jedoch auf der anderen Seite Unzufriedenheit aufkommen. Felix spürte wohl, das Spiel hatte sich festgefahren; man mußte jetzt dichter am Ball bleiben, Revolution lag in der Luft.

Der Prinz gähnte müde. Er schaute auf seine Uhr und stellte fest, daß er gerade noch Zeit hatte, sich anzuziehen und in die Botschaft zu laufen. Er würde später zu Jane gehen... zwar würden ihm Vorwürfe nicht erspart bleiben, aber er könnte sie gewiß davon überzeugen, daß er bis zum frühen Morgen im diplomatischen Zirkel am Spieltisch gesessen habe... Die Lüge hielt stand.

»Sie war im Begriff, eine glückliche Mätresse zu werden«, dachte Felix traurig. »Wenn nur diese Dummheit nicht alles in Frage stellt.«

Er brachte den Morgen mit Arbeit zu, gegen Mittag dann ging er unschlüssig zur Place du Palais Bourbon. Jane erwartete ihn, mit Schatten unter den Augen, anscheinend genauso unbeschwert wie jeden Morgen. Felix' Angst wurde angesichts dieser vorgetäuschten Stärke nur noch größer. Er litt um sich und um sie. Seine Entschlüsse lösten sich in nichts auf. Schließlich fiel er auf die Knie und bat sie um Verzeihung.

»Aber warum?« fragte sie mit einer Stimme, die frei von jedem Vorwurf war.

»Ich hätte es dir vorher sagen müssen. Heute nacht... Ich konnte nicht...«

»Mach dir keine Gedanken. Ich habe gar nicht gemerkt, wie die Zeit vergangen ist, ich habe mich stundenlang mit Lord Londonderry unterhalten. Er hatte mir tausend Sachen zu erzählen, und ich bin eingeschlafen, ohne es zu merken.«

Felix glaubte seinen Ohren nicht zu trauen: »Entweder steht sie wirklich über den Gemeinheiten des Lebens, oder sie ist eine Frau, die ihre Eifersucht vollkommen unter Kontrolle hat«, sagte er sich, während er sie an sich zog. Er wirkte so verwirrt, daß sie beunruhigt fragte:

»Was ist geschehen?«

»Schwör mir, daß du mich immer lieben wirst!«

»Keine Schwüre«, sagte sie und legte ihm die Hand auf den Mund. »Keine Schwüre, ich mag das nicht. Du unterziehst mich seltsamen Prüfungen. Ist das deine slawische Natur?«

»Die Slawen sind traurig und fröhlich, leidenschaftlich und leichtsinnig.«

»Es ist nichts geschehen, woraus man ein Drama machen könnte. Ich empfange heute nachmittag. Kommst du? Harriet d'Orsay wird auch da sein. Aber sie langweilt mich langsam mit ihren Klagen. ... Und danach will ich mit dem Grafen von Thurheim ausreiten. Du findest das doch nicht unschicklich?«

»Natürlich nicht, ich selbst bin heute sehr beschäftigt, ich werde erst am späten Abend kommen können. Ich möchte Didi sehen. Ich verspreche dir auch, daß ich sie nicht aufwecken werde.«

Jane lächelte, sie wußte nur zu gut, daß er seine Tochter unweigerlich auf den Arm nehmen würde, trotz des Verbots des Drachens, der seit dem Weggang der Amme als Kindermädchen angestellt war.

In dem Zimmer mit dem violetten Dämmerlicht beugte Felix sich über die Wiege. Dieses kleine Wesen mit den schwarzen Haaren, der zarten Haut und den leicht bläulichen, durchscheinend wirkenden Lidern war seine Tochter, sein Blut floß in ihr. Er streichelte die zarte Stirn, berührte die kleine, zusammengeballte Faust.

»Monsieur, sie ist gerade eingeschlafen«, murrte der Drachen. Gerührt faltete Felix die kleinen Hände auseinander und umfaßte sie.

»Lassen wir sie schlafen, sie ist so süß.« Dann wandte er sich zu Jane um und verbeugte sich: »Was für ein bezauberndes Kind, sie ist ganz dein Ebenbild!« »Beim nächsten Mal wollen wir versuchen, dir einen Sohn zu schenken.«

»Bis Dezember haben wir noch Zeit, darüber nachzudenken.« Er zog sie, plötzlich bewegt, aus dem Zimmer.

Jane begann aufzuleben. Sie hatte letzte Nacht solche Angst gehabt. Als sie spürte, wie ihr übel wurde, hatte sie das Schlimmste befürchtet. Unsere Verbindung geht dem Ende zu, hatte sie gedacht. Nein, das darf nicht sein! Und diese Schwangerschaft, die sich so schwierig gestaltet. Mein Gott, mach, daß Felix nichts merkt. Wo er doch Komplikationen so sehr verabscheut...

Sie fühlte, daß sie nicht mehr solche Macht über ihn hatte wie früher, in der glücklichen Zeit in London; zwei Jahre waren seitdem vergangen, und der Traum drohte in einen Alptraum umzuschlagen. Sie gelobte sich, wachsam zu sein. Ich werde die Tage auf mich zukommen lassen, sagte sie sich, und glücklich die Stunden, die er mir widmen will, genießen. Wenn dann erst das Kind da ist, sein zweites Kind, wird vielleicht alles wieder gut werden. Aber sie konnte noch so sehr versuchen, sich zu beruhigen, sie wußte wohl, daß ihr Instinkt sie nicht trog: Felix hatte sie belogen. Sie machte sich über seine Erklärung nichts vor, der Zweifel nagte an ihrem Herzen.

Der erste Verrat. In dem Augenblick, in dem sie lieber geweint hätte, mußte sie Heiterkeit vortäuschen, tun, als ob nichts gewesen sei. Schon sah sie den Schatten einer anderen Frau, Verlassenheit und Verzweiflung auf ihr Leben fallen. »Ich brauche Beweise«, dachte sie. »Bevor ich nicht Gewißheit habe, muß ich schweigen können... schweigen... Daß Felix mich so sehr begehrte, ist ein gutes Zeichen. Aber in ein paar Monaten wird auch das nicht mehr möglich sein, mit diesem Kind, das mich jetzt schon behindert.«

Sie nahm sich vor, sanft, vertrauensvoll, friedlich und fröhlich zu sein. Die Männer, hatte Lady Digby immer zu ihr gesagt, verlangen von den Frauen nur, daß sie sie unterhalten und ihnen schmeicheln!

Im folgenden Monat ließ ein in England veröffentlichter Roman den Skandal wieder aufleben. Charlotte Bury[3] erzählte darin die Geschichte Janes, nur die Namen hatte sie verändert. Aus Lady Ellenborough war Lady Glenmore geworden, die eine aufsehenerregende Verbindung, die ihrer nicht würdig war, einging. Allerdings konnte man nicht ihr allein alle Schuld für diesen Fehltritt aufbürden, denn Lord Glenmore vernachlässigte sie sträflich.

Jane verdroß dieses Geklatsche, sie fürchtete den Zorn Felix'. Wann würde sie endlich Frieden finden? Auf gewisse Weise spürte sie zwar diesen Frieden bereits, aber es war nicht der Frieden, den sie wollte. Felix war vollkommen in Anspruch genommen von den Unruhen in der Stadt, und er widmete ihr immer weniger Zeit.

Sie konnte praktisch über all ihre Tage frei verfügen, und das zu einer Zeit, in der sich die meisten ihrer Freunde auf ihre Landhäuser zurückzogen. Der Sommer schien dieses Jahr besonders heiß zu werden. Am 24. Juli gegen acht Uhr abends saß sie in Gesellschaft Harriets auf einem Klappstuhl und zeichnete eine der Gotik nachempfundene Mühle auf dem Beaujon-Grundstück, als ihr jemand über die Schulter flüsterte: »Sie vergeuden Ihr Talent, gnädige Frau!«

Es war der Graf von Dietrichstein.

»Mein treuer Freund! Wie ich mich freue, sie zu sehen! Sie haben vielleicht recht, aber sehen Sie, das erinnert mich ein wenig an England.«

Ein junger Mann mit großem Kopf war nähergekommen, und Jane hatte auf einmal das Gefühl, er wolle weniger ihr Werk, als vielmehr die Künstlerin selbst aus der Nähe betrachten.

»Victor Hugo«, flüsterte Dietrichstein.

»Oh! Ich liebe *Les Orientales* sehr«, sagte Jane, plötzlich neugierig geworden.

Aber der Mann hatte sich schon im Schein der untergehenden Sonne entfernt.

»On doute La nuit . . . J'écoute, Tout fuit, Tout passe, L'Espace Efface le bruit . . .«, zitierte sie auswendig.

»Gleich wird es dunkel werden, es wäre klüger, Sie räumten Ihre Stifte zusammen und gingen nach Hause. Und unseren lieben Felix überlassen wir seinen Geschäften. Heute abend lade ich Sie zu Tortoni ein.«

»Das kommt nicht in Frage. Wir tragen doch Trauer um George IV. Aber wie wär's, wenn Sie mich zu Hause besuchten, wir könnten ein wenig musizieren.«

Zwei Tage später unterzeichnete Karl X., im Glauben durch seinen Sieg in Algerien habe er seine Position genug gefestigt, vier Verfügungen. Er hob die Pressefreiheit auf, löste das Parlament auf, verringerte die Zahl der Abgeordneten und änderte dadurch das Stimmrecht; schließlich rief er für den September die Gemeinde- und Bezirksversammlungen ein, um neue Abgeordnete nach anderen Modalitäten zu wählen. Der König, der sich in der Hoffnung gewiegt hatte, er könne seine Planung reibungslos durchsetzen, erntete noch am gleichen Abend eine Revolution.

Nichts war vorbereitet, um sich ihr entgegenzustellen: Der Kriegsminister war nicht da, sein Vertreter war noch nicht einmal unterrichtet! Die Journalisten schlossen sich als erste zusammen und verfaßten gemeinsam eine Protesterklärung.

Am Abend des 26. Juli lieh sich Jane von Emma einen Hut und ein graues Umschlagtuch; obwohl Felix sie dringend gebeten hatte, zu Hause zu bleiben – in der Österreichischen Botschaft fanden Beratungen statt –, ging sie mit Emma am Palais-Royal vorbei und gelangte von dort zur Place du Caroussel. Sie überquerten die Seine und mischten sich unter die Menge. Es war aufregend und erschrekkend zugleich, die Wut dieses Volkes mitzuerleben, zwischen diesen jungen Leuten zu stehen, die zu allem bereit waren und »Hoch lebe die Charta! Nieder mit den Minstern!« riefen. Emma war entsetzt und drängte ihre Herrin, nach Hause zurückzukehren, Jane hingegen hatte das Gefühl, erregende Stunden zu erleben und hier den kräftig schlagenden Puls der Geschichte zu vernehmen.

Am nächsten Tag konnte man sich nicht mehr auf die Straße wagen. Das Volk aus Paris errichtete Barrikaden, die Truppen Marmonts besetzten die Place du Caroussel, die Place Vendôme und den Pont-Neuf. Zolleinnehmerposten wurden niedergerissen.

Die Regierung versuchte zurückzuschlagen und ließ die liberalen Zeitungen beschlagnahmen. Aber es war zu spät! Der Widerstand organisierte sich bereits. Die Studenten rotteten sich zusammen, zertrümmerten Straßenlaternen, rissen das Straßenpflaster auf. Am 28. fielen die öffentlichen Denkmäler in die Hände der Revolutionäre. Man hißte die Trikolore, griff die Truppen Marmonts mit Pflastersteinen an. Die Studenten der Polytechnique schlossen sich den Aufständischen an. Am nächsten Tag wurden der Louvre und die Tuilerien besetzt...

Bis zur Place du Palais Bourbon hörte Jane das Geschrei, roch den Pulverdampf und brannte vor Verlangen, an dem Ereignis teilzunehmen. Was hat es doch für Nachteile, eine Frau zu sein, dachte sie wütend. Felix ließ sich drei Tage lang nicht blicken, aber er sandte ihr zahllose Botschaften, in denen er ihr eindringlich befahl, zu Hause zu bleiben.

La Fayette wurde zum Kommandanten der Nationalgarde ernannt... Letztendlich wurde der König gezwungen, seine Verfügungen zu widerrufen. Am 30. hingen die Stadtmauern voll mit Anschlägen, die nach dem Herzog von Orléans verlangten. Als die Republikaner La Fayette drängten, die Republik auszurufen und deren Präsidentschaft zu übernehmen, lehnte er dies ab und verteidigte das Prinzip der konstitutionellen Monarchie. Sein Zögern brachte den Orléanisten den Sieg: Am 31. Juli erklärte der Herzog von Orléans die Charta von nun an zur neuen Verfassung. Auf dem Balkon des Rathauses, das mit der Trikolore geschmückt war, umarmten sich La Fayette und der Herzog: Die Orléanisten trugen ihn auf ihren Schultern davon.

Die aufregende Juliwoche hatte alle Gemüter in der Hauptstadt in Wallung versetzt und in allen europäischen Kanzleien Besorgnis erregt.

Felix war vollkommen überlastet und wurde der Arbeit nicht mehr Herr. Die »Revolution« bedrohte das Gleichgewicht des Wiener Kongresses. Die Bonapartisten hatten nicht darauf verzichtet, den Herzog von Reichstadt auf den Thron zu setzen. Überall in Europa fürchtete man, diese zweite französische Revolution würde wieder einmal ein heilloses Beispiel geben. Nur für Deutschland war die Thronbesteigung Louis Philippes beruhigend, da der neue »König der Franzosen« nicht beabsichtigte, die Verträge von 1815 zu brechen.

Dem liberalen belgischen Bürgertum jedoch hatte die Erhebung des Pariser Volkes einen tüchtigen Schrecken eingejagt, und es forderte vom König der Niederlande die Zustimmung zu einer parlamentarischen Regierung. Die Lage war gespannt. Am 25. August wurden die Feierlichkeiten anläßlich des Geburtstages des Herrschers abgesagt. Im Théâtre de la Monnaie spielte man jedoch *Die Stumme von Portici*. In dem Augenblick, in dem der Schauspieler La Feuillade die Worte ›die heilige Liebe zum Vaterland‹ schmetterte, erhob sich der ganze Saal. Die Menge stürmte die Büros des *National*, besetzte die Waffenläden. Man plünderte, sang die Marseillaise und hißte die Trikolore...

Die Bewegung breitete sich über die Grenzen hinweg aus, erreichte Köln, Aachen... Die Kanzleien wollten handeln, wenn London ihnen ein Beispiel gab. Aber London rührte sich nicht.

In Belgien war aus dem Aufstand eine Revolution geworden. Die holländischen Truppen, die die Unruhen unterdrücken sollten, mußten dem Ansturm des Volkes weichen. Eine vorläufige Regierung vereinigte wieder nationalistische Tendenzen: Die Trennung war unvermeidlich geworden.

Ende September hatten also in Europa zwei Aufstände stattgefunden! Nach Frankreich mußten sich die ausländischen Mächte, kaum hatte sie die Thronbesteigung Louis-Philippes in Sicherheit gewiegt, mit der belgischen Revolution auseinandersetzen, die sie fürchteten, nicht mehr aufhalten zu können. Wenn auch der Kampf gegen die alten Herrschaftssysteme in Frankreich beendet zu sein schien, so hatte er doch im größten Teil Europas gerade erst begonnen.

Fürst Metternich triumphierte – wenn man sich so ausdrücken darf –, weil er dies alles vorausgesehen hatte. Der Zar sprach sich im Namen der Legitimität für die Niederschlagung aller Aufstände aus. In einem an London, Wien und Berlin gerichteten Memorandum forderte er von jeder Regierung die Bereitschaft zur Zusammenarbeit und zur Ergreifung von »Notstandsmaßnahmen« – mit anderen Worten: das Schreckgespenst der »Quadrupelallianz« von 1815 sollte also wiederbelebt werden. Doch mit dieser Absicht blieb der Zar allein, denn Metternich fürchtete, für den Fall eines Krieges, die Reaktionen der Massen. Er beschloß dagegen, die französische Bürgermonarchie zu unterstützen, und hoffte darauf, daß diese sich stark genug zeige, die Ordnung im Innern zu gewährleisten; nur so nämlich konnte Frankreich noch gute Beziehungen zu den anderen Staaten unterhalten. Um sich jedoch mündlich abzusichern, wollte er Italien noch besser im Griff haben und schickte sechstausend Mann nach Ferrara zur Verstärkung der Besatzungsmacht.

Die Welt brach auseinander. Voller Euphorie und mit ersten tastenden Versuchen bereitete sich eine neue Ära vor. Felix war sich darüber im klaren, und er wußte auch, daß der kleinste Irrtum verhängnisvoll sein konnte.

»Angesichts der Gewalt taugen schöne Ideen nichts«, wiederholte er bei jeder Gelegenheit und faßte so die Ereignisse zusammen. Oder wollte er damit vielleicht nur seine eigene Furcht vertreiben?

Jane indes war des Ganzen überdrüssig: »Diese Geschichten über revolutionäre Bürger ärgern mich ungeheuer! Das sind doch alles nur Vorwände für Intrigen und Gründe, um dich von mir fernzuhalten. Die Traditionen unserer Familien stellen uns über all das Geplänkel.«

Und es war in der Tat so: Wenn Felix zu ihr kam, so redete er nur über Politik oder vielmehr, er hielt Monologe darüber. Seine Analysen und Beobachtungen waren zweifellos interessant, doch sie erwartete etwas anderes von ihm, zumindest ein wenig Wärme, wenn schon diese Verschworenheit von einst verschwunden zu sein schien. Nur mit Mühe hielt sie ihre Vorwürfe zurück, obwohl sie sich darüber im klaren war, daß dies das sicherste Mittel war, ihn von ihr fernzuhalten.

Es war ein trauriger Winter. Sie war im achten Monat schwanger und empfing wegen ihrer Unförmigkeit niemanden mehr; die Einsamkeit drückte sie darum nur noch grausamer.

Wer hatte Schuld daran? Sie wollten es sich einander nicht zugeben. Vielleicht die Zeit? Aus der großen Liebe wird mehr und mehr ein banales Verhältnis, dachte sie, was einmal Leidenschaft war, wird nun plump und schwerfällig, ganz wie mein eigener Körper.

Felix wandte sich anderen Frauen zu. Jane wußte es und ärgerte sich darüber.

Die Atmosphäre wurde unerträglich. Ihre Eifersucht ließ ihr keine Ruhe, und so bohrte sich jede Kränkung wie ein Stachel in ihren Stolz. Jane fand nirgendwo Unterstützung und verbrachte ihre Zeit damit, über ihre Klagen nachzusinnen, überwältigt von einem gräßlichen Gefühl der Verlassenheit. Um ihr Unglück vollkommen zu machen, heiratete auch noch George Anson.

Als sie von Williams Tod erfuhr, war sie vollends verzweifelt. Die Zeit entfloh. Sie dachte an das große Klassenzimmer in Holkham, an Mr. Payne, an die unter solchen Mühen gelernten Lektionen. Wie sorglos waren sie damals, wie einfach war ihnen das Leben erschienen! Und nun war alles ins nichts versunken. Immer weniger konnte sie sich an die Hoffnung klammern, daß Felix nach der Geburt des Kindes zu ihr zurückkehren würde. Warten, immer wieder und immer nur warten.

Weihnachten wurde ein trauriges Fest.

Sie nannte den Knaben, der ein paar Tage später zur Welt kam, Felix.

Das Schreien des Neugeborenen drang durch die Wände, überfiel den Prinzen, erdrückte ihn, flößte ihm Angst ein, weil es ihn so schrecklich an die Verantwortung erinnerte. Felix war über sich selbst erbost, weil er zornig auf Jane und das Kind war, dieses rote, brüllende Bündel, Fleisch von seinem Fleisch. Er saß in einer Falle, er haßte sich. So sehr Didi ihn bezauberte, so sehr irritierte ihn das Neugeborene. Vielleicht weil er ihm niemals seinen Namen würde geben können?

Der kleine Junge lebte nur eine Woche lang, und Felix versuchte tiefbetroffen, Jane, die vor Kummer außer sich war, zu trösten. Sie vergrub sich in ihrem Leid, sie war am Ende ihrer Kräfte, wurde mitgerissen von einem Strom voller Ungeheuer, gegen die sie nicht mehr kämpfen wollte.

»Eine aussichtslose Liebe ohne Zukunft, wozu lebe ich noch«, murmelte sie.

Für Felix schnappte die Falle zu. Da stand er nun, unfähig zu trösten, zu handeln, und sogar unfähig zu fliehen, wozu er immer häufiger das Verlangen spürte.

Zu viele Erinnerungen verbanden ihn noch mit ihr, und zugleich konnte er sich seine Zukunft doch nur ohne sie vorstellen.

Eines Tages im März schließlich schien sie aus ihrer Erstarrung zu erwachen und verlangte nach einem Pferd.

»So viele unserer Hoffnungen sind dahingegangen… Komm, reit mit mir aus, willst du? Die Waldluft wird mir gut tun.«

Nach und nach begann sie wieder, ein aktives Leben zu führen. In Begleitung von Felix besuchte sie ein Konzert Niccolò Paganinis:

»Das ist endlich etwas Neues«, dachte sie. »Diese verzweifelte Musik steht in vollkommenem Einklang mit meiner Gemütsverfassung, aber sie treibt mich wieder an den Rand des Abgrunds, ich fühle mich noch so schwach.«

Sie beschloß, den äußeren Rahmen ihres Lebens zu ändern, sie ertrug ihre Umgebung nicht mehr. Sie begann mit ihrem mit gelbem Damast ausgeschlagenen Zimmer und verwandelte es in einen türkischen Salon. Dann legte sie eine breite, dicke Matratze auf den

Fußboden und darüber eine Kaschmirdecke. An die Wand lehnte sie unzählige Kelimkissen. Indischer Musselin, mit Perlentaft gefüttert, wurde an den Wänden entlang gespannt, und sie hängte exotische Landschaften mit rauschenden Brunnen und Palmenhainen, in denen manchmal ein Araberhengst tänzelte, auf.

Felix war schockiert über dieses Lager auf dem Fußboden und wurde dadurch nur in seinem Glauben bestärkt, Jane habe nun wirklich den Verstand verloren.

Sie dachte nur noch an Byron, an Griechenland, an die Erorberung Algeriens, der Orient zog sie an, als könnte sie von ihm das Heil erwerben – das brachte ihre Gedanken nun wieder auf das traurige Schicksal ihres Vetters Henry Anson, der vor drei Jahren bereits in Aleppo gestorben war, und sie beweinte ihn von neuem. An ihrem Geburtstag hatte Jane das Gefühl, hundert Jahre älter geworden zu sein: Sie war vierundzwanzig geworden, und niemand hatte daran gedacht. Das ganze Leben liegt noch vor mir, dachte sie, und bei dieser Aussicht krampfte sich ihr das Herz zusammen.

»Felix sollte sich freuen über meine Einfälle. Und dennoch! Er gerät ins Schwärmen vor den Odalisken von Delacroix, bleibt aber ungerührt, wenn ich ihn bei mir in den Orient entführe. Vor einem Jahr noch wäre er begeistert gewesen.«

Wieder zwang sie sich, zu empfangen. Bücher, Malerei, Musik, Pferde –, über alles wollte sie auf dem laufenden sein. Man sah sie bei Hope, einem Bankier englischer Herkunft, dem Schwiegersohn von General Rapp, der in Paris ein Leben in Luxus führte und viele Leute empfing. Honoré de Balzac war ganz hingerissen von ihr, sie hingegen fand ihn zu dick und zu häßlich, als daß sie mehr als Interesse für ihn empfunden hätte. Mittwochs sah man sie bei Baron Gérard, bei Madame Ancelot, bei Olympe Pélissier in ihrem Schloß in Ville d'Avray. Jane ging wieder aus, und mit dem gesellschaftlichen Leben kehrte ein wenig von ihrer Lebensfreude zurück.

Man empfing sie voller Neugier. Sie hatte zwar die Skandalchroniken zur Genüge gefüllt, aber ihr Unglück war doch allgemein auf Anteilnahme gestoßen. Einige hatten sie im Theater oder im Konzert gesehen, immer in Begleitung ihres Prinzen. Es umgab sie bereits die Aura einer legendären Frau, einer romantischen Heldin, die, wie es dem Geist dieser Zeit entsprach, bereit war, alles für die Leidenschaft zu opfern, ein ewiges Opfer menschlicher Grausamkeit und Selbstsucht. Ihre Schönheit und ihre Haltung zogen die Männer an, während die Frauen eifrig bestritten, sie zu fürchten. Man hörte zwar nicht auf, hinter ihrem Rücken über sie zu tuscheln, aber es stand außer Frage, daß sich in den Salons alles um sie drehte. Sogar ihre Liaison war allgemein anerkannt, und das allein genügte vielen, um sie zu bewundern. Lady Jane war die Frau, die gewagt hatte, was sonst keiner wagte.

Felix verübelte ihr ihren Erfolg. Beachtete man sie nicht, so gehörte sie ihm, wurde sie gefeiert, so entglitt sie ihm. Er wollte sie unterwürfig, wollte höchstens ein paar Diplomatenfreunde und Musiker akzeptieren. Immer öfter kam er ihr nun mit Vorwürfen, und Jane antwortete ihm mit Zornesausbrüchen.

Die Auseinandersetzungen an der Place du Palais Bourbon wurden heftiger und heftiger, Felix' Gefühle verstrickten sich mehr und mehr zu einem Knäuel von Widersprüchen. Gewissensbisse quälten ihn, denn er wußte wohl, daß er sie ungerecht behandelte, doch zum anderen konnte er sich nicht verleugnen, daß für ihn die Liebe nichts so Unbedingtes, Schrankenloses war, daß also die Liebe immer nur einen Teil seines Lebens würde ausfüllen können.

Seine Familie rief ihn nach Böhmen, er war so feige, diesen Vorwand zu ergreifen. In Wirklichkeit brannte er darauf, Höheres zu erreichen: Angezogen von den Aussichten, die sein Ehrgeiz ihm vorgaukelte, fühlte er sich durch die Erinnerung an seine Leidenschaft wie am Boden festgehalten.

»Die Liebe hat noch nie über Schicksal und Ruhm entschieden«, sagte er sich, während er mit großen Schritten auf und ab ging. »Ich liebe sie, das ist mein Schicksal. Und doch erregt ihre bloße Anwesenheit in mir ein unerträgliches Gefühl von Schuldbewußtsein. Besser, ich ergreife vorerst die Flucht und nehme ohne zu zögern den Posten an, den Metternich mir anbietet. Wahrscheinlich brauche ich vor allem ein wenig Ruhe, um mir Klarheit zu verschaffen, und eine neue Umgebung, um zu vergessen.«

Von heute auf morgen beschloß Felix abzureisen. Er schrieb ihr aus Böhmen. Er beabsichtige nicht, mit ihr zu brechen, seine Tochter gehöre ihm, er wolle nur einfach etwas Abstand gewinnen. Eine Aussprache wäre über seine Kräfte gegangen, nur Prinz Schönburg und Dietrichstein hätten über seine Abreise Bescheid gewußt.

Nach einer Woche erfuhr Jane zufällig die Wahrheit. Sie konnte es kaum glauben. Erniedrigung, Wut, sie wußte nicht, welches Gefühl in ihr stärker war. Nichts schien ihr diesen elenden Verrat entschuldigen zu können. Gewiß, sie leugnete gar nicht, daß sie eifersüchtig und besitzergreifend war – aber wohl doch mit Recht? Nichtsdestotrotz hatte sie stets Szenen vermieden. Hatte sie ihn etwa einmal darum gebeten, sie zu heiraten? Sie war es, die alle Risiken auf sich genommen hatte, ohne irgend etwas dafür zu fordern. Keinen Vorteil, keine Garantie. Sie war erstaunt darüber, daß in ihren Augen diese Verbindung mehr Gewicht gehabt hatte als eine Ehe.

Sie hatte ihm doch ihr Leben und zwei Kinder geschenkt!

Sie blieb zu Hause, versuchte zu begreifen. Prinz Schönburg und Graf Dietrichstein kamen, um sie zu trösten. Aber sie wollte nichts hören.

Auf den Fenstern leuchtete die Sonne, das Gezwitscher der Vögel schien sie zu verspotten. Sie schrieb an ihre Mutter. Zum ersten Mal bat sie um Hilfe. Sie hatte verloren, sie wußte, daß sie besiegt war, sie bat um Verzeihung, gelobte, von nun an immer gehorsam zu sein, nie mehr dem Ruf ihres Herzens zu folgen.

Lady Digby antwortete umgehend. Sie konnte nicht nach Frankreich kommen, doch wollte sie sich mit ihrer Tochter in Dover treffen. Noch durfte Jane nicht nach London zurückkehren, ihr Vater würde sie schlecht aufnehmen, und Edward würde wütend sein, wenn er erführe, daß sie in England sei. Steely würde Lady Digby begleiten. Zusammen wollten sie dann entscheiden, welche Lösungen man ins Auge fassen könnte.

Vierter Teil

1831 - 1832

1

Jane fühlte sich allmählich ruhiger werden. Länger als eine Woche war sie nun schon in München, langsam verlief ihr Leben wieder in geordneten Bahnen. Niemals war ihr eine Stadt so schön vorgekommen.

Die Luft war klar und mild, von einer flimmernden Leichtigkeit. Die junge Frau blieb auf dem Max-Joseph-Platz stehen, betrachtete die rot, grün und hellblau getünchten Gebäude. Alles war neu und heiter wie eine Theaterkulisse, allerdings eine unvollendete Kulisse. Die königliche Post war noch von Gerüsten umstellt, die teilweise die blutrote Farbe zwischen den gelben Säulen verdeckten. Am Odeon erstrahlte der klassische Giebel in einem Fresko aus Rosa und Blau. Für das im Stil des Palazzo Pitti in Florenz erbaute Königsschloß hatte man einen schönen, gleichmäßig zartgrünen Farbton gewählt.

Auf der gegenüberliegenden Seite des Platzes verbreiterte sich die staubige Straße, führte an einer anderen Fassade des Schlosses entlang, der zwei Bronzeportale eine großartige Wirkung verliehen. Jane folgte mit den Augen der Flucht moderner Wohnhäuser und schaute auf ein großes Gebäude, in dessen Erdgeschoß Läden untergebracht waren, die zum Park hin eine Galerie bildeten. Cafés, Modegeschäfte, Juweliere, Buchläden wechselten sich entlang der mit Fresken verzierten Arkaden ab; hier fand man die heroischen Taten Bayerns im Bild zur Schau gestellt und konnte sich einmal mehr von der Freude des Dichterkönigs an der Malerei überzeugen.

Jane ging ins Tambosis, wo sie auf Gabrielle Erskine warten sollte. Es gab nichts in der ganzen Stadt, was mit diesem Ort zu vergleichen gewesen wäre. Schauspieler, Musiker, Maler, Schriftsteller, Studenten, Offiziere und Ausländer gaben sich hier bei einem

Glas Bier oder Frankenwein ein Stelldichein und trugen zu dem Trubel, den die Jeunesse dorée der Stadt verursachte, kräftig ihr Teil bei. Manche spielten Karten, andere Billard, die meisten aber taten gar nichts.

Jane ließ ihren Blick rasch über die Gäste gleiten, und da sie ihre Freundin nicht entdecken konnte, setzte sie sich draußen an einen kleinen, grüngedeckten Tisch unter die Kastanienbäume.

Sie hatte das Gefühl, daß man in dieser neuen Stadt gut leben konnte. Nach langen Beratungen in Dover war die Wahl auf München gefallen. Das war der ideale Ort, er lag nicht zu weit von Böhmen entfernt, und Felix konnte ohne Schwierigkeiten zu ihr kommen, außerdem lag München auf der Strecke nach Berlin, wohin er gerade berufen worden war. Der Prinz hatte ihr nichts versprochen, aber in seinen verworrenen Briefen schrieb er ihr, daß seine Zukunft zu ungewiß sei und er sie noch um ein wenig Geduld bitte.

Die Freundlichkeit, mit der man ihr seit ihrer Ankunft hier begegnet war, ließ sie die vergangenen beiden schrecklichen Monate etwas vergessen. Lord Erskine, der englische Botschafter am bayerischen Hof, hatte Jane und Didi auf die Bitte von Lady Digby, einer Freundin aus alten Zeiten, in sein Haus aufgenommen.

Gabrielle Erskine, seine Tochter, betrat in Begleitung eines jungen Mannes das Tambosis und stürzte sich in Janes Arme: »Ich habe Sie warten lassen. Dafür habe ich Ihnen den Schuldigen gleich mitgebracht: Baron Karl von Venningen. Er ist der beste Reiter im ganzen Reich. Sie müssen ihn unbedingt kennenlernen.«

Gabrielles Überschwenglichkeit versetzte Jane immer wieder in Erstaunen. Aber Karl war in der Tat ein außergewöhnlich schöner Mann: das Gesicht ein wohlgeformtes Oval, die Haare dicht und dunkelblond, blendend weiße Zähne. In seinen Zügen und seiner ganzen Haltung lag etwas überaus Verfeinertes, Aristokratisches, er strahlte Jugend und Offenheit aus. Wenn er lächelte, bildeten sich Fältchen um seine Augen, und sein schmales Gesicht wurde ganz jungenhaft. Seine Schüchternheit und seine großen, kräftigen Hände, die in seltsamem Gegensatz zu seinem schlanken Körper standen, gaben ihm einen ganz eigenen Reiz – Jane fand ihn schlicht entwaffnend.

Gabrielle zog ihn am Ärmel seiner Samtjacke auf einen Stuhl, wobei sie neugierig seine Reaktion beobachtete.

Anscheinend konnte Jane ihre Gedanken lesen, denn plötzlich wandte sie sich ab, um nach der Ursache des unruhigen Treibens, das man nun vom Eingang zu den Arkaden her vernahm, zu forschen.

»Der König macht seinen Besichtigungsrundgang«, sagte Gabrielle, »wir wären beinahe nicht bis hierher durchgekommen. Man kam keinen Schritt vorwärts.«

»König Ludwig hat die ärgerliche Angewohnheit, allein spazierenzugehen, womit er unvermeidlich in seinem Kielwasser, wenn man so sagen darf, eine neugierige und begeisterte Menschenmenge in respektvoller Entfernung hinter sich herzieht«, sagte Karl von Venningen bedächtig.

»Wir wollen unsere Schleier heben, damit wir weniger auffallen. Ich glaube, er wird von Leo von Klenze begleitet.«

Gabrielle rutschte auf ihrem Stuhl hin und her, um besser sehen zu können.

Der König – ein magisches Wort. Alle Blicke wandten sich ihm zu. »Seine Majestät« kam näher, in Begleitung des obersten Hofarchitekten, und prüfte Stuck, Fresken und Gerüste; von Zeit zu Zeit blieb er stehen und sagte ein paar Worte – sofort erstarrte auch die schweigende Menge, bevor sie sich wieder im Rhythmus des königlichen Schrittes in Bewegung setzte.

Wie alle Gäste im Tambosis sah auch Jane ihm entgegen. Das Stimmengewirr war verstummt, alles drängte sich am Eingang, um ihn vorbeigehen zu sehen. Die beiden jungen Frauen, die in der ersten Reihe saßen, erhoben sich, um in einen raschen Hofknicks sinken zu können, wie es die Etikette vorschrieb.

Ludwig I. von Bayern, dessen blondes Haar in der Sonne leuchtete, blieb vor dem Café stehen, um die Fresken längs der Mauer zu betrachten. Er war mittelgroß, erschien wohlproportioniert, mit aufrichtigen, durchdringenden grauen Augen. Ungefähr fünfundvierzig Jahre alt, schätzte Jane. Ein intelligenter, verständiger Ausdruck spielte über seine regelmäßigen Gesichtszüge. Seine Gesten mochten etwas abrupt, ja sogar leicht mechanisch wirken, doch spiegelte sich in ihnen deutlich das Interesse wider, das er diesen Arbeiten entgegenbrachte. Er war für alles sehr aufgeschlossen, und Jane hatte gehört, abgesehen von Kunst, interessiere er sich nicht zuletzt auch leidenschaftlich für Frauen. Aus diesem Grund, so hieß es, forderte er sie im Vorübergehen auch auf, ihre Schleier zu lüften, damit er sie besser bewundern konnte. Wenn sie ihm nicht Folge leisteten, warf er ihnen liebenswüdig ihren Mangel an Etikette vor. Da er eine kräftige Stimme hatte, zogen es die Frauen vor, sich an diese Regel zu halten.

Der König kommentierte geistreich die Malereien auf der angrenzenden Arkade. Er ging ein paar Schritte, warf einen zerstreuten Blick auf die sich neigenden Köpfe, als ihm plötzlich das strahlende Blond von Janes Haaren, die ein kleiner Hut kaum verbarg, in die Augen stach. Er blieb stehen und hob die Brauen. Eine unbekannte Frau!

Ihre Blicke kreuzten sich einen winzigen Augenblick lang. Jane schlug sofort wieder die Augen nieder, so peinlich berührt war sie von der Intensität, mit der der König sie musterte. Sie war an Ehrungen gewöhnt, doch in aller Öffentlichkeit auf eine so wenig diskrete Art abgeschätzt zu werden!

Sie wandte sich ab und unterhielt sich mit Karl von Venningen, als ob der König nicht mehr da wäre. Das Schicksal gewährt bisweilen Aufschub, bevor es seine Opfer endgültig heimsucht. Innerhalb einer halben Stunde hatte Jane im Gemüt des Barons und in dem des Königs eine Verwirrung angerichtet, deren Folgen sie nicht ermessen konnte.

Wie vom Blitz getroffen durch soviel geheimnisvolle Schönheit wagte der König – ganz entgegen seinen sonstigen Gepflogenheiten – es nicht, sich der kleinen Gruppe zu nähern. Er schien wie verstummt und lauschte zerstreut den Ausführungen seines Architekten Leo von Klenze, so fasziniert war er von dieser Unbekannten, die alle anderen überstrahlte.

Mit einer Handbewegung rief er einen seiner Polizisten zu sich und bat ihn, »der jungen Frau in dem blaßblauen Kleid« zu folgen und so schnell wie möglich herauszufinden, wer sie war. Dann schritt er schnell davon, nicht ohne versucht zu haben, die Aufmerksamkeit der gleichgültigen Schönen wenigstens noch einmal auf sich zu ziehen.

Venningen, von eher ruhigem Naturell, hatte Mühe, seine Verwirrung zu verbergen. Er schaute Jane an. Voll glücklicher Gewißheit gelobte er sich, sie bis ans Ende seiner Tage zu lieben und sie zu heiraten, ob sie es wollte oder nicht.

»Jane, meine Liebe«, sagte Gabrielle Erskine mit leiser Hochachtung in der Stimme, »haben Sie die Erregung des Königs bemerkt? Ich sehne mich danach – und Ihnen ist es soeben gelungen! Er wird Sie von nun an nicht mehr in Frieden lassen!«

»Ach was...«

Jane lächelte Venningen an: »Ich würde gerne mit Ihnen ausreiten, morgen?«

»Mein bestes Pferd im Stall steht zu Ihrer ausschließlichen Verfügung, Mylady«, erwiderte der Baron eifrig.

»Aber nun wollen wir erst einmal essen gehen. Ich habe schrecklichen Hunger.«

Gabrielle gab damit das Zeichen, und sie gingen zum Büffet.

Mit dieser unbewußten, weiblichen Ungezwungenheit, durch die die Frauen häufig den Eindruck erwecken, sie besäßen weder Verstand noch Moral, mahnte Jane den jungen Mann: »Nehmen Sie sich in acht, mein Herr, Reiten ist für mich eine Notwendigkeit, nicht nur ein Vergnügen.«

»Ich verstehe Sie sehr gut, ich teile Ihre Leidenschaft. Wir könnten am linken Isarufer entlang zum Englischen Garten reiten.«

»Ich komme mit«, sagte Gabrielle, »dann können wir auf dem Kleinhesseloher See Boot fahren. Ist morgen nicht Mittwoch? Dann können wir abends wieder hierherkommen und der Militärkapelle zuhören. Ihr werdet sehen, das wird ein wunderschöner Tag.«

Gabrielle Erskine war nicht sehr viel älter als Jane. Über ihrem heiteren und zärtlichen Naturell, der Anmut ihres Halses, ihren prallen, festen Lippen und ihren schwarzen Augen vergaß man leicht die Plumpheit ihrer Züge, zumal auch sie einer gewissen Vornehmheit nicht entbehrten. Lebhaft und intelligent, wie sie war, hatten sich die beiden jungen Frauen auf Anhieb gut verstanden.

Mit ihrer üblichen Offenheit hatte Jane ihr von ihrem Leben erzählt, und Gabrielle, betroffen von so viel Standhaftigkeit, hatte sich geschworen, sie von ihrer Liebe zu Prinz Schwarzenberg abzubringen. Sie verurteilte ihn bereits mit aller Strenge. Gut, die Liebe kann erlöschen. Aber ein so reizendes Wesen feige zu verlassen und sie auf eine Wiederbegegnung hoffen zu lassen, die nie stattfinden würde, das war ganz einfach empörend! Dieser ewige Kampf zwischen Liebe und Unabhängigkeit... für sie war Jane die Verkörperung der Romantik, sogar darin war sie einzigartig. Es war unnötig, sie beschützen zu wollen, die Zeit, neue Freunde, ja das Leben selbst würden sie letztlich lehren, daß allein das Vergessen das Leben zu bewältigen erlaubte.

Der Himmel war strahlendblau über dieser friedlichen, offenen Stadt, der improvisierten Hauptstadt eines jungen Königreiches, die einer antiken, zu griechischen, zu römischen Kulisse glich. Jane war beinahe glücklich und hatte zur Zeit keine andere Sorge, als ein Haus zu mieten, damit sie Lord und Lady Erskine, trotz deren Einwände, nicht zu lange zur Last fiel.

Endlich gelang es ihr, das Exil und das Gefühl von Groll, das die Gesellschaft und ihre Gesetze in ihr geweckt hatten, zu vergessen. Sie fürchtete die Einsamkeit nicht mehr und auch nicht die Schande. Im Augenblick jedenfalls hatte sie mit all dem nichts mehr zu schaffen, sie war neu wie dieser Teil der Stadt. Didi lief jetzt endlich, mit schwankenden Schritten, und forschte in den Blicken unaufhörlich nach Anerkennung. Mit ihren rabenschwarzen Haaren glich sie Felix sehr, doch die hellen Augen, die in seltsamem Kontrast zu ihrem matten Teint standen, hatte sie von ihrer Mutter. Jane schenkte ihr all ihre Zärtlichkeit, eine von Unruhe erfüllte Zärtlichkeit, denn sie mußte ständig an ihre beiden Söhne denken. Ihre Mutterliebe machte sie linkisch und unsicher, sie hatte Angst davor, leiden zu müssen.

sie ihre Meinung. Welch eine Anmaßung, auch nur einen Augenblick lang zu denken, Seine Majestät habe die Absicht, ihretwegen hierher zu kommen. Sie ärgerte sich über sich selbst, fand sich töricht und beschloß zu bleiben.

»Wir haben keine Zeit mehr zu verlieren«, befand Lady Erskine. Sie gab ihrem Sekretär und ihren beiden Attachés Anweisungen. Jane und Gabrielle boten ihre Hilfe an.

»Nein, nein, ruht euch aus, amüsiert euch, das paßt besser zu eurem Alter. Ich gehe jetzt aus, um Blumensträuße in Auftrag zu geben, der König ist ganz verrückt danach, das ganze Schloß ist voll davon.«

»Lieber Himmel! Beruhigen Sie sich! Wir haben noch einen ganzen Tag Zeit.«

»Ich bin ganz entzückt von dieser Gelegenheit, Sie ihm vorstellen zu können«, wandte sich Lord Erskine an Jane. »Der König von Bayern ist ein Dichter, ein Künstler, ein sensibler Mann. Er besitzt wundervolle Sammlungen. Ich hatte Gelegenheit, den Schatz der Wittelsbacher zu bewundern, Sie können sich die darin enthaltenen Kunstschätze gar nicht vorstellen... Als Sammler haben die bayerischen Kurfürsten über die Jahrhunderte hinweg unvergleichliche Schätze zusammengetragen. 1771 wurde nach dem Erlöschen des älteren Zweiges die pfälzische Linie Bayern angeschlossen, und nach deren Erlöschen die Zweibrückener Linie. Die Sammlungen von Düsseldorf, Mannheim und aus Schloß Karlsberg datieren alle aus dem 18. Jahrhundert. Sie sind nach München überführt und in die Sammlungen, die hier bereits bestanden, eingegliedert worden. 1806 ernannte Napoleon Bayern zum Königreich, und so kamen zu diesem immensen Reichtum noch die neuen königlichen Insignien hinzu. Seine Majestät trägt im übrigen nach wie vor unermüdlich Kunstschätze zusammen, und meiner Meinung nach hat es seit den Medicis keinen größeren Mäzen mehr gegeben.«

Dann fügte er hinzu: »Sie sollten einen unserer Attachés bitten, Sie einmal in die Residenz zu begleiten. Die Besucher haben Zutritt zu den einzelnen Sälen, natürlich nur zu denen, die Seine Majestät nicht bewohnt.«

»Wir werden sehen, irgendwann in den nächsten Tagen vielleicht«, antwortete Jane ausweichend den jungen Leuten, die ihr sofort im Chor ihre Begleitung angeboten hatten.

Als sie wieder auf ihr Zimmer ging, gestand sich Jane, daß es ihr so unangenehm nicht war, dem König zu begegnen. Als Kunstmäzen und gutunterrichteter Sammler würde Seine Majestät wahrscheinlich ein bezaubernder Unterhalter sein, und sie merkte, daß sie schon lange keine vergleichbare Neugier mehr empfunden hatte.

Mit einem Mal mußte sie lachen, ein leises, fröhliches Lachen. Die Weissagung Mlle Lenormands fiel ihr ein: »Sie werden drei Königen den Kopf verdrehen«, hatte ihr die Wahrsagerin, die sie vor ihrer Abreise aus Paris in der Rue Tournon aufgesucht hatte, prophezeit.

Wahrscheinlich, weil ich so verzweifelt war, dachte Jane. Ich habe glücklicherweise einen zu gesunden Menschenverstand, um an solch dummes Geschwätz zu glauben. Aber seltsam ist es doch: Damals, während meiner Flucht mit Johnny, hat mir die Zigeunerin schon einmal das gleiche geweissagt. Zweimal! Da nichts davon jemals eintreffen wird, sei es uns doch erlaubt, ein wenig zu träumen!

2

Ungefähr ein Monat war vergangen. Jane wohnte nun in einem der schönsten Häuser am Max-Joseph-Platz. Sie hatte schnell eine große und helle Etage für eine lächerlich geringe Miete gefunden und gewöhnte sich langsam an ihr neues Leben.

Um diese Tageszeit schien die Sonne durch das Fenster und drang durch die purpurroten Taftvorhänge. Sie setzte Janes Haare in Flammen, warf einen Schatten über ihr Gesicht und entzündete so in ihren Augen einen gefährlichen Glanz, der ihr ausnehmend gut stand. Sie trug ein blaues Kleid, von einem zarten Irisblau, das sich abhob gegen den dunklen Anzug des Königs. Eine unwiderstehliche Anziehungskraft, gestand sich Gabrielle, ging von dieser strahlenden Frau aus, die sich nun auf dem Gipfel ihrer Schönheit befand. Wenn man sie so neben diesem eleganten und geistreichen Mann sah, der in sich selbst schon Macht und Stärke symbolisierte, spürte man das Schicksalhafte ihrer Verbindung. Es lag etwas Köstliches, Friedvolles in der Luft, die Zeit schien innezuhalten, wie in einem Wachtraum.

Gabrielle Erskine wagte keine Bewegung und sagte kein Wort, aus Angst, den Zauber zu brechen.

Der König war völlig verwandelt. Der ›verliebte König‹, wie seine Vertrauten ihn bereits nannten, so verliebt, daß er noch nicht einmal mehr die Ungeduld zu verbergen suchte, mit der er diese Begegnung herbeisehnte.

Seit Jane in diese Wohnung gezogen war, besuchte der König sie jeden Tag und schickte ihr jeden Morgen einen Brief, ein Gedicht oder ein Buch, das sie sorgfältig aufhob.

In ihrer gewohnten Offenheit hatte Jane ihm schon bei ihrer ersten Begegnung die Umstände, die sie nach München geführt hatten, geschildert, ihre Hoffnung, hier Prinz Schwarzenberg, den sie immer noch liebte, wiederzutreffen. Nachdem die Situation so geklärt war, verbeugte sich der König, nahm Anteil an ihrem Schicksal und verliebte sich nur um so heftiger in diese junge Frau; er betrachtete sie, die genauso romantisch war wie er selbst, mit ständig wachsendem Interesse. Er verstand sie, er beneidete sie darum, daß sie die Freiheit gewählt hatte, obwohl die Gesellschaft sie dafür verdammte. In seinen Augen verdiente sie größere Achtung als andere, die sich anscheinend untadelig benahmen. Und sollte es jemand wagen, sie zu verurteilen – er wäre da, um sie zu beschützen.

Er war seit etwa zwanzig Jahren mit der Prinzessin Theresa von Sachsen-Hildeburg-Hausen, die ihm sieben Kinder geschenkt hatte, verheiratet, und eben hatte er das Mittel gefunden, mit ihr Streit zu bekommen.

Dabei stand die Königin jedoch in dem Ruf, eine der gebildetsten Frauen in Europa zu sein: Sie malte, musizierte, sprach mehrere Sprachen mit der gleichen Vollkommenheit, alle fanden sie liebenswürdig und bezaubernd. Aber ihre liberalen Ansichten störten den König. Zum ersten Mal in ihrem Leben hatte sie die Kühnheit besessen und den Versuch unternommen, die repressive Politik ihres königlichen Gemahls zu mäßigen. Seit den Revolutionen in Paris und Brüssel hatte Ludwig I. nämlich, da er ähnliche Aufstände in Bayern fürchtete, ein strenges Überwachungssystem eingeführt. Der König blieb fest in seinen Entschlüssen, war erzürnt über seine Frau und erklärte in aller Offenheit, sie würde »genauso lästig wie eine Bürgerliche«. Die wütende Königin hatte sich darauf in einen Flügel des Schlosses zurückgezogen, während ihr Gemahl begann, jungen Frauen, hauptsächlich Schauspielerinnen, nachzustellen. Wenn die Königin darüber verärgert war, so ließ sie sich jedenfalls nichts anmerken. Im Gegenteil, als sie von der Leidenschaft des Königs für die schöne, aristokratische und zudem noch intelligente Lady Ellenborough erfuhr, zog sie es vor, ihren Groll zu vergessen und eine Versöhnung herbeizuführen. Sie wurden Freunde, und die Königin begnügte sich, da sie seine Leidenschaft verloren hatte, mit diesem Gefühl. Sie hatte wieder ihren Platz eingenommen, wenn schon nicht im Herzen des Königs, so doch wenigstens bei offiziellen Anlässen, und so zeigten sich der König und die Königin auch zusammen auf dem Oktoberfest.

Dennoch bedauerte es der König, Jane nicht bei Hof einführen zu können – ihr Status als Geschiedene ließ dies nicht zu –, denn trotz seiner Autorität konnte er es sich nicht erlauben, die Konventionen zu übertreten. Nichtsdestoweniger verlangte er von Jane, sie solle die Etikette vergessen.

»Zwischen uns darf es keine Schranken geben, Sie besitzen meine Freundschaft und all meine Achtung. Wir sind uns zu ähnlich, um einander Komödie vorzuspielen. Ich bitte Sie, mich bei meinem Vornamen zu nennen. Wenn Sie das verlegen macht, so verwandeln Sie ihn einfach in ›Lewis‹.«

»Das könnte ich nie, das erschiene mir zu vertraulich. Ich werde Sie ›Basily‹ * nennen, weil Sie mein Gebieter sind, aber auch weil der Name in dieser Form liebenswert klingt. So kann ich Sie immer mit einem königlichen Titel anreden, der doch nur mir ganz allein gehört.«

Der König zeigte ihr seine Pläne, erklärte ihr bis in alle Einzelheiten

* Basileus: griechischer Ausdruck, der »König« bedeutet.

den Bau von Monumenten, seine Erweiterungsprojekte: »Eines Tages könnten hier Häuser stehen. Die Pläne sind gerade erst eingezeichnet, die Straßen nur angedeutet. Die Grundstücke sind praktisch umsonst zu haben. Ich will eine heitere Stadt bauen. Schon immer haben mich Griechenland und Italien fasziniert, deshalb will ich lebhafte Farben, wie in Pompeji, Sonnenfarben für dieses neblige Land.«

»Früher«, vertraute ihm Jane an, » – »heute zählt die Zeit nicht mehr für mich – hatten wir auf Holkham antike Sammlungen, denen ich kaum Beachtung schenkte. Aber die Freude daran muß doch verborgen in mir stecken, denn dank Ihnen fühle ich, daß sie wiederbelebt wird.«

»Die Zeit zählt nicht mehr für Sie! Was muß man sich nicht alles anhören, und dabei bin ich halb taub!«

Ludwig I. war beinahe taub, deshalb sprach er immer sehr laut, in gemessenen Sätzen mit bedachtsam gewählten Wörtern, die er deutlich aussprach. Jane war dies immer ein wenig peinlich, denn sie hatte das Gefühl, daß diese Stimme und die ihre, die sie auch ein wenig heben mußte, durch die Mauern drangen, die Treppe hinunter bis auf den Platz schallten, und die Ohren der braven Münchener Bürger erreichten.

Für diese gab es keinen Zweifel, die schöne Engländerin war die Favoritin. Jane war die einzige, die das noch nicht wußte...

Felix hatte sein Kommen für Ende des Monats zugesagt, sie wartete auf ihn, glücklich und friedlich. Karl von Venningen ritt jeden Tag mit ihr aus und manchmal auch an den Abenden, an denen der König keine Ausfahrt mit ihr machen konnte.

Da der Baron Janes Zuneigung zu ihrem Prinzen kannte, hatte er sich geschworen, demütig, treu und rettungslos verliebt, wie er war, die nötige Zeit abzuwarten. Dieser schöne junge Mann mit seiner ruhigen Stärke und mit dem Aussehen eines Dichters war der Erbe einer Adelsfamilie, deren Ursprünge auf das 11. Jahrhundert zurückgingen. Er besaß beachtliche Besitztümer in Baden, Hessen-Darmstadt und Bayern, er war eine gute Partie, um die junge Mädchen – und vor allem ihre Mütter – seit langem schon wetteiferten. Jane fühlte sich in seiner Gesellschaft frei und glücklich; von all ihren Bewunderern war ihr Venningen am liebsten. Der König war etwas anderes, er vertrug keinen Vergleich: Der einzige benennbare Unterschied bestand darin, daß er sie zu seiner Mätresse machen wollte und Venningen sie zu seiner Frau. Alle beide wachten also eifersüchtig über sie, hörten ihr geduldig zu und warteten darauf, wie sich die Begegnung mit Schwarzenberg gestalten würde, wobei sie im Grunde beide der Überzeugung waren, daß ein Mann, der eine so einzigartige Frau verlassen hatte, bestimmt auch fähig war, nicht mehr zurückzukommen.

Der König schlug Jane vor, »ihren Prinzen« in Schloß Berg am Ufer des Starnberger Sees zu empfangen.

Dieses schöne Schloß, eines der zahlreichen Besitztümer der Wittelsbacher, lag ungefähr dreißig Kilometer von München entfernt in einer bezaubernden Umgebung. Jane würde dort ihre Ruhe haben, sie würde Didi mitnehmen, und beide könnten sie in aller Ruhe die Ankunft von Felix abwarten.

Karl von Venningen bot ihr an, sie zu begleiten.

»Haben Sie keine Angst«, sagte er zu ihr, »ich werde bei Freunden wohnen, in Tutzing. Niemand wird etwas von Ihrer Anwesenheit ahnen, aber ich wäre doch beruhigt.«

»Wäre das auch vernünftig? Nein... bleiben Sie hier, ich werde schon alleine zurechtkommen. Ich frage mich bereits, wie Felix reagieren wird, wenn er sieht, daß der König mir sein Schloß geliehen hat. Eigentlich ist das ja die beste Lösung, so sind wir vor neugierigen Blicken geschützt... Es wäre sicher falsch, den Prinzen in München zu empfangen...«

»Sie erraten meine Gefühle. Ich bin besorgt, wegen Ihnen ebenso wie wegen mir.«

»Sie haben keinen Grund dazu«, erwiderte Jane lebhaft.

»Sie irren sich! Bevor Sie fahren, sollen Sie wissen: Ich bin nicht der Mann, der sich leicht verliebt. Wenn es sein muß, werde ich mein ganzes Leben lang auf Sie warten.«

Jane wäre es lieber gewesen, er hätte nichts gesagt. Ein Anflug von Traurigkeit glitt über ihr Gesicht.

»Ich liebe einen anderen«, sagte sie, »und Sie wissen es, ich habe es Ihnen nicht verschwiegen. Sie sind verliebt! Sind Sie es wirklich?«

Sie sagte diese Worte mit der grausamen Naivität und der herausfordernden Anmut glücklicher Frauen.

Karl von Venningen lächelte, wie er noch niemals gelächelt hatte – es lag Achtung in dem Blick, mit dem er sie anschaute, aber auch eine Herausforderung, eine ansteckende Verwirrung, die so heftig war, daß Jane sich abrupt umdrehte, damit er nicht sah, wie sie errötete.

Sie ärgerte sich darüber, daß sie wie eine schwache Frau reagierte, sie, die sich seit einem halben Jahr erfolgreich gegen alle Versuchungen zur Wehr gesetzt hatte. In ein paar Tagen wird Felix bei mir sein, beruhigte sie sich, und alles kommt wieder in Ordnung. Er wird mir einen Antrag machen, ich nehme ihn an, und alles kann sich nur noch zum besten entwickeln.

Schließlich waren das doch nicht mehr bloß Wunschträume. Hatte er ihr in einem seiner Briefe nicht geschrieben, daß sich seine Familie langsam an diese Möglichkeit zu gewöhnen begann? Natürlich nur unter Schwierigkeiten, aber die Dinge kamen nun wenigstens ins Rollen. Sie gestand sich ein, daß sie dank des Drucks ihrer Mutter und auch des Königs ein würdigeres, und sicher auch ein geschickteres, Verhalten an den Tag legte, als wenn es nur nach ihr gegangen wäre, dann wäre sie jetzt schon längst in Wien oder anderswo, ständig schwankend in ihren Entscheidungen, ganz wie sie es in Basel erlebt hatte.

»Mein Vater wird bald die Annullierung meiner Ehe mit Edward erreicht haben, dann können die Schwarzenbergs mir nicht mehr vorwerfen, geschieden zu sein«, dachte sie. »Aber sie könnten mir immer noch Schwierigkeiten wegen meiner Religion bereiten!«

»Wenn ich dich nicht heiraten kann, werde ich keine andere Frau heiraten...«

Sie hatte diese Worte doch Schwarz auf Weiß gelesen, sie hatte sie doch nicht erfunden. Dann verschwammen ihr die Gedanken, und als sie sich langsam umwandte, war Karl immer noch da.

»Ich habe meine Entscheidung getroffen«, sagte er und stand auf.

»Ich fahre ohne Sie, aber ich werde an Ort und Stelle bleiben. Wenn Sie mich gerne sehen möchten, können Sie mich jeden Tag zwischen zehn und elf auf der Roseninsel treffen.«

Ohne ihre Antwort abzuwarten, grüßte Karl und zog sich zurück.

Das Licht dieses Tags erstrahlte in mildem Gold. Nur Felix fehlte, um ihr Glück vollkommen zu machen. Sie wußte, daß man sie gerade wegen ihrer leidenschaftlichen Liebe zu ihm in Ruhe ließ, sie bewunderte und achtete. Doch wenn Felix nun einen Vorwand fände, um ihre Begegnung hinauszuzögern? Gewaltsam schob sie diese Möglichkeit beiseite... Nein, das konnte nicht sein, sie hatten beide zusammen alles festgelegt, er das Datum und sie den Ort.

Jane betrachtete die riesige Vase, die mit weißen, von Ludwig geschickten Tuberosen gefüllt war; der schwere, starke Duft schwächte sie. Sie hob ihre Handarbeit auf, die ihr aus den Händen geglitten war, klingelte und fragte nach Didi.

»Mein bezauberndes kleines Mädchen«, murmelte sie, »wie hart wird dir mit meinen Abenteuern zugesetzt. Doch alles wird in Ordnung kommen, du wirst endlich deinen Vater wiedersehen. Du, du weißt noch von nichts.«

3

Endlos erstreckte sich der See, umgeben von Hügeln, in die sich kleine Dörfer mit tief heruntergezogenen Dächern schmiegten. In der Ferne säumten die Alpen den Horizont. Jane und Didi blieben einen Augenblick am Ufer stehen und sahen den Schwänen zu. Das kleine Mädchen stieß entzückte Schreie aus und stürzte auf sie zu.

»Nein, nein, Didi! Sei artig«, sagte Jane zärtlich.

Seit ihrer Ankunft versuchte Jane, ihre Erwartung in dieser eigentümlichen Landschaft, in der wunderlichen Düsternis des riesigen und einsam in einem unermeßlich großen Park gelegenen Schlosses zu unterdrücken. Ein leichter Novemberwind wirbelte die Blätter vor sich her und vergnügte sich damit, sie zu verfolgen. Jane sah sie tanzen, bevor sie langsam wieder auf den herbstfarbenen Boden niedersanken.

»Didi! Komm auf meinen Arm! Dann können wir schneller gehen!« Sie streckte die Arme aus und umfing das kleine Mädchen, das hell auflachte.

»Es ist Essenszeit, wir wollen den Hirschen Guten Tag sagen.«

»Hirsche, Hirsche«, lallte das Kind und zeigte mit dem Finger in Richtung des Geheges.

Jane lächelte bei dem Gedanken, daß Didi nun bald das Wort ›Papa‹ lernen durfte. Felix hatte es bisher verboten. »Erst wenn wir zusammen sind, früher nicht«, hatte er geschrieben.

Jane schaute ihre Tochter an und kniff die Augen zusammen; sie umarmte sie noch einmal. Als sie am Gehege waren, ging sie auf das kleine Haus zu, das als Futterstelle diente; die Hirsche flohen mit großen Sprüngen.

Didi stieß wilde Schreie aus.

»Sei still, du machst ihnen Angst! Du schreist wie eine Indianerin in Amerika... bitte Didi!«

»Wahrscheinlich war ich in dem Alter genauso«, dachte sie.

Jane entdeckte sich in ihrer Tochter wieder, sie stellte sich ihre eigenen Umtriebe vor, die Nachsicht ihrer Eltern. Eine Welle von Zärtlichkeit überflutete sie. Sie liebte ihre Eltern nun noch mehr, und doch bereitete sie ihnen nur Kummer. Es ist wohl unvermeidlich, sagte sie sich manchmal, daß man gerade die unglücklich macht, die einen lieben und die einen nur nach ihrem Bild sehen können oder wollen. Dabei habe ich doch nichts Schlimmes getan, bin nur meiner Wahrheit gefolgt. Der Haken ist nur, daß die Wahrheit der anderen ganz anders auszusehen scheint.

Emma erwartete sie vor dem Seiteneingang des Schlosses. Sie gingen durch lange Korridore, durchquerten Salons, bevor sie in einen Saal mit weißen und schwarzen Fliesen kamen, in dem ein großer Tisch für zwei gedeckt war. An der Wand befanden sich ordentlich aufgereiht zahlreiche Trophäen, Hörner und Geweihe auf ihren Schildern. Von der Mitte der Decke herab hing ein riesiger Leuchter aus Elchhörnern, die man auch an den Stühlen und Sesseln wiederfand.

Mutter und Tochter aßen mit gesundem Appetit.

»Es ist Zeit zum Mittagsschlaf. Ich vertraue sie dir an«, sagte sie zu Emma, die auf Didi aufpaßte.

Jane ging auf ihr Zimmer.

»Allein, endlich allein«, sagte sie sich.

Sie schaute durch das Fenster auf die Bäume und den See. Zuviel Hoffnung verspürte sie, zuviele Gefühle drangen auf sie ein, ihr Herz schlug heftig... Bald würde Felix da sein.

Sie setzte sich an den schweren Schreibtisch aus geschnitztem Ebenholz, holte ihr zartgrünes Briefpapier hervor, tauchte ihre Feder in die schwarze Tinte und schrieb ein Gedicht. »Ein Gedicht über das Warten auf Felix«. Sie wollte es in sein Zimmer legen. Gleich anschließend setzte Jane einen Brief an den König auf (man kann ihn heute noch im geheimen Hausarchiv in München einsehen).

»... was sollte ich nur ohne Sie machen? Die Zeit wird mir lang, und ich denke viel nach. Mein Leben hängt von diesem Augenblick ab; die einsamen Spaziergänge in Ihren Alleen bereiten mich darauf vor und geben mir die notwendige Kraft für diese Begegnung, die ich erhoffe und doch so sehr fürchte. Was immer auch geschieht, ich halte Sie auf dem Laufenden. Mein Vertrauen in Sie ist grenzenlos, Sie sind mein einziger Freund.

Ianthe.«

Das war der dritte Brief. Sie schrieb einen pro Tag, und der König antwortete darauf, indem er von München einen Kurier schickte, der im Galopp die Wälder durchquerte, die sie trennten. Jane wußte, daß Karl von Venningen sich in ihrer Nähe aufhielt, und sie hatte sich gehütet, ihn auf der Roseninsel, die sie von der Terrasse aus sehen konnte, zu treffen. Die Vorstellung, daß er auf sie wartete, ärgerte Jane; sie wollte allein sein.

Die Wildhüter standen zu ihrer Verfügung, um ihr die Umgebung zu zeigen und sie mit auf die Jagd zu nehmen. Auch bei den Pferden hatte sie nur die Qual der Wahl.

»Morgen werde ich Karl aufsuchen und ihn bitten, nach München zurückzukehren. Er muß mich in Ruhe lassen, seine Gefühle stören und verwirren mich zum jetzigen Zeitpunkt. Ich kann mich noch nicht einmal mehr aufs Lesen konzentrieren, und um draußen zu malen, ist es nicht mehr warm genug.«

Sie klingelte und befahl, einen der Holsteiner Hengste zu satteln. »Die Bewegung wird mir guttun. Ich hoffe doch, daß Felix nicht gerade jetzt ankommt.«

Nach einer Woche voller nervlicher Anspannung und endloser Spaziergänge, erhielt sie einen Brief von Felix. Er erklärte ihr wieder einmal, daß es ihm, so gern er sie sehen wolle, absolut unmöglich sei, zu kommen. Er habe schrecklich viel Arbeit, es sei ein äußerst ungünstiger Augenblick, um abzureisen. Er müsse ihr Treffen auf den Dezember verschieben.

Sie vermochte nicht weiterzulesen, sie hatte Angst, auf die so oft wiederholten Worte zu stoßen: er liebe sie... sie fehle ihm... er bäte sie von ganzem Herzen um Verzeihung... er schlüge ihr jedoch vor, in Augsburg auf ihn zu warten, wo sich Prinz Alfred Schönburg aufhielte.

Jane zerknüllte den Brief. Dieses Mal ging er zu weit. Sie hatte alles vorausgeplant, alles vorausgesehen, außer dieser Möglichkeit.

»Was ist er nur für ein Ungeheuer! Sein Brief ist kalt und feige, und doch nährt er zugleich weiter meine Hoffnung. Wenn man bedenkt, daß ich den Baron von Venningen weggeschickt habe!«

Blinde Wut befiel sie. Warum nur spielte ihr das Schicksal so übel mit? Dieses Mal kam sie sich endgültig verraten vor. Was würde er denn noch alles von ihr verlangen? Und dann die Schande! Sie so zu behandeln! Was sollten der König und Karl von ihr denken? Wie sollte sie sich jetzt noch verteidigen?

»Mir bleibt nur, zu sterben«, dachte sie.

Ohne zu überlegen stürzte Jane nach draußen, und wie gehetzt lief sie los, trotz ihrer Röcke, die sie behinderten, und ohne Ziel. Aus einem kindlichen Reflex heraus flüchtete sie schließlich unter eine dicke Eiche und brach in Tränen aus.

Der Rauch, der vom Schloß emporstieg, wurde durchsichtig. »Mir ist kalt, und niemand ist da, um mich zu wärmen. Was für eine Närrin bin ich doch«, sagte sie, von der Kälte und vom Schluchzen geschüttelt. »Ich werde zu zerbrechlich, diese Situation ist geradezu absurd, unerträglich. In Augsburg wird er seine Reise wieder aufschieben. Ich werde doch nicht mein ganzes Leben damit zubringen, auf ihn zu warten!«

Sie ließ sich an dem rauhen Stamm hinabgleiten und setzte sich ins Gras. Es war ihr ganz gleichgültig, was für einen Anblick sie bot. Langsam beruhigte sie sich wieder.

»Der See ist so still und doch so tief. Das Wetter ist strahlend schön, und doch friert man bis auf die Knochen. Alles ist nur Schein. Ich muß die Meinen schützen… und den König benachrichtigen. Ich kann jetzt noch nicht nach München zurückkehren. Mir ist das Herz zu schwer, ich wäre fähig, irgendeine Dummheit zu begehen, mich irgendwie zu rächen, und das würde meine Wunde nur noch weiter aufreißen.«

Wind war aufgekommen, die Äste bewegten sich.

»Ein Herbststurm«, dachte sie, während sie aufstand, »und ich bin im Frühling meines Lebens. Und dieser Wind trägt alles fort, was mir an Mut noch geblieben ist.«

Sie schüttelte die Blätter von ihrem Rock, brachte ihre Kleidung in Ordnung, trocknete sich die Augen und durch das Halbdunkel des Unterholzes kehrte sie zum Schloß zurück.

Emma kam gelaufen.

»Mylady, Mylady! Der Adjudant seiner Majestät hat Ihnen einen Brief gebracht, er wartet auf Ihre Antwort!«

»Er soll warten, ich komme gleich.«

»Was haben Sie, Mylady, ist Ihnen nicht gut? Was haben Sie mit Ihrem Umhang gemacht? Kommen Sie, ich kümmere mich um Sie.«

»Meine gute Emma, was würde ich ohne dich tun!«

Aufs neue brach sie in Tränen aus und fügte hinzu: »Der Prinz kommt nicht!«

»Und wenn schon, das ist doch nicht weiter schlimm! Bei all diesen Herren, die sich um Mylady drängen, haben Sie doch die Auswahl! So hübsch wie Sie sind, ist es ein Unglück, in welchem Zustand Sie sich befinden!«

Jane konnte ein Lächeln nicht unterdrücken. Emma sagte die

Dinge frei heraus, und es mangelte ihr nicht an gesundem Menschenverstand, aber gesunder Menschenverstand hatte nichts mit tiefen Gefühlen zu tun.

»Ich werde Ihnen ein schönes Bad vorbereiten. Sie müssen sich aufwärmen! Die Ordonanz ist in der Halle. Machen Sie sich keine Sorgen, Mylady, es gibt so viele Männer auf der Welt!«

Jane ging wieder auf ihr Zimmer, nahm ihr grünes Briefpapier heraus und begann zu schreiben. Der vorbereitete Brief hatte nun keinen Sinn mehr.

»Ich habe Ihnen, mein lieber Lewis, meine Liebe zu Prinz Schwarzenberg nie verborgen. Sie wissen von der alles umfassenden, maßlosen Leidenschaft, die uns verbunden hat. Ich habe alles von diesem Mann erwartet und tue es noch, er ist das Licht meines Lebens. Wie meine Eltern wünschen Sie, daß er mich heiraten soll, während ich das nicht so wichtig finde. Nun gut, dieser Mann wird nicht kommen, das hat er mir gerade geschrieben. Was sonst bedeutet Liebe, wenn nicht Hoffnung und Überwindung aller Wunden? Mein Herz weigert sich, in diesem endlosen Lauf sich aufreiben zu lassen... das nächste Wiedersehen ist auf Dezember in Augsburg verschoben... Ob er es mißbilligt, daß ich bei Ihnen bin? Er müßte doch wissen, daß Sie mein treuester Freund sind. Wieder einmal schützt er Arbeitsüberlastung vor. Soll ich ihm das wirklich glauben? Mein lieber Lewis, ich bin so unglücklich, daß ich Sie um die Erlaubnis bitte, noch eine Woche hierbleiben zu dürfen; all diese Gefühle, die auf mich einstürzen, haben mich doch sehr erschöpft, und dieser Ort ist im Augenblick eine Zufluchtsstätte für mich. Ich bin eine sehr alte Dame geworden.

Ihre Ianthe.«

Jane klebte den Umschlag zu und ließ ihn wegbringen. Im Augenblick hatte sie nur einen Wunsch: allein zu sein; wieder füllten sich ihre Augen mit Tränen. Was immer auch geschehen mochte, für sie gab es keine andere Lösung, als sich den Ereignissen zu stellen.

Die Schatten des Abends wurden länger auf den Wänden, sie schrieb ein Gedicht für Felix und legte es zu dem, das sie nun nie mehr lesen würde...

4

Der König fuhr in seiner Staatskarosse, ein farbenprächtiger Aufzug von zahllosen Postillionen, Grooms, berittenen Garden in Livree, folgte ihm zur großen Freude seiner Untertanen. Ludwig I. konnte ganz einfach sein, doch bei Gelegenheit verachtete er es auch nicht, einen gewissen Prunk zu entfalten. Begleitet von seinen Söhnen, einer seiner Töchter und dem Großherzog von Hessen-Darmstadt begab er sich auf Schloß Schleißheim, das etwa zwölf Kilometer von München entfernt lag.

Es war eines seiner bevorzugten Ausflugsziele. Er fuhr dorthin, um sich einen Teil seiner Sammlung anzusehen, bevor die Gemälde in die Pinakothek überführt wurden, deren Bau er zu diesem Zweck angeordnet hatte.

Das ›neue Schloß‹, wie man es im Gegensatz zu dem ›alten‹, das 1597 unter Wilhelm V. erbaut worden war, nannte, war vor über einem Jahrhundert von Joseph Effner in Anlehnung an Versailles entworfen worden.

Jane stand verborgen hinter ihren Vorhängen und erinnerte sich an ihren heimlichen Besuch. Sie hatten die Stadt natürlich nicht in einer solchen Equipage verlassen, aber die Stunden, die sie zusammen verbracht hatten, waren wunderbar gewesen. Ludwig hatte ihr seine Sammlung gezeigt, was gar nicht einfach zu bewerkstelligen war, denn er hatte Sorge, sie zu kompromittieren, und er wußte, wie schnell sich in seiner Stadt Gerüchte verbreiteten.

Sie war die Freitreppe hinaufgestiegen, als ob sie die Königin wäre, sie waren durch den Prunksaal gegangen, der reich mit Stuck und Malerei, Brüsseler Gobelins, seltenen Möbeln und prachtvollen Gemälden ausgestattet war, neben denen die von Holkham zu verblassen schienen.

»Seien Sie nicht erstaunt! Der Ursprung der bayerischen Sammlung geht auf mehrere Jahrhunderte zurück. Das Schicksal hat sie vor Kriegen, vor Diebstahl und dem Wahnsinn der Menschen bewahrt.«

Jane glaubte kaum, ihren Augen zu trauen, sie, die doch wahrhaft an schöne Dinge gewöhnt war. Aber dies hier, diese Anhäufung von Schätzen überstieg ihr Vorstellungsvermögen!

Angesichts ihrer verblüfften Miene war Ludwig in Lachen ausgebrochen. »Eine Folge glücklicher Erbschaften. Meine ganze Freude ist es, sie zu inventarisieren. Die Säkularisierung der kirchlichen Besitztümer im Jahre 1803 hat den Besitz meiner Familie vergrößert. Was Sie hier sehen, ist noch gar nichts im Vergleich zu dem, was sich in der Residenz befindet. Der Schatzsaal grenzt an die Ahnengalerie. Aber es wird schwierig für mich sein, Sie dort hinein zu lotsen«, seufzte der König, »wo doch gerade dort die schönsten Stücke stehen.«

»Und die Sammlungen der Brüder Boisserée und des Fürsten Öttingen-Wallerstein gehören auch noch dazu?« fragte Jane hingerissen.

»Ja. Öttingen ist ein angeschlossenes Fürstentum, und wir haben die Angelegenheit 1806 ausgehandelt. Nun ist es mein größtes Glück, das Ganze wohl abgewogen zusammenzustellen, um einen vollständigen Überblick zu erhalten.«

Jane war dies bereits in der Arkadengalerie des Hofgartens aufgefallen, in der sie bereits einen Teil der Schätze bewundern konnte.

Sie blieb vor einem kleinen Bild von Gerhard Terburg stehen: »Schauen Sie! Diese junge Frau, die in der Abenddämmerung eine Nachricht erhält, mit dem kleinen Spaniel auf einem Hocker neben ihr, wie man ihr doch die Erwartung ansieht! Mein Leben besteht seit langem nur noch aus Briefen... und überdies kommen nur die Ihren regelmäßig, und dafür weiß ich Ihnen Dank.«

»Unglücklicherweise sind es nicht diese Briefe, die Sie... erwarten!«

Man hatte Ihnen Tee serviert, und sie unterhielten sich noch eine Weile vor einem Kamin, in dem ein Baumstumpf brannte, dessen Ende in den Flammen sie nicht mehr miterleben würden.

Jane mußte diesen Mann einfach bewundern, er hatte unendlich viel Macht und war doch so bescheiden geblieben. Die meiste Zeit verbrachte er damit, neue Pläne zu entwerfen. Diese kühne und tatkräftige Seite an ihm liebte sie. Kein anderer als er hätte es gewagt, ein Museum wie die Pinakothek an den Stadttoren, mitten auf dem Land, bauen zu lassen. Darüber vergaß Jane beinahe das blatternarbige Gesicht und die zu laute Stimme.

Die junge Frau erregte die Neugier des Königs, sie hatte so gar keine Ähnlichkeit mit den anderen Frauen, in die er sich sonst verliebt hatte. Ihre Haltung, ihr freimütiger Ton faszinierten ihn. »Die Liebe ist alles, alles für die Liebe«, hatte sie einmal zu ihm gesagt. Leider galt diese Liebe Felix. Der König zwang sich zur Geduld und half Jane, wo er konnte, er ging sogar so weit und ordnete an, daß die Botschaften dieser seltsamen Liebenden noch schneller befördert werden sollten. Er verlor die Hoffnung nicht, daß seine Stunde noch käme, die Gelegenheit, bei der Jane begreifen würde, daß sie nur aus Schwäche in diesem Zustand des Wartens verharrte. Bisher nahm sie von ihm nur Blumen und Bücher an, und dieser Stolz amüsierte ihn.

Dann waren sie durch den Park zu dem kleinen Schloß Lustheim geritten, wo sie die Grotten und die kleinen Wasserfälle erforschten. Nach so vielen Aufmerksamkeiten fühlte sich Jane in des Königs Schuld. Als sie ihm herzlichst gedankt hatte, hatte sie zur Antwort bekommen: »Das brauchen Sie mir keineswegs als Verdienst anzurechnen. Schließlich ist es mein einziges Vergnügen, Ihnen nahe zu sein. Nur Sie allein lassen mich meine Sorgen vergessen, und Sie können sich nicht vorstellen, wie viele Sorgen ich habe. Aber sprechen wir nicht davon. Es genügt mir schon, daß mich meine Minister jeden Morgen daran erinnern.«

Seit ihrem Besuch auf Schloß Berg waren zwei Wochen vergangen. Ihre Enttäuschung war einer stillen Ruhe gewichen, die nichts Gutes verhieß.

Prinz Alfred Schönburg, der auf der Durchreise in München Station machte, gab sich alle Mühe, sie zu beruhigen. Er bestätigte, daß sie sich Weihnachten alle in Augsburg aufhalten würden. Felix war gerade Legationsrat an der österreichischen Botschaft in Berlin geworden.

»Ich bin in Bayern, und alles hier erinnert an Felix… Gabrielle

Erskine befindet sich in Salzburg, die böhmischen Berge liegen nur zwei Tagesritte von hier entfernt. Es wäre ein Leichtes für mich, nach Passau zu reisen, und von dort weiter nach Krummau.«

Schönburg war verlegen.

»Der Prinz war krank, sehr krank. Er wollte nicht, daß ich es Ihnen sage... ein Nervenleiden, wenn Sie so wollen. Er hat stundenlang kein Wort gesprochen, Forellen in den Bächen gefischt oder sich in eine für ihn ganz ungewöhnliche Frömmigkeit zurückgezogen.«

Jane erblaßte.

»Ich hätte kommen und ihn pflegen können. Seit sechs Monaten warte ich bereits auf ihn.«

»Wissen Sie, wie soll ich sagen... Felix hat sich sehr verändert.«

»Verstehen Sie doch meine Unruhe: Ich habe für ihn, der in meinen Augen die Großzügigkeit selbst ist, alles verlassen. Er duldet es nicht, daß ich die Kosten für Didis Erziehung von meiner Pension, die Lord Ellenborough mir ausgesetzt hat, bestreite; er überschüttet mich mit Briefen, im vergangenen halben Jahr habe ich genau hundertundzwei erhalten. Ich habe schon gemerkt, daß irgend etwas nicht stimmte, aber ich wollte ihn doch nicht drängen«, sagte sie zitternd. »Denken Sie doch, es vergeht kein Tag, an dem ich mich nicht zwingen muß, nicht zu ihm zu eilen! Ich würde auf jede Art nach Wien fahren, wenn er es zuließe. Ich würde mich als Mann verkleiden, als ich weiß nicht was, nur um unerkannt dorthin reisen zu können!«

»Er muß sich erst wieder erholen. In der letzten Zeit war er gar nicht mehr er selbst. Seit seiner Ernennung zum Major des Ulanen-Regiments Franz-Joseph – in seinem Alter ist das sogar für einen Schwarzenberg eine außergewöhnliche Ehrung – scheint er wieder aufzuleben.«

»Aber das war im September... und seitdem...«

»Wenn man kranke Nerven hat... Und außerdem muß die Entscheidung von ihm kommen, Sie dürfen ihm kein Ultimatum stellen.«

»Wie konnte ich denn ahnen, daß es so schlimm um ihn steht! Man sollte meinen, alle hätten sich verschworen, um die Wahrheit vor mir zu verbergen.«

»Nur seine Familie und Fürst Metternich wußten davon.«

Jane war den Tränen nahe. Sie hätte am liebsten geweint, ohne genau zu wissen, ob aus Freude oder vor Gewissensbissen. Einerseits warf sie sich vor, zu sehr an ihm gezweifelt zu haben, andererseits war sie glücklich darüber, das Bild ihres tapferen, stolzen Felix, der lieber untertauchte, wenn er sich nicht in seiner ganzen Pracht zeigen konnte, heil und noch größer als vorher wiederzufinden.

Sie war nur noch von dem Gedanken beherrscht, ihre Eltern und den König zu unterrichten, um Felix zu rehabilitieren. Sie trank förmlich die Worte Schönburgs:

»Er hatte wirklich die Absicht, mit Ihnen in Berg zusammenzutreffen. Aber da er Anfang Januar in Berlin erwartet wird – das hat er erst Ende Oktober erfahren –, und da waren Sie schon wieder weg, und Wien ist doch ziemlich weit.«

»Was sollte ich denn machen? Es war unvorstellbar, daß ich die Initiative ergriff. Meine Familie, das muß man verstehen, drängt mich, ihn zu heiraten. Ich bin sogar bereit zu konvertieren. Prinz Alfred, Sie kennen mich seit drei Jahren. Wie denken Sie darüber? Im vergangenen Juni habe ich den Fehler begangen, mich bei meiner Mutter auszuweinen. Aber ich war am Ende meiner Kräfte. Außerdem verdanke ich es ihr, daß ich hier bin.«

»Das Problem bleibt das gleiche. Selbst wenn ihre Ehe annulliert wird und sie konvertieren, würde das nichts ändern. Die Schwarzenbergs sind nun einmal so.«

»Die Gesellschaft ist schlecht, sie unterstellt mir Absichten, die ich nie gehabt habe, fehlerhaftes Verhalten, sie verleumdet mich, Sie hat freilich nicht ganz unrecht, verstehen Sie mich richtig, ich will sagen: Ich habe nichts getan, um ihr zu gefallen... Deshalb war mir auch die Freundschaft des Königs so teuer. Hat sich Felix eigentlich darüber geärgert? Sagen Sie mir die Wahrheit. Gerüchte verbreiten sich so schnell von einem Königreich zum anderen. Und doch versichere ich Ihnen, daß zwischen uns nichts gewesen ist. All diese Widrigkeiten, mit denen ich zu kämpfen hatte, ich habe sie doch nicht auf mich genommen, um dann einem anderen in die Arme zu sinken, mag er auch der König sein, und auch nicht aus Trotz. Es stimmt zwar, daß Karl von Venningen mich gebeten hat, seine Frau zu werden, aber ich habe ihn niemals ermutigt, im Gegenteil: ich habe ihm sofort gestanden, daß ich Felix liebe. Es ist nicht eben einfach für eine Frau, allein zu leben, sie muß sich ständig gegen sehr viel Stärkere zur Wehr setzen.«

»Und das tun Sie mit Eleganz!«

Jane seufzte: »Ich werde mit Anträgen bedrängt. Glücklicherweise schützt mich die Freundschaft des Königs, wenn sie auch ein zweischneidiges Schwert ist. Man behandelt mich hier ein wenig wie eine Art Heiligtum, und so kann ich weiterleben.«

»Ich werde im Palais Preysing erwartet, doch wenn Sie glücklicherweise heute abend frei sein sollten, würde ich mich sehr freuen, wenn Sie mit mir in eines der Gasthäuser in der Altstadt kämen, bei all den Baugerüsten in diesem Viertel wird es mir ganz schwindelig.«

»Gern, aber nicht vor zehn Uhr heute abend. Ich habe nämlich Lord und Lady Erskine versprochen, bei ihnen vorbeizuschauen. Sie dürfen mich dann, wie es sich gehört, im »Dirndl« bestaunen, und wir werden zweifellos wieder von Felix sprechen. Verzeihen Sie mir, aber ich kann zur Zeit nicht anders.«

5

Ein Monat verging. Weihnachten rückte näher, langsamer noch als in ihrer Kindheit, als sie die Tage auf einem Kalender anstrich. Die Tage zogen sich mehr und mehr in die Länge. Wäre sie sorglos und glücklich gewesen, so wären sie Jane alle gleich erschienen, aber sie wartete nur immer auf das Morgenrot, auf die Abenddämmerung, bemühte sich, mit tausend Beschäftigungen die Zeit totzuschlagen.

Der König hatte sie gebeten, Modell zu sitzen für ein Porträt, das seine ›Galerie der Schönheiten‹ schmücken sollte. Sie hatte freudig zugestimmt, so mußte sie wenigstens während der Sitzungen still sitzen.

Joseph Stieler, der offizielle Hofmaler – dessen Bilder heute im Nymphenburger Schloß hängen –, wurde mit der Ausführung betraut. Er verwendete zarte, nuancierte Farbtöne; wie keiner sonst konnte er Anmut und Schönheit ins Bild umsetzen. Die Malerei, die er bei Fugen in Wien und dann bei Gérard in Paris gelernt hatte, hatte ihn auch nach Italien geführt, später dann an den österreichischen Hof, und schließlich nach München, wo ihn der König pausenlos mit Aufträgen überschüttete.

Daß ihr Porträt in der berühmten Galerie hängen sollte, war eine außerordentliche Ehre. Manche der ›Schönheiten‹ gehörten zur Familie oder zum Hof, andere waren Ehefrauen oder Töchter von Diplomaten mit untadeligem Ruf. Janes Selbstbewußtsein wurde dadurch sehr geschmeichelt.

Der König wohnte jeder Sitzung bei, gab sein Urteil ab, wählte die Entwürfe aus. Seiner Meinung nach sollte sie wie eine Madonna dargestellt werden, und die Meinung Ludwigs war ein höflicher Befehl.

Verschiedene Frisuren, unzählige Kleider mußten ausprobiert werden, und schließlich einigten sich alle drei auf ein tief ausgeschnittenes Kleid aus blauer Seide mit einer Passe, von der üppige Puffärmel ausgingen. Jane saß zu drei Vierteln, um die freie Stirn ein goldenes Stirnband mit einer Perle in der Mitte. Ein dicker Wandbehang diente als Hintergrund und ließ ein Stück Himmel über einer italienischen Landschaft erkennen. In dieser Pose kam sich Jane wie die Reinkarnation Venetias, der Geliebten und Frau des Ritters Digby, vor.

»Und vor allem kein Collier, nur das Stirnband. Schauen Sie in unbestimmte Fernen.«

Joseph Stieler hatte alle Mühe, damit sie ruhig sitzen blieb, um so mehr, als der König jede Gelegenheit wahrnahm, um sie abzulenken.

Der Maler hatte es mit unverbesserlichen Schwätzern zu tun. Das Gespräch drehte sich um den Neukauf von Bildern und Statuen, um Bauwerke, um das alltägliche Leben.

Die Glyptothek enthielt eine sehr wertvolle Antiquitätensammlung; unter anderem Skulpturen von Phidias, aber auch Marmorbüsten von Canova und Thorwaldsen.

»Majestät!« – vor Dritten wahrte Jane stets das Protokoll –,

»wollen Sie meine Meinung wissen? Die Deckfarben sind ein wenig zu lebhaft, die Arbeiten von Peter Cornelius hingegen gefallen mir besonders; er besitzt wirklich Sinn für das Fresko.«

»Mylady, bewegen Sie sich nicht so heftig«, flehte der Maler.

»Was haben Sie an unseren Farben auszusetzen?«

Der König verschränkte die Arme, er war erstaunt.

»Sie sind zu aufdringlich. Doch glücklicherweise zwingt Sie ja niemand dazu, mit der Nase nach oben spazieren zu gehen, nicht wahr?«

Als Jane die Verlegenheit des Malers sah, merkte sie, daß sie zu weit gegangen war. Sie hatte es gewagt, die Wahl seiner Majestät zu kritisieren! Und das vor dem Hofmaler!

Der König schmunzelte. »Ich möchte Sie daran erinnern, daß die Griechen früher ihre Statuen und ihre Wände auch mit lebhaften Farben bemalten.«

»Aber die Decken waren doch aus Holzkassetten!«

»Vielleicht, aber es gibt keinen Beweis dafür, daß nicht auch sie vollständig bemalt waren. Ich möchte aus meiner Stadt ein Modell machen, so etwas wie ein neues Athen. Unglücklicherweise fehlt hier der Marmor. Also lassen wir alles bemalen... auf getünchtem Backstein.«

»Die Pinakothek wird aber nicht so ganz den reinen griechischen Stil repräsentieren können, dazu wirkt die äußere Galerie zu italienisch, zu leicht.«

»Winckelmann behauptet, die römische Kunst sei lediglich die Fortsetzung der griechischen Kunst.«

Joseph Stieler konnte sich nicht mehr konzentrieren, diese junge Engländerin ging entschieden zu weit. Beinahe hätte er seinen Zorn laut geäußert, sogar in Anwesenheit des Königs. Dieser war im Gegenteil ganz angetan von seiner lebhaften Gesprächspartnerin und dachte nicht im geringsten daran, die Diskussion abzubrechen oder in ruhigere Bahnen zu lenken.

»Sie scheint gar nicht zu wissen, was sie da anstellt«, dachte der Maler. »Am Ende wird sich Seine Majestät über ihre Kritik ärgern.«

Aber zu seiner Überraschung brach der König in Lachen aus.

»Haben Sie die Anordnung der großen Säle bemerkt? Sie sind für große Bilder entworfen worden, dort werden wir endlich die aus Düsseldorf stammenden Rubens-Gemälde aufhängen können. Die kleinen Säle werden nach Schulen aufgeteilt, wir werden die Werke so zuordnen, wie ich es für richtig halte. Wir müssen zu einer Harmonie des Gesamtbildes gelangen, die es zugleich erlaubt, die Entwicklung aufzuzeigen. Die Entwicklung der griechischen Kunst ist ein universelles Schema, das wir in allen Epochen wiederfinden. Es ermöglicht uns, eine Parallele zur italienischen Malerei zu ziehen, die mit Raffael und Michelangelo ihren Höhepunkt erreichte. Den kraftvollen Stil und den idealen Schönheitsbegriff haben sie aus der Kunst der Antike geschöpft. Eines Tages werde ich Ihnen die *Madonna della Tenda* zeigen, die ich 1814 erworben habe, das ist ein Meisterwerk.«

»Majestät, woher nehmen Sie nur die Zeit, all das in die Wege zu leiten, vom Bau der Ludwigskirche einmal ganz abgesehen?« seufzte Jane.

»Gärtner und Klenze stecken bis über beide Ohren in Arbeit, und ich habe sie gebeten, eine große Staatsbibliothek zu entwerfen!«

»Die Maria-Hilf-Kirche beginnt auch zu wachsen. Ich habe nicht geglaubt, daß man so viele Arbeiter und Baumeister aus aller Welt dafür braucht. In der Stadt geht es zu wie in einem Bienenkorb!«

»Seine Majestät ist der größte Kunstmäzen aller Zeiten«, sagte Stieler respektvoll.

»Wenn ich mein Werk wenigstens vor meinem Tod vollenden könnte«, erklärte der König.

Jeden Tag während der Sitzungen gab es endlose Gespräche über diesen oder jenen Kauf, diesen oder jenen Plan, dieses oder jenes zukünftige Projekt. Der König hatte sehr bestimmte Vorstellungen von jeder Sache, und Janes unermüdliche Neugier, ihre stets treffenden spontanen Kommentare, die sie überzeugend mit »so magnificent« und »so beautiful« untermalte, wenn sie ihre Zustimmung zeigen wollte, sorgten für eine schwungvolle Diskussion. Ludwig I. war unzweifelhaft in sie verliebt – das war zumindest die Meinung Stielers, der die junge Frau nur bewundern konnte. Sie heiterte Seine

Majestät auf, interessierte sich für das, was den König interessierte, und sie hatte sein Leben sichtlich verändert.

Niemand bemerkte, welche Mühe Jane das kostete. Doch ihre Liebe zu Felix, über den sie nicht genug sprechen konnte, wenn sie mit dem König allein war, war ihr dabei ebenso eine wertvolle Hilfe wie all die neuen Kenntnisse, die sie sich angeeignet hatte, um über die Dinge, für die sich Ludwig begeistern konnte, auf dem Laufenden zu sein.

Bald kannte sie die Werke von Vitruvius und Vasari beinahe auswendig; sie zwang sich, jeden Tag in den *Gedanken über die Nachahmung der griechischen Werke in der Malerei und Bildhauerkunst* zu lesen. Diese Ausgabe von 1756 – erweitert vom Autor J. J. Winckelmann, der ihr einen Brief vorangestellt hatte, indem er das Ziel seines Werkes genau darlegte – hatte Ludwig ihr geschenkt, und das Buch war die Bibel, auf die sie beide Bezug nahmen.

Die Theorien Winckelmanns, keinen Widerspruch duldend und dogmatisch formuliert, erklärten die Überlegenheit Griechenlands mit der Vollkommenheit seiner Natur und seines Klimas, die das hellenische Volk zwangsläufig beeinflußt hatte. Der Kunst wurde ein exemplarischer Wert zugesprochen, der sich auf eine mystische Konzeption der Schönheit gründete.

Jane gab dies Stoff zu neuen Träumen. Griechenland! Es war für sie unmöglich, dorthin zu fahren, aber Italien lag bereits näher... Mit Felix werde ich dorthin fahren, malte sie sich aus, wie oft hat er nicht bereits versprochen, mit mir in diese Länder zu reisen. Eines Tages wird er schon Zeit dazu finden.

»Reisen«, welche Faszination ging doch von diesem Wort aus, mit allem, was es an Hoffnung, Bangigkeit, Neugier, Vertrauen, Träumen und Erinnerungen barg!

»Letztendlich«, dachte sie, »ist Felix meine Reise! Er ist meine Landschaft, mein Zufluchtsort, mein Labyrinth, in dem ich mich verirre. Je mehr Schwierigkeiten mir auf meinem Weg entgegentreten, um so mehr bin ich entschlossen, sie zu überwinden und endlich zu gewinnen!«

Eine unbesiegbare Sehnsucht – Ludwig hatte ihr dieses deutsche

Wort beigebracht – bemächtigte sich Janes, immer häufiger kam ihr der Gedanke in den Sinn, ihr Weg könnte vielleicht hier in dieser Stadt, wo sie so wie noch nie zuvor beschützt wurde, sein Ende finden. Sollte die nächste Etappe Augsburg sein? Was würde sie dort erwarten?

»Ich brauche meine Erfolge und meine Niederlagen, um mich weiterzuentwickeln, und was immer auch geschieht, ich werde nur dem Ruf meines Herzens folgen. Dem Ruf der Vernunft bin ich bisher kaum unterlegen.«

Auch wenn sie sich noch so oft sagte, daß Felix krank gewesen war, daß sie selbst wahrscheinlich die Schuld daran trug, so gestand sie sich doch, nicht ohne Traurigkeit ein, daß sie ihrem Prinzen zürnte.

6

An einem Sonntagmorgen fuhr Jane in Begleitung Karl von Venningens mit dem Schlitten zur Frauenkirche. Obwohl sie in einen mit Fuchspelz gefütterten Mantel eingehüllt war, und über ihn Decken gebreitet hatte, fror sie. Die Luft war eisig. Die Hufe der Pferde bespritzten sie mit Schnee. Über den Dächern der Stadt konnte sie die Zwiebeltürme und den roten Backstein des Gebäudes ausmachen.

»Schon wieder dieses Problem mit dem Stein! Man sollte meinen, in München gäbe es so etwas nicht. Armer König! Bauherr sein und das edelste Material entbehren zu müssen! Sandstein fehlt und Kieselsteine ebenfalls! Die Straßen sind staubig oder schlammig, je nach Jahreszeit. Nirgendwo auch nur der kleinste Pflasterstein!«

»Ich ertrage es nicht mehr, wie eifrig er Ihnen den Hof macht!«

»Karl, Sie sind unerträglich! Ich kann nur immer wieder sagen, daß von nichts anderem als von tiefer Freundschaft die Rede sein kann!«

»Das glauben noch lange nicht alle. Ich kann Ihnen sogar versichern, daß dies nicht der Ausdruck ist, mit dem Ihre Beziehungen im allgemeinen bedacht werden!«

»Sie beleidigen mich!«

»Gütiger Gott! Ich bin doch nicht taub! Wie oft muß ich Ihnen noch wiederholen, daß ich Sie liebe... und daß ich es nicht ertragen kann, wie man Ihren Ruf in den Schmutz zieht!«

»Mein lieber Karl«, ihre Stimme klang auf einmal seltsam ruhig, »mein Ruf geht nur mich etwas an. Und ich habe mir nichts vorzuwerfen!«

»Natürlich geht er nur Sie etwas an, aber er könnte vielleicht den Prinzen Schwarzenberg in Verlegenheit bringen«, spottete er.

»Jetzt ist es genug, wenn Sie so schlechter Laune sind, dann bringen Sie mich bitte wieder nach Hause.«

Aber Karl redete im gleichen Tonfall weiter, und so kamen sie an der Kirche an.

Die Kälte zeichnete die Gesichter, schuf eine respektvolle, ausdruckslose und eisige Distanz. Die Haustüren waren geschlossen, nur die Schlitten glitten unter Schellengeläut und dem Schnalzen der Peitschen vorbei.

Sie verspürte das Bedürfnis zu beten. In der Kirche war kein Sitzplatz mehr frei, schweigend verfolgte sie den Ablauf der Liturgie, den ein für die Menge unsichtbarer Chor unterstrich. Das Kirchenschiff war riesig, imposant. Meßdiener gingen unter den hohen Gewölben entlang, hielten in einer Hand mit rotem Samt ausgeschlagene Körbchen, in die die Kirchgänger Geldmünzen warfen.

Obwohl sie nicht regelmäßig zur Messe ging, fand Jane einen gewissen Trost in diesem gemeinschaftlichen Gebet. Diese Zeremonie hatte, wie jede Zeremonie, eine eigentümliche Macht über sie: Ausgeglichenheit und Harmonie salbten ihr vereinsamtes Herz und richteten ihren Körper wieder auf. Sie schöpfte unwillkürlich dunkle Kräfte daraus, und manchmal wandelten sie Zweifel an, ob ihre toten Kinder tatsächlich in diesem schrecklichen Nichts ruhten, wie sie gewöhnlich annahm. Das Leben... die Hoffnung... die Kälte überfluteten sie. Sie dachte an die letzten Tage in Basel, an das Warten... Drei Jahre waren seitdem schon wieder verstrichen. Böhmen, das gelobte Land, lag so nahe, und immer noch war es die Pforte zum Paradies, die sich nie öffnete. Diese Verabredung in Augsburg, in einer Woche? Sie wandte sich Karl von Venningen zu. Seine Anwesenheit bedeutete ihr viel.

Sie bedeutete ihr noch viel mehr, als die Reise nach Augsburg abgesagt wurde. »Die Straßen sind unbefahrbar«, schrieb Felix, »ich muß Weihnachten in Krummau verbringen. Sobald es mir jedoch möglich ist, breche ich nach Prag auf und von dort nach Berlin.« Wie von einem tödlichen Stoß getroffen, starrte Jane mit leeren Augen auf die Depesche, dann wanderte ihr Blick von dem Brief zu den Geschenken, die sie mit so viel Liebe ausgesucht hatte, und sie fiel in Ohnmacht. Emma hatte große Mühe, sie wieder zu Bewußtsein zu bringen. Der König eilte herbei, begleitet von seinem Leibarzt. Auch Prinz Schönburg kam, er bat sie, mit ihm »en famille« zu feiern – doch nichts half; wie sehr auch alle sie zu trösten versuchten, Jane schien aufgegeben zu haben, als seien mit einem Schlag die letzten Schranken, die ihrer Verzweiflung Einhalt geboten hatten, eingestürzt und hätten sie einer Flut von Bitterkeit ausgesetzt.

»Er liebt mich nicht«, wiederholte sie mit so schwacher Stimme, daß man Angst bekam. »Warum soll ich mich dem noch länger verschließen? Ich habe mich zu sehr an meine Hoffnungen geklammert, als daß ich ohne Illusionen hätte leben können. Aber das ist jetzt vorüber. Wie töricht von mir, die Welt nach meinem Bild formen zu wollen. Man ist allein, immer allein. Ich wollte leben wie in den Büchern. Aber auch Byron ist an dem Tag gestorben, als er begriffen hat.«

Karl von Venningen kam jeden Tag, um sich nach ihrem Befinden zu erkundigen, wartete darauf, vorgelassen zu werden, ging dann und hinterließ eine Botschaft. Er hatte darauf verzichtet, Weihnachten auf seinem Besitz zu verbringen, um in München bleiben zu können. Bewegt von der Verzweiflung Janes, war er sicher, daß seine Stunde bald gekommen sei.

Niemals hatte ein Mann rücksichtsvoller die kleinsten Launen Janes beachtet als er, als sie einen Tag vor Weihnachten einwilligte, ihn zu empfangen. Und es gab keine Frau in ganz Bayern und in München, die sich nicht gewünscht hätte, so geliebt zu werden. Der König war krank – er hatte eine heftige Grippe – und konnte das Haus nicht verlassen. Die Porträtsitzungen waren daher auf Januar verschoben worden. In zwei Briefen am Tag bat Ludwig sie, gut auf sich achtzugeben, und er war völlig verzweifelt, daß er sich nicht schneller erholte, um sie endlich wieder besuchen zu können. Er schickte ihr einen Aquarellkasten aus Mahagoni, der aus zahlreichen Ebenen und Fächern mit Geheimschubladen bestand und eine vollständige Sammlung von Kristall- und Silberfläschchen und Porzellannäpfchen enthielt und zudem noch etliche Pinsel mit Perlmuttgriffen. Auf dem Deckel war auf einer goldenen Tafel »Für Ianthe« eingraviert.

Wie konnte sie noch die Versprechungen von Felix ertragen? Durch welches Wunder hielt dieser Mann in ihr die Hoffnung wach? Karl von Venningen litt, er quälte sich aus Kummer um Jane und war verzweifelt, sie so blaß und schwach zu sehen. Er vergaß darüber seine Eifersucht. Schweren Herzens sah Karl, wie sie mit leeren Blicken eine Sammlung böhmischer Gläser betrachtete, die in leuchtenden Farben, mit Gravuren, Mosaiken und Girlanden verziert auf einer Anrichte standen. Seitdem sie in München war, hatte Jane sie nach und nach liebevoll gesammelt.

»Wenn man nur alles, was sie an den Prinzen erinnert, ihr aus den Augen räumen könnte«, sagte er sich, wagte allerdings nicht, ihr den Vorschlag zu machen, sie wegzuräumen. Er nahm sich vor, mit Emma darüber zu sprechen, die, dank seiner Geschenke, seine Komplizin geworden war.

»Ich habe soviel dafür getan, um frei zu sein, und nun bin ich der Sklave dieser Frau.«

Karl lächelte bei diesem Gedanken; er erinnerte sich an ihre gemeinsamen Ausritte, ihre Spaziergänge in den Wäldern und durch die Stadt, dieser Duft von Freiheit, seine vorgetäuschte Gleichgültigkeit ihr gegenüber.

»Was haben Sie, Karl? Was gibt es?«

»Ich bitte um Verzeihung, aber Sie sind das Wesen, das ich am meisten auf der ganzen Welt liebe, und Sie machen mir das Leben so schwer. Sie werden lernen, mich zu lieben, Sie wissen ganz genau, daß ich bereit bin, Sie gegen den Willen meiner Familie zu heiraten, gegen den Willen der ganzen Welt, im Ausland, wenn Sie wollen! Geben Sie mir ein klein wenig Hoffnung!«

»Ich empfinde zuviel Achtung für Sie, Karl, es wäre schändlich von mir, wenn ich Sie in einem irrigen Glauben ließe.«

»Sie sind die unvernünftigste Person, die ich kenne! Die Wahrheit ist doch ganz einfach und offenkundig! Und letzten Endes wird sie triumphieren!«

»Wie können Sie das beurteilen?«

»Seien Sie wenigstens logisch: Sie würden mir ihr Jawort geben, wenn der Prinz Ihnen sagen würde, daß alles vorbei ist!«

»Wahrscheinlich... aber er wird es nicht zu mir sagen. Leider – selbst wenn er es denkt.«

»Wahrscheinlich.« Karl klammerte sich an dieses Wort.

Er sah so gut aus, so jung, so aufrichtig, daß Jane zu ihm ging und ihm leicht eine Hand auf den Arm legte.

»Seien Sie vorsichtig! Ich liebe Sie zärtlich, und ich weiß, daß Sie mich lieben. Ich bin vielleicht ein wenig lächerlich, aber verstehen Sie mich doch, Karl, eines Tages werden Sie begreifen, daß man sich nicht entschließen kann, jemanden zu verlassen, für den man alles aufgegeben hat. Ich kann nicht an seine Gleichgültigkeit glauben. Und dann ist da auch noch Didi. Lassen Sie mir Zeit. Sie sollten mich kennen. Ich handle nicht aus Koketterie so. Sie sind mir teurer als ein Freund, Karl. Mein Herz ist so verletzlich. Ich fühle mich so wohl, wenn ich bei Ihnen bin... vielleicht geht dieses Gefühl tiefer, als ich ahne.«

Karl betrachtete voller Zärtlichkeit diese seidenweiche, goldene Haarfülle, dieses Gesicht, das sich ihm so sanft und warmherzig darbot und das trotz ihrer grausamen Vergangenheit das Gesicht einer jungen Frau geblieben war; ihr Mut und ihre Heiterkeit, ihre ein wenig vorschnelle Begeisterung, ihr poetisches Betragen, ihre Freude an schönen Dingen, und sogar ihre Naivität, ihre Verblendung, alles an dieser zu aufrichtigen Frau traf ihn in seinem Innersten. Er sah, wie sie sich vor seinen Augen mit seinen Anträgen und denen des Königs herumschlug, wie sie sich tröstete, indem sie reizende, ein wenig traurige Verse schrieb, und wie sie allen Widrigkeiten zum Trotz weiter diesen sinnlosen Traum träumte, von einem Mann geliebt zu werden, der sie offenkundig nicht mehr liebte. Sie hatte so viel zu geben, sie wollte so gerne glücklich sein, sie, die voller Vertrauen alles auf einen einzigen Menschen gesetzt hatte. Er wußte nun, daß sie sein Schicksal war. Er zog sie an sein Herz und versprach ihr noch einmal reine, aufrichtige, selbstlose Ergebenheit.

Zwei Monate vergingen, der Winter schien kein Ende zu nehmen. Jane hatte wieder zu ihrem gewohnten Lebensrhythmus gefunden: Am späten Vormittag ritt sie in Begleitung Karls aus, sie traf sich mit Freunden, machte Pläne, las, malte, abends ging sie aus. Nach und nach schuf sie eine komfortablere, englischere Umgebung in ihrer Wohnung. Als sie sich in München eingerichtet hatte, hatte sie nicht gedacht, daß sie dort so lange bleiben würde, und hatte sich mit den Empiremöbeln begnügt, die der König so liebte und die eben deshalb auch in den Münchner Salons allseits beliebt waren.

Trotz Felix' wöchentlichen Briefen hatte der ständige Aufschub ihres Wiedersehens einiges verändert. Der Prinz sprach nicht mehr von Liebe, er machte vage Versprechungen und erzählte vor allem von seinem Leben in Preußen, wo er jeden Tag mit König Friedrich Wilhelm III. zusammenkam. Die Berliner Regierungskreise erwogen, die Beziehungen zu Österreich auszuweiten, und daraus ergaben sich für ihn zahlreiche Hinderungsgründe, um einen neuen Termin für eine Begegnung vorzuschlagen.

Jane hatte das Gefühl, sich in München einzuleben. Sie wechselte die Lüster und Kandelaber, die aus einem Provinzzirkel oder einem Kasino zu stammen schienen aus, hängte Spiegel auf, schmückte die unvermeidlichen Kamine »à la française« mit kostbaren Gegenständen, wobei sie nur bedauerte, daß sie keinen bayerischen Ofen aufstellen konnte – die schönsten auf der ganzen Welt, wie sie fand –, einen dieser Kachelöfen, die mit ihren reichhaltigen Verzierungen bald wie Bauwerke aussahen. Auf den gewachsten Parkettboden legte sie Teppiche, stellte Tische mit bedruckten Kattundecken auf, bequeme Sessel, bespannte die Wände mit bodenlangen Elsässer Stoffen, mit orientalisch anmutenden Rankenmustern. Diese Umgebung vermittelte ihr zumindest das Gefühl größerer Wärme. Die Bilder, die ihr der König zur Verfügung gestellt hatte, standen nun zwischen Nippsachen auf kleinen Staffeleien oder hingen an der Wand. Sie liebte es, zwei oder drei Dinge auf ein Mal »in Bewegung zu setzen«, um sie »zu vergleichen und sie ins rechte Licht zu setzen«, wie sie sagte. Durch das ständige Hin- und Herrücken gewannen die Gegenstände in diesem Raum gleichsam eigenes Leben, und das beruhigte Jane.

Der König war endlich wieder gesund und nahm seine täglichen Besuche wieder auf. Für gewöhnlich kam er gegen fünf Uhr nachmittags. Seine Krankheit, die Komplikationen nach sich gezogen hatte, hatte ihn unternehmungslustig gemacht, seine Ungeduld ließ nicht mehr die kleinste Verzögerung zu. Doch er hatte an Heiterkeit, an Sorglosigkeit verloren. Er warf Jane vor, sie habe kein Herz, beklagte sich über seine Einsamkeit bei Hof und mit anrührender Stimme – und leider aber auch mit unverminderter Lautstärke – legte er ihr seine Gefühle dar. Er schliefe nicht mehr, sagte er, nächtelang grübele er über die Ereignisse und über das, was er das »Geheimnis Schwarzenberg« nannte.

Mit wirren Gesten ging Ludwig auf und ab, und Jane geriet darüber in die größte Verlegenheit.

»Ihretwegen verliere ich den Kopf, ich kann mich nicht einmal mehr um die Dinge kümmern, die mir immer am Herzen gelegen haben. Ihre innige Freundschaft genügt mir nicht, ohne Liebe erscheint sie mir grausam. Ihre Blicke sagen mir ›Schweigen Sie, schweigen Sie!‹ Aber ich werde nicht schweigen!«

»Verzeihen Sie«, sagte sie ganz leise, »es wäre besser, Sie kämen nicht mehr so oft. Es wird mir zwar Kummer bereiten, das gebe ich zu, aber ich kann nichts für Sie tun.«

»Aber Sie können alles für mich tun!«

»Ich habe Ihnen versprochen, immer aufrichtig zu sein. Gestern abend war der Baron da, ich war so traurig, so allein… und er bedrängte mich so sehr. Ich… ich habe ihm nachgegeben.«

Einen Augenblick war der König fassungslos. Es machte ihm nichts aus, eine Frau, die seiner Liebe würdig war, vergeblich zu lieben, aber daß sie sich dem Baron von Venningen hingegeben hatte, das brachte ihn außer Fassung. Demütigend, traurig, schlicht lächerlich war das! Wozu war es dann gut, König zu sein, wenn einem dieser junge Mann, der weniger Geduld aufbrachte, vorgezogen wurde?

Jane hatte vorausgesehen, daß sie dem Stolz des Königs damit einen empfindlichen Schlag versetzte. Sie stürzte zu ihm, um ihm einen Sessel unterzuschieben, in den er niedersank. Sein Gesicht war totenbleich. Mit eingefallenen Wangen, gebrochener Stimme schien er plötzlich um zwanzig Jahre gealtert.

»Bitte, Lewis, fassen Sie sich! Das war nur ein Augenblick der Schwäche! Lassen Sie es mich nicht bedauern, daß ich Ihnen dieses Geständnis gemacht habe.«

Sie war auf die Knie gesunken und flehte um Verzeihung.

Ludwig hob die Augen, leere Augen, die Augen eines Kranken. »Und ich kann Ihnen noch nicht einmal böse sein. Es mußte geschehen, ich hoffte nur, ich sei der Glückliche. Darf ich wenigstens wissen, welche Rolle Prinz Schwarzenberg nun in dieser Geschichte spielt?«

»Er wird nichts davon erfahren... Ich liebe ihn immer noch, vielleicht sogar noch mehr. Baron von Venningen weiß das zweifellos. Er ist auf seinen Besitz nach Riegerding gefahren.«

»Jetzt bin ich auf ihn auch noch eifersüchtig! Das ist doch der Gipfel! Ich, der es auf den Prinzen nie war! Sagen Sie, lieben Sie denn den Baron?«

»Er rührt mich, er ist großzügig und charmant. Ich war nur eine Seele, ohne Fleisch und Blut. Er hat mir wieder einen Körper gegeben. Lewis, wir beide, Sie und ich, wir sind uns zu ähnlich. Ich weiß, daß Sie mich verstehen können. Ihre Freundschaft erlaubt mir, Ihnen alles zu sagen. Ohne Sie hätte ich mein Exil niemals ertragen.«

»Ich bin Ihr Opfer«, sagte der König tonlos. »Ich hatte gehofft, in Ihnen eine Seelenverwandte gefunden zu haben. Ich verzweifle an meiner Einsamkeit, bei Ihnen konnte ich sie vergessen. Ist das nicht überaus komisch? Ich liebe Sie, und ich habe einen Korb bekommen. Das ist das Schicksal vieler, ich weiß. Aber ich, ich bin von einer Menge mehr oder weniger aufrichtiger Höflinge umgeben, und ich bin einsam. Das Unglück ist nun einmal geschehen. Ich glaube, wenn ich Ihnen einen Rat geben darf, dann diesen, daß Ihnen nichts anderes übrig bleibt, als den Baron zu heiraten. Und wohlgemerkt, diesen Rat gebe ich Ihnen, ich, der Sie anbetet!«

»Lieben Sie mich wie eine Freundin, wenn das möglich ist. Was meine Heirat betrifft, so kann zur Zeit davon durchaus noch keine Rede sein. Schauen Sie, es wird Abend, es ist schon kein Schatten mehr zu sehen. Bald wird es Nacht sein. Und doch habe ich das Gefühl, eben erst erwacht zu sein. Ich habe soviel erwartet, herbeigesehnt. Ist dies nun der Beginn einer Liebe, das Ende einer Leidenschaft? Es erleichtert, ja erstaunt mich, daß mein Herz nun so ruhig ist, und dann bin ich auch froh, daß ich mich Ihnen anvertraut habe. Verzeihen Sie mir.«

Jane legte ihre Hand auf die des Königs.

»Ich hätte so gerne gehabt...«, begann sie.

Ihre Blicke senkten sich ineinander, und sie merkten, daß sie beide den gleichen Grad von Verzweiflung erreicht hatten. Jane richtete sich wieder auf, auch der König erhob sich und nahm sie in die Arme, wiegte sie, während sie ihren Tränen freien Lauf ließ. Sie stammelten wirre Erklärungen, Entschuldigungen, bevor sie auseinandergingen.

7

Das beste ist, so dachte der König, wenn ich mein Glück wieder bei der Gräfin Florenzi versuche. Ich besuche sie in Italien, und dann werden wir schon sehen, ob sie mir verzeihen kann, daß ich sie auf den zweiten Platz verwiesen habe.

Wie auch immer, Italien war das Land seiner Träume, er würde dort neue Kräfte sammeln.

Der Tod Goethes betrübte ihn sehr. Er schätzte den Dichter und hatte ihm wiederholt geholfen. »Er ist friedlich und ohne Schmerzen eingeschlafen. Er war liebenswürdig bis zuletzt«, schrieb ihm Kanzler von Müller.

Man steht morgens verzweifelt auf, aber ein Blick gibt einem plötzlich die Hoffnung zurück. Nach drei Wochen, in denen er zwischen Auflehnung und Überdruß geschwankt und in den Gängen der Residenz stets eine Trauermiene zur Schau getragen hatte, müde der Komplimente, mit denen Diener und Höflinge ihn überschütteten, unglücklich, unverstanden von Jane, regelte er nun die laufenden Angelegenheiten – die politischen und ebenfalls die künstlerischen –, nahm Abschied von der Königin und seinen zahlreichen Kindern und stattete Jane einen letzten Besuch ab.

Noch einmal – was riskierte er schon – bat er sie, ihm ein paar Stunden ihrer Nacht zu gewähren. Voll weiblichen Stolzes erwiderte sie: »Glauben Sie, Sie können sich von mir in zwei Stunden lösen? Selbst Mitleid brächte mich nicht zum Nachgeben. Wir waren acht Monate lang glücklich, uns beinahe jeden Tag zu sehen, verderben Sie jetzt nicht alles!«

»Ich werde versuchen, Sie zu vergessen und Sie so zu lieben, wie Sie es wünschen. Ich habe die Gräfin Marianina Florenzi von meinem Kommen unterrichtet. Sie wird mir vielleicht verzeihen, daß ich sie verlassen habe, obwohl sie meine Gefühle Ihnen gegenüber kennt. Ich muß fort von hier. Ich hoffe, bei meiner Rückkehr sind Sie verheiratet«, fügte er hinzu, wobei er sich um einen überzeugenden Tonfall bemühte, der wohl eher zu seiner eigenen Überzeugung bestimmt war...

Ende März verließ der König München und reiste nach Italien, wo er das Frühjahr und den Sommer zu verbringen gedachte.

Nach seiner Abreise überfiel Jane ein heftiges Gefühl der Schwäche. Sie schlief schon seit einigen Nächten schlecht, aber auch die Tage wurden ihr länger als sonst. Der Frühling kam wieder, die Knospen begannen zu sprießen.

Als Karl von Venningen von der Abreise des Königs erfuhr, kehrte er zurück. Gemeinsam mit Gabrielle Erskine und Frau von Cetto überredete er Jane, mit ihnen in die fränkische Schweiz zu fahren. Sie liebte die schattigen Täler dort, die bewaldeten Hügel, die unzähligen Tannen, die wie Pyramiden aus dunklem Grün aufragten, die federnden Wege, auf denen sie ritten. Ein paar Tage verbrachten sie bei gemeinsamen Freunden in Streiberg. Offensichtlich dachte Jane nicht mehr an Felix, der mit dem König von Preußen in Teplitz-Schönau zur Kur war.

Karl gehörte zu der Kategorie von Männern, die sich vor nichts fürchten. Rechtschaffen, verantwortungsbewußt und entschlossen, teilte sich letztendlich jedem seine ruhige Stärke mit. Er leitete seine Güter mit Autorität, seine Gegenwart genügte, um jeden bei seiner Arbeit, bei seinen Pflichten zu halten. Er sprach wenig, wurde nie vertraulich, und sein Taktgefühl und seine Ruhe übten einen wohltätigen Einfluß auf Jane aus. Sie gewöhnte sich daran, auf diese Art geliebt zu werden, und seine unveränderte Zuneigung wirkte, ohne daß sie es wollte, auf ihren Willen ein. Karl war aufrichtig, ernsthaft, und nach und nach zog er Jane in seinen Bann. Sie lehnte es ab, sich bei den Konsequenzen eines Augenblicks der Schwäche aufzuhalten, und erlag aufs Neue.

Der König schrieb ihr weiterhin regelmäßig. Am 11. April hatte er in Perugia den Graf und die Gräfin Florenzi besucht und hatte voller Überraschung gesehen, wie gut das Paar sich verstand…

Er schrieb ihr, die Gräfin Florenzi habe sein Angebot, mit ihm nach Ischia zu kommen, abgelehnt, und das sei auch besser so, gab er zu. Die Gräfin wolle, daß ihr seine ganze Liebe gehöre, und es sei nur zu offensichtlich, daß es ihm nicht gelingen werde, seine Ianthe zu vergessen. Er erlaubte sich Vorwürfe, gestand Jane, daß er sogar an die Königin geschrieben habe, um sie für ihr Dasein zu segnen und um sie für sein Betragen um Verzeihung zu bitten.

Jane antwortete ihm mit wenigen Zeilen: »Ich möchte Ihnen einfach nur zeigen, daß Sie immer noch geliebt werden. Ich bleibe immer Ihre Freundin. Auch wenn Sie weit fort in Perugia sind – vergessen Sie mich nicht!«

Ludwig I. fuhr weiter nach Neapel, hielt sich bei König Ferdinand II. auf, beneidete ihn um seine herzlichen Untertanen und bedauerte, daß es in München nicht ebenso zuging. Dann reiste er nach Ischia, wo ihn ein Brief von Jane erwartete.

Trotz der Schönheit der Landschaft, schrieb er wieder, fühle er sich elend und verstoßen. »Was nützt es schon, daß ich ein Herrscher bin, mein Wesen kann Ruhe nicht ertragen, ohne starke Gefühle kann ich nicht leben.« Er gestand ihr, die Bekanntschaft zweier reizender deutscher Frauen gemacht zu haben, die ihn aufzuheitern versuchten. »Doch ich werde Sie nie vergessen können«, fügte er hinzu.

Jane antwortete auf jeden Brief in warmherzigen Worten, versicherte ihn ihrer Zärtlichkeit und Zuneigung.

Als Ludwig am 7. Mai 1983 erfuhr, daß die Großen Nationen Europas aufgrund des Londoner Vertrages seinen zweiten Sohn Otto, der zu dieser Zeit siebzehn Jahre alt war, zum König von Griechenland ernannt hatten, machte ihm das Leben wieder Freude. Das war für ihn mehr als eine Ehre. Es schenkte ihm eine tiefe Befriedigung. Hatte er darauf nicht hingearbeitet? Besänftigt besichtigte er Pompeji und Herkulaneum, folgte Schritt für Schritt den Spuren seines lieben Winckelmann und begab sich schließlich nach Rom, wo er Papst Gregor XVI. einen Besuch abstatten wollte.

Auch von Felix kamen Nachrichten, aber von einem Treffen war nicht mehr die Rede. Von Marienbad aus, wo sie sich aufhielt, teilte die Fürstin Esterhazy Frau von Cetto mit, Felix' Vater habe schließlich doch in eine Heirat eingewilligt. Jane unterrichtete gleich den König davon: »Er hat Tausende von Fragen über mein Leben hier gestellt, über das Interesse, das Sie mir entgegenbringen, denn darüber wird noch viel geredet. Leider! Ich liebe Felix immer noch, und ich könnte keinen anderen heiraten. Die erste große Liebe bleibt immer einzigartig, und wie erst bei dieser hier! Habe ich für ihn nicht alles aufgegeben und geopfert? Weder die Zeit noch sonst ein Heilmittel könnten mich von dieser Liebe befreien.«

Im Juli verkündete Jane, sie würde nach Italien fahren. Über Salzburg und Berchtesgaden wollte sie nach Mailand reisen. »Ich verspüre ein heftiges Verlangen, mich zu verändern«, schrieb sie, »zehn Jahre ist es her, daß ich das letzte Mal in Italien war.«

Die Wahrheit sah jedoch anders aus, ernstere Gründe bewegten sie dazu: Sie war zum vierten Mal schwanger. Dieses Mal erwartete sie ein Kind vom Baron von Venningen. Sie beschloß, es vor ihm ebenso zu verbergen, wie sie es vor allen anderen geheim halten wollte. Sie hatte bereits drei Kinder zur Welt gebracht, und zwei davon waren unehelich.

Sie verlegte sich darauf, mit verzweifelter Wut gewaltige Ritte zu unternehmen, verausgabte sich bis ans Ende ihrer Kräfte.

Doch nichts geschah, und sie kam schon in den vierten Monat. Gequält, ständig von Migräneanfällen, Ohrensausen und pochenden Schläfen heimgesucht, hatte sie niemanden, dem sie sich anvertrauen konnte, nur Emma war über ihren Zustand unterrichtet. Sie braute ihr die seltsamsten Aufgüsse. Jane suchte sogar im hintersten Winkel einer Gasse eine Frau auf, die sie peinigte, ohne auch nur das Geringste zu erreichen. Das Kind war offensichtlich fest entschlossen zu bleiben, wo es war.

Diese Gewißheit hatte in ihr den Plan zu dieser Reise reifen lassen. Nichts war normaler, als nach Italien zu fahren... sie würde sich für die Niederkunft in einen ruhigen Winkel zurückziehen und das Neugeborene Emma anvertrauen, bis sie einen Entschluß über ihre Zukunft gefaßt hatte.

Jane schützte Unwohlsein vor und empfing niemanden. Ihre Koffer packte sie für eine achtmonatige Abwesenheit. Wenn Karl jemals davon erfährt, wird er mich auf der Stelle heiraten wollen, sagte sie sich, und ich bin sicher, er würde einen solchen Wirbel darum machen, daß ich notgedrungen nachgeben müßte. In Salzburg, wo sich die Erskines aufhielten, wollte sie als erstes Station machen, und dann mit Emma und Didi weiterfahren... Da man ihr ja allgemein eine Schwäche für unvorhersehbare und ausgefallene Entschlüsse nachsagte, würde diese plötzliche Reise niemanden überraschen.

Und Felix?

Das ist alles seine Schuld, sagte sie sich wütend. Er läßt mich von Versprechungen leben, die er gleich darauf wieder zurücknimmt. nach allem, was geschehen ist, bin ich ihm keine Rechenschaft mehr schuldig. Wenn er mich sehen will, dann soll er kommen. Ich werde es ihm schon erklären. Auf jeden Fall sind bei dem Eifer, den er an den Tag legt, um mich wiederzusehen, acht Monate schnell vorüber.

Ein paar Tage vor ihrer Abreise hatte sie noch ihre Freunde empfangen müssen. Ihr erschöpfter Gesichtsausdruck gab den Gründen, die sie zur Rechtfertigung ihres Entschlusses anführte, zusätzliches Gewicht. Berge und Sonne würden ihr gut tun. Der Arzt sagte ausdrücklich, sie brauche Luftveränderung.

Karl ängstigte sich und erbot sich, sie zu begleiten.

»Jane… antworten Sie, ich bitte Sie. Warum diese Flucht?«

»Nichts Ernstes, Karl. Ich bin nur einfach völlig erschöpft: vom Warten, vom Vergessen, von ihrem Eifer, von dieser Stadt.«

Sie trat zitternd zu ihm.

»Ich werde nur den Sommer über weg sein. Bei meiner Rückkehr werde ich besser wissen, was ich will.«

»Das ist zu lang. Was soll ich ohne Sie anfangen?«

»Kümmern sie sich um Ihre Geschäfte; hatten Sie nicht in Paris etwas zu erledigen? Also fahren Sie dorthin! Sie werden sehen, der Sommer vergeht schnell.«

»Nun gut, kann ich Sie dann wenigstens bis Salzburg begleiten?«

»Seien Sie unbesorgt, Lady Erskine und Gabrielle sind schon dort und erwarten mich. Ich verspreche Ihnen, ich werde Ihnen schreiben.«

Als Karl gegangen war, überprüfte sie noch einmal ihr Gepäck. Sie holte den Italienführer, eine kleine Dante-Ausgabe, eine italienische Grammatik, *Rom, Neapel und Florenz* von Stendhal, den Winckelmann und ihre Ausgabe der Gedichte von Byron aus dem Regal. Es tat ihr leid um ihre geliebten Bücher, um all die, die sie nicht mitnehmen konnte. Sie bezahlte die Dienstboten, schob ihre Briefe – die von Felix waren mit einem Band zusammengebunden – in eine Tasche und versteckte die des Königs in einem Sandelholzkästchen, das sie abschloß. Während sie noch überlegte, was sie vergessen hatte, packte sie noch Sonnenschirme und Fächer ein und zählte ihre Goldstücke, die sie in einer Innentasche, zwischen ihren Unterröcken, aufbewahrte.

Einige Stunden später stieg sie in die Kutsche. Nun wurde das Leben für sie, die sie das Alleinsein verabscheute, wieder einsamer. Sie verspürte einen leichten Anflug von Gewissensbissen, war jedoch fest entschlossen, sie so schnell wie möglich wieder zu vertreiben. Es gelang ihr, sich einzureden, gewiß würde alles gut ausgehen. Lachen, Lächeln, sie mußte noch einen Monat durchhalten, bevor sie sich verbergen konnte. Vielleicht würde sie den Winter auf Sizilien verbringen, die Insel müßte dann menschenleer sein. Alle Ängste waren von ihr abgefallen, sie fand selbst in dieser überstürzten Abreise einen jugendlichen Schwung, eine Freiheit, etwas Berauschendes.

Durch die zugezogenen Vorhänge fiel blaues Dämmerlicht. Unter dem Knallen der Peitsche zogen die Pferde dahin. Die Wälder, die Seen tanzten vor ihren Augen. Die erste Nacht verbrachten sie in Ebersberg. Auf den Linden sangen leise die Nachtigallen, und Jane konnte keinen Schlaf finden, weil sie immerzu an die Vergangenheit denken mußte.

Am nächsten Tag erreichten sie den Chiemsee, diesen See, der so groß ist, daß die Bayern ihn ihr ›Meer‹ nennen. In der Ferne tauchten die drei Inseln auf der silbernen Wasserfläche auf, die von dunklen, majestätischen Berggestalten umgeben war.

»Was für eine Gegend«, sagte Jane. »Ich könnte hier nicht leben, ich würde sterben vor Entsetzen.«

Und Emma konnte ihr da nur zustimmen.

Die Stämme riesiger Bäume ragten auf wie Säulen, ihre Wipfel waren dem Himmel so nahe, daß sogar die Vögel, die ohne einen Laut in halber Höhe dahinglitten, sie nicht zu erreichen schienen.

Sie fuhren durch Wälder mit klaren Bächen, machten Rast in einem Fischerdorf; bei strahlendem Sonnenschein zogen weitere Wälder und Seen an ihnen vorüber, bis sie in die Schluchten des Lattengebirges mit seinen bizarr abgeplatteten Felsen hineintauchten. Nach fünftägiger Reise kamen sie endlich in Salzburg mit seinem unerklärlichen Zauber an.

Ein sanftes Licht spielte um die Umrisse der Palais, der Kirchen, der riesigen Plätze mit den skulpturengeschmückten Brunnen, der Straßen, die mit schmiedeeisernen Schildern gekennzeichnet waren.

Endlich erreichten sie die Ufer der Salzach, nicht weit von dem Haus, in dem Mozart geboren war, und wurden von Lady Erskine mit besorgter Zärtlichkeit empfangen. Jane betrachtete sie beinahe als ihre Mutter und warf sich in ihre Arme. Um nichts in der Welt hätte sie diese Frau, die sie verehrte und bewunderte, beunruhigen mögen. So versuchte Jane zu lächeln, während sie ihr Reisekostüm glattstrich.

»Ich freue mich so, Sie wiederzusehen. Verzeihen Sie mir meine Gefühlsaufwallung.«

»Ruhen Sie sich aus, mein Kind. Wir haben auf Sie gewartet, damit wir gemeinsam nach Berchtesgaden fahren können. Eine Wohnung im Schloß steht zu unserer Verfügung.«

Dieses Mal lächelte Jane aus ganzem Herzen. So würde sie in einem Schloß der Wittelsbacher absteigen.

Erschöpft, von Rührung übermannt beim Gedanken an Ludwig, der sogar mitten in Italien noch an sie dachte, sank sie auf das Bett mit dem spitzenumsäumten Baldachin und schlief, beinahe glücklich, auf der Stelle ein.

Der nächste Morgen versprach, wunderschön zu werden. Jane beschloß, einen Ausflug zu machen. Ein lauer Wind wehte über die Stadt und kräuselte die Wellen der Salzach. Munter wollte sie ein wenig am Kai entlangspazieren.

Wenn man ihr einen Schlag auf den Kopf versetzt hätte, wäre sie nicht überraschter gewesen. Vor ihr stand, ans Geländer gelehnt, Karl von Venningen.

8

»Ich flehe Sie an, Sie dürfen mich nicht so verfolgen. Ich habe so viele Probleme zur Zeit. Es gibt Stufen in der Liebe... Ich habe das Bedürfnis, allein zu sein.«

»Ich werde Sie hier nicht belästigen. Ich bin auf Ihren Ruf bedacht, um so mehr, als ich Sie eines Tages heiraten werde. Aber ich habe über vieles nachgedacht und wollte Sie darum wiedersehen; ich mache mir ernstlich Sorgen um Ihre Gesundheit. Sie verbergen mir etwas, davon bin ich überzeugt.«

»Ich bin nur erschöpft, lassen Sie mich doch so leben, wie ich möchte.«

»Lady Erskine wird mich sicherlich empfangen.«

»Natürlich, sie mag Sie sehr, ihre Tochter übrigens auch.«

Jane schwankte zwischen Zorn und Rührung, ihre violetten Augen jedoch verhießen nichts Gutes.

»Richten Sie es so ein, daß Ihr Name nicht mit meinem in Verbindung gebracht wird. Wenn Felix mir das vorwerfen würde, würde ich sterben.«

»Daran hätten Sie vorher denken sollen!«

»Schuft! Wie können Sie es wagen, so etwas zu sagen!«

Karl brach in Lachen aus. Er ist wirklich ein schöner Mann, dachte Jane. Die Unverschämtheit steht ihm gut! Und bevor er ging, hatte Karl sie angesehen, wie man ein unartiges Kind anschaut.

Eine Woche lang richtete er es so ein, daß er ihr jeden Tag begegnete, bevor er ohne Vorwarnung verschwand und ihr endlich eine Nachricht hinterließ, die sie schön fand: »Der Ritter trabte ängstlich die Bachesufer entlängst; er fürchtete bald, durch Verzögerung die Flüchtige zu weit voraus zu lassen, bald wieder, in der großen Eile sie irgendwo, dafern sie sich vor ihm wolle, zu übersehen.«

Jane hatte eine Passage aus Fonghés *Undine* wiedererkannt. Lieber Karl! Was für eine reizende Art, sie um Verzeihung zu bitten, daß er ihr bis hierher gefolgt war. Sie bedauerte, während dieser Woche so unfreundlich zu ihm gewesen zu sein.

Die Berglandschaften, für die ihre Landsleute, Schöpfer künstlich wilder Parks, so empfänglich gewesen waren, begeisterten sie in höchstem Maße. Sie war Byron, Shelley und auch Jane Digby, die die Natur entdeckte, die letzte Zuflucht vor ihrer Einsamkeit, die letzte Vertraute ihres Gemütszustandes.

Jane würde im September nach München zurückkehren, daran zweifelte Ludwig nicht. Wenn er auch ein wenig ärgerlich darüber war, ihr nicht unterwegs begegnet zu sein, so hatte die Begeisterung, die aus ihren Briefen sprach, ihn doch besänftigt. Aus Berchtesgaden hatte sie ihm geschrieben: »Endlich sehe ich die großartigen Schauplätze, die Sie mir so oft beschrieben haben, und ich muß Ihnen sagen, daß die Wirklichkeit Ihre Schilderungen noch übertrifft.«

Sie war über die neue Ortlerstraße, die nach Mailand führte, gefahren und hatte ihm in aller Eile ein paar Zeilen geschickt: »In meinem ganzen Leben habe ich noch nie etwas so Schönes gesehen.«

Auf der anderen Seite der Alpen änderte sich die Landschaft, sie wurde lieblicher und die Dörfer sonniger. Didi war ein unproblematisches Kind, das sich an allem freute; sie hielt ihre Puppe im Arm und plapperte auf entzückende Weise deutsch. Emma, die mit einem der Kutscher angebändelt hatte, tat so, als gehöre die Postkutsche ihr.

Die von Kastanienwäldern gesäumten Seen des Mailänder Oberlands schienen Jane der poetischste Ort des Universums zu sein, und um so bereitwilliger ergab sie sich einer wohligen Melancholie. Die Luft war lau, an den Ufern lagen vereinzelt Häuser, pittoreske Palazzi. Auf Anhöhen in der Ferne tauchten Dörfer auf, man sah ihren Kirchturm, der über die Bäume hinausragte. Glockengeläut drang schwach herüber, noch gedämpft durch das Rauschen der Wellen. Jane bedauerte es, allein zu sein, wie gern hätte sie ihre Empfindungen mit jemandem geteilt. Sie zürnte Felix deshalb, auch der König fehlte ihr und Karl von Venningen noch mehr. In manchen Augenblicken erschien ihr alles zu schwierig – zwei alleinreisende Frauen, ein Kind, ein Hund und Gepäck –, und ihr Mut sank. Sie war des ständigen Feilschens, Diskutierens, Verhandelns lange schon müde.

In Mailand stieg sie im Hotel ›Delle due Torri‹ ab, gegenüber dem Dom. Sie spazierte durch die Straßen. Trotz ihres Schleiers und ihres einfachen Kleides wurde sie angerempelt, gestreift. Den wenigen Freunden, die hier in der Stadt wohnten, einen Besuch abzustatten, konnte sie nicht wagen. Ihre Schwangerschaft war zwar noch kaum zu erkennen, doch es war besser, vorsichtig zu sein.

Die Hitze lastete schwer über der Stadt. Sie hatte das Gefühl zu ersticken. Nach der Stille der Alpen irritierten sie der Lärm und die Fröhlichkeit; zu sehr erinnerte sie diese hektische Betriebsamkeit an Paris.

Aus dem Gleichgewicht gebracht, vertiefte sie sich in die Betrachtung der Säulen von San Lorenzo und der einzigartigen Kirche, die sich dahinter befand. Sie schaute sich die Fresken von Appiani im königlichen Palast an und stieg in die Kuppel des Domes hinauf. Sie durfte sich nicht gehen lassen, vielleicht war nur Erschöpfung die Ursache für ihre Traurigkeit.

»Wie kannst du nur so einsam leben? Ist die Natur etwa einsam? Freude und Verlangen fliehen den, der allein ist.«

»Novalis soll sich zum Teufel scheren«, sagte sie. »Ich würde Gott weiß was dafür geben, mit Leuten zu lachen, an einem Fest teilzunehmen, Verlangen zu spüren.«

Die Dächer und Glockentürme schienen in einen Hitzeschleier eingetaucht, alles sprühte vor Leben.

»Alles sehen im Vorüberfahren«, das war einer der großen Reisegrundsätze für Italien. Jane hatte keine Zeit zu verlieren, denn sie wollte im Oktober in Sizilien sein. Sie überlegte zunächst, ob sie mit der Postkutsche nach Genua fahren sollte, entschied sich dann aber für einen *vetturino*, das bedeutete weniger Reisegefährten und dreißig Meilen pro Tag.

Der *vetturino* fuhr um fünf Uhr morgens ab und hielt nachmittags um drei Uhr; man konnte hastig ein Risotto essen und eine Tasse Kaffee trinken, wie es die Italiener taten. Bei Sonnenuntergang erreichte die Kutsche dann ein Gasthaus, das Abendessen war im Preis inbegriffen. Emma führte die Verhandlungen, bestand darauf, daß der Kutscher eine Ausnahme machte und während der Fahrt an den Stellen anhielt, die sie besichtigen wollten; außerdem verschaffte sie ihnen die besten Plätze – den *posto buono* – hinten im Wagen, für einen Franken zusätzlich pro Tag. Zwei Meilen vor Pavia – der ersten Etappe – konnte man die schlanken Türme sehen, die über die Häuser hinausragten. Die Kartause ähnelte einer Bonbonschachtel aus weißem Marmor.

»Das hier ist die Stadt der hundert Türme«, sagte einer der drei mitreisenden Studenten, die hier ausstiegen.

Als sie in Genua ankamen, begab sich Jane sofort auf die Post, um nach Briefen für sie zu fragen. Der König, Felix, ihre Freunde, Nachrichten aus England, niemand hatte sie vergessen, niemand außer Karl. Sie ärgerte sich darüber.

Ihre Reise überraschte niemanden. Wie jede Engländerin, die auf sich hielt, besuchte sie eben Italien. Jane stieg in einer Schweizer Pension in der Nähe der Börse ab und beglückwünschte sich, auf den Ratschlag von Lady Erskine gehört zu haben: »Fragen Sie nach Zimmer 26. Von dort aus hat man einen schönen Blick über den Hafen und die Berge. Wenn Sie die Zimmernummer vergessen, so erinnern Sie sich daran, daß ein Russe hier zweiundzwanzig Monate gewohnt hat. Gegenüber bei Michele können Sie zu Abend essen.«

Zufällig war das Zimmer frei. Von ihrem Balkon aus sah Jane das Meer und die Küste entlang bis Savona. Das Herz schwer von all den Lügen – allerdings dachte sie auch daran, wohin ihre Kühnheit, frei heraus die Wahrheit zu sagen, sie bislang geführt hatte –, schaute sie aufs Meer; der klare Himmel spiegelte sich im funkelnden Wasser. Sie genoß die Sonne, Geräusche und Düfte stiegen zu ihr empor, eine Art Wohlbehagen überkam sie und verscheuchte die trüben Gedanken. Sie mußte in ihren Briefen antworten, daß der Arzt ihr für einige Zeit Sonne und Mittelmeerluft verordnet habe; da sie nicht gern ohne Ziel verreise, habe sie die Absicht, nach Neapel und von dort weiter nach Sizilien zu fahren.

Sie legte die Hände auf ihren Leib und fühlte bereits, wie das Kind sich bewegte.

»Ich empfange wirklich mit erstaunlicher Leichtigkeit Kinder! Dieses hier, es existiert noch kaum und schon hat es mein Leben wieder geändert. Vorwärts, kehren wir zur Gegenwart zurück! Ich habe Lust auf ein Fischessen! Gehen wir und überzeugen wir uns, daß Emma jemanden gefunden hat, der heute abend auf Didi aufpaßt.«

Um außerhalb der Pension nicht allein zu Abend essen zu müssen, nahm Jane jedesmal Emma mit. Sie war von der Kammerzofe zur Gouvernante avanciert und durfte nun zu ihrer großen Begeisterung hübsche Kleider tragen. Zudem hatte Emma eine resolute Art, die Dinge zu regeln, die kaum einen Einwand zuließ. Und sie konnte sogar diskret sein, selbst wenn sie gerne die Manieren ihrer Herrin nachahmte, was ihr mit unbestreitbarem Geschick und erstaunlicher Anmut gelang.

Oft gingen beide aus, um Einkäufe zu machen. Ihr Weg führte sie zum Hafen.

Jane hatte das unangenehme Gefühl, verfolgt zu werden. Manchmal drehte sie sich verstohlen um, spähte durch ihren Schleier. Nein, es war nur Einbildung, sie erkannte niemanden, nur die Tagediebe, die ihr anboten, sie für vier Sous in die Stadt zu führen.

Die Schiffe im Hafen wiegten sich leicht an ihren Ankerplätzen. Die Fischer unterhielten sich, während sie ihre Netze flickten, die großen Weidenkörbe quollen über von allen möglichen Fischen mit erstaunlichen Schuppen.

»Morgen werden wir mit der Kutsche hierherfahren, ich werde ein paar Aquarelle zeichnen. Letztlich ziehe ich diese volkstümlichen Viertel vor, und Didi wird begeistert sein.«

Auf dem Heimweg blieben sie bei der Carignani-Kirche stehen, dann noch einmal an der Kathedrale, um das berühmte Bild von Jules Romain zu bewundern, das sie so sehr liebte.

»Mylady!«

Jane blieb stehen, der Atem stockte ihr: Jemand hatte sie erkannt. Sie dachte an ihren Zustand. Sah man es noch nicht zu sehr? Noch schützte sie das Dämmerlicht. Verblüfft sah sie einen jungen Mann, ungefähr in ihrem Alter, groß und rothaarig, wahrscheinlich ein englischer Student auf der Suche nach einem Abenteuer.

Sie hob ihren Schleier, um besser sehen zu können. Eine zerzauste Mähne, Sommersprossen. Sie fühlte, wie ihre Beine ihr den Dienst versagten, eine Woge von Erinnerungen stürzte auf sie ein.

»Mein Gott… das ist doch nicht möglich! Johnny!« flüsterte sie. »Johnny, o mein Gott, sag doch, daß es wahr ist!«

»Mylady!«

»Oh!« rief sie und stürzte sich in seine Arme. Sie schaute ihn an, schüttelte ihn, umarmte ihn.

»Zuerst konnte ich es gar nicht glauben. Und noch weniger, als ich merkte, daß du allein warst.«

»Ich habe dich wiedergefunden! Wenn du wüßtest, wie oft ich an dich gedacht habe. Was warst du nur für ein Dummkopf, mich so zu verlassen, wie du es getan hast. Johnny, wir haben geglaubt, du seist tot... aber ich wußte, daß ich dich eines Tages wiedersehen würde.«

Janes blasses Gesicht leuchtete im Schein der Kerzen. Ihre großen Augen verschlangen den jungen Mann mit den Blicken. Ihre Kindheit, Johnny, alles wirbelte in ihren Gedanken durcheinander. Schon lange hatte sie nicht mehr einen so schönen Traum erlebt.

»Das ist ein komischer Ort, um sich wiederzubegegnen.«

Sie standen voreinander, betrachteten einander ungläubig, dann umarmten sie sich wieder, wie um sich zu vergewissern.

»Oh Johnny«, wiederholte sie nur, völlig überwältigt. »Komm«, sagte sie dann mit einer besitzergreifenden Geste, »wir können hier nicht stehenbleiben.«

Emma, die die Szene beobachtet hatte, hatte schließlich begriffen.

»Das ist Emma. Ohne sie wüßte ich nicht, was ich tun sollte. Johnny ist mein wiedergefundener Freund. Kommt, das ist der schönste Tag meines Lebens.«

»Machen Sie sich keine Gedanken, Mylady«, sagte Emma, »ich kehre zur Pension zurück, es ist nicht mehr weit.«

»Warte nicht auf mich, ich esse anderswo zu Abend. Komm, laß uns zuerst auf die Promenade gehen.«

»Warte eine Sekunde noch.«

Johnny nahm eine Kerze und hielt sie vor Janes Gesicht.

»Du bist noch schöner geworden.«

Auf Zehenspitzen, mit ihren Paketen in der Hand, schlich Emma davon.

9

»Deine Tatkraft allein genügt schon zu deiner Verteidigung. Du bist stark, versuche also nicht den Eindruck zu erwecken, als zweifeltest du an dir, ich würde dir nicht Glauben schenken. Der Anschein trügt bei dir.«

»Um Himmelswillen, mach dich nicht lustig über mich.« Zehn Jahre, vor zehn Jahren hatten sie sich zum letzten Mal gesehen. Sie hatten sich so viel zu erzählen!

»Eigentlich war ich immer über dich auf dem laufenden. Ich war in der Menge, als du in den St. James Palace gegangen bist, ich habe dich in deinem Debütantinnenkleid gesehen. Bei deiner Hochzeit... und an all den Abenden, an denen du ins Almack gegangen bist, habe ich, draußen versteckt, gewartet. Das war meine einzige Freude. Der Skandal, den du in London entfacht hast, hat mich nur noch stolzer auf dich gemacht. So der öffentlichen Meinung zu trotzen und deiner Liebe zu folgen, das paßte zu dir. Und deine Scheidung! Dann habe ich dich leider aus den Augen verloren. Du warst verschwunden. Später habe ich erfahren, daß du zuerst in Frankreich und dann in München warst. Der König ist ein großer Kunstliebhaber, du mußtest ihm zwangsläufig gefallen. Als ich vor einem Monat London verlassen habe, kursierte dieses häßliche Gerücht in der Stadt, aber dein Name erregt eben immer die gleiche Neugier.«

»Die Welt ist dumm, du verläßt einen Mann, den du nicht liebst, um dem Mann zu folgen, den du liebst, und alles schreit auf! Du bezauberst den König von Bayern, und alle finden es wunderbar.«

»Da ich immer an dich gedacht habe, mußten unsere Wege sich letztlich kreuzen. Was habe ich nicht kämpfen müssen, um etwas zu werden, das mich dir näher bringt!«

»Aber Johnny, wie hätte ich dich vergessen können? Doch was für eine Überraschung, dich hier zu treffen! Und dann bist du auch noch so elegant, ich habe geglaubt, ich träume.«

»Das Glück... Es hat sich schließlich doch noch mit mir verbündet... denn es konnte niemandem elender gehen als mir, als ich geflohen war. Letztlich war die Demütigung, der mein Vater mich ausgesetzt hat, heilsam. Ich wußte nicht, wohin ich gehen sollte, also bin ich zu Fuß aufgebrochen, mit nichts, ohne Freund, ohne Unterkunft. Ich hoffte darauf, eine Arbeit als Pferdeknecht zu finden; Pferde, das war das einzige, wovon ich etwas verstand. Aber alles kam anders. Als ich eines Tages an der Tür eines Gasthauses bettelte, hat ein Herr beim Hinausgehen seine Geldbörse fallen lassen. Ich habe sie aufgehoben und an mich genommen. Niemand hat mich gesehen, ich hätte sie behalten können, aber der Gedanke kam mir gar nicht, und das hat mich gerettet. Der Mann gab mir zu essen, stellte mir Fragen. Und da, ohne zu wissen warum, sprach ich anstatt von Pferden – wahrscheinlich war mir die Mahlzeit zu Kopf gestiegen – von Zeichnungen und Aquarellen. Das erregte sichtlich die Neugier des Herrn, er ließ mich neben den Kutscher auf den Bock steigen und nahm mich mit nach London. Dort ging alles sehr schnell; mein Beschützer, der wissen wollte, ob ich etwas tauge, schickte mich zu einem befreundeten Maler, und das war es.«

»Was für eine Geschichte!« sagte Jane beeindruckt. »Das ist die Art von Abenteuer, wie sie sonst nur in Romanen vorkommt.«

»Der Maler war so gütig, Interesse an mir zu zeigen, und eines Tages gab er mir seine Utensilien und trug mir auf, ich solle das malen, was mir durch den Kopf ging. Nach ein paar Tagen stellte er mich als Lehrling ein. Ich verdanke ihm alles. Er ist mittlerweile sehr bekannt, er heißt Turner, Joseph Mallord William Turner. Sein Erfolg hat ihn nicht verändert. In der Öffentlichkeit ist er schüchtern und gehemmt, aber bei seinen Freunden gibt er sich ganz anders, geistreich, oft sarkastisch und schlagfertig. Er interessiert sich für alles und hat sich nach und nach alles alleine beigebracht, indem er Dichter und Philosophen gelesen hat. Und was für Aquarelle er malt! Seine flüssige und schnelle Arbeitsweise erlaubt ihm Kühnheiten, die sonst niemand wagen würde! Er versucht, das Licht auf seinen Landschaften festzuhalten. Er hat mich hierher geschickt, damit ich dieses Licht studiere, das es nur in Italien gibt. Aber genug jetzt! Ich könnte Tag und Nacht von ihm erzählen«, sagte er ernst, »er bedeutet mir mehr als ein Vater.«

Jane schaute ihn an. Auch er hatte sich nicht verändert. Natürlich war er gewachsen, doch er besaß immer noch die gleiche vornehme Ausstrahlung – und die Sorgfalt, die er auf seine äußere Erscheinung verwandte, verwirrte sie nach wie vor ein wenig. Er hatte seinen leichten Norfolk-Akzent nicht abgelegt, und mit seinen grünen Augen und seiner rotblonden Mähne, nicht weniger zerzaust als früher, hatte er immer noch das gleiche schelmische Aussehen, etwas weniger frech, dafür aber um so künstlerischer. Er vermittelte ein Gefühl von Stärke und zugleich unbändige Lebensfreude. Jane lauschte ihm, und tiefer Respekt, gemischt mit Zärtlichkeit, ergriff sie. Mit ihm kehrte etwas von ihrer Familie, von Holkham zu ihr zurück. Sie legte ihr Gesicht an die Schulter des jungen Mannes, wie früher, wenn sie den Geruch nach Heu suchte, den ihre Spiele in den Ställen hinterließen. Sie war stolz auf ihn, auf seinen Erfolg als Mann, vielleicht auch ein wenig auf sich selbst, die in ihm immer den unverstandenen und von Steely und den anderen abgelehnten Künstler gesehen hatte. Während seine Seeungeheuer, sein leuchtendes Chaos den anderen nur ein Lächeln entlockten, hatte sie immer gewußt, daß er ein großes Werk schaffen würde, eigenwillig, kompliziert und voller Aufruhr, als ob er zuviel Phantasie hätte oder mehr leiden müßte als gewöhnliche Sterbliche.

Seit zwei Wochen reisten sie nun alle vier zusammen. Nach Livorno hatten sie in Florenz Station gemacht und waren in der Via Lambertesca abgestiegen, wo sie die Unordnung und der Lärm im Gasthaus amüsierten; gelegentlich nahmen sie gegen fünf Uhr am Abendessen an der *table d'hôte* teil, aber meistens ging Jane mit Johnny in den Weißen Löwen in der Via della Vigna.

Von neun Uhr morgens an liefen sie durch die ganze Stadt. In die Galerie Pitti natürlich, denn Johnny war ein wunderbarer Führer. Donnerstags und sonntags gab man den Park von Boboli für die Öffentlichkeit frei, und sie nutzten dies zu langen Spaziergängen dort. Sie besichtigten Santa Croce, San Lorenzo, die Kapelle von Michelangelo, das Grabmal der Medici; dann fuhren sie in der Kutsche durch die Stadt, stiegen zu San Miniato hinauf; ein andermal standen sie entzückt vor den Fresken von Masaccio in der Chiesa del Carmine, betrachteten voller Abscheu die Zelle Savonarolas in San Marco oder besichtigten, ihre Dante-Ausgabe unter dem Arm, Santa Maria Novella. Sie gingen durch den Kreuzgang degli Spagnoli, mieden die beliebte Sonntagsmesse in Santa Trinità, spazierten fast jeden Abend den Lungarno entlang, um die Sonnenuntergänge nicht zu versäumen. Jane schwamm im Glück, fühlte sich frei und jung, nur angesichts der Zeit, die verrann, empfand sie einen winzigen Stich im Herzen. Auf den Rat des Gastwirts hin wandte sich Jane an Signor Menchioni, einen Spezialisten auf seinem Gebiet, um einen *vetturino* für sie allein zu mieten – ein Luxus, den sie seit Mailand nicht mehr genossen hatte! Über Arezzo und Perugia fuhren sie nach Rom.

Sie richtete es so ein, daß sie den römischen Zoll *a casa* empfangen konnte – nach dieser Formalität würden sie in einer Woche in Rom sein.

Vielleicht gab ihr erst das Wesen Johnnys, das sich so von ihrem unterschied – mehr als bei den anderen, die immer ihre Meinung teilten – das Gefühl, wirklich zu leben? Sie waren selten einer Meinung. Wenn er einer persönlichen Vorstellung, oder vielmehr einer, die nur zu ihm zu passen schien, Ausdruck verlieh, so kam Jane diese Vorstellung eher seltsam als richtig vor. Sie liebte seine Fröhlichkeit und legte Wert auf seine Bemerkungen. Wenn sie zuweilen in seiner Gegenwart laut dachte, mußte sie sich eingestehen, daß ihre Absichten gar nicht so klar waren, wie sie ihn glauben machen wollte. Mit Johnny gewährte diese Italienreise ihrer Seele eine Rast, einen Moment des Friedens, aber jeder Brief lieferte sie wieder ihren widersprüchlichen Gefühlen aus. Ein Brief von Felix versetzte sie einen Augenblick lang in freudige Erregung, dann jedoch wurde aus der Freude schwärzeste Verzweiflung. Zum einen wollte sie nur die tröstlichen Dinge sehen, suchte in den nichtssagenden Worten den Funken eines Versprechens, zum anderen war sie empört, wenn ihr die Zeilen zu gleichgültig erschienen, in denen sie gerne glühende Leidenschaft gelesen hätte.

Johnny behauptete, sie habe vom Prinzen nichts mehr zu erwarten, Jane weigerte sich jedoch, das zuzugeben. Immer wieder schöpfte sie Hoffnung.

»Du bist noch törichter in deiner Verranntheit, als du es als Kind warst«, warf Johnny ihr verärgert vor.

Die Briefe des Königs lösten nur Gewissensbisse in ihr aus, wegen ihrer Lügen. Hatte sie ihm nicht geschworen, sie wolle immer aufrichtig zu ihm sein?

»Du solltest nichts verraten, geh lieber vorsichtig zu Werke«, meinte auch Johnny. »Wenn er die Wahrheit herausfinden will, so soll er das tun. Wenn er die Augen verschließen will, so ist das nicht deine Schuld.«

Daß Karl von Venningen nichts von sich hören ließ, beunruhigte sie ein wenig; sie hatte geglaubt, er liebe sie, und dieses Schweigen jetzt kränkte sie schon ein wenig. Doch jeder Tag bescherte ihnen so viele neue Pläne, daß sie gar keine Zeit fand, in Melancholie zu verfallen.

»Ich liebe es, unterwegs zu sein, mich zu verändern. Wahrscheinlich liegt hierin meine Wahrheit. Ich habe mich noch nie so wohl gefühlt! Ich bin wie die Schwalben: Ich liebe es, über die Meere zu fliegen, selbst wenn ich dabei Gefahr laufe, ins Wasser zu stürzen!«

»Weil man über dem Neuen Enttäuschungen und Tod vergißt. Heb dir deine Gefühle für Italien auf, und ein paar hoffentlich auch für mich.«

»In manchen Augenblicken bin ich fast bereit zum Verzicht; dann übermannt mich eine große Müdigkeit, und ich bin so überdrüssig, das weiter zu verfolgen, was ich mir so sehr gewünscht habe«, sagte sie.

Johnny gegenüber zeigte Jane häufig wieder diesen Ausdruck gierigen Triumphes, den sie als kleines Mädchen gehabt hatte, und ihre Augen glitzerten vor Vergnügen. Sie legte sorgfältig ihren Hut auf die Steinbank – es war nämlich heiß! –, und bei dieser anmutigen Geste traten ihm die Tränen in die Augen. Trotz ihrer fröhlichen Miene wußte Johnny, daß sie noch nicht geheilt war, sie wartete immer noch auf etwas. Sie hatte ihm gestanden, daß sie Karl von Venningen nachgegeben hatte. Wenn er von Zeit zu Zeit auch einen

Schimmer von Verlangen in ihrem Blick entdeckte, so war dieser doch so flüchtig, daß Johnny nicht die kleinste Geste wagte. Aber sie war für ihn nicht mehr »das Fräulein vom Schloß«, er liebte sie, er war zu allem bereit, sogar dazu, das Kind eines anderen anzuerkennen, wenn es sein mußte.

Es war sieben Uhr abends. Aber die Hitze hinderte sie nicht daran, zu Fuß von der Villa Borghese heimzukehren. Sie gingen am linken Tiberufer entlang bis zum Tempel der Vesta, stiegen noch zur Malteserpriorei hinauf, dann zur Piazza di Spagna und zur Via Condotti, in der sich ihr Hotel, Chez Franz, befand. Didi schlief schon. Emma stickte am offenen Fenster. Später würden sie ins Café Greco gehen, dem Treffpunkt der Künstler. Jane liebte es, den Worten einer für sie unverständlichen Sprache zu lauschen, die Johnny, ein anderer Johnny, mit Leichtigkeit gebrauchte.

Diese freischaffenden Künstler hatten nichts mit denen gemein, denen sie in Ludwigs Umgebung begegnet war. An diesem lebhaften, engen und dunklen Ort schuf sich jeder seine eigene Welt. An einem kleinen Holztisch sitzend, hörte Jane schweigend zu, ein Glas Asti in der Hand, aus dem sie in kleinen Schlucken den süßen Wein trank, wie die Worte ihres Begleiters – sie war ihm dankbar dafür, daß er ihr die Gelegenheit gab, diese Erfahrung zu machen. Mehrere Maler hatten Jane gebeten, ihnen Modell zu stehen. Sie hatte »vielleicht« erwidert, aber sie wußte, daß sie weder Zeit noch Lust dazu haben würde.

Leopold Robert nahm sie mit in enge und staubige Gassen, in die kein Sonnenstrahl drang. Er wollte mit ihnen das Kolosseum besichtigen. Sie stiegen bis in den dritten Rang, wobei sie es vermieden, den Fuß auf die brüchigen Gewölbe zu setzen. Draußen warteten Bettler und Kinder, die ihnen, um Almosen bettelnd, folgten. Trotz der drückenden Hitze, des Schmutzes und des Elends übte die Stadt einen Zauber auf Jane aus, den sie sich nicht erklären konnte.

Die Zeit verging ihr viel zu schnell. Vor ihrer Abreise wollten sie noch Tivoli sehen. Um fünf Uhr morgens ritten sie auf Mietpferden die Via Tiburna entlang. In der Ferne ragten in der aufgehenden Sonne die Sabinerberge, Pränestino und die Albanerberge empor, die sich in einem riesigen Halbkreis über die Tiberebene erstreckten. Wenn sie vorbeiritten, schrien die Kinder: *»Pittore! Pittore! Inglese! Mezzo baiocco!«* Für sie war jeder Ausländer Maler oder Engländer. Die Männer, die untätig herumstanden und sie mit seltsamen Blicken anschauten, die Frauen, beladen mit einer schweren Lederkruke oder einem Bündel Holzreiser, schienen Gestalten aus der Ewigkeit zu sein. Jane dachte sich in die Vergangenheit zurück, versuchte, sich in die Zukunft zu versetzen. Die Ungewißheit ihrer Lage schnürte ihr manchmal die Kehle zu.

Tivoli bestand aus einer Ansammlung häßlicher Häuser auf der anderen Seite des Ufers. Eine Herde Rinder und Esel trank langsam am Fluß, bewacht von einem in Ziegenleder gekleideten Bauern, der unbeweglich auf einen Stock gestützt dastand. Sie gingen den ganzen Tag spazieren.

Am Abend ruhten sie sich auf der Terrasse ihres Gasthauses aus. In der Ferne lagen Nebelschwaden auf den Bergen wie ein weißer Schleier, der Dunst der Wasserfälle stieg zu ihnen empor, verwischte die geraden Konturen der Flächen, Tauben flogen umher. Sie tranken Wein aus Orvieto und aßen genüßlich Makkaroni aus der gleichen Schüssel.

Am nächsten Tag gingen sie eine lange Zypressenallee entlang, deren Boden übersät war mit kleinen Stücken Porphyr, altem Marmor und Granit, bis sie zum Theater kamen, das aus drei Sitzreihen bestand. Das Innere diente als Hühnerhof, eine Herde schwarzer Schweine wühlte in der Erde. Sie gingen wieder nach Palestrina hinunter. Hier begann das kleine Tal, dem Hadrian den Namen ›Tempeltal‹ gegeben hatte. Sie durchquerten einen kleinen Wald mit Ulmen und Eichen, bewunderten die Ruinen und Säulenhallen. Das Tal zog sich lang hin, bewachsen mit Schilfrohr, Olivenbäumen und Zypressen.

Soviel Schönes! Jane mußte an Ludwig denken, er hatte ihr so oft von diesem Ort, den er liebte, erzählt. Die verlassenen Tempel und die seit Jahrhunderten leerstehenden Gebäude wiesen schweigend auf die Vergänglichkeit der Menschen hin. Bedrückt dachte sie, daß auch Ludwigs Werke eines Tages zu Staub zerfallen würden: soviel Leidenschaft, soviele Mühen, dazu bestimmt, Ruinen zu werden. Hadrian… Ludwig… Wahrscheinlich würden sich die Menschen doch an sie erinnern, weil sie, jeder auf seine Art, Dichter, Maler, Baumeister und Philosophen waren…

Bevor sie die Hadriansvilla verließen, bemerkte Jane ein kleines Stück Porphyr, das sie aufhob. Sie entzifferte die Inschrift: »Invictus«.

»Schau, Johnny, ‚unbesiegt'. Ich werde es immer aufheben, es soll mein Talisman sein.«

Wieder in Rom, gaben sie ein Fest im Hotel, tanzten mit den Stammgästen aus dem Café di Saltarella, spielten Gitarre und Tamburin, sangen und betranken sich.

Erst spät in der Nacht gingen sie auf ihre Zimmer. Vor ihrer Tür zögerte Jane, atemlos vor soviel Fröhlichkeit. Mit zurückgelegtem Kopf lachte sie noch immer, und sie protestierte nicht, als Johnnys Arme sie umschlangen.

Sein Zögern, wenn sie sich vor dem Schlafengehen voneinander verabschiedeten, war ihr schon häufiger aufgefallen. Heute abend war alles anders. Mit halbgeöffneten Augen beobachtete sie diesen Mann, dessen Verlangen sie bereits liebte. Sein zärtlicher Blick und sein markantes Gesicht, sein schöner Mund, sie wußte, daß dies alles, jetzt gleich, sofort, ihr gehören würde.

Sie traten in das Zimmer, wo man undeutlich die Umrisse des Bettes erkannte. Johnny legte sie sanft darauf nieder, zärtlich küßte er die Lippen, die sich ihm darboten, den Hals, die Augenlider. Jane ließ es geschehen.

»Ja, Johnny, nein, Johnny! Ja«, wiederholte sie, bis ihre Worte unverständlich wurden.

Er kleidete sie mit einer Geschicklichkeit aus, die sie in Erstaunen versetzte; dieser sanfte, glatte Körper, er war nun nicht mehr fern wie der einer Göttin, nun wurde er zu dem einer Frau, die sich unter seinen Küssen aufbäumte und zu stöhnen begann…

Später vereinte sie noch das Schweigen. Von der Straße klang eine Mandolinenweise herauf, das Morgenrot war sanft wie die

Liebe. Sie ließen müßig die Zeit verstreichen und wagten nicht, den Zauber zu brechen. Sie strandeten an einem Ufer von Glückseligkeit, besiegt, betrunken vor Glück und Erschöpfung. Johnny stand auf, suchte tastend seine Kleider zusammen, dann zog er ihr die Decke über und umarmte sie.

»Wir wollen uns nicht mißverstehen«, sagte sie lachend, um ihre Verlegenheit zu verbergen. »Das war ein Augenblick der Schwäche… ein köstlicher Augenblick. Die Natur hat uns gezwungen, ihrem Gesetz zu gehorchen.«

Er verbarg nur mühsam seine Überraschung.

»Du bist noch nie so schön gewesen«, sagte er schließlich.

»Johnny, du bist mein Retter. Diese Nacht wird niemals eine Liebesnacht wie die anderen sein. Aber wir müssen sie vergessen. Ich werde alleine weiterreisen.«

»Träume ich? Wenn ich dich recht verstehe, so hast du dich mir hingegeben, so wie man ein Almosen gibt, nur um eine Entscheidung, die du bereits getroffen hattest, zu versüßen.«

Er zitterte bei dem Gedanken, war eher zornig als verletzt: »Du weißt, daß ich dich schon immer geliebt habe. Das Schicksal hat gewollt, daß sich unsere Wege kreuzen, wir haben nicht das Recht, uns dagegen zu stellen. Ich lasse dich nicht allein weiterreisen.«

»Johnny, du hast mir mehr gegeben, als du dir jemals vorstellen kannst. Ich stand am Rande des Abgrunds, du hast mir das Leben wiedergeschenkt. Ich habe wieder Mut gefaßt. Aber du kannst nicht meine Zukunft sein. Es wäre egoistisch, sogar unehrenhaft, dich in diesem Glauben zu lassen. Rom ist deine Stadt. Du darfst die Hoffnungen deines Meisters nicht enttäuschen. Was mich betrifft – obwohl auch ich Hoffnungen habe –, ich gehöre mir nicht mehr, und ich werde meinen Weg zu Ende gehen. In unserer Geschichte liegt etwas Absurdes und zugleich Erhabenes, das keine Mittelmäßigkeit zuläßt.«

Sie streichelte das Gesicht des jungen Mannes, und in dieser einfachen Geste lag alle Zärtlichkeit der Welt. Schließlich zündete sie eine Kerze an, als ob es heller werden müßte, damit die Situation klarer würde.

»Ich war noch niemals so glücklich wie heute nacht«, sagte sie mit einem leisen Beben in der Stimme. »Auch aus diesem Grund müssen wir uns trennen.«

»Das kann nicht wahr sein, ich glaube dir nicht, du willst mich auf die Probe stellen. Ich habe so lange auf dich gewartet, ich habe gebetet und...«

»Mein Entschluß steht fest... versuch nicht, mich davon abzubringen, das würde uns beiden nur weh tun. Und außerdem, das weiß ich wohl, verstehst du mich im Grunde. Ich will von uns nur das Beste behalten, das uns niemand mehr nehmen kann.«

Die letzten Worte hatte sie mit solchem Ausdruck gesagt, daß Johnny sie schweigend und voller Verzweiflung an sich riß.

»Pst!« hauchte sie, »es ist Zeit.«

Er entließ sie aus seinen Armen, ging schwankend zur Tür und verschwand in der Dunkelheit.

Bewegungslos lauschte Jane noch lange seinen sich entfernenden Schritten, dann, als alles still war, weinte sie um Johnny, der fortging.

10

Zu dritt fuhren sie durch die römische Campagna, vorbei an herrlichen Ruinen und Tempeln, im rötlichen Schein der sinkenden Sonne. Zu beiden Seiten des Weges erstreckten sich Weinberge, in denen manchmal noch antike Grabstellen zu erkennen waren. Sie kosteten goldene Weintrauben, die verschleierte Bäuerinnen in leuchtend bunten, kurzen Röcken ihnen reichten. Ihre erste Nacht verbrachten sie in Velletri. Sie begegneten Kutschen voller Engländer und Franzosen, alten Kaleschen, die überquollen von italienischen Familien, störrischen Mauleseln, mit Glöckchen, Federn und roten Stoffetzen ausgeputzt, Bauern hinter ihren Karren, und von Zeit zu Zeit trafen sie auf Esel-, Ziegen- oder Schafherden, die die Straße versperrten. Sie warteten geduldig, dann fuhren sie, so gut es ging, weiter. Die Kinder liefen völlig nackt herum, die Bettler schienen auf dem Weg Wurzeln geschlagen zu haben, sie waren festgewachsen wie Grenzsteine. In Terracina übernachteten sie dann. Didi hatte hohes Fieber, und Emma bestand darauf, bei ihr zu wachen.

»Danke, meine Gute, ich werde bei ihr bleiben; wenn irgend etwas ist, werde ich Sie rufen.«

Jane hörte die Stunden vom nahen Campanile schlagen. Starr vor Erschöpfung sah sie durch das offene Fenster, wie der Tag erwachte. Die Brandung schlug gegen die Mauern des Gasthauses, in der Ferne schaukelten Boote auf den Wellen wie Nußschalen; der Wind hatte aufgefrischt, ein Geruch nach Meer, eine Mischung aus Jod und Fischabfällen, hing in der Luft.

Nach zwei Tagen sank das Fieber. Durch Orangenbaumhaine mit reifen Früchten fuhren sie weiter nach Gaeta. Die Erinnerung an Johnny quälte Jane wie ein verbotenes Verlangen.

Schon als Kind, sagte sie sich, bin ich immer ungerecht zu ihm gewesen. Er ist großzügig und empfindlich, warum habe ich ihn so verletzt, wo doch mit ihm alles so einfach gewesen wäre? Vielleicht ist ja Glück nichts anderes als das Gefühl, sich miteinander wohl zu fühlen. Warum kann ich mich nicht damit begnügen?

Capua. Am nächsten Tag erreichten sie Neapel. Der Vesuv, das mit weißen Segelbooten übersäte Meer, dieses buntgemischte Volk, das um sie herum wimmelte, diese Unmenge von Soldaten mit roten und goldenen Uniformen, diese Kohorten weißer und schwarzer Büßermönche, nichts kam diesem Ort gleich. Die Bäuerinnen von den Inseln mit dem grünen, mit Tressen besetzten Mieder, ihrem scharlachroten Kopftuch, schwatzten unter den Orangenbäumen, ein wachsames Auge auf ihre Kinder gerichtet. Am Strand zerlegten Fischer ihren Fang.

Es war unmöglich, ein Zimmer im Hotel Europa zu bekommen, wie Jane vorgehabt hatte. Man empfahl ihr ein ruhiges Gasthaus in Santa Lucia.

Bei Sonnenuntergang spiegelte sich das Licht auf dem Vulkan und dem Apennin, von der Wasseroberfläche stieg ein durchsichtiger

Dunstschleier zu den Anhöhen empor. In der Ferne schienen Ischia und Capri im Azurblau zu schweben. Am liebsten wäre sie für immer in diesem Paradies geblieben. Endlich verstand sie Ludwigs Leidenschaft für diesen Golf. Sie stellte ihre Berechnungen an: sie war im fünften Monat schwanger und könnte noch einen Monat in Neapel bleiben, bevor sie sich nach Sizilien einschiffte. Nach ein paar Tagen Ruhe würde sie sich um einen Platz auf einem der Schiffe nach Palermo kümmern.

»Sei still, Didi, sei still, mein Kleines.«

Emma kniete nieder und nahm das kleine Mädchen in ihre Arme, wiegte es, wie sie es getan hatte, wenn es früher von einem Alptraum erwacht war.

»Da, beruhige dich, du siehst doch, es tut gar nicht mehr weh.«

Didi sah sie unter Tränen an, schaute auf ihr beschmutztes Kleid, ihren aufgeschürften Arm und begann zu schreien.

Jane legte ihr Buch nieder und lief zu ihrer Tochter.

»Na, jetzt ist es wieder gut«, sagte sie und umarmte das Kind. »Didi hat sich nicht wehgetan. Du bist mein kleiner Engel. Emma, wir wollen Didi zur Post mitnehmen, zieh sie um.«

Jane sammelte ihre Sachen ein und vermied es, dem Blick des jungen Franzosen zu begegnen, der ihr so lächerlich den Hof machte. Der Aufstieg auf den Vesuv war wahrscheinlich weniger anstrengend, als sich, immer wenn sie vorüberging, so zu verbeugen, mit eifrigem Lächeln und ausgesuchten Komplimenten.

Den Ausländern gegenüber, mit denen sie zusammentraf, hatte Jane aus freiem Entschluß eine distanzierte Haltung eingenommen, und soweit es möglich war, ging sie ihren Landsleuten aus dem Weg. Im Gegensatz zu England stand hier die Beachtung, die einer Frau zuteil wurde, und auch ihre Freiheit in direktem Verhältnis zu ihrer Schönheit, und es regte Jane auf, daß sie zu oft belästigt wurde. Diese Manie der Männer, immerzu eifrig um sie herumzuscharwenzeln. Seit Johnny nicht mehr bei ihnen war, ließ sie sich ihr Mittagessen auf das Zimmer bringen und aß gemeinsam mit Emma und Didi zu Abend. Die Ausländer in Neapel waren lästig, es war beinahe so, als seien sie alle hier in diesem Winkel der Welt versammelt.

Jane schützte sich vor der Sonne. Die Kutsche wartete schon auf sie. Sie empfand echte Freude, wenn sie Post bekam. Konnte man ihr einen Brief aushändigen, überflog sie ihn rasch, und sobald sie wieder im Gasthaus war, machte sie es sich mit angezogenen Beinen gemütlich und nahm sich die Zeit, jedes Wort zu genießen.

Der König beklagte sich über ihre Abwesenheit, er machte sich Sorgen wegen ihrer Gesundheit, bat sie, seinen Arzt in Neapel zu konsultieren. Ihre Mutter bot ihr an zu kommen. Felix verlor sich in einem Wust von Erklärungen, nur um ihr mitzuteilen, daß sie ihm alle beide fehlten und daß er es gerne sähe, wenn sie seine Schwester, Prinzessin Mathilde, in Rom besuchen könnten: »Sie möchte euch kennenlernen und umarmen.«

Jane wurde von Panik ergriffen. Sie stellte sich auf die Zehenspitzen, um den Umfang ihrer Taille zu studieren und überlegte. Nein! Es war absolut unmöglich, sich so unter die Augen der furchterregenden Mathilde zu wagen, das wäre zu gefährlich! Aber Felix schlug diese Begegnung vor, das bedeutete, daß die Hochzeit wahrscheinlich nicht mehr auf sich warten lassen würde. »Zu spät«, dachte sie und hatte dabei das Gefühl, in einem Schraubstock gefangen zu stecken, der sich unerbittlich zudrehte. Sie ließ sich in einen Sessel fallen.

Sie war müde und sprang erschreckt auf, als es plötzlich an der Tür klopfte.

»Komm herein, Emma.«

Der Gastwirt erschien.

»Ein Herr fragt nach Ihnen, er hat gesagt, er würde auf sie warten.«

Wer wagte es, sie hier zu stören? Ihr Herz schlug heftig. Wahrscheinlich war es Johnny.

»Lassen Sie ihn heraufkommen.« Jane legte einen Kaschmirschal um ihre bloßen Schultern. »Er hat die Gabe, immer im rechten Augenblick zu erscheinen. Er wird mir gut tun, ich bin in einem solch desolaten Zustand. Meine Mutter will kommen. Mathilde will mich sehen. Ich habe das Gefühl, ich werde von allen Seiten bedrängt«, sagte sie laut. Mit einer mechanischen Handbewegung ordnete sie den schweren Knoten, den sie im Nacken trug, und überlegte dabei, welche Haltung sie einnehmen sollte.

»Herein!«

Karl von Venningen erschien auf der Schwelle.

»Gütiger Himmel! Was machen Sie denn hier?«

»Ich war in Sorge. Als ich erfuhr, daß Sie leidend seien und Ihren Aufenthalt hier verlängern würden, habe ich mich Tag und Nacht auf Ihre Fährte gesetzt, und hier bin ich!«

Jane wurde von heftigem Lachen geschüttelt.

»Bleiben Sie doch nicht wie angewurzelt stehen. Kommen Sie herein. Verzeihen Sie mir«, japste sie lachend.

In den grauen Augen des Mannes glaubte sie Kälte zu erkennen.

»Wahrscheinlich haben Sie jemand anderen erwartet?«

»Ich bitte Sie, fangen Sie jetzt nicht an, eifersüchtig zu werden. Ihre Anwesenheit hier kommt so überraschend, daß ich mich gar nicht fassen kann.«

»Verzeihen Sie, daß ich hergekommen bin, ohne Ihnen vorher Bescheid zu geben, aber es war das einzige Mittel, Sie wiederzufinden.«

Seine Stimme klang förmlich. Karl stand immer noch unbeweglich an der Tür, beobachtete sie aufmerksam.

»Ich finde Sie ein wenig füllig«, fuhr er fort.

»Das kann man wohl sagen. Kommen Sie her, Karl, Sie verdienen eine Erklärung. Setzen Sie sich. Ich bin schwanger, deshalb habe ich es vorgezogen, wegzufahren. Schwanger von Ihnen...«

Nur sehr wenige Männer haben den Mut, zu sich selbst zu stehen, indem sie ihre Taten auch bis in die letzte Konsequenz akzeptieren. Karl war ein solcher Mann. Er wäre nie auf den Gedanken gekommen, das Kind könne nicht von ihm sein. Er liebte Jane, er hatte Zeit genug gehabt, sich davon zu überzeugen, in all den Tagen, in denen er ihr von Hotel zu Hotel hinterhergereist war, in denen er Auskünfte eingeholt und sich Sorgen gemacht hatte, vor allem seit Genua, wo er auf die Existenz eines jungen Mannes, der mit ihr reiste, gestoßen war. Er hatte alle möglichen Vermutungen angestellt: ein englischer Freund, den sie zufällig getroffen hatte?

Nur ein Reisegefährte? In Rom hatte er seine Spur verloren. Seitdem reisten sie wieder allein, und es war nicht einfach gewesen, sie in Santa Lucia zu finden. Während seiner langen Jagd war er tausend Tode gestorben, vor Eifersucht, Sorge und Hoffnung.

Seit er von Gabrielle Erskine erfahren hatte, daß Jane leidend war, aber trotzdem bis nach Neapel und Sizilien reiste, hatte er in Angst gelebt. Wie sollte er ihr schreiben oder sie treffen? Hatte sie ihm nicht versprochen, ihm nach ihrer Rückkehr eine Antwort zu geben? Er gab vor, nach Paris zu reisen, stattdessen fuhr er über die Alpen und reiste durch Italien. Er würde sie finden.

Jane hob die Schultern, als wollte sie sich über sich selbst lustig machen.

»Nun verstehen Sie, nicht wahr?«

Sie hatte das in einem Ton gesagt, der ihn verwirrte und ihn die Anstrengungen seiner Verfolgungsjagd vergessen ließ.

»Es war nicht recht von Ihnen, daß Sie nicht schon in Salzburg mit mir darüber gesprochen haben.«

»Überlegen Sie doch nur! Wenn Sie es gewußt hätten...«

Karl schwieg einen Augenblick lang. Was für eine seltsame Frau! Jetzt war nicht der richtige Augenblick, um ihr mit Vorwürfen zu kommen. Er war nun bei ihr, er würde sich um sie kümmern und sie so schnell wie möglich heiraten. Wenn er sich vorstellte, daß er nie etwas von der Geburt seines Kindes erfahren hätte! Nun glaubte er, ein Recht auf sie zu haben. Sie würden als Ehepaar nach Deutschland zurückkehren, man würde das Kind einer Amme anvertrauen und abwarten, bis sich die Wogen dieses Abenteuers ein wenig geglättet hätten. Denn sogar er mit seinem natürlichen Optimismus konnte sich nicht gut vorstellen, mit einem Neugeborenen in Mannheim einzutreffen! Seine Familie war kaum für solche Art von Scherzen zu haben. Zitterten sie nicht jetzt schon alle, seit sie von seiner Zuneigung für Lady Ellenborough wußten?

Er setzte sich neben sie, und Jane schmiegte sich an ihn. Am liebsten hätte sie geweint, das war alles zu viel auf einmal. Ihre Mutter, Felix, Johnny, Mathilde und jetzt auch noch Karl. Er umschlang sie, trocknete ihre Tränen, die für ihn zum ersten Mal wie eine Flut von Versprechungen flossen. Er empfand die Zerbrechlichkeit des Augenblicks, saß lange schweigend da, aus Angst, das Gefühl, das sie vereinte, zu zerstören.

11

Karl und Jane waren morgens um sieben auf Mauleseln, die ihnen ihr *cicerone* besorgt hatte, von Neapel aufgebrochen. Der Gipfel des Vesuvs lag noch in den Wolken.

Seit Karls Ankunft war alles ganz anders geworden.

In wenigen Stunden hatte sie ihre Entscheidung getroffen, sie würde ihn heiraten. Endlich hatten die Lügen ein Ende, sie konnte sie schon lange nicht mehr ertragen. Didi würde sie, zumindest für einige Zeit, Mathilde anvertrauen, da der Prinz, den sie über ihren Zustand unterrichtet hatte, es so wünschte, allerdings nicht vor ihrer Niederkunft. Wie fern ihr nun alle Probleme erschienen, wo sie sich von Karl führen ließ. Sie ließ alles mit sich geschehen, es konnte in keiner Hinsicht mehr die Rede davon sein, daß sie einen Schritt zurück tat. So war sie eben: Lange Zeit wich sie zwar aus, aber wenn sie einmal einen Entschluß gefaßt hatte, ging sie auch geradewegs auf ihr Ziel zu. Da nun ein neues Leben beginnen würde, war es besser, die Fragen, die sie quälten, zu unterdrücken.

Sie folgten einem Pfad, der sich in Serpentinen zwischen zwei Weinbergen dahinschlängelte, ritten über verbranntes Land, an Pinien und alten Häusern vorbei. Schließlich erreichten sie die erste Hochebene des Berges, Jane sprang trotz ihres Zustandes von ihrem Maultier.

»Was für eine trostlose Landschaft, und doch, wie schön ist es hier!«

»Ich flehe Sie an, seien Sie vorsichtig; kommen Sie, trinken Sie ein wenig Kaffee, das wird Sie stärken«, sagte Karl und hielt ihr seine Feldflasche hin.

Ihr Filzhut war ihr auf den Rücken gerutscht; sie setzte sich, in ihren Umhang gehüllt, auf einen Stein und schlürfte das heiße Getränk.

»Ich ziehe Lacrima Cristi vor!«

»Das ist doch kein Getränk für Frauen!«

»Wie altmodisch Sie sind«, erwiderte sie und umarmte ihn zärtlich unter den gleichgültigen Blicken des Maultiertreibers.

Auf der anderen Seite des Hügels überquerten sie eine Ebene, die mit weißschaumiger Lava bedeckt war, bis sie schließlich an den Fuß des Hügels gelangten, unter dem Herkulaneum lag. Ein leicht säuerlicher Geruch hing in der Luft, der Himmel schien ganz nah, ein paar Wolken, auseinandergezogen wie grauer Rauch, segelten dahin. Sie entdeckten die Einsiedelei. Ein Greis mit freundlichem Gesicht kam ihnen entgegen und bot ihnen Äpfel und Eier an. Als sie sich erfrischt hatten, bat er sie, sich in das Buch einzutragen, in dem die Ausländer für gewöhnlich ihre Eindrücke hinterließen.

»Diese Landschaft muß Dante zu seinem Inferno inspiriert haben«, murmelte Jane. »Diese Schlacken haben wirklich etwas Diabolisches!«

»Schauen Sie lieber einmal!«

Die Wolkendecke riß nun auf und man konnte in der Ferne Porticci, Capri, Ischia und den Posilippo erkennen. Die neapolitanische Küste erstreckte sich unendlich weit, gesäumt von Orangenbäumen.

»Das ist das Paradies, aus der Hölle gesehen, Karl, so als ob man niemals verzweifeln dürfte!«

Als sie den Fuß des Kegels erreichten, mußten sie von den Maultieren absteigen und über den riesigen Aschehaufen zu Fuß aufsteigen. Drohender Nebel senkte sich auf sie. Ein leises Entsetzen kroch Jane in dieser Dunkelheit den Rücken empor. Aber nun wollte sie auch ohne mit der Wimper zu zucken bis zum Ende gehen, sie hatte lange genug auf diesem Ausflug bestanden. Eine Weile gingen sie hart am Rande des Abgrunds entlang und suchten eine leichtere Stelle für den Abstieg. Längs der von Feuerspuren zerklüfteten Wände bildeten Felsblöcke und Trümmer einen riesigen Trichter, der sich im Rauch zu bewegen schien.

»Lassen Sie uns zurückgehen, der Krater kann sich öffnen und uns in die Luft schleudern! Dieser Ort macht mir Angst! Bitte, bringen Sie mich zurück!«

Er schloß sie in die Arme.

»Wie Sie wollen, mein Liebling! Pompeji wird Ihnen besser gefallen.«

Die Begeisterung des Morgens war verflogen, und das dumpfe Donnergrollen, das aus dem Innern des Vulkans zu ihnen heraufdrang, ließ Jane erschaudern.

Sie bemühte sich, ihre Angst zu unterdrücken, indem sie an alles dachte, was sie erlebt hatte, und sich sagte, daß das Schlimmste bereits hinter ihr lag. In der vergangenen Woche hatte sie den König vom unerwarteten Eintreffen Karls unterrichtet, wobei sie allerdings ganz genau wußte, daß er ihre Geschichte für unwahrscheinlich halten würde. Sie hatte versucht, ihm ihre Überraschung zu schildern und die Verkettung der Umstände, die zu ihrem Entschluß geführt hatten. Sicher war dies nicht die Liebe, die sie sich erträumt hatte, aber soviel Anbetung und Hartnäckigkeit hatten schließlich doch ihr Herz berührt und über ihr Zögern gesiegt.

Der Brief an Felix war eine ganz andere Angelegenheit gewesen. Aber sie war des Ganzen so überdrüssig, daß sie, nachdem sie mehrere Briefentwürfe zerrissen hatte, ihm schließlich nur eine lakonische Mitteilung geschickt hatte: Sie habe bis an die äußerste Grenze ihrer Kräfte auf ihn gewartet, aber sie sei nicht dazu geschaffen, ewig alleine zu leben. Drum habe sie beschlossen, die Liebe eines sanften und gütigen Mannes zu erwidern, der ihr mit der Zeit ein Lebensgefährte sein würde.

Eine Leidenschaft erlosch. Jane lauschte den letzten, erstickten Schreien ihres Herzens. Sie dachte, daß sie diesem Vulkan glich: von außen sah man ihm nichts an.

Sie brauchte Liebe, Begeisterung, sie brauchte Bewunderung, sonst würde auch sie schließlich ausbrechen. Sie betrachtete Karl, der ruhig vor ihr herging. Karl mit den breiten beruhigenden Schultern, Karl, der sie so liebte, wie sie war.

Sie seufzte und sagte leise für sich ein paar Worte, die sowohl Gebet als auch Schwur waren: »Ich werde alles tun, um eine gute Ehefrau zu sein, mein Gott, laß es mir gelingen, mein Gott, hilf mir!«

Ein Gefühl von Leere und Isolation, das sie auf immer entschwunden glaubte, kehrte langsam wieder, wie ein Tier, das beständig an ihrem Herzen nagte.

»Ohé«, rief Karl und wandte sich um. »Wie verträgt die Mutter meiner Kinder den Aufstieg?«

»Gehen Sie zum Teufel, das ist ein Ausdruck, der hier paßt! Auf jeden Fall werde ich ganz bestimmt nicht auf den Ätna steigen, wenn wir in Sizilien sind.«

Karl lächelte ihr zu mit all der Zärtlichkeit, die er für sie empfand. Er war der glücklichste aller Männer.

Fünfter Teil

1833 - 1837

1

Die Baronin Karl von Venningen schloß ihr in rotes Leder gebundenes Tagebuch, nahm ihre Teetasse vom Tablett und trank voller Behagen einen Schluck.

Mit einem kurzen, beinahe fatalistischen Schulterzucken warf sie einen Blick auf die Kaminuhr.

»Ich muß mich ankleiden, Karl wird gleich kommen.«

Sie versteckte das Tagebuch in ihrem Sekretär, in dem sie auch die Briefe von Felix und Ludwig aufbewahrte. Sie schloß die Schublade sorgfältig ab und verbarg den Schlüssel in einer Vase aus Meißner Porzellan.

Karl trat ins Zimmer.

»Meine kleine Wildkatze ist noch nicht fertig?«

Er hatte sie um die Taille gefaßt und hob sie hoch. Als Jane den Druck seiner Arme spürte, die sie umfingen, erbebte sie vor Lust. Karls Zärtlichkeiten wurden immer drängender, so daß sie alle Dinge vergaß, die sie ihm sagen wollte. Sie ließ sich auf das Bett ziehen.

»Karl, wir werden zu spät kommen... und meine Haare!«

Scheinbar zerknirscht hob er den Kopf und betrachtete das Gesicht seiner Frau.

Sie machte sich los, klingelte nach ihrer Zofe. Lord und Lady Erskine gaben ihnen zu Ehren einen Ball.

»Ich werde niemals rechtzeitig sein. Und Sie, Sie sind auch noch nicht fertig! Ich habe die Erskines seit zwei Jahren nicht mehr gesehen. Helfen Sie mir, mein Kleid zuzuhaken. Wo Emma nur bleibt!«

»Haben Sie keine Angst, Sie werden die Allerschönste sein. Die Ehe bekommt Ihnen«, sagte er und küßte sie auf den Nacken.

Karl war so glücklich wie noch nie. Mit viel Geduld hatte er sein Ziel erreicht. Seit einem Monat waren sie glücklich verheiratet, alles Schlimme lag hinter ihnen, davon war er überzeugt. Nur die Haltung seiner Mutter ärgerte ihn, sie weigerte sich immer noch, Jane zu empfangen, und hatte sich nach Weinheim zurückgezogen. Der König hatte beim Großherzog von Hessen-Darmstadt, dem Karl unterstand, intervenieren müssen, damit er eine Heiratserlaubnis erhielt. Ein paar Tage später, am 15. November 1833, hatte in Darmstadt die standesamtliche Trauung stattgefunden.

»Karl, mein Collier…«

Der Baron hatte einige Mühe, das Diamantenhalsband zu schließen, das er ihr zur Geburt ihres Sohnes Heribert geschenkt hatte – es kam aus München, auf Sizilien hatte er so etwas Schönes nicht für sie gefunden. Jane glitzerte wie ein Fisch im Fluß, ihr weißes, duftiges Kleid stand ihr hinreißend.

In diesem Augenblick trat Emma ein, in der Hand ein riesiges Veilchenbukett!

»Die Lieblingsblumen des Königs!« sagte Jane. »Und wir sind erst seit vier Stunden in München.«

Sie las die Willkommensworte, die die Blumen begleiteten. »Oh, Karl! Das ist wirklich nett, schauen Sie doch, er bittet um die Erlaubnis, uns morgen nachmittag um fünf Uhr besuchen zu dürfen.«

»Nun gut, ich werde da sein.«

Jane seufzte. Der Anstand, Karl war immer so auf Anstand bedacht! Was tut's, sagte sie sich dann, wir werden schon später noch Gelegenheit haben, uns in aller Ruhe vertraulich auszusprechen.

»Seien Sie doch nicht böse deswegen! Ich verdanke ihm so viel, es ist nur gerecht, wenn wir ihm nun mit ein wenig Herzlichkeit begegnen.«

Drei Tage später begab sich Jane heimlich ins Schloß, während ihr Mann sich an seine neuen Aufgaben als Kammerherr gewöhnte, Ludwig empfing sie sichtlich bewegt.

Die Tränen, die sie bis dahin erfolgreich zurückgehalten hatte, rannen ihr nun über die Wangen. Der König drückte sie an seine Brust, und diese liebevolle Geste ließ ihre Tränen nur noch heftiger fließen.

»Mein Gott! Was ist geschehen?« fragte Ludwig besorgt. »Ich hatte beinahe vergessen, wie schön Sie sind! Schauen Sie mich noch einmal an.«

»Majestät...«

»Lewis«, verbesserte sie der König. »Sollten Sie während Ihrer langen Abwesenheit unsere Gewohnheiten vergessen haben?«

Ungläubig, verwundert darüber, daß er über ihr Wiedersehen soviel Glück empfand, zeichnete er mit einem Finger die Konturen ihres Gesichtes nach.

»Setzen wir uns, wir haben uns so viel zu erzählen.«

Er hatte sich kaum verändert, seine wachen Augen musterten sie immer noch mit der gleichen Intensität. Nur seine Haare kamen ihr heller vor.

Er bedeutete ihr, sich auf einen Sessel aus vergoldetem Holz zu setzen, und ließ sich ihr gegenüber nieder.

Vor dem Kamin lag ein Aubussonteppich auf dem Parkett. Die Flammen warfen Schatten, die an den mit Bildern bedeckten Wänden tanzten. Neben einer Lampe aus Opalkristall stand ein Anemonenstrauß. In das Schweigen, in dem nur das Knistern des Feuers zu hören war, drang nun die Stimme des Königs.

»Darf ich mir eine Zigarre anzünden?«

Ohne zu antworten, nahm Jane die Feuerzange und hielt ihm ein glimmendes Reisig hin.

»Danke«, sagte er und sog den Rauch ein. »Ianthe, Ihre Briefe sind mir ein Rätsel geblieben. Denken Sie, ich habe nicht verstanden, was Sie mir sagen wollten. Es sei denn, daß ich nicht verstehen wollte.«

Jane lächelte verständnisvoll: »Es bestand die Gefahr, daß die Briefe gelesen wurden, ich war gezwungen, zwischen den Zeilen zu schreiben.«

Sie hatte beschlossen, ihm alles zu sagen: »Mein Sohn Heribert ist auf Sizilien beim österreichischen Konsul, Herrn von Laurin.

Meine Schwiegermutter will mich immer noch nicht anerkennen, deshalb mußten wir behutsam mit ihr umgehen.«

»Und Prinz Schwarzenberg?« fragte Ludwig und zog an seiner Zigarre.

Jane zögerte einen Augenblick: »Ich habe bis zum Schluß gehofft, daß er mich verstehen würde. Nach der Geburt Heriberts im Januar sind wir einige Zeit in Palermo geblieben. Im März erreichte mich eine Nachricht des Prinzen; er bat mich um ein Treffen in Rom bei seiner Schwester Mathilde, zu dem ich Didi mitbringen sollte. Ich bereitete mich also darauf vor, Sizilien zu verlassen – ich hatte dem Baron versprochen, später wieder mit ihm zusammenzutreffen –, überzeugt davon, daß es zwischen Felix und mir nichts Zweideutiges mehr gäbe, und im Gegenteil sogar fest entschlossen, die Dinge vollends zu klären: es sollte sich um ein endgültiges Lebwohl handeln. Dennoch, erlauben Sie mir, Ihnen die Wahrheit offen zu gestehen, schlug mein Herz heftig bei dem Gedanken, ihn wiederzusehen. Auf diese Begegnung hatte ich zwei Jahre gewartet!«

»Ich habe nichts von der Geburt Ihres Sohnes gewußt... und ich dachte, ich sei gut unterrichtet!«

»Es stimmt, Herr von Laurin hat das Geheimnis gut zu hüten verstanden. Felix jedoch war über alles im Bilde! In Rom erschien er nicht zu unserer Verabredung. Man empfing mich mit der größten Liebenswürdigkeit. Seine Schwester, Prinzessin Mathilde, ist reizender, als ich gedacht habe, obwohl ihre leidenschaftliche Liebe zu ihrem Bruder mir ein wenig übertrieben erscheint. Sie hat mich angefleht, ihr Didi für eine Weile anzuvertrauen. Die Situation war gräßlich. Ich überließ ihr also Didi. Felix befand sich mit dem König von Preußen in Teplitz-Schönau. Er schlug mir vor, im September mit ihm in Heilbronn zusammenzutreffen, aber daran hatte ich kein Interesse mehr. Es war bereits Juni, Karl war abgereist, ich stand allein da, ohne Kinder; ich fuhr mit Emma nach Paris, um mich mit meiner Mutter zu treffen.«

»Sie muß sich sehr gefreut haben, Sie wiederzusehen!«

»Stellen Sie sich ihren Zorn vor! Vier Enkelkinder, davon zwei uneheliche! Nein, ich übertreibe, ich bin ungerecht dem Baron gegenüber. Er hat seinen Sohn anerkannt und ihm seinen Namen gegeben. Karl ist ein Ehrenmann, er ist die Großzügigkeit in Person, die Redlichkeit selbst.«

»Die Mutterschaft ist Ihnen sehr gut bekommen«, sagte Ludwig nachdenklich. »Sie müssen noch warten, bis Sie Ihren Sohn von Sizilien holen lassen können. Ihre Heirat verbietet einen neuen Skandal. Ianthe, wie hart das Leben mit Ihnen umspringt, und wie unbeugsam Sie sich letzten Endes zeigen. Auch Sie sind hart, ich würde sagen, rein wie ein Diamant. Nichts kann Sie angreifen, dabei sind Sie so zerbrechlich. Noch nie hat eine Frau in sich so widersprüchliche Wesenszüge vereinigt.«

Jane fand es entsetzlich, wenn man von ihr sprach, sie hörte nicht mehr zu.

»Was haben Sie?«

»Es ist nichts.«

»Möchten Sie ein wenig Portwein?«

»Ich würde lieber Tee trinken.«

Der König zog an einer Klingelschnur, und beinahe augenblicklich erschien ein Lakai. Es war dunkel geworden.

»Ich muß nach Hause zurückkehren«, sagte Jane.

»Seien Sie unbesorgt! Ich weiß, daß der Baron heute abend bis acht Uhr beschäftigt ist – auch ich bin manchmal unterrichtet! Sie dürfen mich nicht verlassen, bevor Sie mir nicht alles erzählt haben!«

»Also gut! In Paris habe ich einen Monat mit meiner Mutter verbracht. Sie hat mir die Annullierung meiner Ehe mitgebracht. Ich hatte diesen Kampf geführt, um Felix heiraten zu können, und nun benötigte ich diese Papiere für Karl! Meine Eltern hätten jedenfalls jeder Heirat zugestimmt! Ich habe die Zeit während meines Aufenthaltes genützt, um mir eine neue Garderobe schneidern zu lassen. Dieses Mal haßte ich die Stadt, wahrscheinlich weil sie für mich zu viele Erinnerungen barg. Ende August bin ich nach Deutschland zurückgekehrt und habe mich in Heilbronn niedergelassen, nicht weit von Grombach entfernt, wo sich der Baron aufhielt. Das lag auch auf dem Weg des Prinzen, den ich auf jeden Fall wiedersehen wollte, wir hatten einige Entscheidungen bezüglich unserer Tochter zu treffen.«

Jane schwieg einen Augenblick, dann nahm sie einen Schluck Tee und sprach weiter.

»Ich will Ihnen nicht verbergen, ich hoffte, daß wir... wie soll ich es sagen?... mehr als Freunde bleiben könnten, daß wir uns auf eine gewisse Art noch weiter lieben könnten... das ist absurd, nicht wahr?«

»Nein, durchaus nicht, ganz im Gegenteil! Ich habe die grausame Regel Ihrer Liebesbeziehungen noch nie begriffen. Wie können zwei Wesen, deren Herzen im gleichen Rhythmus geschlagen, deren Körper zusammen gebebt haben... wie können sie plötzlich einander fremd sein? Als ob ihr ganzes Leben Lüge gewesen sei! Nein, diese Gleichgültigkeit ist Lüge... Ich bewundere Sie! Sie wollen weiter den Weg verfolgen, den Ihnen Ihr Charakter gewiesen hat, Sie wollen sich treu bleiben. Sie sind es überdrüssig, sich im Namen des Wohlverhaltens zu etwas zu zwingen und wollen aus diesem Nebel, in dem die Welt sich gefällt, heraus. Ich bin sicher, Sie haben sich bei Ihrer Entscheidung, den Baron zu heiraten, von Ihrer Mutter beeinflussen lassen. Geben Sie es zu!«

»Ich hatte keine andere Wahl. Da ist nichts zu machen, ich habe eine fordernde Natur, die mir keine Ruhe läßt. Aber seien Sie unbesorgt, ich habe mir gelobt, dem Baron ergeben zu sein und alles zu tun, um ihn glücklich zu machen. In Heilbronn also war Prinz Schönburg mein Nachbar – Sie wissen, daß wir schon immer gute Freunde waren –, und ich fragte ihn, wie Felix auf meine Heiratsanzeige reagiert habe. Wie dachte er darüber? Er liebt Felix wie einen Bruder. ›Der Prinz ist ein gequälter Mann‹, antwortete er, ›unfähig, eine Lebensregel zu finden, wenn es um Gefühle geht. Aber er besitzt, mehr als andere, Achtung vor dem anderen Menschen. Was Sie angeht, glauben Sie mir, so weiß er sehr wohl, daß Sie am Ende Ihrer Kräfte angelangt sind. Was immer Sie auch beschließen, er weiß, daß Sie es aufgrund Ihrer aufrichtigen Überzeugung, so handeln zu müssen, tun. Sagen Sie ihm nur alles ohne Furcht.‹ Felix antwortete in der Tat mit Glückwünschen, er schrieb, daß er niemals heiraten würde. ›Niemals könnte ich eine andere Frau so lieben, wie ich dich geliebt habe. Ich wünsche dir von ganzem Herzen, daß du dein Glück findest. Ich bitte dich aber inständig, überlaß Didi mir, meine Schwester und ich werden sie im Gedenken an dich, an uns, großziehen. Die Gegenwart unserer Tochter würde den Baron ständig an unsere Leidenschaft erinnern. Das wäre nicht richtig. Didi soll verwöhnt werden wie kein anderes Wesen auf der Erde. Jetzt ist sie noch zu jung, um zu verstehen, aber später? Ich werde dir regelmäßig Nachricht geben.‹ Ich nahm an. Der Prinz kam zu mir, aber ich sah einen Fremden vor mir, der nichts gemein hatte mit dem Felix, den ich geliebt hatte. Wie hatte ich nur so lange auf ihn warten können? Der Baron forderte Felix zum Duell, ein Duell, das glücklicherweise nicht stattfand. Der Prinz entschuldigte sich schriftlich bei ihm wegen seines Betragens mir gegenüber und ließ mir 25 000 Pfund auszahlen, die er Lord Ellenborough nach meiner Scheidung an Schadensersatz schuldete und die dieser nicht annehmen wollte. Außerdem setzte er mir eine jährliche Pension aus, weil er mich kompromittiert hatte. Meine Ehre war wiederhergestellt. Endlich... nun ist dieses Kapitel abgeschlossen, ein anderes beginnt, das sich recht verheißungsvoll anläßt. Natürlich hat sich die verwitwete Baronin unnachgiebig gezeigt und sich geweigert, der Heirat zuzustimmen. Bedenken Sie, für sie bin ich eine Frau, die nichts als Skandale heraufbeschwört. Und doch sind Sie mein Zeuge! Gott und Sie wissen, daß ich nichts habe tun können, um sie zu verhindern. Aber ich bin eben Engländerin und noch dazu geschieden, bin mit dem unehelichen Kind des Prinzen Schwarzenberg durch halb Europa gereist. Und sie hat solche Schauergeschichten über mich hören müssen! Gottseidank bleiben mir meine Herkunft und mein Vermögen. Wir haben also auf ihre Einwilligung verzichtet. Aber wirklich in Ordnung gebracht ist damit nichts. Noch weiß sie auch nichts von der Geburt Heriberts! Dank Ihrer Intervention beim Großherzog von Hessen-Darmstadt konnte die Hochzeit gefeiert werden, und ich habe bei dieser Gelegenheit meinen Vater wiedergesehen, den ich seit beinahe fünf Jahren nicht mehr gesehen hatte. Ich kann Ihnen gar nicht sagen, wie glücklich ich war, allen wiederzubegegnen, vor allem ihm... und daß man mir verziehen hat. Und Ihnen, Lewis, wie kann ich Ihnen jemals danken? Sie sind meine Vorsehung, Sie haben mich vor einem Abgrund des Elends bewahrt. Ich habe es Ihnen bereits oft geschrieben, aber ich wollte es Ihnen einmal persönlich sagen. Ohne Sie wäre ich gar nichts mehr!«

»Halten Sie ein, ich bitte Sie! Denken wir lieber an die guten Seiten der Situation: Da Sie jetzt verheiratet sind, können wir Sie endlich der Königin vorstellen, und Sie können an den Hof kommen. Sie haben mir schrecklich gefehlt! Ich habe mich beim Himmel über Ihre Abwesenheit beklagt, für eine alte verbrauchte Maschine, wie ich es bin, war dies dann doch eine zu ausgeklügelte Marter.«

»Aber Sie sind doch noch jung«, protestierte Jane und erhob sich.

»Dann beweisen Sie es mir!«

»Nein! Tausendmal nein! Verzeihen Sie, aber ich habe mir geschworen, die treueste Ehefrau in Ihrem Königreich zu sein!«

»Nun gut«, sagte der König lächelnd. »Ich werde mich also damit begnügen – ich bin ja leider schon daran gewöhnt –, Sie auf eine reine und absolute Art zu lieben, das heißt, mit meinem Herzen und meinem Verstand und glücklicherweise auch mit meiner Phantasie. Aber eines verlange ich, ein einziges nur: Ich will Sie regelmäßig und oft sehen können. Dann bin ich Ihr ergebenster Freund.«

»Majestät«, Jane versank in einen Hofknicks, »es soll alles nach Ihren Wünschen geschehen.«

»Kommen Sie bald wieder, wir haben viel nachzuholen.«

Sie versprach es mit einem Lächeln, und indem sie ihn unendlich zärtlich anschaute, zog sie sich mit dem Rücken zur Tür zurück, wie es die Etikette vorschrieb.

2

Jane strahlte, wie jedes Mal, wenn ein freudiges Ereignis den Ablauf ihres Lebens unterbrach.

»Ich bin ins Schloß eingeladen. Königin Therese gewährt mir am 15. Februar um halb fünf eine Audienz. Aber ein wenig Sorgen bereitet mir diese Begegnung doch!«

»Das kann ich mir freilich vorstellen«, erwiderte Karl spöttisch.

Jane machte ein abweisendes Gesicht. »Schließlich ist das Schloß nicht die Terrasse des Tambosis. Ich kenne die Bräuche dort nicht. Ich weiß noch nicht einmal, ob ich mich zurückhalten oder vortreten muß.«

»Das liegt Ihnen doch«, scherzte der Baron.

»Machen Sie sich nicht lustig über mich, ich werde an den König schreiben und ihn nach den Einzelheiten des Protokolls fragen. Am bayerischen Hof wird, glaube ich, sehr viel Wert auf Etikette gelegt.«

»Sie werden sich ihr ohne allzu große Mühe unterwerfen können.«

Die Rokokouhr auf dem Kamin schlug sechs. Es war eine Uhr aus vergoldeter Bronze, deren Pendel unter einem Baum mit Ästen und Blüten aus Meißner Porzellan verborgen war, ein Hochzeitsgeschenk des Königs. Sie stammte aus dem vergangenen Jahrhundert und paßte wunderbar zu den Sesseln und den Ottomanen, die mit Lorbeerzweigen und Pilastern verziert waren. Jane hatte sie mit golddurchwirktem, weißem Kaschmir beziehen lassen, »das Weiß für die Seelenruhe, das Gold, um der Leidenschaft zu schmeicheln«. »Ein vollkommen harmonischer Salon«, hatte sie hinzugefügt, um Karl zum Schweigen zu bringen, der diese Möbel seit seiner Kindheit mit Gobelinstoff bezogen gekannt hatte.

Es war kalt und feucht. Karl schürte ein wenig das Feuer.

»Es ist nicht nett von Ihnen, daß Sie sich über mich lustig machen. Sie sollten wissen, daß ich nicht aus Eitelkeit so glücklich darüber bin, daß ich an den Hof gehen kann. Im Gegenteil, ich tue das nur für Sie.«

»Für mich?«

»Ja, ich bin stolz darauf, als Frau des Barons von Venningen empfangen zu werden. Wenn ich erst einmal im Schloß war, werden mir alle Salons offen stehen; es ist erst zwei Jahre her, daß ich mein Land verlassen habe und mich beinahe habe verstecken müssen...«

»Es ist seltsam, aber ich hätte Sie am liebsten ganz für mich allein in meinem Landhaus.«

Jane nahm ein Kartenspiel, zog ein Tischchen heran und legte Patiencen. Ein Luftzug ließ sie frösteln, sie zog ihren Schal fester um sich.

»Gabrielle und Graf Paumgarten werden gleich da sein«, sagte sie und legte einen Herzkönig auf seine Dame. »Ich freue mich ja so, daß die beiden geheiratet haben. Aber wirklich vollkommen, Karl, wird mein Glück erst an dem Tag sein, an dem ich Sie mit Ihrer Mutter versöhnt weiß. Ihre Schwester Mimi hat mir versprochen, sich für uns zu verwenden. Vielleicht sollten Sie einmal hinfahren?«

»Niemals! Ich werde nur mit Ihnen dorthin fahren.«

Gabrielle hat mir aus Weinheim, wo sie Station gemacht hat, geschrieben. Sie ist sehr liebenswürdig aufgenommen worden.«

»Meine Mutter ist die strengste Person, die ich kenne. Sie beichtet jeden Tag und läßt sich jeden Morgen in der Schloßkapelle eine Messe lesen. Sie lebt nur in der Erinnerung an meinen Vater. Glücklicherweise kann sie mit Mimi und Philipp wenigstens völlig zufrieden sein.«

»Sie wissen, ich leide unter einer solchen Situation, und ich weiß, wovon ich spreche. Letztendlich wird es Ihnen keine Ruhe lassen.«

Karl kam zu ihr und streichelte ihren gebeugten Nacken. »Alles wird schon wieder ins Lot kommen. Machen Sie doch kein solches Gesicht, ich will Sie fröhlich und sorglos sehen... wir wollen jeden Abend ausgehen, wenn Ihnen das Freude bereitet, und wenn wir genug davon haben, fahren wir nach Grombach und erholen uns dort. Sie dürfen nicht vergessen, daß von Zeit zu Zeit auch unsere Anwesenheit auf unseren Landgütern erforderlich ist.«

Jane ließ sich von dieser überzeugenden und warmen Stimme wiegen, sie hatte gelernt, die Stärke, die Hartnäckigkeit und die Überzeugungskraft anzuerkennen, die Karl unter seiner scheinbaren Sanftheit verbarg.

Am Tag nach der Audienz wurde Jane mit Einladungen überschüttet. Es genügte, im Schloß empfangen zu werden, um eine skandalöse Vergangenheit vergessen zu machen; die Baronin von Venningen war nicht nur sehr schön, sie war auch geistreich. Prinz Max von Leuchtenberg, der Graf von Württemberg und Erbprinz Maximilian drängten sich um sie. Verwöhnt und umschmeichelt fühlte sich Jane am glücklichsten, und sie dachte nicht mehr an ihr Vagabundenleben der letzten Jahre.

Dann wurde sie wieder schwanger. Zum fünften Mal in ihrem Leben. Karl war außer sich vor Freude, sie hingegen war verzweifelt. Nun mußte sie dem König die Situation erklären und um Urlaub für ihren Mann bitten. Sie sah ganz verstört aus, als sie zur gewohnten Stunde bei Ludwig erschien. Er bot ihr seinen Arm, um sie zu einem Sessel zu führen, in den sie niedersank, und dann enthüllte sie ihm schonungslos die Lage.

Ludwig antwortete: »Und was ist mit mir? Ich kann ihre Gegenwart nicht missen. Warum wendet sich das Schicksal gegen mich? In dem Augenblick, wo ich sie wiederfinde, wo ich langsam wieder beginne, von neuem meine Netze auszulegen... Damit ich Sie eines Tages besser darin fangen kann, mein Kind! Aber kommen Sie, ich werde Ihnen etwas zeigen.«

Ludwig zog sie mit sich in den Nebensalon und drehte ein Bild um, das an der Wand lehnte. »Ich habe ohne Ihr Wissen diese Nymphe malen lassen.«

Verblüfft stellte Jane fest, daß sie es war, die da den Wellen entstieg.

»Der Triumph Neptuns!«

»Sie sehen, ich kann Sie nicht entbehren, und Sie wollen wegfahren, bevor Sie Ihren Triumph erleben.«

»Machen Sie sich nur lustig! Die Vorstellung, mich aufs Land zurückziehen zu müssen, ist mir entsetzlich. Es heißt schon, meine Ehe sei aus Bequemlichkeitsgründen arrangiert worden. Was wird man erst sagen, wenn meine Taille dicker wird... Ich habe mich hier so wohl gefühlt.«

»Wirklich, Ianthe, Sie sind nicht imstande, so zu leben wie andere Leute. Ianthe, Sie sind unglaublich!«

Am Ufer des Neckars, nicht weit von Heilbronn entfernt, stand Schloß Grombach, ein Renaissancebau. Schon seit jeher gehörte dieses große Anwesen Karls Familie.

Der Frühling war wieder eingekehrt.

Ein Hauch von Mattigkeit schien die Nebel über dem Fluß zurückzuhalten. Jane sprang von dem Wallach, mit dem sie schnell wie der Wind dahergeritten kam – sie liebte diese Ausritte, wenn sie atemlos, die Augen schimmernd vor Vergnügen, über Gräben springen und über Felder galoppieren konnte. Sie band das Pferd an einen Baum, klopfte ihm den Hals und lehnte sich an den Stamm. Mit geschlossenen Augen schöpfte sie Atem. Dann hörte sie das Geschirr des Fuchses klirren. Karl war da.

»Sie hätten sich den Hals brechen können. Ich habe geglaubt, Ihr Pferd sei durchgegangen!«

Jane schaute ihn an, voller Rührung über seine Jugend und über ihre, sie lief zu ihm und stürzte sich in seine Arme, ungeachtet ihres zerknitterten Kleides und ihrer wirren Haare. Dieser Mann gehörte ihr, er hatte ihr alles gegeben.

Fünf Wochen vergingen, fünf Wochen voller Glück; sie ritten aus über die grüne, von Pappeln gesäumte und von Dörfern mit Fachwerkhäusern umgebene Ebene; sie konnten beide ihre Taten und Gesten nicht beschreiben oder die Bilder ihres täglichen Lebens in Erinnerung behalten. Sie liebten sich und wollten die Stunden, die vergingen, genießen; sie mieden jede Gesellschaft.

Jane hatte wieder begonnen zu malen, zu singen und zu musizieren. Prinz Schwarzenberg schrieb ihr regelmäßig. Sein Vater war gerade gestorben, und außer sich vor Kummer, hatte er um eine lange Beurlaubung gebeten, um zu Didi und seiner Schwester nach Rom zu fahren. Er hatte sein lebhaftes Interesse für die Archäologie entdeckt und besuchte überdies Anatomiekurse bei Doktor Hyrtl. Didi sei, so schrieb er, ein bezauberndes kleines Mädchen.

»Das Leben ist so kurz, warum sollte ich auf Ihre Vergangenheit eifersüchtig sein?« sagte Karl. »Sie gehören jetzt mir, Ihr ganzes Glück liegt nun in meinen Händen, und Ihnen möchte ich meines zu Füßen legen.«

»Ich habe schon zwei Kinder verloren, und Didi ist in Rom. Wann werden Sie sich endlich entschließen, unseren Sohn aus Sizilien zu holen?«

»Machen Sie sich keine Gedanken, alles wird in Ordnung kommen. Wer konnte denn ahnen, daß Sie so leicht empfangen?«

»Das ist Ihre Schuld, Sie stellen sich wohl vor, es sei amüsant, alle zwei Jahre schwanger zu werden. Ihr Männer denkt immer nur an euch!«

Sie merkte an seiner Reaktion, daß er diese Art von Scherzen nicht liebte, deshalb lenkte sie ein: »Ich weiß nicht mehr, was ich sage... Ich fühle mich so wohl bei Ihnen. München ist ein immerwährendes Schauspiel, amüsant zwar, aber auf die Dauer ermüdend. Erinnern Sie sich an diese Frau, die wir letzthin im Schloß gesehen haben, mit diesem Hut, auf dem ein Paradiesvogel saß, und dieser aufgebauschten Halskrause? Und die andere mit ihrem Schleppkleid und ihren gelben Steinen! Wie kann man sich nur so geschmacklos anziehen!«

»Ihre Eleganz, mein Liebling, wird alle schlechten Angewohnheiten umstoßen. Im Augenblick ist man fasziniert von allem, was aus England kommt. Man trifft sich im englischen Club, im englischen Café, ganz zu schweigen von all den Parks, die nach englischem Vorbild angelegt sind, und den Bädern, die man jetzt überall in die Häuser einbaut. Der englische Geschmack hat sich bei uns durchgesetzt. Sie sind in Mode; bleiben Sie nur weiterhin englisch bis in die Fingerspitzen und ändern Sie nichts an Ihren Gewohnheiten! Aber nein, ich scherze, ich bete Sie so an, wie Sie sind, auch wenn Sie Deutsche wären! Morgen werden wir Ihren Geburtstag auf meine Art feiern!«

Jane lächelte.

»Schon siebenundzwanzig Jahre«, sagte sie verträumt.

»Sie sind niemals schöner gewesen, so jung, wie ich es mir wünsche.«

»Geben Sie nur acht, leicht passiert es, und ich kann ganz schnell unerträglich werden.«

»Ich habe schon feststellen müssen, daß Sie sich darum bemühen!«

Emma war hereingekommen, um das Zimmer zu richten. Sie schlug die Bettdecke zurück, die Leintücher dufteten nach Lavendel wie in Holkham. Sie schüttelte die bestickten und spitzengesäumten roten Seidenkissen auf. Der große Ofen verbreitete milde Wärme. Emmas Schatten tanzte an der Wand.

»Hier, Mylady«, sagte Emma und zog einen Brief aus ihrem Mieder.

Sie mußte vorsichtig sein, Karls Miene verfinsterte sich, wenn bloß der Name des Königs erwähnt wurde; es war nicht nötig, ihn zu beunruhigen, indem sie ihn über diesen Briefwechsel unterrichtete.

Jane bat um ihren im Schrank versteckten Kasten, legte den Brief hinein und schlüpfte dann leichten Herzens unter die Daunendecke. Sie würde schon einen Augenblick Zeit finden, um ihn morgen zu beantworten. Sie hatte soviel zu erzählen, vor allem von der Einladung ihrer Schwiegermutter nach Weinheim, der wahrscheinlich letzten Etappe der Versöhnung zwischen Karl und seiner Mutter; daher hatte sie auch beschlossen, bereitwillig an dieser Begegnung teilzunehmen.

Sie zupfte an einer Haarlocke auf ihrer Schulter und wartete auf ihren Mann.

3

Der Kutscher ging um die Pferde herum, prüfte das Geschirr und tätschelte sie, um sie in ihrer Ungeduld zu beruhigen. Jane setzte sich neben ihrer Schwiegermutter bequem zurecht. Sie fuhren mit dem Kabriolett nach Mannheim. Die Landschaft war öde; ab und zu einmal eine trübselige Wiese, eine einsame Kapelle, ein Bach; kein Geräusch; weder von Jägern noch von Räubern, nur ein paar Bauern in wuchtigen Gehröcken, mit maßlos langen Schößen, die ihnen um die Beine flatterten. Die Witwe fuhr zu den Armen, wie jeden Dienstag.

Die im Schachbrettmuster angelegte Stadt mit ihren roten Backsteingebäuden, ihren Kuppeln, ihren zahlreichen Türmen und ihren bizarren Kirchturmspitzen war für Jane ein Ausflugsziel geworden.

In Weinheim langweilte sie sich. Karls Verhalten hatte sich völlig verändert. In seinem Stammschloß hatte er wieder Gewohnheiten angenommen, die sie an ihm nicht vermutet hätte. Er wurde wieder der Erbe, der Herr, und endlich wurde er auch wieder ihr Mann. Aber der Liebhaber war verschwunden.

Zu Anfang hatte Jane gemutmaßt, er verhalte sich aus taktischen Gründen so, doch nun begriff sie, daß auch Strenge und Disziplin zu seinen Wesenszügen gehörten. Jane erstickte hier; es war nun nicht mehr die Rede davon, nach Grombach zurückzukehren, seine Mutter hatte nämlich den Wunsch geäußert, ihr Enkel solle im Schloß geboren werden. Karl hatte sich dieser Entscheidung gebeugt, hatte aber auch gleich die Gelegenheit wahrgenommen, ihr die Existenz Heriberts zu enthüllen. Die Witwe hatte sofort verlangt, er solle ihn aus Sizilien holen. Das Kind sollte bei ihnen leben, das Geheimnis seiner Herkunft sollte so lange gehütet werden, wie sie es für richtig hielte. Karl hatte seiner Mutter gehorcht, und die Tage erschienen Jane nun öde und leer. Vorbei die Ausritte über Land...

Emma, ihre Freundin, ihre Vertraute, Emma, die ihre Geheimnisse, ihr Leben kannte, Emma war entlassen worden, aus Furcht, sie könne über die Vergangenheit ihrer Herrin plaudern. Karl hatte diese Entscheidung getroffen und damit ein Drama heraufbeschworen. Trotz der Anwesenheit ihrer unterwürfigen Schwägerin Mimi und ihres Schwagers Philipp fühlte Jane sich allein und unverstanden. Sie zählte die Tage, die ihr Karl und ihren Sohn zurückbringen würden, sie zählte die Monate bis zu ihrer Niederkunft – Ende August, Anfang September – und jetzt war Juni. Dann könnte sie endlich nach München zurückkehren.

Als sie auf dem Friedrichsplatz ankamen, bedauerte Jane wieder einmal, daß sie niemals eine Vorstellung in dem Theater würde sehen können, in dem vor gut fünfzig Jahren die erste Aufführung von Schillers Räubern stattgefunden hatte.

Die beiden Frauen ließen das Kabriolett auf dem Platz stehen, überquerten den Marktplatz gegenüber dem Rathaus, dann drangen sie in die engen Schluchten der Gassen vor, in ärmliche Häuser, um ihre Almosen zu verteilen.

Jane überfiel ein Schwindelgefühl. In dem winzigen Zimmer, das

Feuchtigkeit ausdünstete, las man Traurigkeit und enttäuschte Hoffnungen auf den Gesichtern. »Man gibt keine Almosen, um sich ein gutes Gewissen zu verschaffen, so wie man jeden Morgen im Schloß in die Messe geht«, dachte Jane. Sie kam sich lächerlich vor, fehl am Platz in ihrem schönen, wenn auch einfachen grauen Kleid und zog ihren Schal fester um sich, wie um sich vor den Blicken zu schützen. Sieben blondschöpfige Kinder betrachteten sie mit einer Mischung aus Neugier und Furcht. Die Mutter, noch jung, bekundete überzeugend ihre Dankbarkeit. Ihr Mann, der bei gutem Wetter als Tagelöhner gearbeitet hatte, war vor einem Jahr gestorben, und ohne die Großzügigkeit der guten Damen hätte die Familie nicht überleben können.

Schon in ihrer Kindheit auf Holkham hatte Jane den Armen geholfen, das war für sie etwas ganz Selbstverständliches. Sie wollte nicht das Mißfallen ihrer Schwiegermutter erregen, doch das Geld, das sie ihnen gerade zugesteckt hatte, schien ihr mit Gewißheit bedeutend hilfreicher als die Jacken und Socken, die abends am Kaminfeuer für wohltätige Zwecke gestrickt wurden. Jane hörte sich der Ältesten der Kinder, einem Mädchen von fünfzehn Jahren, vorschlagen, sie solle in ihre Dienste treten. Für die Kleine war dies eine Chance, und sie würde ein wenig Emma ersetzen. Das Mädchen sah beherzt aus, hatte ein hübsches Gesichtchen; mit ein wenig Geduld würde sie sie schon erziehen können.

Die verwitwete Baronin war völlig verblüfft – sie hatten schon so viele Dienstboten –, ihr fehlten die Worte.

»Schließlich«, sagte Jane, »bin ich die Frau von Karl, ich kann mir zumindest meine Kammerzofen selbst aussuchen.«

Sie überlegte sich, daß für diese Leute, die arm waren im eigentlichen Sinn des Wortes, aber auch arm an glücklichen Ereignissen, die Abwesenheit der Ältesten Probleme aufwerfen würde; sie müßten nun ihr Leben anders organisieren, die zweite Tochter würde die Kinder hüten, während die Mutter zur Arbeit ging. Aber es wäre doch auf jeden Fall ein Lohn mehr. Ein Leben auf dem Schloß war besser als dieses trübselige Dasein.

Draußen hatte es heftig zu regnen begonnen; Jane half ihrer

Schwiegermutter, zur Kutsche zurückzufinden, dann fuhren sie schweigend nach Weinheim zurück, wo sie vor dem großen Säulenportal aus rotem Sandstein hielten.

Das Schloß war riesig und hatte unzählige Fenster. Links lag ein älterer Teil, der mit einem Zwiebeltürmchen schüchtern dem mächtigen viereckigen Turm, der an einen Rathausturm erinnerte, zu trotzen schien. Jane hatte die Zimmer nie gezählt, aber sie vermutete, daß es wohl an die hundert waren.

Die Köche laufen geschäftig um die Öfen herum, dachte Jane, die Knechte kommen bei unserer Ankunft herbeigeeilt, die Kammerzofen legen unsere Toiletten heraus und decken die Betten für den Abend auf. Der Verwalter denkt an die Ernte. Mimi schwatzt wahrscheinlich im kleinen Salon mit dem Kommandanten Waldkirch, der sie eines Tages vielleicht heiratet, und Philipp ist bestimmt in die Lektüre seines geliebten Klopstock vertieft. Alles in allem, ein schöner Unternehmungsgeist, man glaubt richtig, den Einfluß Miltons und Youngs wiederzuerkennen, allerdings durch die deutsche Schule abgewandelt. Wenn auch diese Rückkehr zum Patriotismus und zur Religion ein wenig nach Weihwasserbecken riecht. Da ziehe ich Dantes *Inferno* und Miltons *Paradise Lost* vor.

Endlich öffnete der Pförtner das Gitter.

»Jane Elisabeth«, ließ die verwitwete Baronin, die sie beharrlich bei ihren beiden Vornamen nannte, verlauten, »wir erwarten den Grafen Oberndorf zum Abendessen. Seien Sie bitte um sechs Uhr bereit.«

»Jawohl, Mutter«, sagte Jane respektvoll. »Der Regen hat nachgelassen, ich werde ein wenig zu den Ställen gehen.«

»Seien Sie nicht unvorsichtig, Sie haben sich gewiß ein wenig verkühlt.«

»Kennst du das Land, wo die Zitronen blühn?«

Jane dachte an Karl und an ihren Sohn. Goethes Gedicht ging ihr nicht aus dem Sinn.

»Was hat man dir, du armes Kind, getan? Kennst du es wohl?« Es war an der Zeit, daß die beiden zurückkamen, ihre Abwesenheit war kaum noch zu ertragen. Ihr ganzes früheres Leben erschien ihr von

Poesie erfüllt gewesen zu sein. Hier war alles von Langeweile zerfressen.

Es stimmte, daß ihr kalt geworden war. Sie würde bestimmt irgendeine Krankheit bekommen. Sie war im siebten Monat schwanger, aber trotz ihres Umfanges wäre sie gerne bis zur Abtei von Lorsch, die sie ganz besonders liebte, galoppiert. Morgen würde sie vielleicht den englischen Wagen, den sie alleine lenkte und der von zwei Cobs aus Holkham gezogen wurde, anspannen lassen. Es war ihr gleich, daß die Damen aus der Umgebung sich darüber entrüsteten und ihr zu sportliches Benehmen kritisierten.

Jane ging hinauf in ihr Zimmer und schrieb, wie jede Woche, einen Brief an den König. Sie hatte beschlossen, ihn zu fragen, ob er der Pate ihres Sohnes werden möchte, und sie bat ihn um die Erlaubnis, ihn Ludwig nennen zu dürfen. Sie schlug vor, den Grafen Oberndorf, der Kammerherr bei Hofe war, zu bitten, daß er ihn am Taufbecken vertrat.

Nachdem sie ihren Brief geschrieben hatte, ging sie, eingehüllt in ein Umschlagtuch, hinunter. Ein alter Domestik öffnete die Tür, sie ging durch die mit großen Öfen, Teppichen und unbequemen Möbeln eingerichteten Zimmer.

Wenn ich wenigstens diesen Teil hier umändern könnte!

Als sie den Salon betrat, zündete ein Kammerdiener gerade die letzten Kerzen an, sie war zu früh. Im Schloß verkündete eine Glocke die großen Augenblicke im Tagesablauf. Jane setzte sich an das Klavier und spielte eine Mozartsonate.

Erst sehr viel später bemerkte sie, daß Alfred Oberndorf ihr zuhörte. Er stürzte auf sie zu.

»Sie sind wundervoll! Sie spielen göttlich!«

Der Graf hatte graue Augen, die unter seiner hohen Stirn funkelten, blonde Haare, die ihm nachlässig in den Nacken fielen. Bei ihrem früheren Aufenthalt in Heilbronn hatte Jane ihn bereits kennengelernt, und er war ihr ein wirklicher Freund geworden. Er begeisterte sich leidenschaftlich für Musik und war in allem das Abbild eines aufrechten, energischen und strengen Edelmanns.

Sie zog ihn in eine Ecke und trug ihm ihr Anliegen vor. Er

willigte nur widerwillig ein, ließ sich aber nichts anmerken. Wie konnte er ihr begreiflich machen, daß es unklug war, gerade den König als Paten zu wünschen und das Kind Ludwig zu nennen? Natürlich trugen viele Kinder diesen Vornamen zu Ehren des Königs, aber in diesem Fall hatte es zuviele Gerüchte gegeben. Karl war nicht geschmacklos genug – und auch zu überlegen elegant –, um auf sie zu hören, dieses Mal indes würde er solche Anspielungen bestimmt schlecht ertragen, und das hätte zur Folge, daß er, und damit auch sie, nicht mehr nach München zurückkehren könnten.

»Wo ist Karl?«

»Karl ist für zwei Wochen in Frankreich, aber ich erwarte ihn jeden Tag zurück«, log sie. »Erzählen Sie mir von der bayerischen Hauptstadt, hier ist alles so ruhig und... wie soll ich sagen? ein wenig verschlafen.«

»Sie müssen doch zugeben, daß der Zugang zum Tal, beherrscht von Burg Windeck, nicht ohne Reiz ist.«

»Ja, gewiß. Weinheim und seine Umgebung sind wunderhübsch. Ich habe mich mit dem Kaplan und Philipp in die Archive des Schlosses versenkt. Der Marktflecken wird in den Chroniken der Abtei von Lorsch bereits im achten Jahrhundert erwähnt. Dabei haben wir so unsinnige Träume ausgesponnen, wie zum Beispiel das Grab von Ludwig dem Deutschen und vor allem das von Siegfried zu finden. Wenn ich mir wenigstens ein bißchen Anstrengung zumuten dürfte, dann könnte ich mit Philipp die Erde durchwühlen oder auf den Spuren der Nibelungen auf die Ruinen steigen, die über unseren Tälern aufragen.«

»Erinnern Sie sich an das vergangene Jahr?«

»Das ist eine wunderbare Erinnerung... mit welcher Begeisterung Sie und Karl mir Ihre Heimat gezeigt haben! Damals konnte ich mich noch frei bewegen«, murmelte sie.

Im Grund befriedigte sie ihr hartnäckiger Versuch, ihre Langeweile mit äußerlichen Gründen zu erklären, kaum. Das eigentliche Problem, das wußte sie, lag in ihr, in ihren Streitigkeiten mit ihrem Mann. Jetzt, wo er fort war, fehlte er ihr, aber sie verspürte eine leise Panik bei der Vorstellung, daß nach seiner Rückkehr die Diskussionen wieder von vorne beginnen würde.

»Man kann unmöglich mehr guten Willen zeigen, mehr vernünftige Entschlüsse fassen als ich. Ich strenge mich maßlos an, um Weinheim zu ertragen. Aber dieses geregelte und trübsinnige Leben sagt mir nichts, es läßt mich gleichgültig, und letztendlich macht es mich traurig.«

Jane legte die Hand über ihre Augen, der Graf glaubte an ein Unwohlsein und eilte herbei. In diesem Augenblick betraten die Baroninmutter und Mimi den Salon.

Die Witwe stieß in scharfem Tonfall hervor: »Als ich am Arbeitszimmer vorbeikam, glaubte ich tatsächlich zu hören, daß Philipp und Kommandant Waldkirch über die Wissenschaften der Materie und des Geistes sprachen, und über ich weiß nicht welche extravaganten Dinge noch. Sie werden gleich kommen, der dritte Gongschlag wird gleich ertönen.«

Jane stellte sich den kommenden Abend vor, der wahrscheinlich ähnlich wie die anderen verlaufen würde. Gegen neun Uhr ging ihre Schwägerin immer zu Bett. »Ohne Rücksicht auf Mimi werden wir von Gott, von Glauben, Aufklärung, Materie, Geist, Bewegung, von Swedenborg, Klopstock, und wenn es sein muß, von Gott weiß wem sprechen, nur damit ich in der Nacht nicht allein sein muß. Die Tage ziehen sich hin und nichts ändert sich! In ein paar Augenblicken wird das Tischgebet gesprochen, bevor man sich zu Tisch setzt. Dann werden Mutter und Tochter, beide wie salbadernde Gänse, im Vollgefühl ihrer germanischen Überlegenheit, das Gespräch auf die Barmherzigkeit und die Wohltätigkeit lenken, der sie sich mit einer eintönigen Hartnäckigkeit ohne jedes Fünkchen Phantasie verschrieben haben.

Wie verhext, wurde auch das Wetter in den folgenden Tagen schlecht. Alles schien daneben zu gehen. Der König hatte nicht auf ihren Brief geantwortet, und von Karl hatte sie auch noch keine Nachricht.

Jane fühlte sich zusehends schlechter. Diese Schwangerschaft nahm überhaupt kein Ende. Wenn sie um sechs Uhr morgens aufstand und die Vorhänge zurückzog, sah sie auf die lange Reihe schwankender Pappeln und die Rosen- und Rhododendronbeete jenseits des Parks. Auf dem Teich plusterten sich ein paar Enten auf. Die große Zeder zu ihrer Linken galt als eine der ältesten in Deutschland.

Trotz der Schönheit dieser Landschaft wirkten die Strenge ihrer Bewohner und das schlechte Wetter auf ihre Stimmung ein.

Jane bemerkte die kleine Gretel, die, ein Bündel in der Hand, ganz außer Atem angelaufen kam.

»Sie tritt heute ihren Dienst an. Und ich habe ganz vergessen, Anweisungen für sie zu geben.«

4

Das Geschrei eines Neugeborenen drang durch ihren Traum. Sie schwebte auf einer Wolke über dem Ozean, umringt von ihren Kindern Arthur, Felix, Didi und Heribert, die alle vier in das gleiche Baumwollgewand, unter dem ihre Hosen vorschauten, gekleidet waren; jedes trug einen kleinen, hohen Hut. Sie hatten alle das gleiche Alter, man hätte sie miteinander verwechseln können. Felix und Karl von Venningen verfolgten sie auf einer anderen Wolke.

Jane erwachte mit tränenfeuchten Wangen, rief nach ihrer Mutter. Das Neugeborene hatte aufgehört zu schreien.

»Wo bin ich?«

»Ruhen Sie sich aus, mein Liebling. Machen Sie sich keine Sorgen, ich bin ja da.«

Sie hielt die Hand ihres Mannes in der ihren und hörte vertraute Stimmen wispern.

Karl fühlte sich elend, beinahe wäre alles schlimm ausgegangen. Er sah wieder seine Frau vor sich, schweißüberströmt, mit eingefallenem Gesicht, betäubende Kräuter kauend. Er erinnerte sich an das erstickte Stöhnen, an das hastige Atmen des Arztes, der verzweifelt versuchte, die Nabelschnur zu lösen, die sich um den Hals des Kindes gewickelt hatte und es zu ersticken drohte. Ein Mädchen. Jane rang nach Luft. Der Doktor hatte ihr ziemlich starken Kaffee zu trinken gegeben, danach hatte sie sich beruhigt und war in einen wirren, unruhigen Schlaf gesunken.

Im Verlauf der Nacht wurde sie von heftigem Fieber gepackt und delirierte. Karl schickte bestürzt wieder nach dem Arzt, der schon nach Hause, nach Ladenburg, zurückgekehrt war.

»Das ist die übliche Gefahr, Kindbettfieber«, sagte er nur lakonisch.

Zwei Tage lang zündeten die Bewohner des Schlosses alle Wachskerzen in Weinheim an. Karl bestürmte den Arzt, ohne auch nur einen Blick auf seine Tochter zu werfen. Abwechselnd wachten Mimi und Anna, ihre Zofe, an Janes Bett, aber sie glaubten nicht, daß sie sich jemals wieder erholen würde. Gretel, die vor der Tür saß, betete weinend den Rosenkranz. Die verwitwete Baronin ordnete an, daß in jeder Kirche im Umkreis von einer Meile eine Messe gelesen werden sollte.

Als das Fieber endlich gesunken war, sagte Karl mit bewegter Stimme: »Wir werden keine Kinder mehr haben, Jane, ich habe zuviel Angst um dich gehabt.«

»Beruhige dich, ich hatte nicht die Absicht zu sterben«, erwiderte sie matt. »Und auch nicht, dir noch ein Kind zu schenken.«

Nach vierzehn Tagen stand sie auf, machte vorsichtig ein paar Schritte und sank dann in einen Sessel. Man hatte Berthas Wiege in ihr Zimmer gebracht, und Jane verlangte, ihr Kind zu sehen. Bis dahin hatte sie kaum die Kraft dazu, es an sich zu drücken.

Der Doktor hatte in seinem Ort eine Amme gefunden, die trotz ihres täglichen Bades einen starken Stallgeruch ausströmte. Im Augenblick nahm diese Frau unter den Bediensteten den ersten Platz ein. Die kleine Bertha trank gierig aus der riesigen Brust mit der unerschöpflichen Milch, und offensichtlich fand sie sie ganz nach ihrem Geschmack.

In den ersten Oktobertagen konnte Jane endlich wieder bis zur Zeder hinuntergehen. Jeden Morgen kam Heribert, um ihr einen Kuß zu geben, bevor er mit seiner Gouvernante, die er ›Mutti‹ nannte, wieder fortging. Er wohnte mit ihr im Südflügel, und dem Personal war gesagt worden, seine Eltern seien nach Indien gereist.

Wenn auch die Dienerschaft untereinander manchmal ihre Zweifel daran äußerte, so ließ sich doch niemand etwas anmerken. Man trieb keine Scherze in Weinheim, die Witwe überwachte jeden mit Argusaugen.

All das hinderte Heribert nicht daran, umherzutrippeln und zu spielen. Er war ein selbständiges Kind mit riesengroßen, blauen Augen, die aus seinem Gesichtchen strahlten und in keiner Weise den Eindruck eines unglücklichen, kleinen Jungen erweckten. Er lebte vollkommen unbewußt in den Tag hinein. Seine Welt reichte nur bis zu ›Mutti‹, die sich um seine Wünsche kümmerte und ihn liebte. Die anderen – auch seine Mutter – interessierten ihn herzlich wenig.

Das Leben nahm wieder seinen gewohnten Gang. Und immer noch war nicht die Rede davon, nach München zurückzukehren, Karl litt nun unter Rheumatismus.

Jane verbrachte ihre Tage mit Reiten. In Begleitung ihres Schwagers Philipp und des Grafen Oberndorf durchstreifte sie den ganzen Tag das Neckartal.

Karl war gräßlicher Laune, er konnte nicht ausreiten und verbrachte seinerseits seine Zeit damit, ihr Vorwürfe zu machen. Jane versuchte, ruhig zu bleiben, und fand erst Frieden, als sie am nächsten Tag, trotz der Kälte, wieder ausritt. Karl machte sich eifersüchtig Gedanken über ihre Ausritte, weil er spürte, daß sie immer unabhängiger wurde.

»Sie sind schließlich Mutter! Sie könnten ja vielleicht auch ein vernünftiges Leben führen!«

»Ach was, ich werde meine Zeit nicht damit zubringen, Gobelins zu sticken! Ich kümmere mich doch bereits um Ihre wohltätigen Werke, ich habe einen Chor in Weinheim organisiert, ich habe Ihre Wohnung neu eingerichtet, und dabei fühle ich mich hier gar nicht zu Hause! Ich bin hier bei Ihrer Mutter, und Sie auch! Lassen Sie uns nach München zurückkehren! Wenn Sie eine ›Hausfrau‹ gewollt hätten, hätten Sie mich nicht heiraten dürfen!«

Jane verlor die Geduld, sie gab sich doch alle erdenkliche Mühe, um ihm zu gefallen, strengte sich jeden Tag aufs Neue an, eine gute Ehefrau zu sein, und sie war es auch. Aber er dachte nur daran, sich zu beklagen.

»Nichts von dem, was ich liebe, findet Gnade vor Ihren Augen«, fuhr sie fort. »Zur Zeit lese ich Wieland, dem Sie zuviel Originalität vorwerfen. Sie lieben Bürger, und Sie haben auch sicher recht damit, aber ich ziehe die Phantasie Goethes, die Empfindsamkeit Schillers vor, ich verspüre das Bedürfnis, auf ihre Art die Poesie in der Natur zu entdecken. Schauen Sie, Karl, Sie sagen, daß Sie mich lieben … ist das Ihre Liebe, daß Sie mich nicht auf meine Art leben lassen? Ich kann wirklich nicht wie Ihre Mutter und Mimi leben, ganz aufrichtig, ich kann es nicht! Und ich will es auch nicht!«

Karl sah ein, daß sie nicht unrecht hatte. Er hatte wenigstens seine Beschäftigungen, er mußte seine Ländereien verwalten, seine Weinberge in Ordnung halten, seinen Wein verteilen. Seit er Jane im Tambosis getroffen hatte, hatte er seine Geschäfte vernachlässigt, und nun mußte er die verlorene Zeit nachholen. Sein Problem war, daß er zwar anständig und guten Willens war, zugleich aber auch unfähig, auch nur einen Deut von seiner gewohnten Lebensweise abzuweichen.

In jedem ihrer Briefe flehte Jane nun den König an, einen Vorwand zu finden, damit sie nach München zurückkehren konnte. »Das ist der Ort, den ich auf der ganzen Welt am meisten liebe, und ich darf in aller Aufrichtigkeit hinzufügen, mein teuerster Freund, daß von Ihnen der Zauber ausgeht, der mich an diese Stadt so stark und innig bindet.« Oder auch: »Oh mein angebeteter Freund, wenn es ein Gefühl zwischen völliger Anbetung und etwas Zärtlicherem gibt, so haben Sie dieses Gefühl in mir entfachen können. Mein einziger Wunsch ist es, mich eines Tages in München niederzulassen.«

Der König empfand seinerseits, trotz ihrer Trennung, für Jane eine Freundschaft, die, obwohl seine Verliebtheit nachgelassen hatte, nicht weniger tief und aufrichtig war. Wenn er auch wenig Neigung gezeigt hatte, die Patenschaft ihres Sohnes zu übernehmen, so hatte sich ja das Problem mit der Geburt Berthas von selbst gelöst.

»Hoffentlich erzählt ihr niemand von diesem Buch«, sagte der König und pochte auf das fragliche Werk. »Ich kann es noch nicht einmal in Deutschland verbieten.«

Lord Erskine war verlegen.

»Dieses Werk ist mir aus England geschickt worden. Ich habe es mit Interesse gelesen, sehen Sie doch den Titel, *The Two Friends*, und die Autorin.«

»Marguerite Gardiner... das ist eine meiner alten Freundinnen: die Gräfin Blessington! Seit dem Tod ihres Gatten sichern ihr die *Keepsakes*, diese kleinen, gebundenen Bücher, beachtliche Einkünfte. Die *Books of Beauty* haben einen beträchtlichen Erfolg gehabt!...«

»Sie ist vor allem wegen ihrer Liaison, wenn man es so nennen kann, wegen ihres... Abenteuers mit dem Comte d'Orsay bekannt«, erwiderte der König wütend. »Auf jeden Fall ist ihr Buch ein Skandal.«

»Ihre Majestät möge mir verzeihen, ich kenne dieses Werk noch nicht.«

»Es wird genügen, wenn Sie diesen Artikel, der zwischen den Seiten lag, lesen. Er ist im April in *Fraser's Magazine* erschienen. Beten wir, daß dieses Buch noch nicht bis zu Jane gelangt ist. Man müßte blind sein, um zwischen ihr und Lady Walmer keine Parallele zu ziehen. Wie abgeschmackt und boshaft! Noch einmal diese alten Geschichten aufzuwühlen, über die damals schon genug geschrieben worden ist. Fünf Jahre sind seitdem vergangen, und jetzt beginnt alles wieder von vorne. Alle haben die Heldin erkannt: die Berühmtheit, der Reichtum, eine Scheidung, ein Vagabundenleben, was braucht der Leser mehr? Ich erlasse Ihnen die Einzelheiten, wir können unsere junge Freundin auf jeden Fall bis ins kleinste Detail wiedererkennen. Ich wünsche mir nur eins: daß ihre Lady Blessington[4] das gleiche Ende erleidet wie Lady Walmer: Elend und Vergessenheit«, fügte der König mit donnernder Stimme hinzu. »Unsere Freundin hat sich für die Ehe entschieden. Wir müssen ihr Zeit lassen, sich an Weinheim zu gewöhnen. Hier ist der Artikel, lesen Sie ihn, wenn Sie Zeit haben.«

Lord Erskine ging ans Fenster und holte seine Brille hervor:

»Zahlreiche Anspielungen, die die Autorin gewählt hat, um das Bild der Lady Walmer zu zeichnen, beziehen sich auf Lady Ellenborough. Die Sorgfalt, die die Autorin darauf verwendet hat, sie so gründlich wie möglich in Verruf zu bringen und zu bestrafen, entspringt wohl eher ihrem Moralempfinden als ihrem guten Geschmack oder ihrem Mitleid.«

Der König beobachtete den Botschafter aus den Augenwinkeln. Er stellte sich Jane verloren auf dem Land vor, dachte an die Ausdrücke in ihren Briefen, in denen hinter höflichen Formulierungen – »meine liebe Schwiegermutter«, »mein lieber Gemahl« – Einsamkeit und Langeweile zu spüren waren. Er konnte darüber nur eine Art unerwarteter Erleichterung empfinden: Natürlich war Janes Traurigkeit nicht Balsam für sein Herz, nein, davon war er weit entfernt. Aber sie erlaubte ihm, ihr endlich die beiden Jahre der Abwesenheit in Italien und all ihre Lügen zu verzeihen. Je mehr er darüber nachdachte, desto offensichtlicher wurde ihm, daß ihre ›Zurückgezogenheit‹ eigentlich nicht besonders dramatisch war, schließlich gehörte der Ort zu den romantischsten Gegenden in Deutschland… »Vielleicht«, hatte Jane geantwortet, »unter der Voraussetzung, daß man leidenschaftlich liebt! Sonst ist Weinheim, glauben Sie mir, ein armseliger Ersatz für das Leben in München…« »Der Winter vergeht, und mit ihm meine Jugend. Ich habe das Gefühl, man hat mich vergessen, ich bin die Gefangene einer Familie, die mich nur widerwillig akzeptiert hat. Alle ziehen sich auf ihre Schlösser zurück, und ich langweile mich zu Tode«, hatte sie ihm in einem anderen Brief anvertraut…

So endeten ein paar Monate voller Glück in vollständigem Mißmut.

5

Seit seiner Abreise aus Paris hatte Prinz Schönburg Hartenstein unaufhörlich von Jane geredet.

»Ich kenne keine Frau auf der ganzen Welt, die schöner ist als sie«, vertraute er seinem Freund an. »Ich empfinde für sie immer noch grenzenlose Bewunderung. Und glauben Sie mir, ich habe wiederholt Gelegenheit gehabt, festzustellen, wie außergewöhnlich sie ist. Es ist gar keine Frage, daß wir sie begrüßen müssen! Es ist nicht mehr sehr weit.«

»Nun gut! Ich bin auf jeden Fall abhängig von Ihnen«, erwiderte Balzac.

»Alles an ihr macht den Eindruck eines lichterfüllten, zerbrechlichen, fast ätherischen Wesens. Dahinter verbirgt sich allerdings ein eiserner Charakter. Kein Pferd kann ihr widerstehen, kein Mann. Sie besitzt eine Stärke, die nichts fürchtet. Nichts und niemand«, fuhr der Prinz fort. »Ihre Liebesbeziehungen können nur verzehrend sein. Für sie ›ist die Liebe der Liebe genug‹, und sie ist von außerordentlichem Feingefühl. Prinz Schwarzenberg hat sie wahnsinnig geliebt, dann hat er Angst bekommen und ist krank geworden. Nun ja, mein lieber Balzac, das Außergewöhnliche ist schwer zu ertragen. Wir werden Prinz Felix wahrscheinlich in Wien treffen. Den neuesten Nachrichten zufolge hat er sich auf die Wissenschaften verlegt, auf Mystizismus und Archäologie. Ich bin überzeugt davon, daß er es sein ganzes Leben lang bedauern wird, sie nicht geheiratet zu haben, und es würde mich sehr wundern, wenn er eines Tages eine andere Frau heiraten würde. Nachdem er mit einer solchen Frau zusammengelebt hat! Sie hat, nachdem sie den König von Bayern bezaubert hat, im übrigen gerade den Baron von Venningen geheiratet.«

»Ich erinnere mich sehr gut, ihr in Paris begegnet zu sein. Das Echo ihrer... Liaison hallte durch ganz Europa. Nun ja, wir sind töricht, wir träumen von körperlicher und von idealisierter Liebe. Keine Frau entspricht beiden Vorstellungen. Für Felix Schwarzenberg war Jane zweifellos eine Mätresse, und eben als solche bekam sie zwangsläufig die Folgen zu spüren, die die auf die Dauer unvermeidliche Sättigung des körperlichen Verlangens mit sich bringt. Sicher liebte er sie leidenschaftlich. Doch dann hat er begonnen, von einer Seelengefährtin zu träumen, die verständnisvoll und tolerant ist.«

»Vielleicht... schöpfte Lady Jane auch Verdacht. Sie schmeichelte doch all seinen Eitelkeiten, sie stellte ihn so hoch, sie lebte nur für ihn… Und so kam es, wie es kommen mußte: er wurde unerträglich. Und nun sperrt der Baron von Venningen sie in Weinheim ein. Wie lange wird sie dieses Leben noch ertragen können? Sie ist eine feurige Frau, und wer sie liebt, verbrennt mit ihr. Sie kennt keine Furcht und kein Bedauern, aber man kann bei ihr auf alles gefaßt sein.«

»Was für eine faszinierende Frau, welch eine Romanfigur! Ich stelle sie mir in der Tiefe ihres Herzens ruhig vor, entschlossen, sie besitzt dieses Wissen über das Leben, das jeder Sache Würze verleiht, eine Frau, die alles, was um sie herum ist, belebt. Eine Frau, die in sich alle Züge englischer Verfeinerung vereint, ein einzigartiges Wesen, leidenschaftlich und großzügig. Schade, daß wir uns bei ihr nicht länger aufhalten können, doch die Gräfin Hanska wartet bereits zu lange.«

Man hörte eine Peitsche knallen, die vier Pferde fielen in Trab, die Postkutsche war auf der Straße nach Weinheim.

Honoré de Balzac wurde nicht enttäuscht. Er fand das Schloß bezaubernd. Im Lauf der Jahrhunderte war es umgebaut worden, aber die Hauptfassade hatte ihre vollkommene Ausgewogenheit bewahrt, während der Park einen unordentlichen Anblick bot: Er war weder französisch noch englisch angelegt, die uralten Bäume erinnerten eher an einen Wald, der mit Sträuchern und Blumenbeeten durchsetzt war.

Voller Begeisterung trat Balzac in diese Welt ein. Er ging stundenlang mit Jane spazieren und unterhielt sich mit ihr; ihr britannisches Naturell, das es ihr erlaubte, ihm ihr Herz mit unglaublicher Leichtigkeit zu erschließen und auch wieder zu verschließen, Widersprüche und Verwirrung der Gefühle zu erörtern, als handele es sich darum, den Entwurf einer Kirche zu studieren, erregte seine Neugier und nahm ihn schließlich ganz für sie ein. Die Ausdrucksfähigkeit ihres Gesichtes, ihre ruhige Stimme, die Leichtigkeit und Anmut ihrer Bewegungen hatten etwas Einzigartiges, und der Schriftsteller gab sich schnell geschlagen. Langsam, während er ihr zuhörte und ihr Schritt für Schritt in den Park folgte, entstand vor seinem inneren Auge der Entwurf zu einer leidenschaftlichen, ganz dem Leben ergebenen Figur, glühend wie die Wüstensonne, aber auch voller überraschender Kontraste, so wie nach der Gluthitze des Tages in den Sternennächten die Kälte kommt. »Kalt und heiß, alles oder nichts«, sagte er zu Schönburg, als sie einmal einen Augenblick allein waren.

Nach dem Abendessen entschuldigte sich der Franzose und bat um die Erlaubnis, sich auf sein Zimmer zurückziehen zu dürfen.

»Aber natürlich! Ich habe ihren Kaffee nach den Angaben von Prinz Alfred vorbereiten lassen: eine Mischung aus Bourbon, Martinique und Mokka, nicht wahr? Ein Rechaud mit Weingeist steht auf Ihrem Tisch, es braucht nur noch angezündet zu werden.«

»Madame, zuviel Aufmerksamkeit! Ich bin Ihnen sehr dankbar dafür. Ich glaube, ich habe bei meinem Spaziergang im Park soeben die ›Abhandlung über den Willen‹ gefunden, die mein Held Louis Lambert schreiben wollte. Ich möchte die Beziehung zwischen dem Menschen und der Gefühlswelt mittels einer geistigen Interpretation des ›Fluidums‹ und dessen, was man Magnetismus nennt, ausdrükken. Diese Ideen beschäftigen mich in einem solchen Maße, daß ich schon zehn Mal versucht habe, sie niederzuschreiben, ohne daß es mir jemals zu meiner vollen Zufriedenheit gelungen ist. Dieses Mal aber glaube ich, den Faden in Händen zu halten, der mich bis ans Ende führen wird. Erlauben Sie mir, mich zurückzuziehen, ich fürchte, er entgleitet mir sonst.«

»Unser Freund verwechselt ein wenig seine eigenen Ideen mit denen Mesmers, dessen Theorien über das animale Fluidum er sich gerne ausleiht«, sagte Prinz Alfred, als der Schriftsteller gegangen war. »Da er mit mir darüber gesprochen hat, habe ich eben vor dem Abendessen das Werk voller Interesse in der Bibliothek durchgeblättert. Ich kannte es natürlich, aber heute erst ist der Schleier zerrissen. Die Vorstellung ist eigentlich ganz einfach: Nach Mesmer durchdringt ein nicht wahrnehmbares Fluidum jedes Ding und schafft ein ständiges Gleichgewicht, indem es direkt auf den Organismus einwirkt und ihn so in vollständiger Harmonie erhält.«

»Ich muß zugeben, daß ich Louis Lambert nicht kenne, und doch glaubte ich, das ganze Werk Ihres Freundes Balzac gelesen zu haben«, sagte Jane.

Louis Lambert und Raphael de Valentin sind zweifellos seine romantischsten Helden. Beide sind sie Einzelgänger, die, in verschiedenen Ausmaßen, die fundamentalen Aspekte der Energie in sich vereinen: die Exaltation der Sinne, den Willen des Geistes und der Seele…«

»Welch ein seltsamer Mensch«, begann Jane wieder. »Über seinen Blick und seinen Verstand vergißt man ganz seine körperliche Häßlichkeit, und Sie wissen, in welchem Maße ich für Ästhetik empfänglich bin… Kommen Sie«, fügte sie hinzu und wandte sich an Schönburg, »wir haben uns noch so viel zu erzählen. Dieser Salon hier ist zu kalt für Bekenntnisse, gehen wir nach nebenan.«

»Ist es schicklich, wenn ich mit Ihnen allein bleibe?«

»Mein Freund, ich für meinen Teil sehe keinen Unterschied darin, ob ich mit Ihnen im Park spazieren gehe oder Ihnen hier in diesem Zimmer gegenübersitze. Die Familie meines Gemahls lastet manchmal so schwer auf mir, daß ich ganz erschöpft davon bin. Haben Sie bemerkt, um welche Uhrzeit man hier zu Bett geht? Philipp ist glücklicherweise eine Ausnahme, nur ist er zur Zeit leider mit Karl in München.«

Sie zündete die Leuchter an und ließ die Tür angelehnt. Sie liebte die Behaglichkeit des kleinen Salons, der von einem flackernden Licht nur dürftig erhellt wurde. Der Prinz beugte sich über den Ofen, um das Feuer wieder zu entfachen. Jane schien glücklich zu sein: »Ich danke dem Himmel, daß Sie beide gekommen sind! Das Leben hier ist von einer geradezu vollkommenen Eintönigkeit. Warum bleiben Sie nicht noch ein paar Tage?«

»Das ist mir leider nicht möglich. Ich muß wichtige Depeschen überbringen, und unser Freund wird von Madame Hanska erwartet. Er hat sie seit einem Jahr nicht mehr gesehen.«

»Dann kommt es doch auf einen Tag nicht an!«

Der Prinz lächelte.

»Jedenfalls wollte er Paris, das er zur Zeit nicht mehr ertragen kann, den Rücken kehren. Eine Meute von Gläubigern verfolgt ihn, er hat nicht mehr den Mut, oder auch nicht mehr die Mittel, um ihnen Widerstand zu leisten, daher hat er ohne Zögern eingewilligt, mich zu begleiten.«

»Und wenn er zufällig hier die Inspiration fände«, sagte sie.

»*Louis Lambert* ist sein Lieblingswerk, und er mußte einfach zahlreiche autobiographische Elemente dort einbringen. Der Erzähler zum Beispiel ist ganz eindeutig sein Double, er gleicht ihm wie ein Bruder. Der Wahnsinn Lamberts ist der Ausdruck der Angst des Schriftstellers, der sich seines Genies bewußt ist und von der Furcht gequält wird, seine intellektuelle Kühnheit könne seine Kräfte zu früh verschleißen und ihn zu früh in Finsternis stürzen. Wie Goethe und Byron will er mit Faust und Manfred kämpfen. Zur Zeit ist dieser Kampf nicht von Erfolg gekrönt. Das Werk wurde vor drei Jahren in seinen philosophischen Erzählungen veröffentlicht, aber es blieb beinahe unbeachtet.«

»Dann ist es also verzeihlich, daß ich es nicht gelesen habe«, sagte Jane.

»Sie können ganz beruhigt sein. Balzac hat bald die Unvollkommenheiten seines Werkes erkannt; Tage und Nächte hat er damit zugebracht, *Louis Lambert* umzuarbeiten und zu korrigieren. Er hat soviel Geld und Sorgfalt darauf verwendet, die ersten veröffentlichten Ausgaben verschwinden zu lassen, wie andere Schriftsteller es tun, um ihre Werke bekannt zu machen.«

»Erzählen Sie mir jetzt von Felix. Ich höre immer weniger von ihm.«

Der Prinz verharrte einen Augenblick schweigend...

»Sie sind wirklich unverbesserlich«, erklärte er dann.

Am nächsten Morgen erwartete Jane ihre Gäste im kleinen Eßzimmer. Balzac kam als erster und erzählte ihr von seiner nächtlichen Arbeit. Er schien das ganze Zimmer mit seiner Heiterkeit zu erfüllen, so zufrieden war er.

»Wann werde ich Ihre Seiten lesen können?«

»Lassen Sie mir die Zeit, sie noch einmal zu schreiben. Es bereitet sogar mir Mühe, mein eigenes Gekritzel zu entziffern, und ich muß auch noch einige Veränderungen anbringen.«

»Wann also?« beharrte Jane und bot ihm einen Stuhl an.

»Vielleicht wenn ich durch München fahre? Ich könnte diese

Seiten zu ihrem Haus bringen lassen oder sie auf der Post deponieren.«

»Das dauert mir zu lange! Ich weiß nicht, wann ich dorthin zurückkehren werde, aber gut, ich werde veranlassen, daß man sie mir zusendet.«

»Ich kann Ihnen gar nicht sagen, wie dankbar ich Ihnen bin!«

Der Schriftsteller erging sich in so beredten, so poetisch gewandten Komplimenten, daß sogar Aischylos nichts daran auszusetzen gehabt hätte, wenn er plötzlich vom Himmel mitten zwischen sie gestürzt wäre.

»Wieviel Bitterkeit auch mein Leben vergällen mag, ich werde niemals vergessen, wie köstlich und fruchtbar mein Aufenthalt hier war.«

Prinz Schönburg trat zu ihnen.

»Prinz Alfred, unser Freund gibt vor, heute nacht das gefunden zu haben, was er schon immer auszudrücken versuchte. Ist das nicht wundervoll?«

»Ganz einfach einzigartig, denn M. de Balzac ist sonst niemals vollkommen zufrieden mit dem, was er geschrieben hat.«

»Sie bleiben zum Essen! Sie können später aufbrechen!«

Sie zeigte ihnen zahlreiche Dinge, wundervolle Waffen, die seit Generationen der Familie Venningen gehörten, auch ihre einzigartig schöne Intaglio-Sammlung – sie hatte sie auf ihren Reisen Stück für Stück mit der Geduld einer Ameise gesammelt, und Ludwig, der ihre Vorliebe für diese Steine kannte, machte ihr regelmäßig welche zum Geschenk. Vor jedem Stück begann das Trio eine Unterhaltung. Jane erlebte endlich wieder diese geistreichen Plaudereien, die sie so sehr schätzte. Sie beleuchtete die kleinsten Facetten einer Idee und schien dem Gedankengang der beiden Männer vorauszueilen. Bei einem Jaspis, der den Kopf Livias darstellte, äußerte Jane ihre Auffassung von den Frauen: »Frauen wie Livia haben kaum Rivalinnen, weder in der Liebe, die über allem steht, noch in Verstandesdingen. Sie können leidenschaftlicher lieben als andere, weil sie sich unterwerfen können, wenn es ihnen richtig erscheint. Ihre Demut ist von unvergleichlichem Adel, weil sie für sie nicht Pflicht, sondern Vergnügen bedeutet. Die Frau muß in dem geliebten Wesen aufgehen und in ihm ihr Glück finden... Über der Liebe steht nichts. Also ist auch alles erlaubt, wird alles vergeben. Lieben, das heißt, für alle Zeit zwischen Glück und Unglück schwanken.«

»Sie erstaunen mich ein wenig«, antwortete der Prinz, »ich sah in Livia immer eher einen beherrschenden Geist, eine Tyrannin.»

»Was wissen Sie schon darüber? Meiner Meinung nach wendete sie sich erst dann sich selbst zu und dachte nur noch an ihre Interessen, als sie keine Ungewißheit mehr kannte. Die Ungewißheit ist das Salz der Liebe.«

»Muß man also die geliebte Frau wissentlich in einem Zustand ständiger Ungewißheit lassen?« fragte Balzac.

Jane lächelte und erwiderte: »Nicht ständiger Ungewißheit, aber drohender, das ja!«

Bei Tisch waren sie sehr heiter, erlaubten sich sogar ein paar bissige Bemerkungen über die Pariser und Wiener Gesellschaft. Der Tokajer tat ein übriges, sie amüsierten sich sehr. Später setzte Jane sich ans Klavier und der Prinz sang, während der Kaffee serviert wurde. Einen Augenblick darauf fiel auch Jane ein, ihre Stimme hatte keinen vollen Klang, war aber von großer Reinheit.

Sie sangen russische und polnische Weisen, Kosakenlieder. Die Baronin Venningen faszinierte den Schriftsteller. Er stand neben ihr am Klavier, atmete den schwachen Duft ein, der ihren Haaren entströmte. Ihre langen, weißen, zarten beweglichen Hände liefen über die elfenbeinernen Tasten. Balzac glaubte sich in eine verzauberte Märchenwelt versetzt.

Jane beendete ihr Spiel, schaute zu ihm auf. Balzac verspürte eine lebhafte Freude darüber.

Dann schlug sie, wie um den Zauber zu verlängern, vor, die beiden bis Heidelberg zu begleiten. Dort würden sie dann voneinander Abschied nehmen.

»Geben Sie mir ein paar Augenblicke, ich ziehe mich um und lasse mein Pferd satteln.«

Sie nahmen Janes Angebot an wie eine Belohnung.

6

Innerhalb eines Monats änderte sich alles. Das eintönige Leben Weinheims und seiner Bewohner wurde erschüttert. Philipp von Venningen wurde krank: ein unerklärliches Fieber.

Das war nicht der richtige Zeitpunkt für Diskussionen. Die Streitigkeiten des jungen Paares nahmen ein Ende, es wurde beschlossen, daß Karl zu seinem Bruder nach München fahren sollte, während Jane, die allein mit Mimi zurückblieb, die Gelegenheit wahrnehmen sollte, mit ihr nach Mannheim zur Kur zu fahren. Leider verschlimmerte sich die Krankheit und Philipp rang mit dem Tod. Jane beschloß, ebenfalls in die bayerische Hauptstadt zu fahren.

»Sie dürfen hier nicht fort ohne die Erlaubnis meines Bruders«, protestierte Mimi, als sie von dem Plan erfuhr.

»Zunächst einmal, ich bin gewöhnt, das zu tun, was mir beliebt! Sie mögen keinen eigenen Willen haben, ich habe einen! Karl ist mir teuer, er braucht mich sicher; die richtige Entscheidung muß ich hier schon selbst treffen!«

»Und Ihre Kinder?« erwiderte Mimi perfide.

»Sie gedeihen wunderbar und brauchen meine Anwesenheit nicht.«

»Ich fahre mit Ihnen, das ist gar keine Frage.«

»Nun gut, lassen Sie uns fahren.«

»Nein, da wenigstens einer vernünftig sein muß, bleibe ich. Ich werde mich um Bertha und Heribert kümmern.«

»Die Kindermädchen kümmern sich hervorragend um sie.«

Ich kann zumindest insoweit nützlich sein, dachte sie, als Ludwig uns einen seiner Ärzte schicken kann. Natürlich wird Karl zornig sein, wenn ich komme, aber das ficht mich nicht an.

Ohne Zeit zu verlieren, ließ Jane ihre Koffer packen, gab Anweisungen für die kommenden Wochen, umarmte ihre Kinder und begab sich auf die Reise.

Zum ersten Mal fuhr sie im Sommer nach München. Trotz der tragischen Umstände, die sie in die Metropole führten, war sie sehr zufrieden. Sie ärgerte sich zwar einen Augenblick lang darüber, daß sie diese häßliche Ausrede hatte wahrnehmen müssen, um wieder zurückzukehren, doch schnell verscheuchte sie diesen Gedanken wieder. Vor über einem Jahr war sie weggefahren. Sie bereitete sich auf die Szene vor, die sie erwartete. Karl hatte ausdrücklich gesagt, ihr Platz sei in Weinheim. Jane hatte keine Zeit gehabt, Ludwig zu unterrichten, aber sie erinnerte sich daran, daß er wahrscheinlich wie jeden Sommer mit der Königin in den bayerischen Alpen war. Der letzte Brief des Königs datierte von vor vierzehn Tagen.

Dieses Mal würde es keinen Blumenstrauß zu ihrem Empfang geben, auch kein heimliches Treffen. Nichts als die schlechte Laune Karls.

Die Kutsche fuhr mit einer höllischen Geschwindigkeit, an jeder Poststation hielten sie, um die Pferde zu wechseln. Sie wollte in der Nacht ankommen, sonst würde sie in Dinkelsbühl übernachten, die Zeiten waren unsicher.

Jane bewunderte die Landschaft um sie herum. Alles war ruhig, friedlich, köstlich, wie vor ihrer Ehe. Warum vergingen die reinsten Gefühle so schnell? Lag es an Karls Eifersucht, an seiner übertriebenen Liebe? Kein Abend verging mehr ohne Streit, irgend einen Vorwurf hatte er ihr immer zu machen. Streitereien unter Verliebten? Vielleicht, es wurde jedoch immer schwieriger, sie unter diesem Aspekt zu sehen. Er kritisierte ihren »unabhängigen Geist«, die Wahl ihrer Lektüre – sie las zuviel, das war ungesund für eine junge Frau! Oder aber sie liebte die Pferde zu sehr, hielt zuviele Hunde, tat nur, was ihr gefiel, während doch das Leben in Weinheim ein Mindestmaß an Disziplin erforderte. Und er beklagte sich: Sie liebe ihn nicht mehr, sie habe ihn »in Ermangelung eines anderen« geheiratet, genau das habe sie gesagt, behauptete er. Am Ende ihrer Kraft hatte sie unglücklicherweise eines Abends nicht energisch genug protestiert, und die Situation war zur Hölle geworden. Enttäuscht über seinen Mangel an Verständnis, hatte sie kein anderes Mittel gewußt, als sich ihm zu verweigern – wo doch die Liebe das letzte Gebiet war, auf dem sie wieder zueinander finden konnten.

Jane atmete schwer, die Hitze war drückend. Sie fächerte sich Luft zu.

Sie verbrachte eine schlaflose Nacht auf dem Bett im Gasthaus. Endlich krähten die Hähne und durch die Fensterläden schimmerte das erste Tageslicht.

Jane stürzte nach draußen, weckte den Kutscher, schlang hastig ihr Frühstück hinunter und gab das Zeichen zur Abfahrt.

Gegen zwei Uhr nachmittags kam sie in München an und war ganz erstaunt über die Veränderungen in der Stadt. Es gab schon viel weniger Gerüste, die Häuser waren größtenteils bereits getüncht, das Viertel um das Schloß schien fertig zu sein. Aber sie hatte weder Zeit noch Lust, sich jetzt damit aufzuhalten, Ludwigs Werk zu bewundern, sie ließ die Kutscher das Tempo beschleunigen.

Wider alle Erwartungen nahm Karl sie in die Arme und drückte sie heftig an sich. »Mein Liebling, Sie haben mir so gefehlt, ich habe Ihnen gerade geschrieben, um sie um Ihr Kommen zu bitten.«

»Wie geht es Philipp?«

»Nicht sehr gut. Allerdings spricht der Arzt, ohne sich genauer zu äußern, von einer leichten Besserung. Heute früh hat uns Philipp zum ersten Mal seit zwei Wochen erkannt, aber das Fieber ist kaum gesunken.«

»Die Ärzte sind Dummköpfe, Nichtsnutze, die um die Wette von Besserung dahersalbadern, wenn es dem Kranken schlecht geht. O Karl, ich konnte nicht mehr ohne Sie sein, ich mußte einfach hierherkommen.«

Sie lächelte ihn zärtlich an. »Ich werde jetzt die Ablösung übernehmen. Mein armer Freund, Sie sehen schon nicht mehr menschlich aus, schau sich nur einer diese Ringe unter Ihren Augen an! Karl, ich liebe Sie.«

»Meine Mutter wacht an Philipps Bett, lassen wir sie. Ich komme gerade von ihr. Aber Sie, Sie müssen ganz übermüdet sein.«

»Zerschlagen, ich bin in meinem ganzen Leben noch nicht so durchgerüttelt worden, nach dem letzten Gewitter waren die Straßen fast unbefahrbar. Aber Sie kennen mich ja, es braucht mehr, um mich zu entmutigen.«

Man konnte nicht wirklich von einer Besserung sprechen. Der Zustand Philipps blieb bedenklich. Er stöhnte vor Schmerzen, manchmal wachte er für ein paar Minuten aus seinem Koma auf, rollte verstört mit den Augen und sank gleich wieder in seine Erstarrung zurück.

»Die Hirnhaut, die Hirnhaut«, sagte der Doktor ohnmächtig, »wir müssen warten. Legen Sie ihm ein feuchtes Tuch um den Kopf, damit das Fieber sinkt, aber vor allem darf ihm nicht kalt werden.«

Jane sandte eilends eine Nachricht an den König: Sie flehte ihn an, alles in seiner Macht Stehende zu tun und, wenn irgend möglich, seinen Leibarzt zu schicken.

Der Mann der Wissenschaft ließ sich nicht lange bitten, untersuchte den Kranken eingehend, gab ihm einige grüne Tropfen mit Melissengeist zu schlucken und prüfte seinen Puls. Der schwache Schein der Nachttischlampe warf die Schatten der Umstehenden an die Wand, über Philipps ausgezehrtem Gesicht lag etwas Pathetisches.

Jane hätte weinen wollen, doch sie konnte nicht. Philipp, dieser empfindsame Träumer, war stets so herzlich zu ihr gewesen.

»Ich bin intolerant und ungerecht ihnen allen gegenüber. Ach, wie hart werde ich heute dafür bestraft!«

Sie horchte angespannt, wie er langsam und pfeifend atmete; der Schweiß, der ihm von der Stirn rann, machte ihr Angst. Am Abend zuvor war der Priester gekommen, um ihm die Letzte Ölung zu geben. Da hatte Jane, von Mitleid ergriffen und von Gewissensbissen geplagt, ein Gelübde abgelegt: Sollte Philipp jemals wieder gesund werden, würde sie ganz und gar eine Venningen werden, sich völlig in die Familie einfügen.

Alle waren wie erstarrt. Jane beobachtete ihre Schwiegermutter und empfand aufrichtiges Mitgefühl mit ihr. Wie könnte sie dieser so strengen Frau nur zu verstehen geben, daß sie im Tiefsten ihres Herzens ihren Kummer teilte? War nicht auch sie von Gott geprüft, der ihr Arthur und Felix genommen hatte?

In den folgenden Stunden endlich wurde Philipps Pulsschlag wieder regelmäßiger. Die bislang dick angeschwollenen Augenlider öffneten sich bereits von Zeit zu Zeit einen Spalt weit. Philipp schien wieder zum Leben zu erwachen.

Der Rhythmus des ganzen Hauses war vollständig nach den Bedürfnissen des Kranken ausgerichtet. Dieser befand sich zwar unverkennbar auf dem Wege der Besserung, doch war er noch so geschwächt, daß sein Zustand ständige Pflege erforderte. Manchmal war Jane vollkommen erschöpft, und doch machte sie sich dann Vorwürfe, daß sie ihn fremden Händen überlassen mußte, denn auch ihre Schwiegermutter und Karl waren mit ihren Kräften am Ende.

»Danke, Jane Elisabeth«, murmelte die alte Baronin schließlich dankbar. »Danke, Sie sind eine erstaunliche Frau.«

Jane dachte, sie hätte sie sicher vollkommen gefunden, wenn sie nicht ihren Sohn geheiratet hätte.

Die Ereignisse haben mich dazu verleitet, mein Leben zu ändern. Mein Schicksal kann sich nicht auf diesem Abstellgleis erfüllen, sagte sie sich wieder einmal, ich will solche Tage nicht mehr erleben. Irgend etwas oder irgend jemand muß kommen! Karl mag der höflichste, der galanteste, der netteste Mann sein, den es gibt, auch der verliebteste… wenn er will! Aber ich langweile mich! Das ist doch nicht meine Schuld!

Die Stadt hatte keine Atmosphäre; während der Abwesenheit des Königs war München uninteressant, wie Jane ihm in einem ihrer Briefe gestand. Ludwig antwortete darauf: »Sie sind eine Frau, die Stürme braucht. Je mehr Ihnen der Wind ins Gesicht bläst, desto mehr sehnen Sie ihn herbei. Wir werden bald wieder in Nymphenburg sein. Ich hoffe, Ihnen dort zu begegnen.«

Das Leben ging weiter, schwerfälliger noch als vorher. Alle Freunde hatten sich in ihre Landhäuser in den bayerischen oder österreichischen Alpen zurückgezogen.

Honoré de Balzac hatte wie vereinbart das Manuskript »seiner Gedanken«, begleitet von einem langen Dankesbrief, hinterlegt. Jane hatte die Blätter durchgesehen und sie dann ihrem Mann gezeigt, und angesichts seiner erstaunten Miene mußte sie unwillkürlich lächeln. Besonders ein Gedanke hatte sie beeindruckt: »Der Fanatismus und die Gefühle sind starke Kräfte. Bei manchen Wesen werden diese Kräfte zu Willensströmen, die sich vereinigen und alles mit sich fortreißen.«

»Diese Definition trifft beinahe auf Sie zu«, hatte Karl erkannt.

»Hören Sie noch diesen Gedanken, bevor Sie sich entscheiden: ›Die Tatsachen sind nichts, sie existieren nicht, von uns bleiben nur Ideen.‹ Ich bin M. de-Balzac dankbar, daß er mir diese Seiten überlassen hat, ich war fest davon überzeugt, er habe sein Versprechen vergessen. Fünfzehn Seiten! Sie können mir glauben, ich werde sie sorgsam aufbewahren. ›Diese Gedanken‹, schreibt er, ›finden sich am Ende der Geschichte Louis Lamberts‹, und ich habe das Buch immer noch nicht gelesen... Inzwischen muß ich dem ›Grafen von Balzac‹ danken. Wie es scheint, hält er sich viel auf sein ›von‹ und den Titel zugute, hat mir Prinz Schönburg erzählt. Jeder hat so seine Eitelkeiten, gönnen wir ihm die seinen. . .«

Philipp erholte sich langsam wieder. Karl interessierte sich sehr für die neuen landwirtschaftlichen Maschinen, die ihn faszinierten.

»Bald wird alles vereinfacht sein, Handarbeit werden wir dann nicht mehr brauchen!«

»Wie traurig, was soll dann aus unseren Leuten werden? Wahrscheinlich haben sie bereits dieses Gerät, das man ›Mähmaschine‹ nennt? Ich bin zwar nicht nationalistisch gesinnt, aber ich habe mit Vergnügen zur Kenntnis genommen, daß diese Maschine von einem meiner Landsleute erfunden worden ist: Cyrus Hall Mac Cormick.«

»Ja, ich weiß, ich weiß!«

»Vergessen Sie nicht, Sie haben mir versprochen, daß wir beide einmal mit einem Zug fahren! Ich ziehe zwar Pferde vor, das gebe ich zu, doch man muß wohl mit der Zeit gehen!«

»Ich habe es Ihnen versprochen, sobald wir nach England fahren.«

»Also zumindest nächstes Jahr, wenn meine Eltern nicht hierherkommen. Bei den Engländern weiß man nie so genau, sie lieben es nicht so sehr, Pläne zu machen, wie ihr Deutschen.«

»Ich möchte schrecklich gerne mich mit diesen neuen mechanischen Verfahrensweisen vertraut machen, alle unsere Einrichtungen in Weinheim müßten moderner gestaltet werden, ich liebe Experimente, oder vielmehr, ich glaube an den Fortschritt. Sie werden sehen, in ganz Baden wird es nichts Besseres geben!«

Karl sprach nur noch von der landwirtschaftlichen Erneuerung, und zu Janes Verzweiflung, die lieber ein Anwesen in der Nähe von Salzburg erworben hätte, verbrachte er seine Zeit damit, Zukunftspläne zu schmieden. In Salzburg hätte sie zumindest den Sommer mit Gewißheit in der Nähe ihrer Freunde verbracht; Karls Pläne dagegen bedeuteten die sichere und endgültige Rückkehr nach Weinheim. Sie tat allerdings so, als teile sie die Begeisterung ihres Mannes. Zur Zeit ritt sie am liebsten mit ›Infatigable‹ – ihrer neuen Trakehnerstute – in den Straßen der Stadt aus.

Künstler und Arbeiter setzten ihr Werk für den König fort. Der Bau der Pinakothek war endlich abgeschlossen. Seit ihrer Abreise waren die Arbeiten an der Staatsbibliothek und der Ludwigskirche fortgeschritten. Sie war entzückt, ihrem Freund Gärtner wiederzubegegnen, der, da er verpflichtet war, die Bauarbeiten zu überwachen, die Stadt nicht hatte verlassen können.

Er stellte ihr den Maler Peter Hess vor, bei dem Jane ein Porträt in Auftrag gab. Hätte er nicht auch die Marchesa Florenzi zur Zeit ihrer Liaison mit Ludwig gemalt? Hess, den diese Parallele erheiterte – jeder wußte von der Leidenschaft, die die Baronin Venningen beim König hervorgerufen hatte –, nahm den Auftrag an, ohne sich lange bitten zu lassen. Der König würde sich darüber freuen, und die Aussicht, Stunden der Studien und der Arbeit in Gesellschaft einer solchen Frau zu verbringen, begeisterte ihn.

Die erste Sitzung wurde für den nächsten Tag vereinbart. Hess erschien pünktlich und wurde in den riesigen Salon geführt, der stilvoll eingerichtet und mit einer Fülle von Nippes, Bildern und Teppichen geschmückt war.

Jane wollte in einem tiefausgeschnittenen, elfenbeinfarbenen Kleid sitzen und ließ es bringen. Hess erwiderte, dieses Kleid passe nicht zu dem Werk, das er sich vorstelle, und ließ etwa zwölf weitere Kleider bringen, die sie alle der Reihe nach anprobieren mußte. Schließlich fiel seine Wahl auf ein hochgeschlossenes rotes

Kleid mit enganliegendem Mieder, das sich zu einem Rundspenzer öffnete; Manschetten und Kragen waren mit einem Stickereiband besetzt, was das Kleid noch eleganter machte.

»Meiden wir das Ausladende, man soll ihre Silhouette bewundern, und ihr Gesicht soll hervorgehoben werden. Ich plane ein großes Gemälde. Sie können unter einem antiken Portal sitzen, und dahinter ein Laubengang, hinter dem man undeutlich die Dächer von München erkennt.«

»Sie sind der Meister«, antwortete Jane liebenswürdig, »ich habe Ihre Werke schon immer bewundert. Vielleicht könnte ich mir ein anderes Kleid machen lassen, wir haben sehr gute Schneiderinnen hier.«

»Ich für meinen Teil finde dieses hervorragend geeignet, und rot gefällt mir sehr. Was die Frisur angeht, so stelle ich mir etwas ganz Strenges vor, einen hoch über der Stirn geflochtenen Zopf, der die Ohren einrahmt.«

»Wie die deutschen Bäuerinnen?« fragte sie.

»Wenn Sie so wollen«, erwiderte der Maler lachend.

»Und als Schmuck?« Jane bereitete sich darauf vor, ihn ihre zahlreichen Schmuckstücke bewundern zu lassen.

»Gar nichts, eine exemplarische Nüchternheit. Ich möchte Sie bitten, bei mir im Atelier zu sitzen, ich arbeite nur gut in meinen eigenen Räumen.«

Am nächsten Tag fand sich Jane zur vereinbarten Zeit im Atelier ein, in dem zwei Mädchen, nackt, wie Gott sie geschaffen hatte, für eine Gruppe Modell standen.

»Nehmen Sie Platz«, sagte der Maler. »Meine Damen, genug für heute, wir machen morgen weiter.«

»Vielleicht arbeiten Sie lieber nachmittags?« fragte Jane.

»Niemals am Nachmittag, im Gegenteil, ich beginne bei Tagesanbruch.«

Jane saß täglich. Peter Hess entwarf zahlreiche Kohleskizzen. Nach zwei Wochen erklärte er, er sei zufrieden.

»Jetzt werde ich sie nicht mehr so oft belästigen, Frau Baronin. Erlauben Sie mir, Sie zu beglückwünschen, Sie sind das, was wir

Maler ein außergewöhnliches Modell nennen. Ich habe schon lange nicht mehr so viel Vergnügen daran gehabt, ein Porträt zu malen.«

»Seit dem Porträt der Marchesa Florenzi, ich weiß«, entgegnete Jane boshaft.

Sie hatte der Versuchung nicht widerstehen können, Fragen über ihre Rivalin zu stellen... und sie fragte sich noch immer, wie Ludwig den Reizen einer so jähzornigen und anspruchsvollen Person hatte erliegen können, die zudem noch, so schien es zumindest, mit ihrem Mann von seiner Großzügigkeit lebte. Ludwig war in der Tat viel zu großzügig... man mußte ihn nur zu nehmen wissen, und er überschüttete einen mit Geschenken. Wenigstens kann es sich niemand herausnehmen, mir vorzuwerfen, ich hätte seine Großzügigkeit mißbraucht.

Sie kamen überein, daß das Bild auf der jährlichen Ausstellung während des Oktoberfestes gezeigt werden sollte.

Aber bis dahin durfte niemand das Bild sehen.

Es war nicht leicht für Jane gewesen, Karl davon zu überzeugen, daß er nicht ins Atelier kommen dürfe.

»Das Porträt soll eine vollkommene Überraschung sein, ich bitte Sie inständig, verderben Sie mir doch nicht die Freude! Wenn Sie das Bild sehen, werden Sie mich verstehen. Mir zuliebe, seien Sie doch nicht so eifersüchtig!«

»Meine Liebe, ich habe das Recht auf einige Informationen, nehmen Sie es mir nicht übel.«

Doch der Baron litt bereits wieder alle Qualen der Eifersucht.

Es hatte der Komplizenschaft von Peter Hess bedurft, damit der Sondersekretär Seiner Majestät Jane alle zwei Tage ein Briefchen übergeben konnte.

Nur wenige Meilen trennten sie von Nymphenburg, und doch war sich heimlich mit dem König zu treffen ein wirkliches Problem! Jane setzte sich auf ›Infatigable‹ und traf mit dem König in einem Pavillon am Parkeingang zusammen.

Mitten im Raum stand ein kleiner Ofen, an den Wänden entlang liefen Bänke. Der Ort war unbequem, aber was machte das schon. Sie hatten sich so viel zu erzählen.

Es wurde immer schwieriger, Karl zu erklären, warum sie halbe Tage abwesend war. Auch den König zwang die Anwesenheit seiner königlichen Gemahlin und der Kinder zur Vorsicht.

Die Tage vergingen Jane viel zu langsam. Karls Leidenschaft für Maschinen, die Genesung Philipps, die Anwesenheit ihrer Schwiegermutter: es wurde immer über die gleichen Themen geredet. Kurz, ein Tag glich dem anderen, und Jane wartete voller Ungeduld auf den September und auf die Rückkehr des Königs nach München. Die Freundschaft von Hess und Gärtner war ihr teuer, ihre Sicht der Dinge und des Lebens ging über das Gewöhnliche hinaus, und bei ihnen zumindest hatte sie das Gefühl, neue Anregungen zu erhalten. Sie spürte, daß ihre Interessen und ihre Neugier sie vor den Gefahren des Müßiggangs schützten. Aber Karl, der Held häuslicher Tugenden – seit er verheiratet war, hatte er nie mehr öffentliches Aufsehen erregt, geschweige denn Anlaß zu Gerüchten gegeben – wies sie darauf hin, daß Langeweile auch einem allzu bequemen, sorgenfreien Leben geschuldet sein konnte. Sie erwiderte: »Dann kümmern Sie sich nicht um alle möglichen ausgefallenen Maschinen, die den Beweis für ihre Nützlichkeit noch nicht erbracht haben. Machen Sie es wie ich, mir bereitet es große Freude, die Schönheiten, die das Leben bieten kann, zu entdecken oder auch nur zu bewundern. Sehen Sie sich nur diesen Nautilus auf Silber an, er ist in Augsburg gefertigt worden. Ist er nicht wunderschön? Und das Bild von Hess? Sie werden sehen, ich ziehe es dem Bild von Stieler vor.«

»Stellen Sie sich doch die vervollkommneten Geräte vor, die wir uns kaufen könnten.«

Jane umarmte ihn zärtlich.

»Das werden wir auf jeden Fall tun!«

7

Endlich kehrte der Hof wieder nach München zurück, und die Stadt schien aufzuleben. Im Gegensatz zu London, wo die Saison den Sommer über dauerte, begann hier das gesellschaftliche Leben in der zweiten Septemberwoche und zog sich hin bis zur Fastenzeit. Die Münchner feierten auf ihre Weise die Rückkehr der kalten Jahreszeit.

Man hatte riesige Zelte in der Stadt aufgeschlagen. Konzerte, Theaterstücke, Ausstellungen und Bälle folgten zur allgemeinen Freude in rascher Reihenfolge aufeinander.

Das Oktoberfest begann mit einer großen Parade, die die Eröffnung des Parlaments ankündigte. In diesem Jahr feierte der König Silberhochzeit, und nichts konnte prächtig genug sein, um diesen Jahrestag festlich zu begehen. Der König und die Königin Therese, die Prinzen und Prinzessinnen fuhren in wunderschönen Karossen durch die Stadt, eskortiert von den bayerischen Truppen. Infanterie-, Kavallerie- und Artillerie-Regimenter defilierten in Reih und Glied mit ihren leuchtendroten Uniformen zu den Klängen der Militärkapelle. Auch der Adel und die Würdenträger ritten, gefolgt von den Gilden und von Fanfaren durch die Stadt; dann kamen die Studenten in Lederhosen und mit Federbaretten. Der Erzbischof, ganz in Rot gekleidet, nahm ebenfalls am Fest teil und segnete die Menge, die die Straßen säumte.

Umgeben von Freunden bewunderte Jane den Festzug. Die Hochrufe, die Musik, die Würde des Königs, ihres Freundes, der Jubel, den das Volk mit soviel Wärme bekundete, rührten sie, und auch sie mußte einfach mit einstimmen. Ihr Herz schlug höher, sie fühlte sich glücklich, sie, die alles liebte, was sich bewegte, die Menschen, die Pferde, ja sogar die Windstöße, die unter die Federbüsche fuhren; diesen Tag würde sie stets farbenfroh in Erinnerung behalten. Später stieg ein Ballon zum Himmel empor...

Es war eine Woche voller Feste. Sogar der genesende Philipp war blendender Laune, und die verwitwete Baronin war wieder auf ihr Schloß zurückgekehrt! Selbst Karl beugte sich gern den Forderungen Janes. Nur Peter Hess war übelgelaunt: Sein Bild hing an einem ungünstigen Platz in der Galerie, zu hoch, seiner Meinung nach, und er fühlte sich als Opfer einer Verschwörung, als unschuldige Zielscheibe von Intrigen und Eifersüchteleien. Er beklagte sich bei Jane.

»Machen Sie sich keine Sorgen, mein Freund, ich werde mein

möglichstes tun. Die Lage ist nicht so dramatisch, die Eröffnung findet doch erst morgen statt?«

»Ja«, jammerte der Maler, »aber alle Bilder hängen bereits; meine Ehre steht auf dem Spiel!«

Jane nahm ihre Feder, um ein paar Zeilen zu schreiben (dieser Brief wird heute noch in bayerischen Archiven in München aufbewahrt):

»An seine Majestät, den König von Bayern.

Ich bedauere zutiefst, Sie wegen eines Problemes behelligen zu müssen, für das Sie mit Sicherheit nicht verantwortlich sind. Aber heute früh kam Hess zu mir und teilte mir mit, er müsse sein Porträt aus der Ausstellung zurückziehen, weil man es in einer so ungünstigen Höhe und in einem so unvorteilhaften Licht aufgehängt habe, daß niemand es sehen kann. Ich dachte, es sei Ihnen vielleicht möglich, es umhängen zu lassen, zumal Hess sagte, die Wände seien noch nicht allzu voll. Ich hoffe, morgen das Glück zu haben, Sie bei der Ausstellung zu sehen, und vielleicht auch am Abend, aus der Entfernung, auf dem Maskenball.«

»Hier, lesen Sie, sind Sie zufrieden?« fragte sie mit charmantem Lächeln.

Sie konnte die Qual des Malers nachvollziehen. Übergenau, ängstlich, an sich selbst zweifelnd wie alle wirklichen Künstler, zugleich aber seines Wertes bewußt, machte er viel Aufhebens um diese Ausstellung, wie im übrigen um jede andere auch. Wie auch immer, dachte sie bei sich, kein Platz wird ihm jemals wirklich zusagen.

Es war also eine glückliche Woche. Eines Abends wurde am Hof ein Ball gegeben; Jane vertrödelte den ganzen Nachmittag mit nichtigen Vorbereitungen, grübelte unschlüssig über ihre Frisur und ihre Toilette und entschloß sich endlich für ein weites und knisterndes, mandelfarbenes Kleid.

Im Schloß wurden sie im Gardesaal empfangen, der mit Hellebarden überladen war. In den Vorzimmern, die mit grauen Säulen und Statuen bemalt waren, wogte die Menge.

Jane hatte, wie bei jedem Empfang, das Gefühl, sich in der Komischen Oper zu befinden. Diese aufgedonnerten Abendtoiletten und geschniegelten Anzüge, dieses Gewimmel von Brokat-, Spitzen- und Satinkleidern, erschienen ihr immer übertrieben, und es waren sogar junge Griechen anwesend, die in ihren weißen Fustanellas ganz unwirklich wirkten. Aufgeputzte Kammerherren liefen geschäftig hin und her, tauchten auf und verschwanden wie Schauspieler auf einer Bühne.

Nach dem ›Haus des Königs‹ durchquerten die von Garden eskortierten Gäste weitere, mit Fresken geschmückte Säle, die die große Zeit der Nibelungen darstellten. Eines Tages hatte sie gewagt, fiel Jane wieder ein, dem König zu sagen, sie fände diese Bilder zwar recht hübsch in der Komposition, doch in der Ausführung so schwerfällig und grell, daß es dem Auge kaum gelinge, Harmonie darin zu entdecken. Ihrer Meinung nach erdrückten die Deckenmalereien die Empiremöbel, die der bayerische Hof so schätzte. Aber die Lüster und Kandelaber erstrahlten im Glanz von tausend Kerzen, und unzählige Spiegel warfen tausendfach das Bild der riesigen Blumensträuße zurück.

Um neun Uhr waren alle im Ballsaal versammelt. Eine halbe Stunde später erschienen der König und die Königin.

Man blieb nur so lange stehen, wie das Herrscherpaar Hof hielt, das verlangte das Protokoll. Eine halbe Stunde noch... Dann begannen der König und die Königin umherzugehen und richteten an jeden einige liebenswürdige, von einem Lächeln begleitete Worte.

Das Orchester von Johann Strauß setzte mit einer Polonaise ein. Der König bot seiner Schwester, der Herzogin von Leuchtenberg, seine Hand, die Königin die ihre Herzog Maximilian von Bayern. Die Legationsräte wählten ihre Partnerinnen, und die Anwesenden begannen, sich rund um den Ballsaal zu drehen. Dann wechselte der König nach einer strengen Ordnung die Tanzpartnerin, und die Königin tat es ihm nach.

Ein wenig später klopfte Janes Herz zum Zerspringen, als sie sah, wie der König auf sie zukam und sie zum Tanz aufforderte. Sie fühlte, wie sie zitternd, von Ludwig in einem Meter Entfernung gehalten, dahinglitt, während alle Blicke auf sie gerichtet waren.

Jane kannte die Regeln: Wenn Seine Majestät aufhörte zu tanzen, blieben alle stehen. Für das königliche Paar hatte man zwei Sessel an den Rand der Tanzfläche geschoben. Es gab keine Möglichkeit, den Ball zu verlassen, bevor sich der König und die Königin nicht verabschiedet hatten. Aber wer hätte das auch gewollt?

In der Orangerie, in der man um jeden Baum einen Tisch gestellt hatte, wurde das Diner serviert. Auf den mit goldenem und silbernem Geschirr gedeckten Buffets funkelte das Kristall. Riesige Kunstwerke aus Nougat und Zucker stellten Landschaften mit Tieren dar, während andere Kompositionen die Heldentaten des bayerischen Königreiches verherrlichten. Einem Zuckerturm entsprang plötzlich ein Miniaturfeuerwerk.

Jane tanzte, sie unterhielt sich glänzend; sie hatte das Gefühl, der ganze Festsaal drehte sich um sie, und niemals konnte sie in Erfahrung bringen, wie sie plötzlich auf den Platz neben dem Grafen Spiridion Theotoki kam.

Er machte den Eindruck eines sensiblen jungen Mannes, wirkte unschuldig und verträumt. Jane tat so – mit dem Instinkt einer selbstbewußten Frau – als sähe sie ihn gar nicht, und amüsierte sich über seine Schüchternheit. Manchmal begegnete ihr Blick dem des Königs, der diesen Kontakt immer suchte, und angesichts dieser schweigenden Komplizenschaft wurde ihr warm ums Herz.

Es lag etwas Zerbrechliches in der Luft – Jane fühlte sich zärtlicher, aber auch verwundbarer –, als ob über den Paaren eine Art gefährlicher Sorglosigkeit schwebte. Karl beobachtete sie mit der leisen inneren Unruhe, die er zuweilen empfand, wenn er sie begehrte, unterhielt sich aber dabei weiter angeregt mit Lady Erskine. Dann wurde das Gespräch von der Gräfin von Arco ziemlich geschickt auf Griechenland gelenkt.

Jeder kannte die Leidenschaft des Königs für dieses Land, seitdem er – oder vielmehr, seitdem die drei Großmächte – seinen zweiten Sohn auf den Hellenenthron gesetzt hatten.

Die Frauen übertrafen einander an Wortgewandtheit und lobten die Verdienste König Ottos. Seitdem er an einem tristen Februarabend vor zwei Jahren, eskortiert von dreitausendfünfhundert Männern, die Ludwig aufgestellt hatte, in Nauplion angekommen war, unterhielten die beiden Königreiche nicht nur ständige Beziehungen, sondern es kamen, auf Drängen ihrer Familien, auch junge Griechen in die bayerische Hauptstadt, manche sogar an den Hof, um dort die Sitten und die deutsche Sprache zu lernen.

Jane erinnerte sich noch an die Überraschung, die das Erscheinen dieser jungen Leute, bekleidet mit breitplissierten Röcken, Fustanellas und roten Hauben, deren dichter Seidenflocon über ihre Schultern hinabfiel, mit Gürteln voller erstaunlicher Waffen, mit Wadenstrümpfen und Pantoffeln, erregt hatte; diese Aufmachung löste allgemeine Heiterkeit aus, manche fanden sie unanständig, ja, sogar weibisch, worauf Jane erwidert hatte, auch die Schotten trügen Röcke, und niemand käme auf den Gedanken, ihre Männlichkeit anzuzweifeln.

»Ich habe gelernt, Ihr Land zu lieben, dank Lord Byron und dank der Spuren des alten Griechenlands, die ich in Sizilien besichtigen konnte«, sagte Jane zum Grafen Theotoki. »Die Begeisterung des Königs für Griechenland hat München ein ganz neues, bezauberndes Aussehen gegeben, finden Sie nicht auch? Mir jedenfalls gefällt es sehr.«

»Sie wären überrascht, verglichen mit München ist Athen eine kleine Stadt. Alles, was sie in Büchern gelesen haben« – und er begann, in spöttischem Tonfall zu zitieren – »›gegenüber dem Hymettos erhebt sich der Parnaß mit kühnen und reinen Linien, zwischen diesen Gebirgen verläuft der Pentelikon. Mitten in der Ebene erheben sich der Lycabettos, der Areopag und die Akropolis, wo die Schafe weiden...‹, nun, all das hat einen Durchmesser von ein paar hundert Metern.«

Jane fand, daß er gut reden konnte, er hatte eine etwas matte, aber warme Stimme, sein Sinn für Humor gefiel ihr, und sie empfand ein eigenartiges Vergnügen dabei, ihm zuzuhören, sich seinen Worten hinzugeben wie einer Musik.

»Aber unsere Götter sind immer noch unsterblich, sie inspirieren immer noch edle Genies und hohe Tugenden«, fuhr er im gleichen Tonfall fort. Dann sagte er mit seiner natürlichen Stimme: »Man muß Attika im Frühling sehen; das Licht ist weiß und so strahlend, daß man beinahe meinen könnte, es erleuchte selbst den Erdboden. Die Luft ist durchsichtig, durchscheinend klar. Man hört auf eine halbe Meile die Glöckchen der Herden und die Schreie der Adler, die sich in den Himmel emporschwingen.«

Jane betrachtete den jungen Mann genauer. Er war schön, von einer verwirrenden Schönheit. Phidias hätte ihn nicht vollkommener schaffen können. Sie wunderte sich, daß er ihr bisher noch nicht aufgefallen war – oder vielmehr, daß sie ihn nicht angeschaut hatte. Dichte braune Haare, samtschwarze Augen, etwas Sinnliches und Verfeinertes in den Zügen, eine stolze Kopfhaltung, Gesten, in denen seine Jugend zutage trat. Er drückte sich ganz einfach aus, ohne jede Herablassung, wechselte mit Leichtigkeit vom Italienischen ins Französische.

Jane fühlte sich plötzlich hilflos, schwach, in ihrem Innersten berührt. Das war der »coup de foudre« – sie sprach das Wort ganz leise auf Französisch aus – der Blitzschlag, gegen den man sich nicht wehren konnte. Sie vergaß den König, Karl, und schloß einen Augenblick lang die Augen. Seit sieben Jahren, seit ihrer ersten Begegnung mit Felix, hatte sie kein solches Gefühl mehr verspürt. Sie lächelte dem jungen Mann zu, der ihr manchmal, während er weitersprach, einen verstohlenen Blick zuwarf – er war offensichtlich entschlossen, Jane damit zu beeindrucken, wie alle um ihn an seinen Lippen hingen.

»Wenn man das Vestibül der Propyläen durchquert hat, sieht man vor sich das vollkommenste Monument, das man sich in der Architektur und der Bildhauerei vorstellen kann: den Parthenon! Leider ist die schöne Linie der Säulen unterbrochen durch die Zerstörung, die 1687 eine Bombe von Morosini angerichtet hat. In die so entstandene Lücke hat man eine scheußliche Kirche gebaut, aus der später eine Moschee wurde, die glücklicherweise heute zerfallen ist.«

»Es heißt, daß König Otto seinen Palast auf der Akropolis erbauen möchte?«

Jane hatte sich vorgebeugt, damit nur er allein ihre Frage verstand. Gleich erwiderte der junge Mann: »Ich hoffe, die Götter werden diese profane Mischung nicht zulassen! Seit unsere Minister und die bayerischen Regenten Athen zur Hauptstadt des griechischen Königreiches ausgerufen haben, fürchte ich, daß der Ruhm der Antike mehr und mehr verlöscht.«

Der Graf hatte diese Worte, die von einem eindeutigen Blick begleitet wurden, Jane zugeflüstert. Jane begriff, daß sie auf dem besten Weg war, sich zu verlieben. Mit bezwingender Autorität bemächtigte sich Spiridion Theotoki ihres Herzens, sie ertappte sich selbst in flagranti, wie eine neue Leidenschaft in ihr wuchs und versuchte noch nicht einmal, die Zuckungen ihres Herzens unter Kontrolle zu halten – zu sehr glich er einem Byronschen Helden. Sie sprachen von Griechenland, nur um sich weiter unterhalten zu können, und schauten einander tief in die Augen. Um diesen Bann endlich zu brechen, oder auch, um den Zauber noch zu verlängern, hörte Jane sich plötzlich etwas vorschlagen, was sie noch nie vorgeschlagen hatte: »Graf, wollen wir nicht tanzen?«

Sie erhob sich anmutig, ohne die Antwort abzuwarten, voller Gewißheit, daß er ihrer Bewegung folgen würde.

Spiridion Theotoki war groß, eher lang als dünn, eine vornehme Erscheinung. Obwohl er es zu verbergen suchte, verrieten seine Augen leidenschaftliche Verwirrung, und als er sich vor ihr verneigte, erblaßte er ein wenig.

Das Ganze war Karl nicht entgangen. Er fragte sich, ob er auch beim ersten Mal, als er die Treue seiner Frau angezweifelt hatte, einen so heftigen Schmerz empfunden hatte. Aber der König war der König, er war die Macht, und Janes Proteste hatten ihn beruhigt. Eigentlich hatte sie seit ihrer Heirat nur sehr wenig Zeit am Hof verbracht. Aber dieses Mal gewann er in wenigen Sekunden die absolute Überzeugung, daß der Graf das Herz seiner Frau erobert hatte. Er sah ihnen schmerzerfüllt nach, als sie fortgingen.

»Aus welchem besonderen Grund hält sich Graf Theotoki in München auf?« fragte er Lady Erskine.

»Er ist mir vor einem Monat vorgestellt worden«, antwortete die Gattin des Botschafters. »Ich weiß nur, daß er aus einer alten Korfuer

Familie stammt, die in der Geschichte des Landes eine einflußreiche Rolle gespielt hat. Der junge Spiridion ist nach München gekommen, um seine Erziehung zu vervollkommnen. Gleich nach seiner Ankunft ist er den Damen der Gesellschaft aufgefallen. Man muß dazu sagen, daß sie alle eine ganz ausgezeichnete Meinung von ihm haben, charmant, intelligent und wohlerzogen wie er ist. Alle Welt reißt sich um ihn«, fügte sie nicht ohne Hintergedanken hinzu, denn der Kummer Karls war ihr nicht entgangen.

Dieser verbarg seine schlechte Laune nicht und ereiferte sich lauthals, daß er seine Frau aus den Augen verloren habe. Er zuckte die Schultern und erhob sich, um die Gattin des Botschafters zum Tanz aufzufordern. Beim Tanzen konnte er Jane unauffällig überwachen.

Einen Augenblick lang ärgerte er sich über seinen Verdacht, hatte das Gefühl, er steuere auf etwas Gefährliches zu.

»Tanzen«, sagte er sich im stillen, »das ist noch immer die angenehmste Art, den heutigen Abend zu verleben.«

»Ich empfinde Ihnen gegenüber freundschaftlich genug«, sagte schließlich Lady Erskine zu ihm, »um Ihnen den Rat zu geben, diese düstere Miene abzulegen. Schauen Sie, Feste sind dazu da, um sich zu amüsieren, und ich glaube, es ist ganz natürlich, daß Ihre Frau dieses Bedürfnis verspürt. Die Geburt Berthas, die Krankheit Ihres Bruders haben sie dazu gezwungen, ein wenig zu lange zurückgezogen zu leben. Geben Sie ihr das Gefühl – oder vielmehr die Illusion – frei zu sein, sie wird es Ihnen danken. Sie sind zu eifersüchtig, das ist alles, und Sie zeigen es zu offen. Das ist eine Unbesonnenheit, von der man Sie heilen muß«, fuhr sie fort, »sonst werden Sie noch tausend Tode daran sterben. Geben Sie sich den Anschein der Gleichgültigkeit. Und jetzt wachen Sie auf, tanzen Sie ein wenig besser!«

Das Orchester spielte einen Walzer. Karl sah, wie seine Frau, in den Armen des Ausländers, mit einer Freude dahinwirbelte, die er ungebührlich fand. Ihre Schultern und ihr Hals waren zurückgebogen, als ob sie sie darböte, und sie drehte ihr Gesicht im Rhythmus der Musik leicht nach rechts, dann wieder nach links. Dieses Zeichen der Verneinung erschien Karl wie das Eingeständnis eines langsamen und langen Kampfes. Sie tuschelte, lachte, ihre Augen waren halbgeschlossen. Karl hatte bei ihr noch nie eine solche Hingabe, ein solches Strahlen erlebt, und es traf ihn wie ein Fausthieb. Er fühlte, wie eine Woge des Zorns in ihm emporstieg. Mehrmals tanzte er dicht an Jane vorbei, aber sie sah ihn nicht.

Die Tänzer stellten sich zu einem Kontertanz auf. In diesem Augenblick trat der König siegessicher auf Jane zu.

»Eröffnen wir diesen Tanz, Baronin.«

Er reichte ihr den Arm, die Musik setzte ein.

»Ich finde Sie wunderschön.«

»Majestät, das ist die Freude, in Ihrer Nähe zu sein.«

»Wir sprechen uns morgen um fünf Uhr.«

Die Stimme des Königs war laut. Jane war beunruhigt, sie wußte sehr wohl, daß man am Arm des mächtigsten Mannes im ganzen Königreich immer im Mittelpunkt des allgemeinen Interesses stand. Sie murmelte: »Ich werde da sein.«

»Ich hoffe es. Was ist mit Ihnen heute abend? Ich habe das Gefühl, Sie wollen der ganzen Welt den Kopf verdrehen.«

Sie schaute ihn einen Augenblick lang schweigend an, spürte, wie ihre Beine nachgaben und bemühte sich, die Erstaunte zu spielen. Der König drang weiter in sie: »Dieser junge Grieche, das ist ganz offensichtlich, hat nur Augen für Sie.«

Sie tat so, als bemerke sie seinen vorwurfsvollen Ton nicht. »Majestät, wir wollen heute abend nicht vom griechischen Problem sprechen«, erwiderte sie anmutig.

»Obwohl ich mich mit nichts anderem beschäftige, stimme ich Ihnen zu. Ich sollte wahrscheinlich nach Athen fahren.«

Jane griff die Überleitung geschickt auf. »Ich beneide Sie. Was wird dann nur aus mir werden?«

»Sie ziehen sich bis zu meiner Rückkehr nach Weinheim zurück... aber noch bin ich nicht weg. Keine Bange!«

Bei der folgenden Figur fand sie sich vor dem Kronprinzen wieder. Maximilian war sehr jung, zu fröhlich, ein wenig zappelig und überdies völlig geistlos. Jane suchte mit den Augen nach dem

Grafen Theotoki, den sie etwas weiter entfernt bemerkte, den Blick ebenfalls auf sie gerichtet. Alles schien ihr in einen goldenen Glanz getaucht.

Sie verstärkte ihr Lächeln, die Zukunft sang in ihr ein vergessenes Lied.

»Hüten Sie sich«, sagte der König, »wir sind beide unverbesserliche Träumer. Wir schreiben zu romantische Verse, wir möchten unter dem Vorwand, leben zu wollen, das Gesicht der Welt verändern. Aber die Welt ist damit nicht immer einverstanden. Ianthe, ich bete sie an. Vergessen Sie nicht, daß Sie mich grenzenlos anrühren.«

»Warum so sehnsüchtig, Majestät?«

»Vielleicht, weil ich älter werde... weil Sie mich nicht lieben, weil alles vergeblich ist, und weil ich ohne Leidenschaft nicht leben kann. Im übrigen alles genauso wie bei Ihnen, teure Freundin.«

»Hat es je ein prächtigeres Fest auf der Welt gegeben? Sie sollten diese trüben Gedanken verscheuchen!«

»Das ist bestimmt die geringste meiner Sorgen! Waren Sie glücklich an den Ufern des Neckar? Als ich ein junger Mann war, lebte ich in Mannheim, und ich war glücklich.«

Jeder nahm das eifrige Bemühen des Königs um die Baronin Venningen als Beweis dafür, daß sich nichts geändert hatte: Sie war immer noch die Favoritin. Wie unsterblich verliebt mußte der König sein, wenn er so offensichtlich vergaß, daß aller Pomp und die Feierlichkeiten seiner fünfundzwanzigjährigen Ehe galten?

Auch an den folgenden Tagen fanden Bälle statt, manchmal drei an einem Abend. Man verbrachte seine Zeit damit, in der Kutsche von einem Ort zum anderen zu fahren.

Nach dem Oktoberfest kam der Fasching. Auf den Straßen der Stadt drängten sich die Masken. Jeder bemühte sich, das extravaganteste, komischste, reichste und ungewöhnlichste Kostüm zu erfinden. Eines Abends im Fasching kam der Kronprinz sogar als Amor verkleidet in die österreichische Botschaft. Mit seinem fröhlichen Gesicht, eine Rosenkrone auf der gepuderten Perücke, und nur mit einem fleischfarbenen Trikot mit Schmetterlingsflügeln und einem kurzen, durchsichtigen Röckchen bekleidet, das von einem Blumengürtel gehalten wurde, Köcher und Pfeile auf dem Rücken, stolzierte er daher, ohne allerdings beim Publikum sonderlich viel Wohlgefallen zu ernten.

Jane dagegen hatte sich für Eleganz entschieden. In Begleitung Karls erregte sie eines Abends im Arcopalais großes Aufsehen, als sie ihren Einzug hielt: Umgeben von zwölf, nach der Mode Ludwigs XIII. gekleideten Jägern, auf einem von vier Pferden gezogenen Break, mit einer Fanfare, brennenden Fackeln, Vorreitern, mit allem, was eine Karnevalsparade erlaubte... Karl beugte sich diesen Exzentrizitäten nur ungern, er fand sie fehl am Platz. Jeden Abend fand sich, wie durch Zufall, auch Graf Theotoki auf dem Ball ein, zu dem die Venningens eingeladen waren.

Schließlich gestand Jane dem König, den sie weiterhin fast jeden Tag sah, ihre Neigung zu dem jungen Mann, wobei sie den Reiz, den er auf sie ausübte, einem »ich weiß nicht was« zuschrieb.

»Ianthe, er verkörpert für Sie die Lebensfreude. Hüten Sie sich vor Ihrer Impulsivität!«

Karl war außer sich, er beschloß, nach Weinheim zurückzukehren. »Sie sind zu weit gegangen«, machte er eines Abends seinem Zorn Luft, wodurch er seinerseits den Zorn Janes herausforderte. Ein Vorwurf gab den anderen, sie warfen sich unsinnige, ungerechte Worte an den Kopf.

»Ich verlange, daß Sie sich entschuldigen, Karl! Sie sehen Gespenster, wie alle Eifersüchtigen, im Benehmen des Grafen liegt nichts Kompromittierendes.«

»Das finde ich nicht! Sie machen sich lächerlich mit einem Jüngling! Was zuviel ist, ist zuviel!«

Jane lief dunkelrot an, erklärte, daß das Abenteuer keines sei, und brach den Streit abrupt ab: »Sie sind unerträglich, ich gehe aus, um frische Luft zu schnappen.«

Um nichts in der Welt hätte sie zugegeben, daß er recht hatte. Hatte sie etwa keine Verabredung mit dem Grafen, der sie in einigen Meilen Entfernung im Isartal erwarten sollte?

Wolken verdeckten die kalte Wintersonne. Jane ritt ›Infatigable‹. Nun saß sie also in der Falle, von widersprüchlichen Gefühlen zerrissen. »Ich bin in Spiro verliebt, ja, ich liebe ihn. Das Leben ist zu kurz, ich werde nur noch für diese Leidenschaft leben.«

Aber die Stimme ihres Gewissens wiederholte die Worte Ludwigs: »Ihr Gatte ist ein vollkommener Mann, liebenswürdig und höflich. Er vereinigt in sich alle deutschen Eigenschaften, man kann keinen besseren Ehemann finden. Sie sind eine vom Schicksal begünstigte Frau. Nehmen Sie sich in acht, es wäre an der Zeit, daß die Vernunft den Sieg davonträgt. Wenn man den Himmel herausfordert, zürnt er.«

Da erblickte sie Spiro, der vor dem Gasthaus, in dem sie sich für gewöhnlich trafen, auf sie wartete.

Jane sprang vom Pferd und stürzte sich in die Arme des jungen Mannes. Sie gingen langsam weiter, eng aneinander geschmiegt, bis zu der weißen Stange, an der sie ihre Pferde festbanden.

Seit einer Woche organisierte Spiro jeden Tag ihre Verabredung. Er zog sie ins Innere des Hauses.

»Unser Liebesnest, Spiro. Das ist gräßlich. In ein paar Tagen werde ich wieder nach Weinheim fahren müssen. Karl hat irgend etwas bemerkt«, sagte sie und warf ihre Reitpeitsche auf einen Stuhl.

»Auf jeden Fall werde ich da sein, um dich zu verteidigen.«

Er zog sie zum Alkoven und Jane hörte seine Worte nicht mehr, sie gab sich ganz dem Erkennen dieses Körpers, dieser langen und festen Muskeln, der Weichheit seiner Hüften hin.

»Mein Geliebter«, keuchte sie.

Sie war eine sonnenüberflutete Insel, umschlossen von dieser Glückseligkeit, die an ihre Ufer spülte, bis sie über ihr entschwebte, wie nach dem Tod vielleicht die Seele dem Körper entschwebt.

Er war dieser warme Wind, von dem er ihr so oft erzählte, ihr Körper, ihr Blut. Ihr Leben lag in ihm, er war für sie das Leben, die Jugend, die Liebe. Sie kam wieder zu sich und Angst befiel sie. Um welchen Preis, nach wieviel Zögern hatte sie nicht endlich ihrem unsteten Leben ein Ende gesetzt? Plötzlich fühlte sie sich erschöpft, unfähig, eine Entscheidung zu treffen. Ihr Herz und ihre Seele gehörten ihm, die Vernunft, die Zärtlichkeit, die Achtung hingegen zogen sie zu Karl und zu ihren Kindern. Sie versuchte, sich aus den Armen ihres Liebhabers zu lösen.

»Ich liebe dich. Ich liebe alles an dir«, sagte er zu ihr.

»Die Liebe löst nicht alle Probleme.«

»Fang nicht wieder davon an. Laß uns zusammen leben, niemand in Griechenland wird sich um uns kümmern. Eines Tages wird es sowieso so kommen, es kann gar nicht anders sein.«

»In ein paar Tagen sind wir voneinander getrennt...«

»Du kennst mich schlecht! Ich werde dich in Weinheim besuchen.«

»Das ist unmöglich!«

»Ich werde, wie jedermann, zur Kur nach Schwetzingen fahren. Es dürfte nicht allzu schwierig sein, dort zusammenzukommen.«

Für ihn war alles so klar, daß sie ganz erleichtert war. Wie einfach plötzlich alles war! Warum hatte sie nicht früher daran gedacht?

»Oh, Spiro«, schmiegte sie sich an ihn, doch beunruhigte sie ein Gedanke: »Wie willst du dem König entkommen?«

»Ich werde mir etwas einfallen lassen. Ich kann nicht ohne dich leben!«

Sie hielt die Arme hoch, als ob sie beten wolle, und bot sich ihm dar. Ihr schien, sie verwandele sich langsam in einen großen Meeresvogel, der taumelte, bevor er sich in die Lüfte erhob. Ihre Lippen bewegten sich kaum wahrnehmbar und ließen ein Flüstern ahnen, wie ein leises Geständnis, ein Lied der Liebe und der Dankbarkeit.

Die offenen Haare fielen ihr ins Gesicht. Spiro küßte ihre Mundwinkel, wanderte mit den Lippen bis zu der Kerbe unter den Nasenlöchern. Ein Schönheitsfleck nahe am Ohr, die breiten, so glatten Wangenknochen. Er küßte den Bogen ihrer Augenbrauen... führte seine Lippen auf dem spazieren, was ihm gehörte.

»Ich liebe dich. Du bist weiß, so weiß! Deine Haut kennt noch nicht die Sonne meiner Heimat. Du wirst sehen, in meinem Land wirst du golden werden wie eine Frucht im Sommer.«

Sein Atem ließ Janes Haare erzittern.

In der Ferne hörte man das Geräusch einer Kutsche auf der

Straße, ein Hund bellte. Ein letzter Seufzer, wie ein Schluchzer der Liebe.

Zwischen den Balken spann eine Spinne ihr Netz.

8

Eine Woche verging, ohne daß sie etwas hörte. Zehn Tage und immer noch keine Nachricht von Spiro. Nichts! Sie wünschte sich zu wissen, woran sie war.

Jane versuchte, Ordnung in ihre Gefühle zu bringen und zu warten, ohne sich allzu viele Gedanken zu machen. Vielleicht hatte er sie vergessen? Und doch hatte er ihr, als sie München verließ, geschworen, so schnell wie möglich zu ihr zu kommen. Am gleichen Tag reiste der König nach Griechenland. Er fuhr über Italien, machte in Colombella Station, um die Marchesa Florenzi zu begrüßen, von dort fuhr er dann weiter nach Ancona und Korfu, und schließlich nach Athen. Jane hatte schon Angst, er hätte den Grafen Theotoki mitgenommen.

Sie war schon länger als zwei Wochen wieder zu Hause, als endlich ein lakonisches Billet eintraf: »Ich bin in Heidelberg, komm!«

Warum zitterte ihre Hand? Hatte sie wirklich geglaubt, er habe sie verlassen? Ohne sich bei dieser Frage aufzuhalten, kündigte sie an, sie sei den ganzen Nachmittag beschäftigt und gab Anweisung, die Bibliothek gründlich säubern zu lassen. Ihre Schwiegermutter und Mimi waren ausgegangen, um das Adventsfest vorzubereiten. Sie würden gegen fünf Uhr zurück sein, doch bis dahin konnte sie über ihre Zeit verfügen.

Sie ritt in einem höllischen Tempo zu der angegebenen Adresse: ›Gasthof Zum Ritter‹.

Heidelberg war eine heitere Stadt, obwohl es zwischen den Bergen in einem Talkessel lag. Vom Neckar durchflossen, voller Cafés und Kneipen für die Studenten, mit einem schönen, halbzerstörten Renaissanceschloß, ein wirklich romantischer Ort.

»Wie unvorsichtig«, überlegte sie. »Ich bin viel zu bekannt hier, um solche Verabredungen zu wagen.«

Sie ließ Spiro eine Botschaft überbringen, in der sie ihm mitteilte, sie warte vor dem Grab König Ruprechts an der Heilig-Geist-Kirche auf ihn.

Die Viertelstunde erschien ihr lang. In der verlassenen Kirche ging Jane die Seitenschiffe entlang, in denen einst die Handschriften aufbewahrt wurden, die den Ruhm der Pfälzer Bibliothek begründet hatten. Gegen einen Pfeiler gelehnt, zählte sie die Minuten, bis sie das Geräusch von Schritten vernahm. Er war's! Sie stürzte sich in seine Arme.

Sie verbargen sich in einem Beichtstuhl, setzten sich vorsichtshalber schräg, damit sie etwas sehen konnten, ohne hinter den Vorhängen gesehen zu werden. Eine Stunde blieben sie dort, umarmten sich, entwarfen einen Plan für den nächsten Tag, ehe sie sich trennten.

Jane schlug ihren Schleier herunter und ging als erste. Sie wollten sich wieder um die gleiche Zeit treffen, vor der Auslage der Geschäfte an der Kirchenmauer. Bis dahin hätte Spiro wohl eine Unterkunft gefunden. Sie sollte ein Nervenleiden vorschützen, hatten sie beschlossen, und müßte zur Kur nach Schwetzingen, einem anerkannten Heilbad für diese Art von Leiden. Das Thermalbad lag nur sieben Kilometer von Heidelberg entfernt.

»Mein aufrechter griechischer Held, so schön, so edel«, sagte sich Jane.

Der Wind tobte nun gewaltig in den großen Bäumen, die wie ein Gewölbe über die Straße ragten. So weit sie sehen konnte, war zur Rechten wie zur Linken alles still und verlassen. Aus den Häusern stieg flach der Rauch empor und strich an den Dächern entlang. Die Kälte brannte ihr in den Augen, sie war von einem seltsamen Glücksgefühl erfüllt. Wie sollte sie es anstellen? Karl war nicht Edward Ellenborough, der jeden Tag vollauf damit beschäftigt war, seine Zukunft Stein auf Stein zu erbauen und seine Freunde im Club zu treffen. Hier war man auf dem Land, man lebte im Schoß der Familie. Es würde schwer für sie sein, sich freizumachen, Karl war fast immer zu Hause.

Voll wilden Vergnügens galoppierte sie dahin, der Luftstrom rauschte donnernd an ihren Ohren vorüber, sie war zu allem bereit, sie liebte.

Als Jane auf dem Besitz ankam, fiel ihr eine Linde auf, ein der nahrungsspendenden Erde entrissenes Wrack, der Stamm in der Mitte gespalten, zerklüftet. Die beiden Hälften standen noch, gehalten durch den festen Untergrund. Nur Saft floß nicht mehr hindurch.

»Wie Karl und ich«, dachte sie traurig. »Die Winterstürme werden dieses Unglückswerk bestimmt vollenden. Auch wir sind zerbrochen, und doch fühle ich mich so jung, so lebendig und voller Hoffnung.«

Als sie in den Salon trat, saßen die Venningens vor dem Kaminfeuer, das als einziges eine fröhliche Stimmung in diesem Raum verbreitete. Sie waren an ihr launenhaftes Verschwinden gewöhnt, und niemand stellte Frage. Karl erhob sich und schob einen Sessel in die Kaminecke.

»Wärmen Sie sich auf, meine Liebe.«

»Danke«, erwiderte Jane, »ich möchte gerne eine Tasse Tee trinken.«

Sie ging zu dem Samowar, der auf dem Tisch schimmerte, und bediente sich. Sie zwang sich, einen Augenblick lang ruhig zu bleiben, bevor sie versuchte, das Gespräch, das sich dahinschleppte, neu zu beleben. Die alte Uhr in der Halle schlug halb sechs.

»Wie spät es schon ist«, seufzte sie.

»Jane Elisabeth«, begann die alte Baronin, »wir haben auf Ihre Rückkehr gewartet, um mit Ihnen über eine besorgniserregende Angelegenheit zu sprechen: Wir machen uns Gedanken über Bertha.«

»Um Gottes willen! Was ist geschehen?« Jane war hastig aufgesprungen. »Heute morgen war noch alles in Ordnung!«

»Beruhigen Sie sich. Es geht nur darum, daß Bertha ein trauriges Kind ist. Sie ist fünfzehn Monate alt und kann noch nicht laufen; die Kinder in diesem Alter können normalerweise Mama, Papa und noch ein paar andere Worte sagen, sie dagegen sagt noch nichts, sie schaut einen mit ihren großen Augen an, ohne einen zu sehen, sie ist gleichgültig gegenüber allem.«

Jane nahm sich zusammen, um nicht zu antworten, daß ihre Tochter das wohl von jemandem geerbt haben müsse.

»Das stimmt, aber was ist daran ungewöhnlich?« fragte sie und stellte ihre Tasse hin.

»Wir finden sie im Vergleich mit anderen Kindern ihres Alters ein wenig zurückgeblieben.«

»Aber sie ist doch vollkommen gesund… Ich werde morgen nach Ladenburg zu Doktor Weiss fahren.«

»Das ist nicht nötig, Doktor Walter befindet sich auf der Durchreise in Mannheim, er wird morgen kommen«, erklärte Karl.

»Sie steht doch sicher auf ihren Beinen. In ein paar Tagen wird sie alleine laufen. Sie beunruhigen mich.«

Er kam auf sie zu, legte seine Hand auf ihre Schulter.

»Nein, machen Sie sich keine Sorgen. Mutter hat mich lediglich auf ein paar Eigentümlichkeiten aufmerksam gemacht, aber es besteht keine Gefahr… Kommen Sie, wir wollen uns zum Abendessen umziehen. Ich muß für zwei oder drei Tage nach Sinsheim fahren«, kündigte Karl an. »Sie begleiten mich doch, oder?«

»Nein, ich fühle mich leider nicht sehr gut.«

»Aus diesem Grund sind Sie wahrscheinlich auch den ganzen Nachmittag trotz des schlechten Wetters abwesend, anstatt auf Ihrem Zimmer zu bleiben?«

»Ich weiß nicht, Karl, ich bin müde. Wahrscheinlich sind es die Nerven.«

»Jane, Sie sind doch nie krank!«

Sie stiegen die Treppe zu ihren Räumen hinauf. Jane wirkte angespannt.

»Ich gebe zu, daß dieses Leben hier nicht sehr reizvoll für Sie ist. Deshalb schlage ich Ihnen ja auch vor, mich zu begleiten, das kann Sie nur ablenken. Im Januar werden wir zur Kur nach Baden-Baden fahren, wenn Sie möchten. Dort werden wir alle unsere Bekannten treffen. Im März fahren wir dann nach Frankreich. Und im Frühjahr haben uns Ihre Eltern ihren Besuch versprochen.«

»Genau zu dem Zeitpunkt, wenn der Hof wieder nach München zurückkehrt«, erwiderte Jane mürrisch.

»Ich glaube, Sie sind wirklich krank. Ich habe Sie noch nie so gereizt erlebt.«

»Verzeihen Sie mir, aber ich habe das Bedürfnis, ein wenig allein zu sein.«

»Sie beunruhigen mich!«

»Hören Sie zu, Karl, lassen Sie mich ein paar Tage allein nach Schwetzingen fahren. Ich werde mich ausruhen, und danach wird es mir wieder besser gehen.«

Sie waren an der Tür zu ihrem Zimmer angelangt. Karl brauste auf: »Sie haben eine Art, sich und anderen das Leben schwer zu machen, die unerträglich ist. Es wäre an der Zeit, daß Sie langsam erwachsen würden und nicht mehr wie ein verwöhntes Kind lebten. Schauen Sie, sogar Bertha spürt das und leidet darunter...«

Jane hatte sich wieder aufgerichtet: »Jetzt gehen Sie zu weit, mein Freund! Dieser Satz war überflüssig, ich werde ihn Ihnen nie verzeihen. Ich gehe dahin, wohin ich es möchte.«

»Muß ich Sie daran erinnern, daß ich gewisse Rechte über Sie habe?«

»Das ist mir gleichgültig, ich akzeptiere nur die Rechte, die ich akzeptieren will.«

Überrascht von der Heftigkeit ihrer Stimme, hielt Jane plötzlich inne. Der Baron war so betroffen, daß sie beinahe schon wieder Gewissensbisse bekam.

»Ich bin am Ende, verzeihen Sie mir.«

Er nahm sie wortlos in die Arme und versuchte zu verstehen. Dann erklärte er tonlos: »Doktor Walter wird uns seine Meinung dazu sagen.«

»Danke, Karl«, erwiderte sie trocken.

Das war die Lösung. Der Arzt des Königs war ein Freund. Ich werde ihn mühelos vom beklagenswerten Zustand meiner Gesundheit überzeugen können, war sie sich gewiß; er wird mir sicher zu einer Kur raten, und er wird auch die richtigen Worte finden, um Karl zu überreden und zu beruhigen.

»Es ist sechs Uhr. Ich muß mich fertigmachen.«

Karl zog es vor, wegzugehen und seinen Ärger zu verbergen. Was war nur mit Jane los, seitdem sie nach Weinheim zurückgekehrt waren?

Innerlich hin und hergerissen, warf sich Jane, kaum daß sie die Tür hinter sich geschlossen hatte, auf ihr Bett. Nein, Bertha fehlte nichts, auch wenn sie vielleicht etwas weniger aufgeweckt war als Didi in ihrem Alter.

Sie versuchte, eine rasche Lösung zu finden. Wie sollte sie es morgen machen? Fünfzehn Kilometer bis Heidelberg, noch einmal genauso viel für den Rückweg, Anna konnte sie nicht dorthin schicken. Wie also sollte sie Spiro benachrichtigen? Sie hatten gar keine Zeit gefunden, mit einem Hindernis zu rechnen, so glücklich waren sie gewesen, sich endlich wiederzusehen.

»Anna, mein grünes Samtkleid und den indischen Schal. Sag bitte Berthas Kindermädchen, ich möchte sie sehen.«

Zuerst wollte sie ihre Tochter umarmen und sie aufmerksam beobachten. Spiro würde verstehen, daß etwas dazwischen gekommen war. Sie konnte unmöglich einen Boten schicken, das war zu gefährlich. Höchstens morgen, ganz früh… Aber im Winter konnte man das Schloß nicht vor neun Uhr verlassen. Und es war natürlich undenkbar, daß sie nicht da war, um Doktor Walter zu empfangen.

Das Kindermädchen trat ein, sie trug Bertha auf dem Arm.

»Guten Abend, Bertha, mein Schatz.«

Jane liebkoste sie zärtlich, sie war beruhigt.

Bertha war ein dickes Püppchen mit blauen Augen, sie strahlte vor Gesundheit.

»Wie schwer meine Tochter ist. Und wie gut sie ausschaut.«

»Wir sind heute nachmittag mit dem Wagen ausgefahren.«

Getreu ›King Toms‹ Erziehungsprinzipien verlangte Jane, daß ihre Kinder bei jedem Wetter an die frische Luft kämen.

Sie lächelte, wenn sie an die Schwierigkeiten dachte, die ihre Schwiegermutter gemacht hatte, doch sie hatte das letzte Wort behalten.

»Meine Tochter hat überhaupt keinen Charme«, dachte Jane, wenn sie sie sah, »aber Charme in diesem Alter!«

Es stimmte, Bertha zeigte kaum Gefühlsregungen. Sie streckte wohl die Händchen aus, um auf ihre Spielzeuge zu zeigen, kaum hatte sie aber eins ergriffen, ließ sie es schon wieder fallen.

Ohne mit der Wimper zu zucken, starrte sie in einer Art, die Karl »fürstliche Geringschätzung« nannte. Zwar konnte sie noch nicht alleine laufen, aber sie ging doch an der Hand oder stützte sich auf ihren Puppenwagen, den sie vor sich herschob.

»Ich glaube, meine liebe Schwiegermutter hat nur ein weiteres Mittel gefunden, um mich zu quälen.«

Sie umarmte ihre Tochter und gab sie dem Kindermädchen zurück. »Nein, es gibt keinen Anlaß zur Sorge«, sagte sie sich. »Sie ist ein stilles, aber problemloses Kind. Morgen werde ich zur verabredeten Zeit nach Heidelberg reiten. Und jetzt gehe ich mit Heribert spielen.

Sie schlang ihre Haare im Nacken zu einem Knoten und warf einen Schal um ihre Schultern. Es wurde allmählich bitter kalt.

Morgen... Spiro... Sie schloß die Tür hinter sich.

Ihr kleiner Hund sprang die Treppe hinunter. Unten angekommen erwartete er sie schwanzwedelnd.

9

Eine scharfe, eisige Brise brannte auf den Wangen der Spaziergängerin, die, in ein Pelzcape gehüllt, ihren Blick schweifen ließ.

Die Ruinen des Stephansklosters waren einer der romantischsten Plätze auf der Welt. Plötzlich hob der Hund den Kopf und lief kläffend los.

Der Reiter sprang vom Pferd. Der alte Mauerwall, die Überreste der karolingischen Basilika, die auf einem antiken Mithrastempel erbaut war – sie kannte das alles schon von ihren Ausritten mit Karl, die in so weiter Ferne nun zurücklagen –, erschienen ihr noch älter.

Spiro, ihr Geliebter, das Abenteuer ihres Lebens, hielt sie in seinen Armen. Sie gab sich ganz der Freude hin, die wie in Wellen über ihr zusammenschlug. Er preßte Jane lange an sich, murmelte zärtliche Worte in ihre Haare. Sie ließ sich von der Sanftheit seiner Stimme wiegen.

Die beiden stiegen wieder auf ihre Pferde und ritten am Neckar entlang. Ein Schiff fuhr den Strom hinab. In der Ferne sah man die Dächer von Heidelberg und den mächtigen Bau des Schlosses gegen den weißlichen Horizont.

Sie überquerten die alte Brücke am Ende der Stadt. Heute nacht würden sie sich um Mitternacht treffen, wie jede Nacht seit zehn Tagen.

Wenn die Kurgäste in ihren warmen Betten lagen, hüllte sich Jane in einen warmen Umhang und legte die wenigen Kilometer, die sie von Spiro trennten, zu Pferd zurück, und im Morgengrauen kehrte sie in ihr Hotel zurück. Niemand merkte etwas von diesen verrückten Ausritten. Ohne Zögern übersprang Jane die gefährlichsten Hindernisse, und sie mußte immer noch lachen, wenn sie an den Hausierer dachte, der geglaubt hatte, eine Walküre zu sehen, als sie über seinen Wagen setzte.

Die Liebesnächte, die Heimkehr am frühen Morgen verliehen Jane einen seltsamen Ausdruck; strahlend und matt zugleich sah sie aus mit ihren frischen Wangen und den Ringen unter den Augen.

Und doch konnten sie einfach nicht anders und mußten auch untertags um jeden Preis sich noch einmal sehen. Spiro ritt nach Schwetzingen, wo Jane genügend Bewunderer umringten, unter die er sich mischen konnte. Er blieb niemals lange, um keinen Verdacht zu erregen.

Manchmal stahl sie sich davon, ging in die winterliche Stille des großen Parks, um noch einmal mit ihm zusammenzutreffen. Schnee- und reifbedeckt, lag der Park mit seinen Apollo-, Merkur- und Minervatempeln wie verzaubert da; die türkische Moschee darin schien einem Gemälde entsprungen – aber sie verabscheuten sie, denn das Wort ›türkisch‹ war für sie gleichbedeutend mit der Unterdrückung Griechenlands. Sie hatten das ›Vogelhaus‹ als

Unterschlupf gewählt, wo zahlreiche Vogelskulpturen Wasserstrahlen in ein zentrales Becken spuckten und ohne Unterlaß den ewigen Frühling verkündeten. Ein flüchtiger Augenblick nur, bevor jeder für sich zum ›Badhaus‹ ging, wo alle ihre Gesundheit pflegten. Bei dem lärmenden Treiben der eleganten Jugend, die sich hier versammelte, vergaß jeder schnell sein ›Nervenleiden‹.

Jeden Tag fand ein Konzert im Barocktheater statt, wo einst Mozart im Alter von sieben Jahren eines seiner ersten Klavierkonzerte gegeben hatte. Das Schloß, die ehemalige Residenz des pfälzischen Kurfürsten, wirkte mit ihren zu beiden Seiten des alten Gebäudes gebogenen Flügeln immer noch elegant. Jane sandte jeden Tag ein Dankgebet zum Himmel: Wer hätte gedacht, daß alles so einfach ging? Doktor Walter hatte ausdrücklich gesagt, daß sie die Kur brauche. Karl war in dieser Zeit nach München gefahren, um ein paar geschäftliche Angelegenheiten zu regeln.

Leider kam er früher zurück als vorgesehen, am Abend vor dem Ball, der im Schloß gegeben wurde. Das war sehr ungeschickt.

Schon jedem Mann, gleich wie seine Stellung, sein Charakter oder sein Alter sind, ist es geschehen, daß er mißtrauisch wurde. Karl war außer sich! Er erfuhr zuerst, daß Graf Theotoki sich weder in Bayern noch in Griechenland aufhielt. Als er weiter nachforschte, erfuhr er, daß er in Heidelberg war. Unglücklich und erschöpft kam er in dem Augenblick an, als Jane sich für den Abend vorbereitete. Bleich wie ein Leichentuch befahl er der Kammerzofe, sich zu entfernen.

»Karl, was für eine schöne Überraschung! Ich bitte Sie, schicken Sie Anna nicht fort, ich werde zu spät kommen! Und Sie auch, wenn Sie die Absicht haben, mich zu begleiten…«

Jane strahlte wie eine Allegorie auf das Glück, und selbst die Überraschung konnte ihr strahlendes Aussehen nicht beeinträchtigen. Das machte Karl noch trauriger. Tausend Einzelheiten, tausend Erinnerungen kamen ihm in den Sinn. Er senkte seinen Blick mit einer so tiefen Verzweiflung in den seiner Frau, daß sie einen Augenblick lang zusammenzuckte.

»Beeilen Sie sich, wir werden zu spät kommen«, fuhr sie ungezwungen fort.

Sie besaß einen angeborenen Instinkt für ihre Macht über andere. Sie fand es klüger, sich in die Betrachtung ihrer Armbänder zu vertiefen.

»Lassen Sie uns heute abend zusammen hier bleiben. Ich bin erschöpft.«

»Aber das geht nicht! Ich bin mit dem Fürsten und der Fürstin von Hohenzollern-Eschingen verabredet.«

Sie war erbarmungslos, wie alle verliebten Frauen.

Er wußte nicht, wie ihm geschah, als er sich für den Ball umzog. In dem Augenblick, als er den Ballsaal betrat, verspürte er eine Sekunde lang Entsetzen. So viele Leute, die er begrüßen mußte, und alle waren sie ihm feindlich gesonnen, wußten von seinem Mißgeschick. Er erkannte den Grafen Theotoki, und als er sich zu Jane umwandte, überraschte er sie, wie sie sich anschauten. Die unendliche, die vollkommene, die absolute Liebe, sagte sich Karl voller Verzweiflung. Diese Liebe, die er so sehr mit ›Ihr‹ erhofft hatte, diese wechselseitige, gegebene, empfangene und wiedergebende Liebe zweier Herzen, die im gleichen Rhythmus schlagen, nun gab sie Jane in ihrer Unbedachtheit einem anderen.

Er haßte sich, haßte diesen Zustand, dessen er nicht Herr wurde.

Die Eifersucht raubte ihm langsam den Verstand, wehte über sein Unglück, um es wer weiß wohin zu treiben.

Mit einer herrischen Geste führte er sie durch die Salons. Sie trug ein Kleid, das ebenso blau war wie ihre Augen. Ausweichend antwortete sie auf den Gruß ihrer Freunde.

Nach einem Walzer und einer Polka mit Karl bat sie um Gnade und setzte sich in einen winzigen Sessel.

»Ich möchte gern etwas Champagner.«

Karl entfernte sich in Richtung eines Lakaien. Wie alle Bälle mißfiel ihm dieser Ball, die Männer machten seiner Frau zu sehr den Hof. Aber war sie nicht auch geistreicher, heiterer und schöner als die Frauen seiner Freunde? Er hatte gehofft, sich schützen zu können, indem er sie in Weinheim abschirmte, und nun kam dieser junge Grieche und durchbrach das schwankende Gleichgewicht dieser zerbrechlichen Existenz. Mit einem Glas in der Hand kehrte er zu Jane zurück. Der Sessel war leer! In äußerst schlechter Laune sah er den Grafen Oberndorf in einer mit Goldketten besetzten Weste auf sich zukommen.

»Was für eine Überraschung, Sie sollten doch erst in einigen Tagen eintreffen!«

Wenn der Graf damit eine Wirkung beabsichtigte, so erhielt er sie sofort.

»Verschonen Sie mich mit Ihrem Spott! Ich bin erschöpft, ich sehne mich nach Schlaf, und meine Frau ist verschwunden.«

»Sie tanzt zweifellos. Ich leiste Ihnen Gesellschaft. Wie stehen die Dinge in München?«

»Wie immer, die Kassen des Königreiches sind leer. Die Arbeiten des Königs verschlingen das Budget trotz seiner persönlichen Zuschüsse. Fürst Wrede hat einige Schwierigkeiten, in Abwesenheit Seiner Majestät zu regieren. Aber das ist nichts im Vergleich zu den Problemen, mit denen sich der König in Griechenland auseinandersetzen muß. Nun ja, eine von mehreren Staaten beschlossene Regentschaft kann nur Schwierigkeiten verursachen. Jeder hat sie aus anderen Gründen angestrebt. Otto ist zu jung, zu unerfahren. Das Volk fordert bereits eine neue Verfassung, und es wird unter der Hand von England und Frankreich ermutigt.«

»Otto hat den Willen seines Vaters stets respektiert.«

»Trotz allem hat man, soweit ich unterrichtet bin, Seiner Majestät einen triumphalen Empfang bereitet«, sagte Karl.

»Sie kennen die Völker schlecht, den einen Tag jubeln sie Ihnen zu, am nächsten Tag steinigen sie Sie. Was gibt es sonst noch?«

»Ich bin sehr aufgeregt wegen des Baus der Eisenbahnlinie zwischen Nürnberg und Fürth. Die Eröffnung müßte im August stattfinden. Die Eisenbahn, darin liegt die Zukunft, glauben Sie mir! Ich habe sogar Geld in eine Stahlfabrik, die Eisenbahnschienen herstellt, investiert. Jetzt ist der richtige Zeitpunkt, um zu spekulieren. Schauen Sie sich England an! Seit 1830 zieht die Lokomotive von Stephenson fünf Passagierwagen zwischen Liverpool und Manchester!«

»Ich weiß, daß es große Pläne im Norden der Vereinigten Staaten gibt, doch ich fürchte, daß dies letztlich nur ein Köder ist. Man sagt häufig, daß dieses Transportmittel der Gesundheit abträglich sei. Stellen Sie sich die Explosionsgefahr und die Geschwindigkeit vor... Ich bin der Meinung, daß es zu viele Gefahren birgt... Keinen Taler würde ich in diese Art von Unternehmungen stecken.«

»Und ich bin vom Gegenteil überzeugt!«

»Die Industrialisierung ist eine waghalsige Angelegenheit.«

»Nun gut, vor Ihnen steht ein Eisenbahnaktionär.«

Oberndorf machte ein zweifelndes Gesicht. Seit Generationen hatten ihre Vorfahren eine sichere Existenz inmitten ihrer gehorsamen Leibeigenen geführt... Und nun wandelte sich alles. Man verhandelte über den Preis der Grundstücke, über die die Eisenbahn fahren sollte. ›Die Maschinen!‹ Karl hatte nur mehr dieses Wort im Sinn.

»Wird Fürst Metternich zur Einweihung der Pinakothek kommen?«

»Ja, im Prinzip.«

Karl hörte nicht zu, er hielt überall Ausschau nach seiner Frau. Wohin konnte sie nur verschwunden sein? Wo konnte sie wohl sein, wenn sie nicht tanzte, fragte er sich, wobei er sich bemühte, sich seine Unruhe nicht anmerken zu lassen.

»Wir wollen etwas umhergehen, ich begleite sie.«

Oberndorf richtete seine Goldketten und schob sein Monokel zurecht. Sie spazierten zusammen durch die Salons, auf der Suche nach Jane.

Karl entdeckte sie schließlich, ins Gespräch vertieft mit dem Grafen Theotoki.

»Gnädige Frau, ich habe Sie gesucht, wir fahren nach Weinheim zurück.«

Mit einer ungezwungenen Geste legte er den Schal, der hinabgeglitten war, ihr wieder um die Schultern. Er schwieg. Dann, als ob er das Erstaunen Janes, die auf eine Erklärung wartete, nicht bemerkt hätte, reichte er ihr die Hand.

»Was soll das heißen? Warum kehren wir so früh zurück?«

Sie gab sich Mühe, heiter zu wirken, aber sie begriff sehr wohl, daß sie Karl jetzt nicht verärgern durfte. Sie nahm sich vor, ihn darauf aufmerksam zu machen, daß ihre Kur noch nicht beendet und sie noch ruhebedürftig sei.

»Nun gut, kehren wir heim, da sie es so sehr wünschen. Graf«, sagte sie und hielt Spiro ihre Hand zum Kuß hin, »ich hoffe, Sie geben uns die Ehre und besuchen uns morgen.«

Sie stieg in den Schlitten und setzte sich neben Karl, der kein Wort sagte. Sie überlegte, daß er wohl noch vor dem Kurhotel, das nur wenige Minuten entfernt lag, einen Wutanfall bekommen würde. Dennoch beglückwünschte sie sich, daß sie so geistesgegenwärtig gewesen war, Spiro einzuladen; das war ein geschickter Schachzug, um verstehen zu geben, daß zwischen ihnen nichts war.

Nachdem die Kammerzofe sie allein gelassen hatte, ging Karl zu einem Tisch und schenkte sich ein Glas Cognac ein. Stehend, verkrampft, betrachtete er sie feindselig. Jane ging auf ihn zu und legte ihm die Hände auf die Schultern.

»Gehen Sie schlafen, mein Freund, Sie sind erschöpft«, sagte sie halb ärgerlich, halb lachend.

Er blieb unbeweglich stehen, die Flasche in der Hand. Jane schaute zu ihm auf, aber er wich ihrem Blick aus, starrte auf einen Punkt hinter ihr und suchte nach Worten.

»Sie sind leichtfertig, und Sie wagen es, die Beleidigte zu spielen! Ich komme zurück und finde Sie in Begleitung dieses kleinen Griechen, der kein Recht hat, hier zu sein!«

»Sprechen Sie nicht so vom Grafen Theotoki! Wir haben ihn in der letzten Zeit in München häufig genug gesehen. Wenn der Zufall ihn hierhergeführt hat, kann ich nichts dafür, und im übrigen bin ich entzückt darüber.«

Jane bemerkte, daß sein Kinn zitterte und seine Nase ganz spitz wurde. Es lag eine solche Tragik in Karls Ausdruck, daß sie zögerte, sich weiter zu verteidigen.

»Die Wahrheit sieht anders aus«, warf ihr Mann ihr vor. »Sie lieben diesen Mann. Anstatt mit mir zusammenzubleiben, wenn ich wiederkomme, verschwinden Sie mit ihm aus den Augen aller. Ich glaube nämlich, daß er sich seit Beginn ihres Aufenthaltes hier hinter den Kulissen befunden hat.«

Jane fuhr auf. »Verlange ich von Ihnen Rechenschaft? Was haben Sie in München gemacht? Sie fahren oft ohne mich dorthin. Wollen Sie mir nun schon vorwerfen, daß ich mich mit Freunden treffe?«

Karl versuchte zu lächeln. »Diese Nummer haben Sie mir noch gar nicht vorgespielt. Könnte es sein, daß Sie sich schuldig fühlen?«

Er wollte ironisch sein, aber seine Stimme klang eisig.

Mit ihren Argumenten am Ende – schließlich hatte er recht – hörte sie sich verächtlich antworten: »Was wollen Sie denn wissen? Die Zahl meiner Liebhaber? Nun gut, wir wollen sie gemeinsam zählen... zuerst Fürst Schwarzenberg... Dann Sie... Dann...«

»Hören Sie auf!«

Er war leichenblaß auf sie zugekommen und hatte sein Glas auf die Erde geworfen, wo es klirrend zerbrach. Er schwang die Flasche.

»Nein! Karl, nein!«

Mit wildem Ruck zog Karl die junge Frau auf das Parkett, zerquetschte ihr das Handgelenk.

»Ich bitte Sie, lassen Sie mich los!«

»Nicht, bevor ich alles weiß! Der König?«

»Nein«, stöhnte sie.

»Der Grieche?«

»Nein«, log sie.

»Fürst Schönburg?«

»Niemals!«

Er ließ sie so abrupt los, daß sie auf die Knie fiel.

»Ich verabscheue Sie! Ich habe Ihnen meinen Namen gegeben, meine Zärtlichkeit, als niemand die verlassene Frau, die Sie damals waren, beachtet hat.«

Er genoß voller Wut seine nicht wiedergutzumachenden Worte. Er ging bis zum letzten, wollte sie verletzen, demütigen, es war für ihn die letzte Möglichkeit, damit fertig zu werden. »Ich hatte gehofft, eine anständige, würdige, achtenswerte Frau zu heiraten... und Sie sind entschieden recht locker.«

»Und Sie sind die personifizierte Langeweile«, erwiderte sie bleich.

»Nach allem, was geschehen ist, bleiben Sie, pflegen Sie sich, Sie werden es bald nötig haben. Ich meinerseits, ich werde gehen.«

Jane starrte auf die Flasche, deren Inhalt sich auf den Teppich ergoß. Ohne ihn anzusehen, stand sie auf und legte sich ins Bett.

»Seien Sie nicht albern! Es ist schrecklich kalt draußen.«

Dann begann sie von der Zeit zu sprechen, als sie an Heirat dachten. Er ging und schlug die Tür hinter sich zu.

»Karl«, schrie sie, »seien Sie nicht so töricht!«

Sie hörte, wie die Schritte ihres Mannes im Flur verklangen.

Jane fühlte sich wirklich nicht in der Lage, eine Entscheidung zu treffen. Sicher, Spiro war nicht weit, aber ihn in ein solches Abenteuer hineinzuziehen, grenzte an Wahnsinn; sie hatte zwei Kinder mit Karl. Überstürzt handeln... Nein! Karl war das Leben, das sie mit Bedacht gewählt hatte. Leise, stechende Gewissensbisse führten sie zurück an die Ufer des Neckar, ihr Herz drängte zu Spiro. Sie wußte, wenn Karl wütend war, konnte nichts ihn zur Vernunft bringen. Bei Spiro erwartete sie ein Fest der Liebe, er war die Lebensfreude, das Abenteuer. Karl war das Alltägliche, die Sicherheit, ein guter Gefährte, aber wenn sie es recht bedachte, so waren sie zu unterschiedlich; Karls Wesensart und die ihre mußten letztlich unverträglich bleiben, und das machte das Leben nicht einfach. Und dann waren da auch noch Bertha und Heribert. Sie wurde ruhiger, stand auf, zog ihren Pelzmantel über ihr Nachtgewand und ging auf den Flur hinaus. Der Portier würde ihr sicher sagen können, wo der Baron war. Er hatte wahrscheinlich um ein anderes Zimmer gebeten.

Sie lächelte beim Gedanken an die Wirkung, die ihre Frage haben würde. Dem Personal konnte ihr hastiger Aufbruch um Mitternacht und ihre Rückkehr im Morgengrauen kaum entgangen sein. Sie mochte sich noch so gut verstecken und den Dienstboteneingang benützen, man wußte bestimmt davon. Hoffentlich hat man Karl nichts davon gesagt, dachte sie, als sie zur Portiersloge hinunterging.

Der überraschte Portier wußte nicht, was er antworten sollte. Nein, er hatte den Baron nicht vorbeikommen sehen. Nun ging Jane zu den Ställen. Sollte er ›Infatigable‹ genommen haben? Das Pferd war nicht mehr da. Karl mußte nach Weinheim zurückgekehrt sein. Nein, das war zu weit. Vielleicht hatte er in Heidelberg Halt gemacht? In dieser dunklen Nacht und ohne Mantel, welch ein Wahnsinn!

Es blieb ihr nichts anderes übrig, als den Tag abzuwarten. Vielleicht würde er ja zurückkommen.

Jane ging wieder in ihr Zimmer hinauf, suchte mit einem gewissen gesunden Menschenverstand, den sie in diesem Augenblick lächerlich fand, wenigstens ein bißchen Wärme.

Der Morgen ist klüger als der Abend, sagte sie sich. Karl wird sicher zurückkommen.

Der Zweifel war ihr immer noch lieber als die Gewißheit, sie wollte den Augenblick noch hinauszögern, an dem sie sich der Realität stellen müßte. Sie gestand sich ein, daß ihr Verhalten abscheulich gewesen war, aber im stillen dankte sie dem Himmel, daß sie keine anderen Liebhaber zugegeben hatte.

Sie konnte nicht einschlafen, zog die Vorhänge zurück und sah zu, wie ein blasser Tag herandämmerte. Jane war sich darüber im klaren, daß sie an einem Wendepunkt ihres Lebens stand. Sie konnte das Abenteuer einfach nicht missen, vielleicht war es das Blut ihres Vorfahren Kenelm Digby? Als kleines Mädchen wagte sie nicht zuzugeben, daß sie sich gut in diese Königinnen hineinversetzen konnte, deren Abenteuer sie las. Mangels anderer Eroberungen herrschte sie nun über die Herzen.

Die Erinnerung an Felix war lange nicht mehr über sie gekommen. Manchmal dachte sie an diese Leidenschaft, die ihr Flügel verliehen hatte... und Felix war immer noch nicht verheiratet. Didi lebte bei ihm, ohne zu wissen, daß er ihr Vater war. So ist das Leben, sagte sie sich. Heute kann ich mir dieses Licht, das alle meine Gesten anstrahlte, alle meine Gedanken erleuchtete, nicht mehr vorstellen. Ich habe es vorgezogen, seinen Versprechungen zu glauben, und nun entgleitet mir Didi, die lebende Erinnerung an eine tote Leidenschaft, gänzlich.

Jane nahm eine Carcellampe und zündete sie an. Zu spät, um noch zu schlafen. Dann klingelte sie nach Anna.

Sie hatte ihre Entscheidung getroffen. Wenn Karl nicht in Schwetzingen ist, überlegte sie, dann fahre ich nach Heidelberg. Von da lasse ich mich nach Weinheim bringen. Denn dort wird sich Karl unweigerlich aufhalten. Jane entließ ihre Kammerzofe und bat sie, in den nächsten Stunden auf ihre Rückkehr zu warten.

»Wenn der Baron zurückkommen sollte, sag ihm bitte, ich sei in Weinheim... Sag ihm nichts anderes, verstanden?«

Sie ließ ihren Schlitten vorfahren und machte sich auf die Suche nach ihrem Gatten, den sie nirgendwo fand. Dann ließ sie sich nach Heidelberg, in den ›Gasthof Zum Ritter‹, fahren. Da niemand den Baron gesehen hatte, befahl sie dem Kutscher zu warten und ging zu Spiro.

10

Das Verhalten des Barons von Venningen verhieß nichts Gutes. Spiridion Theotoki hatte die ganze Nacht damit zugebracht, Janes Fenster zu beobachten. Als er es schließlich hell werden sah, fuhr er vollkommen durchgefroren nach Heidelberg.

Die Situation brachte ihn zur Verzweiflung. Er war bereit, für Jane alles aufzugeben, er würde sogar auf seine Laufbahn verzichten, um mit ihr, ganz gleich wo, leben zu können. Er sagte sich ganz einfach, daß seit den drei Monaten, die er sie nun liebte, sein Leben Jane, und nur ihr allein, gehörte. Um sie zu behalten, würde er das Unmögliche wagen, alles andere interessierte ihn nicht. Er war unvernünftig, und er wußte es.

Im Hotel angekommen, betrachtete er die Tapeten, die Möbel, die Gegenstände... Das alles war ›Sie‹. Er schaute auf den Teppich, in dem seine Füße einsanken, auf den Tisch am Fenster, auf den Stuhl, in dem sie manchmal saß. Und das Bett... Alles hier lebte durch sie, ihre Gegenwart erfüllte den Raum. Er sah sie vor sich, wie sie durch die Nacht kam, ihre Füße schienen kaum den Boden zu berühren. Sie hatte einen leichten Schritt, sie war die Anmut, die Schönheit, der Mut.

»Ich werde sie heiraten«, beschloß er plötzlich, »morgen werde ich sie entführen.«

Ein eisiger Wind verfing sich in der einsamen Straße. Keuchend, so schnell war sie gelaufen, um einem imaginären Verfolger zu entkommen, stieg Jane die Wendeltreppe zur ersten Etage hinauf. Spiro hörte sie kommen.

»Mein Liebling, ich bleibe nur eine Sekunde«, sagte sie atemlos, »die Kutsche wartet am Gasthof. Es ist entsetzlich, mein Mann ist verschwunden, wir haben eine abscheuliche Szene gehabt. Ich kehre nach Weinheim zurück.«

Sie schmiegte sich in seine Arme.

»Ruhig, meine Ianthe, ruhig... sorg dich nicht, ich werde auf jeden Fall mit ihm sprechen.«

»Aber ich bin verheiratet! Karl ist ein achtbarer Mann, verstehst du? Er ist zu gut, ich kann ihm nicht weh tun!«

»Und ich liebe dich, ich werde es dir bis zu meinem Tod beweisen.«

»Sprich nicht von Unglück!«

Sie hob ihm ihr tränenüberströmtes Gesicht entgegen.

»Ich werde zu meinem Mann zurückkehren«, sagte sie. »Er hat alles für mich getan, aber du bist es, den ich liebe.«

Es drängte sie um so mehr, sich aufzuopfern, als ihr Opfer ihr außergewöhnlich groß erschien.

»Vergiß nicht, Spiro, du bist mein Herzensgemahl... Lebwohl.«

Spiro war eher erstaunt als gerührt. Was Jane übermenschlich vorkam, erschien ihm unsinnig, verabscheuungswürdig. Nach einer Viertelstunde gewann der Zorn die Oberhand, es war wie ein Sturm, sie wehrte sich nicht, als er sie umarmte. Sie wußte um die Zerbrechlichkeit des Augenblicks und ließ sich voller Verzweiflung von ihm lieben.

Später richtete sie sich wieder auf, schaute um sich und zog den Pelzumhang über ihre nackten Schultern. Ihr Herz schnürte sich zusammen bei dem Gedanken, dies sei vielleicht das letzte Mal.

»Wie auch immer deine Entscheidung ist«, sagte Spiro, »ich begleite dich. Ich werde solange warten, wie es notwendig ist. Es kann dir alles mögliche geschehen. Man braucht mich nicht zu sehen. Kehr zu deinem Schlitten zurück, ich werde meinen nehmen. Wir fahren zusammen im ersten Schlitten, der andere wird uns folgen. Du wirst alleine nach Weinheim hineinfahren, und ich werde auf dich warten. Wir treffen uns in einer halben Stunde.«

Aber Jane kam nicht zurück. Ein paar Minuten lang weigerte sich Spiro es zu glauben. Er kam sich vor wie der ohnmächtigste aller Männer, doch dann zügelte er seine Erregung, schickte seinen Schlitten zurück, lieh sich ein Pferd, um schneller zu sein, und nahm die Verfolgung auf.

Es war schon längst Tag geworden, er hörte es von der Peterskirche elf schlagen. Er fiel in Trab, ohne sich um das unter dem Schnee verborgene Glatteis zu kümmern. »Mich ohne ein Wort zu verlassen!« wiederholte Spiro voller Verzweiflung.

Um ihn herum war alles still, zu still. Kurz vor Ladenburg erblickte er die Kutsche. Er ließ sein Pferd schneller traben, dann zügelte er es wieder, als er auf der Höhe des Wagens angekommen war.

»Halten Sie... Halten Sie an!« schrie er.

Der Wagen fuhr weiter. Da griff Spiro in die Zügel, und einen Augenblick lang schien die Zeit an den Lederriemen zu hängen, die er in der Hand hielt. Die Pferde bäumten sich auf, die Kutscher schrien, ein Wagenschlag öffnete sich, und es erschien Baron von Venningen.

Der Schrei einer Frau... eine Hand... Jane.

Spiro warf ihr einen fassungslosen Blick zu. Wie hatte er nur einen solchen Irrtum begehen können?

Karl trat mit verkniffenem Mund und hartem Blick langsam näher.

»Ich erwarte eine Erklärung, Graf.«

Die Ohrfeige ließ Spiro taumeln. Die junge Frau stieß einen Schrei aus und fiel Karl in den Arm.

»Lassen Sie mich«, sagte er hart.

»Ein Duell«, durchzuckte es Jane. Die Szene hatte nur wenige Sekunden gedauert, aber sie war nach den Regeln abgelaufen.

Jane ahnte, daß Karl sich am liebsten auf Spiro gestürzt und ihn auf der Stelle erwürgt hätte. Sie hatte sich noch nicht von dem Schock erholt, Karl in ihrem Wagen vorgefunden zu haben! Ein Duell! In Bayern war es verboten, hier wurde es geduldet. Sie sah, wie ihr Mann an Ort und Stelle Genugtuung forderte. Diese Sitte war ihr verhaßt, sie hatte sich sogar schon mehrmals beglückwünscht, daß es ihr gelungen war, sie bis heute verhindert zu haben.

»Ich verlange, daß diese Schmach hier an diesem Ort getilgt wird.« Karl sprach in gemessenem Tonfall. »Die Kutscher werden als Sekundanten fungieren. Was Sie angeht, gnädige Frau, wie auch immer der Ausgang ist, sie werden zumindest einen Tod auf dem Gewissen haben. Bleiben Sie dort und bewegen Sie sich nicht! Sekundanten, überprüfen Sie die Waffen!«

Die beiden Kutscher taten, was man ihnen aufgetragen hatte. Karl und Spiro zogen ihre Mäntel aus.

»Um Gotteswillen«, flehte Jane. »Karl, du begehst einen entsetzlichen Irrtum. Schlimmer noch, einen Mord. Was du tust, ist ungeheuerlich!«

Sie versuchte, sich zwischen sie zu stellen, und fand sich auf der Erde wieder. Der Baron stieß einen Fluch aus, dann befahl er, sich aufzustellen.

»Dreißig Schritte«, verkündete er kalt, ohne seine Frau eines Blickes zu würdigen.

Mit dem Rücken zueinander zählten die Gegner ihre Schritte ab, dann stellten sie sich einander gegenüber. Hochgewachsen, mit breiten Schultern glichen sie einander wie Schaukämpfer, jeder bot dem anderen eine vollkommene Zielscheibe.

Ein Schuß ertönte. Spiro brach zusammen, einen roten Fleck mitten auf dem Herzen. Jane stürzte zu ihm, gefolgt von Karl, der die rauchende Pistole noch in der Hand hielt. Der Fleck auf dem Hemd vergrößerte sich.

»Holen Sie den Arzt«, schrie Jane wild.

Der Verwundete öffnete die Augen, wie durch einen Nebel sah er das in Tränen aufgelöste Gesicht Janes. Er mußte sie retten.

»Baron«, flüsterte er mit übermenschlicher Anstrengung, »ich werde sterben... ich schwöre... mein Wort als Ehrenmann, Ihre Ehre ist unangetastet. Ich liebe die Baronin... aber es war nie etwas zwischen uns.«

Spiro war verstummt, sie hielten ihn für tot. Nach einem Augenblick bemerkte Jane, daß er noch atmete.

»Tun Sie etwas!«

Als Ehrenmann war Karl bereits von seinem Irrtum überzeugt: niemals hätte Graf Theotoki in seiner Todesstunde gelogen.

Mit Hilfe der Kutscher trug er sein Opfer in den Wagen. Karl wütete gegen sich selbst, er verfluchte sein unüberlegtes Handeln, um so mehr, als der Graf nicht gezogen hatte. Sein Tod war eine Tragödie, die ihm seine Frau ihr ganzes Leben lang nicht verzeihen würde.

Sie hatte sich über Spiro gebeugt, hielt seinen Kopf an sich gedrückt und tupfte das Blut, dort wo das Herz schlug, mit einem roten Taschentuch ab.

Sie hielten bei Doktor Weiss, der es ablehnte, sich zu äußern, jedoch anordnete, sie sollten sofort ins Schloß fahren. Sein Köfferchen in der Hand stieg er neben die Kutscher und ließ sie in schnellem Trab fahren. Jede Erschütterung entlockte Spiro Schmerzensschreie. Er versuchte zu sprechen, dann sank er ins Koma.

11

Wie lange war er schon hier? Er hatte das Gefühl, schon immer in diesem Bett zu liegen, unter diesem weißen Bettzeug, das so gut nach Lavendel roch. Hatte er geschlafen? Eine Woge des Vergessens löschte die kaum wahrgenommene Wirklichkeit aus, wie eine Welle im Ozean die vorhergehende jagt. Er hatte keine Erinnerungen mehr. Manchmal hörte er Gesprächsfetzen, es waren unzusammenhängende Worte, in die er keinen Sinn bekam. Er verstand nichts mehr. Dieses Zimmer war nicht das seiner Kindheit, diese vertrauten Gesichter hatten keinen Namen.

Die Tage vergingen.

Er trieb von Insel zu Insel. Jane war an seiner Seite. Die Kykladen… ein Aufenthalt in jedem Hafen, der erste Schimmer des Morgenrotes… Dann sank er zurück in völlige Dunkelheit, in der ihn plötzlich Karl von Venningen bedrohte.

Jemand bewegte sich. Er hatte Angst. Sein Pferd lief nicht schnell genug, er bahnte sich einen Weg mit einer Reitpeitsche, ritt im Galopp in den Schloßsaal. »Majestät! Majestät!« Spiro versuchte, sich zu bewegen.

Karl beobachtete den Verwundeten. In zwei Wochen war es ihm gelungen, diesen Alptraum zu entziffern, es war immer der gleiche, die immer wieder gleiche Aneinanderreihung unverständlicher Sätze. Er hatte daran gedacht, sich angesichts einer solchen Schande zu töten. Dann hatte er sich geschworen, wenn Spiro überlebte, wollte er ihm ewige Freundschaft geloben. Seine treue und geduldige Anwesenheit am Krankenbett unterstrich seinen Schwur.

Doktor Weiss hatte, ohne große Hoffnung auf Erfolg, die Kugel, die genau über dem Herzen eingedrungen war, herausgeholt. Nachdem er die Wunde wieder vernäht hatte, konnten sie nur noch warten.

Die verwitwete Baronin und Mimi waren schockiert nach Sinsheim abgereist. Und Jane hielt jede Nacht Wache.

Endlose Tage und Nächte.

Die Tragödie hatte nichts Klassisches mehr, sie lief nun nach den

Gesetzen eines Vaudeville-Stückes ab, nur wußten die Schauspieler das nicht.

Wie lange mußte Spiro hier noch liegen? Das ganze Schloß Venningen hörte nichts als seine Seufzer, wartete auf seine Genesung. Karl wußte weder ein noch aus. Fürst Schönburg hatte die Geschichte ausgeplaudert, Oberndorf hatte sie bestätigt. Karl saß in einer teuflischen Falle.

Noch eine Woche. Eines Tages Mitte Januar endlich, zur Stunde, da das Licht schon schwächer und sanfter wurde, erinnerte sich Spiro plötzlich an alles.

Er brauchte nur Jane zu sehen, und schon ging sein Atem schneller. Sie wußten zwar, daß sie im Herzen eins waren, aber es nützte ihnen nichts, der Schatten des Barons, vertraut und wohlwollend, verhinderte jeden Gedanken an die Zukunft. Sein Mörder war sein Retter, sein Retter wog mehr als sein Mörder. Ein unüberwindlicher Zwiespalt! Die Gesetze der Ehre und der Gastfreundschaft sprachen gegen die Liebe.

Spiro wirkte ruhig, aber jegliche Lebensfreude schien ihn verlassen zu haben.

Er dachte nur an Jane, an die Freundschaft des Barons … Wenn die beiden Männer sich ansahen, lag eine ganze Welt von Erinnerungen, Empfindungen und Gefühlen in ihren Blicken. Sie liebten dieselbe Frau … Spiro blieb nur abzureisen.

Der Mund, die Augen, der Duft Janes. Was würde aus der Erinnerung an ihre Liebe werden? Eine Liebesgeschichte unter vielen, und vor ihnen lag ein ganzes Leben, das sie leben mußten, ohne miteinander zu sprechen, ohne sich zu berühren. Nur ihre Augen und ihre Herzen würden sich erinnern können …

Am letzten Abend – Spiro war schon länger als einen Monat in Weinheim – saßen sie alle drei zusammen. Es war fast völlig dunkel. In einer Kristallschale leuchteten weiße Schneeglöckchen, das Licht der Kerzen überzog ihre Gesichter liebkosend mit einem goldenen Schimmer. Da sie nun daran gewöhnt waren, immer zusammen zu sein, waren sie untröstlich bei der Vorstellung, sich trennen zu müssen. Auf den Tapeten huschten Schatten hin und her.

»Keine Widerrede, ich begleite Sie nach München. Ich will sie nicht allein fahren lassen, und im übrigen muß ich dort unten ein paar geschäftliche Angelegenheiten erledigen.«

»Nein! Ich versichere Ihnen... Ich bin nun völlig außer Gefahr. Außerdem habe ich um Urlaub gebeten, um nach Athen fahren zu können; ich möchte mich dort noch etwas erholen.«

Wie oft hatten sie davon gesprochen, von dieser Rückkehr nach Griechenland! Jane bemühte sich, gleichgültig zu bleiben, doch jedes Mal drohte es ihr das Herz zu zerreißen. Was hätte sie dazu sagen können? Wegen ihr wäre Spiro beinahe gestorben. Sie mußte endlich vernünftig sein.

»Und wann genau gedenken Sie, Bayern zu verlassen?« fragte sie in betont gleichgültigem Ton.

»Das wird vom König abhängen.«

Karl versprach, an Ort und Stelle das Notwendige zu veranlassen, damit er schnell die Erlaubnis zur Abreise erhielt.

»Abgemacht, wir reisen zusammen. Wir, die Baronin und ich, haben uns zu einem Aufenthalt in Paris entschlossen.«

Jane war verblüfft, diesen Vorschlag aus dem Mund ihres Mannes zu hören.

Karl war mit seiner Lösung nicht unzufrieden, so konnte er den Grafen bis zum letzten Augenblick beobachten – und er würde ihn fast bis Marseille begleiten. Es würde ihn erleichtern zu sehen, daß Spiro das Schiff bestieg, auch wenn er wirkliche Freundschaft für ihn empfand.

»Die Ehre ist eine Sache, die Liebe eine andere«, sagte er sich mit der Philosophie eines Mannes, der sich dem Hohn ausgesetzt sieht, »und solange er unter meinem Schutz ist, riskiere ich nichts.«

12

Vom Fenster aus konnte sie den Fahrweg sehen, und genau in dem Augenblick, in dem ihre Aufmerksamkeit von einem kleinen hungrigen Rotkehlchen gefangengenommen wurde, das sich unter die niedrigen Äste einer Tanne geflüchtet hatte, bemerkte sie ihre Mutter und ihren Vater in Begleitung der Gräfin Westmoreland. Sie gingen auf dem Rasen spazieren. Jane folgte ihnen mit den Blicken, während sie Brotkrumen ausstreute. Der Vogel war weggeflogen, doch gleich, wenn sie gegangen wäre, würde er zurückkehren, und andere mit ihm. Die silbernen Blätter der Linden raschelten leise. Morgen würde sie mit ihrer Mutter für einen Monat nach Baden-Baden zur Kur fahren, Heribert würde sie mitnehmen. Sie schloß die Tür hinter sich und ging langsam hinunter zu den Gästen.

Die Kinder waren wahrscheinlich gerade beim Essen. Sie stand nun in der leeren Halle, vor der Tür zu dem kleinen Eßzimmer, und drehte den Elfenbeinknauf, der immer erst nach ein paar Sekunden Druck nachgab. Heribert und Bertha, die zwischen ihren Kindermädchen saßen, beendeten soeben ihre Mahlzeit. Der kleine Junge sprang von seinem Stuhl, während Bertha teilnahmslos wie eine große Puppe ihre Mutter anschaute, als habe sie sie noch nie gesehen.

Heribert konnte seinen Eifer zu gefallen kaum bremsen, aber Bertha schien in eine Welt voller Feindseligkeiten eingesponnen zu sein.

»Man bleibt sitzen, Heribay«, sagte Jane zärtlich.

Er war wirklich äußerst lebhaft. Ob das daher rührte, daß er auf Sizilien aufgewachsen war? Die strenge englische oder deutsche Disziplin hatte ihn bisher kaum berührt. Seit seiner Rückkehr hatte niemand Fragen gestellt. Nur die Familie wußte Bescheid. Für die anderen hätte er in diesem Alter dadurch, obwohl er der Erbe der Venningen war, auch nicht an Bedeutung gewonnen. Er war nur ein Kind, und Kinder blieben auf ihren Bereich beschränkt, auf ihre Probleme, die nur sie betrafen. Wenn er erst einmal ein Mann war, so würde es anders aussehen. Dann würde Lady Ellenborough vergessen sein, an Jane Digby würde sich niemand mehr erinnern, es bliebe nur das, was sie jetzt war, die Baronin von Venningen.

Jane spielte das Spiel, sie war gebunden durch den Schwur, den sie im Augenblick des Duells getan hatte. Wenn beide am Leben bleiben, werde ich niemals mehr durch mein Verhalten den Zorn des Himmels erregen, ich werde Karl treu sein, sagte sie sich, während sie ihre Kinder anschaute. Ich werde ohne Leidenschaft leben, und wenn ich mich doch noch einmal verlieben sollte, werde ich mich sofort abwenden. Karl ist der beste aller Männer, Gott weiß, daß er es bewiesen hat!

Dieser Verzicht erfüllte sie mit Entsetzen. Aber Karls Gegenwart erinnerte sie daran, daß sie nicht ganz allein war, daß ihr Verlangen und ihre Gefühle noch an jemand anderen als an Spiro gebunden waren.

Die letzten sechs Monate waren ihr schrecklich vorgekommen, ihr war noch immer ganz elend davon. Ihre Liebe hielt sie noch immer gefangen, so sehr sie sich auch dagegen wehrte.

»Ich habe meine Wahl getroffen, dieser Mann ist meine schönste Erinnerung, meine Liebesgeschichte, die letzte meines Lebens.«

Ihr weiblicher Instinkt rief ihr ständig jeden Moment dieser Vergangenheit ins Gedächtnis, drängte sie, der Vernunft zu entsagen.

»Was soll ich machen? Fliehen? Ihn wiedersehen? Nein, das hieße, ein Verbrechen zu begehen. Wahrscheinlich hat er mich vergessen. Aber nein! Das ist unmöglich! Im Schweigen gewinnt unsere Liebe nur noch mehr an Stärke!«

Nachts weinte sie, am Tag belog sie sich, und in der Dämmerung hatte sie Angst. Dann dachte sie wieder an die Reise nach Paris, wo sie sich alle drei, ohne sich darum zu kümmern, »was wohl die Leute sagen werden«, im Véfour, im Théâtre des Italiens, in der Oper und auf den Straßen gezeigt hatten. Sie lächelte bei dem Gedanken das Gesicht des Grafen Apponyi, der zwar empört, aber doch offensichtlich amüsiert gewesen war!

Anscheinend blieb die Situation immer die gleiche, sie erregte mehr als nur Erstaunen. Gott weiß, was Apponyi daraus für Schlußfolgerungen gezogen hatte! Aber was machte ihr das schon! Jane setzte eine triumphierende Miene auf, vor der ihre Freunde von einst wohl zurückgewichen wären, Fremde aber hätte, ob sie wollten oder nicht, dieser mächtige Glanz, der von ihr ausging, unweigerlich angezogen. Fürst Schönburg wiederum hatte sich stundenlang mit ihr unterhalten, um die Wahrheit über das Duell zu erfahren. Bei aller Freundschaft wußte sie jedoch, daß er die Tatsachen verzerrt weitergeben würde. Aber war er nicht der einzige ihrer Freunde, der Felix weiterhin sah – hatte sein Bruder nicht Louise Schwarzenberg geheiratet? Bei ihm fühlte sie sich in die Vergangenheit, zu Didi, zurückversetzt.

»Sie sehen zu glücklich aus. Das ist eine Herausforderung!« hatte er zu ihr gesagt.

»Und M. de Balzac?« hatte Jane gefragt.

»Sie haben einen solchen Eindruck auf ihn gemacht, daß… Ich fürchte, seine Absicht wird ihnen nicht gefallen –, aber das Ganze scheint mir jetzt gewiß zu sein: Ihre Geschichte hat ihn zu der Gestalt der ›Lady Arabella Dudley‹ angeregt, in einem Roman, den er *Le lys dans la vallée* genannt hat. Aber Balzac will es nicht zugeben. Als ich ihn darauf aufmerksam machte, daß Ihr Sohn Arthur Dudley hieß, hat er ganz empört etwas von zufälliger Übereinstimmung gemurmelt. Er wird niemals die Wahrheit zugeben. Er hat solche Probleme mit Mme Hanska gehabt! Und Felix de Vandenesse? Wollte man ihm glauben, noch ein reiner Zufall!«

»Ich werde Ihnen das Buch schicken«, war Schönburg fortgefahren. »Ich glaube, Sie werden keinen Grund haben, sich darüber zu ärgern, im Gegenteil. Die Figur ist großartig, sie setzt sich über die Konventionen hinweg, um nur ihren Leidenschaften zu leben. Das ist bewundernswert!«

»Mein Gott, ich, die ich nichts weiter wünsche, als unbemerkt mein Leben leben zu können, wann werde ich endlich Frieden finden?«

Dieses Geschwätz von Schönburg! Jane konnte sich bestens vorstellen, wie er die Dinge beschönigte, nur um die Geschichte gefälliger zu gestalten.

Eine große englische Dame? Sie fürchtete, der Skandalchronik würde nur ihr bewegtes Liebesleben in Erinnerung bleiben.

Inzwischen hatte sie den Roman gelesen.

»Ihre Begierde gleicht dem Wirbelwind der Wüste, einer Wüste voll azurblauer Liebe mit ewig heiterem Himmel und kühlen, ausgestirnten Nächten...« Und dies hier, war dies nicht grausam und schmeichelhaft zugleich? »Es ist eine fürchterlich undankbare Liebe, die über den Leichen der von ihr Ermordeten lacht; eine Liebe ohne Gedächtnis, eine grausame Liebe, die der englischen Politik gleicht, und es gibt kaum einen Mann, der ihr nicht verfällt.«

Verletzt und gekränkt zürnte Jane dem Prinzen Alfred, weil er behauptet hatte, sie habe diese Figur inspiriert, die in ihren Augen verabscheuungswürdig war und in der sich wiederzuerkennen sie sich auf jeden Fall weigerte. Und dann dieser Satz, noch bissiger als die anderen: »Ich habe seitdem festgestellt, daß die meisten Frauen, die gut reiten, nur wenig Zärtlichkeit empfinden.« Was weiß dieser Tölpel, dieser Fettsack von Balzac schon davon, fragte sie sich wütend. »Ein Vorurteil, ein unsinniger Gedanke! Ich bin auf einem Pferd geboren, im übrigen mußte ich schon reiten, bevor ich laufen konnte. Was wird Karl dazu sagen, wo ich jetzt endlich das Leben führe, das er wünschte?«

Aber Karl sagte seit dem Duell überhaupt nichts mehr. Er war im Gegenteil so zuvorkommend geworden, daß Spiro, als er Marseille verließ, angesichts Karls Verhalten Tränen in den Augen standen. An diesem Tag wären sie im übrigen alle drei beinahe in Tränen ausgebrochen.

Und seitdem wurde Janes Herz immer leerer, das Schiffshorn klang noch in ihrer Erinnerung nach. Neben ihr war Karl, immer nur Karl. Ein Chaos aus verdrängten, zerbrochenen Träumen, nie mehr könnte die Zukunft so sein, wie sie sie sich vorgestellt hatte.

»Wir wollen uns beeilen, meine Lieblinge, eure Großeltern erwarten uns.«

Im Schloß herrschte reges Treiben. Morgen würde der Admiral, endgültig beruhigt, wieder abreisen: seine Tochter lebte in vollkommener Harmonie mit ihrem Gatten. Es wurden sogar Pläne für einen baldigen Aufenthalt der Venningens mit ihren Kindern in England geschmiedet. Alles schien wieder in Ordnung gekommen zu sein.

Der einzige Schatten, der auf diese Idylle fiel, war die Ungnade des Königs. Der Theotoki-Skandal hatte ihn niedergeschmettert, er antwortete nicht einmal mehr auf die Briefe Janes.

»Mit der Zeit versöhnt man sich immer wieder«, hatte Lady Digby einfach erklärt, als ob die Angelegenheit vollkommen ohne Bedeutung sei.

Ein Frühjahr ging zu Ende.

Jane hatte es mit den Vergnügungen verbracht, die Zeit oder Ort ihr boten, und war überzeugt davon, nun endlich die notwendige Kraft zu besitzen, um Spiro vergessen zu können.

Sechster Teil

1839-1848

1

Zwei Jahre waren vergangen, sie konnte sie nicht chronologisch exakt nachvollziehen, konnte nicht alle Einzelheiten ordnen. manchmal, wenn sie in den Armen Spiros einschlief, zogen Bilder an ihrem inneren Auge vorbei.

Ihr Vater hatte ihr früher von den Zyklonen der warmen Meere erzählt, sie erinnerte sich, daß es, bevor der Sturm losbrach, einen Augenblick des Schweigens, der Ruhe gab, als würde der Sturm Kraft sammeln. So war es auch in ihrer Ehe mit Karl gewesen.

Seit einem Jahr lebte sie nun mit Spiro in Paris. Alles war so schnell gegangen. Es hatte damit begonnen, daß sie nach England zurückgekehrt war, wo man sie auf Holkham, auf Minterne, überall empfangen hatte wie den Verlorenen Sohn.

Dann war Spiro zurückgekommen. Zuerst hatten sie sich nur geschrieben. Auf den Briefwechsel folgten immer offenkundigere Verabredungen und schließlich das Scheidungsbegehren, gegen das Karl sich ausdrücklich gesträubt hatte.

Im März 1839 dann hatte sie alles verlassen, ohne jemanden um Erlaubnis zu bitten und ohne zurückzuschauen. Seitdem lebte sie mit Spiro zusammen. Diesen Sommer hatten sie in Honfleur verbracht, fern von den Sorgen der Welt. Unbändiges Lachen und Flüstern klang durch diese Tage, sie träumten zusammen, sie sangen das gleiche Liebeslied, eng aneinander geschmiegt wie die Häuser am Hafen, ohne Bedauern, ohne Alter und ohne Bindungen, sie liebten sich unter den gerührten Blicken der Einwohner der kleinen Stadt in der Normandie.

Im Jahr darauf kam ein Sohn, Leonidas, zur Welt, ein prachtvolles Kind, das Spiro in der griechischen Botschaft unter dem Namen

›Jean-Henri, Graf Theotoki‹ hatte eintragen lassen. Anschließend war er allein nach England gereist, um den Digbys die Gründe und Modalitäten seiner bevorstehenden Heirat mit Jane darzulegen. Er war ganz verzweifelt zurückgekommen. Der Admiral hatte ihm die Tür gewiesen und ihm erklärt, seine Tochter existiere für ihn nicht mehr. Aber auch Lady Digby hatte ihn nicht sehr sanft empfangen, sie hatte ihn für Janes Fehlverhalten verantwortlich gemacht und für dieses Kind, das von neuem die Aufmerksamkeit auf die Familie lenken und Schande über sie bringen würde.

Karl war in dieser Zeit nach Paris gekommen und hatte versucht, sie umzustimmen. Er hatte den schrecklichen Schock von Leonidas' Geburt nicht verwinden können. Seine Frau war nicht nur geflohen – er hatte einige Monate gebraucht, um sie wiederzufinden –, sondern sie bürdete ihm auch noch, ohne daß er davon erfuhr, die Vaterschaft für ein Kind auf, das nicht das seine war... Ihr Gespräch verlief gequält und verzweifelt. Jane überließ ihm die beiden Kinder, um die Scheidung zu bekommen. Das schwierigste Problem stellte Bertha dar. Böse Zungen behaupteten bereits, der König von Bayern sei ihr Vater – zeigte das kleine Mädchen nicht Spuren des Wittelsbacher Wahnsinns?

Karl hatte schließlich in alles eingewilligt, da er nur zu gut wußte, daß Jane, wenn sie einmal ihre Entscheidung getroffen hatte, nie wieder einen Schritt zurücktat. Wieviel Tränen waren vergossen worden! Einen letzten taktischen Versuch hatte er jedoch noch unternommen: Er hatte die Rückkehr Spiros abgewartet, um diesen von der Schändlichkeit ihres Verhaltens zu überzeugen, wobei er sich sogar zu der Behauptung verstieg, Jane sei hinter ihrer scheinbaren Sanftheit ein Ungeheuer, ihre Unschuld sei nur Perversität, diese zärtliche Stimme nur Täuschung, kurz, es sei Wahnsinn, in seinem Alter eine Frau von 33 Jahren zu heiraten, die so wenig gefestigt und so abenteuerlustig war.

Und dann war Karl abgereist. Am nächsten Tag war der Brief eingetroffen:

»Teure Freundin,

wenn Sie diesen Brief erhalten, werde ich schon fern von Paris sein. Aber mein letztes Wort soll Ihnen gelten, um Ihnen noch einmal zu sagen, was ich Ihnen schon so oft gesagt habe – meine Freundschaft und meine Zuneigung für Sie werden erst mit meinem Tod enden, und jedes Mal wird es ein Quell tiefer Befriedigung für mich sein, es Ihnen beweisen zu können. Mögen Sie in diesen fernen Ländern, in denen Sie leben wollen, das Glück finden, das ich vergeblich versucht habe, Ihnen zu geben, und dem ich meinerseits auf ewig nachtrauern werde. Das einzig wahre Glück ist das, das bis zum Tode dauert, davon bin ich fest überzeugt. Möge Gott es Ihnen gewähren. Dies ist der einzige Gedanke, der mich mit der Zeit – vielleicht – ein wenig in meinem Unglück trösten wird.

Ich hoffe, in nächster Zeit zu erfahren, daß Sie wirklich glücklich sind. Denken Sie dann unter dem schönen Himmel des Orients an dieses Herz, das im kalten und trüben Deutschland für Sie schlägt, dieses Herz, das niemals das Glück und die göttliche Glückseligkeit vergessen wird, die Sie ihm für ein paar Jahre geschenkt haben. Sollte der Allmächtige anders über Ihr Schicksal entscheiden, so denken Sie auch an mich – mein Haus wird für eine unglückliche Jane immer ein sicherer Zufluchtsort sein.

Noch einmal auf Wiedersehen, mein Liebling. Wenn ich die Kinder sehe, denen ich Ihre Liebe übermitteln und Ihre Geschenke geben werde, lasse ich wieder von mir hören. Schreiben Sie mir schnell und teilen Sie mir Ihre Entschlüsse mit.

Auf immer ganz der Ihre
Karl.«

Wieder und wieder las sie diesen Brief, der die ganze Zärtlichkeit Karls enthielt, die ganze Liebe eines Mannes, alle Schwankungen, deren das menschliche Herz fähig war. Jane ließ sich von ihm in die Vergangenheit zurückversetzen, aber sie bedauerte nichts.

Sie hatte an der Place Bourbon, zwei Häuser von der Stelle entfernt, wo sie einst mit Felix gewohnt hatte, eine Wohnung gefunden. Wieder einmal befand sie sich mitten unter Fremden, deren Neugier sie erregte, doch sie kümmerte sich nicht darum.

Spiro war fröhlich, geistreich und arm. Vorüber die Tage voller Langeweile in Baden-Baden, wo sie das Gefühl gehabt hatte, alt und häßlich zu sein. Jane erlebte die köstlichen Augenblicke einer jungen Liebe.

Leonidas war mit seinen fünf Monaten schon ein richtiger Plagegeist, der einen so wichtigen Platz in ihrem Leben einnahm, daß er allein ihr alle ihre anderen Kinder ersetzte. Sie liebte ihn, und tausend Mal am Tag ging sie bei jeder sich bietenden Gelegenheit zu ihm. Wenn er erwachte, wenn er einschlief, murmelte sie für ihn die zärtlichsten Worte, sie erträumte sich für ihn eine ehrgeizige Zukunft. Spiro kümmerte sich vor allem um ihre Heirat. Da die Scheidung, zumindest für längere Zeit, unmöglich zu erreichen war, sollte Jane, so hatte er beschlossen, zum orthodoxen Glauben übertreten und könnte ihn dann nach diesem Ritus heiraten. Jane zögerte noch. Aber für ihn war es unvorstellbar, bei seinem Vater, dem Gouverneur von Tinos in Begleitung seiner Geliebten und seines Kindes einzutreffen. Um jeden Preis mußte er ihre Situation noch vor der Abreise in Ordnung bringen. Er arbeitete verschiedene Strategien aus, um die Annullierung zu erreichen, er zeigte sich geduldig und freundschaftlich. Den Rest könnte immer noch das Geld erledigen. Im übrigen hatte Karl versprochen nachzugeben.

Ein Sommer, noch ein Winter. Jane lehnte es ab, der Überführung der Urne Napoleons beizuwohnen. Hunderttausend andere jedoch trotzten dem Schneesturm, nur um den Leichenzug vorbeifahren zu sehen.

Als sie im Januar 1841 erfuhren, daß der Scheidungsprozeß immer noch nicht angestrengt worden war, verloren sie die Geduld, und Jane willigte in den Übertritt zum griechisch-orthodoxen Glauben ein. Ihre Entscheidung zerschnitt das letzte Band zu ihrer Familie – Steely schrieb ihr einen Brief, in dem sie ihr, trotz aller Behutsamkeit ihres zurückhaltenden Wesens, mitteilte, man habe ihr Portrait aus dem Wohnzimmer entfernt.

Februar, März... Die Abreise in den Orient rückte näher. Unterstützt von Eugénie, ihrer neuen Kammerzofe, verbrachte Jane ihre

Tage damit auszuwählen, was sie alles mitnehmen wollte. Sie hatten beschlossen, vor der Einschiffung in Marseille zu heiraten.

Marseille besaß für sie die Heiterkeit der Hafenstädte, diese mitreißende Atmosphäre, zwischen den Träumen derer, die abreisen, und dem Bedauern derer, die heimkehren.

»Dieses gezeitenlose Meer ist nichts weiter als ein braver ruhiger See. Wind und Sturm, das ist es, was ich liebe!

»Vielleicht wird dich die Überfahrt noch lehren, welche Winde auf dem Mittelmeer blasen.«

Allein der Blumenmarkt und der Fischmarkt waren ein unerschöpfliches Schauspiel, ein Glück für Augen und Ohren, zwischen den bunten Waren und den singenden Rufen der Fischer und Gärtner. Sie vergaß darüber den Schmutz, die Abfälle, die in der Gosse faulten, den Verwesungsgeruch und ließ sich mit der langsam dahinfließenden Menge treiben.

Am Abend ließen sie Leonidas in der Obhut Eugénies zurück und gingen zum Abendessen an den Hafen.

Morgen würden sie verheiratet sein. »Nach dem Herzen zu leben, das heißt ganz einfach leben. Wie konnte ich mich nur jemals anderen Zwängen unterwerfen? Ich habe eine Freude am Leben wiedergewonnen, die mich zwanzig Jahre jünger macht!«

»Bist du dir im klaren darüber, Spiro, daß ich nichts mehr besitze, kein Möbelstück, keine Erinnerung mehr, nur noch meinen Schmuck?«

»Und all diese Koffer, von denen unsere Räume überquellen?«

»Aber das ist doch nichts!« erwiderte sie lachend. »Das wichtigste Gepäck, mit all meinen Büchern und meinen englischen Sätteln ist doch schon fort!«

»Ich habe dir doch gesagt, daß es auf Tinos nur Maulesel gibt!«

»Wir werden ein Pferd kommen lassen!«

Sie reiste für so lange Zeit fort. Karl hatte versprochen, ihr zu schicken, was sie wollte, sie hatte beschlossen, auf das Geld zu verzichten, das sie in die landwirtschaftlichen Unternehmungen ihres Mannes gesteckt hatte. »Das Schwarzenberg-Geld ist nicht mehr da, das Digby-Geld ist versiegt, jetzt bleibt mir nur noch das Ellenborough-Geld. Wenigstens in dieser Hinsicht ist Edward ein vollkommener Gentleman. Seine Pension wird von nun an nach Athen überwiesen, das ist ganz einfach.«

Sie wurde geliebt, sie liebte, sie war schön und leichtsinnig: Sie war glücklich.

Die Glocke läutete, das Landetau sank schwer ins Meer zurück. Langsam wie ein Wasservogel glitt das Schiff über das ruhige Wasser des Hafenbeckens. Taschentücher wurden geschwenkt, während es an Geschwindigkeit gewann und die beiden Leuchtfeuer an der Hafeneinfahrt passierte.

Die Sonne versank im Meer wie eine Scheibe aus rötlichem Eisen. Wie schön sich Marseille vom Meer aus darbot, von Grün umkränzt und umgeben von Kreidebergen, die die letzten Strahlen der untergehenden Sonne vergoldeten.

Dort hinten, am anderen Ende des Meeres lag für sie eine wilde Insel, für sie und ihren Mann, für sie und ihren Sohn.

2

Das Schiff hielt geraden Kurs nach Süden. Am nächsten Tag reckten sich die schneebedeckten Gipfel Korsikas zum makellos blauen Himmel empor.

Nächster Hafen: die *bocche* von Bonifacio, übersät mit Inselchen und Klippen. Dann folgten sie dem Kanal de l'Ours zwischen der sardischen Küste und dem Archipel von La Maddalena und Caprera.

Das Meer toste gegen die Klippen, die rot und weiß bemalt waren, damit die Seeleute rechtzeitig auf sie aufmerksam wurden. Die Dünung war heftig.

Bald tauchte im Norden das Kap San Vito auf, mit seinen von tiefen Tälern durchbrochenen spitzen Bergen, dann der Ätna mit seiner Rauchfahne. Seitdem sie auf dem Meer war, wanderten ihre Gedanken ständig zu denen, die sie verlassen hatte, Heribert, Karl,

Bertha… sie würde aus jedem Hafen schreiben, und später dann, wie versprochen, jeden Monat…

In Palermo war Feiertag. Die Temperatur wurde milder. Von der Brücke aus ließ Jane ihre Blicke über die außenliegenden Galerien der Häuser am Hafen schweifen, auf denen Frauen und junge Mädchen standen, nur die Männer gingen auf dem Kai spazieren.

Bei Einbruch der Nacht lichtete das Schiff wieder den Anker. Am folgenden Morgen fuhr es in die Meeresenge von Messina ein. Skylla und Charybdis waren nicht mehr so furchterregende Ungeheuer wie einst, heute dienten sie dem Wachoffizier als Orientierungshilfe.

Der Schiffsarzt brachte sein Zeugnis zur Gesundheitsbehörde, die, wie überall, durch eine gelbe Fahne an einem Mast gekennzeichnet war. Angeblich sollte in Marseille die Cholera herrschen. Langes Palaver, etwas Geld, und alles regelte sich. Die Hafenbehörden gaben schließlich ›grünes Licht‹, und das Schiff konnte im Hafen von Messina vor Anker gehen.

Mochte der Seegang noch so stark sein, Jane kümmerte sich nicht darum, sie liebte das Meer – sie war ganz die Tochter ihres Vaters. Sie fühlte sich frei und jung, man sah sie überall mit Spiro, auf den Decks, im Speisesaal, in den Salons, während die meisten Passagiere sich in ihre Kabinen zurückgezogen hatten. Die Theotokis tranken Champagner mit den Offizieren. Bald fuhren sie zum ersten Mal an der griechischen Küste entlang, an der schneebedeckten Kette des Taygetos-Gebirges.

Dieses Land bedeutete Freiheit. Eine Natur nach dem Bilde Spiros. Hätte sie Karl geheiratet, wenn sie gewußt hätte, was Liebe war? Bestimmt nicht! Karl war ihr Beschützer gewesen. Heute, wo sie verstand, daß die schwierigen Zeiten, die hinter ihr lagen, ihr eine gewisse Härte verliehen hatten, wußte sie auch, daß das Leben zerbrechlich und freundschaftlich sein konnte und daß man nicht immer nur auf der Hut sein mußte.

Auf den Hügeln dort hinten weideten weiße und schwarze Ziegen Zistrosen und Thymian ab. Auf dem Gipfel eines anderen Hügels thronte ein verfallenes Schloß.

»Das Schloß der Schönen«, sagte Jane.

»*To castros tis craias*«, murmelte Spiro.

Die französischen Barone waren schon lange tot. Geblieben war das Meer, das unermüdlich diesen äußersten Punkt Europas umspülte. Das Schiff fuhr in die Meerenge von Cervi, zwischen dem Festland und der trockenen, öden Insel Kythera, ein. Das Kap Maleas, eine hohe, rote, zerklüftete Steilküste, fiel senkrecht ins tiefe Wasser ab.

Ein Eremit trat aus einer Hütte, die an den Flanken des Abhangs klebte, und hob die Arme zum Himmel wie zum Gruß, bevor er das Schiff segnete. Diese Geste, die er sicher bei jedem Schiff wiederholte, erschien Jane wie ein Zeichen des Himmels. Ihre Bewunderung bedurfte keiner Ermunterung, sie empfand schon so lange echte Verehrung für Hellas. Sie hatte Spiro nicht durch eine zufällige Begegnung kennengelernt: Homer, Sir Kenelm Digby, das edle Opfer Byrons in Missolonghi. In ihren Augen war diese Segensgeste der Dank eines der Sklaverei und dem Massaker entrissenen Volkes, sie symbolisierte die Zukunft ihrer neuen Heimat, sie prophezeite Heil und Freiheit.

Ein kümmerlicher Feigenbaum, ein paar Weinstöcke neben der Hütte zeugten davon, daß der Mönch Wasser gefunden hatte. Noch ein Wunder: Der Wille hatte Hoffnung geboren.

Und ihre Begeisterung wuchs immer mehr.

»Es gibt nichts Schöneres auf der Welt«, wiederholte Jane, den Kopf auf Spiros Schulter gelegt. »Die Götter haben diese Inseln geschaffen, um sich ein Paradies auf der Erde zu bewahren.«

Die Felsen glitzerten, in ein himmlisches Licht getaucht, wie kostbare Steine.

»Warte es ab, bisher hast du noch gar nichts gesehen!«

Er zeigte ihr sanfte und feine, abgerundete Formen, die dennoch Berge waren. Weiter entfernt im Dunst konnte man Syra ahnen. Wie bei jeder Insel, schien die Stadt ihnen in einem weißen Brautkleid entgegenzukommen. Sie machte ihn darauf aufmerksam.

»Du bist die Braut meines Herzens, die Braut meiner Heimat«, antwortete er ihr und zog sie wieder an sich.

Jeden Morgen standen sie vor Tagesanbruch auf und warteten, eingehüllt in ihre Umhänge, auf den Sonnenaufgang über dem Meer. Sie erlebten die Worte des Dichters, der ›Aurora mit den Rosenfingern‹ beschrieben hatte; die toten, längst vergessenen Sätze der Gedichte, die Mr. Payne sie früher hatte lesen lassen, hier wurden sie plötzlich mit Leben erfüllt. ›Aurora‹, war das nicht Janes erster Name gewesen? Was wohl aus George Anson geworden war? Von Steely, die ihr jeden Monat schrieb, wußte sie, daß George verheiratet war und niemals nach ihr fragte. »Wie traurig das Vergessen ist, aber ich habe gar keine Lust, meiner Vergangenheit nachzutrauern, und auch nicht, auf die Zukunft zu warten. Die Gegenwart erfüllt doch alles!«

An Deck lärmten die Matrosen: Es war Putzzeit, untermalt vom Klappern der Eimer und dem Geräusch der Taue. Leonidas schlief noch, die Nacht auf dem Meer ging ruhig ihrem Ende zu. Das junge Tageslicht, safrangelb, blaßrosa und mit einem Mal golden, beleuchtete Janes verzücktes Gesicht.

Sie kamen in Syra an, ›wo alles beginnt‹. Endlich würde sie ihren Schwiegervater kennenlernen. Ihren ersten Schwiegervater, der allerdings den Admiral niemals würde ersetzen können.

Spiro, der an den langsamen Gang der behördlichen Formalitäten in seinem Land gewöhnt war, wußte, daß jedes Schiff unter dem Verdacht stand, ein Fieber ins Land zu bringen. Man mußte stundenlang warten. Der Zollbeamte stieg an Bord, um die Pässe zu überprüfen. Sie mußten kleinliche Untersuchungen über sich ergehen lassen, heuchlerische Höflichkeit und versteckte Erpressungen, über die Spiro lieber lächelte. Er verteilte Trinkgelder, damit keine Quarantäne über sie verhängt wurde.

»Sie beträgt in Griechenland nur sieben Tage«, erklärte Jane, »und die habe ich schon auf dem Schiff verbracht.«

Aber Graf Theotoki, Gouverneur von Tinos, hatte Befehle erteilt.

»Hab keine Angst, mein Vater wird hingerissen von dir sein.«

Jane zweifelte daran. Wie sollte der Gouverneur aus vollem Herzen diese ›Schwiegertochter‹ akzeptieren, die viel älter war als sein Sohn und zudem schon zum dritten Mal verheiratet?

›*Audacia promuro habetur*‹ sagte der Admiral immer, Kühnheit ist der beste Schutz. Sie klammerte sich an diesen Satz, wie sie sich immer an das *Invictus* geklammert hatte. Das kleine Stück Porphyr aus Tivoli lag in ihrem Koffer! Dennoch fühlte sie sich nicht sehr sicher auf den Beinen, wenn sie auch der Schwäche nicht nachgeben wollte und sich einzureden versuchte, daß das Zittern nur die Nachwirkung der Tage auf dem Meer sei.

Auf der steinigen Esplanade neben den Zollgebäuden standen Schaulustige und beobachteten die Passagiere, die an Land gingen. Mit dem roten Fez, der weißen Fustanella und der langen Pfeife in der Hand bildeten die Männer einen packenden Kontrast zu den europäisch gekleideten Verwaltungsangestellten in ihren schwarzen Westen und Hosen. Die Frauen in bestickten Kleidern schwatzten und paßten auf die Kinder auf. Jane versuchte herauszufinden, wer in dieser Menge ihr Schwiegervater sein könnte, und sie fand ihn auch: Er sah aus wie ein älterer Spiro, mit einem großen Schnurrbart, dessen Enden nach oben gezwirbelt waren.

Die beiden Männer traten aufeinander zu und umarmten sich. »Seid willkommen auf unseren Inseln! Ich freue mich, euch empfangen zu können... und da ist ja auch mein Enkel!«

Man muß dazu sagen, daß Leonidas ein prachtvolles Kind war. Die großen Augen hatte er von seiner Mutter und von Spiro die Haare. Auch Jane entging nicht, daß dieses Kind das schönste auf der ganzen Welt war. Er trug eigentlich den gleichen Namen wie sein Großvater, aber um Verwirrung zu vermeiden, hatte Spiro ihn seit seiner Geburt Leonidas genannt. Dieser Theotoki-Enkel, ihr sechstes Kind, würde sicher dazu beitragen, hoffte Jane, daß man ihr einige Dinge verzieh.

In seinen Briefen hatte der Gouverneur sich immer sehr herzlich gezeigt. Wahrscheinlich mißfiel es ihm nicht, daß sein Sohn den Ehrgeiz der Liebe geopfert hatte. Bald zog er ihn diskret beiseite und beglückwünschte ihn. »Du hast dir die Schönste ausgesucht!«

Sie war wirklich schön, goldbraun von der Sonne und der Seeluft, und sie vereinigte mehr denn je in sich Anmut und Kraft. Groß, schlank, ohne mager zu sein, die klaren Gesichtszüge, die hellen

Augen, die leuchteten wie das Meer um die Inseln, die blonden Haare, hier und dort aufgehellt durch wärmere Töne, Zähne wie Perlen, und dann dieser englische Teint, der zwar leicht gebräunt war, sich aber bei der leisesten Gefühlsregung verfärbte, als ob diese feine und durchscheinende Haut nur ein Netz war, in dem die Leidenschaften eingeschlossen waren: dies alles zählte der Gouverneur, wie ein verliebter Dichter, im Geiste auf.

Der Konsul Seiner Majestät, des englischen Königs, Lord Wilkinson, war gekommen, um sie zu begrüßen und ihr seine Dienste anzubieten.

»Lady Jane«, wiederholte er mit sichtlicher Bewegung. »Ich habe Admiral Codrington zu Zeiten der Schlacht von Navarin gekannt.«

Für den Engländer waren anscheinend alle Admiräle gleich. Man hatte ihm die Ankunft der extravaganten Lady Ellenborough, die zwar mit einem Deutschen verheiratet, nun aber die Gefährtin eines Griechen war, avisiert. Alles war in Ordnung, trotz der noch nicht ausgesprochenen Scheidung! Wenn auch das Leben in Tinos ihm für eine Dame ihres Ranges nicht gerade einfach erschien, so würde diese schöne und adelige Frau ohne Zweifel ein wenig Leben in die Gesellschaft der Insel bringen!

Wenn nicht gerade ein großer Dampfer Syra anlief, führte man auf den Kykladeninseln ein völlig zurückgezogenes Leben. Es gab weder Handwerk noch echten Handel, die Gelegenheit zu einem Austausch geboten hätten. Alle vierzehn Tage brachte ein Postschiff ein paar Briefe, einige Pakete. Bereits Janes Gepäck – es war einen Monat vor ihr eingetroffen – hatte Aufsehen erregt. So etwas hatte man hier noch nie gesehen.

»Monsieur de Sartiges, Monsieur Devoize«, stellte der Konsul seine französischen Freunde vor, die ebenfalls auf der Insel lebten.

Jane vertraute Leonidas der Obhut Eugénies an.

Abgesehen von dem Licht und von dem Kai, an dem sich die kleinen Boote drängten, glaubte Jane sich fast in einer europäischen Stadt. Der russische Konsul, Herr Curzer, gesellte sich zu ihnen und stellte ihnen seine Gemahlin vor, denn am gleichen Abend gab Mr. Wilkinson zu Ehren der Gräfin Theotoki einen Empfang.

Die beiden Städte Hermopolis und das alte Syra, die übereinander lagen, zogen sich wie ein Amphitheater aus weißem Marmor bis zum Gipfel des Hügels hin. Die neue Stadt war während der Revolution entstanden; damals hatten sich die Griechen, die dem Massaker von Chios entkommen waren, hier niedergelassen, um an diesem Ort Zuflucht zu suchen.

»Sie sind wahrscheinlich ganz erschöpft«, sorgte sich der Gouverneur.

»Überhaupt nicht«, erwiderte Jane. »Seit meiner Abreise habe ich mich nur ausgeruht. Und selbst wenn ich müde gewesen wäre, so hätten Ihr Empfang und die Schönheit dieser Insel es mich sogleich vergessen lassen. Ich wußte, daß das Paradies in Griechenland liegt«, fuhr sie auf italienisch fort – denn Spiro hatte ihr gesagt, daß ihr Schwiegervater diese Sprache ausgezeichnet beherrsche –, »aber so vollkommen, so wundervoll hatte ich es mir nie vorgestellt.«

»Die letzte Etappe wird zu Fuß zurückgelegt«, verkündete Spiro und half ihr, aus der Kutsche auszusteigen.

Nichts war malerischer als diese steilen, gewundenen Straßen mit ihren Marmortreppen, die auf unzählige Terrassen mündeten.

Die kleine Gruppe blieb stehen. Eugénie konnte nicht mehr. Die Träger hingegen folgten ohne sichtbare Anzeichen der Müdigkeit, obwohl sie bepackt waren wie Maulesel.

»Wir haben Gasthäuser in Syra, aber sie sind so laut.«

»Und sie würden Jane wahrscheinlich überraschen«, scherzte Spiro.

»M. Dandolo hält sich zur Zeit in Athen auf und stellt uns sein Haus zur Verfügung. In Griechenland ist das so üblich. Und heute abend wollten alle Sie empfangen, Tradition verpflichtet. Wir werden uns bei Mr. Wilkinson nur etwa eine Stunde aufhalten, das Konsulat ist ganz in der Nähe… Sie werden dort die Gesellschaft der Insel kennenlernen.«

Jane war zu allem bereit, sie war glücklich und willens, sich den Sitten in ihrem neuen Heimatland zu beugen. Sie würde sogar draußen schlafen, wenn es der Brauch wäre, obwohl das gegen ihre Gewohnheit war. Sie schwieg und lächelte.

Ihr Haus für diese Nacht ähnelte einer Festung. Die großartige Aussicht, das Meer um diese unvergleichliche Stunde, in der Ferne die Inseln, wie hingestreut von einer achtlosen Hand, und ganz nah Tinos, wo sie morgen der Schoner hinbringen würde.

Der Gouverneur erklärte:

»Im Westen liegen Mykonos und Delos, die Inseln des Apollo.« Delos, wo sich Kenelm Digby 1628 während einer Expedition aufgehalten hatte... Endlich wandelte sie auf seinen Spuren.

Jane legte eine überströmende Vitalität an den Tag und bat, bis zur Georgskirche auf den Gipfel steigen zu dürfen.

In den offenen Hauseingängen standen Frauen, die das Abendessen zubereiteten. Der Geruch von brutzelndem Olivenöl und auf Holzkohle gebratenem Lamm lag über der ganzen Straße.

»Wie gut das riecht!« rief sie an jeder Kreuzung aus.

Spiro hatte ihren Arm ergriffen, und so gelangten sie an den Brunnen, der die Stadt mit Wasser versorgte. Matrosen musterten sie, Kinder spielten Fangen, und junge Mädchen in rot und grün besetzten weißen Wolltrachten füllten ihre Amphoren. Das Leben der Stadt schien aus dieser Quelle zu fließen.

Unter den Arkaden des Leostakos-Platzes, der mit kränklich aussehenden Bäumen bepflanzt war, lag das größte Café.

»Hier gibt es ja keine einzige Frau«, murmelte Jane.

»Mein Liebling, hier bleiben die Frauen unter sich, aber du siehst hier alle Klassen der männlichen Gesellschaft vertreten, sie verbrüdern sich bei einigen Tassen Kafee, ein paar Gläsern Ouzo und klarem Wasser.«

Und tatsächlich unterhielten sich dort Pallikaren, Anwälte, Ärzte im Gehrock, Fischer in hellblauen Hosen, mit der roten Kappe auf dem Kopf, deren blaue Quaste auf die Schulter hinunterfiel, in aller Ruhe miteinander. Der Rauch der Zigaretten und der langen Pfeifen der Gäste erfüllten das Café mit dichtem Nebel. Als Jane an Spiros Arm nähertrat, stockte die Unterhaltung einen Augenblick lang.

Ein Greis mit weißem Schnurrbart kam auf sie zu und begrüßte sie in der Landessprache, wobei er ihnen freundlich die Hände reichte.

»Er kennt sogar ›shake-hands‹«, wunderte sich Jane.

»Das ist ein alter Soldat, er freut sich anscheinend sehr darüber, daß er uns erzählen kann, er habe mit gegen die Türken gekämpft.«

Jane verstand nur den Namen Byrons – Dichter sind unsterblich und überall zu Hause. Der Mann ging weg, bedeutete ihnen aber zu warten. Eine Weile später kehrte er mit einer halb flüssigen, halb festen Konfitüre wieder zurück.

»Lokoums«, flüsterte Spiro ihr zu, »sie werden von den Konditoren in Syra hergestellt, die vor allem für den Export arbeiten. Das ist eine Spezialität.«

Jane zögerte. Auf einem Regal standen sorgfältig angeordnet wenigstens fünfzig verschiedene Varianten, gezuckert und parfümiert.

»Laß dich in Versuchung führen . . . mach es wie ich!«

»Efcharisto«, sagte Jane.

Sie setzten ihren Spaziergang fort, gingen am Kasino vorbei, am Theater, am Museum. Die auf griechisch und italienisch gedruckten Plakate kündigten Riccis *Clara von Rosenberg* an, den *Barbier von Sevilla* und *Lucia von Lammermoor*.

»Die Griechen lieben die Oper leidenschaftlich, wie du siehst. Ich werde dich diesem Schauspiel nicht aussetzen, ich habe andere Überraschungen für dich. Aber wenn es dir eines Abends Vergnügen machen sollte, so sind wir schnell von Tinos hierher zurückgekehrt. Hier findet die große Unterhaltung statt, und glaub mir, es ist die Mühe wert. Zumindest ein Mal!«

Allein der Gedanke daran bewirkte, daß Spiro über das ganze Gesicht strahlte, wenn er sich das Gesicht Janes, die an die besten Interpreten gewöhnt war, vorstellte.

Aber Jane war von allem begeistert. Sie war im ›neuen Griechenland‹, diesem Kulturland, das erst vor wenigen Jahren der Barbarei entkommen war, an der es beinahe zugrunde gegangen wäre, und das nun, wie sie sich sagte, mit einer gewissen Bescheidenheit und Naivität europäische Wege einschlagen wollte.

Am nächsten Morgen war Jane schon vor Tagesanbruch auf den Beinen.

»Spiro, komm und schau dir das an!«

Sie betrachtete das Schauspiel, das sich ihr von dem schmalen Fenster aus bot. Der Sonnenaufgang weckte in ihr mythologische Erinnerungen.

»Vom Cynthiansberg auf Delos steigt die Sonne empor und ergießt sich über die Fluten«, murmelte sie.

»Hier beginnt der Zug der Götter.«

Jeder hatte seine Quellen, bei Jane waren sie romantisch, national bei Spiro. Jane machte sich zum Ausgehen bereit, doch Spiro sorgte dafür, daß sie ihre Meinung änderte, liebte sie so, wie sie gerne geliebt wurde.

Gegen elf Uhr – das Gepäck lag bereits aufgehäuft am Deck des gemieteten Schoners – gab der Gouverneur das Zeichen zum Aufbruch. Mr. Wilkinson, der gekommen war, um sich von der Gräfin Theotoki zu verabschieden, versprach, sie zu besuchen. Auch Sartiges und Devoize, galant, wie sie als Franzosen waren, schlossen sich diesem Versprechen an.

Über dem Meer wehte nicht der leiseste Windhauch. Leonidas, der ganz fasziniert war vom Schnurrbart seines Großvaters, amüsierte sich damit, daran zu ziehen.

Eugénie packte den Proviant aus.

»Ich bin ganz vernarrt in dieses Essen«, sagte Jane gierig und warf einen Blick auf die in Weinessig eingelegten und mit einer Farce aus korinthischen Trauben gefüllten Täubchen und auf den Wein aus Santorin, durchsichtig wie Topas, köstlich und leicht.

Das Schiff war mit drei Kanonen schwer beladen und kam kaum vorwärts, doch offenkundig störte das niemanden. Nur Spiro zeigte sich, obwohl er über den Erfolg seiner Frau hoch erfreut war, ein wenig beunruhigt: Er hatte sich gehütet, seinem Vater die ganze Wahrheit zu enthüllen. Sicher, auf seine Art hatte er Janes frühere Ehen bereits erklärt. Ihre Eltern hatten sie dazu gedrängt, Lord Ellenborough, einen unermeßlich reichen englischen Pair zu heiraten. Aber dieser hatte sie wie eine käufliche Frau behandelt und sich nur um seine Karriere gekümmert. Über die Ehe mit Venningen hatte Spiro im gleichen Ton gesprochen... Was ihr Alter anging, so wirkte Jane so jung, daß er einfach fünf Jahre unterschlagen hatte.

Sie war also ›offiziell‹ ein Jahr jünger als er, und so hatte er sie sogar auf der Heiratsurkunde eintragen lassen!

Sie war zur griechischen Religion übergetreten, daher war ihre Verbindung in seiner Heimat legal, und insofern war auch alles in Ordnung: Über dies konnten sie so in Ruhe den Ablauf des Scheidungsprozesses in Baden abwarten. Jedenfalls, so dachte er, ist mein Vater vollkommen ihrem Charme erlegen. Sie wird uns allen das Leben auf Tinos heiterer gestalten!

Hagios Nikolaos! Jane ließ diesen Namen im Mund rollen. Sie waren jetzt nahe genug, um die Namen der Fischkutter, die im Hafen vor Anker lagen, entziffern zu können. Die Stadt, die in einem fast unerträglichen intensiven Weiß leuchtete, breitete sich auf dem Hügel aus, auf dessen Gipfel die Kirche der Panaghia Evangelistria stand.

Graf Theotoki, der, Leonidas auf dem Arm, inmitten seiner Kanonen thronte, stellte gerade seine Stadt, Tinos, vor, zu deren Gouverneur ihn die Athener Regierung ernannt hatte.

»Und doch träumte ich von einem Posten in meiner Heimat Korfu, wo meine Ländereien sind.«

»Am fünfundzwanzigsten März nach dem griechischen Kalender – für Sie am sechsten April – war hier ein großes Gedränge. Mindestens vier- oder fünftausend Pilger... Gebrechliche, Kranke aller Arten, die von überall her, sogar aus Kleinasien, kamen. Sie werden sie an Himmelfahrt wiedersehen, wenn sie ihre Geschenke bringen, Ölamphoren, Schmuck und Geld. Die Kirche ist vor siebzehn Jahren erbaut worden und zwar aus dem folgenden Grund: Eines Tages träumte eine fromme Greisin von einem Bild der Jungfrau in einer bestimmten Grotte. Sie erzählte einem Priester davon, der Nachforschungen anstellen ließ und die Jungfrau genau an der angegebenen Stelle fand. Stellen Sie sich das Erstaunen der Einwohner vor! Man sprach von einem Wunder. Ich bin skeptisch von Natur aus, und meine Erklärung für diese Version war die Überlieferung einer christlichen Legende, die mit diesem Ort verbunden ist. Dies geschah 1822, ein Jahr nach dem Aufstand. Der Pope schlug vor, eine Kirche und ein Hospital zu bauen, und es kam auch gleich Geld zusammen. Griechische Christen von allen Inseln, aus allen griechischen und türkischen Provinzen schickten ihren Beitrag. Man wollte den Kirchturm höher als die anderen Glockentürme auf der Insel, die Kirche sollte größer sein, als es die orientalischen Kirchen für gewöhnlich sind.«

»Ich habe irgendwo gelesen«, sagte Jane, »daß die Säulen aus Delos kommen?«

»Heiliges zu Heiligen, man hat tatsächlich nicht gezögert, weiße Marmorsäulen aus dem Apollotempel hierher zu schaffen. Man muß allerdings dazu sagen, daß Delos schon seit langem als Steinbruch für die gesamte Umgebung dient. Aber was wollen Sie, unser Land ist arm, und zudem ist es ein nicht zu verachtender Vorteil, daß die Säulen schon zugeschnitten sind.«

Das Rasseln der Ankerkette unterbrach Jean Theotoki in seinen Ausführungen. Hier, wie in jedem Hafen, befand sich ein Quarantänegebäude, zu erkennen an der gelben Fahne.

»... Und mein Vater hat die kluge Idee gehabt, diesen allgemeinen Aberglauben zum Nutzen für die öffentlichen Finanzen einzusetzen, indem er den Priestern das Privileg all dieser Geschenke nahm.«

»Ich kann mir gut vorstellen, wie wütend sie waren«, sagte Jane.

»Glauben Sie mir, die Priester leiden wahrlich keinen Mangel auf Tinos... anderswo dagegen...«

Die Luft um diese Zeit war köstlich lau. Die Fischer zerlegten ruhig ihren Fang, man hätte denken können, alle Einwohner der kleinen Stadt seien versammelt. Es gab auffallend viele schöne Frauen, sie trugen einfache Gewänder, Kopftücher und die traditionelle lange Jacke, und die kleinen Mädchen, wie Sultaninnen unter ihren Turbanen aus Zöpfen, schrien auf dem Kai: *Kalispéra.* Daß dies alles hier Wirklichkeit war, dieses Volk mit den bestickten Jacken und den plissierten Röcken, Jane konnte es nicht ganz glauben und malte sich lieber aus, sie lande auf einer Pirateninsel, und Spiro sei Byron. In ihrem Kleid aus Paris hatte sie das Gefühl, von einem anderen Stern zu kommen. Denn hier gab es, im Gegensatz zu Syra weder Engländer noch Franzosen.

Ein junger Mann mit lockigen Haaren kam lächelnd näher, es war der persönliche Sekretär des Gouverneurs. Er kümmerte sich um die Kanonen und das beachtliche Gepäck, denn man hatte ihre Ankunft genutzt, um aus Syra zahlreiche Waren kommen zu lassen, die es hier nicht gab.

Jeder musterte Jane mit offenkundiger Neugier. Sie allein bot ein viel interessanteres Schauspiel als alles übrige, eingeschlossen die Kanonen und die Theotokis!

Eine Frau kam heran, ihr Gesicht war glatt, so glatt, daß die weißen Haare überraschten. Sie erzählte mit eintöniger Stimme eine lange Geschichte.

»Man nennt sie auf der Insel ›die Alte‹«, erklärte Spiro. »Sie hat ihren Mann und ihren Sohn verloren, und schaut tagelang immer nur aufs Meer. Jedesmal, wenn ein Schiff ankommt, fragt sie, ob nicht jemand sie gesehen hat, und alle kümmern sich um sie und antworten ihr höflich.«

Die Frau zog Jane am Ärmel. Das ganze Elend der Welt lag in ihrem Blick. Die Alte zögerte einen Augenblick lang, dann führte sie die Hand an ihr Haar und zog aus ihren Flechten ein Amulett hervor, wie es alle Orientalinnen gewöhnlich tragen. Sie reichte es Jane mit unverständlichen Worten.

Es war ein Bruchstück eines Gefäßes, wahrscheinlich hatte sie es auf einem Feld aufgelesen, und man erkannte eine kleine Götterfigur auf einem Pferd darauf.

Graf Theotoki ließ die Maulesel beladen, und der kleine Zug setzte sich durch die mit weißem Marmor geflieste Stadt in Bewegung. Das Haus des Gouverneurs, das größte und wohnlichste von allen, lag in einem steilen, gewundenen Sträßchen.

Die Diener hatten anläßlich des Ereignisses die Landestracht angelegt: von oben bis unten bestickte Seidenumhänge mit langen Ärmeln, die das Kleid vollkommen verdeckten. Jane hatte sich bereits vorgenommen, diese *tchoubé* zu übernehmen und sich von nun an nie mehr anders zu kleiden.

»Ich will mich in meiner neuen Heimat nicht fremd fühlen!«

Jane stieg Treppen hinauf und hinunter, betrachtete alles mit der Sorgfalt des Hausbesitzers; ihr Schwiegervater hatte den Luxus sogar so weit getrieben, ein Badezimmer neben ihrem Eheschlafzimmer einbauen zu lassen. Ihre aus Paris eingetroffenen Möbel waren noch mit Schutzhüllen bedeckt, und die Koffer häuften sich in einem Zimmer neben ihren englischen Sätteln. Glücklicherweise hatte sie vieles mitgenommen, denn der Komfort war doch recht gering, obwohl man zuweilen auf erstaunliche Kontraste stieß: die Wände waren weiß gekalkt, während der Fußboden mit Marmor gefliest war... Große, mit Schnitzereien verzierte Holztruhen, Betten auf einer Estrade, darüber ein rot und blau besticktes sperveri, ein Bettzelt, bildeten fast das ganze Mobiliar. An der Wand eine Überfülle von Tellern, gegeneinander gestellt, dazwischen Kupferplatten und Stickereien. Durch die offenen Fenster drang ein Duft von Rosmarin und geriebenem Lorbeer; man hörte das Gackern der Hühner, das Blöken verängstigter Lämmer, das Geklapper von Kesseln. Jane bedauerte zutiefst keine Aussicht zu haben: Weder Meer noch Land, nichts als drei Meter entfernte Hausmauern. Dennoch war alles einfach wundervoll. Die Diener hatten das Essen zubereitet und auf großen Platten auf den Tisch gestellt.

»*Kalispéra... Kalispéra...*«

»Bist du glücklich, meine schöne Hellenin?« fragte Spiro zärtlich.

»Erinnerst du dich noch an Heidelberg?«

All das schien ihm unwirklich. Sie hat alles aufgegeben, um mir zu folgen, dachte er, während er sie an sich zog, um mit mir auf einem Felsen mitten im Meer zu leben, mit dem Himmel allein als Horizont. Aber was für ein Himmel! Wir werden manchmal auf Maultieren ausreiten, dann wieder werden wir einen Ausflug zu den Nachbarinseln machen. Für mich wird dies hier immer das Paradies sein, doch für sie? Die Ausländer werden sagen, Jane Digby büße ihre früheren Verrücktheiten durch die größte aller Verrücktheiten, das Exil. Man hat schon so oft von ihr gesagt, sie sei ein weiblicher Don Juan. Aber sie kümmert sich wirklich und wahrhaftig nicht darum, was man von ihr denken mag, sie geht ihren Weg, ohne auf den Spott und die Kritiken derer zu hören, die sich vom Rand der Straße nicht forttrauen.

»Heute abend werden wir unter uns sein«, polterte der Gouverneur, »aber morgen gibt es ein Fest Ihnen zu Ehren. Ich habe Doktor Zallony eingeladen, er wird Sie interessieren, denn er hat mehrere Werke über unser Volk und seine Geschichte veröffentlicht.«

»Ich laufe gleich morgen zum Buchhändler«, erwiderte Jane.

»Hier auf Tinos gibt es keinen Buchhändler«, lachte der Gouverneur freiheraus. »aber ich bin sicher, es wird dem Doktor eine Freude sein, Ihnen seine Bücher zu überreichen. Sie werden auch die Bekanntschaft seiner Schwester, eines braven Mädchens, machen.«

»Haben Sie immer noch ihren Besitz bei Marseille?« fragte Spiro, der in den drei Jahren, in denen er mit Jane zusammengelebt hatte, all diese Leute aus den Augen verloren hatte.

»Ja, immer noch. Ich habe auch den Richter und seine Gemahlin eingeladen; ihr Sekretär hat gerade ein Statuenfragment entdeckt. Vor ein paar Monaten hat er eine aufrecht stehende Gruppe, wie es scheint, von großer Kunstfertigkeit, gefunden. Mr. Wilkinson hat sich beeilt, sie zu kaufen, um sie einem seiner Freunde zu schenken. Diese Art von Kunstgegenständen interessiert mich allerdings kaum, abgesehen davon braucht man sich nur zu bücken, um sie einzusammeln.«

Jane war nachdenklich geworden. Sie sah sich, wie sie, mit einer Hacke bewaffnet, eine wundervolle Statue ans Tageslicht holte, die sie dann Ludwig schicken würde. Erwähnte zudem nicht auch Kenelm Digby in seinen Memoiren, er habe auf Delos eine solche Menge antiker Marmorstatuen auf ein Schiff geladen, daß ihm dreihundert Männer hatten helfen müssen? Sie nahm das Amulett, das die alte Frau ihr geschenkt hatte, und ließ es in ihre Handfläche gleiten. »Ich fühle schon, ich werde nicht lange widerstehen können... Ich werde mir meine eigene Glyptothek schaffen! Die Zimmer in diesem Haus sind weiträumig genug, um eine Sammlung aufzunehmen. Und Spiro hat Angst, daß ich mich langweile!«

Sie erhob sich und erklärte, sie wolle nachsehen, ob ihr Sohn gut schliefe.

Diese abgöttische Liebe zu Leonidas ärgerte Spiro ein wenig; er fürchtete, seine Frau würde letztendlich mehr Mutter als Geliebte sein, und er versuchte, die Gründe für diesen Wandel in ihrem

Verhalten zu erraten. Andererseits war diese leidenschaftliche Liebe ein Schutz für ihre Verbindung.

»Deine Frau ist ganz nach meinem Herzen. Ich muß zugeben, ich habe noch nie zuvor ein vergleichbares Wesen getroffen! Warte die Zeit ab, deine Karriere wird sich wieder erholen, genieß endlich das Leben! Der König wird vergessen. In Athen hat man mich unterrichtet, ich weiß, aber da Gerüchte im allgemeinen die Wahrheit entstellen, glaube ich nur noch das, was ich sehe. Es freut mich, daß ihr hier leben wollt, die Einsamkeit beginnt, schwer auf mir zu lasten.«

»Wir hatten schon lange vor, dich aufzusuchen. Europa jedenfalls war unmöglich für uns geworden, und selbst Janes Vermögen ließ es nicht mehr zu, das Leben zu führen, das sie gewöhnt war. Aber ich glaube auch eigentlich, daß sie zu anderem geschaffen ist als zu dem mondänen Leben, mag es auch noch so glänzend sein. Sie strebt nach einem einfacheren, wahrhaftigen Leben.«

»Du sollst trotzdem wissen: Der König von Bayern hat Seiner Majestät Anweisungen gegeben, euch betreffend.«

»Ich bedauere nichts«, sagte Spiro und zog an seinem Tschibuk, der langen griechischen Pfeife. »Ich lebe mit der Frau, die ich liebe, und die mir einen hinreißenden Sohn geschenkt hat. Später werden wir nach Korfu fahren, um einige Zeit auf unserem Gut zu leben. Im Augenblick, da hast du recht, kann nicht die Rede davon sein, nach Athen zu fahren, es ist besser, wenn man uns vergißt.«

Er reichte die Nargileh, – wie der Tschibuk noch genannt wird – seinem Vater. Hinter den mit Platten voller Speisen und Wein aus Samos beladenen Dienerinnen kam Jane auf die beiden zu. Und es war so, als sei sie schon immer bei ihnen gewesen, als glückliche Herrin dieses gesegneten Ortes.

3

Die Straße war entsetzlich, die Hitze trotz der frühen Morgenstunde drückend, und die Maultiere kamen nur mühsam auf den weißen Felsen voran. Endlich tauchte der kleine Ort Kardiani auf, eines der bezauberndsten Dörfer auf der Insel. Die Häuser lagen am Hang, inmitten von Orangenhainen, aus denen Mühlen aufragten und die *peristerioni*, die von weitem wie kleine Türmchen aussahen.

»Die meisten dieser Taubenschläge sind unter venezianischer Herrschaft entstanden«, erklärte M. Devoize von seinem Maultier herab.

»Ich weiß, ich weiß«, erwiderte Jane, indem sie sich umwandte. Seitdem sie auf der Insel war, hatte Doktor Zallony ihr die Geschichte von Tinos seit der ionischen Besiedelung erklärt. »Jetzt braucht es schon mehr, um unsere Gelehrte zu beeindrucken, mein Lieber, Ihre *peristerioni* sind zu jung«, scherzte Spiro.

»Ihr seid dumm!... Ich finde das alles einfach wunderbar. Anstatt törichtes Zeug zu schwatzen, atmet lieber diese Düfte ein. Das ist eine Mischung aus zwanzig verschiedenen Harzsorten, die ich nicht kenne.«

»Mein lieber Devoize«, fuhr Spiro fort, »Zallony durchwühlt nicht nur mit Hilfe meiner Gattin unsere Insel, um Statuen auszugraben, sondern sie vergnügen sich jetzt auch noch alle beide damit, Pflanzen zu inventarisieren: Der Doktor bestimmt sie und Jane fertigt Skizzen davon an.«

»Aber wann finden Sie die Zeit, all das zu machen? Sie unterstützen ja auch noch den Doktor bei seiner Pflege im Hospital.«

»Das sind nur zwei Vormittage in der Woche.«

»Wenn unser Wissenschaftler nicht schon so alt wäre, wäre ich äußerst beunruhigt«, seufzte Spiro.

Gedrungene Kakteen säumten wie hingekauert den Weg, ihre Stacheln dienten als natürlicher Pferch für die Schafe. Der Demark – so lautet der Titel des griechischen Bürgermeisters – und seine Familie gaben ein Fest zu Ehren des Gouverneurs und der Gräfin Theotoki. Die ganze Bevölkerung erwartete sie in Festgewändern. Allerdings fanden sie den Neger von M. Devoize eigentlich erstaunlicher als Jane.

Der Demark stürzte seinen Gästen entgegen, und ohne weitere Vorrede befand man sich mitten in der Unterhaltung.

Die auf Spieße gesteckten Lämmer wurden im Freien über einem großen Holzfeuer gegrillt. Der Tisch stand unter einer Laube aus Jasmin und Clematis. Unter einem kleinen Vordach nahmen die Musiker Platz. Zum Klang der Instrumente tanzten die Männer in einem schwerfälligen und langsamen Rhythmus. Ein junger Mann in der Mitte folgte dem Takt der Bouzouki und der Tamburins und führte den Chor an. Er machte die wildesten Luftsprünge um die eigene Achse, ließ Arme und Beine kreisen, warf sein Tuch oder seine Kappe in die Luft.

Jedes Dorf empfing sie mit dem gleichen Freudenfest. Seit ihrer Ankunft hatte Jane sich noch kein einziges Mal gelangweilt, sie fühlte sich wie die ungekrönte Königin von Tinos, und sie konnte nicht einmal allein spazieren gehen, ohne mit Segenswünschen und Bitten überhäuft zu werden.

Spiro nahm ihre Hand und küßte sie.

»Ich würde furchtbar gern tanzen«, murmelte sie, während sie auf ihrer Bank saß...

M. Devoize bemühte sich, taktvoll zu lächeln, als wolle er verbergen, daß er den Einfall höchst befremdlich fand. Glücklicherweise wurden nun die Lämmer aufgetragen, der Wein floß in Strömen.

Ein Mann hatte eine Statue mitgebracht, die er verkaufen wollte. Jane betrachtete sie, als wolle sie darin die Vergangenheit lesen. Sie bewunderte den ein wenig verwischten Faltenwurf, eine verlorengegangene und hier wiedergefundene Wölbung, von Menschenhand geschaffen vor unzähligen Jahrhunderten. Der Kopf fehlte, ein Arm... Aber aus diesen Bruchstellen entstand für sie ein neues, noch bewegenderes Werk. Sie fragte sich, wie viele Glaubensrichtungen nacheinander die Götter von einst zerstört hatten, bevor sich die Zeit selbst ihrer bemächtigte. Dennoch blieb die Schönheit als solche offensichtlich, unwandelbar und zerbrechlich. Sie hoffte, daß der Torso, den sie vor einigen Monaten an Ludwig geschickt hatte, nicht von den Münchner Restauratoren ›patiniert‹ worden war, da er all seine Poesie gerade seinem rohen Weiß verdankte.

Spiro kaufte die Statue und nahm sie mit.

Seit sechs Monaten war aus dem größten Zimmer der Festung ein Wald von weißen Körpern geworden, der jeden Tag wuchs, und Jane fand dies erregender anzusehen als die Antiquitätensammlungen Lord Elgins oder Ludwigs. Hier lebten die Marmorstatuen wenigstens ein neues Leben auf dem alten Boden, dem sie entstammten.

Doktor Zallony war ihr eine unschätzbare Hilfe. Bei jeder Neuerwerbung kam er und verbrachte Stunden mit Jane. Sie bewaffneten sich mit weichen Bürsten, stellten alle möglichen Hypothesen auf und versuchten, den Götterfiguren einen Namen zu geben.

Apollo, Athene und Neptun waren leicht zu identifizieren, bei den anderen fehlte fast immer das untrügliche Attribut.

»Warum sollten wir nicht eine Venus finden, die vergleichbar ist mit der, die man vor zwanzig Jahren in Milo entdeckt hat? Jedes Objekt kennzeichnet einen Augenblick der Ewigkeit, einen neuen Blickwinkel, eine Fragestellung...«

Aber es war ja gleichgültig, die Stunden verstrichen aufregend, und Spiro hatte die schönste Venus für sich ganz allein. Er hatte sich von ihrer Begeisterung anstecken lassen und begonnen, alte Münzen zu sammeln. Er reinigte sie sorgfältig in einer Mischung aus saurem Wein und Wasser und bewahrte sie außerhalb der Reichweite von Leonidas auf, der jetzt laufen konnte und alles anfaßte. Stateren, Drachmen und Tetradrachmen aus Silber lagen in dichten Reihen geordnet und bildeten das Pendant zu Janes Intaglio-Sammlung. Sie hatten das Zimmer ›das Museum‹ getauft; dort befanden sich auch Janes Aquarelliertisch und eine Bibliothek, die mit den in Paris und Athen bestellten Büchern eine ganze Wand einnahm.

Santorin, Naxos, Paros, ganz in der Nähe Mykonos mit seinen Windmühlen... der Himmel und die Nacht waren klar und tief. Auf diesen wilden, einsamen Inseln lebte man wie vor zweitausend Jahren, man stand mit der Sonne auf und ging mit ihr zu Bett. Jane hatte keinen klaren Zeitbegriff mehr, und ihre hübschen, mit Email und kostbaren Steinen ziselierten Armbanduhren waren schon seit langem stehengeblieben.

Einmal im Monat versetzten sie die Zeitungen und Briefe Karls einen Augenblick lang wieder in ihr altes Leben. Aus England schrieb ihr heimlich Steely, die dem Verbot, das die Familie ausgesprochen hatte, die Stirn bot.

Seit drei Jahren war Felix ordentlicher Minister am Hof von Turin, eine um so heiklere Aufgabe, als es zwischen Wien und Turin ständig Konflikte gab. Obwohl er schockiert war über Janes Lebenswandel, verpflichtete er sich dennoch, ihr regelmäßig Nachricht von Didi zu geben. Schon vierzehn Jahre… Diese Erinnerungen waren tief in ihrem Herzen vergraben, auch wenn sie niemals davon sprach.

Ein ruhiger Frieden, ein gleichmäßiger Zauber, den sie in manchen Stunden Glück zu nennen wagte, lag über dem Haus des Gouverneurs. Das Leben war friedlich und weiß wie Tinos unter der Sonne.

Im Frühling 1842 beschloß Spiro, daß sie nach Korfu fahren sollten. Die Möbel und Kunstgegenstände wurden mit größter Sorgfalt verpackt, ein großes Fest fand statt, und sie versprachen, bald wiederzukommen. Der Gouverneur begleitete sie bis Syra und zögerte so den Augenblick der Trennung hinaus. In Syra gab es noch eine Woche lang Abschiedsfeste, bis sie das Postschiff nach Korfu belegten.

4

Die Theotokis gehörten zu einer der ersten Familien auf der Insel. Jane wußte, daß ›ihre Familie‹ aus Korfu stammte – als sie in der Nähe des Haghion-Spyridion-Platzes sich vor einem venezianischen Palast fand, der zum Familienbesitz gehörte, war sie doch erstaunt; Spiro und sein Vater hatten lediglich von einem Stadthaus gesprochen, und von einem etwa fünfundzwanzig Kilometer entfernten Besitz auf dem Land… Und was für ein Land! Das Gut glich einer italienischen Villa, es lag geschützt inmitten von sieben mit Oliven- und Orangenbäumen bepflanzten Hügeln. Was für ein Kontrast zu Tinos, der unfruchtbaren Insel! Hier war alles sanft und üppig. Doukades, der Name des Landgutes, klang wie ein zärtliches Wort.

Der ganze Ort lebte vom Lehen Theotoki – die Ländereien waren riesig –, Jane hatte das Gefühl, in die Feudalepoche zurückversetzt zu sein. Die Höfe, die Ernten, sogar die Bauern, alles gehörte seit Generationen der Familie.

Die Herren waren zurückgekehrt. Unter den Blicken des versammelten Dorfes opferte Jane der Inseltradition: Sie pflanzte eine Zypresse, denn dieser Baum beschützte auf Korfu die Kinder vor dem bösen Blick. Der Pope stand in der ersten Reihe, neben dem Verwalter, vor den Familien. Man verbeugte sich, als der Graf und die Gräfin Theotoki, die den Erben an der Hand hielten, an ihnen vorbei zur Kapelle gingen, um dort einen Augenblick lang zu verweilen, bevor sie nach Hause fuhren.

»Ich werde mir einen Garten ganz nach meinen Vorstellungen anlegen«, vertraute sie Spiro an, als sie allein waren.

Sie kannte nun alle Pflanzen, die unter der Sonne der Kykladen wuchsen. Aber hier war alles grün, die Olivenbäume trugen zartgrünes Laub wie Lindenblätter und glichen in nichts denen in Attika. Die ionische Insel war nur ein Wald.

»Spiro, alles hier gehört uns! Wir werden die schönsten Ernten, die schönsten Früchte und das schönste Haus haben.«

»Mein Liebling, ich lasse dir vollkommen freie Hand.«

»Man könnte sogar Maulbeerbäume pflanzen, sie würden in diesem Klima wunderbar gedeihen.«

»Geduld«, flüsterte er.

Sie drückte sich an ihn, der Liebe hielten keine anderen Vorhaben stand. Wenn der Müßiggang Spiros sie auch zunächst beunruhigt hatte, so merkte sie doch schnell, daß dieses Verhalten für die Männer in diesem Land völlig normal war.

»Man muß wissen«, erklärte Spiro ihr, »unsere Väter haben wie die Löwen für die Unabhängigkeit gekämpft. Sie haben natürlich bedeutende Verantwortlichkeiten erhofft. Die bayerische Regentschaft aber hat es nicht für nötig befunden, auf den griechischen Charakter Rücksicht zu nehmen, sie hat uns so sehr in die zweite Reihe zurückgedrängt, daß nun, trotz aller Anstrengungen des Königs, unterschwellig Unzufriedenheit herrscht, Revolte liegt in der

Luft. An dem Tag, an dem du mich bei der Arbeit sehen wirst, hast du den Beweis dafür, daß alles besser werden wird, allerdings auch weniger vergnüglich. In Athen bahnt sich um Oberst Kallergis einiges an, doch mein Vater meint, es sei besser, sich nicht einzumischen und noch abzuwarten.«

Jane versuchte, sich diese fatalistische Mentalität zu eigen zu machen. Um Spiro, der am liebsten über seinen Büchern versank, eine Freude zu bereiten, ließ sie zu seiner Überraschung vom Dorfschreiner eine Bibliothek anfertigen, die in etwa, wenn sie auch etwas kleiner war, der in Holkham ähnelte.

Liebe, Lesen, Ausreiten… war das nicht das Leben, von dem sie als Kind geträumt hatte?

Sehr schnell wurde Doukades das eleganteste Haus auf der Insel. Die Möbel, die sie während ihres Aufenthaltes in Paris mit Sorgfalt ausgesucht hatten, standen in riesigen, renovierten Räumen; Statuen schmückten die Salons, in die Jane bequeme, mit weißer Seide bezogene Ottomanen gestellt hatte. Im Eßzimmer mit seinen weißen Wänden funkelten das Silber und die Kristallgläser. Das Eßservice für hundert Personen war ebenfalls in Paris bestellt worden – die Teller trugen das Wappen der Theotoki: ›Ein Goldhelm, ein mit Lorbeer bekränzter, schleichender Löwe, umgeben von einer Goldlitze‹. Jane brachte ein wenig von den Gebräuchen des alten Europa auf die Insel. Auf dem Rücken von Maultieren aus der Stadt herübergeschafft, war alles heil angekommen, ein wenig auch dank Jane, die mittlerweile in der Kunst des Umziehens genug Erfahrung hatte sammeln können.

Nun mußten nur noch die Einladungen verschickt werden, um jedem für den herzlichen Empfang, der ihnen bereitet worden war, zu danken. Jane hatte genügend Zimmer vorbereitet, denn nach Doukades zu reisen, war eine echte Expedition.

Jane beobachtete aufmerksam den Hochkommissar der Sieben Inseln. Der Mann war ihr sympathisch, aber sie verspürte doch eine leichte Unruhe: warum hatte er sie am Vormittag zu sich gebeten? Bestimmt wegen all der Dinge, die ich habe kommen lassen, dachte sie.

»Es tut mir leid, Sie gestört zu haben und Ihnen zudem noch eine traurige Nachricht übermitteln zu müssen. Ich bin zutiefst betrübt, Mylady.«

Jane fühlte, wie ihr das Blut in den Adern gefror.

»Der Graf von Leicester ist am 30. Juni gestorben.«

»König Tom…« murmelte sie.

Sie konnte nicht umhin, eine gewisse Erleichterung zu empfinden. Damit hatte sie gerechnet, ihr Großvater war nicht mehr der jüngste. Arme Anne… Seit sieben Jahren hatte sie sie nun nicht mehr gesehen, ihr sechstes Kind war vor vier Jahren zur Welt gekommen. Jane hatte das Bedürfnis zu weinen. Aber vor allem dachte sie an den Kummer, den ihre Mutter fühlen mußte.

Der Hochkommissar respektierte ihr Schweigen, räusperte sich. »Mylady, ich möchte Ihnen mein aufrichtiges Beileid aussprechen.«

Er trat näher.

»Sie brauchen noch mehr Mut…«

Jane starrte in das vornehme Gesicht, das noch englischer aussah als sonst.

»Admiral Digby ist gestorben… sechs Wochen nach dem Grafen von Leicester.«

Jane erhob sich wie ein Automat, blieb einen Augenblick lang bewegungslos stehen, dann, wie von einem unsichtbaren Schlag getroffen, sank sie zitternd in ihren Sessel zurück.

»Ich bin wirklich untröstlich… Ich kannte ihren Vater gut…«

Nichts was sie hätte fürchten können, kam dieser entsetzlichen Nachricht gleich. Sie fühlte sich verlassen, verraten, als ob man sie allein hätte treffen wollen. Und ihre Mutter hatte sie nicht davon unterrichtet. Sie faßte sich wieder und bat darum, die Depesche sehen zu dürfen.

Ein paar kurze, unpersönliche Zeilen, mit Diplomatenpost geschickt. Sie, die nur ihren eigenen Gesetzen gehorchte, empfand zum ersten Mal, wie ohnmächtig sie war. Mit tonloser Stimme kündigte sie an, sie werde nach England zurückkehren.

Spiro brachte sie davon ab.

»Ich muß zu meiner Mutter!«

»Natürlich, aber es ist besser, sie kommt hierher. Im Augenblick sind sicher deine Brüder und ihre Enkel bei ihr. Und sie ist sicher schon auf Holkham. Du bräuchtest wenigstens einen Monat, um dorthin zu kommen. Deine Anwesenheit würde nichts ändern, und was soll aus uns werden, aus Leonidas und mir?«

In diesen warmen Septembertagen lag Schweigen über dem Haus. Der Tod, der sich ihr so oft genähert hatte, wütete dieses Mal in ihrem Herzen. Sie stellte sich vor, wie sie die Korridore auf Holkham entlanglief, die große Tür zum Salon öffnete und auf ihren Vater zustürzte, der wie immer nachsichtig über ihre Streiche lächelte. Den Traum in Wirklichkeit verwandeln, dieses Wunder war ihr immer gelungen, und ein wenig hatte auch er teil daran. Aber der Tod spielte nicht, so würde es jetzt nie mehr gehen. Sie rechtfertigte sich vor sich selbst: Zweifel und Gewissensbisse tobten in ihrem Herzen. Das war endgültig vorbei, sie würde niemals mehr erfahren, ob ihr Vater ihr verziehen hatte.

Erst nach einem Monat konnte sie reagieren.

Die Luft war köstlich frisch, und die Blätter raschelten im Wind. Jane war fest davon überzeugt, daß Doukades der richtige Ort für sie war.

»Ich könnte niemals mehr in einer Stadt wohnen; die Leute reden zuviel, ohne wirklich etwas zu sagen, oder aber sie schwätzen törichtes Zeug über die Regierung, die Malerei, die Religion. Ich könnte nie mehr ein Leben ohne Licht, ohne weiten Horizont, ohne Freiheit ertragen.«

Sie saß auf der Terrasse und genoß die letzten Stunden des Tages, während Leonidas sich mit seinen Soldaten vergnügte.

»Eugénie sollte ihn zu Bett bringen.«

»Nein, noch nicht, er ist doch so zufrieden.«

»Ianthe, dieses Kind ist heute genug herumgelaufen, überall habe ich ihn gesehen.«

»Ich weiß, Eugénie ist ganz erschöpft und Klytämnestra hat Migräne.«

Tatsächlich war Leonidas so verwöhnt, ja, verzogen und unerträglich, daß niemand mit ihm fertig wurde. Obwohl sein griechisches Kindermädchen auf ihn aufpaßte, hatte man ihn eines Tages auf dem Brunnenrand, ein anderes Mal auf dem Fensterbrett gefunden, wenn nicht sogar an der Feuerstelle im Kamin, wo er sich an einem Kessel verbrannt hatte.

»Morgen werden wir, gleich welche Pläne du sonst hast, in der Bucht von Paleokastritsa baden gehen«, sagte Spiro und umarmte seinen Sohn.

Das Klimpern von Janes Armbändern erfüllte sekundenlang den Raum.

Seltsam, wie spurlos die Jahre an ihr vorübergehen, dachte Spiro.

»Alles Dinge, die warten können«, antwortete sie. »Wir brechen im Morgengrauen auf, wie gewöhnlich.«

Ihr bevorzugter Badeplatz lag sieben Kilometer entfernt. Man mußte zuerst über Land reiten, bis zu den Ruinen des Heilig-Engel-Schlosses, bevor man zu der Bucht gelangte, in die sich ein altes, von Gärten und Terrassen umgebenes Kloster schmiegte.

Homer hatte zu Recht diesen Ort gewählt, um Odysseus nach dem Sturm hier stranden zu lassen. Die Überlieferung wollte nämlich wissen, daß Nausikaa mit den weißen Armen ihn dort ohnmächtig gefunden habe, als sie mit ihren Gefährtinnen spielte, und Spiro war davon überzeugt, daß sich die Stadt des Alkinaos auf der Halbinsel von Haghios Nikolaos befunden habe. Am Meeresufer gab es noch große natürliche Becken, die einst wahrscheinlich als Waschplätze gedient hatten.

Sie banden die Pferde fest und stiegen auf einem schmalen, von Rosenlorbeer gesäumten Pfad zu einer einsamen kleinen Bucht hinunter. Sie schwammen im Meer, in einem Meer, das sie mit langen Silberreflexen umspielte. Dann streckten sie sich im Schutz dichter Hecken auf dem feinen Sand aus. Im Schatten einer grünen Eiche liebten sie sich, sie hörten die Zeit verrinnen, sie waren unsterblich.

Am Horizont glitten langsam Fischerboote mit spitzen Segeln vorüber. Auf den Gipfeln der Hügel hinter ihnen ragten alte, verfallene Türme empor, Erinnerungen an die Zeit, als barbarische Piraten die Meere unsicher machten und die hübschesten Mädchen raubten, um sie auf den Sklavenmärkten in Konstantinopel oder Alexandria zu verkaufen.

»Deshalb liegen die Wohnhäuser immer in einer Höhe, von der aus man das gesamte Meer überblicken kann«, erklärte Spiro und küßte sie.

»Mein geliebter Pirat!«

Er hatte nichts von einem Barbaren, obwohl auch er sie entführt hatte. Jane spürte seinen Körper, sie kannte jedes kleinste Fleckchen von ihm auswendig. Der Gedanke an die Lust, die er in ihr erweckte, ließ sie leise erschauern. Dieser Mann gehörte ihr, sie fühlte sich von ihm erfüllt, jeden Tag war sie sich seiner ein wenig mehr bewußt. Eifersucht? Dazu gab es keinen Grund, er würde sie niemals verlassen.

Die Halbinsel ragte wie eine gigantische grüne Mole ins Meer. Die Farbabstufungen von Aloen, zart grüngrauen Agaven vermischten sich mit denen der Olivenbäume oder des Farns, der stellenweise den Boden bedeckte.

Sie ritten weiter. Manchmal tauchte ein zerfallenes Schloß aus dieser Vegetation auf, über dem Tor ein steinernes Wappen, ein Symbol für die Lage der adeligen Korfioten, die gezwungen waren, ihre herrschaftlichen Besitztümer zu verlassen, sogar die, in denen ihre Vorfahren den venezianischen Proveditoren, den Provinzverwaltern, rauschende Feste gegeben hatten.

»Ich bin gerade noch rechtzeitig gekommen, um Doukades zu retten«, dachte Jane.

Der Weg schlängelte sich durch den Wald, am Arakli-Berg entlang. Noch einmal hielten sie an, um die Landschaft zu bewundern. Das Meeresufer bestand aus zahlreichen kleinen Buchten, deren Vorsprünge und Umrisse sich genau abzeichneten, während die Küstengebirge, die sich anschlossen, von einem undefinierbaren Schleier aus Gold und Blaßviolett verhüllt waren. Sie setzten ihren Weg nach Doukades fort.

Jane hatte die Bauern durch ihre Tatkraft überrascht: In wenigen Monaten waren ihre Höfe und Felder die ertragreichsten auf der ganzen Insel geworden. Die Frauen spannen und webten immer noch, sie holten auch die Ernte ein, während die Männer zu pflügen begannen. Die Gräfin Theotoki hatte ihnen klar gemacht, daß es in ihrem Interesse läge, wenn sie mehr arbeiteten, denn sie würden von nun an einen bedeutenden Anteil am Verkauf bekommen. Und um zu zeigen, daß sie keinerlei Diskussion duldete, hatte sie Eimer mit weißem Kalk austeilen lassen, damit ihre Häuser wieder frisch glänzten. Der Ort war zu einem Vorbild geworden, jeder war damit zufrieden, und jeden Sonntag wurden Lämmer gebraten. Faulheit und Trägheit gab es nicht mehr. Wenn sie sahen, wie ihre Herrin rastlos tätig war, mußten sie es ihr wohl oder übel gleichtun. Sie kümmerte sich um sie, sie ging sogar so weit, ihre Steuern zu zahlen, eine unglaubliche Umwälzung auf der Insel.

Weil sie Engländerin war, unterlagen ihre Produkte nur einer symbolischen Steuer. Der Hochkommissar der Insel, der ihr Freund geworden war, gewährte ihr seinen Schutz. Ehrgeiz und persönliche Rivalitäten, die manchmal den Interessen der Eigentümer schadeten, gab es für sie nicht. »Ich kümmere mich nicht darum, wie ich mich noch nie um die Meinung der Leute gekümmert habe. Ich werde doch jetzt nicht damit anfangen! Ich will nichts anderes, als die Unglücklichen schützen«, sagte sie.

»Ich muß dich darauf aufmerksam machen, daß unsere Diener seit Jahrhunderten so leben und daß sie sich noch nie beklagt haben.«

»Vielleicht, aber sie haben auch kaum gearbeitet. Ist dir die Qualität unserer Erzeugnisse schon aufgefallen?«

»Natürlich, aber die Grundbesitzer auf der Insel sind unzufrieden, und das könnte schwierig für uns werden.«

»Ich übernehme die Verantwortung dafür«, beeilte sich Jane zu sagen. »Morgen fahren wir in die Stadt, nicht wahr?«

Sie würde mit dem Hochkommissar sprechen, er würde schon einen Rat wissen.

Die wappengeschmückte Kutsche der Theotokis rollte rasch dahin.

Fünfundzwanzig Kilometer mußten auf einer staubigen Straße zurückgelegt werden. Nur einmal im Monat fuhren sie in die Stadt. Sie kamen näher. Die hohen Häuser erinnerten an die ehemalige venezianische Besatzung. Im rechten Winkel zweigten von der Hauptstraße – einer nach italienischer Art zweireihig gepflasterten Straße – schmale, dunkle, geheimnisvolle Gassen ab, voll mit Läden, deren Händler die Kunden anriefen.

Frauen mit mattem Teint und Adlernasen schwatzten beim Spinnen vor ihren Haustüren. Andere, in feineren Kleidern, mit riesigen Haarknoten herausgeputzt, spazierten langsam unter den Arkaden einher, wo mit Schmuck gehandelt wurde.

Sie überquerten den Markt: Saftige Melonen, goldene Trauben wurden feilgeboten. »Das sind meine«, dachte Jane voller Stolz und suchte in Spiros Blick nach einer Bestätigung.

Endlich kamen sie an ihrem Haus an. An dem Gebäude, das zur Zeit von Vettern bewohnt wurde, wurde immer noch gearbeitet. Sie verbrachten nur selten eine Nacht in der Stadt, außer beim Fest des Heiligen Spiridion, das Spiro um nichts in der Welt versäumt hätte.

Es war sehr heiß. Einen Augenblick lang dachte sie, wie schön es wäre, in der dunklen Kühle des Zimmers zu bleiben... aber sie wollte zum Hochkommissar gehen.

Sie gab vor, Einkäufe erledigen zu wollen.

»Mach dir um mich keine Gedanken«, erwiderte Spiro, »ich werde mich mit Freunden auf der Esplanade treffen.«

Dort bewegten die Offiziere des Forts ihre Pferde. Die Landauer und Phaetons der reichen Leute aus der Stadt fuhren kreuz und quer über den Platz, entlang einer Reihe von Cafés, die immer von Gästen überquollen. Es gehörte zum guten Ton, sich gegen fünf Uhr dort zu zeigen.

Sie kam am Palast an. Ein Adjutant mit Backenbart, ein getreues Abbild einer *horse-guard* seiner Majestät, führte sie in das Büro des Hochkommissars. Sie mußte nicht warten.

»Man sieht Sie nicht oft genug, Mylady. Sie sehen blendend aus! Was für ein Einfall, sich aufs Land zurückzuziehen!«

»Sie wissen recht gut, daß wir Sie erwarten, Sie würden uns eine große Freude machen«, erwiderte sie, während sie sich setzte.

Er schaute sie aus den Augenwinkeln an.

Nur ein Dichter hätte die geheimnisvolle Alchemie ihrer Schönheit beschreiben können. Für ihn waren ihre Besuche ein immer wieder neues Rätsel: Wie schaffte sie es nur, alles zu bekommen, obwohl sie um nichts bat?

Er kannte Lord Ellenborough, da er ihm früher oft begegnet war.

Er war ein Dummkopf, daß er sie hat gehen lassen, dachte der Hochkommissar. Er hatte diesen Abschnitt ihrer Vergangenheit nie erwähnt, und obwohl sie ganz das Auftreten einer großen englischen Dame besaß, wollte er in ihr nur die Gräfin Theotoki sehen, und Jane war ihm dankbar dafür. Sie plauderten liebenswürdig über dieses und jenes, dann aber konnte er sich nicht enthalten, zu ihr zu sagen: »Ihre Freizügigkeit ihren Leuten gegenüber ist gegen die Gewohnheiten.«

»Mylord«, erwiderte sie, »ich versuche nur, ihre Lage zu verbessern, nichts ist natürlicher!«

»Ich kenne ihre guten Absichten, aber sie rufen einige Komplikationen hervor... Erlauben Sie mir, ihnen ein einziges Mal ihre englische Abstammung ins Gedächtnis zu rufen. Die Gefühle der Griechen gegenüber ihren Beschützern sind komplex, man muß schon sehr schlau sein, um sie entwirren zu können.«

Jane lächelte, sie dachte an das, was Spiros Freunde sagten: »Die Stärke dieses Volkes besteht darin, daß es sich fünfundzwanzigmal am Tag wiederholt! ›Ich bin Engländer.‹ Aber auf den ionischen Inseln wiederholen sie es einmal zuviel.«

Sie blieb in Gedanken versunken, erinnerte sich, was die Korfioten innerhalb weniger Jahre hatten erleben müssen, seit dem Fall von Venedig im Jahr 1797 und dem Vertrag von Campoformio. Korfu und die dazugehörigen sechs Inseln waren an Frankreich gegangen. Zwei Jahre später war die Insel von türkisch-russischen Streitkräften erobert worden, und wieder einmal änderte sich das Protektorat. Der Graf von Istrien war mit der Errichtung der neuen Republik beauftragt worden. Beim Tilsiter Frieden waren die Inseln wieder unter die

Zuständigkeit Frankreichs gefallen; später hatte die Garnison von General Donzelot der englischen Blockade standgehalten, und erst nach dem Vertrag von Paris hatte er sein Gebiet verlassen. Dann war für die ionischen Inseln unter dem englischen Protektorat eine Zeit diktatorischer Herrschaft angebrochen. Der Hochkommissar gab sich alle Mühe, die Dinge zu beruhigen, bemühte sich besonders, dem Senat und der *boulé*, der gewählten Versammlung, die den Haushalt beschloß, gerecht zu werden.

Nun griff ihm die Gräfin Theotoki vor, sagte sich der Gouverneur, und das war ihm nicht ganz recht. Für sie hatte das alles nicht das Geringste mit Politik zu tun, die Dinge mußten sich ganz einfach ändern, weil sie untragbar waren. Und wenn er, wie alle seine Vorgänger, seine Macht auf Furcht bauen wollte, so war sie wohl die einzige Engländerin, die man auf der Insel liebte, und diese Situation verschlug ihm die Sprache. »Eiserne Energie unter olympischer Ruhe«, sagte er sich, während er sie betrachtete.

Kein Grieche in seiner Bekanntschaft hatte eine solch außergewöhnliche Frau. Neider würde es immer und überall geben, man müßte jedoch schon sehr weit gehen, um hoffen zu können, eine Frau ihrer Güte zu finden.

Als sie den Palast verließ, war Jane äußerst heiter gestimmt: Sie hatte nicht nur die Genehmigung zur Ausfuhr von Weinfässern erhalten, sondern der Gouverneur hatte auch versprochen, sie mit seiner Gemahlin in der kommenden Woche zu besuchen. »Wir wollen jetzt zu Spiro gehen und für die gleiche Zeit noch General Rivarola einladen. Er ist kein parteilicher Mensch, das heißt, wenn er einer wäre, wäre er auf jeden Fall mehr England zugeneigt.«

Sie ließ sich zum Saint-Georges-Hotel fahren, wo sie mit Spiro verabredet war.

Im Verlauf des folgenden Jahres konnte Jane ihr überragendes Organisationstalent reichlich unter Beweis stellen. Nach der Trauer war nun die Zeit der Feste gekommen. Graf und Gräfin Theotoki genossen das Leben in vollen Zügen, sie führten ein gastfreundliches

Haus. Aus Athen kamen Nachrichten über einen Aufstand, und im September 1843 erfuhr man auf Korfu, daß Oberst Kallergis mit seinen Soldaten das Schloß umstellt, die Bayern zurückgedrängt und den englischen, französischen und russischen Ministern den Durchgang verwehrt hatte. Der König wurde gezwungen, eine Verfassung zu versprechen, die im März des folgenden Jahres durch die Nationalversammlung beschlossen wurde.

Jane erfuhr nie, ob ihr Mann auf Betreiben ihres Schwiegervaters Jean Theotoki zum Adjutanten Seiner Majestät ernannt worden war, oder ob es an ihrer eigenen Intervention bei Ludwig I. gelegen hatte. Obwohl der König seit ihrer Abreise nie mehr auf ihre Briefe geantwortet hatte, hatte Jane ihm weiterhin geschrieben. Allerdings war sie durch Karls Grüße unterrichtet, daß Ludwig kein Interesse mehr an ihr zeigte, und sie wußte auch, sie würde sich, falls sie nach Europa zurückkehrte, aufgrund ihrer Scheidung weder in Bayern noch in den anderen deutschen Staaten aufhalten.

»Auch wenn ich Ludwig enttäuscht habe, er kann mich nicht völlig vergessen haben«, redete sie sich ein.

Jane stieß einen Seufzer aus. Die Untätigkeit wurde Spiro langsam immer mehr zur Last. Das Gut brachte die schönsten Früchte, den besten Wein hervor, und nun mußten sie alles verlassen. Sie interessierte sich nicht sehr für Politik, und sie hätte lieber ihr Leben in einem Dorf verbracht. Aber manchmal sah Spiro sie so traurig an, daß es ihr beinahe das Herz zerriß, als ob ihm seine Bücher, die Ouzos, die er mit seinen Freunden trank, nicht mehr genügten, und dann verschwand er stundenlang.

»Frau voll Lust und Leidenschaft, kluge Frau, die sich nicht scheut, Worte der Liebe auszusprechen… Begeisterte Frau, die alles sammelt, Muscheln und Kieselsteine, Freude und Leid«, deklamierte Spiro bisweilen, wenn er glaubte, seine dichterische Ader zu entdecken.

»Die Gegenstände leben nur durch und für die, die es verstehen, sie anzuschauen. Es ist wichtig, eine Atmosphäre, eine Art von Zauber um unsere Marmorskulpturen zu schaffen. Ich liebe es, etwas zu entdecken und das Entdeckte mit zu mir nach Hause zu nehmen, wie eine Blume für einen Strauß. Man fängt an zu sammeln, und damit beginnt ein Abenteuer, mit seiner Suche quer durch die Zeit, seinen Gefahren, der Erregung, die einen ergreift. Passivität ist verhängnisvoll für das Kunstobjekt, es lebt nur, wenn man es entdeckt... im übrigen ist sie verhängnisvoll für alles und jedes.«

Jane ging im Atelier herum, nahm ein Bild, das eine von Olivenbäumen umgebene Mühle darstellte, und war betroffen von dem sanften Zauber, der davon ausging.

»Komm, Spiro, mach nicht so ein Gesicht, ich kenne Athen noch gar nicht, es wird uns dort schon gefallen.«

5

Attika muß man im Frühling sehen, wenn die Anemonen so hoch stehen wie Tulpen in einem Garten. Die Bienen, die von Hymettos heruntergeflogen sind, summen in den Lilien, das junge Laub ist noch nicht staubig, das Gras noch dicht und grün. Die Erde erstrahlt in einem weißen Licht. »Man könnte glauben, dann die Helden auf den Elysischen Feldern zu sehen.«

Jane war gerührter, als sie hätte zugeben wollen. Vor wie vielen Jahren schon hatte er ihr davon erzählt, auf einem Ball in Bayern, während des Oktoberfestes... Neun Jahre schon! Dieser Gedanke erheiterte und beunruhigte sie zugleich. Sie hatte ein wenig Angst gehabt auf Korfu. Eigentlich waren es eher die ersten Anzeichen von Eifersucht, denn Spiro hatte, obwohl er das Gegenteil beschwor, eine Schwäche für die Schwester des Anwaltes Zambelli, die Witwe eines Engländers namens Twistlewhite, gezeigt.

Aber Jane hatte beschlossen, daß es damit nun endgültig vorbei sei, Spiro verbrachte fast den ganzen Tag im Schloß und erwies sich ihr gegenüber noch ebenso feurig wie in der ersten Zeit.

Dichter Staub überzog wieder alles mit einem einheitlichen Grauschleier und gab den Bäumen ein trostloses Aussehen. Jane hatte das Gefühl, etwas Erdrückendes laste auf der Erde, wie eine unbekannte

Mattigkeit, die ihre Kräfte zerbrach. War das die Hitze? Alles um sie herum schien zu fiebern, man konnte kaum atmen. Es war Hochsommer. Sie begriff nun, warum die meisten Angehörigen der obersten Gesellschaftsschicht die Stadt verlassen hatten.

Spiro arbeitete endlich, seine Aufgaben als Adjutant ließen ihm nur wenig Zeit.

»Stell dir vor, diese Stadt war nur ein zerfallenes Dorf am Fuß der Akropolis!«

»Das hat sich auch kaum geändert! Enge Gassen, Hühner, Schweine, Kinder, und alles purzelt auf Holzstößen und Misthaufen durcheinander.«

»Ich bin sicher, daß du bald das schönste Haus und den schönsten Garten in der Stadt haben wirst. Und im nächsten Jahr, wenn alles geregelt ist, verbringen wir den Sommer, wo du willst. Ich weiß, daß das Fieber hier gefährlich ist, vor allem für Kinder. Es wäre klüger gewesen, du wärst mit Leonidas auf Korfu geblieben. Aber du wirst sehen, im Herbst wird alles spürbar besser!«

»Ich werde mich niemals an diesen Staub gewöhnen.«

Und er lachte und sagte: »Der Tempel des Thesens steht auch immer noch. Du, ein Tempel der Schönheit, wirst genauso allen Widrigkeiten trotzen!«

Sie wohnten bei Spiros Bruder, der ihnen ein ganzes Stockwerk zur Verfügung gestellt hatte. Es war eine Art Aussichtsturm mit vier Zimmern, von wo aus man den Hymettos, den Pentelikon und den Parnaß sehen konnte. Spiro liebte diesen Ort besonders. Er konnte die Akropolis bewundern und die Aussicht, die sich bis zum Jupitertempel und von da aus bis zu den Bergen erstreckte, an deren Fuß sich das ausgetrocknete Flußbett des Illissos entlangschlängelte. Auf der anderen Seite lagen Phaleros, Piräus und Salamis, gefolgt von den Felsen, von denen aus Theseus Skiron in die Fluten gestürzt hatte.

Es war der beste Aussichtspunkt, um sich im Athen des Perikles, dem der französischen Herzöge aus dem Haus de la Roche oder de Brienne, der türkischen Woiwoden und schließlich in dem Athen Ludwigs I. zurechtzufinden; Ludwig hatte Athen zur Hauptstadt des neuen hellenischen Königreichs erklärt, da er sich selbst das Vergnügen bereiten wollte, von seinem Sohn einen Brief zu bekommen, der mit den Worten begann: »Aus meinem Schloß in Athen.«

Und nun war all das, was er sich unter dem bayerischen Himmel so sehr erhofft hatte, sein Lehen geworden.

Jeden Tag rekonstruierte Jane im Geiste die antike Stadt mit ihren Tempeln, ihren Monumenten, ihren Statuen, sie stellte sich das Leben darin geordnet und farbenfroh vor! »In der Tat, die elenden Hütten, die heute zwischen den Ruinen stehen, haben diese geschützt. Sobald die Ausschachtungsarbeiten für unser zukünftiges Haus begonnen haben, werde ich an Ort und Stelle bleiben, um über eventuelle Funde zu wachen. Hör zu, Spiro, ich habe das Grundstück, das wir suchen, gefunden.« »Wo?«

»In der Sokrates-Straße in Neapolis, es ist groß genug, um dort einen Garten anzulegen und ein Haus zu bauen.«

»Und wie denkt Cleantis * darüber?«

»Richtig, ich habe morgen eine Verabredung mit ihm. Du kommst doch mit, oder?«

»Natürlich. Für das Grundstück spräche denn auch, daß es nicht weit von der Straße nach Patissia entfernt ist.«

Auf der Straße nach Patissia traf sich sonntags alle Welt. Jeden Morgen bei Sonnenaufgang ritten die Theotokis dort aus.

Im Morgengrauen mit Spiro auszureiten bedeutete für Jane ein unbeschreibliches Glück. Ausgeruht, mit frischen Lebensgeistern, verließen sie die Stadt, die noch im Dämmerlicht lag. Manchmal, wenn der Wind in heftigen Böen blies, stiegen sie auf die Akropolis, die von weitem heil und unversehrt wirkte. Am Fuße der Propyläen spürten sie, wie eine seit zwei Jahrtausenden schlafende Welt sich bewegte und atmete. Und auf diesem Berg, zu dem die Geräusche aus der Stadt nicht heraufdrangen, zwischen den Marmorsäulen, die aus dem Boden emporragten, inmitten ihrer Einsamkeit, umfing sie ein unerklärlicher Frieden.

* Griechischer Architekt, der, gemeinsam mit dem Deutschen Schaubert, den Auftrag hatte, einen Plan für das »neue Athen« zu entwerfen.

Was machte es ihnen schon, daß die Soldaten Aga Youssoufs große Flächen des Mauerwerks mit Rauch geschwärzt hatten, daß der Doge Morosini die Tempel in Brand gesteckt hatte, daß Lord Elgin – der Unentschuldbarste von allen – die Marmorstatuen zerbrochen hatte. Diese Verwüstungen konnten ihrer Überraschung und ihrer Begeisterung nichts anhaben. Glücklicherweise wurde nach und nach auch die Moschee zerstört, die man im Inneren des Parthenon erbaut hatte. So begann der Tag: »Die Morgenröte mit den Rosenfingern öffnet die Türen der Sonne und entflieht, nachdem sie sie der Welt angekündigt hat.«

»Die Dichter haben immer recht«, sagte Jane. »Dieser Tempel wird stets der Archetypus des Schönen, des Vollkommenen sein.«

Spiro erklärte ihr die Akropolis: »Das Erechtheion, auf der gleichen Ebene, kennzeichnete nach der Legende die Grabstelle des Kekrops. Dort haben Poseidon und Athene ihre Rechte auf den Besitz Attikas geltend gemacht. Athene, indem sie den Olivenbaum wachsen ließ, Poseidon, indem er eine Quelle aus den Felsen entspringen ließ, und dieser göttliche Streit symbolisierte die Vorherrschaft Attikas.«

Jane vertraute sich der Bildung ihres Gatten an, der seine antiken Dichter, vor allem Homer und Pausanias, kannte. So aus dem Stegreif zu lernen machte ihr immer wieder Freude.

»Nach dem volkstümlichen Glauben wachten die Karyatiden des mystischen Tempels als wahrhaft übernatürliche Wesen, und deshalb konnte keine Kore geraubt werden. Die Türken, die sie wegschaffen sollten, konnten ihr Zerstörungswerk nicht vollenden, denn der Wind begann zwischen den Säulen wie die Töne einer Äolsharfe heftig zu stöhnen. Voller Entsetzen dachten die Türken, die jungen Mädchen beweinten den Verlust ihrer bereits fortgeschafften Schwestern, und sie wollten sich nun mit ihren Klagen und Seufzern verteidigen. Seitdem konnte sie nichts mehr dazu bringen, dieses Sakrileg fortzusetzen.«

»Nach meinem Tod möchte ich gern in eine Kore verwandelt werden...«

»Du wärst die Schönste von allen«, stimmte Spiro ihr zu.

Den Boden bedeckten stellenweise Bruchstücke von Statuen und Basreliefs, die unordentlich aufgehäuft und mit Staub bedeckt herumlagen. Hier und dort fand man auch ein paar Metopen und Triglyphen. Sowohl Spiro als auch Jane betrachteten den Berg als heiligen Ort, von dem auch nur einen einzigen Stein fortzunehmen undenkbar war. In der Stadt gab es genug Leute, die ihre Sammelleidenschaft kannten und ihnen Kunstgegenstände anboten.

Um diese Zeit tauchten in einem leichten, silbernen Dunst die Berge von Argolidis und die Halbinsel von Methana nach und nach über dem Meer auf, und in der Ferne, am Horizont, glichen manche Inseln, in ein durchscheinendes Licht getaucht, einer vor Anker liegenden Flotille.

»Siehst du, meine Ianthe, in diesen Buchten ist die Freude am Handel und die Liebe zum Meer geboren. Das hat die Entwicklung eines wachen Verstandes begünstigt, so flink und beweglich wie fliegender Staub. Ist es nicht ein erhebender Gedanke, daß wir das Mittelmeer von dieser unfruchtbaren Ebene aus, auf der weder Bäume noch Getreide wachsen, erobert haben?«

»Ich glaube, ich werde nicht lange genug leben, um das zu entdecken, was wirklich im Lauf der Jahrhunderte geschehen ist. Dieser Gedanke verfolgt mich.«

»Perikles hat eine Summe, die dem dreifachen Jahreseinkommen des Landes entspricht, geopfert, um den Parthenon zu errichten. Er wollte, daß dieses Werk zum Symbol dafür würde, was Baukunst, Bildhauerei und Malerei schaffen könnten, ein Symbol für die Vollkommenheit seines Jahrhunderts.«

In Gedanken versunken, an Spiro gelehnt, überlegte Jane, daß Ludwig letztendlich nichts geschaffen hatte. Alles hatte hier seinen Ursprung gehabt. Die Welt war nur eine ewige Wiederholung, vielmehr ein ewiger Versuch, ähnlich Schönes zu schaffen wie Griechenland.

An manchen Abenden, wenn Spiro ein wenig früher aus dem Schloß heimkehrte, stiegen sie auf die Akropolis, um den Sonnenuntergang zu erleben. Dann war der ganze Horizont in rote Strahlen getaucht, und die Inseln schimmerten wie Porphyr. In dem Augenblick, in dem alles Leben verging und sich in die Nacht senkte, liebte sie dieses Abschiednehmen, das sich in die grandiose Form einer Apotheose kleidete.

Die Zeit, die Zeit, die verrinnt... Inmitten der Ruinen dachte Jane immer häufiger daran, im grellen Tageslicht musterte sie ihr Gesicht: »Noch keine Falte...«

Mit fünfunddreißig Jahren war sie noch immer Vorbild für die Athener Frauen. Alle versuchten, ihr ähnlich zu sein. Man kopierte ihre unnachahmliche Kopfhaltung, man sprach französisch mit dem leichten Akzent, den sie nie verloren hatte, man kleidete sich wie sie, und der schwere Zopf, den sie nach griechischer Mode um ihren Kopf geschlungen trug, war wahrhaftig echt, sie hatte künstliche Haarteile, die man wie Putzwaren kaufte, nicht nötig. Jane bewahrte das ganze Strahlen jener gesunden und natürlichen Schönheit, die ihren Ruhm begründet hatte, und ihr Verstand tat das übrige dazu.

Ein Empfang jagte den anderen. Die Athener Gesellschaft schien sich um die Theotokis zu drehen, und Jane konnte sich manchmal des Gedankens nicht erwehren, daß sie keine Zeit mehr hatten, nach ihrem Geschmack zu leben. Zum Glück gab es noch Leonidas.

Der Theotoki-Erbe, gekleidet wie ein orientalischer Prinz, war unerträglich. Er versammelte alle Kinder aus der Nachbarschaft um sich. Man spielte Räuber und Gendarm, Krieg, Blindekuh, aber vor allem spielte man Pallikaren. Die fröhliche Rasselbande raste quer durch den Garten und die Säulengänge und überfiel imaginäre Reisende. Leonidas, ihr Anführer, sprang wild umher und seine Schreie ließen die Fensterscheiben erbeben. Im Innern des Hauses zu spielen war ihnen jedoch verboten. Die Statuen und die riesigen chinesischen Vasen hätten diesem Ansturm nicht lange standgehalten.

Jane fürchtete nur, die Geschichten über die *klephtes*, diese nationalen Räuber, deren Heldentaten Spiro ständig rühmte, würden letztendlich doch Leonidas' Phantasie anregen und ihn irgendeine Dummheit begehen lassen. Sie selbst verwechselte sie manchmal noch mit den albanischen *bachi-bouzouks*, obwohl sie bereits einige

Male mit ihrer unglaublichen Realität konfrontiert worden war. Seitdem wußte sie: Wäre sie alleine spazieren gegangen, hätte man sie auf der Stelle ausgeplündert. In Begleitung Spiros dagegen hatte sie nichts zu befürchten. Zwei Worte von ihm genügten, um ihnen zu verstehen zu geben, daß die schöne Fremde seine Frau war, das Palaver zog sich noch eine Weile hin, er sagte seinen Namen, die Räuber zogen ab. Nach dem Unabhängigkeitskrieg hatte sich eine große Anzahl von Griechen aus dem Norden, die Elite der Bergbewohner, die auch die Revolution entfacht hatten, im Königreich, das sie um den Preis ihres Blutes gegründet hatten, niedergelassen. Sie brachten die seltsamen Sitten ihrer Heimat mit nach Athen. Zusammen mit den anderen Bandenchefs, die früher die Moréa bewohnt hatten, bildeten sie eine Art lärmender Sippschaft, die niemals unbemerkt auftrat und sich untereinander die ›Pallikaren‹, daß heißt die ›Tapferen‹ nannte.

Sie trugen stolz die rote Kappe mit der blauen Quaste und die weiße Jacke, sie ritten nach türkischer Art aufgezäumte Pferde und waren immer umgeben von ihren Gefolgsleuten. Sie sprachen wenig, rauchten und tranken viel und grüßten auf die orientalische Art, indem sie die Hand auf die Brust legten, sie sagten »ja«, indem sie den Kopf neigten, und »nein«, indem sie ihn nach hinten drehten. Leonidas verlangte ständig nach einer Pallikarentracht mit noch mehr Goldschnüren und übte sich darin, ihre Ausdrücke nachzuahmen. Man hatte über diese legendären Gestalten Lieder und Balladen verfaßt, die jeder kannte. Sie lebten von Diebstahl und Raubüberfällen, fügten den Unglücklichen, die sie ausgeplündert hatten, Qualen zu. Sie versetzten das Land zwar in Angst und Schrecken, kämpften aber gegen Unrecht und galten als Beschützer von Witwen und Waisen; so sah man sie bisweilen als Banditen, im allgemeinen jedoch als Nachfahren der Helden Homers an.

In Janes Augen waren sie eher Abkömmlinge von Robin Hood. Daher traf sie zwar mit ihnen zusammen, weigerte sich aber, selbst den berühmtesten unter ihnen, ihren Nachbarn, den General Hadjy Petros, zu empfangen.

Man hatte die Dienstboten gebeten, nicht allzu viel über sie zu sprechen, doch die einzig wirklichen Helden für Leonidas waren die aus den *klephtes*-Geschichten, und seine Bewunderung wuchs zusehends.

»Unser Leben auf Tinos und auf Korfu hat einen Wilden aus ihm gemacht«, beklagte sich Spiro. »Und du siehst ihm alle seine Streiche nach.«

Mit jedem Tag machte die neue Stadt Fortschritte, vor allem in den Vierteln nördlich des Schlosses. Die im allgemeinen dreistöckig gebauten Häuser fügten sich zu einer harmonischen Fassade in Ocker-, Weiß-, und Rottönen zusammen. Jedes Haus war nach dem gleichen Grundriß gebaut: Das Kellergewölbe blieb kühl im Sommer, warm im Winter und diente als Eßzimmer, die Empfangsräume befanden sich im Erdgeschoß, darüber lagen die Schlafzimmer.

Jane hatte auf den Rat ihres Architekten hin beschlossen, ein weitläufiges, klassisches Haus mit einer Säulenvorhalle zu bauen.

Sie kümmerte sich auch gleich um die Anlage des zukünftigen Gartens.

»In Athen ist es so mild, daß man einen Teil des Jahres im Freien verbringt. Wir brauchen einen schattigen Garten. Das gibt es in dieser Stadt, in der nichts richtig wächst und auch die Bäume nur kümmerlich sind, selten«, erklärte sie ihrem Architekten Cleantis. »Sie werden sehen, bald werden Laubengänge aus Jasmin Alleen bilden mit Rosenlorbeersträuchern in der Mitte, während man zwischen die Säulen später große Töpfe mit Orangenbäumchen stellen könnte.«

Cleantis erwiderte: »Zur Zeit ist nur der Garten der Königin angenehm, er stellt einen wahren Sieg über die attische Dürre dar. Zwanzigmal hat der schreckliche Nordwind die Anpflanzungen zerstört, die Bäume entwurzelt…«

»Ich bin hartnäckig, mir wird das auch gelingen.«

Mit Hilfe der Bewässerungskanäle, die ihr Grundstück durchzogen, würde sie es schaffen. Hinten auf dem Grundstück war eine große Zisterne angelegt worden, vor die sie Kletterrosen pflanzen würde.

Sie sah im Geiste schon die riesigen Blumenbeete vor sich, die unter den Orangen- und Olivenbäumen angelegt würden, und einen Rasen, so grün wie englischer Rasen.

Sie verhandelte mit den Lieferanten und bestellte noch weitere Möbel in Paris. Dieses Mal würde die Bibliothek sehr viel höher werden als die in Doukades.

Ärger hatte sie bereits, Königin Amalia konnte sie nicht leiden. Ihre Majestät, eine herrschsüchtige Natur, war eine angsteinflößende Gestalt, schnellentschlossen in ihren Entscheidungen, sie besaß alle Eigenschaften eines obersten Generals. Nichts war einfacher, als sie zu beleidigen. Wie eine eifersüchtige Gottheit straft sie die Schuldigen bis in die siebte Generation, sagte man in der Stadt. Ihr charmantestes Lächeln konnte ganz plötzlich in einen äußerst deutschen Hochmut umschlagen, und sie vermochte die Furchtlosesten zum Zittern zu bringen.

Von ihrer ersten Begegnung an hatte sie in Jane eine gefährliche Rivalin gesehen. Sie wußte von der Leidenschaft, die ihr Schwiegervater, der König von Bayern, für die Baronin Venningen empfunden hatte. Zur Zeit allerdings gab sie vollkommene Gleichgültigkeit vor, denn sie war sicher, mit ein wenig Geduld würde sie letztendlich eine schwache Stelle bei Jane finden. Um sie herum war nur die Rede vom Haus der Gräfin und von ihrem wundervollen Garten. Nun war aber der einzige Garten, der bis jetzt diese Bezeichnung verdient hatte, der der Königin gewesen. Man rühmte ihr die Reitkünste Janes, wo doch sie den Anspruch darauf erhob, Meisterin in diesem Sport zu sein. Und als sie erfuhr, daß Jane Theotoki in der Stadt umherspazierte, gefolgt von einer Menge, die sie feierte wie die Königin, war für sie der Gipfel erreicht. Und was das schlimmste war, diese Frau hatte einen Sohn, während sie, die Königin von Griechenland, bisher noch keinen Erben geboren hatte.

Wenn sie ihr nur die Türen des Schlosses verschließen könnte! Aber Graf Theotoki war einer der sechs Adjutanten ihres königlichen Gemahls. Daher mußte sie wohl oder übel auf dem allwöchentlichen Ball ihre Anwesenheit ertragen. Wie konnte man sie nur bezwingen, sie unterwerfen? Amalia von Oldenburg wußte nicht, was sie sich noch ausdenken sollte. Vor Janes Ankunft glaubte sie, frei zu sein in ihrem riesigen weißen Palast. Nun verbarg sie nur noch mühsam ihre Wut. Um sich zu beruhigen, gab sie mehr und mehr ihrer Lieblingssünde, der Naschhaftigkeit, nach, sie nahm vier Mahlzeiten am Tag zu sich, ganz zu schweigen von den kleinen ›Reserven‹, die sie jederzeit gierig verschlang. Da sie sichtlich an Gewicht zunahm, stieg sie aufs Pferd und galoppierte meilenweit in dem Versuch, schlanker zu werden... Oder sie stand um drei Uhr früh, zur Verzweiflung ihrer Hofdamen auf, um im Meer zu baden.

Der König dagegen war ein schüchterner, zögernder, sensibler Mann, der aber dennoch erstaunlicherweise eine Aura verdrossener Majestät um sich verbreitete. Er war blaß, ausgezehrt vom Fieber, und die Einnahme von Chininsulfat hatte ihn halb taub gemacht.

»Das ist das einzige, was er mit seinem Vater gemein hat«, bemerkte Jane eines Abends ironisch, als sie, wie durch ein Wunder, mit Spiro allein war. »Doch Ludwig verstand es zumindest zu leben.«

»Mein Liebes, unser König und unsere Königin führen ein untadeliges Privatleben. Sogar ihre Feinde sind gezwungen, das anzuerkennen.«

Jane verstand die Anspielung. Was ging hier vor? Er würde ihr doch nicht zehn Jahre später ihre angebliche ›Liaison mit dem König‹ vorwerfen?

Sie war ein wenig beunruhigt. Spiro arbeitete zuviel, kam spät nach Hause, er war nicht mehr der gleiche Mann. Tief in ihrem Herzen wußte sie, daß durch die Gewohnheit die Liebe eines Tages einer freundschaftlichen Zuneigung weichen mußte.

6

Niemals würde Jane diesen verwundeten Blick, diesen stummen Schmerz, der um so unerträglicher war, als zunächst niemand darauf achtete, vergessen können. Ein Malaria-Anfall, dachte sie.

Der König schaute sie mit mattem Lächeln an. Er ärgerte sich über das, was er als Verrat der Königin gegenüber empfand, denn seit er Jane kannte, dachte er nur noch an sie. Anfänglich tat er so, als glaubte er, diese Anziehung sei reine Neugier. Hatte sie nicht schon seinen Vater bezaubert, der sich bei ihm manchmal noch nach ihr erkundigte? Aber je öfter er sie sah, desto hinreißender fand er sie. Sechs Monate hatte es gedauert, bis er sich eingestand, daß sein Gefühl einen Namen hatte, Liebe, und nun, da es ihm bewußt geworden war, erkannte er auch die Ausweglosigkeit seiner Lage. Bis jetzt hatte Otto den offensichtlichsten Verführungskünsten und den direktesten Herausforderungen immer widerstehen können. Er liebte nur seine Königskrone. Heute schien ihm alles lächerlich: Die Fassade seines Schlosses glich einer Kaserne, und doch hatte Friedrich von Gärtner, der Baumeister seines Vaters, es erbaut. In München war man vielleicht entzückt von ihm, weil er antike Monumente nachbildete, aber hier hatte ihm die Inspiration gefehlt. »Feierlich und falsch«, mußte der König zugeben.

Als er sah, wie in Neapolis die Häuser wie Pilze aus dem Boden schossen, hätte er beinahe seinem Zorn Luft gemacht und gesagt, was er dachte. Wie töricht, einen Palast zu entwerfen, in dem es noch nicht einmal Platz genug für seine verheirateten Adjutanten gab! Nichts war wirklich groß in diesem riesigen Schloß! »Zumindest werde ich das Glück haben, Ianthe jeden Tag zu sehen.«

Wenn er spazieren ging, machte er ab und zu einen Umweg über die Sokrates-Straße, in der Hoffnung, die Gräfin Theotoki zu sehen. Noch hatte niemand etwas von seinen Bemühungen bemerkt.

Wenn er die Aiolos-Straße und die Hermes-Straße – sie begann am Fuß der Akropolis und ging bis Patissia – durchstreifte, glaubte er hundert Mal, sie zu sehen. Er träumte davon, mit ihr gemeinsam auszureiten. Aber gab es in seinen Ställen überhaupt ein Pferd, das ihrer würdig war?

Der Garten der Gräfin Theotoki quoll über von Blumen; die Königin dagegen verabscheute, trotz ihres Gartens, den Duft von Blumen.

Der König blieb stehen. Da war sie endlich, in Begleitung der Herzogin von Plaisance. Gekleidet in Athener Tracht, mit weitem

Rock, langen Ärmeln, dem goldenen Mieder und dem roten Fes, der ihr ein schalkhaftes Aussehen verlieh, machte Jane ihren Hofknicks.

Seine Majestät verbarg seine Verwirrung recht gut. Er gab sich den Anschein, als interessiere er sich für alles, bat um Erläuterungen hinsichtlich der Arbeiten.

Die ein wenig zu lange Nase des Königs erinnerte Jane an Ludwig, allerdings war Ottos Schnurrbart noch gewichtiger. Im Gegensatz zu seinem Vater sah er ständig leidend aus, ließ seinen Blick ziellos über Dinge und Menschen hinwegschweifen. Die schmale Taille, die geschnürt war wie bei jedem Pallikar, der etwas auf sich hielt, gab ihm das Aussehen eines Stelzvogels.

Jane hatte nicht die geringste Ahnung von der Verwirrung, die sie hervorrief. Gleich wie viele Fragen Otto ihr stellte, sein Gesichtsausdruck blieb immer zerstreut. Wenn er geruht hatte, stehenzubleiben, so lag das wahrscheinlich daran, daß er nichts anderes zu tun hatte, oder weil sie mit der Herzogin zusammen war. Sophie de Barbé Marbois, Herzogin von Plaisance, war eine ungewöhnliche Frau. Tochter eines Ministers unter Napoleon, Hofdame bei Kaiserin Marie-Louise, am Hof bewundert wegen ihrer Schönheit und geachtet wegen ihrer Tugend, hatte sie nach dem Tod ihrer Tochter beschlossen, sich für immer in Athen niederzulassen. Sie zeichnete sich durch ihren integren Charakter und einen unerschütterlichen Willen aus. Ihre Feindschaften waren dauerhaft und ihre Liebe zum Leben ungeheuer groß. Sie besaß gewaltige Reichtümer und einen Teil davon gab sie für bizarre Bauten aus, die sie meistens unvollendet ließ. Dies geschah aus einem alten Aberglauben, der besagte, daß man ein Haus niemals vollenden solle, weil man sonst Angst haben müsse zu sterben. Im allgemeinen hielten ihre Freundschaften nicht lange, und Jane war zur Zeit die einzige Ausnahme von der Regel – die beiden Frauen waren niemals einer Meinung, aber sie verstanden sich großartig!

»Seine Majestät hat dem Charme Sophies nicht widerstehen können«, dachte Jane.

Jeder in der Stadt wußte, daß er sie um das Marmorschloß beneidete, das sie am Hang des Pentelikon hatte erbauen, aber nicht vollenden lassen, nachdem sie bereits ein Vermögen dafür ausgegeben hatte. Seine Majestät, so hieß es, habe den Wunsch geäußert, sie möge es ihm leihen, schenken oder verkaufen.

Die beiden Frauen setzten ihr Gespräch fort:

»Meine liebe Ianthe, ich frage mich, warum ich Sie immer mit meinen Ratschlägen plage. Im Gegensatz zu dem Ihren ist mein Garten eine Wüste, aber ich lasse ihn auch sorgfältig pflegen, damit keine Pflanzen dort wachsen!«

Der König geruhte zu lächeln, hob den Kopf und betrachtete den Laubengang, an dem sich Jasmin hochrankte. »Strengen Sie sich doch nicht so an! Glauben Sie mir, es ist ganz unsinnig, ein fertiges Haus bringt nur Unglück!«

»Gnade, Sophie! Verschonen Sie mich mit solchen Ansichten! Ich bin nicht abergläubisch«, antwortete Jane.

»Es stimmt«, sagte der König, »es ist viel unterhaltsamer zu bauen, das ist eine Form der Erneuerung.«

»Ich habe mein Leben damit zugebracht umzuziehen, und nun träume ich davon, für immer am gleichen Ort zu bleiben.«

Jane hatte schnell gesprochen. Sie verabscheute dieses Geschwätz, diese Beschwörung des Unglücks, während sie nur ans Glück denken wollte. Die Herzogin brachte sie manchmal in Wut mit ihren lächerlichen Bemerkungen. Was sie anging, so würde sie um nichts in der Welt in einem halbfertigen, einsamen und unmöblierten Haus wohnen, dann würde sie lieber im Freien schlafen. Was das Königsschloß betraf, so verkörperte es alles, was sie scheußlich fand. Nur der Ballsaal hatte einen gewissen Reiz, obwohl man, wenn man ihn aus der Nähe betrachtete, feststellte, daß die Möbel trotz ihrer Vergoldungen nicht von den besten Tischlern stammten und daß die Bronzen von erbärmlicher Qualität waren.

Das Gespräch nahm eine heitere Wendung. Jane erklärte, beantwortete die naivsten Fragen. Der König stellte wieder einmal betrübt fest, daß er bei den Frauen, die ihn interessierten, nur höfliche Aufmerksamkeit hervorrief. Trotz all seiner Anstrengungen, trotz seiner Standhaftigkeit – er beobachtete sie, wie ein Gärtner die Entwicklung einer Knospe verfolgt – mußte er sich in das Offensichtliche fügen: er würde sich damit begnügen müssen, an sie zu denken. Allein mit ihr spazieren zu gehen, bei ihr in Gunst zu stehen, ihr zu verstehen zu geben... Seine Augen blitzten einen Augenblick lang, schwermütig und schalkhaft zugleich.

Der König schien sich endlich zu entspannen.

Sophie in ihrem antiken weißen Schleiergewand – sie war die einzige in ganz Griechenland, die so etwas trug – monologisierte immer noch, wie eine Prophetin; sie rief Gott an, den sie regelmäßig um Rat fragte, und der sie dazu bewogen habe, auf dem Pentelikon einen Altar zu errichten.

»Von der Höhe dieses Monuments könnte ich mit ihm sprechen, wenn er mich weiterleben läßt.«

Otto und Jane schauten sich endlich an. Der erste Akt des Stückes begann. Alles war gesagt, Jane hatte endlich begriffen. Wohin sollte sie nur fliehen... wohin? »O mein Gott«, dachte sie, »ich werde von dieser Familie verfolgt.«

Otto verspürte ein Entzücken, wie er es noch nie erlebt hatte.

In diesem Augenblick stürzte Leonidas, an den niemand mehr gedacht hatte, mit gezogenem Säbel heran und stieß ein Kriegsgeschrei aus. Er versuchte diesen Anführer, der noch viel mehr herausgeputzt war als er, zu bestrafen! Jane hatte blitzartig die Vision eines schwankenden, umgestürzten Königs.

»Leonidas, laß das!«

»Ich bin der größte General«, heulte das Kind. »Ich bin Leonidas Theotoki, der Held der Griechen!«

»Majestät, verzeihen Sie ihm!«

Als das Kind den Namen des Königs hörte, blieb es stehen, zugleich stürzte die Eskorte herbei. Mit einer Handbewegung schickte Otto sie weg.

»Und nun zu uns beiden, Leonidas Theotoki! Wir wollen sehen, ob du tapfer bist!«

Während er sprach, schaute der König Jane zärtlich an. Vollkommen ernsthaft stellte das Kind sich in Positur. »Meiner Treu, junger Mann, man sollte nicht Verbündete und Feinde miteinander verwechseln! Hast du schon einmal gesehen, daß zwei Pallikaren-

Generäle gegeneinander gekämpft haben?« »Was soll das heißen? Krieg spielen ist eben spielen. Meine Freunde sind viel lustiger. Oder hat der König vielleicht noch nie gekämpft?«

So plötzlich, wie er aufgetaucht war, verschwand der kleine Junge wieder.

»Majestät, ich bin wirklich untröstlich!«

»Gräfin, Sie haben einen prachtvollen Sohn!«

Otto ergriff Janes Hand und drückte einen langen Kuß darauf. »Ich hoffe, Sie sehr bald wiederzusehen«, murmelte er so leise, daß nur sie es hören konnte.

Seine Lippen waren sanft und zitterten.

Hofknicks...

»Ianthe! Ich will gehängt werden, der König interessiert sich für Sie!«

»Sophie, Sie reden irre!«

»In meinem Alter sieht man alles und versteht alles. Wenn ich Ihnen einen Rat geben darf, gehen Sie fort von hier. Die Königin könnte die Karriere Ihres Mannes zerstören!«

»Ich sehe keinen Grund, warum sie das tun sollte, aber wir werden auf jeden Fall den Sommer in Italien verbringen. Das Fieber hier ist für alle gefährlich. Und wir werden dort auch meine Mutter treffen. Sie können sich nicht vorstellen, wie glücklich mich jetzt schon der Gedanke macht, sie wiederzusehen, sie kennt Leonidas noch nicht.«

»Schweifen Sie nicht vom Thema ab«, erwiderte Sophie, die keinen Widerspruch duldete. »Vergessen Sie nicht, daß in Wirklichkeit die Königin regiert. Aber wie gewöhnlich werden Sie nicht auf meine Ratschläge hören. Auf Wiedersehen, teure Freundin, bis morgen. Geben Sie auf Ihren Sohn acht, er ist entschieden unerträglich!«

Jane empfand nichts für Otto, doch sie gestand sich ein, daß die Aussicht, ihre Verführungskünste erproben zu können, ihr gefiel – und dann ist es niemals schlecht, wenn man seinen Mann ein wenig eifersüchtig machen kann! Spiro war sich ihrer mittlerweile viel zu sicher, und vielleicht könnte er bald dazu neigen, seine ehelichen Pflichten zu vergessen.

In einer Stunde würde ganz Athen von dem Vorfall wissen und

morgen würde bereits ein richtiges Ereignis daraus geworden sein. Sie setzte sich auf ein korinthisches Kapitell, und ihre gute Laune war plötzlich verflogen. Jane dachte an den bayerischen König. Warum verfolgte er sie in Gestalt seines Sohnes, als wolle er sich an ihr rächen. Seine Freundschaft fehlte ihr, sie konnte es nicht verleugnen. Aber das Leben kümmerte sich nicht um Erinnerungen, sie fühlte ihr Herz wie in ihrer Jugend schlagen und kam sich lächerlich vor.

Der Tag wollte kein Ende nehmen.

Photini Mavromichalis sprang aus der offenen Kutsche. »Ianthe! Die große Herrin des Schlosses hat mir zwei Stunden frei gegeben! Sollen wir eine Ausfahrt auf der Straße nach Patissia machen?«

Photini war eine anmutige und fröhliche Frau. Ihre Eltern, die ehemaligen Beys von Magna, hatten ihre Erziehung der Herzogin von Plaisance anvertraut, daher sprach sie so gut französisch, als ob sie im Faubourg Saint-Germain aufgewachsen wäre. Aber die Herzogin hatte sich mit ihr wegen einer Schenkung, die sie zurückhaben wollte, entzweit. Irgendwann einmal stritt sich letztendlich jeder mit Sophie.

»Warten Sie, ich komme! Würden Sie nicht lieber zum Basar fahren?«

»Mit diesem *meltem* werden wir kaum vorwärtskommen.«

Sie stiegen in die Kutsche, und Photini lenkte die Pferde wie ein antikes Zweigespann.

Das junge Mädchen erzählte die Neuigkeiten der letzten Tage. »Die Atmosphäre am Hof ist geladen wie ein Gewitterhimmel. Die Königin ist furchtbar schlecht gelaunt, und der König stößt Seufzer aus, daß es einem das Herz zerreißen könnte; man kommt sich vor wie in der Grotte der Klageweiber. Aber erzählen Sie mir doch, was hat den König zu Ihnen geführt?«

»Der Zufall! Er ist mit Ihrem Onkel Dimitri dort spazieren gegangen.«

Jane kannte die Gefühle, die das junge Mädchen für Seine Majestät hegte. Böse Zungen behaupteten sogar, sie träume von der Heirat! Die Königin hatte keinen Erben, damit war die Erbfolge zu einer Staatsangelegenheit geworden. Zur Zeit schlug Otto einen seiner Brüder vor und Amalia einen der ihren! Niemand am Hof schien recht glücklich darüber zu sein. Die arme Photini, sie spielte mit dem Feuer, war jedoch zu gewitzt, um auch nur den kleinsten Fehler zu begehen. Als Hofdame der Königin hatte sie den Vorteil, an Ort und Stelle zu sein...

Sie sprachen über die kommenden Tage. Sonntagmorgen in Daphni und in Kiphissia, den Rest des Nachmittags gemeinsam mit Ihren Majestäten. Jede von ihnen wartete aus unterschiedlichen Gründen auf diesen Tag. Die schwarzen, sanften Augen Photinis bargen anscheinend nicht das kleinste Fünkchen Bosheit, doch der Bericht ihres Onkels Dimitri gefiel ihr ganz entschieden nicht! Die Gräfin mochte zwar fünfzehn Jahre älter sein als sie, aber es mangelte ihr nicht an Trümpfen, um den König, diesen unberührbaren Mann, zu verführen!

Ein heftigerer Peitschenschlag, um sich einen Weg über die Kreuzung Hermes- und Aiolos-Straße zu bahnen...

Um diese Zeit saßen die Athener auf den Terrassen der Cafés und diskutierten über Krieg und Frieden, wobei sie jeden Morgen aufs neue die Karte Europas zur Hand nahmen. Die Studentengruppen debattierten lärmend, ihre Väter erörterten ruhiger theologische Fragen in einer Ecke des riesigen Platzes, wie in einem Konversationssalon, der allen offen stand.

Endlich kamen sie am Basar an. Frauen sah man dort selten. Seit der türkischen Herrschaft, vielleicht auch schon früher, war den Männern das Privileg vorbehalten, sich überall zeigen zu können. Da sie die Einkäufe für ihre Familien selbst tätigen mußten, gleich wie hoch ihr Rang war, traf man dort Minister, Offiziere, Arbeiter, Dienstboten und Soldaten. Jeden Abend verwandelte sich der Ort in ein Forum, man diskutierte über Politik, während man sich zugleich über die Preise von Wein und Zwiebeln informierte. Große Lampen mit Olivenöl warfen ein mildes rotes Licht über die Obst- und Gemüseauslagen. Niemand achtete mehr auf den Schmutz und die Abfälle in den Straßen oder hätte sich über die ekelerregenden Gerüche, die durch den Basar zogen, beschwert. Dort ein geschlachtetes Huhn, ein Stück weiter ein toter Hund... Jane blieb vor allem der Duft der Gewürze im Gedächtnis.

Auf von Ketten gehaltenen Holzklappen wurden Stoffe, Schmuck, Putzwaren, aber auch grellfarbene, in Manchester bedruckte Schals feilgeboten, während sich auf dem Boden Porzellanwaren aus Deutschland und Glasartikel aus Triest türmten. Halb verborgen unter einem Schleier aus Staub, lachten die Versuchungen von Luxus und Wohlleben die Kunden an.

»Kein anderer Ort auf der ganzen Welt ist so nervenaufreibend wie dieser«, sagte Jane, um sich über Photini, die sich angewidert umschaute, lustig zu machen.

Sie musterte eine riesige Kupferplatte von den Sporaden, die sie, ganz gegen ihre sonstigen Gewohnheiten, nicht erhandeln wollte. Photini sprang über die Kloake.

»Die Straße von Patissia, meine Liebe, hatte erhöhte Vorzüge!«

»Ja, vielleicht, aber ganz gewiß nicht soviel Seele! Und, meine liebe Photini, ohne Seele kein Charme! Ganz zu schweigen von den Wolken dichten Staubes, die einen ersticken, aufgewirbelt von den Kutschen und Fiakern, den Landauern und Phaetons, den Tilburies und Breaks, den Buggies, dieser ganzen Mustersammlung, die überall in Europa zusammengekauft wurde, und auf die sich die Angehörigen der Athener Gesellschaft so viel einbilden. Meine Liebe, scheinen ist nicht sein! Hier spürt man den Orient! Ich habe das Gefühl, in den Fluten eines langsamen und sinnenfrohen, eines brüderlichen Stromes zu treiben!«

Das junge Mädchen verzichtete darauf, noch weiter Kritik zu üben, auch wenn sie Jane immer noch zürnte, daß sie sie in dieses teuflische Viertel mitgenommen hatte.

»Ob sie den Zweck meines Besuches erraten hat?« fragte sie sich. »Mein Kleid ist ganz verschmutzt, und ich weiß immer noch nicht mehr.«

Die alte Uhr, die Lord Elgin der Stadt geschenkt hatte, damit man ihm das verzieh, was er Griechenland genommen hatte, schlug sieben Uhr.

»Ich werde niemals mehr rechtzeitig im Schloß sein, und ich muß mich doch noch umziehen«, stöhnte Photini mit deutlichem Vorwurf.

»Ich bin unverzeihlich, wir wollen schnell zurückkehren, um so mehr, als auch ich erwartet werde... bei den Soutzos!«

Plötzlich erwachte ein Gedanke in dem unruhigen Geist des jungen Mädchens. Er kehrte wieder, setzte sich fest, beharrlich und fordernd. Photini würde das Gerücht verbreiten, der König habe sich in der Sokrates-Straße aufgehalten, er habe sich sogar die Mühe gemacht, mit Leonidas zu spielen. Die Königin würde das ganz und gar nicht gerne hören, zumal sie seit zwei Jahren schon kaum noch in die Stadt gingen, um ihre Untertanen zu sehen.

»Spiro muß erleichtert sein, daß er einen Abend mit Ihnen verbringen kann«, bemerkte sie perfide. Dabei wußte sie, daß der Graf seit einiger Zeit häufig dienstliche Verpflichtungen vorschützte, um sich insgeheim mit Mlle Basso, Sängerin von Beruf, zu treffen.

Der dumpfe Lärm der Stadt wurde stärker. Jane vernahm Schreie in der Ferne, aber vor allem diese Art von Stimmengewirr, das mit dem Abend anstieg, wie in Paris zu Zeiten von Felix, wie früher. Und ihr war, als ob eine Traurigkeit, die aus der Tiefe der Zeit heranwogte, von ihr Besitz ergriffe. Nichts anmerken lassen. Sie begegnete Männeraugen, sah darin ihr eigenes Gesicht. Sie spürte, wie ihre Lippen trocken wurden, Übelkeit überfiel sie.

»Eugénie, beeil dich! Ich werde noch zu spät kommen«, schimpfte Jane, während sie ein rosa Moirékleid überstreifte, das Mme. Desalles, eine Schneiderin auf der Place Vendôme, genäht hatte. »Was weißt du über den Grafen? Ich möchte wissen, wer seine Geliebte ist.«

Eugénie zitterte. Jemand hatte Mylady von der Untreue ihres Gatten erzählt.

»Ich schwöre, Madame, ich weiß nichts darüber«, behauptete sie mit unsicherer Stimme.

»Du bist mir die Wahrheit schuldig! Mein Verhalten wird sich nicht ändern, doch ich muß es wissen!«

»Der Herr Graf liebt nur Madame...«

Im Unglück ist man allein, stöhnte Jane innerlich.

Im übrigen würde ein Name nichts an der Sache ändern. Die Tatsache bliebe die gleiche.

Ein paar Haarnadeln, um den Knoten festzustecken, ein paar Jasminblüten in die Haare gesteckt, ein wenig Puder, um ihren blassen Teint zu schützen, den zu zerstören sich die Sonne eifrig bemühte, ein wenig Khôl, aber nur ganz wenig. Ein letzter Blick in den Spiegel.

»Auf uns beide, Spiro!«

7

«Oh! Christos! Oh! Daveli, Anführer der Räuberbande. Komm nicht mehr nach Liakoura, komm nicht mehr in unsere Berge. Denn Megas zieht mit allen Arachoviten gegen dich!«

Wieder einmal sang Klytaimnestra dem Kind ihr Klagelied vor.

»... Wir werden uns wie kühne Pallikaren schlagen, noch ehe der Tag vorüber ist«, erwiderte Leonidas.

Jane war stehengeblieben. Gab es eigentlich kein Mittel, zu verbieten, daß in diesem Haus ständig von Räubern gesprochen und endlos *tragoudi*, Klagelieder, gesungen wurden?

»Bald sind wir in Italien«, tröstete sie sich. »Leonidas wird gezwungen sein, sich an ein ruhigeres Leben zu gewöhnen. Seine Großmutter und die beiden Steele-Schwestern werden sicherlich mehr Einfluß auf ihn haben als ich, und sie werden ihm englische Klagelieder beibringen.«

Jane hatte sich so oft ihr Wiedersehen mit ihrer Mutter vorgestellt, dieser Frau, auf die sie nie gehört hatte, die einzige, die ihr alles verzeihen konnte!

Etwas Achtunggebietendes lag in der Stimme Klytaimnestras ... wie die Erinnerung an ein Volk und seine Freiheit.

»Sagt Azimou, meinem Kind, der einzigen Tochter, die ich habe, sagt ihr, sie soll zum Zeichen der Trauer ihre goldenen Armbänder ablegen, sagt ihr, sie soll nicht ihre schönen Gewänder zum Fest unserer Kirche anlegen, denn sie haben mich zu Tode getroffen in der Meerenge von Koulia.«

Diese Heldentaten von einst, hier dauerten sie fort. Trotz der Regierung, die die Existenz von Räubern zu leugnen versuchte; wer auch immer ein wahres Wort, einen Beweis für diese Tatsache vorzutragen wagte, wurde sogleich angeklagt und bestraft, und die Obrigkeit hatte den Befehl erhalten, alle Vorfälle zu verheimlichen und sie im Gegenteil als politische Waffe zu gebrauchen. Wollte man ein Ministerium stürzen? Man steckte einfach Dörfer in Brand. Anstatt die Schuldigen zu suchen, nutzte man den Vorfall, indem man die Regierungsgegner folterte.

Jane ging ins Arbeitszimmer, und gleich wurde es still. Leonidas warf sich ihr an den Hals.

»Warum kann ich nicht mit Ihnen ausreiten? Ich kann schon sehr gut reiten. Mein Pony läuft schnell, und ich könnte wenigstens ein Stück des Weges mit Ihnen zurücklegen. Stavros würde mich zurückbringen.«

»Das geht nicht, mein Liebling.«

»Der König, die Königin, immer folgen sie Ihnen, und ich sehe Sie gar nicht mehr«, protestierte er. »Papa ist auch schon den ganzen Tag im Schloß...«

»Du solltest stolz darauf sein.«

»Wenn ich groß bin...«

»In der Zwischenzeit mußt du artig sein... aber warte nicht auf mich. Wenn ich wieder da bin, komme ich noch und gebe dir einen Kuß.«

»Ich werde so tun, als ob ich schlafe, wie jedes Mal.«

Er ist schlimmer als ich, immer will er das letzte Wort haben, dachte sie, zwischen Ärger und Zärtlichkeit schwankend.

»Le roi a fait battre le tambour!« hatte sie Didi vorgesungen, als sie in Paris lebten. Siebzehn Jahre war das schon her. Jane dachte an Didi, die sie hoffentlich in Neapel, wo Felix Botschafter war, wiedersehen würde.

»Le roi a fait battre le tambour, der König ließ die Trommel schlagen!« Otto hatte nur Augen für sie. Auf dem allwöchentlichen Ball tanzten sie zusammen, und in der Stadt kursierten bereits Gerüchte.

Königin Amalia überwachte sie mit Argusaugen, aber sie konnte nichts sagen. Wie hätte sie ihrem Gatten vorwerfen können, daß er sich endlich amüsierte, wo sie ihm so lange vorgehalten hatte, er sei langweilig! Sie stand der Gräfin mit unversöhnlichem Haß gegenüber, betrachtete Jane als Rivalin, die ihrer Einschätzung nach um so gefährlicher war, als sie überhaupt keinen Ehrgeiz besaß. Im Herzen Janes indessen war nur Raum für Spiro, sie versuchte nur, aus ihm wieder einen treuen Ehemann zu machen, indem sie seine Eifersucht weckte. Spiro, der bezauberndste Mann am ganzen Hof.

Auch an den Konzerttagen, an denen sich die Bevölkerung Athens versammelte, um dem Orchester unter der Leitung von Oberst Touret zu lauschen, ruhte der Blick des Königs auf ihr. Der absolute Herrscher, den Gott und die Menschen über die Gesetze gestellt hatten, der unberührbare, unzugängliche König, dieser König suchte Jane mit den Augen, wobei er gleichzeitig den Kopf im Takt der Musik bewegte.

Man spielte Quadrillen, Walzer, Polkas und alle Arten von Tänzen. Der Polizeipräfekt in Pallikarentracht, in der Hand einen Stock mit der Aufschrift ›Stärke und Gesetz‹, patrouillierte durch die versammelte Menschenmenge und wachte über die Ordnung.

Wenn dann Ihre Majestät hinter dem Hofstaat quer durch die Menge schritt, nahmen die Bürger ihre Mützen ab, die Reiter ließen ihre Pferde steigen. Wenn Jane nicht da war, richtete es Seine Majestät, der König von Griechenland, so ein, daß er bis zu drei Mal am Nachmittag zurückkam, nur um sie zu sehen.

Spiro erinnerte sich endlich wieder daran, daß seine Frau schön und begehrenswert war. Von neuem erging er sich in Schwüren, weil er ahnte, daß der Sohn des Königs von Bayern es auf seine Frau abgesehen hatte. Er beschloß daher, Jane pausenlos zu beanspruchen, so wie man einen Fisch, den man fangen will, müde macht. Und er machte sie müde, indem er sie liebte, er machte sie müde, indem er sie zur Bärenjagd ins Gebirge mitnahm, er machte sie müde, indem sie ihm überall dorthin folgen mußte, wo er es wünschte.

In Neapel würde er schon darauf achten, daß sie nicht mit Felix zusammentraf, höchstens mit Didi.

Mal in Begleitung von Freunden, mal allein durchstreiften sie zu Pferd die Ebenen und Berge Attikas. Oft begaben sie sich mit dem Hof nach Daphni, und die Reise allein war schon ein Abenteuer, wenn sie an einem zerfallenen Aquädukt vorüberkamen, wo Frauen ihre Wäsche wuschen, wenn sie am botanischen Garten entlangritten, der in türkischen Zeiten dem ›Woiwoden‹ als Wohnort diente, oder an dem antiken Ort Colonna hielten, um wieder einmal, und wieder einmal vergeblich, den antiken Ort zu suchen, den Antigone ihrem Vater, dem greisen Ödipus, beschreibt…

M. Pittakis, Sammler und Konservator der antiken Schätze Athens, folgte Jane wie ein Schatten, bedachte die Helden der Neuzeit und die der Antike mit der gleichen Bewunderung und behauptete, Jane sei Aphrodite.

»Die Musenchöre mit goldenen Träumen verschmähen diesen Ort nicht«, deklamierte er emphatisch.

Auf der Straße begegneten sie einer Kamelkarawane, die Waren aus Korinth brachte. Plötzlich ertönte ein Knall… »Wahrscheinlich im Marmorsteinbruch«, dachte Jane. Das Pferd des Königs erschreckte sich und ging durch, es kam vom Weg ab und entführte den Herrscher in ein ausgetrocknetes Bachbett. Nach einem Augenblick der Erstarrung machten sich die anderen Reiter an die Verfolgung, an der Spitze die Königin. Sie waren schon weit, als Jane schließlich aufgab. »Wozu soll das gut sein, der König ist ein zu guter Reiter, um irgend etwas zu riskieren.«

Sie kannte einen Brunnen in der Nähe, der einst in der Antike zur Reinigung bestimmt war, ein Heiligtum des Apollo; dorthin ritt sie und setzte sich auf den Rand.

»Noch zwei Wochen, und wir müssen abreisen. Sonst ist der Sommer vorbei, und wir haben es noch nicht einmal bemerkt!«

Direkt neben dem Brunnen, zwei Schritte von einem Hohlweg entfernt, stand eine kleine Kapelle, vielleicht ein altes Familiengrab.

Apollo stieg zwischen den Mastixbäumen in Gestalt Ottos auf die Erde herab. Jane stürzte auf ihn zu: »Majestät, sind Sie verwundet?«

Sie kniete nieder und nahm ihn in die Arme.

»Majestät, oh, Majestät, ... ich werde Hilfe holen.«

»Still! Im Augenblick bleiben sie bei mir. Ich habe mir wohl fünf Minuten verdient. Solange habe ich von dieser Gelegenheit geträumt, daß ich sie wohl selbst ohne es zu wollen, schließlich herbeigeführt habe. Beruhigen Sie sich! Ich habe mir nichts gebrochen! Aber ich habe mein Pferd verloren. Und mein Herz ist gebrochen«, fügte er traurig hinzu.

»Majestät, fühlen sie sich wirklich wohl?«

Otto sprang auf und umarmte sie ungestüm.

Dieses Risiko hatte Jane nicht vorausgesehen, die Etikette war so streng, daß sie sich zum ersten Mal mit dem König Kopf an Kopf befand.

Kein Laut ließ sich vernehmen, nur das Zirpen der Grillen.

»Die Zeit, die nichts vergißt, gewährt einem manchmal eine Chance.«

Die Wahrheit, das wußte sie, ist mitleidlos: Wenn jemand ihre Abwesenheit bemerkte, wenn man sie hier mit dem König entdeckte, war es mit Spiros Karriere vorbei. Sie befreite sich sanft aus der Umklammerung, zog ihr Gesicht von Ottos Brust zurück. Die Sonne strahlte, das Wetter war zu schön, die ahnungslosen Vögel sangen weiter.

Otto küßte ihre Haare, ihre Wangen, ihre Kehle, und einen Seufzer lang trafen sich ihre Lippen.

Die Hufe ihres Pferdes traten auf einen Stein, der wie gesprungen klang. Von weitem hörte man die Rufe der Eskorte. Sie schauten sich noch einmal an, dann sprang Jane auf ihr Pferd und floh in Richtung des nächstgelegenen Klosters. Sie wußte, dort würde sie Zuflucht finden, um ihre Gefühle zu beruhigen.

Die Kuppel wölbte sich über ihr, bedeckt mit einem goldenen

Mosaik: der segnende Christus, umgeben von den Aposteln, die traditionelle Darstellung der normannischen Kirchen auf Sizilien.

Geräusche… Man sucht Otto immer noch. Dieser Augenblick der Einsamkeit war magisch, wundersam, sie schickte einen Wunsch zum Himmel, in dem sich Spiros, Leonidas und ihr Glück vermischten.

An der Quelle kühlte sie ihr Gesicht. Sie hörte Dimitri Mavromichalis schreien, man habe den König wiedergefunden.

Wenn auch ihre Anwesenheit im Kloster jeden Kommentar unterband, so erriet Jane in dem zornigen Blick der Königin die Warnung: »Ich werde zu meinem eigenen Schutz schweigen, doch meine Rache wird um so schrecklicher sein.

8

»Lesen Sie!«

Jane hielt den Brief ihrer Mutter hin, und Lady Digby war so fassungslos, daß es ihr die Sprache verschlug.

»Ich werde ihm schreiben, das ist alles.«

»Danke, Mutter! Und bitte so schnell wie möglich!«

»Warum gehen wir nicht einfach in die Botschaft? Dann wäre der Prinz wohl gezwungen, uns zu empfangen.«

»Nein, Mutter, ich will Sie nicht in diese Geschichte hineinziehen. Sie hat Sie damals schon genug aufgeregt.«

»Aber doch, ganz unbedingt! Und außerdem möchte ich meine Enkelin wiedersehen. Man hat sie mir weggenommen«, antwortete sie mit ruhiger Autorität.

Drei Tage später wurden sie beide im Haus Schwarzenberg in Neapel, wo Felix, Mathilde und Didi lebten, empfangen.

»Ich danke Ihnen, daß Sie die Mühe auf sich genommen haben, uns zu empfangen», sagte Lady Digby, nicht ohne eine Spur von Ironie in der Stimme, zu dem ergrauten Mann, der der Prinz geworden war.

»Jane!«

Wo war das unwiderstehliche Lächeln von einst? Er beugte sich über Janes Hand und schlug die Hacken zusammen.

»Ich bitte Sie«, erwiderte er verlegen und holte Sessel herbei, »ich muß zugeben, ich war überrascht, als ich Ihren Brief bekam.« »Er ist vor Angst gestorben«, dachte Jane, erstaunt wieder auf diese Feigheit bei Felix zu stoßen, an die sie sich nie hatte gewöhnen können. »Er zittert am ganzen Leib bei der Vorstellung, daß wir dieses so wohlgeordnete Leben durcheinander bringen könnten.«

Felix wandte sich nur an Lady Digby, und Jane verbarg nur mühsam ihren Zorn... Was für eine Heuchelei! dachte sie. Sie hatte alle seine Briefe aufbewahrt, die oft überladen waren mit der Aufzählung militärischer und anderer Titel, die er im Lauf der Jahre erhalten hatte, als ob er gefürchtet hätte, sie sei nicht darüber unterrichtet. Er hatte darin jedoch auch von den Freunden von einst geschrieben, von Dietrichstein, Apponyi, Thurheim ...

Eigentlich hätte er sehr wohl wissen müssen, daß sie nur hier war, um ihre Tochter wiederzusehen. Hatte sie nicht, um Karl heiraten zu können, alle ihre Ansprüche als Mutter aufgegeben? Was hätte sie sonst auch machen sollen? Sie hatte keine Wahl gehabt, allein die Existenz Heriberts unterstrich zur Genüge, daß sie schuldig war. Heute wußte sie, daß Didi glücklich und verwöhnt war. Warum also die Vergangenheit aufrühren, sich und ihn quälen? Das Kind hielt sich für eine Waise, warum sollte man ihr eine Wahrheit enthüllen, an der sie nur leiden würde?

Er hatte ihr schon so viele Dinge versprochen. Sicher, er hatte nicht geheiratet, aber das war wohl auch das einzige Versprechen, das er gehalten hatte. Dieser kalte, intelligente, harte Blick – man hatte ihr gesagt, er sei unbeliebt in Neapel... Grausamkeit des Lebens: In ihrer Erinnerung hatte er Herz gehabt.

Ohne das Eingreifen ihrer Mutter hätte er wahrscheinlich wieder eine Ausrede erfunden, um auch diese Begegnung aufzuschieben. Wie hatte sie nur so lange Jahre auf ihn warten können? Nur sie allein verdiente Vorwürfe.

Sie sah sich so, wie sie ihm erscheinen mußte, sie saß hier wie eine Bittstellerin, die um das Almosen flehte, ihre Tochter sehen zu dürfen! Wie eine mehr in der unzählig großen Schar dieser törichten, naiven, vertrauensseligen Frauen, die sich von dem Mann, den sie liebten, hatten täuschen lassen. Was für ein armer Mann war er doch, ein armer, im Grunde ehrenhafter Mann, der log wie alle Männer und der noch nicht einmal den Mut gehabt hatte, Didi zu gestehen, daß er ihr Vater war.

»Wann kann ich sie sehen?« fragte Jane mit einer Stimme, die unbeteiligt klingen sollte.

»Jetzt... wenn Sie möchten... Ich möchte Sie nur daran erinnern, daß sie nichts über ihre Herkunft weiß. Ihre Ähnlichkeit ist bestürzend, das ist der einzige Grund, aus dem ich es vorgezogen hätte, diese Begegnung zu vermeiden. Didi ist ein sorgloses, frisches und lebhaftes Kind. Sie braucht nicht zu erfahren, was geschehen ist. Ich würde es mir nie verzeihen.«

Jane hätte am liebsten geweint. Das war der Mann, um dessentwillen sie hatte sterben wollen!

Der angeblich für sie empfundenen Leidenschaft hatte er die Vernunft vorgezogen, und es war unerhört, daß ihm das nicht einmal allzu schlecht gelungen war! Sie erkannte an, daß es nicht leicht war, im Namen Österreichs in Italien Verhandlungen zu führen, aber zumindest auf diesem Gebiet galt er als jemand, der auch für die schwierigsten Probleme eine wirkungsvolle Lösung fand. Er besitzt eine unbestreitbare Gewandtheit, ja Begabung, warum hat er nur keine Seele?

»Armer Felix«, sagte sie und ließ ihren Schleier wieder sinken. »Rechnen Sie nicht damit, daß ich Ihnen dankbar bin! All das versteht sich für mich von selbst. Es gibt genug Fremde in Neapel, so daß Sie uns Ihrer ›Nichte‹ – denn sie glaubt doch immer noch, Sie seien Ihr Onkel, nicht wahr? – durchaus glaubwürdig als alte englische Freundinnen, denen Sie zufällig begegnet sind, vorstellen können.«

Jane wirkte dabei so sicher, daß er stumm blieb.

Sie hatte sich nicht verändert, sie war immer noch genauso schön. Nicht eine Falte in den Augenwinkeln, aber sie bewies eine Überzeugungskraft, eine Entschlossenheit, die er an ihr gar nicht kannte. Diese Frau war ein Teufel. Er hatte sie nur verliebt wartend gekannt, und nun, wo sie ihm feindlich gegenüberstand, mußte er sich eingestehen, daß keine andere Frau ihm jemals so viel Glück geschenkt hatte.

»Prinzessin Mathilde ist nicht im Haus. Ich werde Didi rufen lassen«, sagte er leise. »Wir könnten einen Spaziergang im Garten machen, das würde vielleicht natürlicher wirken.«

»Gehen wir«, erwiderte sie besänftigt. »Sorgen Sie sich nicht, Felix, und schreiben Sie mir weiterhin so wie bisher. Ich muß nur wissen, daß meine Tochter lebt und glücklich ist. Und nun möchte ich sie sehen«, sagte sie und stand auf. »Abgesehen davon hat sich nichts geändert, und es wird sich auch nichts ändern, seien Sie unbesorgt!«

Als sie die Villa verließen, überfiel Jane ein Schwindelgefühl. Ihre Tochter, diese Fremde mit den großen Augen, die ihr so ähnlich sah, wie sich zwei Tropfen Wasser gleichen, zumindest physisch, denn Didi wirkte so brav, so wenig unruhig... Sie hatten liebenswürdig miteinander geplaudert, so wie es sich gehörte und wie man es ihr wahrscheinlich beigebracht hatte. Und Jane war das Herz so schwer, sie wagte kaum, sie anzuschauen, und dabei hätte sie sie am liebsten mit all ihrer Kraft umarmt und ihr alles erklärt. Didi hätte es verstanden. Aber es war offensichtlich, daß ihre Tochter sich an nichts mehr erinnerte, und das war vielleicht auch besser so. Felix hatte ihr erklärt, ihre Eltern seien an Typhus gestorben, und wenn sie Fragen gestellt hatte, hatte er ausweichend geantwortet. Didi nannte Prinzessin Mathilde »Mutter«, den Prinzen Felix »Onkel«, und damit war ihre Vergangenheit abgeschlossen. Draußen saßen junge Mädchen singend um einen Brunnen herum. Unter einem Portal standen junge Leute und schauten lächelnd zu ihnen herüber. Bald würde Didi sich verlieben, und der Zyklus würde wieder von vorn beginnen.

Es war schwül.

»Mutter, ich werde mich nicht beklagen, ich habe nur das bekommen, was ich verdiene. Halten wir an, ich kann weder in der Kutsche bleiben noch zu Fuß gehen, ich bin so traurig, daß ich sterben möchte.«

»Du konntest gar nicht anders handeln, Jane. Aber du darfst dich nicht entmutigen lassen. Ich hätte Didi liebend gerne zu mir genommen, aber dein Vater – Gott sei seiner Seele gnädig – hat sich immer dagegen gesträubt. Du konntest sie auch nicht Karl aufbürden, obwohl er es akzeptiert hätte. Du hast mit gesundem Menschenverstand gehandelt, wenigstens einmal! Prinz Schwarzenberg betet seine Tochter an, und er hat ihr ein traumhaftes Leben bereitet. Sie ist sein einziges Kind, wahrscheinlich der einzige Mensch, den er liebt. Komm Jane, faß Mut! Ich weiß wie dir zumute ist. Mein ganzes Leben lang, bei jeder deiner Verrücktheiten habe ich die gleiche Einsamkeit empfunden. Als du Heribert und Bertha verlassen hast, hast du nicht geweint.«

»Sagen Sie das niemals wieder«, entgegnete Jane böse. »Und überhaupt, was wissen Sie davon? Es hat vier Jahre gedauert, vier Jahre voller Leid und Tränen, vier Jahre, in denen ich mich bis aufs Blut gequält habe, bevor ich mich entschieden habe. Die Gesetze in unserer Welt sind nun einmal so: Die Kinder gehören dem Vater, wenn das Verhalten der Mutter nicht untadelig ist. Das wird sich vielleicht eines Tages ändern. Niemals hätte ich mit Heribert und Bertha fliehen können... und das konnte ich auch Karl nicht antun! Ich kann nicht nach Deutschland zurückkehren. Ich habe dieses Leben gewählt! Sehen Sie, ich liebe Leonidas von ganzem Herzen, wie ich vielleicht keines meiner Kinder geliebt habe, das stimmt, und er macht mir nur Freude. Ich habe sechs Kinder gehabt... keines war gewollt, aber ich mußte sie wohl akzeptieren. Wir Frauen, wir werden niemals die Wahl haben. Man könnte mir vorwerfen, es mangele mir an Zärtlichkeit, und ich sei immer nur dem Drang der Liebe gefolgt. Und wozu letztendlich all das? Jetzt gibt es nur noch Leonidas. Trotzdem vergeht nicht ein Tag, an dem ich nicht an die anderen denke.«

»Du redest törichtes Zeug. Komm, geh mit mir spazieren, du hast es nötig. Was Spiro angeht, so verschone ihn bitte mit deinem Gemütszustand. Das wäre unpassend!«

Lady Digby war sehr viel erschütterter, als sie zugeben wollte. Bevor sie nach Italien gefahren war, war sie mit Karl zusammengetroffen und hatte ihn gebeten, ihr seine beiden Kinder anzuvertrauen. Er hatte sich kategorisch geweigert: »Jane soll sich, wenn sie es vermag, mit ihrem Glück zufriedengeben. Ich teile ihr regelmäßig alles Wissenswerte mit, die Kinder antworten auf ihre Briefe. Heribert weiß, daß seine Mutter weggegangen ist und denkt zuviel an sie, was Bertha angeht, das arme Kind, so ist sie zu zurückgeblieben, um begreifen zu können.«

Eigentlich, hatte Lady Digby gedacht, erziehen wir unsere Kinder in einem weisen Gleichgewicht von Ordnung und Standesbewußtsein, in einer strikten Einhaltung der Sitten, die ihnen die Gouvernanten noch mehr eintrichtern als die Eltern. Jane ist von Natur aus ein glückliches Geschöpf, von überströmender Phantasie und Lebensfreude, liebenswert, leidenschaftlich und großzügig. Aber seitdem sie verheiratet ist, habe ich das Gefühl, alles ist nur noch Qual für sie, während ich bei meinen Söhnen vollkommen beruhigt bin. Sie sind verheiratet, sie haben Kinder, die ihrerseits wieder in den Händen von Gouvernanten und Lehrern sind. Dadurch ist die Tradition gesichert. Meine Zuneigung zu Jane ist von besonderer Art. Sie hat immer so gelebt, wie sie wollte, ohne Zugeständnisse zu machen. Beinahe könnte ich sie beneiden, auf jeden Fall bewundere ich ihren Charakter.

Lady Digby brach in Lachen aus.

»Was haben Sie, Mutter?«

»Nichts, mein Liebling, ich mußte an die ›schwarzen Schafe‹ von König Tom, deinem Großvater, denken.«

Sie gingen quer durch die Stadt. Um sie herum ragten Paläste empor, erbaut für sterbliche Fürsten, die nur ans Kämpfen gedacht hatten. Und inmitten der dichtgedrängten Häuser in diesen engen Straßen pulsierte das neapolitanische Leben, wohl voller Traurigkeit unter den fröhlichen Liedern.

Heute abend würden sie mit Spiro ins San-Carlo-Theater, einer der schönsten lyrischen Bühnen der Welt, gehen. Und morgen wollten sie gemeinsam nach Bagni di Lucca aufbrechen und dort bis Anfang September bleiben.

Geduldig wartete Spiro in der Hotelhalle. Margareth und Jane Steele hatten Leonidas zu einer Kutschfahrt am Hafen mitgenommen.

9

Das toskanische Dorf, in eine üppige, grüne Vegetation gebettet, atmete Ruhe und Frieden. Die Spaziergänge auf dem Land hatten Janes Wangen gleichmäßig gebräunt. Ohne Rouge erschienen ihre Lippen voller, und ihre Haare, die der Wind zauste, flogen um ihr Gesicht, ohne daß sie darauf achtete. Sie fühlte sich wie ein junges Mädchen.

In dem kleinen Badeort hatte ihre liebenswerte Art das Mißtrauen der Einwohner rasch zerstreut, und die Frauen baten sie ohne Zögern ins Haus, um eine auf der Türschwelle begonnene Unterhaltung fortzusetzen. Leonidas hatte wieder einmal unzählige Freunde gefunden, die das große, rechteckige Haus, das sie für den Sommer gemietet hatten, bevölkerten, bevor sie ausgelassen wieder auf die Straße und zu der alten Brücke, der von riesigen Steinbögen getragenen Teufelsbrücke, liefen.

»Hier gefällt es mir am besten«, sagte er zu seiner Großmutter. »Hoffentlich reisen wir nicht ab.«

»In anderen Orten ist es genauso vergnüglich», erwiderte Lady Digby, die seine Hausaufgaben überwachte. »Und in Athen?«

»Ja, da ist es schön, aber es ist zu heiß, und außerdem gibt es keine großen Bäume, auf die ich klettern kann, wie hier.«

»Du weißt, daß man sich dabei den Hals brechen kann?«

»Ja... Aber ich, ich kann klettern wie ein Eichhörnchen. Und ich bin auch froh, eine Großmutter wie Sie und die Steele-Kindermädchen zu haben. Habe ich in England noch mehr davon? In Athen gehen sie immer gleich wieder weg, sie sagen, ich bin nicht zu ertragen! Da gibt es nur Eugénie und Klytaimnestra, die immer bei uns bleiben.«

»Darauf brauchst du wirklich nicht stolz zu sein.«

»Doch, doch… sie sagen auch, ich sei ein Teufel, aber das stimmt nicht, denn wenn ich groß bin, werde ich General.«

»Würdest du bitte arbeiten, statt zu schwätzen!«

»Warum sind Sie nicht schon früher gekommen?«

»Man stellt nicht ständig Fragen!«

Leonidas runzelte die Brauen und konzentrierte sich endlich auf seine Stifte und sein Papier, dann, von einer plötzlichen Eingebung gepackt, schrieb er sein Alphabet noch einmal ab. Von einer Sekunde zur anderen hatte er jedes Interesse an seiner Großmutter verloren.

Klytaimnestra kam, um ihn zu Bett zu bringen.

»Was für ein seltsames Kind«, mußte Lady Digby unwillkürlich denken, »er ist noch undisziplinierter als Jane in diesem Alter. Er bräuchte einen Lehrer als Ausgleich zu seinen Eltern, sie sind nicht streng genug mit ihm. Gleich nach meiner Rückkehr werde ich einen suchen, er spricht ein erbärmliches Englisch.«

Für sie, wie für die beiden Steele-Schwestern, war dies die schlimmste aller Lücken. Außerhalb ihres Heimatlandes konnte nichts wirklich gut sein, auch wenn der Exotismus manchmal seine Reize hatte.

Gleich würde Jane kommen, ihre Gegenwart brachte ein wenig Wärme in das Leben der alten Engländerin. Ihre Tochter war in den Augen aller ein seltenes Muster an Ausgeglichenheit und Charme. Es ist unglaublich, daß sie sich so gut gehalten hat, dachte sie. Jane wirkte auf sie wie eine Schlittschuhläuferin auf einem zugefrorenen See: sie war ihrer selbst und ihrer Bewegungen so sicher, manchmal drohte sie zwar zu stürzen, doch im letzten Augenblick fing sie sich immer wieder. Und Spiro war ein reizender Mann, und er besaß genügend Autorität, so daß aus diesem Wildfang eine vollkommene Ehefrau geworden war. Dies hätte sie allerdings auch schon von Anfang an sein können, sagte sich Lady Digby mit kummervollem Bedauern. In der Tat, wenn Jane Edward nicht verlassen hätte, hätte sie ein faszinierendes Abenteuer in Indien erlebt, wo Lord Ellenborough zum Generalgouverneur ernannt worden war… »Vize-Königin von Indien«, oder zumindest beinahe, mußte Lady Digby unwillkürlich denken. »Edward hatte sicher seine Fehler, doch er besaß auch unbestreitbare Qualitäten. Er hat das militärische Ansehen Englands in Indien wiederhergestellt... Das afghanische Problem schien unlösbar, aber ihm ist es gelungen, ihm ein Ende zu machen. Und außerdem hat er Sind annektiert, Gwalior erobert... Da hatte sich doch meine Tochter einen Teufelskerl ausgesucht!«

Lady Digby nahm ihre Handarbeit wieder auf, und ein Seufzer des Wohlbehagens entrang sich ihr. Aus der Eingangshalle erscholl Gelächter. Jane kam herein, gefolgt von Oberst Stisted und seiner Gemahlin.

Mrs. Stisted, die von ihren Landsleuten die ›Königin der Badeorte‹ genannt wurde, weil es keinen Badeort in Europa gab, den sie nicht kannte, hatte eine Vorliebe für Bagni di Lucca, wo sie zwei Häuser gekauft hatte, eins für sich selbst, ein anderes, das sie vermietete. Sie war eine lebhafte, heitere Frau, die das ganze Land kannte. Durch sie hatten die Theotokis sich mit den Brownings und dem Schriftsteller Ouida angefreundet. Das Leben in der Toskana war heiter...

Und in diesem Jahr 1846 wurde die riesige im florentinischen Stil erbaute blaßgelb getünchte und mit grünen Fensterläden versehene Villa, nicht leer. Die Empfangshalle erstreckte sich über drei Etagen, um jedes Stockwerk lief eine offene Galerie, die es erlaubte zu sehen, was unten vorging. Ein strategischer Ort für Leonidas, der, verborgen in einer Ecke, alles beobachtete. Da er an den Empfängen, wenn welche stattfanden, nicht teilnehmen durfte, war dies seine Art, doch dabei zu sein und von den verbotenen Früchten zu kosten. Er sollte eigentlich schlafen, und Klytaimnestra hatte seine Kriegslist noch nicht bemerkt. Durch die Stangen sah er die Frau des Oberst, gefolgt von ihrem Gemahl, und seine Großmutter, die sie begrüßte. Er stellte sich auf Zehenspitzen, damit ihm nichts von dem, was da unten passierte, entging. Er wollte auf die Balustrade steigen, verlor aber das Gleichgewicht und kippte über das Geländer. Mit einem dumpfen, schweren, schrecklichen Geräusch schlug er auf dem Marmorboden auf. Dort, zu Janes Füßen...

Drei Tage später wurde Leonidas auf dem Friedhof des kleinen Ortes im Beisein der Theotokis, Lady Digbys und Eugénie beerdigt. Spiro hatte sonst niemandem erlaubt, an der Zeremonie teilzunehmen, und niemand hätte daran gedacht, seinem Willen zuwiderzuhandeln.

»Natürlich bleibe ich bei ihr. Sie können sich wohl denken, daß im Augenblick von einer Rückkehr nach England keine Rede sein kann.«

Spiro erhob sich mit starrem Blick. Er schien um zehn Jahre gealtert zu sein, seine Hände zitterten. Seine Augen hatten jeden Glanz verloren, sein edles Gesicht wirkte ausgezehrt, und seine Haare wurden an den Schläfen deutlich grau.

Er mußte nach Athen zurückkehren, um seinen Dienst wieder anzutreten. Es würde keine Jahreszeiten mehr für ihn geben, keinen Frühling mehr und keinen Sommer. Das Entsetzen, das sonst nur die anderen traf, hatte sich über sie gesenkt, und um alles noch tragischer zu machen, trennte das Unglück sie, anstatt sie näher zusammenzubringen.

Jane weigerte sich, sich zu bewegen, zu essen oder zu sprechen. Dieses Unglück traf sie tief bis ins Mark. Spiro und Lady Digby taten alles in dem Versuch, sie zu trösten, doch sie war wie erstarrt und sagte nur immer wieder: »Gott hat mich gestraft, weil ich meine anderen Kinder verlassen habe.«

Nichts konnte sie von diesem Gedanken abbringen. Ständig öffnete sie die Dose aus Ebenholz, in der Leonidas Locken aufbewahrt wurden, und küßte sie unter Tränen. Niemand dachte daran, ihr zu widersprechen, als sie beschloß, nicht nach Athen zurückzukehren.

»Versteh mich, Spiro, ich muß hier bleiben, nahe bei Leonidas, ich kann ihn nicht verlassen.«

Ein Leben, das an einem Sommerabend in Bagni di Lucca zu Ende gegangen war, hatte den Faden eines anderen Lebens zerschnitten. Jane sagte sich immer wieder, daß sie das Schicksal habe zwingen wollen, aber sie sei wohl nicht dazu geschaffen, sich irgendwo niederzulassen und eine Familie zu gründen. Sie hatte ihr Herz der Einsamkeit geöffnet.

Begleitet von ihrer Mutter, von Eugénie und den Steeles zog sie von Stadt zu Stadt quer durch ganz Italien.

Zuerst nach Rom, wo Felix sich aufhielt. Lady Digby hatte für

Jane um Erlaubnis gebeten, Didi wiedersehen zu dürfen. Aber Felix hatte trotz der Umstände abgelehnt. Die Vorstellung, sie könne eines Tages versuchen, ihm seine Tochter wieder wegzunehmen, flößte ihm Angst ein.

Nun verbrachte Jane, verborgen im Fond einer Kutsche, Stunden damit, den Spaziergang ihrer Tochter zu beobachten, die jeden Tag in Begleitung Prinzessin Mathildes aus dem Haus ging. Niemals sprach sie mit ihr.

Florenz, Mailand, Venedig konnten ihren Schmerz nicht lindern. Sie trug ihr Leid quer durch die Schweizer Alpen, nach Österreich. Karl von Venningen versuchte, sie mit ihren Kindern zusammenzubringen. Aber sie wollte von Kindern nichts mehr hören.

Man sah sie in Paris, in Südfrankreich. Sie fuhr nach Ischia. Bald blieb sie länger an einem Ort, dessen Reize sie schon seit langem ausgeschöpft hatte; bald gab sie, ohne ersichtlichen Grund, kaum daß sie angekommen waren, schon wieder den Befehl zur Abfahrt.

Lady Digby fuhr mit Steely und deren Schwestern wieder nach England. Jane blieb allein mit Eugénie zurück. Sie setzte ihr Vagabundenleben weiter fort, sie konnte immer noch nicht vergessen.

Man erzählte, daß Jane in diesen beiden Jahren »sechs Männer« gehabt habe, zudem noch Italiener. Vielleicht versuchte sie, ihren Kummer in irgendwelchen Abenteuern zu ertränken? Sie war immer schon zu schön gewesen, um nicht Aufsehen zu erregen, stolz genug, um die anderen mit ihren Klagen zu verschonen, und unglücklich genug, um das härteste Herz zu rühren. Seit langem schon war Jane zu einer Legende geworden. Ihr Unglück verlieh dieser Legende den Hauch von Verdammnis, der ihre Person mit der Aureole eines Opfers umgab.

Andere erzählten, Felix, der niemals aufgehört hatte, sie zu lieben, habe sie heimlich in Neapel aufgesucht. Aber er habe sie, da er im November 1848 zum österreichischen Kanzler ernannt wurde, wieder verlassen müssen.

Nichts ist gewiß.

Über Jane Digby war schon zuviel Tinte geflossen, und so mußte ihre Geschichte, obwohl sie nun von Unglück geprägt war, zwangsläufig weiter die Phantasie anregen.

Das Einzige, was man mit Gewißheit weiß, ist, daß Jane in diesem Jahr, vielleicht weil sie ganz einfach des Umherirrens müde war, beschloß, nach Hause zurückzukehren.

Siebter Teil

1849–1853

1

Die Stadt schien menschenleer.

»Was ist hier los?« wandte Jane sich fragend an Spiro, der nach Piräus gekommen war, um sie abzuholen.

»Nur, daß der griechische Karneval vorüber ist und morgen, Montag, die Fastenzeit beginnt. In Italien ziehen die Katholiken den Karneval noch bis Aschermittwoch hinaus, also zwei Tage länger als wir. Hast du das schon vergessen?«

»Staub, denke daran, du bist Staub und zu Staub wirst du wieder werden... Da habe ich mir ein seltsames Datum ausgesucht, um nach Hause zurückzukehren, und ich finde, ich bin eine recht jämmerliche orthodoxe Christin, daß ich so den Kalender vergessen habe.«

»Wenn es nur unsere Religion ist, die du vergessen hast!« sagte Spiro leise. »Ianthe, du kannst dir nicht vorstellen, wie sehr du mir gefehlt hast!«

Er tat so, als nähme ihn der Trab der Pferde auf der engen Straße vollkommen in Anspruch. Er brannte darauf, Jane zu fragen, ob sie ihn noch liebe, aber er mußte ihr Zeit lassen. Er wußte nur das, was sie ihm geschrieben hatte. Er dachte, daß selbst diese heftige und absolute Leidenschaft, die ihn mit Jane verbunden hatte, zu Staub geworden war, wie ihre Körper eines Tages, wie Leonidas.

Um sich mit dem Leben auszusöhnen, und da Jane zurückgekommen war, hatte Spiro sich gelobt, keine Fragen zu stellen. Ihre Gefühle waren tief genug, so daß sie, wenn sie mit der Zeit wieder zur Ruhe gekommen wären, von neuem Vertrauen zueinander finden könnten. Das Haus in der Socratesstraße war ihm ohne sie düster erschienen.

Allein, daß er sie neben sich sitzen spürte, daß Eugénie mit Bergen von Gepäck folgte, beruhigte ihn.

»Bevor wir nach Hause fahren, komm erst einmal mit!«

»Auf eine Stunde mehr oder weniger kommt es mir jetzt nicht mehr an«, lachte sie.

Der Landauer rollte in einer Wolke von Staub dahin. Die Menge, Männer, Frauen, Kinder, Greise, strömte zu Fuß, in Kutschen, auf Eseln und Pferden in das vom Jupitertempel beherrschte Tal, durch das der Ilyssus floß.

»Der Ilyssus hat in der Geschichte mehr Lärm gemacht, als es sein Wasser vermag, wenn es über die Kiesel in seinem ausgetrockneten Bett fließt«, kommentierte Spiro.

Je näher sie dem Tempel kamen, gegen das Hadriansportal hin, desto deutlicher konnten sie sehen, wie die Menge – wenigstens zehntausend Menschen – sich über die umliegenden Hügel bis zum Vorplatz ergoß. Die einen nahmen sitzend ihr Festmahl ein – Obst, Gemüse, Oliven, Orangen, Pflaumen, Zwiebeln; Milchprodukte und Eier hingegen waren verboten. Stattdessen tranken sie Wein, und das im Übermaß, die anderen tanzten zu den Klängen von Gitarren, Schellen und Flöten im Kreis den albanischen Tanz oder den Kriegstanz der Pallikaren. Auf der einen Seite tanzten die Männer, auf der anderen, anmutiger, die Frauen; einige hüpften in einer Art Pas-de-deux umher, daß Jane an die schottische Gigue denken mußte, die König Tom auf den Felsen von Holkham getanzt hatte.

Eine gewaltige menschliche Flut wogte hier lärmend auf und ab. Die unterschiedlichen Trachten boten ein so malerisches Bild, daß Jane sich so wohl fühlte wie schon lange nicht mehr.

»Ich bin so froh, endlich wieder zu Hause zu sein! Ich fühle mich um zehn Jahre jünger! Ich mußte einmal ausbrechen. Im Gegensatz zu den meisten anderen Frauen gibt mir die Entfernung von der Heimat Kraft, ich schöpfe jedes Mal neue Hoffnung daraus. Ich mußte die Dämonen vertreiben, die mich bedrängten und quälten.«

»Ich bitte dich, Ianthe, jetzt ist nicht der richtige Augenblick«, sagte Spiro und ergriff zärtlich ihre Hand.

Sie stiegen aus der Kutsche und gingen langsam den Pfad entlang, um herbeigeeilte Freunde zu begrüßen. Spiro zupfte gerührt an den Spitzen seines Schnurrbartes, ohne zu merken, was er tat.

Die Abwesenheit Janes hatte zunächst niemanden überrascht, so sehr waren alle darüber schockiert, unter welchen Umständen Leonidas ums Leben gekommen war. Und nun standen die Theotokis da wie früher, Seite an Seite, als ob sie sich nie getrennt hätten.

Die Gräfin war so schön wie eh und je, ihre üppigen blonden Haare wurden sittsam durch eine Bandschleife zurückgehalten, die aus dem Barett herausragte, und ihre immer noch faszinierenden Augen ließen die respektvolle Distanz, die ihr Unglück allen auferlegt hatte, vergessen.

M. Barreau, der auf einem kurulischen Stuhl saß, erhob sich hastig und verbeugte sich.»Endlich sind Sie wieder heimgekehrt, Mylady. Ich kann die Zahl der Stecklinge, die ich Ihnen, ohne Wissen der Königin natürlich, habe zukommen lassen, gar nicht mehr zählen. Ihr Garten ist um seltene Arten reicher geworden«, fügte er mit Verschwörermiene hinzu.

Und um seine Freude darüber, sie wiederzusehen, noch zu unterstreichen, verrenkte er sich die Beine in dem Bemühen, für sie ein paar Tanzschritte auszuführen. Alle begannen zu lachen. Der französische Gesandte und spätere Außenminister Edouard Thouvenel verbeugte sich respektvoll, um ihre ausgestreckte Hand zu küssen. Ein Blick hatte ihm genügt, er schwor sich, bei der nächsten Gelegenheit sein Glück zu versuchen. M. Pittakis drückte sie an sich.

Albanerinnen in weißen Schleiern zogen vorüber und ließen Gold- und Silbermünzen klimpern, die sie in Reihen eng übereinander genäht hatten. In ihren fließenden bunten und goldenen Gewändern boten sie einen so fröhlichen Anblick, daß es Jane vorkam, als sähe sie sie zum ersten Mal. Zwischen europäischen Fräcken funkelten die Trachten der Mainoten, der Pallikaren und die Nationaltrachten.

Eugénie schäkerte mit M. Minaudon, dessen Geschäft das bestgehendste in Athen war.

»Heute abend findet ein Fest in der Socratesstraße statt. Sie sind alle eingeladen«, sagte Spiro. »Bis dahin... verabschieden wir uns.«

Athen war ein Provinznest und die kleinste Neuigkeit verbreitete sich innerhalb eines Tages in der Stadt. Jeder wußte von Spiros Abenteuern, Jane inbegriffen. In ihrem letzten Brief hatte die Herzogin von Plaisance sie angefleht, so schnell wie möglich zurückzukommen, wenn sie nicht wolle, daß eine andere ihren Platz einnahm.

Spiro freilich hatte von diesem Detail keine Ahnung. »Sogar die Liebe geht manchmal ohne Lärm zu Ende«, dachte Jane. »Aber es steht mir nicht einmal zu, ihm auch nur den geringsten Vorwurf zu machen.

Auch Spiro ist nur eine liebenswerte Erinnerung geworden. Ich hatte geschworen, dies würde nie wieder geschehen. Zumindest haben wir eine zuverlässige Freundschaft aufbauen können. Wir wollen Enthüllungen und präzise Fragen vermeiden, sie würden nur alles zerstören. Es ist besser, wenn man nichts weiß. Die Dinge werden sich entwickeln, ohne Erklärungen, so wie bei Kindern, die eines schönen Tages aufhören, an den Weihnachtsmann zu glauben!«

Das Haus war vollkommen in Ordnung, der Garten tadellos gepflegt.

Spiro zog sie zu einer antiken Statue, die er auf Delos gefunden hatte. Er wies sie auf den Faltenwurf des Gewandes hin, wiederholte sich, geriet ins Stottern, tat alles, nur um zu verhindern, daß sie an Leonidas dachte. Vor einem Jahr hatte er sie in einem Brief um die Erlaubnis gebeten, die Spuren des Unglücks tilgen zu dürfen, indem er aus dem Kinderzimmer ihres Sohnes eine Buchbinderwerkstatt machte. Sie hatte eingewilligt, und seit ihrer Ankunft in Piräus war über Leonidas noch nicht ein einziges Mal gesprochen worden.

Jane kam ihm zu Hilfe.

»Ist das dein Herz, das so laut schlägt? Ich höre es von hier aus!«

Da nahm er sie in die Arme und küßte sie wie früher.

»Du hast mir gefehlt, du hast mir so gefehlt... schrecklich! Es war an der Zeit, daß du endlich heimgekommen bist.«

Sie ließ sich in ihr Zimmer führen wie eine jungverheiratete Frau. Ihr Schlafzimmer nahm die ganze Breite des Hauses ein. Die ersten Rosen aus dem Garten füllten die Vasen...

In wenigen Tagen wurde ihr Haus wieder zum meistbesuchten Ort in der Stadt. Nicht jeder, der wollte, hatte Zutritt dort, und wie jede Engländerin, die auf sich hält, ignorierte Jane weiterhin hochmütig jeden, der ihr nicht vorgestellt worden war. Das war bei ihr keineswegs übertriebene Förmlichkeit – dergleichen war ihr völlig fremd –, sondern im Gegenteil eine absolute Gleichgültigkeit gegenüber jeder Art sozialer Konvention, sie ignorierte das Kommen und Gehen und sah die Leute nur bei zufälligen Gelegenheiten. Allerdings war es daher nur natürlich, daß sich die Elite der Gesellschaft, sehr zur Mißbilligung der Königin, bei ihr einfand. Es wurde kaum über Politik gesprochen, und doch amüsierte man sich. Der englische Botschafter, Sir Thomas Wyse, Graf Prokesh von Osten, der österreichische Botschafter – er besaß die schönste Münzsammlung in Europa, die Spiro vor Neid erblassen ließ – und der Gesandte Thouvenel hätten um nichts in der Welt ihre ›Soirée‹ versäumt. Es kam auch der unwiderstehliche Baron Roger de la Tour du Pin, der so jung, elegant und verführerisch war, daß die Frauen, wenn sie sonntags auf der Straße von Patissia spazierengingen, sich nach ihm umdrehten, um ihn besser betrachten zu können… oder um auf sich aufmerksam zu machen…

Spiro ließ einen Bernsteinrosenkranz durch seine Finger gleiten. Er hatte sich noch nie so allein gefühlt. Nun wußte er endlich, was Jane ihm bedeutete. Er begehrte sie mit aller Kraft. Liebte er sie noch? Er war sich dessen nicht ganz sicher. Sie beherrschte ihn. Aus den Bernsteinkugeln wurden heimtückischerweise die Liebhaber Janes, die Eifersucht schlich sich in seine Gedanken ein. Auch er hatte seine Abenteuer, doch wie hätte er sie vermeiden sollen? Er lebte im Orient, er fühlte sich vor allem als Orientale, und wenn er gekonnt hätte, hätte er sicher mehrere Ehefrauen zugleich gehabt und dabei von jeder Treue verlangt. Im übrigen konnte er Jane nichts vorwerfen. Er wußte wohl, daß Verführung bei ihr so natürlich war wie die Luft, die sie atmete. Sie war anziehend, weil sie nicht anders konnte, weil sie an Ehrungen gewöhnt war und weil ihr das gefiel.

Die Bernsteinkugeln rollten in seiner Hand, es war eine Manie, die Spiro seit Leonidas' Tod nicht hatte ablegen können. War es Leonidas' Tod oder Janes Abwesenheit? Trotz ihres unabhängigen Geistes verkörperte Jane für ihn Sicherheit, Gleichgewicht, und ob sie wollte oder nicht, sie gehörte ihm.

Ausgestreckt auf dem Rücken liegend, betrachtete er die Sonnenstrahlen, die durch die Vorhänge drangen. Wie lieblich doch alles war! Und diese unbezähmbare Frau hatte ihm gehört, wie keine andere Frau vorher ihm gehört hatte. Er erinnerte sich an das Abenteuer, das Jane im letzten Monat auf dem Lycabettos widerfahren war: Etwa hundert Meter vor der Stadt war sie »angegriffen« worden – das war das Wort, das sie gebraucht hatte – und zwar von einem »gut gekleideten und sehr gut aussehenden« jungen Griechen – sie hatte ihn ganz unschuldig beschrieben! Nun, der Verführer habe ihr ihr Goldkreuz entrissen! Man mußte erst Janes Gesicht gesehen haben, als sie diese Geschichte erzählte! Sie hatte gerade gemalt, als dieser hübsche Spitzbube gekommen war, um sie auszuplündern.

»Aber«, hatte Spiro sie gefragt, »warum hast du ihn denn so nahe herankommen lassen?« »Konnte ich denn ahnen«, hatte sie geantwortet, »daß er meine Kette wollte?« Die Antwort war typisch für Jane, die ganze herausfordernde Naivität, die ihr eine zweite Natur geworden war, lag darin.

Die Bernsteinkugeln rollten immer noch zwischen Spiros Fingern. Er hoffte auf einen neuen Posten und machte sich Sorgen. Man könnte ihn auf irgendeine Insel schicken! Die Königin war zu allem fähig, um ja nur Ianthe zu entfernen. Und wie um seine Chancen noch mehr zu erschweren, spitzte sich der griechisch-englische Konflikt mit jedem Tag mehr zu.

Jane wird sich weigern, mir zu folgen, sie hat sich ein neues Leben in Athen aufgebaut, sie hat dort alle ihre Freunde, dachte er.

»Ich heiße Eirini, mein Vater ist der Pallikarengeneral Christodoulos Hadji Petros.«

Jane verspürte einen Schmerz in der Brust: Wenn ich groß bin, hatte Leonidas immer gesagt, werde ich Pallikarengeneral. Und dieser kleine Junge, der ihr schon aufgefallen war, weil er auf der anderen Seite der Straße wohnte und weil er so alt war, wie Leonidas jetzt wäre, sah ihm seltsam ähnlich. Er war in den Garten eingedrungen, weil er seinen Ball suchte…

»Eirini, möchtest du *glyko*?«

»Ich habe zu Hause jede Menge davon.«

»Deine Mutter verwöhnt dich!«

»Meine Mutter ist tot«, erwiderte Eirini, bevor er fortlief.

Am nächsten Tag flog der Ball, wie durch Zufall, wieder in den Garten, wo man jedoch gar nicht darüber lachte – die Beete der Gräfin Theotoki waren heilig.

Jane sagte nichts. Der Ball und das Kind kamen fast jeden Tag wieder…

Niemals seit Menschengedenken war es in Athen so kalt gewesen. Schnee war gefallen, jetzt fror es, und die Tiere starben zu Hunderten.

Man könnte glauben, man sei in Bayern, dachte Jane. Die seltenen Pflanzen im Garten hatten Frost abbekommen, ebenso wie die im Garten der Königin. M. Barreau hatte fassungslos zusehen müssen, wie sie eingingen, trotz der Strohbündel und der kleinen Öfchen, die aufgestellt worden waren, um sie vor der Kälte zu schützen. Die Athener blieben zu Hause und hatten kein Wasser – der größte Teil der Wasserversorgung floß in den königlichen Garten, und die Unzufriedenheit nahm zu.

Man kramte auch die alte Geschichte des Schotten Finlay aus, wie Byron ein Held des Unabhängigkeitskampfes von Missolonghi und Eigentümer eines Grundstücks, das die Königin 1837 beschlagnahmt hatte, um ihren Garten zu erweitern. Finlay hatte keine Entschädigung dafür bekommen, und die Angelegenheit war bis nach London gegangen. Zu dieser alten Geschichte gesellte sich nun die von Pacifico: Der Athener Pöbel, der bei bestimmten Festen das Bild eines

* Glyko bedeutet Süßigkeit. Das Mastix aus Chio ist ebenso *glyko* wie Kirschkonfitüre; ein ganz ausgezeichnetes *glyko* ist *rahatloukoum*. E. About

Juden verbrannte, und den man dieses Vergnügens hatte berauben wollen, hatte sich getröstet, indem er das Haus eines portugiesischen Juden, Pacifico, der den Schutz Englands genoß, verwüstete. Lord Palmerston, der Londoner Außenminister, hatte daraufhin eine Entschädigungssumme gefordert, die zu zahlen sich der Hof Ottos jedoch hartnäckig weigerte. Lord Palmerston! Wie fern die Zeit im Almack schien! Er war es gewesen, der Edward als Generalgouverneur an Stelle von Lord Auckland nach Indien geschickt hatte, um dort den Frieden wiederherzustellen. Palmerston brachte Otto nicht die gewünschte Achtung entgegen, genauso wenig wie er einst, während der afghanischen Kriege, für Lord Ellenborough empfunden hatte. Er hatte beschlossen, die Affären Finlay und Pacifico zugleich mit anderen Streitigkeiten bezüglich der jonischen Inseln zu regeln. Die Angelegenheit verschlimmerte sich: Admiral Sir William Parker und seine Flotte blockierten den Hafen von Piräus. Otto lehnte es zunächst ab, sich einschüchtern zu lassen, aber letztlich sah er sich doch gezwungen, 8000 Pfund Schadensersatz an England zu zahlen.

Die sechs Monate der Blockade waren für Jane ein einziges Fest; sie empfing, zur großen Mißbilligung Spiros, der damit in eine diplomatisch wenig beneidenswerte Situation geriet, in ihrem Haus die Flottenoffiziere. Als sich dann noch Kapitän James Robert Drummond in Jane verliebte, auch wenn er behauptete, man dürfe darin nichts anderes als die natürliche Freundschaft zwischen zwei britischen Bürgern sehen, wurden die Beziehungen der Theotokis mehr als gespannt.

Das, was Spiro früher angebetet hatte, ertrug er nun nicht mehr, die charakterliche Unabhängigkeit seiner Frau, ihre Sorglosigkeit hinsichtlich des Geredes der Leute, diese eigenwillige Art zu leben, ohne im Geringsten auf die Sitten in der Hauptstadt des Königreiches Rücksicht zu nehmen – die Athener Frauen gingen nur in Begleitung ihrer Herrn und Meister aus und das auch nur am Sonntag.

»Es ist wirklich schade, daß du diese Verhaltensregel nicht beachtest, sie würde dich vor einigen Fehlern bewahren. Ich muß mich hier mit einer unbezähmbaren Ehefrau abmühen. Es mag noch hingehen, wenn du in der Stadt über Gräben springst, galoppierst wie eine

Amazone, zum Jagen in die Berge reitest und einen Ausflug auf den Peloponnes in die Mani unternimmst, aber wenn ich sehe, daß du beabsichtigst, in die Türkei zu reisen, und dir dazu noch in den Kopf setzt, diese Sprache zu lernen, so grenzt das an Unvernunft oder Provokation.«

»Was gibt es sonst für ein besseres Mittel, um mit Völkern ins Gespräch zu kommen? Das ist wie mit dem Geld, man kann zwar ohne es leben, aber es ist besser, man hat es«, setzte sie hinzu, um ihn zu treffen.

Spiro verlor darüber seine legendäre Geduld, die Jane nun immer häufiger als Mangel an Stolz ansah. Sie überraschte ihn immer öfter dabei, wie er mit den Schultern zuckte und nur mit Mühe seine Wut unterdrückte. Ruhe gab es zwischen ihnen nur noch, wenn Spiro sie nahm, mit einer Heftigkeit, die ihr immer wieder neu erschien.

Sie saßen schweigend in dem kleinen Salon, in den sie sich gerne zurückzog, um ihre Post zu erledigen. Jane saß auf einem indisch bedruckten Sofa und betrachtete ihn mit leichtem Lächeln, halb herausfordernd – diese ruhige Sicherheit – und halb zärtlich – diese weit offenen, blauen Augen, die so vertrauenerweckend wirkten. Er beschloß zu sprechen.

»Ich habe dir mehrere Dinge zu sagen«, begann er mit vorwurfsvoller Stimme. »Und ausreichend wichtige . . . Zunächst einmal, ich hoffe auf einen Posten als Konsul in Italien, ich ertrage Athen zur Zeit nicht mehr, im übrigen stehen wir hier kaum in Gunst, wie sicher auch du feststellen kannst. Der König regiert zwar, aber Amalia herrscht! Jeder kennt ihre Abneigung gegen dich. Du müßtest sie einmal sehen, wie sie auffährt, kaum daß du das Schloß betrittst! Du gefällst dem König, aber da man dir, zumindest in dieser Hinsicht, kaum einen Vorwurf machen kann, kann sie nichts gegen dich unternehmen. Nicht so wie bei dieser armen Photini Mavromichalis, die die Ungnaden geradezu auf sich häuft, anscheinend hat sie sogar versucht, Seine Majestät zur Scheidung zu überreden!«

»Ja, ich weiß«, unterbrach ihn Jane, die die Geschichte Photinis kannte, weil sie sie schon hundert Mal gehört hatte. Während ihrer Abwesenheit hatte man die Papiere der jungen Frau gestohlen, vor allem ein intimes Tagebuch, dem sie ihre Gefühle gegenüber dem König anvertraut hatte: Am nächsten Tag waren alle Mitglieder der Familie Mavromichalis ihrer Ämter enthoben. Ihr tat es vor allem um Dimitri, einen außergewöhnlich guten Reiter, den sie in der Mani besucht hatte, leid.

»Für den Augenblick«, fuhr Spiro fort, »werde ich in vertraulicher Mission nach Korfu geschickt, und dort werde ich auf meine Ernennung warten. Wirst du mich nach Doukades begleiten?«

Sie hörte gleichgültig zu und kaute dabei an ihren Lippen. Dann schien sie plötzlich aufzuwachen und sagte in bitterem Ton: »Es ist wirklich liebenswürdig von dir, mich zu unterrichten. Soll ich dich vielleicht ein oder zwei Wochen besuchen, bevor ich mich mit meiner Mutter in der Schweiz treffe?«

»Warum sollte sie nicht den Sommer auf Korfu verbringen?«

»Sie ist vierundsiebzig Jahre alt! Allein diese Reise in die Schweiz ist für eine Frau ihres Alters schon die reinste Expedition!«

»Es gibt kein angenehmeres, kein gesünderes Klima als das in Doukades!«

»Schau, Spiro, wenn du meine geheimsten Gedanken wissen willst, ich war glücklich dort mit dir. Ein Aufenthalt dort würde mich allzusehr daran erinnern, an die gute alte Zeit, wie man so sagt.«

»Dieses Haus gehört dir, du hast es geschaffen, und meine Freunde sind auch deine. Ohne dich wird alles anders sein.«

»Du willst mich nicht verstehen.«

Sie bemühte sich um eine freundschaftliche Miene, aber im Innersten stellte sie fest: Spiro ist wie Odysseus, er liebt Gold und Silber, und er hat den Gedanken noch nicht aufgegeben, mich unter sein Joch zu zwingen. Er möchte gerne dasitzen, mit verschränkten Armen, auf meinem Geld, und weiter den Mädchen hinterherlaufen. Er versteht es zu lügen, auf meine Zuneigung zu spekulieren, oder auch auf das Unglück, seinen Sohn verloren zu haben.

Sie sah ihn vor sich, vor dem Café ›Die schöne Griechin‹, wie er sich mit seinen Freunden unterhielt... Sie kannte ihn gut genug, um zu wissen, wie sie wieder bessere Gefühle in ihm erwecken konnte.

»Geld soll niemals ein Problem zwischen uns sein«, sagte sie beiläufig. »Du sollst ein für allemal wissen, daß das Geld, das meine Bank dir überweist, eine beschlossene Sache ist, wo auch immer du bist, und was auch immer zwischen uns geschehen mag. Diesen Auftrag werde ich niemals zurückziehen.«

»Ich danke dir. Ich wüßte auch nicht, woher ich die Mittel nehmen sollte, um es zurückzuweisen. Wir leben jetzt schon mehr als dreizehn Jahre von deinen Einkünften.«

»Sprechen wir nicht mehr davon, bitte, Spiro. Das war niemals ein Problem zwischen uns. Ich sehe nicht ein, warum es jetzt anders sein sollte.«

»Natürlich! In einem Land, in dem die Minister ein Gehalt von siebenhundert Francs im Monat haben, können deine siebenunddreißigtausend Pfund Rente nur Neider hervorbringen... und sie verpflichten mich, auf eine bestimmte Art zu leben.«

»Ich werde darüber nachdenken. Unsere Situation, so klassisch sie sein mag, ist neu für mich. Du bist jung, und wir sind ein altes Ehepaar, das ist die ganze Geschichte! Aber mach dir keine Gedanken um mich. Ich bin weder glücklich noch unglücklich. Ich bin, wie soll ich sagen, neutral. Ein wenig überall, ein wenig in Wartestellung. Dieses Land übt immer noch einen starken Zauber auf mich aus, wie der Duft von Cretonne und Lavendel, den ich nicht vergessen kann. Ich bin vielleicht ein wenig albern, weil ich davon träume, wie ein junges Mädchen angebetet zu werden, aber das ist nun mal meine Natur. Ich bin immer so gewesen. Ich glaube an das Glück, törichterweise wahrscheinlich, denn es existiert nicht wirklich. Und dennoch begegnet man ihm manchmal, und du hast es mich erfahren gelehrt. Wir hatten ein Leben, ein wundervolles Stück Leben gemeinsam. Mehr sollte man nie verlangen. Aber ich will nicht verzichten.«

Sie bemerkte Eirini, der in den Garten trat, und ihr Herz krampfte sich zusammen. Dieses Glück, von dem sie gesprochen hatte, war mit Leonidas vergangen, warum gab sie vor, das nicht zu wissen? Von nun an würde ihr Leben nur noch eine verzweifelte Flucht vor der Einsamkeit sein.

Draußen umgab der Hitzedunst die Blumen wie ein Meer und tauchte den Marmor der Säulen in ein sanftes Licht.

»Ianthe, nichts ist jemals ganz zu Ende, alles hängt von dir ab. Ich liebe dich immer noch. Ich werde auf Korfu, und später in Italien, auf dich warten. Überall …«

2

Nachdem Jane den Sommer mit ihrer Mutter in der Schweiz verbracht hatte, fuhr sie für ein paar Tage nach Doukades. Spiro ertrug seine üble Lage geduldig, er führte sein Leben wie immer und wartete darauf, daß eine neue Aufgabe ihn von seinem Landgut wegrief. Er überwachte seine Bauern und fragte sich mit jener gewissen Sorglosigkeit, die den Griechen eigen ist, was aus ihm werden solle. »Gott wird mir helfen«, seufzte er manchmal ohne große Überzeugung, wenn er unter der riesigen Platane hinter dem Haus saß. Denn im Grunde glaubte er nicht mehr, daß Gott sich um sein Schicksal kümmerte, für das im übrigen Jane sorgte. Es lag keine Prahlerei in seinen Worten. Es war ihm egal, das war alles.

Jane brachte neue Bücher mit – die jüngsten Erfolge, die in Europa Aufsehen erregt hatten –, um ihre große Bibliothek im Haus auf dem neuesten Stand zu halten. Sie spazierte durch den Ort in ihrem Volantkleid mit einer dieser Krinolinen, die jetzt in Mode waren, und weihte ein Reitkleid ein, indem sie damit quer über die Insel ritt. Dann nahm sie sich der vergeßlichen Dienstboten an und brachte ihnen wieder die Herstellung von Plumpudding, Plumcake und anderen Plums auf der Basis von korinthischen Rosinen bei, die für sie der unerläßliche Bestandteil jeder gesunden Ernährung waren.

Es gab ein paar Feste, dann fuhr sie wieder nach Athen auf einem der Schiffe des österreichischen Lloyd, zur Verzweiflung Eugénies, die, obwohl an die Seefahrt gewöhnt, diese Schiffe ihrer unwürdig fand. Eugénie konnte sich die Bemerkung nicht verkneifen, die kaiserliche Flotte sei sehr viel bequemer, es gäbe wenigstens Offiziere, die die Damen galant unterhielten, und einen Arzt, der sich um einen kümmerte. »Und ich werde mich niemals an all diese Küchenschaben gewöhnen«, fügte sie mit herablassender Gereiztheit hinzu.

Jane zuckte mit den Schultern und wandte ein: »Meine liebe Eugénie, du weißt sehr wohl, daß sie, auf welcher Linie auch immer, unmöglich zu vermeiden sind, und zudem sind sie weniger peinlich als Flöhe.«

»Frau Gräfin ist mittlerweile leicht zufriedenzustellen, ich erkenne Sie gar nicht wieder!«

»Sei nicht solch ein Hasenfuß! Hör auf zu lamentieren!«

Die meisten Passagiere saßen auf Deck, eingekeilt zwischen Koffern, Kindern und Matratzen, die man auf den Planken ausgebreitet hatte. Jane, die an dieses Schauspiel gewöhnt war, zeigte kein Erstaunen mehr. Auf jeden Fall hatten sie Kabinen mit richtigen Betten. Obwohl Jane zugab, daß Eugénie ein gewisses Durchhaltevermögen besaß, bereitete sie nun doch mehr und mehr Schwierigkeiten. »Europa bekommt ihr nicht.«

»Es ist uns so gut bei dem Herrn Grafen gegangen. Athen ist von Räubern verseucht, wenn Frau Gräfin auf das geachtet hat, was der Herr Graf gesagt hat. Man kann noch nicht einmal mehr auf dem Land spazieren gehen; sie kommen nach Neapolis hinunter wie wahre Wölfe.«

»Ich hänge am Leben«, erwiderte Jane geduldig, »und ich möchte es noch so lange wie möglich behalten... Wir werden drei oder vier bis an die Zähne bewaffnete Gendarmen verlangen, und sie werden pausenlos, Tag und Nacht, über uns wachen. Und vergiß nicht, daß unser Nachbar in Athen der große Hadji Petros ist, der unbesiegbare Hadji Petros, der Schrecken der Stadt. Es heißt, er habe die besten Beziehungen zur Regierung, im übrigen ist er gerade zum Adjutanten Seiner Majestät ernannt worden! Ich bin ihm noch nie begegnet, weder ihm noch seiner Räuberbande! Mit einem solchen Nachbarn sind wir völlig außer Gefahr. Und außerdem habe ich noch nie an die Geschichten geglaubt, die man den Reisenden auftischt.«

»Frau Gräfin ist doch schon Räubern in Kalabrien, in den Abruzzen und auf dem Lycabettos begegnet.«

»Und ich lebe immer noch, oder?«

Am Horizont tauchte Ithaka auf. Das Schiff schlug den Weg

zwischen Missolonghi und Patras ein, um in die Meerenge von Korinth einzufahren.

»Was für eine Zeitersparnis, daß wir nicht zweimal an der Morea vorbeifahren müssen«, gab Eugénie zu. »Letztendlich hat das Dampfschiff des Lloyd doch sein Gutes.«

Im kleinen Hafen von Loutraki verließen alle das Schiff und begaben sich mit ihrem Gepäck zu den wartenden Kutschen, die sie zum Schiff in Calamaki auf der anderen Seite der Küste bringen sollten – man mußte die Strecke über Land zurücklegen, denn der Kanal von Korinth wurde erst gegen Ende des Jahrhunderts gebaut. Es war ein recht malerisches Schauspiel; die Vielfalt der Trachten, die von Insel zu Insel sich unterschieden, vervielfachten die Farben, der Duft der Mastix- und Sadebäume wurde immer eindringlicher.

Janes Gedanken wanderten in die Vergangenheit. Wieviele Reisen nach Griechenland hatte sie schon gemacht? Heute war sie zum ersten Mal allein, ohne Begleiter. Mit ihrer Mutter nach England zurückzukehren, wäre keine Lösung gewesen, ganz gewiß hätte sie sich nach einem Monat bereits entsetzlich gelangweilt. Heribert und Bertha waren mit Karl für eine Woche nach Lugano gekommen, doch diese Begegnung hatte allen eher geschadet als genützt. Nun wird auch Spiro diese Grenze überschreiten, sagte sie sich, auch er wird nun dem grauen und kalten Strom der Vergangenheit angehören. Wie traurig doch alles geworden ist. Wer kann sich schon vorstellen, wie einsam ich in Wirklichkeit bin? Ich bezahle teuer für meine Liebesabenteuer von einst.

Freunde hatte sie in jeder Stadt, in jedem Dorf, aber niemand verstand sie wirklich. Sie trug zur Belebung der Gesprächsthemen in ihrer Gesellschaftsschicht bei, wo alles, was sie betraf, sofort von der Bande von Müßiggängern, die sie umgab, kolportiert wurde. All diese Gerüchte über sie, nur weil sie mehr als alle anderen den Mut hatte, zu ihren Taten und Ansichten zu stehen, sie war immer wieder davon überrascht. Denn eigentlich nahmen ihre angeblichen gesellschaftlichen Ambitionen keinen großen Raum in ihrem Leben ein, sie betrafen äußerstenfalls die in Europa zugebrachten Sommermonate. Athen war so abgelegen, daß sie eigentlich gehofft hatte, niemals mehr irgend jemanden zu schockieren.

Ja, wer würde sich jemals um das Unrecht kümmern, das ihr aus ihrem Verhalten entstanden war? Offiziell war sie immer noch die Gräfin Theotoki. Aber vor allem fühlte sie sich als Jane Digby, und sie war niemandem etwas schuldig. Woher kam dann dieses schmerzliche Gefühl, sich selbst untreu geworden zu sein?

Für meine Freunde in Griechenland bin ich ein Vorname, ›Ianthe‹, und dieser Name läßt meine früheren Titel vergessen. Niemandem über seine Handlungen Rechenschaft ablegen, sagte sich Jane, die die Stöße, die Eugénies Rücken schmerzen ließen, nicht spürte, das ist die einzige Freiheit. Das hier ist mein Land, und es ist großartig; ich fühle mich ruhiger, ich werde nicht mehr leiden müssen, wenigstens in dieser Hinsicht habe ich jetzt Frieden. Ich werde unsere Statuen verkaufen, da Spiro es so verlangt. Allerdings übertreibt er damit!

Sie hatte in dem ersten Wagen Platz genommen und warf von Zeit zu Zeit einen Blick hinter sich, um die Maulesel zu überwachen, die mit ihrem Gepäck beladen, nur mühsam vorwärtskamen. Ab und zu schrie der *agoyage*, der Maultiertreiber, einen Befehl, um das Tempo zu beschleunigen. Von den Mauleseln wanderten Janes Gedanken zu all dem, was auf ihr Leben geladen worden war, seitdem sie das letzte Mal hier vorbeigekommen war. Ein Seufzer entrang sich ihrer Brust. Sie kehrte wieder nach Hause zurück, zu ihren Gewohnheiten als Städterin und zu diesem einzigartigen Licht des Himmels.

Kein Segel störte die ruhige Glätte des Meeres. Verborgen in den Palmen gurrten Tauben, andere Vögel flatterten zwischen den Büscheln von trockenem Affodill herum. Was kann jetzt schon geschehen, dachte sie.

Am nächsten Tag, um die gleiche Zeit, legte das Dampfschiff in Piräus an. Auf die Reling gestützt, beobachtete sie, wie die Menge, die auf die Reisenden wartete, immer näher kam. Wenig später erkannte sie ihre Freunde, M. Pittakis, Roger de la Tour du Pin...

Und diese Frau in dem weißen Kleid, die bewegungslos dastand und mit der Hand die Augen abschirmte, um besser sehen zu können, das war die Herzogin von Plaisance. Das Herz strömte ihr über in der kindlichen Freude, sie alle wiederzusehen, sie winkte mit ihrem Schal und ihrem Sonnenschirm in einer Lebhaftigkeit, die ihre Mutter mißbilligt hätte.

3

In der folgenden Zeit war Jane vollauf damit beschäftigt, sich einzurichten. Sie hatte Möbel, darunter ein Klavier von Pleyel, das das alte ersetzen sollte, vorausgeschickt. Sie gestaltete ihren Salon vollkommen neu, und jeder bewunderte das gelungene Ergebnis.

Düfte, das Säuseln des Windes in den Laubengängen, Sterne am Abendhimmel. Man sang um das Klavier stehend Weisen von Mozart oder Wiener Walzer. Die neue Wandbespannung aus Perkal, das Weiß der dünnen Musselinstoffe, die Polsterung der Ottomanen, Licht, das durch die Opalgläser gedämpft wurde...

Der glatthaarige graue Hund, der auf der Seite ausgestreckt dalag, richtete sich plötzlich auf.

Auf der anderen Seite der Straße, bei General Hadji Petros erklang Musik, wie jeden Abend spielten Musiker eine Melodie aus den Bergen.

Mitternacht. Jane kannte dieses Zeichen. Christodoulos Hadji Petros kündigte sich auf seine Art an.

Sie dachte nur noch daran, ihre Gäste heimzuschicken. Wenn sie wüßten! Bei diesem Gedanken hüpfte ihr Herz vor Freude. Sie wartete einen Augenblick, bevor sie M. Pittakis, der sich über diesen Lärm zu einer so späten Stunde empörte, antwortete. »Wir haben gerade genauso viel Lärm gemacht! Und außerdem liebe ich diese geheimnisvolle Anwesenheit. Ich fühle mich so sehr beschützt, daß ich nicht einmal das Bedürfnis verspüre, meine Türen zu schließen!«

Man rief aus, das sei Wahnsinn, man erzählte irgendwelche gräßlichen Geschichten von Pallikaren und Räubern, man diskutierte noch einmal den unsinnigen Vorgang, daß General Christodoulos Hadji Petros an den Hof ernannt worden war.

»Er bleibt kaum unbemerkt, das kann ich Ihnen versichern«, bestätigte Edmond About. »Wie kann sich der König nur mit solch einem Wilden herausstaffieren? Unter dem Vorwand, der Mann habe ihm große Dienste erwiesen und sei ein Held des Unabhängigkeitskrieges? Ach was! Das wird ein böses Ende nehmen, man wird uns allen den Kopf abschlagen!«

»Manche«, fuhr M. Lemaitre, der Beauftragte der französischen Regierung bei der griechischen Bank fort, »erzählen, er sei moldauischen Ursprungs. Er selbst weiß davon wahrscheinlich nichts. Aber man kennt doch ein paar Einzelheiten aus seinem Leben. Mit fünfzehn Jahren hat er eine Reise nach Jerusalem gemacht, die er dazu genutzt hat, seinem Namen ein *hadji* voranzusetzen, was, wie jeder weiß, Pilger bedeutet. Bei seiner Rückkehr fiel er in die Hände von Piraten, die ihn für ihr Handwerk geeignet fanden und ihm die Anfänge beibrachten. Er begann, gegen türkische Schiffe zu kämpfen, aber für andere zu arbeiten befriedigte ihn nicht. Da er nicht die Mittel besaß, um sich ein Schiff zu kaufen, übte er die Piraterie zu Lande aus. Er ist ein abscheulicher Räuber! Und glauben Sie mir, ich habe sorgfältige Nachforschungen angestellt... Der Aufstand der Griechen gegen die Türken kam ihm gerade zupaß, er schmückte sich mit dem Titel eines Aufständischen! Jedes Geld war ihm recht, ob er es nun von Freunden oder von Feinden bekam, von Raubzügen oder Plünderungen. Sein unparteiischer Geist, den er ›Gerechtigkeit‹ taufte, ließ sein Vermögen wachsen, und die Hirten aus den Bergen kamen in Scharen angelaufen, um sich unter seine Fahne zu stellen. So konnte er eine beachtliche Armee auf die Beine stellen.«

Doktor Delviotis rutschte unbehaglich auf seinem Stuhl hin und her. Diese Franzosen sind unerträglich in ihrer Art, alles mögliche über unsere Helden zu erzählen, dachte er. Sichtlich ungeduldig schlug er die Beine übereinander und stellte sie im nächsten Augenblick gleich wieder nebeneinander.

»Fehlt Ihnen etwas, Doktor?«

»Ja, Mylady, ich habe nur den Wunsch, die Wahrheit über ihren

Nachbarn zu berichten«, entgegnete er wütend. »General Hadji Petros stammt aus einer reichen Familie aus Astropotamos, die zwei Jahrhunderte lang den Primastitel innehatte. In seiner Jugend lebte Hadji Petros einige Zeit in Wien; dort wurde er Napoleon vorgestellt, den er bat, zur Befreiung Griechenlands einzugreifen. 1819 wurde er Mitglied der Philiki Etairia, der bekannten patriotischen Gesellschaft. Nach unserer Revolution schloß er sich Sturnaras, einem der Honoratioren der Athener Gesellschaft, an und kämpfte gegen die Armeen des Sultans, die, nachdem sie den Rebellen Ali Pascha gestürzt hatten, aus Janina zurückkehrten. Dann gewann er die Schlachten von Trikkala, Astropotamos und Kalambata... Fragen Sie M. Pittakis, er weiß genauso viel darüber wie ich!«

Nun griff der alte Gelehrte ein: »Eines Tages während des Krieges hatte sich Hadji Petros auf die von den Türken belagerte Akropolis zurückgezogen. Plötzlich stürzte das Dach des Hauptquartiers durch einen Kanonenschuß ein und tötete die Männer, die darin versammelt waren. Hadji Petros, der ruhig gegen den Türpfeiler gelehnt rauchte, entkam als einziger. Jeder wollte darin ein Wunder sehen, und er wurde zum Anführer der Pallikaren ernannt. 1834 ritt er mutig in Neocastro ein, das von den türkisch-ägyptischen Heeren des Ibrahim Pascha belagert wurde, und leistete den feindlichen Streitkräften siebzig Tage Widerstand. Von dort aus begab er sich nach Missolonghi, befehligte den Klisovi-Platz und kämpfte auf der Peloponnes und in Attika.

General Karaiskakis, ein Held des griechischen Unabhängigkeitskrieges, starb in Salamis in seinen Armen. Bei Capo d'Istria nahm er an der Schlacht von Navpaktos teil. Seine Heldentaten wurden berühmt, und man besingt sie seither auf allen Festen – wenn das nicht bereits alles sagt!

»Erlauben Sie mir«, fügte der Doktor hinzu, »Ihnen ins Gedächtnis zu rufen, daß dank Männern seines Schlages Lord Byron und andere Philhellenen sich unserer Sache angenommen haben. Ohne ihren Mut stünden wir heute nicht hier! Sicher haben sich viele Irrtümer und Übertreibungen in die Geschichte einschleichen können, aber was macht das schon! Hadji Petros ist der lebende Beweis dafür, zu was der griechische Charakter fähig ist, und das in einem Jahrhundert, in dem sich keine Gesellschaft vergleichbare Helden auch nur vorstellen kann! Meine Herren Franzosen, erzählen Sie keine Geschichten mehr, nur um den Damen Angst einzujagen!«

»Auf jeden Fall, wenn ich sehe, wie die Pallikaren mit ihrem Anführer an der Spitze sich ins Schloß begeben, befällt mich unwillkürlich ein Schaudern«, fügte die Herzogin von Plaisance hinzu.

Arme Sophie, dachte Jane, die sich fragte, wie lange ihre Gäste wohl noch zu bleiben gedächten. Die Unterhaltung zog sich endlos hin.

»Sie müssen jedoch zugeben, meine Herren, daß Ihr Mann seit dem Frieden von Raubüberfällen lebt«, begann M. Lemaiûtre von neuem. »Sicher bilden die Pallikaren nicht, wie in anderen Gesellschaften, eine eigene Klasse, die ganz von der übrigen Gesellschaft getrennt ist, aber es bleibt doch die Tatsache bestehen, daß niemand seinen Ruhm besser besingen kann, als Hadji Petros selbst. Das heißt, er erregt für meinen Geschmack ein wenig zu viel Aufsehen, er und die fünfzig Männer, die ihm überallhin folgen. Eines Tages werden sie noch den Palast umzingeln! Ich habe gehört, der König, den dies langsam beunruhigt, habe beschlossen, ihn zum Gouverneur der Provinz Lamia zu ernennen.«

»Aber er ist dort unten immer schon Gouverneur gewesen!« rief Doktor Delvioti aus.

Jane unterdrückte ein Gähnen. Ihre Freunde, die zu keiner übereinstimmenden Ansicht gelangten, sahen darin eine Aufforderung, das Thema zu beenden.

Sie brachen auf. Jane begleitete sie bis in die Vorhalle. Die Luft war kühl, von Duft erfüllt. Die Venusstatue auf ihrem Sockel erstrahlte in reiner Klarheit. Im Garten überschütteten die Jasminblüten mit ihrem Weiß das dunkle Gerüst der Laubengänge.

»Wie mild es ist«, sagte Jane noch, »die Nacht wird schön.«

Gegenüber setzte sich der Singsang immer noch fort. Das intensive Glück, allein zu sein, frei in ihren Bewegungen, in Erwartung des Mannes, der auf sie wartete! Sie löschte die Öllampen, die auf dem Marmorboden standen, dann ging sie in Richtung des Laubenganges. Der Mann näherte sich ihr, küßte ihren nackten Hals unter dem weißen Nacken und ihre Mundwinkel.

Schweigend gingen sie ins Haus.

Bereits seit zwei Monaten war die Gräfin Theotoki die Geliebte des Pallikaren, aber niemand, weder in der Stadt noch in den umliegenden Dörfern, wußte davon.

Der General wandte, um mit ihr zusammenzukommen, einige seiner Listen an. Nach Mitternacht begannen seine Männer zu singen und überwachten die Wege, indem sie den letzten Nachtschwärmern, wenn es sein mußte, Angst einjagten. Dann schlich sich Hadji Petros zu der Gräfin.

Seit er sie gesehen hatte, war der General, der vor kurzem Witwer geworden war, in Jane verliebt. Es war nicht leicht, ihr nahe zu kommen, selbst nicht, indem er sich Eirinis bediente.

Ihr den Hof machen, aber wo? Im Schloß? Der König hatte nur Augen für sie. Da bot sich keine Gelegenheit.

Eines Abends, nach einem Ball bei den Soutzos – sie war gerade zu Bett gegangen, Eugénie kam, um ihr Gute Nacht zu wünschen – erschrak Jane zu Tode. Hinter den Vorhängen ihres Zimmers trat plötzlich Christodoulos Hadji Petros persönlich hervor. Sie war so erstarrt, daß sie noch nicht einmal schreien konnte. Mit einem Satz war der Mann bei ihr. Er legte ihr die Hand auf den Mund und sagte mit rauher Stimme: »Ich bin ein Mann, du bist eine Frau. Seit ich dich gesehen habe kann ich nur noch an dich denken, und ich will dich.«

Zum ersten Mal in ihrem Leben hörte Jane ihre eigene Sprache. Diese Worte beruhigten sie, weil sie um ihr Leben gefürchtet hatte, und weil sie es liebte, ihr eigenes Verlangen in dem eines anderen wiederzufinden.

»Ich bin Engländerin«, brachte sie heraus, »und die englischen Bürger sind in allen Ländern der Welt unantastbar.«

»Ich werde dich nicht antasten, ich werde dich nehmen!«

Sie liebte das Abenteuer, und sie war noch nie einem Mann begegnet, der so unverhüllt von seinem Verlangen gesprochen hatte:

Jane leistete nicht lange Widerstand. Der General war ein wundervoller Mann, geschmeidig wie eine Feder, glatt und glänzend wie eine Klinge. Seine langen Schnurrbartenden hingen an seinem Kinn herunter wie zwei Stalaktiten, der Rest des Gesichtes war rasiert, wie im übrigen auch der Schädel, bis auf den Scheitel, von dem aus ein langer Zopf aus einer roten Kappe kam. Seine Augen, sein eckiges Kinn zeugten von einem unnachgiebigen Willen, in seinem Blick indessen schimmerte Zärtlichkeit. Er legte seine Dolche und seinen mit Gold und Edelsteinen besetzten Gürtel ab.

Als am nächsten Morgen der Tag dämmerte, war Jane davon überzeugt, zur Pallikarin geschaffen zu sein.

4

Eugénie und Christos' Männer, die sich auf der Stelle hätten töten lassen, um sie zu schützen, wurden eingeweiht, und so unternahm es Jane, ihr Abenteuer geheimzuhalten. Das Ereignis war von so einer Größenordnung, daß es ihr unmöglich schien, es bekannt zu geben. Ihre Vereinbarung mit Spiro ließ ihr zwar jede Freiheit, aber trotzdem!

Was sie eine Zeitlang nur für Liebelei nehmen wollte, wurde zu einer radikalen Veränderung ihres Lebens.

Für die Leute, mit denen sie verkehrte, hatte sich nichts geändert. Sie sprach wie immer, malte weiterhin, traf sich mit M. Pittakis am Fuß der Akropolis, wo er geboren war; sie studierte mit ihm jedes Monument, jede Inschrift, die er eifersüchtig hütete, indem er den Handel und die Ausfuhr von Antiquitäten – beides offiziell untersagt – überwachte. Er beklagte sich, daß er keine Subventionen erhielt, um ein Museum bauen zu können, und Jane dachte verträumt an die Zeit ihrer Interventionen bei Ludwig. Denn wenn Ludwig eine ganze Stadt erbaut hätte, hätte er bestimmt mit einem Museum angefangen.

Eskortiert von zwei Wachen galoppierte Jane mit verhängten Zügeln über die neue, zwei Meilen lange und von Pfeffersträuchern gesäumte Straße, die zu den Felsen von Phaleron führte. Dort badete sie, wobei sie sorgfältig die Stunden des Tages mied, in denen die Königin sich diese Straße vorbehalten hatte. Sie fand noch die Zeit, ihren türkischen Sprachkurs fortzusetzen, und mit M. Typaldos, dem Gründer und Konservator der Athener Bibliothek zu diskutieren. Sie lernte auch den von M. Fauriel herausgegebenen Band mit Volksliedern auswendig, der eine deutliche Vorliebe für die *klephtes*-Lieder zeigte.

Am Abend ging sie aus oder empfing Gäste, von Zeit zu Zeit gab sie einen Ball, auf dem sie die liebenswertesten Leute der Stadt um sich versammelte... Doch sobald sie allein war, traf sie sich im Schutze der Nacht mit ihrem General.

Sie war wieder in ihre Welt von einst eingetaucht, in die der leidenschaftlichen Liebe. Mit dem Hahnenschrei verschwand Christos, ein seltsamer Vagabund mit seiner Jacke aus schwarzem mit Seide gefüttertem Tuch, seinen riesigen blauen Hosen, für die mehr als zwanzig Meter Baumwollstoff verbraucht worden waren, und seinen großen russischen Lederstiefeln.

Bei den offiziellen Feierlichkeiten trug er goldbestickte Hofkleidung, die sie an die Kostüme der Renaissance erinnerte. Als Spiro Adjutant gewesen war, hatte er ein ähnliches Gewand getragen. Spiro! Ein Jahrhundert trennte sie von ihm, und für Jane war es wie eine zweite Geburt, bei der sich alles neu entfaltete, die Blumen, die Vögel, die ihr das Geleit gaben. Dieser Mann war ihrer Welt so fremd, aber sie ahnte hinter seiner Grobheit den Bruder, und er machte sie glücklich, indem er ihr zeigte, daß sie fähig war, zu lieben und geliebt zu werden.

Niemand wäre auf den Gedanken gekommen, sich darüber zu wundern, daß aus ihrer Zuneigung zu Eirini abgöttische Liebe geworden war. Ganz im Gegenteil, man wußte nur zu gut, wie sehr Leonidas' Tod sie getroffen hatte, und wenn man sie in Begleitung des Kindes in der Kutsche über die Aiolos-Straße fahren sah, teilte jeder ihre Gefühle.

Der Herzogin von Plaisance, der Jane auf dem Pentelikon einen Besuch abstattete, war der neue Glanz in ihren Augen nicht entgangen: »Sie verbergen mir etwas, Ianthe. Es ist lange her, seit ich Sie zum letzten Mal so gesehen habe. Sie erröten wie ein junges Mädchen. Ich werde Ihnen keinen weisen Rat geben, und noch weniger werde ich zu Ihnen von Tugend sprechen, das wäre in meinem Alter zu einfach, ich bin in dieser Hinsicht keinen allzu großen Gefahren mehr ausgesetzt! Aber geben Sie acht, Sie neigen nur zu sehr dazu, ihren Impulsen zu folgen, eines Tages werden Sie damit auf die Nase fallen!«

»Sophie, mir geht es nur darum, frei zu sein. Die Ehe ist ganz entschieden nichts für mich, und da ich keine Geheimnisse vor Ihnen haben will, ich habe die Absicht, wieder auf Reisen zu gehen, dieses Mal in den Norden des Landes.«

»Das haben Sie doch nicht ernsthaft vor, Sie kommen nicht lebend wieder nach Hause!«

»Ich habe englische Gewehre, Pistolen in meinen Halftern, gute Pferde, und ich werde zuverlässige Männer mitnehmen.«

»Um im Freien zu zelten?«

»In der Morea war ich ganz hingerissen von dieser Erfahrung.«

»Da war auch Spiro dabei, und außerdem ihre Wachen, und Sie sind zu den Mavromichalis gereist. Glauben Sie mir, ich stehe mit beiden Beinen auf der Erde, obwohl es vielleicht nicht immer so scheint. Ich wüßte niemanden in unserer Bekanntschaft, der furchtlos genug wäre, sich in ein solches Unternehmen zu stürzen. Und da Sie die einzige Person sind, die mich, und das schon seit langem, niemals gelangweilt hat, und da ich Sie sehr gern mag, werden Sie mir außerordentlich fehlen.«

»Sechs Monate fort aus Athen! Ich brauche Bewegung. Ich habe vor niemandem Angst, das wissen Sie, und ich liebe das Abenteuer und die Bewegung!«

Sie bemühte sich, ihrer alten Freundin zuzuhören und ihren letzten Ratschlägen zu lauschen. Ein paar Tage noch, Zeit, um das Haus zu verkaufen, das sie von nun an nicht mehr brauchen würde.

Einen Tag vor Ostern dann ritt Jane die sonnenüberflutete Straße entlang, umringt von bewaffneten *klephtes* auf äußerst häßlichen Pferden, die aber weitaus zäher waren als jeder Maulesel, hart im Nehmen, geduldig, nüchtern und in der Lage, die steilsten Hänge zu bewältigen.

Das dichte Gras bildete einen grünen Teppich um die Eichen und die wilden Oivenbäume. Tausend Düfte stiegen aus der Erde empor oder sanken aus dem Laub herab, und machmal zog, vom Wind herbeigetragen, der Geruch des Meeres durch die Luft. Sie hörte das Zwitschern der Vögel, die die Sonne besangen oder sich mit lautem Schreien um die letzten Tautropfen stritten.

Von Zeit zu Zeit stießen die Reiter eine Art Geschrei aus, um ihre Pferde voranzutreiben. Sechs Stunden lang folgten sie der Flanke eines zerklüfteten Gebirges, dann ritten sie an einem von wilden Blumen gesäumten Bachlauf entlang. Eine Ziegenherde weidete zwischen Ruinen. Einer der Männer gab im Abstand von einer Minute vier Gewehrschüsse ab. Aus der Ferne antwortete ein Pistolenschuß. Sie ritten noch eine Stunde weiter. Endlich kündigte ein Bellen die Nähe des Lagers an; im gleichen Augenblick tauchten sechzig Pallikaren auf, vor denen riesige Hunde herliefen, die ihnen entgegenstürzten, aber von einem Befehl ihres Herrn zurückgerufen wurden. Jane stieg langsam vom Pferd und fiel in die Arme von Christos. Ein allgemeines Hurra begrüßte das Ende dieses Ritts. Seit Menschen- oder vielmehr Bergegedenken hatte noch nie eine Frau freudig und freiwillig ihr abenteuerliches Leben geteilt. Die Eroberung ihres Herrn schmeichelte ihnen.

Eine blaue Fahne wurde an einem Behelfsmast hochgezogen, und die Pallikaren schritten in zwei Reihen unter Trommelwirbeln daran vorbei. Nach einigen Höflichkeitsfloskeln, in denen er sich über den Verlauf der Reise erkundigte, zog Christos Jane zu seinem Lager.

Das war ein kleiner, grüner, von Felsen eingeschlossener Winkel, als ob man einen feinen, dichten Teppich aus Gras auf die Steine geworfen hätte. Es gab weder einen Tisch noch einen Stuhl, noch irgend etwas, das wie ein Möbelstück aussah. Der Boden war mit Kissen bedeckt.

Ein Diener brachte Kaffee, Wassergläser und die üblichen Süßigkeiten.

»Es ist nicht leicht, deine Gefangene zu sein«, sagte Jane. »Um so mehr, als ich höre, daß man nicht einen Penny für meine Freiheit gibt! Meine Angelegenheiten in Athen sind jetzt geregelt, und Eugénie wird in Malia zu uns stoßen. In der Zwischenzeit kümmert sie sich um die Möbel, die die Herzogin von Plaisance freundlicherweise in einem ihrer Häuser unterstellt.«

Die Hände in die Hüften gestemmt, begann Christos zu lachen. In diesem Tal von der Herzogin sprechen zu hören, und dazu noch aus dem Mund einer so vornehmen Dame wie Jane, hatte tatsächlich etwas Komisches.

»Was du nicht sagst!« entgegnete er, ohne daß sich sein Heiterkeitsausbruch legte. »Und deine Abreise aus Athen hat nicht zuviel Erstaunen erregt?«

»Man betrachtet mich als reiselustige englische Lady«, entgegnete Jane. »Man war wohl etwas überrascht, aber ich habe vor zwei Tagen einen Abschiedsball gegeben... und niemand hat gewagt, Fragen zu stellen.«

Das Echo trug Christos' Lachen zurück. Früher war auch er gereist, bis nach Wien. Er war schon vielen Frauen begegnet, aber noch keiner, die Jane ähnlich war.

Sie war die Frau, die er brauchte, furchtlos und stolz, und er konnte es immer noch nicht ganz glauben, daß er sie verführt hatte. In ihrer Gesellschaft gab es nicht eine eintönige Stunde, und je häufiger sie die Nacht miteinander verbrachten, desto mehr begehrte er sie, voller Ungeduld, er schöpfte aus ihr neue Kraft und neuen Ruhm. Wenn er über sie herrschte, herrschte er über die Welt.

»Eine Frau für einen König«, dachte er, »und ich bin der König der Berge.«

Der Zufall, der ihn liebte, war ihm wieder einmal günstig gewesen, indem er ihm eine solche Nachbarin schenkte. Er lag ständig auf der Lauer, war daran gewöhnt, schnell zu reagieren, und bei seinem ersten Besuch hatte er seine Chance nicht vertan. Nun war sie seiner Gnade ausgeliefert. Sie hatte ihr Haus verkauft, sie würden in Lamia leben wie die Fürsten, er und seine Männer. »Sie ist so wie ich, und ich nehme sie. Ich bin ungeschliffen, rauh wie das Land meiner Heimat, mutig und stark wie sie, und ich weiß, daß ich ihr gefalle, wie ihr noch nie ein Mann gefallen hat.«

»Wäre es möglich, daß ich ein Bad, oder so etwas Ähnliches, nehmen könnte vor dem Abendessen?«

Christos klatschte in die Hände, sofort erschien ein Diener, an den er sich in einer wilden Sprache wandte.

»Das Wasser ist warm, sie werden einen Schlauch durchbohren, damit du duschen kannst.«

Jane war todmüde. Das Badezimmer hatte soviel Ähnlichkeit mit einem Bad wie das Lager mit einem Lager. Vier Teppiche, die um einen Olivenbaum herum aufgehängt waren, bildeten die Wände, der Schlauch hing von einem der hohen Äste. Jane glitt zwischen zwei Teppichen hindurch, um sich zu entkleiden, und ließ das laue Wasser laufen. Nackt, vor den Blicken geschützt, empfand sie tiefes Wohlbehagen. Ein in sein Nest gekauerter Vogel flog plötzlich auf, frei wie sie. Die Freiheit, sie war frei! Sie hörte die Geräusche des Lagers, der Natur, und glaubte zu spüren, daß ihre Muskeln vibrierten wie die Saiten einer Harfe.

»Ich lebe wie diese Feder im Wind, ich gehorche dem Willen Gottes und meinem Willen. Ich habe mich niemals geschlagen gegeben, und selbst im tiefsten Abgrund habe ich alles vorbereitet, alles geordnet und arrangiert, um eines Tages diesen erhabenen Augenblick zu erreichen, in dem ich Körper und Seele im Einklang, die Leiden der Vergangenheit vergessen und mich ins Glück treiben lassen kann.«

Sie spürte den Duft ihrer Kindheit auf den Lippen. Der Tag ging zur Neige. Der Thymian, die laue Brise und der Tabak des Tschibuk, den Christos vor ihrem Versteck rauchte, erfüllen die Luft. »Meine Haut ist Elfenbein und Perlmutt, ich bin eine Tochter der Lüfte«, summte sie.

»Ooh!« rief Christos, »hier ist dein Kleid, und ich habe Hunger.«

Sie schritt vor ihm her wie eine Königin der Antike, angetan mit kühlem Leinen, einen Olivenzweig im Haar.

»Du bist schön wie eine Göttin des Olymp«, sagte Christos und umarmte sie.

Die Mahlzeit wurde auf einem Teppich serviert: doppeltgebackenes Brot, dicke Milch, die in einer Holzschale schäumte, geschnittene Zwiebeln, Ziegenkäse mit großen Oliven, und ein Lamm nach Pallikarenart, das heißt gebraten. Ein korfiotischer Diener bot einen mit Malvasier gefüllten Schlauch an. Im Schneidersitz führte das Paar feierlich den Vorsitz über die Vergnügungen. Die Männer tanzten langsam die Romaika zu den Klängen der Musik, von allen Seiten erschallten Gewehrschüsse. Frauen kamen mit furchtsamer Miene heran. Das Lager war wie von einem Brand erhellt, ganze Pinienstämme brannten.

Christos bat sie um Entschuldigung für diesen Heidenlärm: »Die Gebräuche! Sie sind im allgemeinen für das Frühlingsfest reserviert, aber heute gelten sie dir! Meine Männer wollen dich auf ihre Art feiern. Sie lieben eine gewisse Unordnung, Turbulenz und Lärm. Ich vermute, sie haben viel getrunken und sehen dich jetzt mit meinen Augen.«

»Gehen wir zu Bett«, murmelte Jane, »es wird bald Tag.«

Ihre Augen glänzten in der Dunkelheit. Christos entließ alle mit einem Wink und zeigte mit dem Finger auf den Schlafplatz. Sie glitten in die Felsspalte, und über Grasbüschel kriechend erreichten sie den wilden Feigenbaum, unter dem die Decken ausgebreitet waren.

Am nächsten Tag gegen Abend erreichten sie Theben und lagerten neben einem dicken fränkischen Turm.

»Wie habe ich nur eingeschlossen in einem Haus wohnen können«, rief Jane aus. »Noch nie war ich so glücklich!«

Sie überquerten Gebirge, folgten abschüssigen Pfaden, auf denen jeder Schritt gefährlich war. Die Pferde haben einen sicheren Tritt, und Christos ist der beste Bergführer, dachte sie, um sich angesichts dieser Abgründe selbst zu beruhigen.

Sie kamen in ein Dorf, das wie ein Adlerhorst an einem Berg klebte.

»Keine Menschenseele! Das begreife ich nicht! Was ist los? Sollte es hier im Parnaß Räuber geben?«

»Es gibt sie überall!«

»Aber es ist doch zu seltsam, daß wir noch keinem begegnet sind! Vielleicht jage ich ihnen Angst ein? Im übrigen, wenn jemand auch nur versuchen würde, mir ein Haar zu krümmen, würde er augenblicklich und für immer lernen, daß ich in meinen Satteltaschen die besten Pistolen der Welt haben.«

»Und daß ich General Hadji Petros bin, der zu deinen Diensten steht!«

Und Christos lächelte sie an. Wie sollte sie auch ahnen, daß sie von Räubern umgeben war? In Athen war er General, in den Bergen war er Pallikar; dieses Mal jedoch hatte er, um seine anmutige Begleiterin nicht zu erzürnen, seinen Spähern Order gegeben, vor ihnen alles frei zu halten, sogar die Gendarmen waren wie durch ein Wunder verschwunden und warteten ab, bis die Schar Lamia erreicht hatte.

Christos besaß eine ungefähre Aufstellung der Einwohner des Königreiches, eine Art Schätzung ihres Vermögens, ihrer Häuser, und Grundstücke. Was die Ausländer, die ins Land kamen und es bereisten, anging, so übermittelten ihm Agenten, die er in jedem Hafen hatte, ihren Namen, ihre Marschroute, und, wenn möglich, die Höhe ihres Vermögens. So wußte er problemlos und genau, wo, von wem und wieviel er verlangen konnte. Auf den Straßen im Norden benahmen sich seine Leute gut – wozu sollten sie die Kunden durch eine unfreundliche Miene erschrecken? –, sie taten ihre Arbeit in der Überzeugung, daß ihre Beute nur eine legitime Steuer darstellte. Im übrigen war es seit jeher so Sitte in diesem Land, und es war das einzige Mittel, um ein Ehrenmann zu bleiben. Man bestahl jeden, aber da jeder jeden bestahl...

Der Abenteuergeist machte Jane blind, sie sah jedenfalls nichts anderes als dichtes Gebüsch, eine wilde Natur. Wenn sie von Zeit zu Zeit einen Schuß in der Ferne hörte, dachte sie, die Vorhut der Truppe jage irgendwelches Wild.

Hadji Petros ritt weiter vor Jane her, gefolgt von seinen vier

Sekretären und seinen Dienern. Der Rest der Truppe umringte sie, wie um sie zu schützen.

Sie ritten durch Chäronea, wo Plutarch lebte und starb. Als sie aus dem Engpaß von Kera herauskamen, erfrischte Jane sich in Haemon, genau an der Stelle, an die Philipp von Makedonien zurückgekommen war, um die Athener an der Spitze seiner Reiter anzugreifen. Dort hatte er seine Toten begraben, unter dem großen Grabhügel, auf dem ein Löwe stand.

Sie machten Halt in Dvlia und schliefen in der Nähe des Klosters am Fuß des Parnaß. Die Akropolis schmiegte sich zwischen zwei steile Felsschluchten, auf dem Gipfel eines Gebirgsvorsprunges, der hinter dem weißen Bau des Klosters von Jerusalem aufragte.

Am nächsten Tag schenkte Christos ihr eine Ikone.

»Wo hast du dieses Kunstwerk nur gefunden?«

»Die Popen haben sie mir verkauft. Sie haben mir versichert, sie stamme aus dem 16. Jahrhundert, und möglicherweise stimmt das sogar. Freust du dich darüber?«

Es begann, kalt zu werden, auf den Bergen glitzerten Schneefelder. Jane, die wie die Pallikaren gekleidet war, trug die Fustanella, die bis zu den Knien reichenden Gamaschen, ähnlich den Beinschienen der Krieger Homers, eine ärmellose Weste, eine Jacke mit offenen Ärmeln, und den breiten Ledergürtel, in den sie ihr besticktes Taschentuch, ihre Geldbörse und ihre leichten Waffen steckte. Sie hüllte sich in einen weiten Mantel aus weißer Wolle und rollte wie ihre Gefährten einen Turban um den Kopf.

Nach ein paar Tagen erreichten sie endlich die meliakische Ebene, lagerten zwischen den in die Bergwände hineingeschnittenen Felsgräbern, folgten dem Verlauf der Thermopylen. Der Boden – ein weißliches Sediment –, von gelben und roten Adern durchzogen, klang unter ihren Schritten wider. Wasseradern schlängelten sich dahin und ergossen sich ein Stück weiter in einen kleinen See.

»Von diesem Übergang aus konnte man das Land kontrollieren«, erklärte Christos. »Die Makedonier, die Römer, die Franken, die Türken, alle die im Lauf der Geschichte in Griechenland eindringen wollten, um seine Tempel und seine Schätze zu plündern, mußten diesen Weg nehmen...«

Er führte sie zu der Stelle, an der Leonidas, der König von Sparta, gefallen war. Und mit einer Geste voller Stolz zeigte er ihr den Felsen, wo er selbst sich mit Diakos, einem Unabhängigkeitshelden, gegen vierhundert Muselmanen zur Wehr gesetzt hatte.

»Die Armee von Mehmet Pascha, die sich auf Lamia konzentrierte, kreiste uns ein. Diakos wurde gefangengenommen und gepfählt. Ich habe rechtzeitig fliehen können. Ein Jahr später habe ich diesen Paß mit Odysseus, dem Sohn von Androutzos, verteidigt. Wir haben uns tapfer geschlagen, haben Hiebe ausgeteilt wie die Riesen; zu groß waren die Verbrechen, die wir zu rächen hatten – man hat die Zahl der Toten niemals erfahren. Wir haben außergewöhnliche Beute gemacht – kostbare Waffen, goldene Kleider, silberne Pistolentaschen, mit seltenen Steinen verzierte Pistolen.«

»Und was ist daraus geworden?« fragte Jane.

»Wir haben sie in einer Höhle versteckt.«

»Und Odysseus?«

»Er wurde von einem seiner Waffenbrüder von der Akropolis hinuntergestürzt«, entgegnete Christos ernst.

Sie schauderte trotz der Wärme und dachte an die Häuser in Athen, die mit Zeichnungen geschmückt waren, die das Erwachen und den Triumph Griechenlands feierten: Da wurden die immer schrecklich dargestellten Türken von den strahlenden griechischen Helden des Unabhängigkeitskrieges wie Ungeziefer zertreten, von Marco Botzaris, von Ypsilantis, von Christos und wie sie alle heißen mochten, jeder ein Leonidas der Neuzeit.

Die Sonne brannte, die Luft war von den Ausdünstungen der Sümpfe erfüllt. Es ging kein Windhauch, es gab keinen Schatten, unter den man einen Augenblick lang flüchten konnte. Schweigend ritten sie dahin, selbst die Pferde ließen niedergedrückt die Köpfe hängen.

»Jetzt ist es nicht mehr weit. Lamia ist ein hübscher Ort, es wird dir sehr gefallen.«

Hunde bellten, der Zug kam an einem Khan vorbei.

»Wir sind gleich da, ich werde die Männer sammeln.«

Hadji Petros richtete sich auf seinem Pferd auf, schrie Befehle und wandte sich mit leiser Stimme an Jane: »Vergiß nicht, daß du mein Adjutant bist, du bleibst ganz dicht bei mir.«

Die Truppe marschierte in zwei Reihen auf. Jane zitterte, sie war zu Tränen gerührt. Die ganze Straße entlang schallten Hochrufe zum General, dem Tapfersten der Tapferen, empor.

Die Stadt hatte mit ihren beiden verlassenen Moscheen und ihren Minaretten ein türkisches Aussehen bewahrt.

Als sie am Laden eines Barbiers vorbeiritten, bemerkte Jane im Spiegel ein Gesicht, das dem ihren verschwommen ähnlich sah, das sie jedoch zunächst für das Spiegelbild eines anderen hielt. Sie wandte den Kopf und schaute über ihre Schulter, um zu sehen, ob hinter ihr nicht ein *klephte* mit riesengroßen blauen Augen stand, der sie musterte. Neben ihr ritt Hadji Petros, stolz in seiner Generalsuniform. Jane lächelte. Sie fühlte sich wie ein Kind, endlich lebte sie in ihren Träumen, war zugleich Akteurin und Zuschauerin außergewöhnlicher Heldentaten. Lord Byron, Sir Kenelm, Henry, mein geliebter Vetter, ihr werdet stolz auf mich sein, endlich gleicht mein Leben dem euren. Die Liebe und das Abenteuer sind nur dann wert, erlebt zu werden, wenn sie zu sich selbst führen, sagte sie sich.

Die hohen Häuser, die zweigeschossig aus soliden Steinen erbaut und stellenweise mit den verschiedensten Arabesken verziert waren, gaben der Straße mit ihren bunten Glasfenstern einen Hauch von Theaterkulisse... und immer noch die Menge, die sich drängte, um sie vorbeireiten zu sehen.

Sie ritten den Hügel hinauf, um auf die Akropolis zu gelangen, auf der die Zitadelle stand.

»Wie schön, Christos«, rief sie aus, als sie oben waren.

»Und die Vorschriften, Soldat! Man schweigt!« erwiderte er amüsiert und half ihr vom Pferd.

Nun ließen die Männer sie hochleben und warfen ihre Kopfbedeckungen in die Luft, während Trommelwirbel ertönten.

Um sie herum erstreckte sich der Ausblick auf einen unermeßlichen Horizont, der den meliakischen Golf, Euböa und genau gegenüber die schimmernden Gipfel des Parnaß, des Helikon und des Eta umfaßte.

5

Jane nahm ihre Wohnung mitten in der Zitadelle in Besitz. Das Gebäude war nach einem komplizierten Plan angelegt, die unzähligen Gänge schienen nirgendwohin zu führen. Obwohl die Wände ihrer Räume mit wunderbaren Stoffen bespannt waren, war das Mobiliar doch recht spärlich. Es gab jedoch ein Bett in ihrem Zimmer, ein richtiges Bett, und an seinem Fußende stand eine große massive Truhe mit glänzenden Beschlägen wie aus Silber. Man hatte auch ein paar Stühle hineingestellt, seltene Möbelstücke, die illustren Besuchern vorbehalten waren.

Mit einer verschwörerischen Miene, als müsse er eine Königin bewachen, kam eines Morgens der Verwalter zu Jane und teilte ihr mit, sie habe die Freiheit auszugehen. Sie wohnte beinahe schon zwei Wochen in der Zitadelle – Christos und sie waren übereingekommen, ihre Anwesenheit so lange wie möglich geheimzuhalten, und die Pallikaren hätten sich eher die Zunge herausreißen lassen, als daß sie ein Wort gesagt hätten. Besser wenn der Name der Gräfin Theotoki zur Zeit nicht unnötig mit dem General in Verbindung gebracht wurde.

Jane hatte indes nicht einen Augenblick lang das Gefühl gehabt, eingesperrt zu sein. Sie kümmerte sich um Eirini, lehrte ihn mit einer Geduld, die sie ganz neu an sich entdeckte, Lesen und Schreiben und bemühte sich, ihm ein paar Manieren beizubringen, und zugleich organisierte sie gründlich die Stunden, die Christos ihr gewährte.

In Windeseile hatte sie ihre Wohnung in ein behagliches Nest verwandelt, das, wenn die Nacht hereinbrach, von großen Feuern in den Kaminen erhellt wurde. Obwohl sie in diesem Gebäude eigentlich nicht nötig waren, legte Jane auf diese Feuerstellen doch großen

Wert: das Feuer, erklärte sie, sei das Symbol und die Voraussetzung für ein glückliches Leben.

Jeden Tag brachten die Jäger Wildbret für die Mahlzeiten, die Bauern und Fischer lieferten die Nahrungsmittel, die die Offiziere als Verpflegung erhielten. Hadji Petros, seine Sekretäre und Adjutanten kümmerten sich um tausend Dinge, die sie unmöglich alle hätte aufzählen können.

Von nun an zog sie um die Mittagszeit, wenn jeder die Hitze floh, ihre Pallikarenuniform an und verließ die Festung. Geschützt durch ihren Turban, ritt sie bis zum Meer, oder sie begab sich außerhalb der Stadt auf den Pferdemarkt. Es war ein ziemlich großer Markt. Zahlreiche Bauern aus Thessalien kamen mit ihren Herden hierhin, die Pferde waren klein, aber gut proportioniert, im übrigen allerdings ziemlich schlecht gehalten. Sie kaufte drei Tiere, nach einer Woche sahen sie prachtvoll aus...

»Morgen fahren wir nach Petradjik. Ich will dich meiner Familie vorstellen.«

»Deiner Familie?«

»Der meiner verstorbenen Frau. Sie möchten meinen Sohn sehen. Wenn ich dich dort vorgestellt habe, brauchen wir uns nicht mehr zu verstecken.«

»Muß das sein? Mir genügt dieses Leben vollauf.«

»Aber ich bin doch stolz auf dich und will dich zeigen können.«

»Ich bin schließlich Engländerin! Ich kann also verkehren, mit wem ich möchte, ohne daß ich jemandem Rechenschaft darüber ablegen muß.«

»Bevor ich dich vorgestellt habe, ist das unmöglich, und danach werde ich dich heiraten!«

»Nicht so eilig, immerhin bin ich noch verheiratet.«

Mit Christos war alles ganz einfach. Er liebte sie, ohne sich oder ihr deswegen Probleme zu bereiten. Er lebte mit ihr zusammen, er heiratete sie, wo sollte es da Schwierigkeiten geben?

Sie konnte sich kaum vorstellen, wie sie diese Neuigkeit ihrer Mutter beibringen sollte. Aber Spiro stellte in dieser Hinsicht das größte Hindernis dar. Sie wollte nicht darüber reden.

»Wir haben Zeit«, behauptete sie und trank ihren Raki aus.

»Versteck dich nicht hinter einer Schießscharte, das ist in dieser Festung zu einfach! Wenn die Schöne sich im Innern ihres Turms versteckt, so bedeutet das, daß sie in Reichweite des Pfeils des Belagerers ist. Du bist getroffen, und ich weiß wo, genau unter dem Flügel, mein Liebling, dort wo das Herz schlägt. Und ich werde dich heiraten!«

Christos warf Jane einen entschlossenen Blick zu.

»Ianthe, du bist meine Frau, und du hast es bewiesen, indem du mit mir in die Berge gekommen bist. Du kannst leben wie ich, und das ist alles, was zählt.«

Endlich ein Mann, der weiß, was er will, und der seine Seele nicht vergessen hat, wiederholte sie sich oft. Immer, wenn sie ihren Erinnerungen nachhing, spürte sie undeutlich, daß ihr jetziger Gefährte wohl der eigenartigste Mann war, den sie je kennengelernt hatte. Tapfer, das war er. Ungehobelt? Nein, auch wenn er weder lesen noch schreiben konnte.

Er sprach Deutsch, er kannte die Geschichte seines Landes im wahrsten Sinne des Wortes auswendig. Wo und wie hatte er wohl ganze Passagen aus Homer, aus Herodot und Pausanias gelernt, woher kannte er in all ihren Details die ›Chroniken der Morea‹? An welchen nächtlichen Lagerfeuern hatte er sich dieses umfangreiche Wissen aneignen können. Er allein war schon das Gedächtnis seines Landes, der alterslose Held, der Eroberer, genauso frei wie seine Vorfahren in der Antike. An seiner Seite, unter seinen Blicken fühlte Jane sich wie eine Orientalin, und diese Rolle gefiel ihr.

Etwas jedoch quälte sie. Sie hätte Gott weiß was darum gegeben zu erfahren, was Hadji und seine Männer zu bestimmten Nachtstunden, wenn ihr Gefährte in dem Glauben, sie schliefe, lautlos aufstand und fortging, ausheckten.

Das ärgerte sie, sie sagte sich halb lachend, sie sei wohl die letzte Frau Blaubarts.

»Eines Tages werde ich es herausfinden.«

Sie würde auf Eugénie und auf den günstigsten Augenblick warten.

Eirini ritt zwischen seinem Vater und Jane, es folgten ihnen ungefähr fünfzig Männer.

Von Lamia nach Petradjik waren es nur wenige Meilen, bis man die von der Festung beherrschte Hochebene erreichte. Man mußte jedoch noch stundenlang aufsteigen, bevor man zu der Schlucht kam, in die sich der Wasserfall ergoß – große Blasen, die hoch- und zurücksprangen, ehe sie sich in dem Tal verloren, das so viele lateinische Dichter besungen haben.

»Petradjik, das alte Hypatos, das Land der Enianen«, erklärte Jane und rezitierte ihre Reiseführer, die sie auswendig kannte.

Die Dorfbewohner kamen ihnen entgegen, vergrößerten noch die Eskorte. Vor der Schule saß der Didaskale, der gleich die Stunde abbrach, als er sie sah, und seine Schüler, mit ihrer Schiefertafel am Gürtel, schlossen sich, ohne sich lange bitten zu lassen, dem Zug an. Sie erinnerten an ein Fresko von Pompeji, nur daß sie alle statt der Tunika die Fustanella trugen. Es waren lebhafte und fröhliche Kinder, die von keiner Schüchternheit gehemmt schienen. Fasziniert von Janes Amazonengewand umdrängten sie sie; sie hatten noch niemals, noch nicht einmal in Büchern, etwas so Seltsames gesehen.

»Wollt ihr wohl da weggehen«, befahl Cristos mit drohender Stimme, bevor er den Didaskalen auf den Mund küßte, wie es der Brauch war. »Perikles ist mein Schwager«, sagte er statt einer Vorstellung, »das ist die Gräfin Theotoki. Du kannst ihr die Hand geben. Und die Familie?«

»Der Onkel hat Fieber.«

»Gehn wir zu ihm, ich werde ihn heilen. Und deine Mutter?«

»Sie erwartet deine Ankunft. Hast du die Zeitungen mitgebracht?«

»Ja, hier sind sie. Aber ich werde sie dir erst nachher geben.«

»Es sind Reisende mit fünftausend Francs in der Gegend.«

»Sind es viele?«

»Die Eskorte ist lächerlich.«

»Wir werden später weitersehen.«

»Ich werde euch begleiten«, beschloß Jane, »ich wollte schon seit einiger Zeit Räubern begegnen!«

Perikles hatte verstanden.

»Wie?« fragte Christos. »Nun gut, meinetwegen! Ich werde im übrigen Maßnahmen ergreifen, um dem Ganzen endlich ein Ende zu bereiten!«

Acht Grenzposten kamen mit elastischen Schritten heran. Man umarmte sich wieder, dann gingen alle zum Café des Ortes, wo Christos Retzina ausschenken ließ. Ein alter, schmutziger Pope mit listigen Augen unter dicken grauen Brauen kam zu ihrer Begrüßung herbeigeschlurft. Jane nutzte die Unterhaltung, um sich in den Schatten einer auf vier Pfosten befestigten Matte zurückzuziehen, wo sie ein paar Drachmen an die Kinder verteilte.

»Panaghia möge es dir danken«, antworteten sie... »*Efcharisto.*«

Die Straße schien sich endlos lang bis zur Höhe des Dorfes hinzuziehen. Endlich gelangten sie zu schönen blühenden Bäumen, nahe einer Quelle mit lebhaft plätscherndem Wasser, wo Frauen in bestickten Trachten anscheinend auf sie warteten. Jane vermutete, daß die ›Schwiegermutter‹ diejenige war, die auf einem Kissen saß.

Während man die Pferde ablud und Janes Gepäck wegbrachte, ließ die Gastgeberin aus ihrem Salon einen Stuhl herunterbringen und bot Glyko, das obligatorische Glas mit kühlem Wasser und einen der besten Kaffees an, die Jane jemals in Griechenland getrunken hatte.

»Hier könnte man leben und glücklich sein«, dachte Jane.

Eirini, den man festlich empfangen hatte, war bei seinen Vettern und seiner Großmutter.

Roumelien hatte mehr als andere griechische Provinzen die alten Bräuche bewahrt, aber bei Christos' Leuten gesellte sich zur Gastfreundschaft noch eine sehr poetische Anmut, ein Erbe der fränkischen Eroberung, hinzu. Alles war einfach und bäuerlich: die Mutter befahl ihren Töchtern, gehorchte ihren Söhnen und verteilte die Aufgaben und Pflichten an die Dienstboten.

»Ich habe hier mit meiner Frau gelebt, allerdings nicht lange. Sie ist nach Eirinis Geburt am Fieber gestorben.«

Dann nahm er sie am Arm, ging mit ihr über den Hof und stellte sich mit ihr neben den Brunnen.

»Ich werde heute nacht nicht zu dir kommen«, wisperte er, »... auch die anderen Nächte nicht, solange wir hier sind. Ich werde bis zum letzten Tag warten, um ihnen unsere Heirat bekanntzugeben.«

»Christos, ich bin verheiratet! Das Gericht wird nicht in die Scheidung einwilligen!«

»Das ist ohne Bedeutung, du wirst auf Ungültigkeit plädieren. In Griechenland ist die Ehe ein rein religiöser Vertrag, und die ›papas‹ sind alles andere als unbestechlich. Mit genügend Geld werden sie schon eine unterlassene Formalität finden, die von äußerster Wichtigkeit ist... Du kennst die Leute hier noch nicht wirklich, wenn es ihnen gelegen käme, könnten sie sogar vergessen, daß du sechs Kinder gehabt hast und seit zwölf Jahren verheiratet bist.«

»Bitte, Christos, laß uns das alles später besprechen, der Ort und der Zeitpunkt sind schlecht gewählt.«

Jane näherte sich dem Brunnenrand und scheuchte ein paar Tauben auf.

Ihre Heirat in Marseille war einfach gewesen, das stimmte, es hatte ausgereicht, daß sie sich durch Untertauchen hatte taufen lassen, wie die orthodoxe Religion es vorschrieb, und daß sie Geschenke an die Popen verteilt hatte.

Aber warum sollte sie noch einmal heiraten? Sie liebte, sie war glücklich, warum sollte sie etwas offiziell machen, was so zerbrechlich war?

Am äußersten Ende der Galerie, die zum Garten hin offen war, webte Christos' Schwiegermutter ihr Leinen. Die Frauen um sie herum hielten das Schiffchen oder entwirrten die Fäden, um ihr die Arbeit zu erleichtern. Eirini plauderte mit ihnen.

Sie traten ins Haus. Christos ging zu einem Schrank und nahm eine Karaffe mit Weißwein heraus. Die Uhr schlug sechs.

Unbestreitbar behandelte Christos sie mit jener Rücksicht, die fremden Frauen vorbehalten war. Wenn wir erst einmal verheiratet sind, überlegte Jane, wird er sich ändern, er wird mich wie eine Frau aus seiner Heimat ansehen, und die Traditionen werden die Oberhand gewinnen.

Als sie am nächsten Morgen an Christos' Tür klopfte, lag das ganze Haus anscheinend noch in tiefem Schlaf. Seine Stiefel standen vor der Tür. Keine Antwort. Sie trat ein, niemand. Alles war ordentlich, das Bett war gemacht. Vollkommen fassungslos schloß sie die Tür wieder.

Mit einem Schlag stand ihr das Entsetzen in den Augen. Er hatte sie betrogen! Mit wem? Wahrscheinlich mit einer Dienerin! Sie überlegte: nach Lamia zurückkehren und von dort mit dem Schiff nach Athen fahren? Einen Skandal entfachen? Aber welches Recht hatte sie hier in diesem Land auf diesen Mann, der allen Angst einjagte? Auf jeden Fall war die Situation untragbar. Einen Augenblick lang war sie von einem Gefühl der Enttäuschung wie gelähmt, dann jedoch packte sie mit der verzweifelten Tatkraft, die sich immer ihrer bemächtigte, wenn etwas nicht in Ordnung war, ihre Waffen und Koffer, und schlich sich wie eine Diebin, ohne ein Wort der Erklärung zu hinterlassen, hinunter zu dem Schuppen, der als Stall diente.

»Er kann ja doch nicht lesen! Er wird es auch so begreifen! Wenn ich auf der Straße überfallen werde, werden sie schon merken, mit wem sie es zu tun haben. Und ich war zu allem bereit für dieses Ungeheuer... Ich habe sogar mein Haus für ihn verkauft! Ich muß nur zusehen, daß ich in Athen ankomme, bevor Eugénie aufbricht.«

Wellen der Empörung, Wut und Verachtung überströmten sie, sie verabscheute ihn!

Um diese Zeit war der Ort wie ausgestorben. In einer dieser schöngeistigen Anwandlungen, zu denen nur sie fähig war, betrachtete sie die Berge, und anstelle der Götter, die sie dort suchte, sah sie ihr anderes Ich, das wieder aus den Wolken gestiegen war. Aber Schluß mit diesem romantischen Überschwang! Endlich erlebte sie die Wirklichkeit in ihrer grausamsten Deutlichkeit: eine öde Landschaft, die sie wieder bis Lamia durchqueren mußte.

»Schluß mit den Abenteuern! Das soll mir nie mehr passieren!« wütete sie laut. »Mir tut nur Eirini leid, ich hatte ihn liebgewonnen.«

Die Stille – nur von Zeit zu Zeit unterbrochen durch das Toben eines Wasserfalls, das der Wind herbeitrug, das Klappern von Pferdehufen auf Felsen, der Ruf nach einem weggelaufenen Hund – beruhigte sie schließlich.

»Pst! Pst!«

Sie schaute auf. Hinter dem Strauchwerk der Mastix- und Lorbeerbäume tauchten vier Männer mit vier Gewehren auf. Eine Stimme schrie auf griechisch: »Absteigen und Hände hoch!«

Die Gewehre waren maßlos lang, es war nicht die Angst, die ihr den Blick trübte, sondern sie hatte noch nie so eindrucksvolle Gewehre gesehen. Sie gehorchte, begann jedoch, ihre Angreifer mit Beschimpfungen zu überschütten.

Die Gewehre kamen näher. Da erscholl ein tolles Gelächter.

»Christos!« rief sie fassungslos aus. »Was machst du hier?«

Das Lachen brach ab, und Christos schaute sie mit einer Miene an, die nichts Gutes verhieß.

»Was soll dieser Scherz?« brachte sie heraus.

»Ich werde es dir erklären. Komm, du wirst es selbst sehen.« Sie machten kehrt, gingen durch den Ort und mußten dann noch eine Stunde bergaufwärts steigen, bevor sie zu den Ruinen der alten Festung kamen, die auf drei Seiten von Schluchten umgeben waren.

Jane hatte kein Wort gesagt, sie hatte all ihre Aufmerksamkeit auf den steinigen Pfad konzentriert. Ganz oben schienen sich die Mauern, die viereckigen Türme aus dem Mittelalter ins Unendliche zu vervielfachen. Männer wälzten dicke, von Gestrüpp verborgene Steinblöcke beiseite. Im Schein von Fackeln traten sie in eine Höhle, die zu einer Art Gewölberaum führte.

»Hier, das ist mein Schlupfwinkel«, sagte Christos mit einem gewissen Stolz. »Du wolltest es wissen, jetzt schau dich um!«

Truhen stapelten sich bis unter die Decke. Sie öffnete eine, dann eine andere. Bossierte Silberplatten, Waffen, Schmuck, Seidenstoffe. Unvorstellbare Reichtümer. Ihrer Wut war Verblüffung gewichen. Endlich begriff sie, sie befand sich mitten in einer Räuberhöhle.

»Aber dann…«

»Die Beute von Odysseus. Ich bin ihr Verwalter und Hüter.«

»Christos…«

»Weil du glaubtest, ich lebte von den Einkünften, die mir die Regierung zukommen läßt? Wir wollen uns nicht vor Worten fürchten: Ich bin Grieche von Geburt, General wegen meines Ruhms und Räuber zum Vergnügen! Hast du dich eigentlich niemals gefragt, warum dir keine berühmten Räuber begegnet sind?«

Er brach wieder in ein ungeheures Gelächter aus. »Ich nehme an, jetzt habe ich keine Wahl mehr«, sagte sie, »bin ich nun endgültig deine Gefangene?«

»Du bist es immer gewesen! Du sollst wissen, warum ich nicht in Athen bleiben konnte. Otto, der mir ein paar Mal angeboten hat, im Schloß zu wohnen, habe ich immer erwidert: ›Ich bin König im Gebirge, mehr sogar als ein König. Will Seine Majestät einen Beweis meiner Macht? Sie brauchen nur ein Wort zu sagen, und es stünden in diesem Tal, das sich hier vor Ihren Augen erstreckt, sechstausend bewaffnete Männer unter meinem Banner, die je nach meinem Befehl für oder gegen Seine Majestät marschieren würden! Bei Ihnen würde ich niemals mehr sein als ein General unter vielen.‹«*

Jane liebte verborgene Schätze, aber selbst in ihren kühnsten Träumen hätte sie sich eine vergleichbare Höhle nicht vorstellen können. Ungläubig betrachtete sie die mit Gold und Silber gefüllten Taschen…

»Du verstehst«, fuhr Christos fort, »ich hatte alles, es fehlte mir nur eine Frau. Vom ersten Tag an habe ich beschlossen, daß du diese Frau sein solltest. Und ich hatte recht, denn auch du hast mich sofort gewollt… Wir sind glücklich, und wir werden immer glücklich sein. Ich bin reich, du bist reich, wir habe Eirini. Wo auf der Welt würden wir einen schöneren Ort finden? Schönere Jagden auf Gemse, Reh und Bären als im Wald von Greveno, dem Eta des Herkules? Ein reicheres Land als die Ebene von Sperchius? Ganz abgesehen von der Zuneigung meiner Pallikaren, die immer mit Feuereifer bereit sind,

* Alexandre Buchon: *La Grèce continentale et le Morée en 1840-1841.*

zu neuen Heldentaten auszuziehen. Wo würde ich wärmere, treuere Herzen finden als in den Bergen von Agrapha? Hier binden uns unsere Leidenschaften an unser Land, und der Lärm vergeht, noch ehe er über die Schranke dieser Berge dringen kann... Und nun möchte ich wissen: Was hast du allein auf der Straße gemacht?«

»Ich weiß es selbst nicht«, antwortete sie und schaute ihm gerade in die Augen.

Sie war so verstört, so verwirrt, sie wußte nicht mehr, was sie sagen sollte.

»Oder vielmehr, ich weiß es sehr wohl«, fuhr sie spröde fort. »Ich bin einfach verärgert über das, was vorgefallen ist, es ist ein Mißverständnis.«

Die Hände in die Hüften gestemmt, amüsierte sich Christos sichtlich.

»Ich, ich werde dir die Wahrheit sagen! Du hast mich nicht in meinem Zimmer gefunden, und du hast daraus geschlossen... ich würde dich betrügen. Du bist schlimmer als unsere Frauen!«

Die Männer schwiegen.

»Vielleicht«, entgegnete sie. »Aber sie, sie haben keine Wahl.«

»Und wenn sie nicht begreifen, dann schlagen wir sie.«

Janes Wangen wurden rot vor Empörung. Sie sah sich gezwungen, diese durch lange Tradition gerechtfertigte Autorität zu achten, und sie mußte sich bemühen, darin eine herbe Süße zu finden! Hier stand sie, ganz verstört mitten unter den Räubern, und sie wußte, was sie erwartete. Erst jetzt verstand sie die Geschichten, die man in Athen erzählte: Nach der Lösegeldforderung wurden die Gefangenen in dem Maße ordentlich behandelt, wie Hoffnung auf Zahlung bestand. Und im Falle einer Weigerung gab es Verstümmelungen — ein Ohr, das man der Familie schickte, wurde bald von dem anderen gefolgt. Oder schlimmer noch, der Gefangene wurde ermordet. Im besten Fall wurde er freigelassen, nachdem er geschworen hatte, nichts von dem, was er gesehen und gehört hatte, zu erzählen. Und all das, entdeckte sie nun, geschah mit dem Einverständnis der Regierung, die ohnmächtig denen gegenüberstand, die sich als ihre treuesten Diener ausgaben!

Jane brach in Tränen aus. Dem würde sie ganz entschieden niemals gewachsen sein!

Christos nahm sie am Arm und führte sie ins Tageslicht zurück.

»Warum weinst du?«

»Ich weine nicht, ich heule!« schrie sie.

»Komm«, sagte er und zog sie von den anderen Männern fort.

Er legte sie auf den Boden und liebte sie wie am ersten Tag. Ekstase, Unterwerfung, Auslieferung... Sie würde ihm nicht entkommen, er wußte, er würde Gott weiß was anstellen, um sie zu behalten.

»Nun wirst du artig sein und mit mir kommen«, sagte er mit gefährlich sanfter Stimme. »Gott möge uns beide beschützen, denn erst wenn ein Unglück geschehen sollte, würden meine beiden Arme nicht mehr ausreichen!«

6

Die Tage vergingen. Jane gab sich vorbehaltlos den Anstrengungen hin, die die langen Ritte in diesem harten Land forderten: Stunden im Sattel unter einer sengenden Sonne, der Zwang, vom Pferd zu steigen, wenn der Abhang zu steil wurde, und das Tier am Zügel weiterzuführen. Aber am Abend, unter dem funkelnden Sternengewölbe, vergaß sie alles, lag erschöpft und vertrauensvoll in Christos' Armen. Bisweilen machten sie Halt in einem Dorf, wo sie voller Wärme empfangen wurden. Die Bergbewohner betrachteten diese Frau mit offensichtlichem Erstaunen.

Dann mußten sie nach Lamia zurückkehren, wo Eugénie auf sie wartete.

»Frau Gräfin, man sagt hier, der General habe Ihnen die Ehe angetragen! Sie werden doch nicht einwilligen, nicht wahr?«

Jane antwortete mit einem Lächeln, das nichts ableugnete.

»Frau Gräfin denken nicht wirklich daran!«

»Gib mir mein Kleid. Der General ist einer der berühmtesten Männer im ganzen Königreich, und ich bin glücklich mit ihm.«

Durch das Fenster sah sie die Sonne hinter den dunklen Bergen, auf denen blutrote Wolken lagen, versinken. Ein Schuß zerriß die Luft, und das Echo antwortete. Man hißte die Flagge, und die Hörner der Garnison bliesen im Wechsel mit dem dunkleren Klang der Trompeten der Kavallerie, den Zapfenstreich.

»Um diese Zeit heben die Räuber ihre Köpfe und gleiten in die Schluchten, ändern den Verlauf der Wege, um die Reisenden irrezuleiten.«

»Mein armes Mädchen, was für törichtes Zeug du redest! Auf jeden Fall ist es die Zeit, um die man mich in der Stadt erwartet, beeilen wir uns also!«

Jane hatte mittlerweile ein paar treue Freunde. Oberst Perrhebos zum Beispiel, ein getreues Spiegelbild antiker Zeit und Sitte. Er hatte sich im übrigen beeilt, ihr seine Werke zu schenken: unter anderem die Geschichte von Souli, ein reizendes, großartiges Buch, sowie seine Erinnerungen an die Revolutionskriege. Daneben gab es noch Doktor Georgiades, er hatte Medizin in Frankreich studiert und sicherte nun die ärztliche Versorgung der Bevölkerung im Lazarett.

Jane half ihm einmal in der Woche. Das war keine geringfügige Angelegenheit. Der Bau war gräßlich, mit fensterlosen Räumen, in denen man in Quarantäne leben mußte, wenn man aus Makedonien oder Thessalien kam. Sie hatte verlangt, daß man das Gebäude frisch kalkte, und hatte eines der schönsten Häuser am Platz als Militärhospital und Wohnung für den Doktor ausgewählt.

Dann waren da noch der Ratsherr Drosos Manoulas, der Staatsanwalt Stanoff und deren Ehefrauen. Jane verbrachte glückliche Stunden mit ihnen, überströmend von Tatkraft wie gewöhnlich, und sie sprach mit erstaunlicher Leichtigkeit neugriechisch, womit sie alle bezauberte, unter anderem auch die Händler des Basars, die auf einer Estrade thronten und den Tschibuk mit dem langen Pfeifenhals rauchten, den die Hirten in den Bergen zu ihrem Vergnügen schnitzten.

Als in Athen bekannt wurde, daß General Hadji Petros in der Gunst der Engländerin an die Stelle des Grafen Theotoki getreten war, überschlugen sich die Gerüchte. Man beneidete Christos um sein Glück, noch mehr aber um den Wohlstand, in dessen Genuß er nun kam.

Die Neuigkeit schlug ein wie ein Blitz aus heiterem Himmel: Christodoulos Hadji Petros war entlassen worden. Der Befehl, wurde gleich dazu gesagt, kam von der Königin. Amalia hatte endlich ihre Rache.

Aber der General war nicht der Mann, der sich das gefallen ließ. Er richtete gleich einen Brief an die Königin:

»Ihre Majestät hat mich entlassen. Wahrscheinlich, weil Sie erfahren haben, daß die Gräfin Theotoki mein Leben teilt. Aber was auch immer meine Feinde sagen mögen, ich erkläre hiermit bei meiner Ehre als Soldat, daß ich nicht aus Liebe, sondern aus Pflicht der Liebhaber dieser Frau bin: Sie ist reich, und ich bin arm, ich habe eine Stellung zu wahren, ein Kind aufzuziehen und einem Land würdig zu dienen. Ihre Majestät wird also verstehen...«

Er hatte den Brief in einem Zug, voller Zuversicht und Jubel, diktiert.

»Das ist mein letzter Trumph«, versicherte Christodoulos.

Jane war außer sich. »Ich kenne die Königin zu gut, sie haßt mich. Dieser Brief wird ihr nur Vergnügen bereiten. Vergiß nicht, daß Amalia, die sich selbst für untadelig hält, das gleiche Verhalten von ihren Untergebenen erwartet. Erinnere dich an all die Minister und Offiziere, die man entlassen hat, nur weil sie eine Geliebte hatten! Ich gehe fort, das ist besser für alle Beteiligten, zumindest wirst du dann in Lamia bleiben können.«

»Niemals, hörst du, niemals!«

»Und was soll man zu der Taktlosigkeit deines Briefes in bezug auf mich sagen?«

»Aber wirklich, wenn ich auch nur ein einziges Wort von dem, was ich da geschrieben habe, tatsächlich dächte, hättest du mit keiner Silbe davon erfahren! Warum willst du, daß ich meinen Posten verliere, ohne mich zu wehren? Geht es dir nicht gut hier? Vergiß diesen Zwischenfall!«

»Und du behauptest, mich heiraten zu wollen?«

»Ein Grund mehr, um so schnell wie möglich zu heiraten. Wir werden niemanden mehr schockieren. Du siehst das Leben schwerer als es ist!«

»Jedenfalls werde ich niemals heiraten, bevor die Geschichte nicht aus der Welt geschafft ist!«

»Wenn das so ist, werde ich dich gegen deinen Willen hier behalten. Und wenn dich die Lust überkommen sollte zu fliehen, werde ich dir in Petradjik Gastfreundschaft gewähren. Und du weißt, was das bedeutet!«

Er zwinkerte Jane zu und ging.

Der Brief gelangte an die Öffentlichkeit und ganz Athen machte sich darüber lustig. Christos mußte Lamia verlassen und Jane mit ihm.

Sie mietete in der Nähe der Stadt ein Doppelhaus mit einem gemeinsamen Garten: Der Pallikar bewohnte die eine Hälfte mit seinen Räubern, Jane die andere mit ihren Dienstboten. Sie leistete sich sogar den Luxus, sich für das Amt des Portiers einen Hauptmann im Ruhestand zu engagieren. Die Häuser glichen einem ausreichend mit Nahrungsmitteln versorgten Hotel, das mit genug Teppichen und Tabak für eine ganze Armee ausgestattet war. Und Jane schämte sich nicht im geringsten, zu diesen ein wenig rohen Männern zu gehören, umherziehenden Kriegern, die den Frauen wenigstens Achtung erwiesen. Doch sie wußte wohl, daß ihr Ruf, was immer jetzt auch geschah, für alle Zeiten dahin war.

»In Griechenland wie überall«, sagte sie sich, »ist die öffentliche Meinung nachsichtig mit dem, der sie respektiert, aber unerbittlich dem gegenüber, der ihr die Stirn bietet.«

Sie war sich völlig darüber im klaren gewesen, daß sie von dem Tag an, an dem sie sich entschlossen hatte, ihre Verbindung mit Christos öffentlich bekannt zu geben, keinen Zutritt mehr zur Gesellschaft haben würde.

Nur das Haus der Herzogin von Plaisance stand ihr, aus Widerspruchsgeist ebenso wie aus Freundschaft, weiterhin offen – man mußte jedoch einräumen, daß es ihr in ihrem Alter leicht fiel, ohne sich zu kompromittieren, mit einer kompromittierten Frau zu verkehren. Die Herzogin fand ein paradoxes Vergnügen daran, Janes Schwächen zu entschuldigen. Im übrigen hatte sie sich eine persönliche, vom Deismus geprägte Religion geschaffen, die an solchen Verbindungen nichts auszusetzen hatte. Eine hübsche Theorie, die man allerdings nur unter der Bedingung hätte ernst nehmen können, daß man bereits mehr als siebzig Jahre eines tugendhaften Lebens hinter sich hatte!

Mehrere Punkte verärgerten die Herzogin: die Unnötigkeit einer neuerlichen Heirat und diese Pension, die Jane ihrem Wort gemäß weiterhin an Spiro auszahlte. Sie riet ihr also, sich scheiden zu lassen, allerdings im wesentlichen, um Geld zu sparen!

»Eigentlich«, gab Jane zu, »gibt es keinen Grund, warum ich den Namen der Theotokis weiterhin in diesen Skandal hineinziehen soll. Ich werde wieder meinen Namen annehmen, von nun an werde ich mich wieder Jane Digby nennen.«

»Kommen Sie doch und wohnen Sie bei mir«, bat Sophie sie wiederholt.

»Und was soll aus meinem ›angebeteten Wilden‹ werden, wie Sie Christos nennen?«

»Er soll da bleiben, wo er ist, er soll nur weiterhin seine kostspielige Gastfreundlichkeit auf Ihre Kosten treiben. Wenn ich daran denke, daß Sie eine ganze Armee ernähren... Ich werde Sie in meinen Testament bedenken müssen, sonst werden Sie eines Tages nichts mehr besitzen!«

Ein Diener kündigte das Eintreffen vom M. About an.

»Er soll hereinkommen«, sagte die Herzogin. »Das ist wirklich ein reizender junger Mann. Und ich freue mich, daß Frankreich uns diesen jungen Gelehrten geschickt hat. Ich habe an M. de Salvandy, den Kulturminister, geschrieben, um ihn zu seinem Einfall zu beglückwünschen! Es sollte eine französische Akademie hier gegründet werden, und das ist geschehen. Außerdem haben wir so neue Gesichter um uns.«

Edmond About trat ein und grüßte. Nach und nach wurde das Gespräch lebhafter.

»Verehrte Herzogin«, sagte der junge Mann, »Sie haben ein

bewundernswertes Gedächtnis. Sie haben wahrscheinlich nicht das Abenteuer vergessen, das...«

»Ich habe nichts vergessen, ich habe in diesem Land sogar noch etwas hinzugelernt. Ich weiß alles, was sich seit meiner Ankunft in Griechenland in Athen ereignet hat.«

Jane erlebte Augenblicke, wie sie sie liebte. Edmond About, der gerade der Ecole Normale entwachsen war, glaubte sich seiner Geschichte schon sicher – mit vierundzwanzig Jahren hatte man noch das Recht, sich Illusionen zu machen –, aber das hieß Sophie schlecht kennen. Die Herzogin fuhr indes fort: »Lassen Sie mich Ihnen meine Geschichte selbst erzählen.«

Der junge Mann schenkte ihr Gehör:

»Würden Sie mir glauben, wenn ich behaupte, daß in diesem Land die Leute manchmal bei lebendigem Leib begraben werden?«

»Von den Räubern?«

»Nein, von den Totengräbern.«

Jane ahnte bereits, daß sie verlieren würde, doch was sollte es ihr schon machen? Sie hatte gewettet, der junge Mann könnte Sophie nicht die Geschichte entlocken, wie sie von dem Räuber Bibichi eingesperrt worden war.

»Hätten Sie geglaubt, daß ich mich von diesen Leuten unter die Erde bringen lassen würde?« fuhr die Herzogin fort. »Nein, nein! Wenn ich daran denke, daß ein braver Mann, der kein anderes Unrecht begangen hat, als sich in einer längeren Ohnmacht befunden zu haben, erwachte und sich irrtümlich begraben sah!«

»Aber das ist ja entsetzlich und noch viel schrecklicher als alle Geschichten über die Räuber, die in den Straßen Athens erzählt werden!«

»Ich habe bereits Vorsichtsmaßnahmen getroffen, beruhigen Sie sich! Wenn irgend jemanden der Wunsch überkommen sollte, mich lebendig zu begraben, wie das hier in diesem Land sehr wahrscheinlich ist, so wüßte ich mich gut aus der Affäre zu ziehen. Ich werde in meinem Testament anordnen, daß man mich in einer gut belüfteten Gruft mit zwei Türen aufbahrt: die eine Tür soll nach innen aufgehen und die andere nach außen. Ich habe auch angeordnet, daß man mein Grab mit Tuberosen schmückt, die mir helfen sollen, das Bewußtsein wiederzuerlangen. Da ich Blumenduft überhaupt nicht ausstehen kann, wird das unfehlbar von durchschlagender Wirkung sein! Ich will auch eine Flasche Bordeaux, um wieder zu Kräften zu kommen, für den Fall, daß die Räuber das Verlangen ankommt, mich in meiner Gruft zu erwürgen.«

»Glauben Sie also, Madame, daß die Räuber...?«

»Ach!« sagte Jane, ganz entzückt über das erstaunte Gesicht des jungen Mannes, »die Räuber sind doch zu allem fähig! Man merkt, mein Herr, Sie sind neu in Athen. Die Herzogin wird Ihnen erzählen, was ihr mit dem Räuber Bibichi passiert ist. Sie hat sich an diesem Tag außergewöhnlich kaltblütig gezeigt, nicht wahr?«

»Es ist nicht der Mühe wert, darüber zu sprechen«, erwiderte die Herzogin bescheiden.

»Wie? Es gibt kein besseres Gesprächsthema, großer Gott! Sie war allein in ihrer Kutsche, wohlgemerkt allein, denn der griechische Offizier, der sie begleitete, zitterte wie Espenlaub und versuchte, seine Waffe zwischen seinen Knien zu verbergen. Bibichi wußte in seiner Freude darüber, eine so reiche Beute gemacht zu haben, auf Anhieb gar nicht, wieviel Lösegeld er fordern sollte: Er sprach zuerst von zwanzigtausend Dublonen, dann von hunderttausend Pfund Sterling. Als die Herzogin merkte, daß er den Wert der Währungen von denen er sprach, nicht genau kannte, kam sie auf die Idee, ihn zu fragen, wieviel Drachmen an Lösegeld er denn verlangen wollte. Zweihunderttausend, antwortete er, ohne zu zögern.«

»Ja«, fuhr die Herzogin fort, die der Versuchung, ihr Abenteuer selbst zu Ende zu erzählen, nicht widerstehen konnte, »so war es. Der arme Mann sagte zu mir: ›Geben Sie mir zweihunderttausend Drachmen, ich verspreche Ihnen, daß wir guten Gebrauch davon machen werden; ich werde nie mehr stehlen, ich werde einen schönen Bauernhof davon kaufen und ihren Namen in Ewigkeit segnen!‹ Wenn Sie gesehen hätten, mit welchem Respekt er zu mir sprach, man hätte glauben können, er verlange ein Almosen, ich war beinahe gerührt.«

»Und Sie haben eingewilligt?«

»Warten Sie! Zuerst habe ich gehandelt, und schließlich haben wir uns auf fünfzehntausend Drachmen geeinigt! Ich habe dann ein Schreiben unterzeichnet, in dem ich diese Summe, die mein Offizier in Athen holen sollte, während Bibichi und seine Männer mich als Geisel behielten, akzeptierte. Es war Pech für sie, daß M. Cleantis, mein Baumeister, von weitem gesehen hatte, was vorgefallen war. Er lief nach Calandri, mobilisierte die Einwohner des Ortes, die mir dann zu Hilfe eilten. Als Bibichi sich gezwungen sah, ohne sein Geld zu fliehen, verabschiedete er sich von mir, sah aber dabei so unglücklich aus, daß mir die Tränen in die Augen traten. Ich gab ihm zehn Franc, die er dankbar entgegennahm. Daher kann ich Ihnen auch mit bestem Wissen bestätigen, daß die Leute hier sehr weichherzig sind.«

»Ja«, sagte Jane, die nur zu glücklich war, ihre Wette verloren zu haben, »das stimmt! Aber sie haben manchmal schon seltsame Einfälle! Wissen Sie, was sie vor drei Monaten Deutschen angetan haben?«

»Nein, Frau Gräfin.«

»Nun ja, ich kann es Ihnen unmöglich erzählen, ohne Sie völlig zu schockieren! Aber Sie selbst, kennen Sie nicht auch irgendwelche Räubergeschichten?«

»Leider keine einzige, gnädige Frau. Sie wissen doch, daß in Frankreich dieses Handwerk vom Gesetz unterbunden wird.«

»In England auch«, sagte Jane. »Aber machen Sie sich keine Sorgen, das wird nicht auf sich warten lassen. In diesem Fall geben Sie mir Nachricht. Bis morgen, Sophie.«

Später, in dem Kabriolett, das sie selbst kutschierte, fragte Jane den jungen Mann, was er von Karten hielte.

Überrascht von der Frage – doch bei ihr, soviel war ihm bereits klar geworden, mußte man auf alles gefaßt sein – antwortete er: »Nichts Gutes: Wir sind hier in Griechenland, und ich muß die Religion des Landes respektieren.«

»Aber sie haben mich mißverstanden! Ich habe Sie gefragt, ob Sie an das Kartenlegen glauben. Ich habe vor langer Zeit Mlle Lenormand, eine berühmte Wahrsagerin in Paris, konsultiert, sie hat mir prophezeit, daß ich vielen die Köpfe verdrehen würde.«

»Dazu muß man keine Wahrsagerin sein.«

»Da stimme ich Ihnen zu. Aber sie hat es auch gewagt, mir vorauszusagen, daß sich in der Liste meiner Eroberungen drei gekrönte Häupter befinden werden. Sie müssen doch zugeben, daß so etwas schon schwieriger vorauszusagen ist!«*

»Ja, und?«

»Nun ja, ich kann noch so sehr suchen, bisher finde ich nur zwei!«

»Das ist doch ganz einfach! Der dritte Herrscher kommt noch!«

»Oder ob es vielleicht Hadji Petros, ›der König der Berge‹ sein soll?« fügte sie mit einem fragenden Lächeln hinzu. »Sie wissen doch, daß die Weissagungen, an die man wirklich glaubt, sich immer erfüllen. Nun, mein Herr, wollen Sie mich morgen beim Antiquitätenkauf begleiten? Machen Sie sich keine Gedanken wegen der Räuber, ich habe eine gute Eskorte.«

»Ich werde Sie mit dem größten Vergnügen begleiten, ob mit oder ohne Eskorte.«

»Dann um sechs Uhr früh? Wir treffen uns bei mir.«

Edmond About sah ihr mit einem seltsamen Gefühl, einer Mischung aus Neid, Bewunderung und einem Hauch von Unruhe, nach.

Die Scheidung wurde gewährt, oder vielmehr, man räumte gegen Zahlung ein – und mit Stimmenmehrheit! –, daß sie niemals verheiratet gewesen war.

Die ganze Stadt schloß nun Wetten ab, daß sie als nächsten Christodoulos Hadji Petros heiraten würde... In der Schönen Griechin, dem Treffpunkt der Athener Gesellschaft, erkannte man übereinstimmend an, es fehle dem Paar entschieden nicht an Kühnheit, da es der Königin in ihrer eigenen Stadt so die Stirn bot.

Doch nachdem der General keine offiziellen Ämter mehr innehatte und aus der Gräfin Theotoki wieder Jane Digby geworden war, konnte Amalia nichts mehr sagen.

* Dialog nach: E. About, *La Grèce contemporaine*.

Daß die ehemaligen Freunde ihr die Türen verschlossen, kam Jane ganz natürlich vor, es wäre zu gefährlich für sie gewesen. Aber da jeder Ausländer, jeder Mann, der auch nur ein bißchen Eleganz besaß, die Konventionen nicht allzu sehr überschritt, bei der Herzogin von Plaisance in ihrem schönen Haus in der Nähe des Schlosses empfangen wurde, fand Jane es bald amüsanter, mit Leuten zusammenzukommen wie Théophile Gautier, David d'Angers, Edmond About und anderen Vertretern der französischen Schule, jungen Universitätsabsolventen, die für zwei oder drei Jahre nach Athen berufen worden waren. Zu den regelmäßigen Gästen zählte auch Maroula, die Tochter von General Tzavellas; sie konnte wundervoll reiten, und die beiden Frauen machten lange Ausritte in die Umgebung von Athen.

Maroula hatte erst kürzlich den Sohn des berühmten Grisiotis geheiratet, der auch ein Pallikar war und auf der Insel Euböa eine Bande organisiert hatte, die durchaus mit einer Armee zu vergleichen war. Wahrscheinlich waren sie gerade dabei, mit Christos zusammen Gott weiß was anzuzetteln! Jane und Maroula legten durchaus keinen Wert darauf, Näheres darüber zu wissen, und als die Hauptstadt beinahe von den Räubern erobert worden wäre, war ihr erster Reflex gewesen, sich zur Herzogin von Plaisance zu begeben, um sie zu beruhigen – im übrigen wagte niemand mehr, von Räubern zu sprechen, seit Sophie überfallen worden war!

War es reiner Zufall? Christos war genau zu dem Zeitpunkt seit einem Monat nicht mehr in Athen, als einer der kühnsten Überfälle stattfand, von dem die Athener jemals gehört hatten, und es fiel schwer, auf diesem Gebiet noch für Überraschungen zu sorgen! Eines Tages erfuhr man, die *Niebuhr*, ein Dampfschiff des österreichischen Lloyd, sei gegen elf Uhr morgens am Kai ausgeplündert worden. Die *Niebuhr* hatte gerade ihre Ladung gelöscht und ihre Passagiere in Calamaki abgesetzt, die üblichen Wagen hatten Reisende und Waren aufgenommen, um sie auf die andere Seite der Küste, zu dem kleinen Hafen Loutraki, zu bringen, wo wie gewöhnlich ein anderes Schiff wartete. Es mußte lange warten. Die Räuber hatten Waren, Geld, den Schmuck der Reisenden und die Waffen der Gendarmen gestohlen. Die Urheber dieses wunderschönen Überfalls blieben unentdeckt, aber ruhmreich, und die Polizei tat nichts, um sie zu finden.

Der Tod von Felix schob eine große schwarze Wolke vor diesen heiteren Himmel. Deshalb hatte sie also schon so lange keine Nachricht mehr bekommen – der letzte Brief aus Wien lag mehrere Monate zurück. Letzten Endes hat er sich ganz der einzig wirklichen Leidenschaft seines Lebens verschrieben, denn er hat nur die Größe des Hauses Habsburg geliebt, hat nur für das Ansehen der Monarchie und seine beherrschende Stellung in Europa gelebt, sagte sie sich traurig.

Ihre Vergangenheit wurde ihr zu einer lieben Erinnerung. Sie stellte Felix' Bild auf die Kommode, vor den Spiegel – sie hatte fast vergessen, wie schön er war.

Die Kerzen waren seit langem heruntergebrannt, die Öllampen flackerten nur noch. Jane stand auf und legte Felix' Briefe, die sie noch einmal gelesen hatte, in ihre Truhe. Mit ihm ist nun eine Welt begraben worden, dachte sie. Sie klingelte nach Eugénie.

»So kann es nicht weiter gehen«, sagte diese, als sie eintrat.

»Wie bitte?«

»Ich habe die Frau Gräfin immer gewarnt, daß der Herr General nicht der richtige für die Frau Gräfin ist. Die Frau Gräfin ist zweifellos frei, den Mann zu wählen, der ihr gut erscheint, und Madame handelt sowieso nur nach ihrem Kopf, aber trotzdem...«

»Was soll dieser Vortrag bedeuten?« unterbrach Jane sie ungeduldig.

»Ich bin Ihnen vollkommen ergeben, Madame, das wissen Sie, um so mehr, als es wirklich nicht einfach ist, in diesem Land voller Wilder zu leben. Wenn die Frau Gräfin glücklich ist, bin ich es auch. Aber, Madame, bitte verstehen Sie mich richtig, ich wollte nichts sagen, wenn der Herr Graf... Sie waren verheiratet, und Sie wußten nichts davon...«

»Beeil dich, Eugénie.«

»Wenn es Madame gefällt, den General und seine Männer auszuhalten, so steht Ihnen das frei. In der Stadt erzählt man überall, das Haus von Madame sei ein besseres Hotel.«

»Das ist mir egal, Eugénie.«

»Aber das ist noch nicht alles! Viel schlimmer ist, daß Madame heiraten will, und der Herr General... er ist nicht treu!«

»Was sagst du da?«

»Madame hat mich wohl verstanden.«

»Und darf man wissen, mit wem?« fragte Jane, die kein Wort glaubte.

»Mit mir, Frau Gräfin.«

Bewegungslos blieb die Hand, mit der Jane gerade ihr langes Haar flocht, in der Luft hängen.

»Seit beinahe drei Jahren lebe ich mit dem General zusammen, und jetzt verkündest du mir, du seist seine Geliebte! Du redest vollkommen irre, du willst nur diese Heirat verhindern. Ich danke dir für deine rührende Zuneigung! Und jetzt gib mir meine Haarnadeln.«

Jane steckte den Knoten im Nacken fest.

»Madame, Sie irren sich! Der General ist nicht mein Liebhaber, doch er versucht mit allen Mitteln, es zu werden. Das ist ganz einfach, Madame, wenn Sie mir nicht glauben, dann prüfen Sie es doch nach«, fuhr Eugénie, die zusehends verlegener wurde, fort. »Sie, Madame, gehen in den Salon, ich bleibe in der Wäschekammer, und wenn Monsieur heimkommt, wird er sich die Zeit nehmen, um Madame zu umarmen. Dann wird er für ein paar Minuten hinausgehen. Folgen Sie ihm diskret, und Sie werden sehen...«

Jane fühlte eine ununterdrückbare Wut in sich aufsteigen. Christos wagte es, vor ihrer Nase ihrer Kammerzofe den Hof zu machen. Nun wußte sie Bescheid.

Das wußte sie, noch bevor der Tag zu Ende war, tatsächlich; aber da sie sich nicht im klaren darüber war, wie sie sich verhalten sollte, hielt sie es für klüger, keine Szene zu machen.

Am nächsten Morgen war ihr Gesichtsausdruck fest und entschlossen. Wenn sie auch noch keinen bestimmten Plan gefaßt hatte – mit Christos zu reden würde zu nichts führen, er würde alles abstreiten; ein Drama zu machen, noch weniger, er würde sie schlagen; wenn sie ihm drohte, ihn zu verlassen, würde er sie einsperren –, so wußte sie doch eins ganz gewiß; diese Demütigung würde sie nicht dulden.

Nach einer Woche stand ihr Entschluß fest.

Sie ging ins Rauchzimmer, wo sich Christos mit seinen Sekretären unterhielt, und verkündete beiläufig, ihr Glück sei erst an dem Tag vollkommen, an dem in ihrem Stall die schönsten Araber stünden.

»Aber wo willst du die herbekommen?«

»Das ist nicht schwierig. Araberhengste gibt es bei den Arabern. Ich fahre nach Syrien.«

Christos schien nicht allzu erstaunt. Janes Launen waren wunderlich, vor allem seit ein paar Tagen. Er kannte ihre Leidenschaft für Pferde, und das hier war etwas, was auch ihm mit dem gleichen Ungestüm hätte einfallen können. Und schließlich war es ein alter Plan, von dem sie schon oft gesprochen hatte... der Orient und die Pferde. Er war kein Spielverderber, und so erwiderte er ganz selbstverständlich: »Du hast recht, mit guten Pferden können wir gute Zuchtergebnisse erzielen. Da haben wir ja ein Vermögen in Aussicht. Ich werde dich leider nicht begleiten können. Wie lange gedenkst du zu bleiben?«

»Eigentlich weiß ich das noch nicht so genau.«

»Ich werde dir ein paar von meinen Männern mitgeben, ich will nicht, daß dir irgend etwas geschieht.«

»Mir wird schon nichts geschehen. Allein mit Eugénie habe ich bessere Chancen, nicht aufzufallen, und dann kann ich besser verhandeln.«

»Wann fährst du?«

»Mit dem nächsten Schiff. Ich gehe von hier aus gleich zur Bank.«

»Das nächste Schiff fährt in zehn Tagen.«

»Ich habe genügend Zeit, alles vorzubereiten. Die nötigen Papiere werde ich in Syra bekommen, der Konsul ist ein alter Freund von mir.«

Die Herzogin von Plaisance, der sie ihre bevorstehende Abreise mitteilte, ließ sich nicht lange täuschen: »Nur eine Engländerin ist zu einer solchen Verrücktheit fähig. Ich vermute, Sie haben Ihre Entscheidung aus freien Stücken getroffen? Im übrigen glaube ich nicht die Hälfte von Ihrer Geschichte mit den arabischen Pferden. Sie waren bisher völlig zufrieden mit den Pferden, die es hier in diesem Land gibt.«

»Sie wissen sehr wohl, daß ich schon immer in den Orient reisen wollte. Das ist ein alter Traum. Palmyra, Baalbek besuchen... ein Pferd im Nedjed finden... Ich werde bald wieder zurück sein.«

»Ich nehme an, Sie reisen ab, weil Ihr Haus jetzt bewohnbar ist. Nun brauchen Sie etwas anderes. Sie und ich, wir sind vollkommen gegensätzlich. Immer, wenn Sie sich anscheinend irgendwo eingelebt haben, verspüren Sie das Bedürfnis zu verreisen, während ich es ablehne, neue Abenteuer auf mich zu nehmen. Zumindest käme das nicht aufs gleiche hinaus. Ihre Abreise betrübt mich, ich fühle mich alt, und ich hatte Sie lieb gewonnen. Sie gehören zu diesen Einzelwesen, die sich überall unverstanden, verstoßen, im Exil fühlen. Ich begnüge mich mit mir selbst, aber Sie, Sie ziehen es vor, geradewegs drauflos zu rennen, als ob es anderswo andere Lösungen gäbe.«

Vielleicht wollte Sophie damit auch andeuten, daß die Zeiten, in denen Frauen aus gutem Elternhaus eine gute Partie gemacht hatten und dann nach Belieben über ein unerschöpfliches Vermögen verfügten und somit auch in völliger Freiheit ihr Leben bestimmen konnten, daß diese Zeiten nun endgültig vorüber seien. Sie fuhr fort: »Ich bin einigen Menschen unserer Art begegnet. Aber das waren immer nur Männer. Sie sind kultiviert, tragen Ihre Eleganz wie eine zweite Haut, doch Sie haben ein fast barbarisches, ja ich möchte sagen, primitives Bedürfnis nach Einfachheit, das jedoch immer noch Stil hat, und auf gewisse Weise sogar Raffinement. Ihre Persönlichkeit wird Ihnen noch häufig zu schaffen machen, Sie sind zu stark, als daß Sie es ertragen könnten, von einem Mann beherrscht zu werden. Und doch sind Sie zur Liebe geboren. Ich verspreche Ihnen noch schöne Tage und gute Kämpfe. Was sagt der General dazu?«

»Er ist nicht unzufrieden darüber, daß ich fortfahre, um arabische

Pferde zu kaufen, so scheint es zumindest. Und außerdem hat er zur Zeit sehr viel zu tun. Grüßen Sie unsere Freunde von mir, ich möchte lieber keinen von meiner Abreise unterrichten, abgesehen von M. Pittakis, zu dem ich jetzt eile.«

»Gott möge Sie schützen.«

Eine hübsche Frau ist niemals lächerlich, sie geht lediglich das Risiko ein, Neid zu erregen, sagte sich die Herzogin von Plaisance, als sie allein war.

Achter Teil

1853

1

»Lieber Karl,

wie oft habe ich von Asien geträumt! Welches Glück empfand ich, als ich nun seine Küste begrüßen durfte! Die Stadt am Ende der Bucht scheint in dem Grün zu ertrinken, aus dem zahlreiche und vielgestaltige Türme emporragen; hier kommt meine Sehnsucht zur Ruhe. Auf der einen Seite die dunklen Berge des Libanon, hier und dort bunt durchwirkt von den zahlreichen Drusen- oder Maronitendörfern, und in der Ferne von schneebedeckten Gipfeln gekrönt, auf der anderen Seite, das ganze Amphitheater Beiruts. Die mit Zinnen bewehrten Türme, die steinernen Wälle erinnern mich an mittelalterliche Miniaturen. Diese arabische Stadt sieht immer noch so aus wie zur Zeit der Kreuzzüge, wenn auch die türkische Herrschaft an manchen Ecken ihre Spuren hinterlassen hat und da und dort ein paar Holzhäuser stehen, die nach der Art der Häuser in Konstantinopel bemalt sind; ich jedenfalls komme mir so vor, als reiste ich durch *Tausendundeine Nacht*. Ich habe mir einst geschworen, die Orte zu sehen, wo die Sonne aufgeht, in den Trümmern der Vergangenheit zu graben, in einem arabischen Zelt zu schlafen, Jerusalem zu entdecken.

Machen Sie sich keine Gedanken um mich, ich habe alles, was man braucht, um gut reisen zu können: Gesundheit, Ausdauer und ein leidenschaftliches Verlangen, alles kennenzulernen. Immer war ich auf der Suche nach einem unbekannten Königreich, wahrscheinlich ein Trugbild, eine Illusion. Aber die bunten, von Menschen in eigenartigen arabischen und türkischen Trachten wimmelnden Straßen, ihr vielfarbiges Elend entsprechen noch dem Bedürfnis der ewig Umherziehenden, der Vagabundin, die ich bin. Das Exotische zieht mich sehr viel mehr an als vertraute Dinge. Ich gehe meinen einsamen Weg auf ungewissen Straßen. Müde von den langen Tagesetappen, doch wie neugeboren und von einer schwungvollen Lebenskraft beseelt, die sich unauflöslich erneuert. In zwei oder drei Monaten werde ich jedoch wieder in Athen sein. Machen Sie sich keine Sorgen, wenn Sie keine weitere Nachricht von mir bekommen. Umarmen Sie an meiner Stelle unsere Kinder. Mögen sie nie erfahren, wie tief die Erinnerung an sie in mir verankert ist, wie eine immerwährende Sehnsucht nach dem, was hätte sein können. Wann werden sich unsere Wunden schließen? Gott segne Sie, Karl.

Jane.«

Sie versiegelte den Brief, der zu einem Stapel bereits geschriebener Briefe wanderte, dann rief sie Eugénie, damit sie die Post gleich dem Drogman anvertraute.

»Ich habe niemanden mehr von meiner Abreise unterrichten können. Siehst du, meine gute Eugénie, auch die schönsten Stoffe haben eine Rückseite, manchmal allerdings ist sie genauso schön wie die Vorderseite. Im nächsten Jahr wird alles besser sein.«

Eugénie zürnte sich immer noch, daß sie die Wahrheit gestanden hatte. Eigentlich war Athen doch recht reizvoll. Und nun hatte Madame während der Überfahrt beschlossen, viel weiter als bis nach Jerusalem zu fahren, nämlich von dort über Damaskus nach Palmyra zu reisen. Und sie sprach auch davon, einen Abstecher in das Nedjed-Land zu machen, wenn sie keine Pferde finden sollte, die ihr zusagten.

Entsetzt über die Aussicht auf solch eine regelrechte Expedition, hörte Eugénie gar nicht mehr auf zu stöhnen. In der Wüste spazieren zu fahren, die von blutdürstigen Nomaden bevölkert war, erschien ihr wie reiner Wahnsinn und als Laune eines verwöhnten Kindes.

Auf dem Dampfer befanden sich drei Engländer, zwei Franzosen und fünf Deutsche, sicher kultivierte Leute, die sich hauptsächlich um das Abend- und Mittagessen an Bord kümmerten, eine Partie Whist am Tag spielten, und den Rest der Zeit fähig waren, eine Unterhaltung zu führen. Bis hin zu dem englischen Lord, der ganz vernarrt in Madame war und eigentlich ein ganz normales menschliches Wesen zu sein schien, wenn man von gewissen Eigentümlichkeiten absah, die ihn dazu verleiteten, mit bloßen Füßen an Deck spazieren zu gehen, nur bekleidet mit einem Kaschmirmorgenmantel und einem gold- und silberbestickten Fez auf dem Kopf, unter dem Vorwand, er müsse jeden Morgen einen ›Gesundheitsspaziergang‹ machen. Aber hier in der Stadt gab es vor allem Araber, Menschen aller Rassen, Schwarze, Mauren, Soldaten, Seeleute, Priester, Händler und Musiker. Die Trachten waren ebenso unterschiedlich wie die Individuen: der Turban des Muselmanen, der Fez des Griechen, der Burnus des Beduinen, selten nur europäische Hüte! Die Frauen wirkten geheimnisvoll, beunruhigend... ganz zu schweigen von den Drusen mit ihrem Horn auf dem Kopf, dem Tantour, dieser Erhebung aus Silber, die ihren Schleier festhielt und vierzig Zentimeter lang war.

Eugénie wehrte sich, sie konnte es nicht stillschweigend zulassen, daß ihre Herrin unermeßliche Risiken einging.

»Wir wollen in die Stadt gehen. Der Direktor der ottomanischen Bank erwartet mich sicher schon.«

Sie überquerten einen kleinen, mit Ziegelsteinen gepflasterten Hof, dessen Mitte ein Brunnen mit emaillierten Platten in einem wundervollen Himmelblau einnahm. Nachdem sie ein paar Stufen hinaufgestiegen waren, kamen sie in einen Salon, in dem chinesische Vasen, gefüllt mit Tulpen, standen; ein Kurdenteppich aus hochfloriger Wolle bedeckte den Boden vor dem Sofa, auf dem grüne und rote Kissen zusammen mit anderen in dunkleren Farben lagen.

Die Männer erhoben sich, der Bankier begrüßte Jane und erkundigte sich, ob sie bequem untergebracht sei.

»Es gibt kaum ein besseres Hotel«, sagte sie fröhlich, während sie sich setzte. »Seit unserer Ankunft bemüht sich jeder, uns alle Schwierigkeiten aus dem Weg zu räumen. Die Zollformalitäten, die im allgemeinen für Europäer sehr lästig sind, wie Sie wissen, hat man in kürzester Zeit abgewickelt. Melhem, unser Drogman, ist intelligent und kümmert sich darum, eine Karawane zu unserer Begleitung auf die Beine zu stellen.«

»Das ist keine Kleinigkeit, glauben Sie mir! Paradoxerweise gibt es wenig Reisende hier, und es ist besser, schon alles vor der Abreise zu regeln. Man muß an alle Arten von Verpflegung denken, an die Zelte, man muß sich auf seine Diener verlassen können, und vor allem muß man sich einen ausreichend wirksamen Passierschein besorgen, damit man bei den Scheichs und in den Karawansereien vorgelassen wird. Das ist die Hauptschwierigkeit. Von hier bis nach Jerusalem, und auch von Jerusalem nach Damaskus, werden Sie nicht allzu viele Probleme haben. Aber von Damaskus nach Tadmor müssen Sie mit den Mezrab und den Anazeh verhandeln. Seit Jahrhunderten kontrollieren sie diese Route, und sie wollen es auch weiterhin tun. Ich rate Ihnen ernsthaft, diesen Plan aufzugeben.«

»Ich weiß, ich weiß...«

»Sie müssen sich als Araberin verkleiden, Mylady.«

»Damit habe ich gerechnet.«

»Auf dem Basar werden Sie alles Notwendige finden, was die Nomaden brauchen.«

Die bloße Erwähnung des Wortes Nomaden rief bei Eugénie ein kleines nervöses Lachen hervor, das in einem Hustenanfall endete.

»Ich möchte einfach keine Aufmerksamkeit auf mich lenken«, präzisierte Jane, als ob sie ihre Zofe hinsichtlich ihrer geistigen Gesundheit beruhigen wollte.

»Erlauben Sie mir, Frau Gräfin, Sie darauf aufmerksam zu machen, daß Ihnen das nicht gelingen wird. Sicher ist Ihnen Lady Hester Stanhope ein Begriff: sie hatte sich bei den Drusen niedergelassen, die sie wie eine Prophetin verehrten, und starb schließlich im Elend. Nun, nach ihr hat sich keine Frau mehr in die Wüste gewagt, und Lady Stanhope hatte... im Gegensatz zu Ihnen... wie soll ich sagen, ein recht männliches Aussehen. Und auch die Männer, die es gewagt haben, kann man an einer Hand abzählen. Sind die Behörden unterrichtet?«

»Natürlich! Und Sie haben mir die Gefahr, in die ich mich begebe, eindringlich vor Augen geführt. Mein Vermögen liegt in ihrem Tresor, so kann wenigstens ihm nichts geschehen. Was mich betrifft, so wird mich niemand dazu bringen, meine Meinung zu ändern. Ich werde nach Palmyra reisen.«

Die zwei oder drei Ausländer, die ebenfalls im Salon saßen, mischten sich in das Gespräch, um ihrerseits zu versuchen, sie von ihrem Vorhaben abzubringen. Bei einem Glas Arrak und Pistazien zog sich die Unterhaltung noch eine halbe Stunde hin. Der Engländer vom Schiff bestand darauf, sie zu begleiten: »Nein, nein, ich reise allein, aber da Sie mit der Postkutsche nach Damaskus fahren, vertraue ich Ihnen Eugénie und das Gepäck an.«

Eugénie war erleichtert. Beirut – Damaskus, das war keine Entfernung, nur vierundzwanzig Stunden Fahrt! Nicht zu vergleichen mit der geplanten Rundreise!

Eine rotweiße Decke lag auf dem Eßtisch, der auf europäische Art gedeckt war.

»Wir sind nicht sehr zahlreich«, sagte Jane, als sie sich setzte.

»Ich habe Sie gewarnt. Ausländer sind selten in dieser Gegend, und Reisen sind kostspielig und wirklich gefährlich.«

»Für englische Herzen ist nichts unmöglich!«

»Die natürliche Überlegenheit ihrer Nation nützt Ihnen in der Wüste nichts, und Sie sind eine Frau. Zum letzten Mal, geben Sie diesen Plan um Himmelswillen auf! Sie werden anderswo Pferde finden. Es ist nicht nötig, solche Umwege zu machen. Ich werde Sie auf den Markt an den Stadttoren begleiten.«

»Gern... aber nicht vor fünf Uhr heute nachmittag.«

Im Schatten der Johannisbrotbäume und Platanen tänzelten die mit gebrauchten Sätteln und Zügeln aufgezäumten Pferde. Käufer oder auch nur Schaulustige scharten sich in Grüppchen um die schönsten Tiere.

»Geben Sie zu, daß es auf diesem Markt nur mittelmäßige Pferde gibt.«

Der Bankier stimmte ihr zu: »Pferde hoher Qualität findet man hier nicht. Und deren Besitz wird dann auch mit einem Eifer verhandelt, der der Begeisterung der leidenschaftlichsten *sportsmen* gleichkommt. Jeder Verkauf eines Vollblutes ist ein Ereignis in der Wüste. Man zahlt für das Tier einen außergewöhnlich hohen Preis, den nur noch die Wertschätzung übertrifft, mit der jeder Araber sein Pferd behandelt!«

»Eben, das ist genau das, was ich suche. Ich bin nicht von so weit hierher gekommen, um nichts Besseres zu finden. Allerdings sehe ich hier eine Stute, die mir einen stolzen und kräftigen Eindruck macht.«

Jane hatte sich einer grauen Stute genähert, die tatsächlich von guter Rasse zu sein schien. Ihr in einen weißen Mantel gehüllter Besitzer kam heran, eine Hand auf dem Herzen.

»Welchen Preis verlangst du für deine Stute?«

»Das weiß Gott allein!« antwortete der Mann nach einer langen Pause, dann warf er seinen Mantel auf den Sand. »Wirf das Geld hinein, das du bietest.«

»Ich möchte sie zuerst reiten.«

»Später!«

Jane warf dem Bankier einen fragenden Blick zu:

»Tun Sie, was er sagt!«

Nun warf sie zehntausend Piaster auf den Mantel. Der Mann rührte sich nicht.

Noch fünftausend. Schließlich erreichte die Summe zwanzigtausend Piaster. Der Mann schien zu überlegen. Dann stand er auf, raffte seinen Mantel und das Geld zusammen, streichelte den Hals des Tieres und ging weg.

»Da! Die Stute gehört Ihnen«, sagte der Bankier lächelnd.

»Aber ich habe sie noch gar nicht geritten.«

»Jetzt können Sie es, ich warte auf Sie.«

Jane liebkoste die Stute und sprang in den Sattel. Sie schlug einen ebenen Weg ein, der an der Küste entlang bis Raz-Beirut führte. Ein paar Reiter, Frauen auf Maultieren zogen ruhig an ihr vorüber. Sie galoppierte, wirbelte den Staub auf. Das Tier folgte ihren Kommandos gut.

Ein schwacher Duft nach Harz zog durch die Abendluft. In der Ferne sank langsam der Mantel der Nacht auf die sonnenüberglänzten Schultern der Berge...

Endlich fand Melhem eine Karawane, die Janes würdig war.

»Vertrauen Sie mir, ich bin der Sohn und der Enkel eines

Drogman. Unsere Kunden sind unsere Freunde, und sie sind uns immer dankbar. Wir haben Bilder zu Hause, die M. Burckhart und M. Barlett uns gegeben haben. Ich werde sie Ihnen zeigen!«

Sie willigte ein, ohne zu handeln. Ein *moukre* – das heißt ein Vermieter von Pferden und Maultieren – und sein Pferd kosten fünfundzwanzig Piaster pro Tag, dazu das Bakschisch, das der Länge des Rittes entsprach, und noch acht Esel, die man nicht zu bezahlen brauchte. Sie mußten noch eine Woche warten.

Die dunklen Straßen mit den hohen, wie Festungen gebauten Häusern, die Arkadengänge, der Basar, der sich über die Viertel in der Stadtmitte erstreckte – die ganze Stadt übte auf Jane eine gewaltige Anziehungskraft aus. Sie liebte diesen Geruch von Gewürzen und Ambra, diese langen Verkaufsstraßen im Schutz leuchtender Vordächer, durch die manchmal Sonnenstrahlen drangen und bläuliche Schatten in den Staub und den Dunst malten. Die sich bewegenden, in der Hitze verschwommen wirkenden Formen mischten sich mit den turbangeschmückten Effendis, den schäbigen *abbas* – den Mänteln der Beduinen –, den weißen Schleiern der christlichen Frauen und den mit Tressen besetzten Uniformen. Jane erhandelte ein syrisches Kleidungsstück, das man mit Hilfe einer Kordel – dem *agal* – auf dem Kopf befestigte, und das vor Sonne und Wind schützte.

»Jetzt bin ich bereit für die Reise.«

Vor dem Hotel Belle Vue warteten die Händler auf sie. Ihre Leidenschaft für Antiquitäten hatte in der Stadt die Runde gemacht, und nun häuften sich in ihrem Zimmer alle Arten von Kunstgegenständen; es waren in der Tat einige herrliche Exemplare darunter, Jane widerstand jedoch der Versuchung.

»Bei meiner Rückkehr!« sagte sie. »Ich kann mich jetzt nicht unnötig belasten.«

Im übrigen war es umöglich, eine Wahl zu treffen: geschnitzte Steine, Seidenwaren, bearbeitetes Leder, nielliertes und damasziertes Silber, Goldschmiedearbeiten. Alles, wovon Jane in ihren Büchern gelesen hatte, alles, wovon sie nur träumen konnte, lag ihr hier zu Füßen.

Und draußen hatte sie oft das Gefühl ihrer Kindheit, wenn sie in der Bibel las. Die riesigen Säulen aus rotem Granit, die auf der Erde lagen, waren es wirklich, wie man ihr versichert hatte, die aus dem Zirkus von Herodes-Agrippa? War dieses Land nicht die Wiege aller Glaubensrichtungen auf der Welt? Die ältesten Traditionen wandelten sich nur, indem sie sich ständig in neuen Kulten erneuerten; und der Ruf des Muezzin, der in der Stadt erklang, war nur ein anderes Echo des Glockengeläuts aus ihrer Kindheit.

Jane versuchte vergeblich, sich von dem Ballast an Erinnerungen und Träumereien zu befreien, den ihr die Orte und all diese unterschiedlichen Völker, ohne daß sie es wollte, aufdrängten.

Sie wollte schnell ihre Reise fortsetzen und vergessen.

Eines schönen Morgens begab sich Jane an der Spitze von sechs Pferden und sieben Lastmaultieren auf die Reise, begleitet von vier *cavass*, Wachen, die die Karawane im Falle eines Angriffs beschützen sollten.

Ein unerhörtes Abenteuer stand ihr bevor, in das sie allein und leider ohne Liebe im Herzen zog. Wie lange es dauern würde, wußte sie nicht.

Ganz wie bei den Bewohnern der Wüste, ragten nun aus ihrem Gürtel riesige Dolche und Pistolen, die wahrscheinlich schrecklicher aussahen, als sie in Wirklichkeit waren; ein gigantischer Säbel vervollständigte diese Waffensammlung. Ihr persönliches Gefolge bestand aus ihrem Drogman Melhem und einem Araber namens Mohammed, der einen noch größeren Säbel als die Wachen trug. Statt »Mohammed und sein Säbel« hätte man eigentlich »der Säbel und Mohammed« sagen müssen.

Sie machte sich jedoch selbst Mut, indem sie überlegte, daß die beiden in ihren Satteltaschen verstauten Pistolen sicherer waren als all diese Mordwerkzeuge.

2

Der Blick erstreckte sich über das Meer bei Tyrus, bei Sidon, über einen großen Teil Palästinas und im Osten über den Hermon, den Houleh-See und die Goulonitis. Verstreut in der Ebene hatten die Ghawarineh-Araber ihre Lager aufgeschlagen, umgeben von ihren Ziegen, Schafen und Kühen. Ein paar Beduinen, nackt bis zum Gürtel, warfen ihre Netze aus und verscheuchten die Haubentaucher.

Melhem eröffnete den Marsch, indem er sein Gewehr über dem Kopf schwenkte und ein Kriegslied anstimmte, einen wilden, eintönigen Gesang, den die Araber vor der Schlacht schmettern. Nach zwei Stunden schnellen Rittes erreichte die Karawane die Ufer des Jordan und errichtete im Windschatten fränkischer Ruinen ein Biwak. Es lag eine religiöse Stimmung über diesem Ort, den vor Jane nur wenige Europäer betreten hatten. Die Beduinen kamen näher.

Seit ihrer Abreise wunderte sich Jane über die Höflichkeit, mit der sie ihr begegneten.

Sie war immer auf friedliche Stämme gestoßen, aber die Anwesenheit einer weißen Frau erweckte solches Erstaunen, daß ihr niemand zu nahe kam, aber jedermann ihr dabei doch alle Anzeichen von Respekt erwies.

»*Effendi**, in ihren Augen gleichen Sie einer heidnischen Gottheit«, wiederholte Melhem bei jeder Gelegenheit.

»Behalten Sie Ihren *keffieh*** auf, Ihr Haar könnte sie zu einer Torheit verleiten, Mylady. Jung und schön, wie Sie sind... Ich kenne diese Männer nicht. Wir wollen den *mudir*, den Ortsvorsteher, begrüßen.«

In ihren Schlaf schlichen sich wunderliche Träume, die Folge eines leichten Fiebers, das sie schon seit einigen Tagen nicht loswurde. Sidon, Tyrus, Ptolemais, Nazareth, der Jordan. Jeden Tag, mit jedem Schritt fühlte sie, wie ihre Sorgen eine nach der anderen

* Eure Hoheit

** Großes Tuch, das von einer Schnur aus Ziegenhaut um den Kopf gehalten wird.

von ihr abfielen, wie ein Teil ihrer Vergangenheit sie verließ, wenn auch der Verrat von Christos noch lebendig blieb. Sie gab sich vollkommen diesem Vagabundenleben hin, fern von Pflichten und törichten Beschäftigungen, von nun an mußte sie sich nur auf ihre Kraft und ihren Mut verlassen. Ein rauher Zweikampf mit dem Leben, von Angesicht zu Angesicht... Mit sechsundvierzig Jahren wußte sie, daß die großen Gefühle ihres Lebens hinter ihr lagen, daß sie ihr Leben gelebt hatte, daß ihre Sinne bald Frieden finden würden, so wie der Wind in der Wüste niedersinkt.

Ich habe sechs Kinder zur Welt gebracht und drei Ehemänner gehabt, bin von anderen Männern geliebt worden, geliebt, verwöhnt und verhätschelt. Ein seltsamer Weg, und nun bin ich allein, allein in meinem Zelt, zwischen Sand und Sternengewölbe, dachte sie.

Seit ihrer Abreise aus Beirut führte sie Tagebuch. »Ludwig hätte dieses Land geliebt. Er ist immer seinem Herzen gefolgt, auch er, wie ich. Die Liebe ist ein Ganzes, man teilt sie nur, um sie zu verlieren, und er und ich, wir waren uns letztlich zu nahe, um uns wirklich zu lieben. Wir konnten einander nur ein Spiegel sein, mit unseren zu großen Träumen. Wir waren nur zwei einsame Wesen und, jeder auf seine Weise, unverbesserliche Romantiker, die nach Geheimnis und ewiger Liebe dürsteten. Seine Leidenschaft für Lola Montez hat ihn wahrscheinlich in den Augen der Welt vernichtet. Ein Mensch wie er ist gezwungen abzudanken, verliert sein Königreich wegen der Liebe! Lächerliche Macht des Volkes, wenn Könige nur nach den allgemein gültigen Gesetzen leben dürfen.«

Man hatte die Zelte aufgebaut. Zum Zelt Janes gehörte ein Toilettenzelt, ein weiteres Zelt diente als Eßzimmer und Salon. Ein viel kleineres Zelt, in dem sich die *moukres* und die *cavass* drängten, war Küche und Kantine zugleich. Die Pferde und die Lastesel ruhten sich in ein paar Metern Entfernung aus.

Vor einem großen Feuer, ausgestreckt auf einem Teppich, rauchte Jane eine mit Bernstein und Türkisringen eingefaßte Nargileh. Bewaffnet mit langen Lanzen, beobachteten die Beduinen schweigend das Biwak. Der Sohn des *Mudir* war jung und schön, er hatte schwarzes Haar, strahlendweiße Zähne, äußerst feingeschnittene

Züge, eine stolze und wilde Kopfhaltung, wie ein Schilfrohr bewegte er sich mit niemals stillstehender Geschmeidigkeit... Er ähnelte einem Märchenprinzen mit seinem Bart und seiner blaugoldenen *abaia*, dem Gewand der Beduinen, die im Sonnenuntergang leuchtete. Stolz und seines Ruhmes gewiß ritt er schweigend dahin und ließ sein Pferd tänzeln.

Am Abend bat er Jane über Melhem, ihr seinen Harem zeigen zu dürfen. Sie zögerte nicht einen Augenblick.

Das Haus befand sich ungefähr hundert Schritte entfernt. Zunächst ein riesiger, von Lehmmauern umgebener Hof. Auf jeder Seite, auf zwei Estraden im Garten, kauerten Männer. Im Hintergrund erhob sich das Gebäude, das aus einem einzigen Zimmer bestand; allein durch eine Tür, die zugleich als Fenster und als Kamin diente, konnte Tageslicht fallen – allerdings war in die Decke, so stellte Jane fest, noch ein kleines Loch eingelassen. Ein Feuer aus Brombeergestrüpp flackerte schwach in der Mitte des Raumes und erhellte die Gesichter der sitzenden Frauen.

Die Luft war von Rosenduft erfüllt. Jane grüßte und setzte sich dann, nachdem sie die Schuhe ausgezogen hatte, wie es die Sitte verlangte, auf eines der Kissen.

Schweigen! Diese Methode ist niemals beleidigend, dachte sie. Dann kam so etwas wie eine Unterhaltung auf, eine Art gutturaler Katzenmusik, während man den Tschibuk und den Kaffee brachte. Jeder grüßte noch einmal, dann, als Jane fertig war, reichte die Dienerin den Tschibuk an die Runde weiter.

Der Sohn des *Mudir* sprach türkisch wie Jane.

»Deine Frauen und deine Schwestern sind sehr schön«, sagte Jane eingeschüchtert.

Sie fand sie tatsächlich wundervoll, mit ihren großen schwarzen Augen, beschattet von langen Wimpern und Khôl, mit ihrer eigentümlich weißen Haut und ihren rosigen Wangen.

Er schaute sie eindringlich an, legte sein ganzes Verlangen in diesen Blick.

Sie schlug die Augen nieder.

»Ich heiße Saleh. Und du?«

Hätte ich nicht einen Spiegel und mein Gedächtnis, ich hielte mich für zwanzig, dachte sie.

Jetzt wollte sie in ihrem Zelt allein sein, weit weg von allem, um über die Zeit, die entflieht, zu weinen.

Als sie in der Nacht auf dem Boden auf ausgebreiteten Decken lag, konnte Jane kein Auge schließen. Dieser Mann weckte in ihr ein heftiges Verlangen, eine plötzliche Leidenschaft, zu der sie sich nicht mehr fähig geglaubt hatte.

Kaum war sie am frühen Morgen aus dem Zelt getreten, traf sie auf Saleh, der vor dem Zelt in angeregtem Gespräch mit Melhem und Mohammed kauerte. Er begrüßte sie mit einem Lächeln. Sie blieb ganz verwirrt stehen, wagte nicht mehr weiterzugehen, dann zog sie sich zurück um ihren *keffieh* zu holen und sich damit zu schützen.

Die aufgehende Sonne machte ihre Augen noch klarer, und auf ihrer Haut tanzten kupferfarbene Lichter.

Der Nebel von Ghor stieg in das Tal, verbarg den blauen Strich des Houleh-Sees in der Ferne.

»Der Pfad ist schlecht, das Bachbett ist mit zwei Mauern geschlossen, die die Karawane kaum wird überwinden können«, verkündete Melhem mit düsterer Miene.

»Wir werden uns Zeit lassen.«

»Saleh schlägt vor, uns bis an die Grenzen seines Gebietes zu begleiten«, sagte Melhem. »Er möchte dir auch ein Pferd zeigen, ein unbezwingbarer Hengst, wie es scheint.«

»Eine gute Idee«, erwiderte sie nur.

Ein paar Stunden später erreichten sie eine kleine Senke, eine Art natürliches Reservoir, wo sie sich mit frischem Wasser versorgen konnten. Hier lebten Schildkröten, sie klebten auf jedem Stein und stürzten sich ins Wasser, als die Reiter näher kamen.

»Dieser Hügel dort hinten ist der Tell el Kadi, wo sich die Quelle von Dan befindet, die nach der Bibel die Grenze zum Land der Israeliten kennzeichnete«, erklärte Melhem.

»Reiten wir dorthin«, antwortete Jane und schlug ihren Schleier zurück.

Ihre Haare fielen über ihre Schultern. Niemals zuvor hatte Saleh so etwas gesehen. »Sie durchwühlen, sie berühren«, dachte er, als er sah, wie sie sich um ihren Nacken schmiegten. »Diese Frau ist schöner als die Frauen meiner Rasse, so schlank und fest und hochgewachsen. Sie kennt Gesten der Liebe, die mir unbekannt sind. Ich will sie!«

Er reichte ihr seinen Schlauch.

»Trink mit mir! sagte er befehlend.

Jane lachte, sie sagte sich, daß es gut war zu lachen, das gehörte zur Jugend, zum Leben.

»Gib her!«, erwiderte sie und schaute ihn mit ihren violetten Augen fest an.

Die Ebene auf dem Gipfel war nur ein undurchdringliches Dickicht von Terpentinpistazien, Brombeerbüschen und wilden Rosensträuchern. Eine Quelle sprudelte aus der Erde, nahe dem Grab eines islamischen Heiligen, das im Schatten einer großen Eiche lag.

»Das ist die Quelle des Jordan, sie speist den Nahr Hasbani und den Nahr Banias, die sich später vereinigen, mit Wasser«, sagte Saleh.

»Wir wollen heute nacht hier unsere Zelte aufschlagen. Dieser Platz gefällt mir sehr, und außerdem brauche ich einen Tag Ruhe. Der Wind hat sich gelegt, aber diese drückende Hitze hat mich erschöpft.«

»Bei deinem Gang gleich dem Gebirgsrebhuhn, deinem Blick, der sanfter ist als die Augen der Gazellen, dein Wille soll geschehen«, sagte Saleh. »Richte nur deinen Blick auf Melhem, um dich zufriedenzustellen, wird er einige Etappen der Rückkehr opfern.«

»Schweig, Saleh!«

»Ich habe dir von meinem Pferd erzählt«, begann Saleh wieder. »Bist du bereit?«

»Gleich, Saleh, wenn es nicht mehr so heiß ist. Später vielleicht...«

Melhem beobachtete fasziniert diese Unterhaltung. Er war nicht so anmaßend, Jane eines Tages besitzen zu wollen, ihm genügte es, einfach nur in ihrem Schatten zu bleiben und sich unentbehrlich zu machen, ihre Stimme zu hören, ihre Lebensfreude zu spüren, an ihrem Jubel angesichts ihrer Entdeckungen teilzuhaben. Er war glücklich, daß er sie führen durfte. In den drei Wochen und zwei Tagen, die vergangen waren, seit sie aufgebrochen waren, hatte sie sich niemals beklagt. Sie ritt ihre Stute ebenso gut wie ein Beduine, sie war eine Frau der Wüste, empfänglich für die Poesie der endlosen Weite.

Melhem hatte ein *tartarwaouan* aufstellen lassen, um Jane Schutz gegen die Sonne zu bieten, und unter diesem behelfsmäßigen Baldachin schien sie in ihrem weißen Kleid und mit ihren hochgesteckten Zöpfen eine Frau aus einer anderen Welt; eine Frau, der man nur unter Gefahr für sein eigenes Leben folgen konnte.

Für Jane war alles viel einfacher. Saleh bezauberte sie, er stach von den anderen ab, als käme auch er aus einer anderen Welt, in der die Dinge und Gefühle nur Reinheit und Stärke waren. Ein Mann aus einem Geschlecht von Königssöhnen. Sein Profil war scharf geschnitten und dennoch zart wie eine Sommerfrucht. Jede seiner Bewegungen drückte Anmut und Sicherheit zugleich aus, und seine Hände... mit den langen, schmalen Fingern, die sie berühren, ergreifen, streicheln wollte, wie diesen Körper, der sich ohne Ende darbot.

»Es möge niemals der Tag kommen, an dem ich dich, auch nur für einen Augenblick, vergesse... Diese Welt ist eine Blume, die welkt und vergeht.«

Waren es vielleicht der Staub oder die Sonne, die in Janes Augen brannten? Sie verspürte Lust, ihr Pferd zu satteln und geradewegs loszureiten, der aufgehenden Sonne entgegen zu galoppieren. Vielleicht würde dann, ganz am Ende, Friede in ihr Herz einkehren?

Doch vor ihr stand Saleh und ihr Verlangen, ihm zu gehören. Schon seit einer ganzen Weile ließ Saleh sie nicht aus den Augen. Er verneigte sich: »Komm«, sagte er. »Es ist Zeit.«

Die Diener waren still geworden. Wie erstarrt stand Melhem da. Nur der Wind war zu hören. Jane erhob sich.

»Ich will dich mitnehmen. Nur dich.«

»Das ist unmöglich«, erwiderte Melhem. »Ich bin verantwortlich für die *Sitt*.«

»Du weißt doch ganz genau, daß ihr überhaupt keine Gefahr droht. Ich will ihr nur das schönste Pferd in ganz Arabien zeigen«, sagte Saleh.

»Laß mich, Melhem. Laß gefüllte Tauben zubereiten und stell den Wein kühl, heute abend habe ich Lust auf Wein.«

»Mein Pferd ist unbezähmbar, wäre es gezähmt, so wäre es unbezahlbar, und ich würde es sogar meinen Frauen vorziehen.«

Zwei Araber brachten ein rasendes Tier mit grauem Fell.

»Das ist das Pferd, auf das ich gewartet habe«, schrie Jane, »ich will es reiten.«

»Davon kann keine Rede sein«, sagte Melhem.

»Laß sie es tun, laß sie es versuchen! Ich warne dich, *Effendi*, noch niemand hat es bezwungen, du wirst keine zwei Schritte mit ihm machen können.«

»Ein schönes Pferd ist jedes Risiko wert! Wenn ich es reiten kann, gehört es dann mir? Leg ihm bitte meinen Sattel auf.«

Der Hengst war gefährlich, aber sie war so sehr von dem Wunsch besessen, ihn zu beherrschen, daß sie keine Angst verspürte. Jane sprang in den Sattel. Das Tier verfiel in einen rasenden Galopp, tobte die Hügel hinunter, daß die Steine rollten, sprang über Abgründe. Dieses Pferd wird mich töten.

Sie blieb immer oben, die Hände schon blutig, so sehr zerrte sie an den Zügeln und umklammerte sie den Sattelknauf. Sie rasten auf eine Schafherde zu, die von Beduinen geführt wurde; die Herde spritzte augenblicklich auseinander und die Beduinen mit ihr.

»Eine weiße Frau auf dem unbezwingbaren Pferd von Saleh!«

Sie wandten sich nach Mekka und beteten zu Allah, doch Jane war bereits fern, wie von einem Wirbel wieder fortgerissen. Das Tier rannte mit ihr einem Abgrund entgegen.

Wenn ich schon sterben muß, dann wenigstens so, dachte sie. Das Pferd stoppte in vollem Lauf, bäumte sich mit einem wilden Wiehern auf, machte eine Kehrtwendung und lief wieder zurück.

Auf ihm liegend, spürte Jane, wie es langsam müde wurde. Aber auch sie rang nach Luft.

»Du oder ich!« schrie sie.

Saleh, der nicht einen Augenblick geglaubt hatte, daß die *Sitt* sich länger als drei Sekunden im Sattel halten könnte, bereitete sich gerade darauf vor, auf die Suche nach ihr zu gehen. Als er Jane auf dem Pferd zurückkommen sah, das sie nun nach ihrem Willen lenkte, fand er sie noch schöner als seine drei Frauen zusammen. Er sagte nur: »Manchmal siegt die Frau dort, wo der Mann unterliegt, denn sie kann nachgeben.«

Da sie nicht antwortete, begann er nach langem Schweigen wieder: »Dieses Tier hat keinen Preis, nun, wo du es unterwerfen konntest. Du kannst es nicht mit deinem Geld bezahlen, wenn du es haben willst.«

»Ich werde dein Pferd so bezahlen, wie ich es verstehe. Hast du nicht gesagt, es gehörte mir, wenn ich es bezwänge?«

Jane besann sich. Sie wußte nun schon, wie man die Männer in diesem Land nehmen mußte. Sie fuhr fort: »Ich werde dein Pferd so bezahlen, wie du es möchtest, ich bin nicht von so weit hierher gekommen, um mit dir zu streiten. Schick deine Frauen weg, die Frauen aus meinem Land teilen das Herz eines Mannes mit niemandem. Sie wohnen nur unter seinem Zelt, wenn sie dort allein herrschen können.«

Saleh erwiderte: »Die Männer in meinem Land nehmen sich so viele Frauen, wie sie ernähren können. Wenn ich meine Frauen wegschickte, um nur noch mit einer einzigen zu leben, würde ich nichts mehr sein. Ich muß der Religion meiner Väter folgen und meinem Volk ein Vorbild sein.«

»Du wirst es so machen, wie du es für richtig hältst. Ich habe das Pferd gezähmt, nun gilt es ich oder das Tier!«

In der Tiefe der Nacht glitt Saleh in das Zelt der englischen *Sitt*. Am nächsten Tag im Morgengrauen ritten sie Seite an Seite aus, sie bahnten sich einen Weg durch das Dickicht, folgten den Maultierpfaden. Sie ritten über eine wellige Ebene, machten Rast in einem Eichenwald, den klare Bäche durchflossen und gelangten schließlich an einen von Obstgärten umgebenen Ort.

»Banias war die Hauptstadt eines Königreiches von Palästina«, sagte Jane. »Da unten ist der Palast von Qalaat el-Nemrud. Wir werden morgen dorthin reiten und dort das Lager aufschlagen! Bei dieser Geschwindigkeit werde ich nie in Damaskus ankommen!«

»Warum willst du dorthin? Du hast hier alles, was du brauchst.«

»In einem früheren Leben habe ich mir gelobt, Palmyra zu besuchen. Komm mit mir!«

»Mein Gebiet ist jenseits dieser Berge zu Ende. Wirst du nach Tadmor zurückkehren?«

»Willst du es?«

»Ich will es!«

»Was wirst du mit deinen Frauen machen?« hörte Jane sich fragen.«

»Ich werde sie wegschicken, wenn du es wünschst.«

Freude und Angst erfüllten ihr Herz.

In diesem Teil Syriens entdeckte sie das Glück wieder. Das alte Cäsarea Philippi, wo Jesus sich aufgehalten hatte; Titus hatte hier nach der Eroberung Jerusalems zahlreiche Feste gegeben. Die Kreuzritter... hier hatte sich ihr Schicksal erfüllt.

»Und auch ich, die auf nichts mehr hoffte, bin hier.«

Sie stiegen von den Pferden. In den Felsen waren drei Nischen eingelassen, die früher wohl einmal Statuen enthalten hatten. Auf einer Kartusche entzifferte Jane: »Diese Göttin war dem göttlichen Pan, dem Geliebten der Echo, geweiht.«

Sie wechselten leise ein paar Worte, ihre Arme streiften sich, ihre Schultern berührten sich. Nun spürte sie auch den flüchtigen Druck seines Schenkels an ihrer Seite und diese leichte Berührung verwirrte sie so sehr, daß sie ihn nicht mehr anschauen konnte.

Sie liebte. Ihre Tatkraft, ihre Ungewißheit, ihre Erwartung, alles brach in den Armen Salehs in heftigen Stößen hervor. Der Horizont, der ihr ständig entglitten war, nun kam er ihr endlich entgegen.

Vorbei die einsamen Nächte, in denen sie hörte, wie die Minuten verrannen. Es ist, als sei ich gestern erst geboren worden, als sei ich zum ersten Mal in den Armen eines Mannes erwacht, sagte sie sich immer wieder. Saleh hat sich neben mich gelegt, ich habe seinen Körper, sein Verlangen, seine Manneskraft kennengelernt.

Sie gehörte ihm, er gehörte ihr; ihr Herz klopfte heftig, ihr Verlangen nach ihm überwältigte sie, es war fast ein körperlicher Schmerz. Er wurde ihre Kraft, ihre wiedergewonnene Jugend, und auch schon ihre Eifersucht.

Saleh schaute Jane mit seinen großen schwarzen Augen an, die in vollkommener Ergebenheit strahlten, aber die Verlegenheit war ihm ins Gesicht geschrieben. Niemals hatte eine weiße Frau so gehandelt. In Damaskus, Beirut und Sidon würde man sofort davon erfahren.

»Wir müssen uns beeilen«, sagte er nüchtern. »Wir müssen Damaskus so früh wie möglich erreichen.«

»Und warum? Du hast mir doch gesagt, daß Zeit hier nichts bedeutet. Eugénie wird sich noch ein paar Tage länger gedulden.«

»Du wirst in Hermon kaum ein Pferd finden.«

»Und wenn schon, ich habe ja bereits eins gefunden.«

»Der Palast unserer Hoffnungen ruht auf schwachen Fundamenten«, murmelte Saleh.

»Ein Windstoß kann in einer Stunde das Haus des Lebens umblasen«, erwiderte Jane. »Ich fühle mich wohl hier. Ich bin unzählige Meilen geritten, um hier bei dir anzukommen, Saleh. Die Zeit zählt nicht mehr.«

Sie wandte sich an Melhem: »Siehst du, Melhem, ich habe ein Pferd gefunden, und ich habe die Liebe gefunden. Nun brauche ich Ruhe inmitten dieser bewunderungswürdigen Festungen, in dieser Einsamkeit, die mir wohltut. Und Damaskus ist nicht mehr allzu weit. Deshalb möchte ich noch ein paar Tage hierbleiben. Du verstehst, das ist euer Land, eure Märchen erzählen von den Heldentaten eurer Väter gegen die Franken. Aber für uns, uns Völker des Okzidents, bergen die Kreuzzüge einen Teil unserer Träume, und die Erinnerungen an unsere Eroberungen und das Bedauern über diese verpaßte Begegnung quälen uns noch immer. Wir haben bei euch den Müßiggang und die Sinnenlust entdeckt, die Verfeinerung und die Freundschaft. Davon ist uns so etwas wie eine Wunde zurückgeblieben, eine Sehnsucht, die nicht vergehen will. Und manchmal stelle ich mir vor, daß wir zurückkehren werden... Laß mich meine Reise langsamer machen.«

»*Effendi*, das meinst du doch nicht ernst. Wir können die Pläne nicht mehr ändern.«

»Schick Mohammed, um Eugénie zu benachrichtigen, daß ich später kommen werde. Ich werde dir geben, was du brauchst.«

»Inch'Allah«, antwortete Melhem, »ich gebe dir zwei Tage mehr, und ich werde Mohammed schicken.«

»Sag ihnen, ich komme eine Woche später, es ist immer besser, die Zeit großzügiger zu bemessen.«

»Die Mezrab werden darüber anders denken, ich bin sicher, sie möchten dich sehen, bevor sie über den Aufbruch entscheiden. Ohne sie kann ich dich nicht nach Tadmor führen. In Syrien muß man sich für jede Verhandlung Zeit nehmen.«

»Eine Woche, Melhem.«

»Du mußt deine Verpflichtungen achten wie ich die meinen, dann werden wir gute Freunde bleiben.«

»Wir bleiben gute Freunde! Wir werden alles machen wie vereinbart, zumal ich beschlossen habe, nach Syrien zurückzukehren, um hier zu leben«, verkündete sie.

Saleh zögerte einen Augenblick: »Ich glaube dir nicht, *Effendi*!«

»Vielleicht hast du recht, aber ich kenne nichts romantischeres als diese Ruinen«, fuhr Jane fort.

Was konnte sie erhoffen? Ein paar Nächte, ein paar Stunden mehr? Oder gefiel es ihr ganz einfach nur, über diesen jungen Mann eine Macht zu haben, die sie schon verloren geglaubt hatte?

Jane hielt ihr Pferd am Zügel und drehte sich zu Saleh um. Es dauert noch lange, bis der Tag zu Ende geht, sagte sie sich sehnsüchtig. Männer trabten auf Eseln vorüber, verscheuchten die Hühner und Ziegen. Hunde bellten, Bauern unterhielten sich, saßen in kleinen Gruppen herum, Frauen, den Schleier über dem Gesicht, hasteten vorbei, Kinder spielten. »Vergängliches Leben«, murmelte Jane, »und doch gibt mir dieses Land das Gefühl des Ewigen.«

Auf den Terrassen der Häuser standen Laubhütten, damit man während der Nacht im Freien schlafen konnte – die Hitze war drückend, denn die Berge hielten den Wind ab. Die zerfallene Festung erinnerte an den einstigen Ruhm der Tetrarchen von Syrien.

Über den Nahr es Saar spannte sich eine alte Brücke aus einem einzigen Bogen; sie war mit einem viereckigen Turm bewehrt, in dessen Mauern sich noch Säulenschäfte eingeschlossen fanden.

Die Einwohner boten ihr Tee und Fladen aus Blätterteig an. Sie traten in Häuser mit gestampftem Lehmboden, weiß gekalkten Wänden. Fliegen summten im Licht des einzigen Fensters. Die Frauen schwiegen, beeindruckt von dieser Frau, die ihnen nicht ähnlich war. Jane bemühte sich, diese Augenblicke in ihr Gedächtnis einzuprägen. Sie rezitierte im Stillen: »Warum spüre ich plötzlich solches Leid, bin ich nicht geschaffen, um ins Königreich der Liebe zu fliehen?«

Sie ließen die Karawane, die das Lager vorbereitete, hinter sich. Begleitet von Saleh und Melhem beschloß sie, nach Soubeibèh zu reiten. Die Wälle zogen sich mehrere Kilometer lang am Gebirge hin. Was einst eine der größten Festungen des Orients gewesen war, war nun zerfallen, überwuchert von zählebigem Gestrüpp, war ein Universum des Schweigens und des Vergessens geworden. Tot Renier Brus, tot Foulde d'Anjou und Onfroi de Toron, Kronfeldherr des Königreiches. Tot Renaud de Châtillon, Fürst von Antiochien, und Raymond, Graf von Tripolis. Tot die Muselmanen und die Baybaren, die über die Christen gesiegt hatten. Das Schloß wirkte so erhaben über den Lärm des Alltags wie alle Hochburgen der Geschichte. In einem der Türme bewunderte Jane eine noch erhaltene Wendeltreppe, weiter entfernt riesige Zisternen – eine von ihnen, mit Tonnengewölben, wie eine Kapelle gebaut.

Oben auf dem Turm hatte man einen weiten Blick über das Jordantal, über den Houleh-See hinweg, nahe bei Tiberiades. Auf der anderen Seite von Litani konnte man das Beaufort der Kreuzfahrer erkennen, eine ehemalige Festung, die mit den Festungen von Banias und Soubeibèh durch Feuersignale in Verbindung gestanden hatte, und ganz nah war der Hermon mit seinem schneebedeckten Gipfel, der in der Sonne leuchtete.

Bei Morgengrauen lösten sie das Lager auf. Der Weg mitten durch bebaute Felder und Myrtenbüsche führte nach Damaskus.

»Die Beduinen von Jaulan führen Krieg mit den hier Ansässigen.

Wir dürfen uns nicht verlieren«, befahl Saleh, »bleiben wir zusammen.«

Sie ritten acht bis neun Stunden am Tag.

Dann wollte Jane anhalten. Nicht wegen der beschwerlichen Bergpfade, auch nicht wegen der Entbehrungen, die mit solchen Expeditionen verbunden waren, diese Art von Hindernissen hatte Jane noch niemals aufgehalten. Nein, sie wollte anhalten, weil jenseits des Merj el-Hadr das Gebiet Salehs zu Ende war.

»Ich habe immer nur eine Kraft gekannt, nämlich die, zu wollen, was ich will. In zwei Monaten werde ich zurück sein«, versprach sie Saleh.

»Ich warte auf dich, meine Frauen bedeuten mir nichts mehr, ich gebe dir als Pfand diesen Ring, den ich noch nie abgelegt habe.«

Janes Hände zitterten leicht.

»Saleh, ich glaube dir.«

»Ich werde die Tage zählen. Ich weiß nun, daß es mein Schicksal, meine Zukunft ist, dich zu lieben.«

Er richtete sich im Mondschein, der gedämpft durch die Zeltwand drang, wieder auf.

»Ich werde dich dorthin bringen, wo niemand hinkommt. Ich verspreche, ich werde meinem Vater trotzen, wenn es sein muß, ebenso dem Zorn meiner Frauen, nichts wird mich dabei aufhalten! Friede sei mit dir!«

Er hatte leise gesprochen. Vom Lager ertönte ein Klagelied, begleitet von einer hellklingenden Flöte, während ein Tamburin jeden Satz untermalte.

»Ich werde dir unsere Lieder beibringen.«

Für ihn entfesselte sie in dieser Nacht alle Sinnlichkeit der Erde, für ihn war sie so süß, wie noch nie eine Frau für einen Mann gewesen war, sie brachte alles ein, was sie von der Liebe wußte, um ihrem Fleisch den Körper Salehs einzuprägen. Sie war die Königin ihres Königs.

Es war die achte Nacht. Im Morgengrauen verließ Saleh mit seinem geschmeidigen und lautlosen Schritt das Zelt.

3

Die Ebene war entsetzlich eintönig. Endlich gelangte Jane in fruchtbarere Gegenden, die Luft kam wie der Hauch aus einem Ofen in warmen Windstößen. Dann erreichten sie ein mit Steinen und Asphodelos übersätes Gebiet, in dem hoch am Himmel Raubvögel kreisten.

Sie kamen in Arouz an und schlugen das Lager an einem von Pappeln gesäumten Bach auf. Es war Abend, die Ruhezeit, in der man sich um das Feuer lagerte, die köstliche Stunde nach der Hitze des Tages. Aber Jane dachte nur an Saleh.

Sie hatte in Gedanken alles endgültig geregelt: schnell nach Damaskus und Tadmor. Dann würde sie nach Athen fahren; Christos alles erklären; ihre Sammlungen in Verwahrung geben; für den Schmuck ein sichereres Versteck finden, bei jemand anderem als bei Sophie – hier in Syrien würde er ihr nichts nützen; ihre Einkünfte an die ottomanische Bank in Beirut überweisen lassen... kurz, die notwendigen Vorkehrungen treffen, damit sie mit Saleh zusammenleben konnte. In drei Monaten vielleicht wäre sie wieder zurück, wenn alles gut ginge, in drei Monaten und einer Woche. Später würde sie nach Aleppo reisen, an das Grab von Henry Anson.

In der Zwischenzeit brauchte niemand etwas davon zu erfahren. Nur Sophie werde ich es anvertrauen, beschloß Jane. Sie wird mich sicher für verrückt erklären. Wenn meine Mutter und meine Brüder von der Sache erführen, würden sie alle Hebel in Bewegung setzen, um mich daran zu hindern. Und Steely erst!

Sie war verliebt, und da der Altersunterschied zwischen ihnen Saleh nicht störte, warum sollte er sie dann stören? Sie hatte keine Vorurteile, im Gegenteil, die Araber besaßen in ihren Augen Eigenschaften, die die zivilisierte Welt verloren hatte. Sie waren natürlich, von grenzenloser Gastfreundlichkeit; ihre Einfachheit war niemals vulgär, ihre Gefühle edel. Vielleicht gab sie sich Illusionen hin, doch ihr Enthusiasmus war immer ihr Schutzschild gewesen. Im übrigen war sie sich sehr wohl bewußt, daß von Vernunft in ihrem Leben niemals hatte die Rede sein können.

Der Kreis hatte sich geschlossen, ein anderes Leben begann. Leichten Herzens galoppierte Jane dahin, drängte Melhem: »Schneller, schneller«, schrie sie, »wir haben keine Zeit zu verlieren.« Sich beeilen, ihn wiedertreffen, sich in seinen Armen hinzugeben, von nun an war ihr Leben nur ein Vorspiel zur Liebe, sie fand wieder, daß es leicht war, eine Frau zu sein...

Golden war das von einem Dunstschleier überzogene Land, aus dem sich die Stadt erhob. Die hohen Minarette, die Kuppeln von Damaskus glänzten in der Ferne im Licht des Orients. Die Karawanen wichen zurück, als sie vorüberritten. Wüstenbeduinen an den Stadttoren, Metaoulis, Ansaries knieten inmitten der Karawanen von Kamelen, Eseln und Pferden, beladen mit Getreide aus dem Hauran, Erzeugnissen aus Kleinasien, dem Euphrattal und Persien.

Wundervolle Pferde wurden vorgeführt. Grau, fuchsrot, falb, braun, isabellenfarben vertraten sie die ganze Skala an Farbtönen, aber alle trugen stolz einen kleinen Kopf mit großen, klugen Augen, lange Mähnen und Schweife, hatten feine, sehnige Beine.

»*Effendi*, wir kommen morgen hierher zurück! Wenn du willst kannst du sie ohne Zügel reiten, nur mit dem Halfter. Aber entscheide nichts, bevor du nicht ein Pferd aus dem Nedjed gesehen hast.«

Melhem gab den *cavass* den Befehl, auf die Karawane zu warten und neben einer zerfallenen Karawanserei am Straßenrand zu lagern.

Die Zufahrtswege nach Damaskus waren eine einzige grüne Oase, bepflanzt mit Mandel-, Feigen-, Granatapfel- und Aprikosenbäumen, die noch nie geschnitten worden waren. Weinstöcke bedeckten den Boden oder rankten sich an Bäumen empor. Zahlreiche Kanäle kreuzten einander mit lebhaftem Wassergeplätscher. Links und rechts des Weges hatten Färber ihre Stoffe ausgebreitet. Indigo, Saflor, Koschenille, Krapp... Vor Jane ragten die Mauern der Stadt empor.

Die Straßen bildeten ein unentwirrbares Netz, Kreuzungen, Brunnen, Paläste, dunkle Khans, lichtüberflutete Höfe. Die Menge drängte sich hindurch, Limonadenverkäufer boten Gläser mit Eiswasser an, das durch einen Schneewürfel vom Hermon kühl gehalten wurde: »Erfrischt euer Herz, löscht euren Durst!« schrien sie und schlugen zwei Metalltassen aneinander. Die Damaszener trugen kurze Röcke über Hosen aus bestickter Seide, mit verblüffenden Mustern, unglaublich weite Tuniken mit enganliegenden Ärmeln, Schmuck, Armbänder an Armen und Knöcheln, manche hatten einen Goldknopf im Nasenflügel. All diese Menschen wimmelten durcheinander, tanzten, schrien.

Überall stieß man auf römische, byzantinische Spuren oder auf Monumente, die von dem einstigen Ruhm der omejadischen Hauptstadt zeugten.

»Diese Stadt ist einfach hinreißend, wie gerne würde ich hier leben! Die Überlieferung hat recht, wir sind im Paradies«, gestand Jane.

»Mohammed wollte niemals nach Damaskus kommen, er meinte, der Blick ins Paradies müßte ihm bis zu dem Augenblick, wo er es verdient hätte, verwehrt bleiben.«

»Ich bin kein Prophet, ich kenne nichts auf der Welt, was schöner wäre. Schau diesen Strom an!«

»Der Barada, der ›Goldfluß‹ aus der Nacht der Zeiten...«

Der Begeisterung Janes fehlte in Melhems Augen anscheinend jedes Maß, und während sie weiterritten, warf er ihr vor: »Du siehst nur die schöne Seite der Dinge. Du willst den Schmutz, die verendeten, von den Geiern zerrissenen Tiere oder die streunenden Hunde nicht sehen. Sogar außerhalb der Mauern hast du kaum auf die bis zum letzten Fleischrest abgenagten Kamele geachtet; die Schakale haben an ihnen gefressen und die Raubvögel angeheult, mit denen sie sich um ihre Beute stritten. Du siehst den Schakal, den Vogel und den Kadaver, aber du siehst niemals das gesamte Bild.«

»Melhem, ich sehe alles. Aufbauen und Zerstören sind nur zwei Gesichter ein und desselben Werkes, und zur Zeit habe ich eine prächtige Laune. Das Glück existiert, wenn man daran glaubt, und ich fühle in mir , wenn ich glücklich bin, eine unglaubliche Kraft, mein Leben in die richtige Richtung zu lenken.«

Melhem lächelte. »Möge Gott dich hören!«

Gegen Abend kamen sie bei Dimitri an. Das war das einzige Hotel in Damaskus. In der Ebene von La Ghouta verbreiteten sich Neuigkeiten rasch, und Eugénie wartete bereits an der Türschwelle – sie sehnte sich danach, ihre Herrin wiederzusehen –, und in ihrer Freude küßte sie ihr die Hand, bevor sie sie an ihre Stirn zog.

»Frau Gräfin, die Zeit ist mir so lang geworden, aber Gott sei gelobt, Sie sind heil und gesund.«

»Worüber beklagst du dich eigentlich noch? Du hast an einem bequemen Ort auf mich gewartet. Ich hoffe, du hast den englischen und den französischen Konsul aufgesucht. Sind sie von meiner Ankunft unterrichtet?«

»Die ganze Stadt erwartet Sie. Es gibt nur etwa fünfzehn Europäer in Damaskus, und ich bin während Ihrer Abwesenheit nicht aus dem Haus gegangen, ich hatte zuviel Angst.«

»Ich möchte ein Bad nehmen!«

»Der Lord ist nach Aleppo gefahren, die Diplomaten sind in den Konsulaten geblieben. Es gibt auch ein paar Türken hier und zwei Deutsche, und einen Engländer, der gerade aus dem Nedjed zurückgekehrt ist, wo er wundervolle Pferde gemalt hat. Was die Beduinen angeht, so erwarten sie Ihre Ankunft mit Skepsis. Scheich Mezrab vom Anazeh-Stamm ist gerade nach Homs aufgebrochen, aber sein Bruder ist da.«

»Ich werde mich wieder mal um alles kümmern müssen!«

Der Hof des Hotels war mit Rosensträuchern und Orangenbäumen bepflanzt. Aus einem Brunnenbecken sprudelte kühles Wasser hervor, Tauben und rote Rebhühner pickten auf dem Boden herum wie Hühner. Die Diener bemühten sich um sie , allen voran Dimitri, der Erfrischungen bestellte.

»Eure Hoheit möge willkommen sein. Sie müssen erschöpft sein, ich führe Sie zu ihren Räumen.«

»Ich, müde? Sie müssen lernen, daß dies ein Wort ist, das ich nicht kenne! Melhem, wo sind die Mezrab?«

»*Effendi*, laß mir Zeit, sie zu finden.«

»Sie sind in La Goutha«, sagte Dimitri, »doch sie kommen jeden Abend und fragen nach Neuigkeiten.«

Der *liwan*, die Ruhehalle, hatte eine Kassettendecke mit Schnörkeln, Marmoreinlegearbeiten und Stuck. Auf breiten Diwanen, die an der Wand standen, konnte man den *kief* rauchen, ein Becken erfrischte die Luft im *selamlik*, dem für Gäste bestimmten Salon. Zwei Stufen führten in den Nebenraum, den Salon, wo durch die mit Alabaster eingefaßten Fensterscheiben und die Fensterläden mit Einlegearbeiten aus Perlmutt und Elfenbein das Tageslicht nur gedämpft hereindrang.

»Ich pflege diesen Schatz mit Liebe und Sorgfalt«, sagte der Hausherr, als er Jane zu den oberen Galerien führte, die mit eleganten Moucharabien geschlossen waren. »Sie sind in dem Teil des Palastes, der einst als Harem diente. Mylady, dies ist Ihr Zimmer. Es ist mir eine Ehre, eine Dame Ihres Ranges in meinem Haus zu beherbergen«, sagte Dimitri und zog sich zurück.

»Eugénie, ich habe das Gefühl, ich habe den ganzen Staub des Weges geschluckt. Hol mir ein Kleid heraus und meine Cremes, meine Haut ist ganz trocken. Ich muß vorzeigbar sein, wenn ich zum Konsul gehe, denn ich will heute abend alle Einzelheiten über meine Reise erfahren.«

»Ihre Haut ist in Ordnung, ich frage mich, durch welches Wunder«, staunte Eugénie.

»Ich habe mich mit Yoghurt eingerieben, man hat mir gesagt, das sei das einzige Mittel, um einen klaren Teint zu behalten. Und schau meine Haare an! Die Sonne hat ihnen einen noch goldeneren Schimmer verliehen. Bürste sie gut, sie haben es nötig! Ich liebe dieses Land, und ich werde mich hier niederlassen. Du hast mich gerettet, Eugénie, als du mir die Untreue von Christos gestanden hast. Wenn wir in Palmyra waren, werden wir nach Athen zurückkehren und unsere Angelegenheiten regeln. Bereite dich darauf vor, neue Abenteuer zu erleben!«

»Frau Gräfin, das ist nicht Ihr Ernst! Wie können Sie nur so etwas ins Auge fassen?«

»Zieh nicht so an meinen Haaren! Nichts begeistert mich mehr als dieses Land und seine Bewohner! Hilf mir also, anstatt hier wie festgewachsen herumzustehen! Und vor allem, ich will keine Tränen sehen, du wirst dich wohl darein fügen müssen, Eugénie. Ich bin verliebt, und ich weiß, daß es meine letzte Liebe ist. Nun, damit du mir keine Fragen stellst, will ich dir gleich alles sagen. Ich liebe einen zwanzigjährigen Moslem, er heißt Saleh. Du sollst außerdem noch wissen, daß er der schönste Mann ist, den du je gesehen hast. Und nun spar dir jeden Kommentar.«

Die Diener kamen mit Becken voll heißem Wasser herein, die sie in eine Wanne gossen.

Richard Wood, der englische Konsul, mit dem Jane am gleichen Abend zusammentraf, glaubte, seinen Ohren nicht zu trauen: Diese Engländerin aus der besten Gesellschaft, noch distinguierter, als man ihm erzählt hatte, bestätigte ihm die eifrig kursierenden Gerüchte, die er nicht hatte glauben wollen.

Er insistierte, regte sich auf, wurde heftig, legte ihr in allen Einzelheiten die Gefahren einer Reise nach Palmyra auseinander.

»Es sind zehn Tage zu Pferd und dann noch einmal wenigstens zehn Tage auf dem Kamelrücken, durch eine Wüste, in der es von Rebellenstämmen nur so wimmelt. Ich kann eine solche Verantwortung nicht übernehmen, Sie sind britische Staatsbürgerin!«

»Ich will mich ganz einfach nur auf die Beduinen, die mich begleiten, verlassen können, das ist alles, was ich verlange.«

Der Konsul konnte dem Ausdruck in Janes Augen nicht standhalten: »Welch ein Unglück! Es ist wirklich ein großes Unglück, wenn sich eine solche Frau so etwas in den Kopf setzt!«

Sie ließ ihm keinen Moment Ruhe, und ihr Gesicht wechselte ständig den Ausdruck. Als er diesen Willen, der auf etwas gerichtet war, was ihm verborgen blieb, spürte, schien es ihm, als führe er ein sinnloses und leeres Leben auf dieser Welt. Diese Frau wurde von einer Kraft beherrscht, von der man sagte, daß sie Berge versetzen konnte. Sie würde bis ans Ende der Welt gehen, weil sie unerbittlich bis zum Ende dem Ruf ihrer Wünsche folgte.

»Es ist meine Pflicht, Sie zu warnen. Sie wollen die Gefahren, denen Sie sich aussetzen, nicht sehen.«

Wie naiv er ist, dachte sie. Was würde er sagen, wenn er mein

Abenteuer mit Christos kennen würde, wenn er wüßte, wie sehr ich an Räuber gewöhnt bin? Und wenn er von Saleh wüßte?

»Jeder Beduinenstamm«, fuhr er fort, »betrachtet ein Gebiet als das seine. Wer auch immer ein solches Gebiet betritt, Mylady, verletzt es und läuft Gefahr, einen Krieg auszulösen. Da die Beduinen durch Blutsverwandtschaft oder durch Konventionen miteinander verbunden sind, verhandeln sie unendlich lange, aber sie vergessen niemals, daß jeder getötete Mann nur durch Blut gerächt werden kann. In der Wüste gilt nur das Recht der Vergeltung. Der Haß wird vererbt, hier kennt man weder Frieden noch Waffenstillstand. Außerdem verabscheuen die Beduinen die Türken, die unter dem Vorwand des Rechts des Eroberers einen Tribut fordern und sie niedermetzeln, wo sie nur können, obwohl die Türken die Beduinen wegen ihres Mutes und ihrer Klugheit fürchten. Der Ausländer und der Fellache büßen für diese Art von Konflikten. Dem Bauern verwüstet man die Ernte, die Ausländer werden ausgeplündert und oft getötet. Glauben Sie mir, bleiben Sie in Damaskus, es ist die schönste Stadt im Orient. Mein Haus ist das Ihre, solange Sie möchten.«

»Ich danke Ihnen von ganzem Herzen. Aber ich habe nicht die weite Reise gemacht, um meinen Plan jetzt aufzugeben. Wenn Lady Hester Stanhope nach Palmyra gereist ist, kann auch Jane Digby es wagen.«

Der Konsul beruhigte sich.

»Ist sie allein dorthin gereist? Ich muß Ihnen noch so viele Dinge sagen, doch wollen Sie mich wirklich anhören? Wissen Sie zum Beispiel, daß manche Beduinen sich bisweilen mit Banditen zusammentun, um scheinbar die Karawane zu beschützen und hinterher die Beute zu teilen?«

»Sie können sich wohl denken, daß ich nichts Wertvolles mitnehmen werde!«

»In der Wüste ist alles wertvoll, vor allem Ihre Waffen... Ich rate Ihnen, mit den Mezrab zu verhandeln, die seit Jahrhunderten das Monopol für diese Straße innehaben. Es sind Anazeh-Beduinen, und ihr Scheich Mohammed ist der Erbe einer der ältesten Familien des

Saba-Stammes. Er ist der älteste von neun Söhnen eines außergewöhnlichen, ehrgeizigen Mannes, eines großen Herrn, der ihnen eine ›Erziehung‹ gegeben hat, etwas ganz Seltenes bei den Beduinen.«

»Scheich Mohammed, hat man mir gesagt, ist nach Homs gereist.«

»Dann verhandeln Sie mit seinem Bruder Medjuel, dem Intelligentesten der Mezrab. Er ist ein ehrenhafter Mann, der sein Wort hält, und außerdem spricht er Türkisch, und Sie könnten sich wenigstens mit ihm verständigen. Aber die Reise wird hart werden. Ich werde selbst zum Pascha gehen, wenn sie handelseinig geworden sind, damit Sie eine bewaffnete Eskorte bekommen...«

»Sorgen Sie sich nicht um mich. Ich habe die Beduinen an den Ufern des Jordan sehr liebenswürdig gefunden.«

»Sie sind nicht zu vergleichen mit den Anazeh. Denken Sie ständig daran, ihnen zu schmeicheln, sie mit kleinen Geschenken zufriedenzustellen, wie zum Beispiel *keffiehs* und *abbayas*, denn sie sind zu großen Raubzügen fähig. Das haben wir vor zwei Monaten an zwei Engländern gesehen, die völlig ausgeplündert wurden, weil sie sich geweigert hatten, etwas Zucker und Kaffee zu verschenken.«

»Ich verstehe es, richtig zu reisen«, schloß Jane und erhob sich. »Ich halte Sie über meine Verhandlungen auf dem laufenden.«

»Ich erwarte Sie auf jeden Fall morgen abend.«

Richard Wood spielte nervös mit seinem Kragen. Lady Jane war unbestreitbar sehr verführerisch. Sie war eines dieser Geschöpfe, die mitreißen, berauschen, behexen, ohne daß man weiß, warum oder wie. Von seinem Fenster aus schaute er ihr nach, als sie fortging.

Sie gingen über den Basar, streiften an den Geschäften vorbei; die munteren Bemerkungen der Frauen, die sich unter ihrem Schleier alles erlaubten, die Rufe der Händler, die warnenden Schreie der Maultier- und Kameltreiber, die sich ihren Weg bahnten, all das irritierte Jane heute abend. Warum hatte der Konsul ihr wieder diese europäische Wirklichkeit vor Augen gehalten, derer sie sich entledigt zu haben glaubte? Sie verspürte das heftige Verlangen, sich in dieser

Menge zu verlieren, allein unter all diesen Menschen zu sein, auch sie verschleiert, wie Melhem es verlangt hatte. Nur an das zu denken, was sie wollte, ohne daß jemand danach fragte, sich ihrem Verlangen nach Saleh überlassen. Hier erinnerte sie alles an ihn. Er war ihre Wahrheit, und was war die Welt wert, in der sie bis jetzt gelebt hatte? Nun hatte sie endlich gefunden, was sie suchte. Mit jedem einzelnen Flügelschlag ihres Lebens wollte sie immer höher hinaufsteigen wie der Sperber in der Wüste. Seit sie Saleh getroffen hatte, beherrschte er all ihre Gedanken, ihr ganzes Wesen; sie war wie verwandelt, hatte nunmehr zu ihrer ursprünglichen Substanz zurückgefunden: ihre Seele schwang wieder in Einklang mit ihrem Körper, seit Jane hierher, in das Land allen Ursprungs, gekommen war. Warum sollte sie also einem viktorianischen Richard Wood zuhören? Eugénie allein genügte schon, mit ihrem gesunden Menschenverstand, um sie an die Vergangenheit zu erinnern. Die Rufe der Händler verfolgten sie, vor ihren Augen tanzten tausend verschiedene Dinge, spiegelten sich tausend schillernde Farben. Erschöpft, ungeduldig, kaufte Jane Stoffe, Zaumzeug, Gürtel, ohne sich die Zeit zum Handeln zu nehmen, ohne den traditionellen Tee anzurühren.

Als bekannt wurde, daß die *Sitt englesi* allein reiste, ohne Ehemann, mit Bergen von Gepäck, und daß sie quer durch die Wüste bis nach Tadmor reiten wollte, verbreitete sich vom Basar ins Café, von den Gassen auf die Plätze das Gerücht, daß sie den Verstand verloren habe.

Die Neugier, die sie erregte, störte sie kaum: Für sie war alles nur ein farbiges Bild mit leuchtendbunten Trachten, Türken, Griechen, Araber, Armenier, Beduinen, Metaoulis, Ansaries, Neger. Für sie war alles nur noch Hoffnung, sogar die Höflichkeitsfloskeln. Man sagte zu ihr: »Gesundheit möge dir beschert sein. Allah möge dir vollkommenes Glück schenken ... Du mögest mit allem Reichtum gesegnet werden ...«

Nach einer guten Stunde verließen sie alle drei durch eine der Pforten den Basar. Jane verteilte einige Almosen, und während sie mit Dankesworten überschüttet davonging, überlegte sie, wie oft sie sich in diesem Frühjahr, das seinem Ende entgegenging, mit Saleh vereint hatte.

Am gleichen Abend traf sie Medjuel, den Bruder von Mohammed

el-rab. Sie verhandelten, wurden einig – siebentausend Francs für die Reise nach Tadmor und die Rückkehr über Homs. Eine Eskorte wäre nicht nötig. Der Beduine drückte sich klar und präzise aus. Er war jung, gewiß, aber selbstbewußt.

»Wir werden in vier Tagen reisen, um dir Zeit zu lassen, dich auszuruhen, denn die Hitze wird fürchterlich sein.«

Jane beobachtete den Beduinen. War er schön? Schwarze gelockte Haare kringelten sich unter dem *keffieh* hervor, ein dünner Schnurrbart schmeichelte den feinen Linien seiner Oberlippe. Er trug einen kurzen Bart. Seine sanften, tiefgründigen Augen wurden manchmal von raschen Blitzen erhellt, sie konnten charmant sein wie die einer Frau, doch auch funkelnd wie die eines Adlers. Seine gerade Nase betonte das vollkommene Oval seines Gesichtes. Er trug ein langes gestreiftes Seidengewand mit weiten, offenen Ärmeln, die bis zu den Knien reichten, und darüber einen scharlachroten Mantel mit goldenen Schließen; um seine Taille war mehrfach eine Seidenschärpe gewickelt, in der Pistolen mit langen ziselierten Griffen und große Messer steckten. Und schließlich sprach aus jeder seiner Gesten, aus jedem seiner Worte eine Eleganz, die Jane Vertrauen einflößte: »Beunruhige dich nicht, wenn die Reise lang und das Ziel noch nicht zu sehen ist: Jede Straße führt zu einem Hafen«, sagte Medjuel.

»Ich würde in Frieden leben, aber beeil dich, denn die Zeit selbst ist nur Schall und Rauch.«

»Die Begleitung einer lebhaften und klugen Frau ist wie eine erquickende Frucht«, bemerkte Medjuel noch, »und du, sagt man, reitest besser als ein Beduine. Allah sei mit dir!«

4

Der Aufbruch einer Karawane geht immer mit einer gewissen Feierlichkeit vonstatten. Richard Wood, mit einer *cavass*-Eskorte, der französische Konsul und die Konsulatsangestellten, und die wenigen Gäste aus Dimitris Hotel begleiteten Jane ein paar Stunden lang durch La Goutha, ganz zu schweigen von den Schaulustigen und

Gaffern, die sich drängten, um den *fantasias* der Anazeh zuzusehen – fliegende Mähnen, flatternde *abbayas*, Pferdeknechte mit Turbanen, mitreißende Schnelligkeit der Bewegungen, Gewehrsalven. Sie ritten durchs Grüne, durchwateten die erste Furt.

Melhem, ganz neu eingekleidet, mit Lederstiefeln, ritt stolz tänzelnd einher. Mohammed und er prallten in vollem Galopp aufeinander, so heftig, daß man zunächst nur eine Staubwolke sah, bevor man die Reiter und ihre beiden Pferde, die sich auf dem Boden wälzten, erkennen konnte.

Als man sie wieder auf die Beine stellte, hatte sich Mohammed einen Arm ausgerenkt und Melhem ein Bein gequetscht. Beide litten sichtlich große Schmerzen, und Medjuel zwang sie, nach Damaskus zurückzukehren.

»*Effendi,* in meinem ganzen Leben als Drogman ist mir noch nie ein solches Mißgeschick zugestoßen. Aber machen Sie sich keine Sorgen, es gibt einen Arzt in der Stadt.«

»Jetzt sind Sie nur noch unter dem Schutz der Mezrab«, stöhnte der Konsul. »Ich werde Ihnen meine *cavass* dalassen, und ich werde sofort zurückreiten, um Verstärkung anzufordern.«

»Machen Sie sich um mich keine Gedanken. Medjuel wird über meine Sicherheit wachen... Melhem, Mohammed, Gott möge euch beschützen! Wartet in Damaskus mit Eugénie auf mich, in einem Monat werde ich wieder zurück sein.«

In der Nähe von Douma verließ die Eskorte die Reisenden. Die Karawane erreichte die Flanke der Hügel von Adhra, die weißlich im grellen Licht schimmerten, und zog dann um das Djebel Tiniyeh herum. Dieser erste Reisetag erschien Jane kurz.

»Zu Beginn jedes Unternehmens beladen wir die Maultiere recht langsam, um sie allmählich an die Last zu gewöhnen«, erklärte Medjuel, der vor allem daran dachte, mit Janes Kräften wie auch mit ihrer Aufnahmefähigkeit schonend umzugehen.

Bei Sonnenuntergang erreichten sie Kateifeh. Medjuel gab seine Befehle. Die Beduinenfrauen stellten die Zelte auf, und schon bald summten die Wasserkessel auf den Feuerstellen. Jane spazierte in

Medjuels Begleitung durch den Ort. Der Khan war vor mehr als dreihundert Jahren für die Karawanen von Homs, Hama und Aleppo erbaut worden.

Später wurde auf einer Matte der Tisch gedeckt, wie bei den Festmahlen in der Antike. In die Mitte wurde eine riesige Platte mit *kebbé* gestellt – einer Mischung aus *bourghol*, zerstoßenem Getreide, mit Schafsfleisch – und ein Krug mit Wein.

»Nimm an meiner Mahlzeit teil, Medjuel. Man kann sich keinen ruhigeren und geheimnisvolleren Ort vorstellen. Sag den Männern und Frauen, ich bin mit diesem ersten Tag sehr zufrieden.«

»Es soll nach deinem Willen geschehen. Ich werde nicht mit dir zu Abend essen, *Effendi*, sondern später mit den anderen«, erwiderte er höflich. »Aber wenn du es wünschst, kann ich dir Gesellschaft leisten.«

»Verzeih mir, ich kenne die Gebräuche nicht. Ich bin mit den Männern aus Hasbeia oder Bascheia nach Damaskus gekommen, und Melhem ist Maronite. Ich möchte Arabisch lernen … Kannst du es mir beibringen?«

»Ich nehme diese Ehre an …«

Am nächsten Tag ritten sie Stunden, bevor sie Djeroud erreichten. Die Hitze war fürchterlich. Der Aga empfing sie herzlich. Sein Sohn schlug Jane vor, sie bis Karatein mit hundertfünfzig Reitern zu eskortieren. Darauf erwiderte Medjuel: »Die *Sitt* steht unter meinem Schutz. Sie hat es nicht für nötig befunden, die Eskorte des Paschas in Anspruch zu nehmen, also bestehe nicht weiter darauf. Es gibt keinen Streit mit den Behörden, und Tadmor ist meine Route. Allah sei mit dir!«

Nachdem sie Atny hinter sich gelassen hatten, verließen sie bewohntes Gebiet und kamen in die Wüste. Sie ritten ruhig in einem sandigen und trockenen Wadi, einem ausgetrockneten Bachbett, das zwischen zwei Hügelketten verlief. Jane bemerkte eine große Herde Esel, Pferde und Kamele, die um ein Beduinenlager herum weidete.

»Mein Stamm«, sagte Medjuel und stieß seine Lanze in den Sand. »Morgen lassen wir unsere Pferde hier und reiten auf dem Kamelrücken weiter.«

»Sind deine Frauen da?«

»Ich habe nur eine Frau, wie viele Beduinen. Sie ist in Homs mit meinen Söhnen Schebib und Djafi.«

Sie ärgerte sich, weil sie eine indiskrete Frage gestellt hatte.

»Aus Sicherheitsgründen werden wir unsere Reise mit den Resallin fortsetzen«, fuhr er fort.

»Du allein entscheidest«, antwortete Jane.

»Allah allein entscheidet, *Effendi*. Die Mezrab sind ein Stamm mit ungefähr hundert Zelten. Daher ziehen wir im allgemeinen mit den Gomussa, die tausend Zelte haben, oder mit den Resallin, die fünfhundert besitzen. Diese drei Familien gehören zum Stamm der Saba und bilden den ältesten Zweig der Anazeh. Die Shammar, deren Gebiete von den unseren durch den Euphrat getrennt sind, sind unsere ärgsten Feinde. Die Straße nach Tadmor gehört uns. Es gibt häufig feindliche Angriffe, zumal wir die schönsten Pferde in ganz Arabien besitzen, die aus dem Nedjed.«

Jane hörte schweigend zu, trank ihren Tee und knabberte an trockenem Obst.

»Die Anazeh entstammen dem Geschlecht der Maad, aus der Linie der Quais, und die Shammar, unsere Feinde – Gott möge sie vernichten – gehören zu den Quathan. Aber was die *muruwwa* angeht – ihr nennt es Mut oder Ehre – so weichen die Anazeh niemandem, und darin kann es auch niemand mit ihnen aufnehmen.«

»Schade, daß ich nicht länger bleiben kann... all das ist faszinierend.«

»Das hängt nur von dir ab. Wenn du die Wüste liebst, kannst du unseren Karawanen folgen.«

»Ich liebe die Wüste, aber ich liebe auch Saleh, der mich bei meiner Rückkehr heiraten wird.«

Nichts hatte Medjuel auf eine solche Begegnung vorbereitet – eine Europäerin, die einen Beduinen heiratet, das war, solange die Wüste bestand, noch nicht vorgekommen. Sie ritt genauso gut wie er, es konnte nicht die Rede davon sein, sie zu täuschen. Sie sah jeden Fehler, jede gute Eigenschaft, und er vermutete, daß es sich dabei nicht nur um Intuition, sondern um Wissen handelte. Er wünschte ihr, daß sie von Saleh nicht enttäuscht würde und daß sie mit ihm ihren Weg finden würde, sonst würde er sie zu seiner Frau machen. Sie war stolz und einfach und hatte sich noch nie beklagt. Ohne zu wissen, warum, war Medjuel sich eigentlich sicher, daß sie die seine würde; er würde auf sie warten.

Die Frauen webten lange schwarze Streifen aus Ziegen- oder Kamelhaar. Dann verbanden sie sie zu einem großen Rechteck, an dem die Schnüre befestigt wurden, die man ihrerseits wiederum an den Zeltpflöcken festmachte. Obwohl für Jane alles neu war, konnte sie nun die Zelte auseinanderhalten, sie erkannte den *kharbouch* der Sklaven, den *mgawren*, der aus zwei Reihen von Pfosten unter einem noch größeren Rechteck bestand, oder auch den *mtawlet* der Scheichs, mit drei Reihen. Sie standen parallel zum Wind, hinter einem *rwag* – mit großen Nadeln festgesteckt, bildete er einen Schutzschirm. Die Schnüre waren lang wie Schiffstaue, sie verliehen der Konstruktion mehr Geschmeidigkeit, so daß sie dem Wind, der jeden Abend aufkam, widerstehen konnten.

Die Zelte, durch eine Zwischenwand in zwei Räume unterteilt, waren groß genug, um die Verpflegung, die Küchengeräte, das Pferdegeschirr, die Mühlen zum Mahlen von Korn und Kaffee, den Mörser zum Stampfen, die riesigen Platten aus getriebenem Kupfer, die Kamelsättel, die Teppiche, die Stoffe aus ungekämmter Wolle und die Truhen für den Schmuck aufzunehmen. Auf der einen Seite war der den Frauen vorbehaltene Teil, der *mbaran* mit der Küche, auf der anderen Seite lag der *reba*, der den Männern und den Gästen vorbehaltene Teil, in dem immer die in Erde eingelassene Vogelstange stand, auf der ein Falke döste.

Die Beduinen hatten eine seltsame Art zu sprechen, ihre Sprache ähnelte Schreien oder Rufen. Die Frauen schienen sehr frei zu sein, ganz im Gegensatz zu den Ehefrauen und Töchtern der anderen Araber.

»Warum mustern sie mich so?« fragte Jane.

»Sie wollen wissen, ob alle Frauen in deinem Land so sind wie du.«

»Natürlich. Aber was soll diese Frage?«

»Weil, wenn alle Frauen aus deinem Land so sind wie du, wie können sie dann arbeiten?«

»Die Frauen meiner Rasse arbeiten nicht, sie haben Diener...«

Ihre Kleider, ihre Schuhe riefen echte Verblüffung hervor. Sie baten darum, sie von nahem betrachten zu dürfen. Jane schenkte ihnen ein Paar goldbestickte Pantoffeln aus rosa Satin, die sie abends trug, um sich zu entspannen. Sie berührten sie neugierig, drehten und wendeten sie, reichten sie von Hand zu Hand, bevor sie wieder ihren Beschäftigungen nachgingen; die abendländischen Männer müßten wohl recht unglücklich sein, erklärten sie.

Dann zog Medjuel sie weiter fort, in seiner besonderen, majestätischen Art, so würdevoll, als trüge er königliche Insignien.

Es war eine Vollmondnacht. In der Ferne lachten die Hyänen.

5

Einen Teil der Zelte legten sie im Morgengrauen rasch zusammen, wie nur Beduinen oder vielmehr ihre Frauen es können, denn für den Mann bedeutet Arbeit eine Demütigung. Es war kalt, die Luft war trocken und leicht.

Jane stieg auf ihr knieendes Kamel, das sich mit einer schaukelnden Bewegung wieder aufrichtete. Sie saß nun auf ihrer zusammengefalteten Decke, die auf der Spitze des Höckers befestigt war. In ihrem weißen Gewand und ihrem *keffieh* sah sie stolz aus. Alle beglückwünschten sie zu ihrer Geschicklichkeit. Mit langen Schritten trabend, wie Kamele eben traben, trug das Tier Jane, die sich von der Tatkraft dieser unbezähmbaren Tiere angesteckt fühlte und sich so elegant vorkam wie eine Heldin Byrons.

»Bis zur nächsten Quelle müssen wir neun Stunden reiten.«

»Ich werde es schaffen, Medjuel.«

Er lächelte. Sie hatte eine Art, seinen Vornamen auszusprechen – Mydjewel –, die ihn rührte. Er überzeugte sich davon, daß sie sich gut hielt, und ritt an die Spitze der Karawane.

Die Hügel schienen sich bald in die Lüfte emporzuschwingen, bald in Seen mit klarem Wasser zu fallen. An einem verfallenen Fort machte die Karawane Rast, sie mußten schnell essen, um die Lasttiere nicht zu ermüden, die erst am Ende des Tages entladen wurden. Jane nutzte die Zeit, um ihre Steigbügel an den über Kreuz gelegten Holzstangen, die ihr Sitzpolster hielten, zu befestigen. So konnte sie ihre Beine abstützen und manchmal die Stellung wechseln.

Sie lagerten in einem mit Sträuchern bedeckten Wadi. Der Horizont, gegen den sich schwarz die Palmen abzeichneten, leuchtete in türkisfarbenen und fahlen Farbtönen.

Die Hitze glimmerte über dem Boden.

Jane tauchte ihren Napf in das Brunnenwasser und trank gierig. Das Wasser verstömte in der Luft einen Duft wie an einem Gewitterabend.

»Wir werden erst in Karatein, in drei Tagen, wieder auf Wasser stoßen. Trink soviel, wie du Durst hast. Danach wird das Wasser zugeteilt, denn wir dürfen nicht riskieren, Mangel daran zu haben.«

Medjuel trank Tropfen für Tropfen, mit Genuß, als sei dieses trübrote Wasser die klare Quelle, von der der Prophet spricht. Sie füllten die Schläuche aus Ziegenleder, dann sammelten sie duftende weiße Trüffeln Sie sollten das Abendessen für heute sein.

Jane, ganz zerschlagen vor Müdigkeit, lauschte Medjuel, wie er von der Wüste und den langen Karawanen sprach. Das Gesicht der untergehenden Sonne zugewandt, mit ernsthafter Miene und geschlossenen Augen rezitierte er ein Gedicht, das sie nicht verstand. Aber es war wie ein sanfter Windhauch, in dem man zärtliche Geständnisse erahnte.

Die Tage vergingen gleichförmig. Manchmal stieg eine Sandhose wie ein Rauch auf, erhob sich wie eine Spirale, neigte sich und verschwand dann, um weiter entfernt wieder aufzutauchen. Die Hitze kam von überall her, aus dem Wind, dem Himmel und aus dem Herzen der Erde. Der fahlrote Sand schillerte bald rosa und weiß, bald in bleifarbenen, fast violetten Tönen, bis zum letzten Streifen, der in der fließenden Luft flimmerte.

»Bei diesen Fata Morganas, wie kannst du da deinen Weg und die Wirklichkeit der Dinge erkennen?«

Und Medjuel antwortete: »Jedes Sandkorn ist ein Buch, man muß lernen, seinen Sinn zu entziffern.«

An den Abenden erzählte Medjuel von seinem Land. Er kannte die arabischen Pferde, die Zuchtstuten. Mit Ausnahme derer, die im Besitz der Scheichs waren, gehörte jede zwei oder drei Besitzern, die sich die kostspieligen Unterhaltskosten teilten. Die Beduinen, die Frauen und sogar die Kinder verzichteten auf Milch, um die Stute und ihr Fohlen trinken zu lassen. Bei allen feierlichen Anlässen wurden sie bestiegen, auch wenn es sich nur um den Besuch beim Nachbarn handelte, der ein paar Meter entfernt wohnte. Doch in erster Linie waren sie dem *rezzou* vorbehalten. Nichts war aufregender als diese Kampfübungen. Es gab keinen schöneren Kampf, und wer nicht wenigstens einmal daran teilgenommen hatte, würde niemals etwas über das Leben der Beduinen begreifen.

»Wie findet man Futter in der Wüste?«

»Man transportiert es auf Lastkamelen, ebenso das notwendige Wasser. Die Stuten nehmen nur ganz kurz an den Kämpfen teil, oder höchstens noch während der Verfolgung, die auf das Einfangen der gegnerischen Herde folgt. Die Kampfkraft eines Stammes wird an der Anzahl der weiblichen Pferde und Kamele gemessen.«

»Ich habe in der Tat schon gehört, daß die Reitkamelstuten der Stolz der Stämme sind.«

»Ja, unsere Kampfkraft und unser Vermögen rühren aus unseren Zuchten. Wer keine Stuten und keine weißen Kamelstuten hat, gilt nichts bei uns.«

»Wo sind sie?«

»Auf der Weide, und gut behütet von unseren Brüdern. Eines Tages wirst du es verstehen.«

Sie fragte ihn auch, wie er es anstellte, in der Wüste einen Stamm zu erkennen.

»Jeder kleidet sich auf unterschiedliche Art, aber es gibt auch noch andere Besonderheiten. Die Shammar, die Allah verfluchen möge, sind groß, sie tragen die braune *abbaya*, während die Saba klein sind und lange Speere haben; die der Rwala sind kürzer und ihre Pferde schmächtiger. Die Harb haben ein schwarzes Gesicht. Ihre Lager sind schlecht gehalten...«

Galoppierende Pferde kamen auf sie zu. Sie schienen aus den lang gewellten Hügeln aufzutauchen, wo man vereinzelt in der Ferne Baumgruppen erkennen konnte, die dort wie Markierungszeichen standen.

»Unterworfene Beduinen, die in der Nähe des Forts wohnen. Es wird ein Fest geben heute abend. In etwa einer Stunde sind wir da.«

Die Oase von Karatein, mit ihrer üppigen Vegetation, ließ sie ihre Müdigkeit vergessen. Der Mond war aufgegangen. Die Reiter im weißen Mantel begannen nach den üblichen Begrüßungsformeln mit ihrer Fantasia. Ibn Rachid und die Offiziere des Forts luden Jane ein, an ihrem Essen teilzunehmen.

»Du solltest nicht ablehnen, ich begleite dich. Wir werden zwei Tage hierbleiben, um den Weiterritt nach Tadmor zu organisieren. Wir brechen im Morgengrauen des dritten Tages auf.«

Die Männer stießen Schreie aus. Nun vernahm man einen Trommelwirbel, zuerst sehr weit entfernt – eher eine Vibration als ein deutlicher Klang. Dann schwoll das Rollen an, ließ Jane erschaudern und die Palmen erzittern...

Am nächsten Tag erklärte ihr der Arzt des Forts, ein Deutscher, das trockene Klima in Verbindung mit der Qualität des Wassers habe die gleichen heilenden Eigenschaften wie die berühmtesten Thermalbäder in Europa. Aus diesem Grund gab es in dieser Gegend auch nur sehr wenige Kranke.

»Ich habe dieses Jahr zwei gezählt, und das waren auch noch Soldaten.«

Baden, Bagni di Lucca, Lamia, Jane kamen beinahe die Tränen. Das Gespräch war in deutsch geführt worden, und diese Sprache zu hören, brachte sie außer Fassung.

Der Arzt sagte ihr auch, daß einer seiner Landsleute, ein Wüstenmaler, vor einem Monat einen ernsthaften Zwischenfall erlebt habe: Als er aus Palmyra zurückkam, hatten ihn Beduinen bei Kasr al-Hayr angegriffen.

»Aber sie haben nur geringe Beute gemacht, er hatte nur zwei Lasttiere bei sich. Das wird bei Ihnen nicht so sein. Ihre Karawane ist ein ganz anderer Anreiz. Nehmen Sie besser Soldaten mit!«

»Was soll ich schon fürchten? Wir sind so zahlreich, außerdem werden wir mit zwanzig zusätzlichen Kamelen aufbrechen müssen, um das nötige Wasser transportieren zu können.«

»Sie werden sich verausgaben, die Durchquerung der Wüste ist sehr anstrengend! Wenn alles gut geht, bei acht Stunden Marsch am Tag, können Sie Palmyra in fünf Tagen erreichen. Ich rate Ihnen, nachts zu reiten, zunächst einmal wegen der Hitze, und dann, um umherziehenden Beduinen aus dem Weg zu gehen, die bei Tag die Reisenden schon aus großer Ferne erblicken. Sie geben sich untereinander Signale, indem sie Staubwolken aufwirbeln, die Sie für Sandstürme halten werden… Wenn Sie um vier Uhr nachmittags aufbrechen, können Sie bis ein oder zwei Uhr in der Nacht reiten.«

»Ich werde mit Medjuel darüber sprechen.«

»Wenn Sie in zwei Wochen nicht zurück sind, werde ich die Behörden alarmieren. Sie könnten sich sehr wohl in einem Harem wiederfinden oder als Sklavin verkauft werden.«

Jane brach in Lachen aus und legte ihre lange, von der Sonne gebräunte Hand auf die des Arztes.

»Veranlassen Sie keine Nachforschungen! Ich werde über Homs zurückkehren.«

Und sie dachte an Saleh, diese lebendige Kraft, die sie schützte, ihr Herz erfrischte und ihre Sinne weckte.

»Sicher, nichts ist so schön wie Palmyra, aber in Kasr al-Hayr – und davon wissen Ihre Beduinen sicherlich nichts – sind Sie in einer alten omejadischen Residenz der syrischen Steppe, am Kreuzpunkt zweier großer Achsen des antiken Handelsverkehrs. Ich habe bedeutende hydraulische Anlagen entdeckt, in Stuck gehauene Dekors auf der Fassade und in den Empfangssälen, einige Fresken, die eine Jagdszene und eine Allegorie darstellen und die Sie bestimmt fesseln werden. Dieses befestigte Schloß hat den Wechselfällen der Jahrhunderte widerstanden. Wahrscheinlich hat es der Kalif Hisham erbaut, als der Ort noch eine Oase war. Hüten Sie sich jedoch vor

Schlangen und Skorpionen, sie sind zahlreich unter den Steinen. Schütteln Sie Ihre Decken gut aus, bevor Sie zu Bett gehen.«

»Das ist eine alte, überkommene Gewohnheit.«

»Abgesehen von diesen Gefahren verstehe ich durchaus Ihren Wunsch, diese Reise zu unternehmen. Es ist, als ob man die Geschichte ungeschehen machen könnte, sie in einer anderen Bewegung neu beginnen oder in die Morgenröte der Welt treten könnte. Glauben Sie mir, genau das zieht mich an diesem Land so an. Wer nicht die Wüste und ihre herrlichen Nächte kennt, kann eine der größten Freuden, die es auf der Welt gibt, nicht verstehen.«

»Ich denke, wir werden uns wiedersehen, auch ich möchte in Syrien leben... Ich liebe diese Kultur, wo die Zeit sich zwischen zwei Herzschlägen dem Gedächtnis der Menschen einprägt.«

»Die Stammesstrukturen, die wir hier beobachten können, sind zugleich auch die Zeugen unserer fernen Vergangenheit. In der europäischen Welt herrschen zuviele Spannungen. Hier dagegen ist die Ewigkeit, jenseits von Vergangenheit und Zukunft.«

Medjuel nahm an, daß eine Frau nicht solche Etappen bewältigen könnte wie ein Mann, ohne ihre Kräfte vollkommen zu verausgaben. Er hielt es daher für besser, das Lager erst gegen Mittag aufzulösen. Während die Lasttiere bepackt wurden, würde man ›speisen‹, und gegen ein Uhr würden sie dann aufbrechen. Der Marsch würde bis sechs Uhr dauern, dann, nach einem raschen Abendessen, würde es weitergehen, der Vollmond war günstig für die Durchquerung der Wüste.

Sie verließen Karatein. Die Beduinen des Scheichs, allen voran der Scheich selbst, begleiteten sie eine kurze Strecke, glücklich darüber, ihre Reiterkunststücke vorführen zu können – ihre flinken und lebhaften Stuten liefen wie der Wind, einige gefolgt von ihren Fohlen.

Beim Durchqueren des Baches ließen sie ihre Reittiere ein letztes Mal trinken.

Doktor Heyd sah Jane nur ungern scheiden.

»Auf diesem glühendheißen Sand werden Sie sich nur schwer die

Schönheit der Landschaft im Winter vorstellen können, wenn der Boden mit Gras und Blumen bedeckt ist. Sie müssen um diese Jahreszeit wiederkommen. Gott schütze Sie!«

Schweigend bewegte sich der Zug langsam durch die Wüste. Die von Bergen umgebene Ebene glich einer Insel. Die Fata Morganas täuschten ständig Janes Augen, spiegelten ihr die ruhigen, blauen Fluten eines Sees vor. Nichts erinnerte so sehr an den Ozean wie diese Wüste mit ihrer flimmernden Weite.

Und wenn Medjuel sich verirrt? Unmöglich, dachte sie. Die Beduinen richten sich immer nach der Sonne und verirren sich nie.

Der Mond ging auf, warf ungeheure Schatten, die sich auf den Dünen wie eine Prozession von Riesen bewegten. Die Männer verfielen in einen Singsang.

Jane verspürte das unüberwindliche Bedürfnis zu schlafen. Nicht nachgeben, nur nicht nachgeben. Die Beduinen können beim Reiten schlafen, aber ich würde das Gleichgewicht verlieren, wenn ich die Augen zumachte. Die Gangart des Kamels ist anstrengend, meine Schultern und mein Kreuz schmerzen.

»Halt, Medjuel, wir müssen anhalten. Ich kann nicht mehr!«

Sie waren wie eingetaucht in eine große Stille, in die ewige Dämmerung der Schöpfung.

Noch weitere Marschtage...

Die schmale Karawanenpiste schlängelte sich in gedämpftem Licht dahin; kein Windhauch ging. Medjuel richtete seine Aufmerksamkeit auf einen dunklen Punkt am Horizont.

»Dort werden wir unser Lager aufschlagen.«

»Kasr al-Hayr«, sagte Jane.

»Das Schloß ist von den Nachfolgern des Propheten erbaut worden. Die omejadischen Kalifen standen in Handelsbeziehungen zu fernen Ländern, in die unsere Karawanen zogen. Man durfte sich die Wasserstellen und die günstigen Lagerplätze nicht streitig machen, man achtete die Traditionen, und jeder Stamm reiste durch andere Gebiete, die verstreut lagen in der unermeßlichen Einsamkeit der Hochebenen und der Oasenlinien. Ich werde dir Harbaka zeigen, wo es in alten Zeiten einen offenen Kanal gab, der Wasser zum Schloß brachte. Nur die Beduinen wissen davon. Es ist nicht mehr viel davon übrig. Was ist aus unseren Freunden geworden? Tausende von Rosen haben geblüht, aber seit langem schon hat kein Vogel mehr gesungen. Wo sind die Nachtigallen, die hier flogen? »Hör zu«, sagte Medjuel, »ich will dir einen Rat geben: Behalt dies in deinem Gedächtnis, und es soll deine Taten leiten: ›Erwarte nichts von dem, was die Welt dir versprochen hat. Die Erde ist eine Kurtisane, die Tausende von Liebhabern gehabt hat. Sei glücklich über das, was du bekommen hast und glätte deine Stirn, die Pforte der Wahl ist weder für dich noch für mich geöffnet.‹«

»Aber ich liebe es zu wählen«, murmelte sie.

Sie wollte Saleh mit all ihrer Kraft.

»Gräme dich nicht, und dein Kummer wird sich in Freude verwandeln; halte dich nicht bei dem auf, was dich schmerzt, und eines Tages wirst du Frieden finden.«

Und Medjuel, der sie von ganzem Herzen liebte, achtete ihr Schweigen und schaute einer flüchtenden Gazellenherde nach.

Sie zogen ruhig in einer Reihe dahin, als Medjuel plötzlich anhielt und schrie. Die Karawane stockte und setzte sich dann wieder in Bewegung. Wie aus dem Boden gestampft, galoppierte plötzlich eine Horde Beduinen auf sie zu. Mit langen Speeren bewaffnete Männer auf Kamelen näherten sich in einer Wolke von Staub. Medjuel wiederholte kurz und nüchtern seine Befehle.

»Sei vorsichtig, das sind Shammar aus dem Norden. Gib mir deine Waffen. Gott schütze uns!«

Jane gehorchte. Die Männer kamen näher, ihre Speere vor sich gestreckt, eine wogende, drohende Masse. Ungefähr fünfzig Mehara, schätzte sie.

Medjuel hatte seinen Säbel gezogen, dann stieß er einen langen Schrei aus und trieb sein Kamel vorwärts. So von allen Seiten eingekreist, hatte Jane zum ersten Mal in ihrem Leben Angst. Als sie sich umwandte, sah sie voller Bestürzung, daß die Beduinen der Eskorte entsetzt flohen. Der Staub brannte in den Augen.

Nun standen sich die beiden Scheichs gegenüber. Sie stiegen von ihren Reittieren, steckten ihre Speere in den Sand, verhandelten einen Augenblick lang, dann gingen sie zu den Waffen.

»Medjuel, laß sie nehmen, was sie wollen.«

»Überlaß das mir, sonst hättest du mir nicht folgen dürfen.«

Jane stieg ebenfalls von ihrem Kamel, und unbekümmert um die Gefahr, nahm sie mit einer großartigen Geste ihre Uhr vom Arm. Medjuel stieß sie zurück. Die beiden Männer stießen Drohungen aus, dann spuckte der Shammar-Scheich auf den Boden und ging zurück, gefolgt von seinen Männern. Jane stürzte in Medjuels Arme.

»Du hast mich gerettet. Du bist ein Mann nach meinem Herzen. Was ist geschehen?« fragte sie.

»Er hat auf den Boden gespuckt, weil er nicht verstanden hat, warum ich eine Frau einer anderen Rasse beschütze. Sogar wenn wir Feinde sind«, sagte er, »müssen wir uns in der Wüste untereinander helfen, wenn es darum geht, eine Beute zu teilen. Und du bist eine erstklassige Beute. Deine Uhr, deine Waffen sind nichts im Vergleich zu dem Wert, den du selbst darstellst.«

»Medjuel, du hast mich gerettet«, sagte sie noch einmal unter Schluchzen.

»Das Gesetz der Beduinen garantiert die Sicherheit des Fremden, sogar unter dem bescheidensten Zelt. Der Preis für das Blut eines Gastes wird doppelt so hoch eingeschätzt wie der eines Mannes, der im Kampf getötet wurde: fünfzig Kamele und vier Stuten. Die Shammar haben weder Glauben noch Gesetz, aber sie achten die Tradition.«

Jane betrachtete ihn verwirrt mit ganz anderen Augen. Er hatte etwas von dem jungen Mann an sich, der Johnny einst gewesen war, ihre erste Liebe. Sie sah ihn manchmal noch in ihren Träumen. Er war jetzt älter geworden, aber er lebte noch in den verschwommenen Bildern von Holkham, manchmal ganz ins Dunkel eingehüllt, manchmal strahlend und licht.

Jane sah Medjuel traurig an; es schien ihr, als sei ein Jahrhundert vergangen.

In Kasr al-Hayr jagten sie mit der Schleuder ein paar Gazellen, die sie braten ließen, scheuchten einige fette Trappen auf. An diesem Abend nahm Medjuel an der Mahlzeit der *Sitt* teil.

Sie lachten, sie waren Freunde geworden. Wenn man um ein Feuer lagert, kommt unter dem Sternenhimmel immer die Stunde der Geschichten. Medjuel erzählte von den Kämpfen seiner Väter und ihren Heldentaten, und Jane lauschte fasziniert. Sie war nichts... aber die Ehrenhaftigkeit des Scheichs flößte ihr Vertrauen ein. Sie mußte an Ludwig denken. Er, sie, Medjuel, alle waren sie unverstanden. Das ritterliche Ideal hatte keine Heimat mehr, überall war es von Ehrgeiz überwuchert. »Das Verlangen nach einer Person, die einem gehört, kann sich nur dadurch verewigen, daß diese das Verlangen erwidert«, hatte ihr Gefährte ihr gerade anvertraut. Aber Janes Herz gehörte Saleh, und Medjuel wußte das.

6

Nach einem dreitägigen Marsch durch öde Einsamkeit, nachdem sie ein Tal voller Grotten und Gräber durchquert hatten, tauchten höchst seltsame Ruinen auf. Durch die Wüste, die sie von der übrigen Welt trennte, und durch die Trockenheit geschützt, ragten, soweit das Auge reichte, endlose, parallele Säulenreihen, wie breite Straßen, zum Himmel. Eine Geisterstadt aus den Anfängen der Welt. Manche Tempel unversehrt, andere halb verfallen, überall bedeckten Bruchstücke von Kranzleisten, Kapitellen, Sockeln, Gesimsen und Pilastern den Boden.

Die Sonne sank in ein großes rotgerändertes Bett, färbte die weißen *abbayas*, die Steine, die Gesichter blutrot. Sie traten in den inneren Bereich eines riesigen Gebäudes, das einst der Sonne geweiht war. Im Vorhof wurden sie von seßhaften Beduinen empfangen. Jane weinte.

Man mußte sich den Glanz Palmyras vorstellen, als die Säulenhallen noch von reichen, müßigen Spaziergängern wimmelten, als der

Palast von Zenobia, der Königin des Orients, noch voller Höflinge war, als der große Tempel überströmte von Priestern und Priesterinnen, von einem geknechteten Volk! Jane war bewegt, sie mußte wieder an Ludwig denken: Was würde im Lauf der Jahrhunderte aus seiner Stadt werden? In Rom war eine neue Stadt auf der alten entstanden, in Pompeji gab es nur noch Spuren. Hier war alles in Ewigkeit erstarrt. Und München?

Sie selbst war nur bis hierher gereist, um einmal mehr die Nichtigkeit der menschlichen Eitelkeiten zu begreifen. Eine bittere Befriedigung stieg in ihr auf: »Dafür habe ich Saleh verlassen!« Voller Verachtung dachte sie an die hochmütigen Menschen, die Schwache unterjochten, ihre Triumphe genossen.

Über den Ruinen von Palmyra brach die Nacht herein. Jane saß auf dem Peristyl eines Tempels und bemühte sich, ihr Tagebuch auf dem neuesten Stand zu halten. Medjuel hatte aus Damaskus bengalisches Feuer mitgebracht, das er nun entzünden ließ. In diesem falschen Licht schien der Marmor lebendig zu werden, zu sprechen. Die Männer rannten nach rechts und links, brachten Fackeln. Die erleuchtete Stadt wurde zu einem Königreich. Jane erwartete beinahe, Odeinath, den arabischen Fürsten, an der Seite Zenobias, seiner Königin, zu sehen. Dann kauerte sich Medjuel neben sie und sagte: »Du bist nun die Königin von Palmyra, und in unseren Herzen wird dich niemand entthronen. Du bist tapfer wie eine Löwin, flink wie eine Gazelle und schön wie eine Stute aus dem Nedjed.«

Und Jane wußte, daß dies das größte Kompliment war, das er ihr machen konnte.

»Die Stadt der Palmen diente als Lager für die Waren, die die Karawanen sogar aus Indien holten... Jahrhundertelang war sie nur eine Erinnerung. Die Djinns haben alles zerstört. Wer hätte geglaubt, daß es in der Wüste eine so große Stadt gäbe? Bis zu dem Tag, als der Vater meines Vaters Männer deiner Rasse hierher führte... Ich habe dich dorthin gebracht, wo du hinwolltest, jetzt mußt du mich um nichts mehr bitten. Du bereitest mir mehr Freude und Stolz, indem du mir deine Gesellschaft gewährst, als alles andere auf der Welt. Willst du mich heiraten?«

Er hatte leise gesprochen, ohne näher zu rücken. Jane glaubte, geträumt zu haben.

»Du weißt, daß ich Saleh gehöre, ich will ihn nicht betrügen«, antwortete sie verwirrt.

»Wenn du wiederkommst, werde ich dir diese Frage noch einmal stellen. Ich werde meine Frau wegschicken, denn ich werde niemals eine andere Frau als dich lieben.«

Jane hätte nicht genau sagen können, was geschah. Es war wie ein Strom, der durch sie hindurchfloß. Die Wirkung auf ihren Körper war eine Art lähmender Unentschlossenheit, sie schloß die Augen und lehnte sich an eine Säule. Als sie sie wieder öffnete, sah sie, daß Medjuel immer noch ihr Gesicht betrachtete. Er lächelte, neigte grüßend den Kopf und ging.

Das Mondlicht schimmerte nun auf den Ruinen.

Hier, sagte sie sich, war eine reiche Stadt, ein mächtiges Reich. Jetzt ist alles wieder zu Wüste, zu Schweigen geworden. Warum sollte ich nicht Medjuel lieben, bevor ich zum Skelett werde wie diese Stadt? So vergehen also die Liebesgeschichten und die Werke der Menschen! So verschwinden Leidenschaften und Reiche!

Sie blieben eine Woche in Palmyra. Jane fand ein paar Köpfe von Statuen, aus Stuck, aus weißem Marmor, fast noch vollständig erhalten. Die Skulpturen und die Stelen fragten sie, und die Fragen, die sie stellten, blieben ohne Antwort.

Und überall diese wie lange Straßen angelegten Säulengänge, an deren Ende sich Säulenhallen auf kleine Tempel mit vollkommenen Proportionen öffneten. Der Sonnentempel mit seinem viereckigen Innenhof, der durch eine dreißig Meter hohe Mauer abgeschlossen war, hatte gigantische Dimensionen. In der Mitte des Tempels hatten die Beduinen heute ihre Hütten errichtet.

Jane entdeckte ein unversehrtes Zimmer unter einer monolithischen Decke und im Schein einer Fackel konnte sie Tierkreiszeichen erkennen.

Eine große Straße war mindestens tausend Meter lang, sie wurde von vier Säulenreihen gesäumt. Sie versuchte, sie zu zählen, gab es aber dann auf; es waren zu viele, die einen ragten in den Himmel, die anderen lagen im Sand verstreut. Und ganz am Ende befand sich eine großartige Grabstelle mit Grabnischen.

Jane stand im Morgengrauen auf, sah zu, wie die Sonne langsam über der verlassenen Stadt aufging und dann ihren glühenden Lauf beschleunigte. In ihr war Frieden, nun, da sie die Entscheidung getroffen hatte, zurückzukehren, endlich war sie frei von dem Zwang, Aufzeichnungen oder Skizzen zu machen.

Medjuel beobachtete sie, versuchte, die Aufregung dieser Frau, die ein ständiges Entzücken angesichts dieser alten Dinge an den Tag legte, zu verstehen, und er wiederholte sich, daß sie eines Tages ihm gehören würde; auch er wurde ruhig.

»Schau, diese Ketten aus Karneol und Achat, die ich im Sand gefunden habe. Medjuel, überleg doch! Sie sind vor tausenden von Jahren getragen worden!«

»Der Schmuck unserer Frauen ist schöner«, antwortete er nur, stützte sich auf seinen Speer und betrachtete zerstreut die Steine, die, obwohl sie ihren Zusammenhalt verloren hatten, immer noch einen Kreis bildeten.

»Diese blauen Glasperlen, man könnte fast meinen, es seien Saphire! Aber es sind ja Saphire! Und dieser hier, mit Intaglio!« Jane bückte sich, um sie vorsichtig einzusammeln.

»Wie soll ich da widerstehen?... Diesen Stein werde ich zu einem Siegelring fassen lassen... und diesen auch, ich werde ihn dir schenken.«

Die Beduinen brachten ihr eine Kamee, auf der ein Männerkopf mit einem Bart dargestellt war, sie kaufte sie sofort für M. Pittakis. Sie machte eine Entdeckung nach der anderen, bis zum Sonnenuntergang, und nur widerstrebend fügte sie sich in die Ruhestunde, die Medjuel ihr aufzwang.

Sie besichtigte die Gräber des Tales. Im schönsten, einem hohen Turm mit geschnitzter Tür, über der Fenster eingelassen waren, entdeckte Jane in einer Nische fünf Büsten und Porträts in so frischen Farben, daß man geschworen hätte, der Künstler sei gerade erst fertig geworden.

Und die Beduinen folgten ihr schweigend, verwundert über diese Neugier, diese Begeisterung, die sich aus sich selbst nährte.

Die Berge, die über der Stadt emporragten, veränderten sich im Laufe des Tages, aus ihrem Blaßblau wurde das lebhafteste Rot und schließlich das zarteste Rosa. In der Wüste, in der Ferne, glänzten strahlend weiße Hügel, die Salinen.

Schließlich mußte Jane sich tiefbetrübt entschließen, Palmyra Lebwohl zu sagen, doch sie schwor sich, wiederzukommen. Sie verteilte ein paar Geschenke an die Beduinen und an die Scheiche der verbündeten Stämme, die durch das Umland zogen. Am Tag vor ihrer Abreise kamen bei einem großen Fest, das ihr zu Ehren gegeben wurde, alle zusammen. Betrübt sangen Beduinen, Sklaven und Leibwachen, zusammengekauert auf einem *ekim* mit bunter Bordüre, ihre Lieder. In dieser Nacht teilten alle die gleichen herzzerreißenden Klagen...

Bei Sonnenaufgang brach die Karawane von Tadmor auf – Jane hatte Damaskus vor mehr als einem Monat verlassen.

In vier Tagen waren sie an den Stadttoren von Homs. Da sie von Spähern angekündigt worden waren, hatte der Gouverneur einen feierlichen Empfang für sie vorbereitet. Die ganze Bevölkerung war eingeladen, sich am Bab Tadmor, dem ›Tor nach Palmyra‹ einzufinden. Auch Mohammed, der Bruder Medjuels, war da, begleitet von Schebib und Djafi. Als sie Jane, ganz in weiß gekleidet, mit einem keck in die Stirn gezogenen Tarbusch, erblickten, erscholl eine Salve.

Man hatte für sie ein Lager unter den Johannisbrotbäumen im Westen der Stadt aufgeschlagen.

Statt sich auszuruhen, mußte Jane von Empfang zu Empfang gehen. Ihr Lager glich einer Karawanserei: Beim kleinsten Schritt präsentierten die Wachen die Gewehre und drängten die Schaulustigen zurück, die sich in der Umgebung herumtrieben. Die Frauen kamen sie mit Händen voller gesalzener Pistazien und Blätterteigfladen besuchen. Sie kaufte für sie Schmuck aus Bernstein und Silber.

Umringt von seinen Windhunden, begleitet von seinem Falkner in

Festtracht, er selbst mit einem Falken auf der Hand, der sich in seinem Lederhandschuh festgekrallt hatte, kam Medjuel mit der Majestät des Wüstenfürsten auf sie zu. Am Vortag hatte er Jane eingeladen, eine Falkenjagd mit ihrer Anwesenheit zu beehren.

Er wählte selbst die angriffslustigsten Vögel aus, beteiligte sich an ihrer Dressur, gewöhnte sie daran, seiner Stimme zu gehorchen.

»Sie gehorchen nur jemandem, den sie kennen«, erklärte er. Der graue, weißgesprenkelte Raubvogel, der am ganzen Leib zitterte, würde zeigen, wie der wilde Instinkt sich der menschlichen Stimme beugte.

»Siehst du, nur die syrischen Falken haben dieses goldene Leuchten in ihren Augen.«

Im Morgenlicht hatte sie ihr Pferd bestiegen. Medjuel war nur ein verschwommener Umriß in seinem goldgestreiften *unkumbaz*, der im Wind flatterte, und so erschien er Jane wie die Inkarnation eines Mythos. Von Zeitalter zu Zeitalter, von Jahrhundert zu Jahrhundert, und bis ans Ende der Zeiten würde sich diese Szene, das wußte sie, in den arabischen Wüsten abspielen.

Medjuel hielt sein Pferd am Ufer des Orontes an. »Wir müssen ein wenig warten, damit der Vogel, den das Geräusch der Pferdehufe erschreckt hat, wieder zur Ruhe kommt.«

Seite an Seite, bewegungslos, beobachteten sie die langen, hanffarbenen Dünen und hielten Ausschau nach einem Jagdwild.

Medjuel zeigte ihr eine fliehende Springmaus. Mit einer schnellen Bewegung zog der Beduine dem Falken die Lederhaube ab und löste die Leine. Das Klicken des Karabinerhakens klang in der trockenen Luft nach. Der Vogel blieb verwirrt auf der Faust seines Herrn sitzen.

»Flieg, flieg!« schrie Medjuel. »Flieg!«

Er begleitete mit seinen Schreien den Flug des Vogels, um ihn dadurch zu ermuntern. Der Falke stieg auf, begann aufs Geratewohl zu fliegen, drehte sich dann. Als ob sie die Gefahr spürte, blieb die Ratte stehen, schaute nach rechts, dann voller Entsetzen nach links. Dann begann sie wieder zu laufen, schlug Haken. Die

Hunde waren ihr auf den Fersen. Die Männer sprachen nicht mehr, kein Muskel zuckte in ihren Gesichtern. Jane wagte nicht zu atmen.

Schon stürzte sich der Falke auf seine Beute, die Krallen nach vorne gestreckt, bereit, das Fleisch zu zerreißen, mit dem Schnabel suchte er nach den Augen des Tieres. Nur einen Augenblick dauerte der Kampf, ein Gewirr aus Flügeln und Pfoten. Dann gab Medjuel seinem Pferd die Sporen und lenkte es zu dem Vogel hin. »Auf die Faust!« befahl er.

Der Falke zögerte, sein Schnabel glitzerte rubinrot vom Blut, einen Augenblick lang wirkte er wie erstarrt.

»Auf die Faust!« wiederholte Medjuel.

Der Vogel senkte den Kopf und schlug mit den Flügeln, dann kam er und setzte sich auf Medjuels Handschuh, schlug seine Fänge in das Leder. Nun wandte Medjuel sich zu Jane um, ein Lächeln erhellte sein Gesicht.

»Hassan, gib ihm seine Belohnung. Ein Stück rohes Fleisch«, erklärte er genauer, »Falken mögen nur rohes Fleisch.«

Hassan warf dem Vogel das Fleisch zu, dieser fing es mit einem Schnabelhieb auf, dann zog Medjuel ihm wieder die Kapuze über den Kopf.

»Siehst du, ›Ya Loz‹, wie er gehorcht!«

Im Schritt ritten sie zurück. Wind war aufgekommen, er brachte den Duft von Myrten und wilden Lilien, es war, als würde die alte Erde wieder jung.

»Was hast du mit ›Ya Loz‹ gemeint?«

»Das ist dein Name. Den, den sie dir gegeben haben. Er bedeutet Mandel, weil deine Haut diese Farbe hat und weil es nichts Schöneres auf der Welt gibt. Die Narzisse welkt vor Neid, weil sie auch eine Haut wie die deine haben möchte.«

Und mit einem wilden Schrei fiel Medjuel in Galopp. Sie sah ihn auf die Stadt zu galoppieren, auf das alte Emesus, das von seiner Festung beherrscht wurde.

Seit seinem Antrag hatte er nicht mehr von Heirat gesprochen und noch viel weniger von Liebe. Es war nichts Zweideutiges zwischen ihnen gewesen, und Jane war ihm dankbar dafür. Die Zeit verflog, unmerklich und unaufhaltsam. Die Zukunft war die Gegenwart, und die Gegenwart verging, ohne daß sie darauf achtete. Sie hatte eine lange, zeitlose Zeit verbracht.

»Morgen kehre ich nach Damaskus zurück, und von dort aus gleich nach Athen«, dachte sie. »Im Augenblick will ich Saleh nicht wiedersehen, unsere Entscheidung erfordert Überlegung. Ich muß mir die Zeit nehmen und erst einmal meine Pläne für die nächste Etappe genauer abstecken... alles in diesem Land bezaubert mich. Leider werde ich mit Christos sprechen müssen.«

Warum hatte sie nicht Eugénie bei ihm gelassen? Nun hatte sie ihrer beider Leben zerstört. Jane fragte sich manchmal, ob sie, einmal nach Griechenland zurückgekehrt, den Mut haben würde, einen endgültigen Strich unter ihre Vergangenheit zu ziehen.

Ganz abwesend kam sie nach Homs zurück, sie mußte an die Worte denken, die Medjuel eines Abends zu ihr gesagt hatte: »Tiefe Liebe setzt einen unbewußten Verzicht auf sich selbst voraus.« Sie sagte sich, daß sie nicht verzichtet hatte, dieser Gedanke war ihr jedoch kaum eine Hilfe.

Eine Woche später trennten sie sich in Damaskus.

»Wenn ich dich nie mehr wiedersehe, auch wenn du verheiratet bist und ich nicht mehr mit dir sprechen kann, vergiß mich nicht«, sagte Medjuel zu ihr. »Und vergiß auch nicht, daß ich immer da sein werde, wenn du wiederkommst.«

Es war der letzte Abend, er sprach abgehackt, das Gesicht, das er ihr zuwandte, war hart, all die Worte, die er so lange zurückgehalten hatte, drückten sich nun in diesen wenigen Sätzen aus.

Eine Weile blieben sie so, einander ganz nah, nur getrennt durch Medjuels Speer. Dann nahm Medjuel seine Waffe, trieb sie mit einer präzisen Geste in den Sand. Er umschlang Janes Nacken, zog sie an sich. Sie ließ es geschehen, und er küßte sie leidenschaftlich.

7

Ihre ganze Kindheit über hatte man sie ermahnt: »Lauf nicht, spring nicht, beweg dich nicht ständig, sitz ruhig, meide die Sonne, halte dich gerade.« Und sie hatte stets nur das Gegenteil getan. Bisweilen sah sie ihr Leben wie einen Dramenstoff, auf die Abenteuer folgten die Ehen; als ob sie mit der Zeit dahingeglitten sei. Ein anderes Mal hingegen, wenn sie zurückschaute, sah sie sich, wie sie gegen den Strom kämpfte, ein altes, den Stürmen entkommenes Schiffswrack, das dennoch, koste es, was es wolle, immer wieder aufs Meer hinausfuhr.

Athen... Angst schnürte ihr die Kehle zu, obwohl ihr das Schicksal gerade jetzt einen Aufschub zu gewähren schien: Christos und seine Pallikaren waren nach Lamia gezogen, an den Grenzen häuften sich Zwischenfälle.

Die Herzogin von Plaisance erklärte ihr die Situation: »Alles läuft unweigerlich auf einen Krieg hinaus. Die Entfernungen sind nicht gerade günstig für die Verhandlungen – der Telegraph reicht nur bis Berlin und Belgrad, daher werden die Versöhnungsformeln, kaum, daß sie entworfen worden sind, bereits wieder von den Ereignissen überrollt. Wie schade, jetzt bräuchten wir einen Mann wie Ihren Schwarzenberg. Man verliert kostbare Zeit mit Beratungen. Buol, der österreichische Minister, ist unentschlossen, er ist unfähig, die Dinge mit den Augen des Staatsmannes zu sehen. Was Otto angeht, so hat er sich schon vor langer Zeit mit den Russen verbündet. Aber man sollte meinen, Sie hätten nie eine Zeitung zu Gesicht bekommen?«

»Während meiner Abwesenheit war ich von allem abgeschnitten, ich hatte das Bedürfnis nachzudenken.«

»Wie es Ihre Gewohnheit ist, meine liebe Ianthe. Der Orient hat Feuer gefangen, und die orthodoxe Welt, die schon wegen der Frage der heiligen Stätten entflammt war, brennt lichterloh. Mitglieder der Menschikow-Botschaft sind in Piräus und auf den Inseln gelandet, um die ›griechischen Patrioten‹ zu unterstützen; ein Teil der Pallikaren ist schon bewaffnet zum Olymp gezogen, und Ihren General hat man kurz nach Ihrer Abreise an seine Grenzen zurückgeschickt.«

»Er muß begeistert darüber gewesen sein, die Untätigkeit machte ihm schon arg zu schaffen... und ich ärgere mich, daß ich an seiner Ungnade schuld war. Ein Grund mehr für mich, nach Syrien zurückzukehren. Sophie, ich habe dort den Frieden und die Liebe gefunden. Ich möchte jetzt in Athen meine Angelegenheiten regeln. Ich weiß, daß mein Vermögen ausreicht, und ich habe auf jeden Fall das Gefühl, daß die Dinge hier nicht zum besten stehen. Ich fahre zurück... um dort unten zu heiraten.«

»Was? Heiraten? Um wen handelt es sich denn diesmal?«

»Um einen Araber! Er hat mich gegen sein Pferd eingetauscht«, begann Jane, und erzählte ihr gleich die ganze Geschichte.

»Sie sind verrückt, wahrhaftig, Sie phantasieren!«

»Wir haben uns auf drei Jahre geeinigt, und wenn sie abgelaufen sind, kann Saleh – Sie müssen wissen, daß er viel jünger ist als ich – ganz nach seinem Belieben entweder mit einer einzigen Frau oder mit den Frauen in seinem Harem zusammenleben.«

»Diese Übereinkunft ist unsinnig, er wird nicht zu Ihnen zurückkehren, darauf wette ich! Die Frau ist eine Frucht, die unter dem syrischen Himmel schnell reift. Dieses Mal, glaube ich, werde ich mich endgültig mit Ihnen entzweien!«

»Bestimmt nicht! Sie, die Sie allen meinen Verrücktheiten widerstanden haben, Sie sollten meine Klugheit zu schätzen wissen: Wenn hier wirklich alles so schlimm abläuft, wie Sie es gesagt haben, tue ich gut daran, zu meinen Beduinen zurückzukehren.«

»Das ist das Unsinnigste, was ich je in meinem Leben gehört habe. Sie sind unfähig, die achtbarsten Gesetze zu achten. Hier haben Sie Ihr Haus, Ihre Freunde... und ich möchte wetten, daß Sie Mohammedanerin werden!«

»Nein. Aber selbst wenn das so wäre, könnten Sie nichts dagegen sagen, diese Religion steht der, der sie frönen, eher näher! Wenn ich ein Mann wäre, müßte ich konvertieren, aber im Orient, das brauche ich Ihnen nicht erst zu sagen, zählt eine Frau nicht. Und außerdem ist mein Fall überhaupt noch nie vorgekommen. Lange genug war ich gezwungen, von meinem Vermögen zu leben. Nun bin ich entschlossen, meinen Vorteil zu ergreifen, und warum nicht auch mein Vergnügen, wo ich es nur finden kann.«

»Ihr Verlangen ändert sich wie ein Sturm in der Wüste, und Sie werden nicht älter. Man könnte meinen, die Heftigkeit Ihrer Leidenschaften erhält Sie, wie durch ein Wunder, in jugendlicher Frische.«

»Wenn Sie wüßten, was ich im Verlauf dieser letzten Reise alles habe entdecken können! Am Anfang fühlte ich nur Verbitterung, es war eine kaum verhüllte Flucht, und ich trieb dahin wie Strandgut. Und dann eines Abends, an den Ufern des Jordan, war ich wieder fähig, der Stimme des *Gesangs der Gesänge* zu lauschen, diesem ewigen Ruf, mit dem die Natur ihre Kreaturen zur Liebe auffordert. Ich war wieder fähig, zu meinen entschwundenen Illusionen zurückzufinden. In diesem Land gibt es für mich keinen Mißklang mehr. Meine Ideen, meine Hoffnungen, meine Empfindungen, all das, wodurch ich gelebt und was ich für immer verloren geglaubt hatte, war auf einmal wieder da. So liebe ich wider alle Vernunft. Ich habe mir ein Idol erwählt. Ich, der ich weder den Pfad der Tugend noch den der Kurtisanen eingeschlagen habe, vielleicht bin ich immer nur durch meinen Stolz vorwärtsgekommen. Aber ich habe die Mittel dazu. Ich schmeichle allen meinen Eitelkeiten, und wenn ich liebe, stelle ich den Mann meiner Wahl so hoch, daß ich nur mit ihm leben kann und will. ›Alles für die Liebe, die Liebe ist alles‹, Sie kennen meinen Wahlspruch. Ich glaube, ich habe mir das Recht verdient, meinen eigenen Weg zu gehen. Ich habe meine Schulden bezahlt.«

»Ich will nichts mehr davon hören, Sie gehen einer Katastrophe entgegen. Nehmen Sie Ihren Schmuck wieder, ich will die Verantwortung dafür nicht mehr übernehmen. Sie sind die einzige Frau auf der Welt, für die ich dauerhafte Freundschaft empfinden konnte, doch damit ist es nun vorbei.«

Jane betrachtete zärtlich diese kleine Frau, die nur noch ein Hauch zu sein schien, das Gespenst einer Frau in ihrem ewigen weißen Baumwollkleid. Welch eine Charakterstärke verbarg sich hinter dieser Zerbrechlichkeit! Jane fühlte, wie Kummer sie überwältigte. Wann würde sie sie wiedersehen? Auch ihr war sie in Athen die treueste Freundin gewesen.

»Ich möchte Sie nicht im Zorn verlassen. Das Leben ist zu kurz, und die wahren Gefühle sind zu kostbar!«

»Sie werden mir nicht allzu sehr fehlen!«

»Sie mir dagegen sehr! Ich wäre Ihnen dankbar, wenn Sie den General Hadji Petros von meiner Abreise unterrichteten, ich hätte niemals mehr genug Zeit, um nach Lamia zu reisen.«

»Rechnen Sie nicht auf mich, Sie wissen, wie sehr er mir immer zuwider war.«

»Es tut mir nur um Eirini leid, ich hatte das Kind liebgewonnen, er erinnerte mich an Leonidas.«

»Auch ich habe meine Tochter verloren. Vielleicht habe ich deshalb alle Ihre Launen ertragen. Nun, gehen Sie, laufen Sie Ihren Erinnerungen nach.«

Als sie Illissia verließ, wandte Jane sich um und blieb lange stehen. In dieser Villa hatte sie glückliche Tage verlebt. Sie stieg in ihre Kutsche, winkte der Herzogin von Plaisance[11], deren schmale Silhouette sie in einem der Fensterbögen der Fassade erahnte. Traurig fuhr sie über den Hof und den mit Mosaik gepflasterten Portalvorbau und dann den Weg entlang, der an den Ufern des Illyssus bis zu ihrem Haus führte.

Der Abend versprach, warm zu werden, einer jener Abende, an denen der Himmel kupfern glänzt. Die Sonne stand noch über dem Hymettos, die Luft war durchdrungen von den Düften aus dem königlichen Garten. Sie konnte ihre traurige Stimmung nicht verscheuchen, und trotz des fast melodiösen Geräusches der Kutschen, an denen sie vorbeifuhr, konnte sie einen Seufzer nicht unterdrükken. Christodoulos, Sophie, die ersten Klippen hatte sie umschifft. Sie hatte wohl vorausgeahnt, daß sie sich in Athen nicht aufhalten dürfte, wenn sie so schnell wie möglich in ihre Zukunft aufbrechen wollte. Diese Stadt war ein lebendiger Schmerz, eine Wunde, die bei jedem Schritt wieder aufbrach, zu viele Bindungen fesselten sie noch an sie. Jane beschloß, ihren Freunden aus dem Weg zu gehen, außer M. Pittakis, den sie unter allen Umständen auf ihrer Seite wußte. Den Rest der Zeit werde ich damit zubringen, sagte sie sich, mein Gepäck vorzubereiten und den größtmöglichen Teil an Möbeln über den Lloyd nach Beirut zu schicken; meinen Schmuck werde ich meinem Schwiegervater, dem Grafen Theotoki, anvertrauen. Dann muß ich an den englischen Bankier schreiben, damit er mir meine Pension nicht mehr nach Griechenland nachsendet, er soll sie am besten in London gewinnbringend anlegen. Der Verkauf der Güter, die ich hier in Athen besitze, verschafft mir weit mehr als das Nötige – die ottomanische Bank wird sich dann um die Überweisung kümmern. Damit habe ich genug, um mit Saleh lange leben zu können.

Sie konnte machen, was sie wollte, sie wurde von Unruhe geplagt. Sie war so nervös, daß sie, kaum hatte sie das Abendessen hinuntergeschlungen, zur Ablenkung mit Eugénie eine Ausfahrt in der Kutsche machen wollte.

Gewiegt vom langsamen Schritt der Pferde auf der Allee von Patissia, betrachtete Jane die Sterne über sich und überließ sich ihren Erinnerungen.

Sie fühlte sich nicht zugehörig zu ihresgleichen, aber sie stand auch außerhalb der Zeit, der Jahreszeiten. Den Kampf fürchtete sie nicht, im Gegenteil, sie verspürte eine plötzliche Erregung bei dem Gedanken, daß sie nicht aus dem Leben scheiden würde, ohne ein letztes Mal – Ein letztes Mal? fragte sie sich – das Glück einer erwiderten Liebe zu genießen. Schwierigkeiten hatten sie seltsamerweise immer angestachelt; von neuem fühlte sie, wie ihr Verlangen sich in konzentrischen Kreisen ausbreitete, so wie sich um einen ins Wasser geworfenen Kiesel die zerstreuten Gedanken entfernen... Sie hörte, wie sie Eugénie vorschlug, nach Lamia zu reisen und dort mit Christos zu leben. Eugénie lehnte mit aller Deutlichkeit ab: »Ich werde die Frau Gräfin auf ihrem traurigen Abenteuer begleiten, ich würde niemals Frieden finden, wenn ich Madame allein wüßte. Manche Menschen haben ein Los, das sie sich ein für alle Mal gewählt haben, und mein Los ist es, immer bei Madame zu bleiben.«

Jane ergriff ihre Hand und drückte sie schweigend.

Der für die Abreise festgesetzte Zeitpunkt rückte näher, als Eugénie krank wurde. Zuerst war es nur ein Wechselfieber, wie es häufig durch das Klima verursacht wurde, dann aber wurde es ernster. Der Arzt riet zur Anwendung von Kalomeldosen, Ipekakuanha-Sud und zu Beruhigungsmitteln auf Opiumbasis: das Fieber ging zurück, doch einige Stunden später stieg es wieder. Sie mußten noch vierzehn Tage warten, bevor Eugénie in der Lage war, auf dem Schiff der französischen Schiffahrtslinie mitzureisen.

Eugénie, hin- und hergerissen zwischen ihren Ängsten und ihrer Zuneigung zu Jane, fühlte sich von Entmutigung überwältigt.

»Die syrische Luft wird dich wieder zu Kräften bringen! Hier ist das Klima ungesund, die Athener fliehen nicht umsonst im Sommer aus ihrer Stadt. Ich habe für dich eine Kabine erster Klasse neben meiner reservieren lassen.«

»Ich verzeihe mir nie, daß Madame wegen mir soviel Zeit verloren hat.«

»Dummes Geschwätz! Ich konnte dich doch nicht alleine zurücklassen«, erwiderte Jane, wobei sie sich fragte, wie oft sie schon morgens allein erwacht war, seitdem sie Saleh verlassen hatte. Von nun an würde sie nur noch ein einziges Ziel verfolgen: Ihr Leben lang mit ihm zusammen zu sein.

Um sich ein wenig die Zeit zu vertreiben, hatte sie Pläne entworfen, die von den Zufällen des Lebens ständig in Frage gestellt wurden. Es stimmte, sie fürchtete die Einsamkeit, sie hatte sie schon immer gefürchtet. Aber im Orient zu leben, mit einem Mann, der fünfzehn Jahre jünger war als sie, verlangte Überlegung.

Die Tatsachen allerdings änderten sich nicht. Drei volle Monate waren verstrichen, und ihr Herz sagte ihr immer noch, daß Saleh auf sie wartete, daß ihre Wünsche, ihre Gefühle, ihr Atem von nun an mit einem Wesen verbunden sein würden, das die Feinheiten des europäischen Lebens nicht kannte und nie verstehen würde. Sie war es also, die gewählt hatte, ganz einfach, weil sie wußte, daß sie die Kraft haben würde, dort unten mit ihm zu leben.

Trotz dieser Gewißheit wurde Jane allerdings bisweilen, wenn sie sich bereits in einer unbekannten Welt verloren sah, von Panik ergriffen. Wie immer in solchen ungewissen Augenblicken, bedrängte sie dann ihre Vergangenheit. Sie durchlebte wieder die Zeit mit Felix oder erinnerte sich, mit scharfer Genauigkeit, an eine

Nacht auf Korfu mit Spiro, dachte an den Körper von Christodoulos, den sie so geliebt hatte. Sie wußte nicht mehr, wo ihr der Kopf stand, zuviele Erinnerungen wohnten in ihr.

Warum war sie dann geflohen? War sie immer geflohen? Die Gleichgültigkeit bei Edward, der Ruhm bei Ludwig, die Zärtlichkeit bei Karl. Warum konnte sie nicht wählen? Sie dachte an das, was Honoré de Balzac vielleicht durchschaut hatte, als er in *Die Lilie im Tal* geschrieben hatte: »Erhobenen Hauptes lieben... für das selbsterwählte Idol sterben, sich das Leichentuch aus dem Leintuch seines Bettes schneiden...« Sie hatte alles verlangt, aber auch alles gegeben. Woher rührte diese plötzliche Schwäche genau in dem Augenblick, in dem sie alles erreichte, wonach sie gestrebt hatte? »Fürchterlich undankbare Liebe, die über den Leichen der von ihr Ermordeten lacht, eine Liebe ohne Gedächtnis, eine grausame Liebe, die der englischen Politik gleicht, und es gibt kaum einen Mann, der ihr nicht verfällt.« Hatte der Schriftsteller das richtig gesehen? Wer hatte letztendlich den anderen beeinflußt? Was war aus den Männern geworden, die sie geliebt hatte? Keiner von ihnen hatte wieder geheiratet, und Felix war tot.

Sie hatte spanischen Pfeffer gewollt, das Außergewöhnliche, das Ungewöhnliche: Jede ihrer Leidenschaften hatte fatale Berühmtheit erlangt; die einen litten darunter, die anderen ließen sich davon verjagen, als ob Janes bloße Anwesenheit die Katastrophen heraufbeschwor. Diese Gedanken gruben einen bitteren Zug um Janes Mund. Würde am Ende Felix allein widerstanden haben? Sie wollte nicht verzichten, sie wollte diese Ekstase, die einem Taumel glich, noch einmal erleben.

Was die Kinder anging... manchmal dachte sie, sie sei nicht dazu geschaffen, Kinder großzuziehen. Zum anderen aber, hielt sie sich vor Augen, hatte sie bei Leonidas wirklich die Gefühle einer Mutter empfunden.

Wie jedes Mal war Jane der Gedanke an ihre Kinder zu schmerzlich, sie bemühte sich, sie aus ihren Gedanken zu verbannen.

»Ich habe immer gesagt, daß das so enden muß«, wiederholte Eugénie unablässig. »Madame weiß nicht, was Sie aufgibt. Ihr Geld hat Ihnen immer geholfen, von nun an werden Sie nicht einmal mehr daraus Nutzen ziehen können.«

»Die anderen werden es gut für mich anlegen, das wird nicht das erste Mal sein! Ich habe meine Post beantwortet, es wird mir zunächst ins Konsulat nach Beirut geschickt. Ich habe nur meine Absicht angekündigt, für einige Zeit im Libanon zu leben. Wie ich meine Familie kenne, werden sie darin lediglich eine zusätzliche Extravaganz sehen. Glücklicherweise hat sich Lady Stanhope vor mir dort niedergelassen, und die Nichte von Pitt hat meine Familie immer schon beeindruckt. Meine Mutter hat sie früher gekannt, sie hat wohl eine Zeitlang befürchtet, ich sei ihr ähnlich. Ich habe mich natürlich gehütet, Saleh in irgendeiner Weise zu erwähnen. Allein bereits die Vorstellung einer Ehe mit einem Moslem würde ihnen als äußerste Unschicklichkeit erscheinen.«

»Frau Gräfin hätten sich die Zeit nehmen sollen, nach England zu fahren. Die Mutter von Madame ist schon alt!«

»Meine Mutter ist siebenundsiebzig Jahre alt, und sie wird noch die Hundert erleben; sie hat sich mit den Steeles in Tunbridge Wells niedergelassen, und anscheinend verstehen sich die drei hervorragend. Ich bin seit sechzehn Jahren nicht mehr dort gewesen. Eines Tages werde ich mich wohl dazu entschließen müssen. Es sind zu viele Dinge vorgefallen zwischen meiner Familie und mir. Ich kann nicht vergessen, daß sie mich verleugnet haben... Unglücklicherweise entspreche ich nicht dem Bild, das die Epoche verlangt, und ich glaube gern, daß sie es vorziehen, mich weit weg zu sehen! Aber wir schreiben uns jeden Monat. Was willst du machen! Wir können uns noch so sehr ändern, irgendwie sind wir doch miteinander verbunden. Man kann sich kaum unterschiedlichere Lebensweisen vorstellen als unsere. Ich habe mit siebzehn Jahren geheiratet, ich kenne meine Brüder kaum, auch sie sind jetzt verheiratet, Familienväter. Das Leben hat uns getrennt, und doch fehlen sie mir. Aber du gehst mir auf die Nerven, indem du diese Erinnerungen wachrufst!«

8

Zehn Tage später ankerte das Schiff an dem von Häusern gesäumten Kai. Der Dampf schien die elenden Zweimaster, die hier und dort im Hafen lagen und ihre Masten mit den luftigen Minaretts vermischten, zu erdrücken.

Sie drängten sich durch die Menge der Schaulustigen am Kai. Melhem, herausgeputzt in einem neuen Gewand, erwartete sie bereits. Die Gepäckstücke und die Möbel wurden bis auf wenige Stücke an das englische Konsulat weitergeleitet, die beiden Frauen würden nur mitnehmen, was für sie unerläßlich war. Wenn sie bei Saleh war, hatte sie immer noch Zeit genug, alles nach Banias nachsenden zu lassen.

Im Hotel Bellevue, wo sie Zimmer bestellt hatten, bereitete Andreas Boucopoulos ihnen ein Fest. Im englischen Konsulat gab es einen Empfang zu Ehren von Lady Ellenborough. Warum nannte man sie noch immer so? Wenn Jane auch die Frau des Konsuls, Mrs. Moore, die Schwester des Konsuls von Damaskus, Richard Wood, noch nicht kannte, so hatte sie doch bereits erfahren, daß sie eine Frau von Welt war, sehr schön und stolz auf ihre Schönheit, und daß es ihr an keinem der Reize fehlte, die man im allgemeinen erwirbt, wenn man zur vornehmen Gesellschaft gehört. Das Geplätscher der Konversation drang wie aus der Ferne an ihr Ohr: »... Der ausländische Einfluß im Libanon ähnelt dem ausländischen Einfluß in Griechenland«, sagte der Konsul. »Wenn eine Macht mit ihren Kriegsschiffen und viel Geld ankommt, so ist ihr die Vorrangstellung gesichert. Aber wenn eine andere folgt, die noch mehr Schiffe und noch mehr Geld hat, so muß die erste ihr weichen.«

Jane konnte ein Lächeln nicht unterdrücken, sie hatte diese Ansichten schon zu oft gehört!

»Der *Vali*, * dem ich soeben begegnet bin, hält die Situation der Christen im Libanon für problematisch«, sagte der amerikanische Missionar.

* Gouverneur oder Pascha eines Wilajet, eines türkischen Verwaltungsbezirks, der vom Sultan ernannt worden ist.

»M. Bourrée hat im Interesse der Maroniten schon lange eine Maßnahme gefordert, der auch die hohe Pforte zugestimmt hat: die Organisation eines Grundbuches. Jeder Besitz wird von nun an eingetragen, und die Klöster fallen unter die Gemeindegesetzgebung. Die Steuer wird im Verhältnis zum angenommenen Wert erhoben.«

»Auf diese Weise wird das Land vermögender als zu Zeiten von Emir Bechir. Er hat dem Bergland eine Steuer von zwanzig- bis fünfundzwanzigtausend Börsen auferlegt und wie es heißt, nicht davor zurückgeschreckt, Ohren und Nasen, ja sogar Köpfe abschlagen zu lassen«, erwiderte Jane. »Verzeihen Sie, daß ich so zeitig gehen muß, doch morgen erwartet mich ein harter Tag.«

Seit ihrer Ankunft war Jane nur von einem Gedanken beherrscht: so schnell wie möglich mit Saleh zusammenzutreffen. Sie hatte beinahe einen Monat Verspätung, und Melhem hatte immer noch keine Nachrichten.

Ein Moskitonetz hielt den Raum in einem violetten Dämmerlicht, das Jane als kühl empfand, weil sie wußte, wie heiß es draußen werden konnte.

Den ganzen Tag war sie mit Melhem und vier *cavass* im Galopp geritten, und gegen Abend hatten sie Sidon erreicht. (Später würde sie Eugénie, die sie im Hotel Bellevue zurückgelassen hatte, nachholen.) Von Sidon ritten sie nach Tyrus, und von dort würden sie, wenn sie ein höllisches Tempo vorlegten, in drei Tagen in Banias sein. Wozu brauchten sie Zelte, sie konnten genauso gut in Hütten übernachten, was kümmerten sie die Flöhe und Schaben, von denen es dort wimmelte, sie wollte nicht eine Stunde verlieren.

Sie kamen rasch voran, von Zeit zu Zeit hielten sie an, um Erkundigungen einzuziehen. Am dritten Tag endlich erfuhren sie, daß Saleh Banias nicht verlassen hatte. Janes Herz tat einen Sprung. Saleh wartete auf sie, getreu seinem Versprechen.

Noch einmal betrachtete sie die Geschenke, die sie für ihn aus Athen mitgebracht hatte: Pistolen, eine Uhr und ihre Goldkette. Der Rest würde mit Eugénie nachkommen. Auf dem Treppenabsatz schlug ihr der starke Geruch der Dienstboten entgegen, eine Mischung aus Schweiß und Moschus.

Sie schaute aufs Meer. Ganz glatt, lag es da, nur am Strand kräuselte sich eine Schaumwelle. Am Himmel zogen rosa Wolken, zwei Sperber schwebten fast auf der Stelle.

Den ganzen Tag ritten sie am Gebirge entlang, bevor sie es über Pässe überquerten, die in den Felswänden kaum zu sehen waren, und manchmal mußten sie sich mit dem Säbel einen Weg durch die üppige Vegetation bahnen.

Ihre Schritte blieben geräuschlos, der Boden war über und über mit faulenden Pflanzen bedeckt. Schließlich tat sich vor ihnen ein Weg, breit wie eine Piste, auf, und Jane stieß einen Seufzer der Erleichterung aus. Die Sonne war fast untergegangen; vor ihr lagen der Jordan und seine Ufer.

»Wir ruhen uns später aus, ich möchte endlich ankommen!«

»*Effendi*«, du solltest im Wasser untertauchen. Du bist völlig mit Staub bedeckt und siehst aus wie eine Araberin.«

»Du hast recht, Melhem. Warte auf mich.«

Sie nahm eine saubere *abbaya* und ein Handtuch, stieg über die verbrannte Erde, auf der hier und da grüne, starre Palmen standen, hinab, wobei sie sich ängstlich umschaute, ob niemand sie beobachtete. Sie zog sich schnell aus, sie sehnte sich danach, nach diesen glühend heißen Tagen auf ihrem Körper die letzten lauen Strahlen der Sonne und die Liebkosung des Windes zu spüren. In einer Stunde würde sie bei Saleh sein, frisch unter seinem Zelt.

Sie zog sich wieder an, ihr Kleid schmiegte sich um ihren Leib wie das Gewand einer Königin.

Die Pferde griffen weit aus, und sie ritten über spärliches Gras, das unter den Hufen knisterte wie knitternde Seide. Wachen zu Pferd kamen ihnen entgegen.

»*Sitt Ingliziya, Ingliziya*«, schrien sie, als sie Jane erblickten und machten sofort wieder kehrt.

»Was für ein seltsamer Empfang«, wunderte sich Jane.

»Sie reiten davon, um Saleh zu unterrichten.«

»Wir wollen uns beeilen, ich hätte ihm so gern eine Überraschung bereitet. Laßt uns schnell machen!«

Sie verfiel in Galopp, wie von einer magischen Kraft angezogen, oder als ob ihr Schicksal sie wenige Meilen von hier erwartete. Die Stute streckte sich, die Mähne peitschte im Takt von Janes Herz den langen Pferdehals. Jane wurde es warm, Schweißtropfen rannen über ihre Stirn und benetzten ihren Schleier wie Tränen. Sie sprang als erste von ihrem Pferd.

Einen Augenblick lang stand sie bewegungslos, wie benommen und schaute auf das Zelt.

»Saleh«, schrie sie schließlich.

Das war alles. Die Männer und Frauen hatten sich zurückgezogen.

»Saleh«, flehte sie.

Er kam heraus, würdevoll, großartig, verrückt vor Stolz und Freude. Er breitete seine Arme aus, und sie warf sich hinein. So blieben sie eine Weile stehen.

»Ich dachte, du würdest nicht wiederkommen«, sagte er.

In diesem Augenblick trat Sabla aus dem Zelt. Sie war fünfzehn, und sie war schön, mit ihren Goldzechinen im Haar, ihrer Pumphose unter dem Satinkleid, das in der Taille von einer gewebten Schärpe zusammengehalten wurde.

Als Jane sie sah, wußte sie, daß Saleh Sabla gehörte. Sabla trat ruhig zu ihm, ließ Jane nicht aus den Augen. Diese erinnerte sich wohl, diesen schwarzen, tiefen Blick schon früher, im Harem, gesehen zu haben. Sie stieß Saleh zurück.

»Du bist ein wortbrüchiger Mann… und ich bin von so weit wiedergekommen, um bei dir zu sein!«

Sie schlug mit ihrer Peitsche nach ihm. Saleh blieb stumm und rührte sich nicht von der Stelle.

Dann zog er Sabla ins Zelt zurück. Man hörte eine Tarbouka, die den ewigen arabischen Singsang wieder aufnahm.

Die Liebe, der Haß waren in ihr so untrennbar verbunden, daß sie Gewalt und Zärtlichkeit, Zuneigung und Ablehnung nicht mehr unterscheiden konnte. Sie taumelte, fast willenlos, schlug mit ihrer Peitsche in den Staub, gegen die Zeltschnüre. Die Melancholie dieses Gesanges traf sie wie ein Fausthieb. Zwei Schritte von ihr entfernt stand Melhem, der sich nicht zu rühren wagte. Sie schlug weiter in die Luft, peitschte nun die Zeltöffnung.

Nun kam Sabla heraus.

»Du machst mir keine Angst! Er gehört mir, kehr zu den Deinen zurück«, sagte sie mit böser Stimme.

Jane hätte das junge Mädchen am liebsten zertrampelt, erwürgt.

Melhem trat vor und ergriff ihren Arm.

»Mein Pferd, auf der Stelle«, schrie sie noch, während Melhem sie zurückhielt.

Neugierig war die Bevölkerung nähergekommen. Jane sah sich umgeben von gebräunten, undurchdringlichen Gesichtern. Frauen umringten sie und begannen zu lachen.

Jane senkte den Kopf. Es gab nichts mehr zu sagen, nichts mehr zu tun, sie konnte von niemandem mehr etwas erwarten. Sie machte sich von Melhem frei, peitschte ein letztes Mal durch die Luft und ging fort. Sie glich einer Toten.

Saleh folgte ihr. Licht und Schreie waren der Dunkelheit, dem Schweigen gewichen. Nur der Schein des Mondes erhellte das Dunkel.

»Warum bin ich dir begegnet im Strom meines Lebens? Da du nicht mir gehörtest, warum habe ich dich angesehen?«

»Ich hasse dich! Laß mich!«

»Ich habe niemals geglaubt, daß du wiederkämst. Keine Frau aus deinem Land hat jemals freiwillig das Zelt eines Beduinen geteilt. Wir haben schöne Nächte erlebt. Ich habe dich dafür gesegnet, und ich segne dich noch.«

»Und dein Ring und deine Worte? Ich habe doch nicht geträumt! Wie hast du nur an mir zweifeln und mich so täuschen können?«

»Du bist nicht *asil*, du bist nicht edel, bist nicht von meiner Rasse.«

Versteinert hörte sie diese Worte, und zugleich empfand sie die

Jugend, die Sinnlichkeit, die Kraft Salehs. Wieder einmal gingen Liebe und Schmerz Hand in Hand.

»Geh… schnell… bevor es zu spät ist.«

»Das Pferd gehört dir.«

»Behalte es! So wirst du dich daran erinnern, daß eine Frau es bezwungen hat. Ich verachte dich, aber mehr noch verachte ich mich, weil ich dir geglaubt habe!«

»Mein Zelt ist das deine heute nacht, teile meine Mahlzeit!«

»Geh, ich brauche deine Gastfreundschaft nicht, ich verfluche dich«, schrie sie mit einer Mischung aus Wut und Bedauern in der Stimme.

Erniedrigt, gedemütigt, wandte sie sich an Melhem.

»Bring mich fort!«

»Aber wie? Und wohin? Das ist unmöglich!«

»Wir werden im Freien schlafen, weiter weg. Ich befehle es dir!«

Die Stimme Janes ließ keinen Einwand zu.

Sie bestieg ihr Pferd, und ohne Saleh eines Blickes zu würdigen, ritt sie im Galopp davon.

Nach einer Stunde hielten sie bei einer Brücke an.

»*Effendi*, laß uns hier schlafen, wir werden im Morgengrauen aufbrechen, ich verspreche es dir. Ich möchte heute nacht nicht mehr weiterreiten, die Böschungen sind zu steil, denk an die Pferde.«

Sie hatten nur noch ein Stück Käse, hart wie ein Stein. Sogar das Feuer, der unerläßliche Gefährte aller Biwaks, fehlte, und es ging nun ein kalter Wind. Jane sagte sich, sie müsse sich wenigstens den Anschein von Tatkraft geben, diesen Lack, den man über die Verzweiflung, die über einem zusammenschlägt, legt, die letzte Zuflucht vor dem Aufgeben.

Ihr Herz schlug nun langsamer, doch immer noch so heftig, daß ihr ganzer Körper davon erschüttert wurde. Obwohl sie völlig erschöpft war, konnte sie die ganze Nacht kein Auge schließen.

Im Morgengrauen gestand Jane sich ein, daß diese Beleidigung eine Lehre enthielt, sie redete sich ein, daß eine übernatürliche Kraft ihr trotz ihrer Qual die Lösung eines unlösbaren Problems zu vermitteln versuchte.

Die Antwort bestand aus einem einzigen Wort: »Verzichten«. Sie war jetzt zu alt geworden; sie hatte immer nur ewige, unsinnige Wiederkehr erlebt, jede Wiederholung hatte eine neue Niederlage bedeutet, jede Veränderung im Grunde immer nur das gleiche gebracht. Noch eine Veränderung? Bleiben, um immer neue Veränderungen zu erleben. Eingehüllt in ihre Decke und an die Flanke ihrer Stute gelehnt, hatte sie das Gefühl, davongetragen zu werden, weggefegt wie in einem Sturm, und sie fühlte sich elend. Übelkeit befiel sie, ließ nach, begann von neuem. Der Sternenhimmel drehte sich um sie, wogte hin und her. Sie schloß die Augen, versuchte, dieser Halluzinationen Herr zu werden. Wie in einem Zerrspiegel sah sie ihr eigenes Gesicht. Die Spiegel wurden so zahlreich, daß sie die Bilder, die sie zurückwarfen, nicht mehr zählen konnte. Sie war eine Zwergin, dann wieder riesengroß, sie lief von Figur zu Figur, in der Hoffnung, einen Saleh zu erreichen, der vor ihren Augen immer wieder verschwand... Immer wenn sie dachte, sie könne ihn mit der Hand greifen, berührte sie Sabla, deren Zechinen fröhlich klimperten.

Im Morgengrauen schlief sie ein, den Kopf auf die gekreuzten Beine gelegt. Melhem kam heran und setzte sich neben sie, er wachte über ihren Schlaf.

»Wir wollen nach Beirut zurückkehren«, sagte sie mit tonloser Stimme, als sie aufgewacht war. »Dort unten werde ich weitersehen...«

Und vor ihr, um sie herum, so weit das Auge reichte, umschlossen friedliche Hügel, die wieder auf anderen blaßgelben Hügeln saßen, ihre Leidenschaft. »Das Herz bricht, aber selbst wenn es gebrochen ist, liebt es weiter.« Byron hatte recht.

Es schien ihr, als sei sie für immer wie ein Wrack an den Ufern des Jordan, die von der Sonne verbrannt wurden, gestrandet.

Jeder Schritt, der sie dem Meer näher brachte, unterstrich ihre Einsamkeit, sie ritt ziellos weiter, als ob sie nur noch die Möglichkeit hätte, dieser Hecke, an der sie gerade entlangritt, zu folgen.

Plötzlich trafen sie auf ein Lager. Ihre Eskorte scharte sich um sie.

Sie mußten schnell handeln. Sie waren umzingelt von ungefähr zwanzig Männern mit verschlossener Miene, in eigentümlicher Kleidung, und nichts in ihrer Erscheinung oder in ihrem Verhalten deutete auf Beduinen hin. Es waren große, kräftige Burschen, mit schmutzigen, von Ledergürteln zusammengehaltenen *abbayas*, die ihre Speere schwangen und dabei gräßliche Schreie ausstießen. In dem Augenblick, in dem die Männer mit ihren Speeren auf sie zukamen, richtete sie sich in ihren Steigbügeln auf und schlug den *keffieh* zurück. Die Gefahr machte sie hellwach, Wut überkam sie und ihre Augen blitzten so, daß die Männer verblüfft anhielten. »Bleibt stehen!« schrie sie und holte eine ihrer Pistolen aus ihrer Satteltasche. »Bleibt stehen!« Ihre Willensstärke brauchte einen Reiz, um sich zu offenbaren, nun war sie ganz in ihrem Element. Für die anderen hatte dieser herrische Ton, der auf keiner physischen Autorität beruhte, anscheinend etwas Übernatürliches.

Schreie ertönten. Eine furchtlose, weißhäutige Frau mit Augen von der Farbe eines Sees.

»Wozu taugst du eigentlich, Melhem, du und deine Männer? Wirklich! Das sind doch nur Banditen! Solchen Leuten bin ich schon auf anderen Straßen begegnet, sogar in Europa! Ich habe verstanden! Hierbei handelt es sich nur um eine versteckte Form von Steuern.«

Jane schrie einige Worte auf arabisch. Dann begann Melhem mit ihren ›Gastgebern‹ über den Weiterritt zu verhandeln. Jane war viel zu wütend, als daß sie daran gedacht hätte, den Strom seiner Beredsamkeit zu unterbrechen. Er erfand die erstaunlichsten Lügen, stellte Jane als die intimste Freundin des Paschas hin. Dieser gefürchtete Name wirkte Wunder. Die allgemeine Erregung flaute ab.

Melhem erklärte ihr die Gründe für diesen grenzenlosen Respekt vor dem Pascha. Ein paar Wochen zuvor war das Lager der Banditen von einem Reiterkorps geplündert worden, und man hatte ihnen Kamele, Zelte, und alles, was nur irgendwie wert war, mitgenommen zu werden, geraubt.

Die Männer erklärten sich nach Zahlung von ein paar Piastern bereit, sie zum Ausgang der Berge zu führen, nachdem sie miteinander Tee getrunken hatten. Die Liebe zum Tee war vielleicht die aufrichtigste Quelle der Sympathie zwischen Engländern und Orientalen; die Tassen dampften, und bald war dieser abgelegene Winkel mit soviel Geborgenheit, soviel Behaglichkeit erfüllt, wie der Salon eines englischen Landhauses. Die Frauen brachten noch heiße Blätterteigfladen, die die Luft mit Wohlgeruch erfüllten. Dann wurde der Tschibuk herumgereicht, der Trost derjenigen, die ein langer Weg hungrig und müde gemacht hat, und der außerdem die Macht besitzt, alle Schranken zwischen Herren und denen, die in ihren Diensten stehen, niederzureißen, und der diesen Zweck auch bei Menschen unterschiedlicher Rasse erfüllt. Es gehörte zum Ritual, Schweigen zu bewahren. Von diesem Schweigen konnte Jane zur Zeit nicht genug bekommen.

Wo würde sie morgen sein? Würde sie dem Tod gegenübertreten wie eben? Oder würde die Zukunft ungewiß, aber ruhig von Tag zu Tag verstreichen?

Dann bot Jane ihnen Tabak an. Ein wahrhaft königliches Geschenk! Die armen Teufel besaßen nämlich nur noch den kläglichen Überrest einer Pfeife, ein gespaltenes Bruchstück ohne Rohr, das sie aber mit einer bedeutungsvollen Geste von Mund zu Mund gehen ließen, wobei sie der Reihe nach die gleiche Anzahl von Zügen genossen.

Gestrüpp und Äste mögen sich über Saleh schließen und ihn verschlingen, dachte sie, man muß leben, nur leben. Dem Wind der Wüste folgen. Ich werde über die Karawanenstraßen ziehen, die einst die Handelstreibenden zu den Toren Ninives, Babylons und weiter noch, zu den Toren Susas und Kektabans führten. Und immer noch weiter, werde ich nach Petra reiten, in den Nedjed, und gewiß auch nach Baalbek. Ich werde sehen, wie die Palmen blau vor dem Gold des Abends stehen, die Fata Morgana, die im goldenen Licht des Sandes schwebt, kann mich nicht schrecken. Ich werde den Euphrat bei Djebel Sindjar überschreiten, dort, wo die Fanatiker Satan anbeten und des Nachts beschwören. Und vielleicht entdecke ich wundersame Städte, verloren in der Tiefe der Zeiten. Und dann, eines Tages, werde ich mit dem Wind vergehen, wie alle untergegangenen Völker.

Geblendet von der Pracht ihrer Gärten weigerten sich die Damaszener, den Verfall ihrer Stadt zu sehen. Sie wollten die welkende Schönheit nicht wahrhaben. Hofften sie, eines Tages den Glanz der omejadischen Zeiten oder die Pracht des Hofes von Saladin wiederzuerleben? Seit Jahrhunderten schienen sie nur zu warten.

Die Kuppeln der Großen Moschee zeigten schon von weitem das Herz der Stadt an, wie Pfeile ragten die Minarette inmitten der Terrassendächer empor. Wie sollte man das Geheimnis, den Hauch von Legende, der über der Stadt schwebte, beschreiben? Das Geheimnis war allgegenwärtig, zugleich aber auch flüchtig, wie die Gewißheit, daß alles vergeht, um wieder neu zu entstehen.

Manche Städte haben eine eigentümliche Macht: Damaskus gab Jane das Gefühl, die Mauer, die sie von der Welt trennte, würde durchsichtig und zerbrechlich, mit einem leichten Stoß könnte sie sie zerstören, umstoßen.

In den ersten Dezembertagen ließ sie sich in Damaskus nieder. Sie wählte einen verborgenen, verfallenen Palast, der, umgeben von Brunnen und Gärten, im christlichen Viertel Bab Touma lag. Es gab viele Arbeiten, viele Dinge zu erledigen. Jane und Eugénie hatten mittlerweile eine Bleibe nach ihrem Geschmack gefunden, und sie hofften, hier ein ruhiges Leben führen zu können.

»Es ist vorbei«, behauptete Jane, »es wird keinen Mann mehr geben, der mir das Leben vergällt, niemals mehr! Dieser Ort hier genügt mir zu meinem Glück! Damaskus, von den Propheten als Paradies gerühmt...«

Sie wohnten zunächst bei Dimitri, engagierten Diener, ordneten das Gepäck, kauften einfachere Möbel: niedrige, breite Sofas, Tische, mit Elfenbein eingelegte Hocker. Später, wenn die Wände gekalkt waren, würden sie die kostbareren Gegenstände auspacken.

Handwerker mußten gefunden werden, die die Holztäfelung und die Balken- und Kassettendecken aus Zedern- oder Sykomorenholz wieder instand setzten. Eine ganze Welt von Arabesken und vielfarbigen Blumen verschlang sich ineinander. Der Marmor in den plätschernden Wasserbecken mußte gereinigt werden, die schwarzweißen Kacheln blankgeputzt, die Säulen im *liwan* repariert, der

Zufahrtsweg von Schutt und Abfall freigeräumt, der Ehrenhof umgestaltet, die Zimmer neu angelegt werden, kurz, alles mußte neu gestaltet werden.

Jane hatte keine Zeit mehr zum Grübeln. Den Weihnachtsabend verbrachte sie im englischen Konsulat.

Mrs. Wood war eine liebenswürdige Frau, die in sich die Reize ihrer heimatlichen Insel Irland mit den soliden Eigenschaften des englischen Charakters vereinte. Ihre Jugend, ihre Einfachheit, ihr Sinn für Pflichterfüllung – ganz ihrem Gatten und ihren zwei Kindern gewidmet – machten sie äußerst anziehend. Richard Wood hatte dank seiner Tüchtigkeit und seiner entschlossenen, standhaften Haltung, einen sehr großen Einfluß in Syrien erworben. Im übrigen gab ihm die Tatsache, daß Großbritannien seine schützende Hand über die Juden in Syrien hielt, so etwas wie das Kontrollrecht über diese Rasse, die reichste im ganzen Land. Er hatte diesen Posten seit ungefähr zehn Jahren inne, eine Zeitspanne, in der etwa das französische Konsulat ein gutes halbes Dutzend Würdenträger hatte kommen und gehen sehen.

Wenn Lady Ellenborough sie überrascht hatte, so bemühten sich die Woods jedenfalls, sich nichts anmerken zu lassen. Sie hatten ein für allemal beschlossen, ihr die Schwierigkeiten, auf die sie treffen würde, aus dem Weg zu räumen und niemals ihre Pläne zu durchkreuzen – immerhin war sie heil und gesund aus Palmyra zurückgekehrt. Außerdem besaß sie nicht unbeachtliche Vorzüge: ihr äußerst origineller Charakter, ihre vollendeten Umgangsformen und ihr beträchtliches Vermögen waren sicher ausreichende Trümpfe, um mit ihr einen Anziehungspunkt für den ausgewählten Kreis der Woods zu schaffen – zwei amerikanische Familien, von einem Bekehrungseifer beseelt, wie er den protestantischen Nationen unter englischer Flagge eigen war, ein tüchtiger und charmanter italienischer Arzt und einige Archäologen, die gerade aus Ninive zurückgekommen waren.

Damaskus, die Stadt der tausend Wunder! Hier würde Jane ruhige Tage verleben können.

Aber kaum waren die ersten Tage des neuen Jahres vergangen, als

Jane auch schon beschlossen hatte, ihre Einrichtung in der Obhut Eugénies zurückzulassen und sich einer Karawane nach Bagdad anzuschließen. Von dort wollte sie nach Babylon, Nimrud und Ninive weiterreisen. Man sprach nur noch von den Ausgrabungen Paul Bottas, des französischen Archäologen der Khursabad freigelegt und mit der Erforschung Ninives begonnen hatte und von Sir Layard, des englischen Archäologen, der in Assur, Ninive und Babylon gearbeitet hatte.

Außerdem war Sir Rawlinson, der berühmte Orientalist, in Bagdad. Ihre Entdeckungen hatten in London und Paris solches Aufsehen erregt, daß Jane beschlossen hatte, an Ort und Stelle an dem Abenteuer teilzunehmen.

9

Sie hatte vergeblich versucht, das Gefühl der Scham über diese letzten Tage zu verscheuchen. Aber wie sollte sie es vergessen? Saleh war da, er blieb hartnäckig in ihrem Herzen und in ihrem Körper. Wieder suchte sie ihr Heil im Abenteuer, an fernen, immer ferneren Horizonten.

An ein Leben in Damaskus konnte sie immer noch denken. Später. Zunächst wollte Jane den Postkurierdienst, den das englische Konsulat ins Leben gerufen hatte und der die Wüste durchquerte, in Anspruch nehmen, um in fünfzehn Tagen nach Bagdad zu gelangen.

Richard Wood zu überreden, war ein Kinderspiel gewesen: Die Reise war eine offizielle Angelegenheit und von einer guten Eskorte bewacht, es gab ihrem Wunsch nichts Ernsthaftes entgegenzusetzen.

»Ein Abgrund von Elend«, mußte sie unwillkürlich denken, während sie durch den Sand fuhr. Sie war am 4. Januar aufgebrochen, am Tag des griechischen Weihnachtsfestes, das Ludwig[12] jedes Jahr feierte. Warum überfiel sie mitten in der Wüste wieder die Erinnerung an den König von Bayern? Vielleicht war er ihr zu ähnlich? Beide waren sie im Exil. Weil sie zu vielen romantischen Träumen nachhingen, hatten sie eine Enttäuschung nach der anderen erlebt. »Versuche niemals den Wind aufzuhalten, auch wenn er nach deinem Willen bläst. Auch wenn das Schicksal dir gnädig zu sein scheint, weiche niemals von deinem Weg ab.«

Hatte der Dichter recht?

Jane wußte es nicht. In dieser Wüste, die so ausdruckslos war wie das Schweigen, ritten die Schatten ihrer Vergangenheit neben ihr. War sie auf Kenelm Digbys Spuren gewandelt? Ihre Suche hatte in Einsamkeit geendet, Einsamkeit... Nach der Zeit, die sie in Griechenland verbracht hatte, hatten die Gedichte Lord Byrons einen neuen Sinn für sie bekommen, aber letztendlich blieben immer nur Verzweiflung und Einsamkeit. Sie lebte nur, um zu sterben, das war die letzte und einzige Wirklichkeit. Wenigstens sollte es bei ihr, wie bei ihrem Vetter Henry Anson, die syrische Erde sein, in der sie ruhen wollte! Henry war so jung gestorben... Leonidas... Ach! Vergessen, einen einzigen Tag nur vergessen... Niemand würde sie je verstehen. Und nun schien ihr die Leere, die Saleh hinterlassen hatte, ein weiterer Abgrund zu sein, an dem sie scheitern würde. Sie schloß die Augen: sie war nur mehr ein kleines, verirrtes Mädchen, das zu sehr litt.

Am Abend, nach einem langen Ritt, setzten sich die *cavass* zu ihr. Sie nahm etwas Obst, ein paar Datteln, legte dann die Hand auf ihr Herz, wie es die arabische Sitte verlangte, um allen »den Frieden Gottes« zu wünschen. Dann schützte sie Müdigkeit vor, zog sich in ihr Zelt zurück und fiel gleich in tiefen Schlaf.

Denn die Wüstendurchquerung war sehr anstrengend. Sie ritten Stunde um Stunde über eine trockene Steppe mit nur wenigen Wasserlöchern, aus denen hier und da ein Vogelschwarm aufstieg, um sich in einiger Entfernung wie eine Wolke wieder niederzulassen. Oft scheuchten sie auch schwerfällige Trappen oder weiße Gazellen auf. Manchmal kam ganz unerwartet vor Sonnenuntergang ein Platzregen herunter, der die staubige Wüste mit einem Schlag erfrischte. Wenn sie an großen Beduinenlagern, die sich unermeßlich weit hinzogen, vorüberkamen, ritten sie im Galopp vorbei. Jane erinnerte sich daran, daß sie mit Medjuel einmal von den Shammar angegriffen worden war! Aber die Gastfreundschaft in der Wüste hat ihre Gesetze, die sich ändern wie der Himmel, und sie war mit ihnen vertraut geworden.

Jane wußte, daß sie im Schutz dieser bewaffneten Männer nichts riskierte, daß ihnen alle Wasserstellen zugänglich waren.

Dann wieder sank die bewundernswerte Stille der Schöpfung herab, begann die grenzenlose Wüste mit ihren Fata Morganas, ihren langen Ritten auf den *mehari*. In ihre Träumereien versunken, konnte Jane kaum unterscheiden, was Djebel, Düne oder Busch war, was ausgetrocknete, tiefe und steinige Flußbetten. Weil sie mit sich selbst haderte, wußte sie weder, wo sie war, noch, wohin sie ging, und warum überhaupt. Und immer kreisten ihre Gedanken, düster, beunruhigend. Sie fühlte sich verloren inmitten dieser bedrückenden Einsamkeit, in der die Schatten Salehs und ihrer Kinder sie bedrängten. Sie war ohne Nachricht von Didi[13], erfuhr aber regelmäßig, wie sich Heribert machte. Was Bertha anging, so war sie ein lebender Vorwurf... Und Karl, ihr zu liebenswerter Mann, dessen Leben sie zerstört hatte... Die Erinnerung an ihn war in gewisser Weise süß. In jedem seiner Briefe schrieb er, daß es sein größtes Glück wäre, sie wiederzusehen... Aber der Wahnsinn, der von ihrem Körper Besitz ergriffen hatte, als sie Spiro begegnet war, und der mit Saleh wieder begonnen hatte, hinderte sie daran, seinen Wünschen zu entsprechen.

Und nun nützte es ihr gar nichts mehr zu wissen, daß die Zärtlichkeit, die an manchen Abenden das Herz bedrängt, das einzig Lebenswerte am Leben ist, sie wußte auch, daß sie nicht mehr die gleiche Frau war. Besessen von diesem neuen Verlangen, das die flimmernde Form des Orients annahm, hatte sie Europa hinter sich gelassen. Von nun an akzeptierte sie das Gesetz der Wüste, sie wußte nur noch nicht, ob es eine tod- oder heilbringende Leidenschaft war.

Und Spiro? Vielleicht bestand ihr einziges Unrecht darin, daß sie ihm zuviel Freiheit gewährt hatte? Und wenn schon, man hängt nicht der Vergangenheit nach, sagte sie sich. Mein Bedürfnis nach Unabhängigkeit ist so groß, daß nichts davor bestehen kann! Ich bin endgültig zu einer Beduinin geworden. Nachdem ich überall in der

Welt herumgereist bin und überall versucht habe, heimisch zu werden, habe ich entdeckt, daß ich dazu geschaffen bin, unter einem Zelt zu schlafen und zu kämpfen. Vielleicht bleibt mir nur das, doch das wenigstens kann mir niemand nehmen.

Ein heißer Wind wehte. Eine ungewohnte Hitze versengte Arabien. Am Ende des neunten Marschtages waren ihre Gedanken nur noch von dem drohenden Durst, von Hunger und Tod erfüllt, schreckliche Obsessionen, die sich in dieser Einsamkeit mit sicherem Griff der gefährdeten Reisenden bemächtigten. Dieser immerwährende Kampf von Mensch und Tier ums Überleben, sie fühlte seine primitive Kraft und seine grausame Einfachheit.

Die Karawane kam in langen Etappen voran, und allmählich bedeckte sich der Boden wieder mit graugrünem Flaum.

Jeden Morgen, wenn der Tag graute, brachte man ihr eine Art Rührei; die Eier dazu hatte man aus den Nestern von Wüstenhühnern oder Trappen entwendet, und sie schmeckten ähnlich wie Wildbret. Manchmal briet man ihr auch Heuschrecken, deren Panzer in der Hitze des Feuers aus Gras und Kameldung platzte. Neben der Milchsuppe fand sie eine Schale mit wildem Honig, Klümpchen von Schafsbutter und gelbliche Mehlfladen. Das mußte bis zum Abend reichen.

Am dreizehnten Tag kamen sie an einem riesigen See vorbei. Am Abend des vierzehnten Tages überquerten sie den legendären Euphrat. Und am nächsten Tag erreichten sie Bagdad.

Die untergehende Sonne überschüttete die hohen Mauern aus Stampferde, die Terrassen und die Kuppeln mit rotem Licht. Jane war sich bewußt, einen besonderen, einzigartigen Augenblick zu erleben, der sich aber dennoch von Jahrhundert zu Jahrhundert wiederholte.

Eine Schafherde weidete am Fuß der Stadtmauern, und die Hirten schauten ihr entgegen.

Stadt der Genüsse, des Lichts und der Gerüche, Duft von Gewürzen und Rosen, von Schlamm und gebratenen Teigwaren. In einer Wolke von Staub ritten sie in die Stadt ein.

Jane konnte am rechten Ufer des Tigris die Gebäude des Serails, die Kasernen und die Fayencekuppeln, über und über bedeckt mit Tauben, die dort ihre Flügel trockneten, sehen; sie bewunderte die Minarette, die schlanker noch als Palmen emporragten, undeutlich erkannte sie die *médressè*, die Zollgebäude, in denen sich Juden, Armenier und Araber drängten; und schließlich wanderte ihr Blick zu den Landungsbrücken, wo inmitten wundervoller Gärten das Gebäude des englischen Konsulats lag.

Bei Einbruch des Abends belebte sich die Menge: Frauen, bedeckt mit roten, blauen oder grünen *izzas*, Männer in gelben oder weißen *abbayas*, Kamel- oder Maultierkarawanen, streunende Hunde . . . alle strebten, als seien sie plötzlich aufgewacht, eiligen Schrittes geheimnisvollen Bestimmungen zu.

Im englischen Konsulat wurde Jane von Oberstleutnant Henry Creswick Rawlinson[14] empfangen, der ebenso berühmt war wie die Stadt aus *Tausendundeiner Nacht*. Der Konsul, ein gelehrter Mann, interessierte sich ausschließlich für alte Kulturen und begeisterte sich besonders für deren Sprachen, studierte ihre Zusammenhänge und forschte nach ihrem Ursprung, um, wie er sagte, zu den ›Mutter‹-Sprachen vorzudringen.

Es war ein paradiesischer Flecken. Die kühle Luft, das Wasser, das in Etagenbecken floß, die eintönige Stimme des Konsuls und die Müdigkeit . . . Jane kämpfte gegen den Schlaf an. Ein junger Löwe, an den Ufern des Tigris gefangen, spielte unter dem Schaukelstuhl und nagte an dem Holz, völlig gleichgültig gegenüber den Slughis der afrikanischen Windhunde, die, im Schatten liegend, unruhig aus der Ferne das Knurren der jungen Wildkatze überwachten.

Sir Rawlinson lebte wie ein Monarch, umgeben von einer beeindruckenden und perfekt geschulten Sepoygarde.

Beglückt darüber, eine neue Zuhörerin gefunden zu haben, übersah der Konsul Janes Erschöpfung und fuhr mit seinem gelehrten Monolog fort: ». . . Nichts geht über die Sprache, um die alte Ordnung der Götter und Geister wachzurufen, um die urzeitliche Bildung des Menschen zu erahnen. Die Suggestionskraft einer Sprache, der man aufmerksam lauscht, kann einen mühelos in die Epoche des Turmbaus zu Babel versetzen, unvergleichlich viel besser als irgendeine Übersetzung . . . Leider haben wir mehrsprachlichen Gelehrten durch die Transkriptionen das Offensichtliche überdeckt und niemand kann mehr etwas darin erkennen. Wie die Deutschen zum Beispiel: Um den arabischen Konsonanten ›dj‹, ›djin‹ genannt, wiederzugeben, ist ihnen nichts Besseres eingefallen, als ›dsch‹ zu schreiben!«

Und Jane nickte mit dem Kopf, versuchte, die Augen offen zu halten, ihr umherirrender Geist indessen suchte die Weite, um sich an die Spuren Salehs zu heften.

»Nach diesen zwei Wochen anstrengender Wüstendurchquerung«, entschuldigte sie sich, »habe ich ein wenig Mühe, den Theorien von Leibniz, Volney oder auch den Ihren zu folgen! Seien Sie mir deshalb nicht böse, es hat mich soviel Kraft gekostet, hierher zu kommen.«

»Ich bin unverzeihlich! Aber ich habe so selten Gelegenheit, mich zu unterhalten, daß ich darüber meine Pflichten vergesse.«

Nach einem erlesenen indischen Diner zog sich der Abend noch lange hin, die Gäste gingen aus den riesigen Salons in die stillen, nach Jasmin und Rosen duftenden Patios, in eine festliche, verfeinerte Atmosphäre.

Jane beschloß, ein paar Tage in Bagdad zu bleiben, nichts drängte sie. Der Oberst war der liebenswürdigste Gastgeber, er gewährte ihr seine Gastfreundschaft und die Schätze seiner ungeheuren Bildung, sie könnte sich von der Stadt der tausend Düfte beeindrucken lassen, diesen friedlichen Zufluchtsort genießen, bevor sie jenseits der Wüste einen anderen fände. Als sie unter den brennenden Fackeln saß, wußte Jane nicht mehr, welches von all den Ländern, in denen sie gelebt hatte, das Land war, in dem sie am liebsten leben würde. Hier in Bagdad wurde ihr zumindest eines klar: Das bißchen Licht und Frieden, das sie jemals gefunden hatte, war immer nur aus ihr selbst gekommen. Sie hatte ein Leben geführt, das anscheinend voller Gerüchte und Erfolg, voller Skandale und jugendlicher Aufregungen gewesen war, aber wer wußte besser als sie, daß man nur über sich lachen kann, wenn man viel geweint hat? Das Lächerliche existiert nur für die Dummen. Sie verabscheute die Intriganten, die Betrüger, die falschen Genies. Rawlinson war ein Gentleman, ein Gelehrter, ein Mann von Kultur. »Ich bleibe hier! Hier ist Leben, inmitten der Geschichte. Und außerdem habe ich seit langem schon nicht mehr das anregende Vergnügen einer ernsthaften Unterhaltung genossen. Wenn es mir schon nicht gelingt, Saleh aus meinem Herzen zu vertreiben, will ich wenigstens das Gefühl haben, noch am Leben zu sein!«

Jane begriff allmählich, daß sie hauptsächlich deshalb verletzt war, weil sie sich verlassen fühlte. Das war das erste Mal – mit Felix hatte sie zumindest eine Weile zusammengelebt, während Saleh sie verlassen hatte, bevor sie ihren gemeinsamen Weg überhaupt begonnen hatten. Vielleicht war diese Liebe, unter der sie so sehr zu leiden glaubte, nichts anderes als Eigenliebe; in diesem Fall war es gut, wenn sie es wußte.

Nun, da sie langsam wieder Freude am Leben fand, konnte sie nachts kein Auge zutun: die Wonnen eines Federbettes, die dicken Matratzen, die feinen, weißen Laken waren nichts mehr für sie. Auf den einen wälzte sie sich herum, unter den anderen erstickte sie. Wenn sie nicht die Indiskretion der Diener gefürchtet hätte, hätte sie ihren *khab kharté*, ihre Schlafmatte, geholt – diesen alten Leidensgefährten, dem es nur unzulänglich gelang, ihren Knochen die Unebenheiten des Bodens zu verbergen –, um friedlich darauf zu schlafen.

Im Morgengrauen stürzte Jane in den Hof, wo die *cavass* in leuchtenden Uniformen auf sie warteten, um sie durch die Stadt zu führen. Sie hatte nur einen Gedanken im Kopf: den Spuren Zobeidas, der Lieblingssultanin von Harun al-Raschid, zu folgen.

Ganz Bagdad sprach davon, die Geschichtenerzähler hatten Hochkonjunktur: Eine schöne, blonde, englische Lady spazierte durch die Straßen der Stadt, nachdem sie die Wüste durchquert hatte, nachdem sie mit den Anazeh in Palmyra gewesen war, und nun ging sie hier allein, nur von zwei Wachen begleitet, herum. Man hatte sie sogar auf dem Tigris in einer *kouffeh* fahren sehen – einem runden, mit

Bitumen abgedichtetem und mit genähten Häuten verkleideten Boot, das sich mit der Geschwindigkeit eines holländischen Kreisels um sich selbst drehen konnte. Die Europäer wagten sich für gewöhnlich nicht in diese drehenden Körbe.

Auf dem Meidan-Platz, dem belebtesten der Stadt, auf dem die Moschee von Ahmet Khiaîa stand, erregte sie den Zorn der Menge. Eine Weiße an den Pforten des Heiligtums, an diesem Ort, an dem täglich der Haß der Sunniten gegen die Chias geschürt wurde. Sie wußte wohl, daß es wenig Sinn hatte, sich darüber bei den Behörden oder bei der Polizei zu beklagen. Sie hatte es vorgezogen, durch die Gassen zu fliehen und sich unter die *izzas* aus golddurchwirkter Seide zu mischen, die die Frauen von Kopf bis Fuß verhüllten.

»Hüten Sie sich vor einem Volk, das eine allzu sanfte Miene zur Schau trägt«, erklärte ihr der Konsul bei ihrer Rückkehr, »die Einwohner Bagdads wären die ersten, die die Europäer umbrächten, wenn sie glaubten, ungestraft davon zu kommen. Religiöser Fanatismus ist ausgeprägt bei den Moslems, auch wenn er sich heute nur im Haß gegen die Christen entlädt. Spielen Sie nicht die Furchtlose, bleiben Sie in unseren Gärten, Ihre Anwesenheit bedeutet mir viel. Und außerdem, meine teure Freundin, sollen Sie wissen, daß ich eine Überraschung für Sie habe. Ich bin dabei, für Sie einen Besuch bei den Ruinen Babylons zu organisieren. Das ist zwar eine wahrhafte Expedition, aber ich kenne Ihre Vorliebe für die Archäologie, und ich kann dem Verlangen nicht widerstehen, Ihnen die Ausgrabungen zu zeigen, die Layard dort unten vorgenommen hat und die ich weiterverfolge. Ein Teil meiner ›Fundsachen‹ befindet sich bereits im British Museum, der Rest wartet darauf, entziffert zu werden. Ich schwöre Ihnen, daß ich dieses Werk noch zu Ende bringe!«

»Wie soll ich Ihnen danken? Mit Ihnen über die Ebene von Chaldäa zu reiten... welch ein Glück!«

Und Jane betrachtete die mit Keilschrift bedeckten zylindrischen Rollen, die auf dem Tisch des Pavillons inmitten von Lupen und Blättern ausgebreitet waren, dieses Geduldsspiel faszinierte sie. Es gab auch Elfenbeintafeln und assyrische Stelen mit einem für sie so neuen Muster, daß ihr keine passende Bemerkung dazu einfiel.

Bevor sie aufbrachen, begab sie sich noch zum Khan Ortma, einem der schönsten Beispiele persischer Baukunst, ein riesiges Kirchenschiff mit Gewölben und außenliegenden Strebepfeilern, in dem sich die Strahlen sehr feiner Bögen durch das ganze von durchbrochenen Kuppeln gekrönte Schiff schwangen.

Die Monumente Bagdads waren wie das schönste aller Museen. An den Ufern des Tigris blätterte man wie in einem stilgeschichtlichen Buch. Und der überglückliche Konsul machte sich mit dem größten Eifer daran, ihr die Wunderwerke der Stadt nahezubringen.

Auf dem Basar vermochte sie nun, inmitten dieser prächtigen Ansammlung von Stoffen, auf den ersten Blick die bemerkenswertesten Stücke herauszufinden. Stoffe, Seidenwaren, bestickte Tarbuschs, mit Leder- oder Stoffmosaiken bedecktes Zaumzeug, weiße, bestickte Musselinstoffe, hergestellt von Hadji Baba, und andere Seltsamkeiten, die nur sie und Rawlinson interessierten.

Dann brachen sie auf nach Babylon, dem Wunderwerk der Antike. Unter dem Schutz von zwanzig ›Zapties‹, Wachen, die ihnen der *Vali* von Bagdad zur Verfügung gestellt hatte und einer Eskorte, die von Sir Henrys Sepoys und den *cavass* noch verstärkt wurde, waren sie noch vor Tagesanbruch vor den Stadttoren.

Während sie über das Schicksal der Reiche philosophierten, die Bibel und die Propheten zitierten, ritten sie den ganzen Tag über durch unbebautes Land mit stillgelegten Kanälen. Jane hatte das Gefühl, sie bewege sich durch die Ruinen eines endlosen Ortes.

Bei Einbruch der Nacht lagerten sie im Schutz der englischen Botschaft in Birounis.

»Was für ein scheußlicher Gestank!« entfuhr es Jane, die gewiß nicht zimperlich war.

»Das ist in der Tat äußerst überraschend! Aus ganz Persien und sogar aus Indien bringen die Schiiten ihre Toten zu der geheiligten Erde um das Grab Husseins, des Sohnes von Ali«, antwortete der Konsul mit seinem gewohnten Phlegma. »Machen Sie es wie ich, rauchen Sie!«

»Trotz all meines Respekts diesen ›Mumien‹ gegenüber, wir hätten ein wenig weiter entfernt von dieser Karawanserei lagern können.«

»Gleich, wenn Wind aufkommt, werden Sie nichts mehr riechen. Die Gegend hier ist nicht besonders sicher, ich habe kein Verlangen danach, sie von den Beni Laam geraubt zu sehen. Ich habe sagen hören, daß zwischen den Stämmen zur Zeit einige Unstimmigkeiten herrschen. Aber fürchten Sie nichts, ich habe an allen vier Ecken unserer Zelte Wachen aufstellen lassen. Sie können ruhig schlafen!«

Als der Morgen graute, war Janes erste Sorge, von ihren nächtlichen Nachbarn wegzukommen. Aber das war nicht so einfach, die Straße war gesäumt von Leichen. Mittags passierten sie Iskanderyeh und erreichten am Abend eine Anhöhe aus Tonscherben.

»Hier beginnt mein Gebiet! Ich habe Ihnen die keilförmigen Täfelchen und die Tierfragmente gezeigt, die zu den kleinen ›Arche Noahs‹ gehörten, die man den Kindern zum Geschenk machte... gestreifte Achatvasen und Figürchen aus gebranntem Lehm. Diese Schätze stammen von diesen Scherbenhaufen.«

Ungefähr drei Stunden von dem Hügel entfernt, konnten sie die Minarette von Hillah, dem früheren Babylon, erkennen. In das alte Bauwerk der Häuser fand sich an manchen Stellen noch der Name Nebukadnezars eingeritzt.

»Die Rivalin Ninives auf den Rang einer türkischen Unterpräfektur abgesunken zu sehen, wie grausam doch die Zeit ist«, murmelte Jane.

Ich werde Babel zerstören, hat der Gott Israels gesagt. Nun, seine Rache ist ihm gut gelungen! Die Propheten hatten zwar die Zerstörung vorausgesagt, aber daß nur noch ein so kläglicher Rest von Babylon bleiben würde, hatten sie nicht vorausgesehen. »Nun ja«, fuhr der Konsul fort, »wir werden heute abend unser Lager in Bir Nimrud aufschlagen, es war die erste Ursache für die Sprachenverwirrung, und ich verfluche es dafür: Wir verdanken ihm kabbalistische Deklinationen, infernalische Konjugationen und eine satanische Syntax!«

»Das war eine riesige Zikkurat, nicht wahr?«

»Ich glaube, der Turm hatte sieben Stockwerke, jedes acht Meter hoch, die über einer Terrasse von 128 Metern Länge lagen. Er war vollständig mit emaillierten Ziegeln verkleidet. Schauen Sie, hier ist ein Beispiel dafür«, sagte er und hob eine Scherbe auf.

»Und nun ist alles nur noch Schutt!«

»Nebukadnezar hat selbst gesagt, daß der Tempel der sieben Lichter auf Borsippa zurückgeht, einen antiken König, der die Spitze nicht mehr hat bauen lassen können. Die Männer hatten ihn in panischer Angst vor der Sintflut verlassen. Durch das Erdbeben sind die Ziegel eingestürzt. Der große Gott Merodach forderte Nebukadnezar auf, die Grundmauern wieder zu errichten. Da ließ der König zusätzlich kreisförmige Rampen anlegen und seinen Namen auf das Arkadenfries schreiben.«

Die Nacht war kalt und dunkel. Der flackernde Schein eines Feuers glitt liebkosend über die Gesichter. Jane war ganz in ihre Träume versunken, sie rührte sich nicht, mehr und mehr fasziniert von Rawlinson.

»Es ist Zeit zum Schlafen. Sie erinnern mich an eine dieser antiken Statuen von unvergänglicher, einzigartiger Schönheit, die dazu geschaffen sind, bis ans Ende aller Zeiten zu überdauern. Bleiben Sie bei mir, Sie wären mir eine große Hilfe.«

»Übertreiben Sie nicht! Bei Ihrer Bildung treten meine Lücken nur allzu deutlich zutage!«

Und das Abenteuer nahm weiter seinen Lauf. Auf dem Rückweg erkletterten sie Berge von Trümmern, machten sich an die Bezwingung eines Hügels, des Tel Ibrahim, und blieben außer Atem vor dem Gebäude, das die Asche Abrahams enthielt, stehen. Dann wieder lagerten sie auf dem Grabhügel von Aram Ibn Ali, den sie am Tag zuvor ausgegraben hatten. Aus den Gräben, die der Archäologe aufgeworfen hatte, tauchte in einer Ecke ein Basaltlöwe von primitiver Machart auf.

»Und das ist geblieben von einem Palast, der von so vielen Königen verschönert worden ist und an dessen Fuß Alexander starb! Keine Spur mehr von den Gärten, die Nebukadnezar angelegt hat, um seiner Frau Amytis, der Tochter des Mederkönigs Astyax, eine Freude zu bereiten, weil sie sich nicht an die Eintönigkeit der Ebenen gewöhnen konnte. Schon in der Zeit der Parther lag hier alles in Trümmern, und aus den berühmten hängenden Gärten waren Nekropolen geworden.«

»Wieviel Körbe Erde müssen Sie weggeschafft haben, um manchmal nur eine zerbrochene Vase zu entdecken... Scherben ohne Bedeutung!«

»Ich werde ewig beklagen, daß ich nicht vor zweitausendsechshundert Jahren in Babylon gelebt habe.«

»Und ich, die ich nur das verlorene Paradies beweine, ich habe doch Schwierigkeiten zu glauben, daß es sich hier zwischen diesen beiden Flüssen befand. Die Bibel irrt sich nicht, oder?«

»Trennen Sie sich niemals davon, in ihr ist alles enthüllt für den, der sie zu lesen versteht. Nun, glauben Sie nicht, daß wir direkt nach Bagdad zurückkehren werden. Ich nehme Sie morgen mit nach Ctesiphon.«

»Ich habe nicht gewagt, Sie darum zu bitten.«

Sir Henry ergriff ihre Arme und versuchte ungeschickt, sie zu umarmen. Aber Jane verspürte kein Verlangen nach einer Romanze, für sie wie für ihn hätte das alles verdorben. Sie löste sich rasch von ihm, und so natürlich wie möglich tat sie so, als interessiere sie sich für ein Stück lackierten Ziegel.

Sie ritten an einem Tag über die Ebene, kamen an Stämmen vorbei, die von Raubzügen lebten. Mit schußbereiten Waffen galoppierten sie eng beieinander. Von weitem erkannten sie die Beni Laam, die Shammar und die Beni Abbou Mohammed, doch der Anblick der englischen Fahne erstickte jede Angriffslust im Keim.

Die Nacht brach herein, sie hatten nur ein paar Datteln gegessen und Wasser aus einem Brunnen getrunken. Die Schläuche waren leer. Sie mußten vor Sonnenuntergang ankommen. Die Pferde waren erschöpft, sie selbst schmutzig, kaum noch zu erkennen, mit vor Müdigkeit verzerrten Zügen.

Der Himmel glühte noch rot über dem riesigen Bogen, in dem sich die Hauptstadt der Kosroer erhob. Sie beschlossen, im Mittelschiff zu lagern, das einst den Wachen, den Kunden und den königlichen Schreibern vorbehalten war.

»Die kleinen Säulen waren, so sagen die Geschichtsschreiber, von Silber umgeben. Ich neige eher zu der Annahme, daß sie mit einem Mantel aus versilbertem Kupfer verkleidet waren. Die Ziegel, aus denen sie bestehen, sind mit einer Grobheit zugeschnitten, die doch sehr mit der Schönheit der Fassade kontrastiert.«

Sir Henry, der seinen Annäherungsversuch vergessen hatte, war wieder ganz Gelehrter. Er hatte etwas an sich, das an Frederic Madden erinnerte.

Madden leitete nun die Manuskriptabteilung im British Museum, hatte Sir Henry ihr erzählt. Sie waren so jung gewesen damals. Damals schon hatte sie sich gesagt, daß diese Art von Männern nie etwas für sie sein würde. Sie wollte Männer, die in der Gegenwart lebten, die Tag für Tag kämpften, sich ihre eigene Geschichte schufen.

»Bewundern Sie die Kühnheit dieses Bogens! Der Dachstuhl ist am Tag der Geburt Mohammeds eingestürzt, sagt man. Und dort, in diesem Teil, die Löcher, waren zum Bewegen der Lampen bestimmt, die im Innern des Saals aufgehängt waren. Durch diese Tür konnte der König zu seinem Thron gelangen. Und genau in diesem Augenblick zeigte das Zeltdach vor dem großen Bogen, das so angebracht war, daß es die ersten Sonnenstrahlen auffing, – »wenn die Nacht dem Tag weicht«, wie Firdusi schrieb – dieses Zeltdach also zeigte an, daß der erhabene König Audienz gewährte. Alles war in einen Schleier aus Gold und Purpur gehüllt, der sich von den silbernen Mauern löste, von den riesigen Teppichen, die auf Strohmatten lagen, von den feinen Stoffen, die statt einer Vertäfelung die Wände bedeckten. Stellen Sie sich dieses großartige Schauspiel vor: Der König der Könige saß, umgeben von zahlreichen Höflingen, auf seinem Elfenbeinthron.«

»Sir Henry, nur die Völker des Orients konnten eine solche Pracht entfalten! Zeiten und Menschen konnten diesem Koloß noch so sehr nacheifern, weder Römer, noch Araber, noch Türken, noch die Abnutzung der Jahrhunderte konnten mit ihm fertig werden.«

Ein Nachtvogel flog mit klagendem Ruf durch das große Schiff. »Der letzte Gast im Sassanidenpalast«, sagte sie lächelnd unter ihrer Maske aus Staub.

10

Aber weder dem Oberst, noch der Stadt des Sultans al-Raschid gelang es, obwohl beide Jane faszinierten, Ruhe in ihr Gemüt zu bringen. Kaum war sie nach Bagdad zurückgekehrt, da plante sie schon wieder ihren Aufbruch. Sie wollte eine andere Route nehmen als die, über die sie gekommen war; dieses Mal wollte sie den Tigris entlangreiten, in Djezireh Station machen und bis nach Kurdistan kommen.

»Nein, Sie brauchen mich nicht zu begleiten«, sagte sie. »Ich werde Ihnen niemals genug für Ihren Empfang danken können. Es gibt Orte, in die ich nur reise, weil mich dort das Abenteuer ruft. Ich brauche gar nicht viel darüber zu wissen, bis hierher hat mich der Zufall geführt, und ich werde ihm weiter vertrauen.«

Rawlinson und Jane unterhielten sich im Patio, und eine gewisse Sehnsucht hinderte Jane daran, vollständig an das zu glauben, was sie sagte. Der Konsul ließ sich nicht täuschen. Er ahnte bei ihr, hinter diesem Verlangen nach neuen Horizonten, hinter diesem wilden Verlangen, immer noch weiter zu ziehen, eine Flucht, oder vielmehr die Angst, sich selbst zu begegnen.

»Ich habe immer gedacht, dieses Land zöge mich an, weil etwas hier eine Saite in mir zum Klingen bringt«, sagte er. »Bei Ihnen dagegen habe ich den Eindruck, Sie fügen sich noch nicht darein, daß Sie sich hier wiedererkennen. Wahrscheinlich ist dies der Grund, warum wir, erlauben Sie mir dieses Geständnis, so glücklich waren, daß wir uns begegnet sind. Ich werde Sie vermissen, das wissen Sie. Da Sie nicht wollen, daß ich Sie begleite, werden sich unsere Archäologen um Sie kümmern, und mein Haus dort unten, in Ninive, steht zu Ihrer Verfügung. Achten Sie auf sich, auf die Schlangen und auf die mesopotamischen Banditen, das sind schreckliche Feinde. Sie halten alles, was ihnen in die Hände fällt, für eine von der Natur geschenkte Beute.«

»Ich bin ein Mensch, dem es unmöglich ist, Angst zu empfinden. Nicht ohne Grund rühmt sich jeder Beduine, zur ›reinsten Rasse‹ zu gehören. Niemals sind sie erobert worden, sie haben durch alle Invasionen ihre Unabhängigkeit bewahrt, von den Anazeh bis hin zu den Shammar.«

»Passen Sie trotzdem auf! Die Standhaftigkeit und die Tugenden der Beduinen, und selbst die ganze Romantik der Welt können es nicht verhindern, daß man sie doch enttäuschend findet, zumindest wir, gebildete Menschen mit Sinn für Ordnung, die wir es lieben, die Dinge und Wesen zu jedem Zeitpunkt wiederzufinden. Ich fürchte, die Engländer werden niemals begreifen, daß man diese nomadisierenden Völker unmöglich überwachen kann.«

Jane antwortete: »Ich will nicht das Unerreichbare erreichen. Aber geben Sie doch zu, daß es eine ständige Versuchung ist, jemanden disziplinieren zu wollen, der kein Gesetz akzeptiert, wenn ich auch genau weiß, daß dies eine harte Aufgabe ist.«

»Scheich el-Barrak wird Sie nach Damaskus bringen. Auf diesen Mann ist Verlaß, Sie können ihm vertrauen.«

Im Morgengrauen verließ Jane, nachdem sie einen letzten dampfenden Tee genossen und den Anführer der Karawane begrüßt hatte, beladen mit Geschenken und mesopotamischen Antiquitäten die Stadt an der Spitze einer Karawane von ungefähr hundert Pferden und Kamelen.

Das Land sah aus wie ein vielfarbiges Puzzle, mit gelben Flecken, die die Gebiete kennzeichneten, wo Korn gedroschen wurde. Woher kam es, daß die Bauern, die verschleierten Frauen es auf einmal anscheinend so eilig hatten? Von fern glänzten Salzflächen wie seltsame, eisige Teiche, noch weiter entfernt sah man undeutlich Euphrat und Tigris. Sie ritten durch vergessene Ortschaften, deren weiße Hütten Bienenstöcken glichen, schliefen in der Nähe eines Lagers von Karawanen, die von der persischen Grenze gekommen waren, machten Halt in Nimrud, und noch weiter entfernt, im einstigen Ninive.

All die Erinnerungen, die Jane in ihren Träumen gesammelt hatte, schienen langsam wie ein träger Fluß an ihr vorbeizuziehen, wie die Steinchen eines Mosaiks, das in den Ruinen einer toten Stadt begraben liegt.

Bei jeder Etappe machte sie, mit Stiften bewaffnet, zahlreiche Skizzen. Seit der Abreise aus Bagdad hatte sie nun schon das zweite Album begonnen, aber ihr Herz war immer noch gebrochen. »Allein, immer allein, niemand, der meine Gefühle, meine Entdeckungen teilt«, notierte sie in ihrem Tagebuch. Eines Tages bemerkte sie, daß sie den Ring von Saleh verloren hatte, und sie weinte. »Warum soll ich mich an diese Erinnerung klammern, als ob diese Liebe mir jemals gehört hätte? Warum? Vielleicht müßte ich ihn einfach nur wiedersehen, um geheilt zu sein...«

In Mardin, einem Adlerhorst, der die Ebene beherrschte, beschloß Fawaz el-Barrak zu handeln. Bis dahin waren die Annäherungsversuche des Scheichs so diskret wie nur möglich gewesen. Er war ein stolzer und schöner Mann. An diesem Abend, als die Sonne noch Fluten von Gold zur Erde sandte, bevor sie in ihr unergründliches Bett sank, nahm der Scheich Jane in die Arme. Sie, die nicht damit gerechnet hatte, warf alle Bedenken über Bord, sie war zu unglücklich, um sich Fragen zu stellen. Das Unabänderliche geschah. Liebe war es kaum, vielleicht Rache? Der Scheich blickte sie wild und hart an. Es war wie ein Bruch in der Zeit, ein schicksalhafter Vorfall mehr im Lauf der Dinge. Sie war erstaunt, daß sie ihres Verlangens nicht mehr Herr wurde, als sie sich an den geschmeidigen und sehnigen Körper preßte.

Sie wurde wieder zur Frau. Ihre Vereinigung war roh, aber dann überdeckte Fawaz, als ob er seine eigene Rohheit bedauerte, ihren Körper mit Liebkosungen, bevor er sie noch einmal liebte.

Es wurde wieder still. Ihre Körper lösten sich voneinander. Sie hörte ihre eigene Stimme wie zum ersten Mal: »Dein Verlangen hat mir wohlgetan.«

»Für diese Worte werde ich dir einen Blumenstrauß in der Wüste pflücken.«

Jane lächelte: »Warum sagst du so etwas? Die Blumen in der

Wüste sind nicht größer als die Spitze meines kleinen Fingers, und du, du versprichst mir einen ganzen Strauß! Versprich niemals etwas, was du nicht halten kannst...«

Nachdem sie ihre Mahlzeit miteinander geteilt hatten, bat sie darum, allein schlafen zu dürfen. Da wünschte Fawaz ihr mit leiser Stimme »Frieden«. Fast liebte Jane ihn in diesem Augenblick.

Mitten in der Nacht wachte sie plötzlich auf. Jemand war in ihrem Zelt. Sie rief Fawaz. Keine Antwort. Sie wagte nicht, sich zu bewegen. Sie ließ ihre Hand unter die Matratze gleiten, es gelang ihr, ihre Pistole zu ergreifen. Da war jemand, sie war sich ganz sicher. Ein Dolch funkelte. Jane schrie und feuerte einen Schuß ab. Der Mann floh.

Bewaffnet mit einem Säbel stürzte Fawaz in ihr Zelt, ihm folgten drei *zapeties*.

»Bist du verletzt?« fragte er und kniete neben ihr nieder.

»Er hat mich beinahe getötet.« Sie schaute auf ihre Pistole, die in ihrer Hand noch rauchte.

Draußen zerriß Wutgeschrei die Nacht.

»Sie haben ihn gefangen«, sagte Fawaz beruhigend.

»Ich will ihn sehen. Er gehört mir, da er meinen Tod wollte. Niemand soll Hand an ihn legen.«

Sie erhob sich und trat barfüßig aus dem Zelt. Im Schein der Fackeln schlug ein armer Teufel wild um sich.

»Ich werde ihn töten«, sagte Fawaz. »Männer seines Stammes haben in der letzten Zeit Armenier umgebracht.«

»Laß ihn«, befahl sie. »Warum hast du mich nicht besser bewachen lassen, kannst du mir das sagen? Da du mich beschützen solltest, laß ihn nun und tu, was ich dir sage.«

El-Barrak warf ihr einen bösen Blick zu. Wie konnte sie es wagen, ihm Vorwürfe zu machen? Und noch dazu vor seinen Männern?

Sie wiederholte in eisigem Ton: »Laß ihn frei! Man soll zwei Wachen vor mein Zelt stellen. Und wenn ihm auch nur ein Haar gekrümmt wird, denk daran, daß du dafür büßen wirst...«

Jane merkte zwar die Feindseligkeit des Arabers, aber sie mußte ihn einfach demütigen. Er hatte geglaubt, sie lieben zu können, und er war nicht in der Lage gewesen, sie zu beschützen.

Im Morgengrauen hatten sich die kurdischen Frauen vor ihrem Zelt versammelt, um sie zu feiern, und als sie sie sahen, brachen sie in ein langanhaltendes Geschrei aus.

Jane hob die Arme zum Zeichen des Friedens. Die angeborene Eleganz dieser Frauen, die nur ein langärmeliges Gewand mit einem einfachen Gürtel trugen, erstaunte sie immer wieder aufs neue. Auch Jane stieß nun einen klangvollen ›Schrei‹ aus, dann stieg sie, gefolgt vom Scheich, zur Zitadelle hinauf.

»Verzeih mir, *Effendi*!«

»Gott hat dir verziehen, da mir nichts geschehen ist! Auch mir tut es leid, daß ich mich von meinem Zorn habe hinreißen lassen. Denn die wirkliche oder scheinbare Gefahr ist das Salz der Reisen, und dieser Reise fehlte es an Unvorhersehbarem.«

»Du hättest getötet werden können, ich werde es mir nie verzeihen!«

»Denk jetzt nicht mehr daran! Für diese Leute, das weißt du ebenso gut wie ich, werde ich immer die Fremde, die Ungläubige bleiben. Im übrigen kann ich sie gut verstehen, die Kurden in diesem Gebiet sind während des Aufstandes geboren worden, sie sind aufgewachsen in der Liebe zur Freiheit.«

In der Luft lag ein Geruch nach nassen Steinen. Sie dachte an Medjuel, und sie hatte nur noch einen Wunsch: in das Mezrab-Gebiet zurückzukehren. Medjuel hätte einen solchen Angriff wie den in der vergangenen Nacht niemals zugelassen.

Sie ritten nach Orfa, an Klöstern vorüber, von denen niemand etwas wußte. Die Tagesetappen waren endlos lang. In der Nacht hörte Jane die Beduinen vor ihrem Zelt plaudern, wie sie es noch nie getan hatten.

In Orfa, dem Edessa der Kreuzzüge, das in weißem Glanz erstrahlte, fand Jane ein wenig von ihrem Enthusiasmus wieder.

Vor dem Brunnen von Callirhoé verrichteten die Moslems ihre

Gebete. Wie überall erkannte man die Häuser derjenigen, die nach Mekka gepilgert waren, an der Inschrift *Ma sha Allah*, die Blumengirlanden und lebhafte Zeichnungen umrankten. Jane kaufte geschliffene Steine und primitive Statuetten, die Rawlinson sicher erstaunt hätten. Umgeben von bewaffneten Reitern mit mächtigen Speeren, die ihre Ehrengarde bildeten und sie überallhin begleiteten, durchstreifte sie die Stadt und ihre Basare. Die unvermeidlichen Konsultationen, um die die Kranken sie baten, zwangen sie, noch einen Tag länger zu bleiben. Sie gab zahlreiche Ratschläge und versuchte, die wenigen Medikamente, die ihr noch geblieben waren, einzuteilen. Diese Unglücklichen waren davon überzeugt, daß die *hakima ingliziya* sie gesund machte.

Und dann auf einmal war sie in Aleppo. Aleppo, ganz im Grünen.

Aleppo, wo ihr Cousin Henry begraben war. Auch ihn mußte diese strenge Großartigkeit überwältigt haben, und Jane beschloß, als erstes zu seinem Grab zu gehen. Wie sollte sie die Knoten des Lebens entwirren, den allgemeingültigen Begriff finden, der sie eines Tages alle vereinte? »Armes Kind des Zweifels und des Todes, dessen Hoffnung auf Schilfrohr gründet«, schrieb einst Lord Byron.

Warum wurde sie seit einiger Zeit so sehr von ihren Erinnerungen gequält, sie drängten sich in ihre Gedanken, diese ständigen Fragen! War diese Reise in den Orient nicht eigentlich ein Abstieg zu ihren geheimsten Ängsten?

War sie vorher oder nachher zu Henrys Grab gegangen? Jane wußte es nicht mehr, und sie versuchte auch gar nicht mehr, sich daran zu erinnern. Ein Bild drängte sich ihr auf, wie ein Dolchstoß ins Herz, und das war alles, an das sie sich erinnerte: Medjuel! Medjuel el-Mezrab, wie er neben ihr auf dem Peristyl des Sonnentempels gesessen hatte. Dort hatte er sie, daran erinnerte sie sich wenig später, gebeten, seine Frau zu werden. Verliebt, wie sie damals war, hatte sie ihm nicht zugehört. Dennoch war er ernst und bestimmt gewesen, sein Wort war das eines Ehrenmannes. Jetzt war es wahrscheinlich zu spät.

Ein Jahr war vergangen seit ihrer Begegnung mit Saleh. Jane

hatte glauben wollen, daß nach ihm ihr Leben sich der Liebe verschließen würde, so wie welke Blütenblätter abfallen, und seitdem hatte sie nur noch versucht, vor der Zeit zu fliehen. Ihre jetzige Schwäche war die der Menschen, die sich von ihren Abenteuern umfassende Antworten erhofften und doch nur den Geschmack des Unvollendeten davon zurückbehielten, und das nennen sie dann Niederlage. Sie stand außerhalb der Gesetze, sie war leidenschaftlich, willensstark und empfand eine natürliche Verachtung für Konventionen, und letztendlich identifizierte sie sich mit Kenelm Digby, der an der syrischen Küste verschwunden war. Wie sagte doch Byron? »Stolz, wild, verwöhntes Kind der Unbesonnenheit.«

Der Orient war für sie nicht mehr das Land der Eroberungen oder der Reisen, er war die Heimat der Jugend der Seele, der wiedergefundenen Zeit. Welche fruchtlose Verzweiflung hatte sie beide in diese fernen Länder geführt oder auch welches Absolute, welche Unschuld in ihrer Haltung dem Leben gegenüber?

Was war von der Zitadelle von Aleppo übriggeblieben? Imposante Ruinen, die das Erdbeben von 1822 nicht gerade ordentlich hinterlassen hatte. Und doch, was dort, von der Höhe der Mauern herab, so laut zu ihr sprach, das war das Leben.

In dieser verlorenen Stadt inmitten einer eintönigen Landschaft, auf dieser Hochebene mit dem orangefarbenen Boden, die sich erstreckte, so weit das Auge reichte, ohne daß ein einziger Hügel, ein Baum, eine Wasserlache den Blick aufhielt, in dieser Ansiedlung von Lehmkuppeln, umgeben von Herden, die in der Einsamkeit dahinzogen, in dieser riesigen Ebene, die einen mit ihrer Eintönigkeit und Leere erdrückte, dort wollte sie noch einmal die Hoffnung erfahren.

Fawaz el-Barrak hatte die Zelte am Ufer des Kouaik aufschlagen lassen, in der Nähe eines Friedhofes. An diesem Abend begegnete Jane überraschend M. Kopini, einem ihrer griechischen Freunde von einst, den sie in Pisa kennengelernt hatte. Sie erfuhr von ihm, daß Otto[15] und Königin Amalia ins Exil hatten gehen müssen. Sie war erstaunt, so etwas wie Zufriedenheit zu empfinden, ihre Rivalin war ihrer gerechten Strafe nicht entgangen! Sie machte sich Sorgen um Christos, niemand wußte etwas von ihm. Vielleicht brauchte er sie?

Aber sie verwarf den Gedanken, nach Griechenland zurückzukehren, wieder. Die Stadt, in der sie sterben würde, war Damaskus.

El Hamdul l'illah! Das Lob Gottes, in der liebenswerten Stadt Hamah. Lichterfunkelnd floß der Orontes rasch zwischen den Bäumen dahin, die hier viel höher wuchsen als anderswo. Die mächtigen Steinmauern spiegelten ihr Schachbrettmuster im Fluß; die Häuser schienen ihre Balkone, ihre Moucharabien nach unten zu neigen, um das Wasser, das unter den Ästen dahinfloß, besser betrachten zu können.

Riesige, ächzende Räder, drei Stockwerke hoch, brachten das Wasser in Holz- oder Steinrinnen, Wasser, das zur Bewässerung der Obstgärten bestimmt war. Eine fast unnötige Anstrengung: wenigstens die Hälfte des Wassers ging verloren, verrieselte und kam den Pappeln und dem spanischen Flieder zugute, die am Kanal wuchsen.

»Das ist zu schön«, dachte Jane, »schön wie ein arabisches Gedicht, in dem Liebe und Gleichgültigkeit, das Singen der Vögel und das Flüstern des Windes miteinander verflochten sind.«

Unnötig, auf den Hügel zu steigen, auf dem die Zitadelle thronte, und dort Ausschau nach Medjuel zu halten: Das ganze Gebiet, das sich vor ihren Augen erstreckte, war Mezrab-Territorium.

Warum sollte sie es ableugnen? Jane lief in den Basar, suchte überall nach Medjuel, glaubte, ihn in jedem Beduinen zu erkennen. Sie wollte nicht mehr vor den Verkaufsständen stehenbleiben. Um besser sehen zu können, reckte sie sich, half sich mit dem, was sie fand, manchmal war es ein Säulenschaft, manchmal ein antikes Kapitell. Aber alle Burnusse sahen gleich aus.

»Hast du Erkundigungen eingezogen, Fawaz? Wo sind die Mezrab, wo ist Medjuel?«

»Mohammed und seine Brüder sind in der Wüste, nicht weit von Tadmor«, erwiderte der Scheich. »Das ist doch nicht allzu weit, er hätte kommen können«, fügte er in einem Ton hinzu, in dem sie die Verärgerung spürte, die allein schon der Name Medjuels bei ihm hervorrief.

Es wurde Abend, die Räder quietschten noch mehr, der Duft von

Jasmin hing schwer in der Luft. Die Stadt war nicht mehr die gleiche, eine traurige Stimmung war auf sie herabgesunken.

Jane ging in ihr Zelt, zog sich um, legte den Beduinenschmuck an und streifte, da sie keine Ruhe fand, durch das Lager. Das Essen war fertig, sie aß zerstreut, vergaß – sonst tat sie es jedesmal –, den Koch zu beglückwünschen. Warum glaubte sie, daß Medjuel immer noch an sie dachte?

Wie schwer es ist, sich zu verstehen und sich selbst zu kennen. Sie löschte ihre Lampe und ging zu Bett, versuchte sich einzureden, sie würde letztendlich ein Mittel finden, ihn wiederzusehen.

Fawaz, der ihr Pferd am Zügel hielt und auf sie wartete, reichte ihr die Hand, um ihr in den Sattel zu helfen. Sie ritten in kurzem Trab in die Wüste hinaus, die Pferdehufe wirbelten kleine Staubwolken auf.

Am Ende des Tages erkannte sie den Weg wieder, den sie bei ihrer Rückkehr von Palmyra genommen hatten. Jane erinnerte sich an ihre Begeisterung; damals hatten zwei Männer sie geliebt, die sie beide heiraten wollten. Nach der Untreue von Christos rächte sich nun das Leben.

Und nun war sie wieder ohne Waffen und ohne Mut. Fawaz war ihr gleichgültig, und Medjuel war nicht mehr da. Er mußte doch von ihrer Rückkehr wissen. In der Wüste wußte man alles, die Neuigkeiten laufen so rasch wie Gazellen vom Euphrat zum Orontes.

Sie galoppierte auf der Straße nach Damaskus, suchte ein wenig Vergessen in dieser körperlichen Anstrengung, im Ungestüm des Ritts. Breite Äcker, auf denen Sperlinge pickten, säumten den Weg. Von Zeit zu Zeit warf Jane einen Blick zurück, suchte, ohne allzu viel Hoffnung, nach einer Silhouette.

Tränen traten ihr in die Augen. Wo war die Zeit geblieben, in der sie alles erreicht hatte, was sie wollte? »Ich habe gelernt, meine Verzweiflung zu lieben.« Sie brach in ein so schmerzliches Lachen aus, daß Fawaz sie ganz beunruhigt anschaute. Dann preßte sie ihr Gesicht an den Hals ihrer Stute und verharrte sekundenlang in dieser Stellung. Ein großes Schweigen sank über die Karawane.

»Sie müssen nicht verzweifeln, Frau Gräfin, er hat gesagt ›in einem Jahr‹. Noch ist nichts verloren.«

»Natürlich, Eugénie, er kann noch kommen. Die Einsamkeit ist letztlich nicht so schlimm, das Schreckliche ist das Vergessen, die Verlassenheit...«

»Wir wollen uns um unsere Einrichtung kümmern. Madame muß zugeben, daß die Arbeiten während Ihrer Abwesenheit gut vorangeschritten sind. Und was sollte ich denn sagen? Ich könnte in Griechenland sein, mit dem General!«

»Warum hast du es nicht getan?«

»Ich habe mich in den Gärtner des französischen Konsulats verliebt! Medjuel hatte Madame schon so gut wie zu seiner Prinzessin gemacht; besser, Sie hätten da gar nicht erst lange überlegt!«

Erschöpft streckte sich Jane auf ihrem Bett aus.

»Mein Leben hat keinen Sinn mehr, wie jämmerlich und absurd ist es doch geworden. Und du, du hältst mich immer noch für eine glückliche Frau«, sagte Jane mit einem kläglichen Lächeln. »Geh hinunter und frag Dimitri, ob er etwas weiß. Meine gute Eugénie, man könnte das Märchen von Blaubart erzählen. ›Meine Schwester Anne...‹. Ach was, ich komme mit dir hinunter, wir wollen die Pferde satteln, ich kann nicht mehr länger in diesem Zimmer bleiben.«

»Monsieur Wood erwartet sie.«

»Morgen... das hat bis morgen Zeit.«

Außerhalb der Stadtmauern ließ sie ihr Pferd im Schritt gehen und ritt die von Cafés gesäumte Barada entlang. Ein letzter blutroter Schein glänzte am Horizont. Myriaden von Vögeln sangen in den Bäumen und überall hörte man das Murmeln von Wasser, Symbol des Lebens und des Überflusses.

Hinter ihr erscholl das Wiehern eines Pferdes. Sie schloß die Augen, hielt ihr Pferd an.

Neben sich, auf dem Sand, erkannte sie den Schatten Medjuels.

Epilog

»Das Mißgeschick meiner Natur ist es, die Liebe als ein Ganzes zu betrachten, ohne Liebe hat das Leben keinen Sinn.«

Jane Digby

Wer würde jemals Janes Geheimnis ergründen können? Sicher nicht die Skandalchroniken, die nur die Tumulte und das Durcheinander in ihren Beziehungen aufgelistet haben. Es war leicht für sie, sie aufzuzählen, wie man eine Liste von Schlachten aufstellt. Aber wie konnte man auch akzeptieren, daß Jane, nachdem sie einen englischen Peer geheiratet hatte, einem österreichischen Kanzler und dann noch zwei Königen den Kopf verdrehte? Und daß sie, ihre Eroberungen immer weiter treibend, auch noch einen deutschen Baron und schließlich einen griechischen Grafen geheiratet hatte, bevor sie sich eine aufsehenerregende Liaison mit einem Banditen leistete? Und nun hatte sich diese Frau in den Kopf gesetzt, einen arabischen Scheich zu ehelichen.

Richard Wood hütete sich wohl, ihr ins Gedächtnis zu rufen, daß bei den Anazeh untreue Frauen gesteinigt oder enthauptet wurden und daß daher ihre Vergangenheit für sie immer eine Bedrohung darstellen würde. Er zog die Ausrede vor, es sei unmöglich, die für die Heirat notwendigen Papiere zu bekommen. Er wollte Zeit gewinnen.

Er schrieb an Janes Bruder, Edward St. Vincent Digby, und hoffte, dieser hätte vielleicht mehr Glück, sie von ihrem Vorhaben abzubringen.

Aber Jane fand wie immer eine Antwort auf alles: »Ich werde mir die Zustimmung von den türkischen Behörden besorgen. Ich habe schon seit langem gelernt, auf die Dienste Ihrer Majestät, der Königin Victoria, zu verzichten!«

»Aber ihre Ehe wird dann in Europa nicht gültig sein«, gab der Konsul zu bedenken.

»Ja und? Ich kann von jetzt an nur noch in der Wüste leben. Und ich will verheiratet sein.«

Sie, die die Leidenschaften in ihrem Leben niemals lange hatte halten können, hatte nie aufgegeben, dem Traum von zwei in Liebe vereinten Herzen zu folgen, und verwandte darauf all die Frische eines jungen Mädchens und die Kühnheit einer Frau.

Und diejenigen, die sich über die Liste ihrer Eroberungen empörten und nur daran dachten, ihr Betragen zu verurteilen, wußten nicht, daß die Liebe ein Abenteuer ist, in dem es nie einen Sieger gibt.

Ungestüm, abenteuerlustig und naiv zugleich, war sie alles im Übermaß, Nachsicht kannte sie nur anderen gegenüber. Niemals hatte sie versucht, Entschuldigungen für ihr Verhalten zu finden, noch viel weniger Rechtfertigungen. Sie hatte ihre Kinder in dem Wissen verlassen, eines Tages dafür bezahlen zu müssen, und der Himmel hatte sie dafür gestraft, indem er ihr Leonidas, den sie über alles geliebt hatte, nahm.

Diese moslemische Heirat war in den Augen des Konsuls von Damaskus ein wahres Desaster und mit Sicherheit eine Mesalliance. Jane brauchte er das nicht erst zu erklären, und Abdul Medjuel el-Mezrab auch nicht, er hätte in ihr eine Frau aus der Rasse der Ungläubigen sehen müssen, die die Seinen seit Jahrhunderten bekämpften. Wie wollte er es anstellen, daß sein Stamm sie akzeptierte? Der Konsul versuchte mit allen Mitteln, Lady Jane daran zu hindern, diese letzte Schwelle zu überschreiten. Wenn sie einen türkischen Bürger, auch wenn er von bester beduinischer Abstammung war, zum Ehemann nahm, würde sie ihre Staatsangehörigkeit verlieren: die Enkelin des Earl of Leicester konnte sich so etwas nicht erlauben...

Die Hochzeit fand in Homs statt.

Das Ereignis löste einen der schönsten Skandale aus, die Arabien je erlebt hatte. Aber der Wüstenwind trägt die Verrücktheiten der Menschen so rasch davon, wie die Fata Morganas vergehen.

Sie lebten einige Zeit in Homs, wo der Scheich ein Haus besaß, und Jane Digby el-Mezrab verbrachte die ersten wirklich glücklichen Tage ihres Lebens.

Später, als die öffentliche Meinung sie akzeptiert hatte, ließ sie sich in Damaskus nieder. Jedes Jahr zog Medjuel in die Wüste und nahm ein paar Monate lang am Leben seines Stammes teil. Jane versuchte nicht, ihn durch irgendein Argument oder einen listigen Schachzug davon abzuhalten, sie waren übereingekommen, daß sie ihm, immer wenn er zu den Seinen wollte, jegliche Freiheit ließ.

Sie fürchtete und liebte diese Unabhängigkeit; sie liebte es, daß Medjuel, der ungreifbare, der tapfere, freie und wundervolle Mann blieb, in den sie sich verliebt hatte, der Mann, den sie wahrscheinlich immer gesucht hatte. Aber bei jeder Trennung empfand sie wieder den gleichen Schmerz, durchlitt die gleiche, von Furcht überschattete Unruhe: Würde er wiederkommen? Verbarg er ihr etwas? Hatte er eine andere Frau?

Aber er kam immer wieder zurück, und alles begann wieder wie am ersten Tag. Und letzten Endes hatte Jane begriffen, daß sie, indem sie die absolute Unterwerfung der Liebe, diese erhabene Knechtschaft akzeptierte, zugleich eine neue Freiheit und Frieden mit sich selbst fand.

Eines Tages erhielt sie Nachricht aus England. Ihre Familie, die sie in einem Harem eingeschlossen glaubte, sorgte sich um sie. Lady Digby war dreiundachtzig Jahre alt, die Steele-Schwestern hatten kein Alter mehr.

Jane beschloß, es sei an der Zeit, sie wiederzusehen. Lord Digby, ihr Onkel, war ohne Erben gestorben, er hatte seinen Titel Edward St. Vincent, Kenelm und Jane einige Vermögenswerte hinterlassen.

Auf dem Weg nach England unterbrach sie ihre Reise in Athen, um ihre Freunde zu begrüßen. Christos[16] erwartete sie am Kai. Er versuchte sie zu überzeugen, daß er immer nur sie geliebt habe. Sie schieden als gute Freunde...

Kein Mitglied ihrer Familie erwähnte den Namen Medjuels. Für sie blieb sie die Gräfin Theotoki, oder besser noch, die

›Honourable Jane Digby‹. Sie versuchte ihnen nicht zu erklären, daß der Ehrenkodex ihres Gatten genauso viel wert war wie der der Christen.

Trotz der Freude, die sie beim Wiedersehen empfand – seit zwanzig Jahren war sie nicht mehr in England gewesen –, langweilte sich Jane bald. Sie kaufte Möbel, ein Klavier, seltene Pflanzen für ihren Garten – sie führte die ersten Magnolien in Syrien ein –, suchte ein paar Leicester-Schafe aus, Truthähne, zwei King-Charles-Spaniels und stellte ein wahres Waffenlager für ihren Stamm zusammen.

Ihr Herz schlug endgültig in Syrien.

Medjuel hatte zum ersten Mal in seinem Leben Angst gehabt, eine Frau zu verlieren. Von nun an weigerte er sich, sie wegfahren zu lassen, er nahm sie mit auf seine Abenteuer. Und quer durch die ganze Wüste ritt Jane nun an seiner Seite, überwachte den Viehauftrieb, nahm an den *ghazouls*, den Gefechten gegen die Shammar teil, bei denen auch sie den Feind verfolgte. Manche behaupteten, sie hätten sie gesehen, wie sie auf einem mit schwarzen Straußenfedern geschmückten Palank, einer Kamelsänfte, thronend, eine wilde Flucht hervorgerufen hatte.

Sie hatte ihre eigenen Falken, ihre Slughis, jagte Antilopen und manchmal Löwen in der Wüste.

Kein Araber hätte gewagt, ihr ein zweifelhaftes Tier zu verkaufen – das Coke'sche Blut ließ sich nicht verleugnen –, und die Mezrab hörten ihr stundenlang zu, wenn sie von den arabischen Pferden sprach und davon, was man in ihrer Heimat damit machte.

Die Augen mit Khôl umschattet, trug Jane nun lange Zöpfe, die ihr bis zur Taille hingen, und sie hatte sich die Haare mit Henna gefärbt – ihre Schwiegermutter hatte ihr erklärt, blondes Haar zöge den bösen Blick an.

In Homs kleidete sie sich wie eine Beduinin, lief auf den *kabkab*, den hohen, mit Perlmutt eingelegten Schuhen. In der Wüste jedoch ging sie barfuß, oder sie ritt in Stiefeln aus gelbem Leder, und sie trug nur noch Silberschmuck.

In Damaskus, in ihrem Haus, trug sie wieder prächtige, goldbestickte Kleider, in denen sich Orient und Okzident mischten, und legte ihren Schmuck an. Aber immer und überall ließ sie erkennen, wie ergeben sie Medjuel war. Sie brachte ihm selbst das mit Rosenblättern parfümierte Wasserbecken, wusch seine Füße und Hände, bereitete sein Essen zu. Sie war es auch, die ungeachtet der zahlreichen Dienstboten seine Fladen buk. Nur eins lehnte sie ab: das Zelt zu errichten, und im Gegensatz zu den anderen Beduinenfrauen hatte sie ihre eigenen Pferde.

Sechs Monate in der Wüste, sechs Monate in Damaskus, diese Aufteilung hatte sie sich ausbedungen. In Damaskus lebte sie in Überfluß und Luxus, und Eugénie herrschte wirkungsvoll über eine Vielzahl von Dienern in blendend weißen Gewändern. Ihr Park quoll über von seltenen Pflanzen, und in ihrer Menagerie beherbergte sie ein paar Raubtiere, einen zahmen Pelikan, Gazellen, Rebhühner, und unzählige Hunde und Katzen aller Arten, die überall herumspazierten. Jane wachte mit eifersüchtiger Sorgfalt über ihre Ställe, in denen die schönsten Pferde des Nedjed und weiße Kamelstuten des Wohlwollens ihrer Herren harrten.

Es gab keinen europäischen Reisenden, der nicht bei ihr in Damaskus Station machte. Ihr Salon verströmte den Charme und die Behaglichkeit des alten Englands, in ihrer Bibliothek standen die besten Bücher. Aber der *liwan* und der Patio blieben arabisch. Ihr Museum – sie konnte ihre Sammlungen schon gar nicht mehr zählen – befand sich im *salamlik*. Überall, bis in die kleinsten Einzelheiten, zeugte äußerstes Raffinement von ihrer Gegenwart...

Von der Krim kamen entsetzliche Gerüchte, der Krieg vergoß wieder Ströme von Blut. Die absonderlichsten Geschichten kursierten, eines Tages wurde behauptet, die Türken hätten alle Frauen in einem Ort niedergemetzelt, am nächsten Tag erzählte man jedem, der es hören wollte, im Hauran hätten sich die Drusen erhoben. In Beirut wütete eine Cholera-Epidemie. Mit Beginn der Hitze wurde das ganze Umland von Panik ergriffen. In der Wüste herrschte wieder Anarchie, der Krieg war ausgebrochen.

Die Eingrenzung des Weidelandes, das Eingreifen der türkischen, englischen, französischen, irakischen und syrischen Regierungen, die alle, wenn auch in unterschiedlichem Maße, den Nomaden feindlich gesonnen waren, das zunehmende Verschwinden der ›Fraternitätssteuer‹, die die Beduinen den Seßhaften auferlegt hatten – die aber die Regierung verboten hatte –, und schließlich das Verbot der *rezzous*, der Razzien, hatten die Stämme gezwungen, nach neuen Mitteln zu suchen, mit denen sie ihre Existenz sichern konnten. Denn Scheichs und Krieger konnten keinen Ackerbau treiben, wollten sie nicht ihre Ehre verlieren.

Am Tor zur Oase von Iaouf begann die große rote Nefoud-Wüste. Eine Hälfte gehörte den Anazeh, die andere den Shammar. Diese Stämme vereinigen zu wollen, war ein beinahe sinnloses Unterfangen, das wenigstens hundert Jahre Verhandlungen erfordert hätte.

Medjuel brach mit seinen Söhnen und Brüdern, die mit englischen Gewehren bewaffnet waren, auf, gefolgt von den Frauen seines Stammes. Warum nahm er sie dieses Mal nicht mit?

Nach seiner Rückkehr ließ Medjuel sie, um ihr sein Vertrauen zu beweisen, für drei englische Forscher die Reise nach Palmyra organisieren. Jane sollte selbst die Eskorte führen, und er würde vorausreiten und auf sie warten.

Sie vergaß ihre Klagen, gab sich ganz dem Abenteuer hin. Sie mußte ihrem Mann beweisen, daß sie seiner würdig war, daß sie ihm ebenbürtig war, denn noch nie hatte man einer Frau, noch nicht einmal einer Araberin, eine solche Verantwortung übertragen.

Den Europäern war es peinlich, wenn sie von Jane Lobeshymnen über die Beduinen hörten. Die Nomaden blieben für sie Wilde, Mörder, kaum menschliche Wesen, die die Wüste verpesteten. Medjuel war vielleicht ein Herrscher, aber sie hatten Angst vor ihm.

Dank Jane gab es kaum einen mächtigeren Beduinen als ihn, und der Pascha bot ihm die oberste Autorität über Hamah an, was er allerdings ablehnte: Er brauchte die Wüste und akzeptierte keine Einschränkung seiner Freiheit.

Als Carl Haag[17] gerne Palmyra besichtigen wollte, willigten Jane und Medjuel ein, ihn dorthin zu bringen. Für den Maler bedeutete das Abenteuer an der Seite dieser in ganz Europa berühmten Frau die Erfahrung seines Lebens; diese Engländerin, die einen Beduinen liebte, beeindruckte ihn so sehr, daß er ein großartiges Porträt von Medjuel malte. Dieser erfuhr nie, daß er mit Königin Victoria und Prinz Albert die Ehre geteilt hatte, dem deutschen Maler Modell gestanden zu haben.

Am 9. Juli 1860 begann in Damaskus die Totenglocke der Christen zu läuten.

Anderthalb Monate vorher hatte sich Beirut gegen die Christen erhoben, und nun rollte eine Woge aus Feuer und Blut über das ganze Land.

Die Drusen liefen durch die Stadt und schrien *Allah! Allah! Debh in nassara*, Tod den Christen, und sie metzelten alle nieder, die ihnen in den Weg kamen, Männer, Frauen, Greise, Kinder.

Der Emir Abd el-Kader – er wohnte seit fünf Jahren in der Stadt – rettete hunderte von Christen vor dem Massaker. Er schickte seine Algerier mitten in die angegriffenen Viertel, und sie entrissen die Opfer den Händen der fanatischen Aufständischen.

Medjuel war nicht da; von ihren Fenstern aus schoß Jane mit dem Gewehr auf die Masse der Aufständischen, die ihre Tür belagerten. Ihre Beduinen halfen ihr, so gut sie konnten, aber sie waren nicht darauf gefaßt, daß der Aufruhr sich so rasch ausbreiten würde, und unterlagen der Überzahl. Dann gelang es den Algeriern des Emir, die Drusen in die Flucht zu schlagen, und sie nahmen die *Sitt* Mezrab mit zu Abd el-Kader.

Am Morgen des 10. zählte man auf den Plätzen und in den Straßen der Stadt, zwischen den Ruinen der Kirchen und Klöster und in den niedergebrannten Häusern achttausend Leichen von Christen. Kourchid, der Pascha von Beirut, und Achmed, der Pascha von Damaskus, hatten nicht gewagt einzugreifen, und man erzählte sogar, daß ihre ottomanischen Soldaten manchmal den aufständischen Drusen zu Hilfe gekommen waren.

Europa war in Aufruhr, Napoleon III. beschloß einzugreifen. Der Sultan von Konstantinopel, Abdul Medjid, sah sich zu einer Reaktion gezwungen und sandte seinen Außenminister, Fuad Pascha, nach Damaskus. Dieser ließ Hunderte von Männern einkerkern, verbannen, erschießen oder aufhängen.

Achmed Pascha wurde zum Tode verurteilt und hingerichtet, Kourchid Pascha mußte lediglich ins Exil gehen.

Und am 16. August des gleichen Jahres, als General Beaufort d'Haupoul in Beirut mit sechstausend Männern eintraf, war wieder Ruhe in der Stadt eingekehrt.

Mit der Zeit hatte auch Jane endlich Frieden gefunden, ihre Vergangenheit bereitete ihr keine Schmerzen mehr.

Sie freute sich, als sie von der Hochzeit ihres Sohnes Heribert mit der Gräfin Gabrielle Paumgarten erfuhr. In ihrer Münchener Zeit hatte sie deren Mutter, Gabrielle Erskine, gut gekannt – sie war ihre Freundin gewesen, und sie hatte den Grafen Paumgarten im gleichen Jahr geheiratet wie Jane Karl von Venningen. Doch bald fürchtete sie jeden neuen Brief vom Kontinent. Zunächst war es die Nachricht vom Tod ihrer Mutter, im Alter von sechsundachtzig Jahren, die sie ›in einen Abgrund von Elend‹ stürzte: Auch wenn sie durch ihre Strenge schuld daran gewesen war, daß Jane sich eine Zeitlang verstoßen gefühlt hatte, war ihre Mutter doch lange Zeit die einzige gewesen, die zumindest versucht hatte, sie zu verstehen.

1868 verlor Medjuel seinen ältesten Sohn Schebib. Zum ersten Mal in ihrem Leben sah Jane ihn untröstlich, so unglücklich, daß er nicht einmal mehr versuchte, sich hinter seinem gewohnten Stolz zu verstecken... Ouadjid, die junge Witwe, kam nach der Sitte der Beduinen zu ihnen, um bei ihnen zu wohnen.

Die Einweihung des Suez-Kanals brachte einige Forscher nach Damaskus. Jane freute sich sehr, dem Grafen von Turheim wieder zu begegnen, einem Freund von Felix, den sie seit dreißig Jahren nicht mehr gesehen hatte. Auch die Burtons kamen.

Richard Burton[18] war eine faszinierende Persönlichkeit. Einst war er als Araber verkleidet nach Mekka gepilgert. Dann war er in

Begleitung Speecks auf die Suche nach den Quellen des Nil aufgebrochen. In den zwei Jahren, die er mit seiner Frau Isabel in Damaskus verbrachte, wurden Abd el-Kader, Medjuel und Jane ihre besten Freunde.

Mit sechzig Jahren war die *Sitt* el-Mezrab immer noch ausnehmend schön. Isabel Burton, die nicht in dem Ruf stand, sehr zartfühlend zu sein, schrieb über sie: »Sie ist eine große Dame ›bis in die Fingerspitzen‹, als lebte sie in einem Londoner oder Pariser Salon, ihre Umgangsformen sind hervorragend, niemals kommt ein unangebrachtes Wort über ihre Lippen. Mein Gemahl behauptet, niemals einer liebenswerteren Frau begegnet zu sein. Sie hilft uns, wo sie kann. Sie spricht neun Sprachen fließend, malt und musiziert. Ihre Briefe sind geistreich, und bei geschäftlichen Verhandlungen sagt sie kein Wort zuviel oder zuwenig. Sie führt das romantischste und abenteuerlichste Leben, das ich kenne.«

Und Isabel Burton, die die Welt kannte, wußte, was sie sagte.

Frederick Leighton, ein englischer Maler auf der Durchreise in Damaskus, war Jane blind ergeben. Begeistert vom Orientalismus, bat er sie, islamische Antiquitäten zu sammeln, die er in London in seinem Haus in Kensington, das er der Öffentlichkeit zugänglich machen wollte, ausstellen würde.

»Endlich gleiche ich meinem Vorfahren Kenelm«, sagte sich Jane, »wie er überschwemme ich den Kunstmarkt.«

Durch einen Brief ihres Bruders Kenelm erfuhr sie, daß Lord Ellenborough[19] im Dezember 1871 gestorben war. Sie konnte sich kaum vorstellen, daß er 81 Jahre alt geworden war, auch wenn sie all die Jahre hindurch seine glänzende Karriere verfolgt hatte.

Wie viele Erinnerungen erwachten! Es war ihr unmöglich, sich Edward in der Starre des Todes vorzustellen. Er schien sich nur seit langem nach Roehampton zurückgezogen zu haben, so wie auch sie die Tür hinter sich zugeschlagen hatte. Die Zeitungen zogen Nutzen aus seinem Tod, um wieder einmal über Jane zu schreiben... sie griffen die Scheidung und den ›Skandal‹ wieder auf, doch sie stand mittlerweile über solchen Angriffen. Letztendlich traf sie keine Schuld, es war ihre Zeit, mehr noch, ihr Milieu, das die Herausforderung, die ihr Leben dargestellt hatte, nicht hatte annehmen können.

Aus Europa kamen wirklich nur noch Unglücksbotschaften. Heribert teilte ihr den Tod seiner Ehefrau Gabrielle mit, die ihn allein und verzweifelt mit drei Kindern zurückließ. Er wollte sie in Damaskus besuchen, aber sie riet ihm davon ab: Die Stämme führten wieder einmal Krieg gegeneinander. Dieses Mal schürten die Türken das Feuer. Heftige Kämpfe forderten zahlreiche Tote. Medjuel wurde gefangengenommen. Jane ging auf die Suche nach ihm und blieb monatelang verschwunden. Es kam das Gerücht auf, Lady Ellenborough sei tot. Die Presse bemächtigte sich gleich ihrer Legende, und die Journalisten begannen mit der größten Phantasie ihre Lebensgeschichte zu erzählen.

Die einen vervielfachten ihre Ehemänner, die anderen ihre Liebhaber. Als Isabel Burton in Triest, wo sie sich in Begleitung ihres Gatten aufhielt, solch grauenhafte Berichte las, zögerte sie nicht, ihrerseits einen indignierten Artikel zu verfassen, um das Andenken an ihre Freundin zu verteidigen, eine mehr als lobenswerte Absicht, die ihr aber die geschmacklosesten Scherze eintrug.

Im Frühjahr 1873 tauchte Jane wieder in Damaskus auf und zeigte sich ein wenig erstaunt darüber, von ihrem eigenen Tod zu erfahren.

Ihre Berühmtheit wuchs dadurch nur noch, und jemand behauptete, daß allein wegen ihr zahlreiche Besucher aus aller Welt nach Syrien kamen. Ihr Name wurde auf jeden Fall in *Reisen im Orient*, einem in mehrere Sprachen übersetzten Reiseführer, erwähnt. Und die Berichte aus dieser Zeit, wie die von Lydie Paschkoff[20] oder von Dr. Lortet[21] sind einhellig derselben Meinung: Sie hatte immer einen außergewöhnlichen Charme, die hervorragendsten Umgangsformen und war von außergewöhnlicher Schönheit.

Heribert teilte ihr den Tod seines Vaters mit, der bei einem Reitunfall in München ums Leben gekommen war. Jane erinnerte sich, daß er sich nie einen anderen Tod gewünscht hatte. Dreißig, fünfunddreißig Jahre lang hatte sie ihn nicht mehr gesehen, sie wußte es gar nicht mehr ganz genau, die Zeit verschlang auch sie, auf ihre Weise.

Der Kaiser von Brasilien, Don Pedro II.[22], hielt sich bei ihr auf und fand sie hinreißend. Der Kaiser war einundfünfzig Jahre alt, Jane beinahe siebzig.

1878 besuchten sie Wilfried Scaven Blunt[23] und seine Frau Anne – die Enkelin von Lord Byron – in Damaskus. Sie reisten in den Nedjed, um Pferde zu kaufen. Wie die Zeit verging, wie fern nun alles schien! »Versuch niemals, den Wind aufzuhalten!«

Am 11. August 1881 starb Jane in den Armen Medjuels.

William Wright, Missionar und Archäologe, ein Freund Janes, war mit der Verlesung ihres Testaments beauftragt:

»Ich, Jane Elisabeth Digby el-Mezrab, zu Damaskus in Syrien, Gattin des Scheichs Medjuel el-Mezrab, erkläre und bekräftige hiermit meinen letzten Willen. Ich vermache meinem Gatten, als Zeugnis der Liebe, die wir füreinander empfunden haben, und als Zeichen meines Respekts, mein Haus, meine Ställe, den Garten und die bei Bab Menzel in Damaskus gelegenen Ländereien, mit allem, was darin enthalten ist, den Möbeln, dem Geschirr, der Wäsche, den Teppichen, dem Sattelzeug, den Pferden, Dromedaren und der Menagerie sowie meine goldene Uhr und die dazugehörige Kette, meinen Rubinring, meine Gürtel und meinen arabischen Gold- und Silberschmuck, mein Diadem mit dem Brustschild aus Gold und Korallen und mein Silbergeschirr und die Teller, die ich von meiner Mutter geerbt habe. Meinem Sohn Heribert, Baron von Venningen Ulner, hinterlasse ich meinen Diamantenschmuck sowie mein Armband aus Smaragden und Diamanten. Mein Diamantendiadem und die Ohrgehänge, mein Chrysolitcollier, die Porträts meines Vaters und meiner Mutter und die Miniatur meines Bruders Lord Digby hinterlasse ich meinem Bruder, Lord Digby. Meinem Bruder Kenelm gebe ich zur Erinnerung an meine Zuneigung meinen Türkisring, mein goldenes Tintenfaß und alle Aquarelle, die ich in der Schweiz und in Palmyra angefertigt habe. Meine übrigen Besitztümer – ohne jede Einschränkung – gehören meinem Gatten. Als Testamentsvollstrecker benenne ich meinen Bruder Lord Digby.

Jane Elisabeth Digby el-Mezrab.

Eine bunte und lärmende Menge näherte sich langsam dem Friedhof. Trotz zahlreicher Vorbehalte hatte Abdul Medjuel el-Mezrab[24] schließlich doch zugestimmt, in dem Wagen Platz zu nehmen, der den Trauerzug anführte. Die kleine europäische Gemeinde von Damaskus folgte mit ernsten Gesichtern und in dunkler Kleidung dem Trauerzug.

Der Beduine ertrug die stickige Atmosphäre des geschlossenen Wagens, ohne zu murren, doch auf halbem Weg öffnete er, entnervt von diesen Riten, die nicht die seinen waren, die Tür und entfloh.

Der Priester blieb stehen, die Leute schauten sich entgeistert an, bevor sie ihren Weg fortsetzten. Eigentlich, so sagten sie sich, bleibt ein Barbare ein Barbare. Warum sollte er Gebräuche akzeptieren, die nicht die seinen waren? Wahrscheinlich war er in die Wüste gelaufen, um die schönste seiner weißen Kamelstuten zu opfern, wie es die Beduinentradition verlangte. Eine halbe Stunde später jedoch, in dem Augenblick, als der Priester die erste Handvoll Erde auf den Sarg warf, kam Abdul Medjuel el-Mezrab auf einem weißen Pferd herbeigeritten.

Am Rand des offenen Grabes ließ der Reiter Saqlawivah, die Lieblingsstute seiner Frau, sich aufbäumen, dann brachte er das Pferd zum Stehen. Einige Minuten verstrichen in steinernem Schweigen. Schließlich entfernte sich Medjuel, wortlos, seinen Speer schwingend. Niemand hatte gewagt, sich zu bewegen.

Gab es ein schöneres Lebwohl für Jane Digby, ein schöneres Lebwohl für dieses romantische Leben, das alle Konventionen gesprengt hatte, für dieses Herz, das nur für die Liebe und das Abenteuer geschlagen hatte?

Im protestantischen Teil des alten Friedhofes von Damaskus liegt ein Grab, das fast genauso aussieht wie die anderen. Es trägt einen legendären Namen: JANE DIGBY.

Am Fuß des Kreuzes, auf einem zusätzlichen Stein, hat Scheich Abdul Medjuel el-Mezrab schlicht den Namen der Toten auf arabisch eingravieren lassen.

1. *Sir Frederic Madden* (1801-1873). Seit seiner frühesten Jugend begeistert von Literatur und Altertum, studierte er normannische und angelsächsische Sprachen, für die sich zu dieser Zeit kaum jemand interessierte. 1825 wurde er zusammen mit William Roscoe eingestellt, um die Manuskripte von Thomas William Coke auf Holkham zu inventarisieren, der achtbändige Katalog wurde jedoch nicht veröffentlicht. Kurz darauf bekam er vom British Museum den Auftrag, seine Drucke zu klassifizieren. 1837 wurde er zum Leiter der Manuskriptabteilung ernannt.

Er war ein unermüdlicher Forscher, sammelte für das British Museum eine Unzahl von Manuskripten und veröffentlichte zahlreiche Bücher. Er wurde Mitglied verschiedener Akademien, und seine fachliche Autorität wurde niemals in Zweifel gezogen. Er heiratete zweimal. Sein Tagebuch und seine Dokumente befinden sich in der Bodleian-Library in Oxford und wurden, gemäß seinem Willen, erst 1920 der Öffentlichkeit zugänglich gemacht. Erst zu diesem Zeitpunkt erfuhr man von der kurzen Liaison mit Jane. Die datierten und zitierten Textpassagen stammen aus seinem Tagebuch von 1827.

2. *Sir Kenelm Digby*, schottischer Gelehrter und Philosoph (1603 bis 1665), war der Sohn von Everard Digby, der 1605 auf dem Schafott hingerichtet wurde, weil er am ›Pulverkomplott‹ beteiligt war.

Er war ein erstaunlicher Mann; wegen seines überragenden Gedächtnisses und seiner hohen Intelligenz hat man ihn mit Pico della Mirandola verglichen. Man sagte von ihm, er hätte sich, wäre er in irgendeinem Winkel der Welt überraschend vom Himmel gefallen, sofort Respekt zu verschaffen gewußt. In Italien studierte er die Künste und die Wissenschaften, freundete sich mit Galilei an und wurde Mitglied an der Akademie der Filomaten in Siena.

Zu Beginn der Regierungszeit von Karl I. wurde Kenelm Marinekommissar (1625) und Gouverneur des Dreifaltigkeitshauses.

Er liebte das Abenteuer, und 1627 rüstete er zwei Schiffe aus

– unter dem Vorwand, archäologische Studien an der Mittelmeerküste treiben zu wollen – und kreuzte mit ihnen als Pirat über das Mittelmeer; im Juni des gleichen Jahres gewann er eine Schlacht gegen die franco-venezianische Flotte, die in Scandaroon (Alexandrette) vor Anker lag. Dann holte er aus Delos, Milo und Mykene antike Marmorstatuen.

Wieder in London, tat er sich mit Ben Johnson zusammen, empfing in seinem Haus die glänzendsten Geister seiner Zeit. Sein Tutor vermachte ihm 1630 Manuskripte von unschätzbarem Wert, die er der Bodleian Library schenkte (238 auf Velum, mit dem Digby-Wappen.)

Kenelm, der die Schönheit seiner Gemahlin erhalten wollte, machte seltsame Experimente mit ihr (zum Beispiel mußte sie ›mit Vipern gefütterte Kapaune‹ essen). Seine Frau starb 1633.

Er genoß unbestrittenen Einfluß bei Hof. Als Mitglied der gemäßigten Royalistenpartei, wie Hyde, und Strafford gegenüber feindlich eingestellt, veranlaßten ihn die politischen und religiösen Gewalttätigkeiten des Parlaments, vehement die Partei des Königs zu ergreifen. 1642, nachdem er in Winchester eingekerkert gewesen war, wurde er auf Intervention der Königin Marie-Henriette freigelassen, aber aus seiner Heimat verbannt. In Paris wurde er begeistert aufgenommen, alle Gelehrten suchten seine Gesellschaft. Er begegnete Descartes und veröffentlichte kurz darauf zwei Werke, in denen er sein eigenes philosophisches System darlegte: *Traité de la nature des corps* und *Traité où l'on expose les opérations de la nature de l'âme humaine, d'après lesquelles l'immortalité des âmes raisonnables est démontrée.*

Die englischen Royalisten sandten ihn 1645 nach Rom, wo er für sie von Papst Innozenz X. zwölftausend Goldkronen in Empfang nahm. Diese Art von Verhandlungen hinderten ihn nicht daran, Beziehungen zu Cromwell zu unterhalten, der ihm erlaubte, nach England zurückzukehren, als die Partei des Königs vollkommen vernichtet war. Er versuchte, die Katholiken mit dem Protektorat auszusöhnen, unter der Bedingung, daß ihnen freie Religionsausübung zugesichert wurde, und bemühte sich, seinen Besitz wiederzuerlangen doch das Parlament verurteilte ihn zu immerwährender Verbannung unter Androhung der Todesstrafe, eine harte Maßnahme, die auf dem Umstand beruhte, daß sein ältester Sohn Kenelm am royalistischen Aufstand von 1648 teilgenommen und dort den Tod gefunden hatte.

Digby reiste und hielt eine Reihe von Vorträgen, darunter einen berühmten ›über die Heilung von Wunden durch das Pulver der Sympathie‹ an der Universität von Montpellier. Dann lebte er zwei Jahre in Deutschland, veröffentlichte eine ›Abhandlung über die pflanzliche Vegetation‹. Nach der Restauration kehrte er wieder nach England zurück und wurde Mitglied der königlichen Gesellschaft, die gerade gegründet worden war.

Seine Memoiren wurden 1827 von Sir Harry Nicholas unter dem Titel *The Private Memoirs of Sir Kenelm Digby* veröffentlicht, der einige Passagen über seine Liebesbeziehungen unterschlug. Im Jahr darauf veröffentlichte Sir Nicholas die zensierten Passagen unter dem vielsagenden Titel *The Castrations of the Private Memoirs of Sir Kenelm Digby*. Jane mußte zwangsläufig gefesselt sein von den Heldentaten und dem romantischen Leben dieses außergewöhnlichen Vorfahren.

3. *Lady Charlotte Bury* (1775-1861). 1809 wurde sie Hofdame bei der Prinzessin von Wales. Ihre *keepsakes* – kleine Erinnerungsbücher, in denen sie die Gesellschaft ihrer Zeit beschrieb – hatten ungeheuren Erfolg.

In *The Exclusives* sind die Ellenboroughs unschwer in Lord und Lady Glenmore zu erkennen. Die Heldin ruft wie Jane mit einer Liebesgeschichte einen Skandal hervor. Dennoch zeigt Charlotte Bury eine gewisse Anteilnahme: »Es gibt nur wenig Frauen, die wie Lady Glenmore ihre Ehre verloren haben und dennoch eine gewisse Reinheit der Absichten für sich in Anspruch nehmen können; denn sie wurde, beinahe von den ersten Tagen ihrer Ehe an, wehrlos der gefährlichsten Gesellschaft von London ausgeliefert. Aber sie sollte sich gewiß nicht über die Abwesenheit von Glenmore beklagen und auch nicht darüber, daß er sie vernachlässigt hat. Denn das war nur die Konsequenz aus den politischen Verantwortlichkeiten, die er auf sich genommen hatte.«

1837 erschien *The divorced* (zweite Ausgabe 1858), Charlotte Bury erzählt auch hier wieder das Leben von Lady Ellenborough.

4. *Comtesse de Blessington*: Marguerite Gardiner (1789-1849) heiratete mit fünfzehn Jahren den Hauptmann Farmer, der 1817 starb. Ein Jahr später heiratet die junge Witwe Charles Gardiner, Vicomte Montjoy, den ersten Grafen von Blessington, der ungeheuer reich war. Sie wurde sehr schnell berühmt und empfing bei sich in Gore House alle Künstler, die in London Rang und Namen hatten. Ihr Mann war vernarrt in den Comte d'Orsay, dem er seine einzige Tochter Harriet zur Frau gab.

Nach dem Tod des Grafen Blessington lebte seine Frau mit dem Comte d'Orsay zusammen, von dem sich Harriet hatte scheiden lassen. Sie schrieb zahlreiche Schlüsselromane. Mit einer ausgezeichneten Beobachtungsgabe ausgestattet, beschrieb sie die aristokratischen Klassen Großbritanniens und gab unter anderem ihre Gespräche mit Lord Byron, dem sie in Genua begegnet war, wieder. In *The two friends* erkennt man mühelos in Lord und Lady Walmer die Ellenboroughs und das Desaster ihrer Ehe. »... Ihre Anziehungskraft trug ihr zahlreiche Bewunderer ein, unter denen sie Lord Walmer erwählte, weil er der schönste und der bestangezogene war. Und er wiederum war stolz, sie seine Frau nennen zu dürfen, denn sie war die umschwärmteste der jungen Schönheiten in der Stadt, und ihr Besitz trug ihm den Neid aller ein. Sie glaubten sich zu lieben und bemerkten ihren Irrtum erst zwei Monate später, als es bereits zu spät war. Lady Walmer fand ihren Lord recht langweilig; während er glaubte, er sei nur sehr erschöpft von der Ehe oder dem Leben auf dem Land...«

Lady Blessington fand ein genauso tragisches Ende wie Lady Walmer. Sie starb in Paris im Elend.

5. *Graf Rudolf Apponyi* (1782-1852). Österreichischer Botschafter in Florenz, London, Rom und Paris. In seinem Tagebuch *Vingt-cinq*

ans à Paris erwähnt er wiederholt Felix, den er wie Jane schon lange kennt.

»Unter all diesen Leuten zog vor allem eine Frau meine Blicke an. Das war Lady Ellenborough, eine der schönsten Frauen, die ich jemals gesehen habe, mit blonden Haaren, einem wundervollen Teint, großen blauen Augen, jung, neunzehn Jahre alt, mit der Taille einer Nymphe, kurz, mit allem, was eine Frau bewundernswert macht; Schwarzenberg betet sie an, und ich habe mich ihr gleich vorstellen lassen (...) Der Klang ihrer Stimme und ihre ganze Person haben etwas Bescheidenes und Dezentes, das mich bezaubert.« (1828)

1829 schreibt er: »Der Prozeß, den Lord Ellenborough gegen Schwarzenberg führt, empört die ganze Londoner Gesellschaft. Inzwischen macht er (Felix) mit aller Gewalt der Gräfin von Hatzfeld den Hof. Es heißt, daß Fürst Esterhazy sehr aufgebracht über unseren Attaché ist.«

Apponyi erzählt auch die Episode von dem Duell zwischen Karl und Spiro; er hat, so sagt er, die Geschichte vom Prinzen Alfred Schönburg-Hartenstein erfahren.

6. *Honoré de Balzac* (1799-1850) nahm Lady Jane zum Vorbild für Lady Dudley in *Le lys dans la vallée*. 1830 bestritt Jane tatsächlich die Skandalchronik. Ihre Beziehung zu Felix hatte solchen Wirbel verursacht, daß Edward die Scheidung wegen Ehebruchs vom Parlament zugesprochen worden war.

Balzac schrieb in seinem Roman: »Der Widerhall dieses Eklats drang bis nach England, und die dortige Aristokratie war so tief bestürzt wie der Himmel über den Fall seines schönsten Engels. Lady Dudley verließ ihre Wolke im britischen Empyreum, beschränkte sich auf ihr eigenes Vermögen. (...). Wie der Böse auf den Zinnen des Tempels gefiel sich Lady Arabella darin, mir die üppigsten Länder ihres feurigen Reiches zu zeigen...«

Gewiß ist, daß Balzac in der Zeit, in der er *Le lys* schrieb, Jane begegnete. Wir wissen durch seinen Briefwechsel, daß er mit den Prinzen Schönburg-Hartenstein verkehrte, und einer von ihnen hatte Louise Schwarzenberg, Felix' Schwester, geheiratet. Auf dem Weg nach Wien im Mai 1835 machte der Schriftsteller mit dem Prinzen Alfred Schönburg einen Abstecher über Weinheim. Über Stuttgart, München und Linz kamen sie am 16. Mai in Wien an. Am 20. Mai wurde Balzac von Metternich empfangen, am 31. besichtigte er das Schlachtfeld von Wagram in Begleitung von Felix Schwarzenberg. Am 4. Juni verließ er Wien und Mme Hanska, die er erst 1843 wiedersah. Am 6. Juni hinterließ Balzac auf der Rückreise in München ein korrigiertes Manuskript für Jane. Sie sandte ihm später einen Dankesbrief.

Janes Verachtung der Konventionen, ihre Art, sich ihren Leidenschaften hinzugeben, beeindruckten den Schriftsteller in hohem Maße. »Diese schöne, schlanke, zarte Lady, diese milchweiße, so zerbrechliche, so zerbrochene Frau, deren sanfte Stirn von feinem rötlichen Haar gekrönt ist, dieses Geschöpf, dessen Glanz nur ein flüchtiges Phosphoreszieren zu sein scheint, ist in Wirklichkeit aus Eisen gemacht. Ihre Kraft braucht keinen Ringkampf zu scheuen, kein Mann ist imstande, ihr zu Pferd zu folgen. (...) Ihr Körper kennt keinen Schweiß, er saugt das Feuer der Atmosphäre ein (...). So ist auch ihre Leidenschaft ganz afrikanisch. Ihre Begierde gleicht dem Wirbelwind der Wüste, einer Wüste, deren glühende Unermeßlichkeit sich in ihren Augen malt, einer Wüste voll azurblauer Liebe mit ewig heiterem Himmel und kühlen, ausgestirnten Nächten«, schreibt er weiter in *Le lys*. (Er wußte noch nicht, daß sie die Frau eines Beduinenscheichs werden würde, die Wirklichkeit hat die Fiktion sogar noch übertroffen.) In seinen Briefen schreibt Balzac noch (Brief aus Chaillot vom 18. Januar 1836): »Sie (das ist die Prinzessin Schönburg) hat mir mitgeteilt, daß Lady Ellenborough gerade mit einem Griechen zu fliehen versucht hat, daß Prinz Alfred sie jedoch daran gehindert hat, weiter als bis Stuttgart zu gelangen. Der Ehemann ist gekommen, hat sich mit dem Griechen duelliert und seine Frau wieder mit nach Hause genommen. Was für eine einzigartige Frau!«

Am 15. Mai 1840 berichtet Balzac in einem Brief an Mme Hanska von seinem fünf Jahre zurückliegenden Besuch in Weinheim: »Die

Vorurteile der Engländer sind gräßlich. (...) Niemals habe ich so deutlich gesehen, daß ich in *Le lys* die in diesen Fall verwickelten Frauen mit wenigen Worten so gut beschrieben hatte. Was ich bei Lady Ellenborough in den zwei Stunden, in denen ich mit ihr in ihrem Park spazieren gegangen bin, vermutet habe (...), ist die Wahrheit selbst.«

Das ist der Beweis, aus Balzacs Feder selbst, daß es eine Ähnlichkeit zwischen seiner fiktiven Gestalt, Lady Dudley, und Jane Digby gibt.

In *Balzac et l'Angleterre* betont Stephen Smith, daß der Sohn Lady Ellenboroughs Arthur Dudley heißt. Und Vandenesse und Schwarzenberg haben den gleichen Vornamen: Felix. Handelt es sich hier um zufällige Übereinstimmungen? Und wie Lord Ellenborough ist Lord Dudley »einer der beachtlichsten Staatsmänner Englands... hochmütig, kalt, mit spöttischer Miene«.

Am Sonntag, dem 23. April 1843, schrieb Balzac an Eva Hanska, er habe in Weinheim bei Jane gefunden, »... was ich seit sieben Jahren gesucht habe! Das kursiv Gedruckte im Schlußkapitel von Louis Lambert!« (Der Roman, der in einer ersten Ausgabe 1832 erschienen war, war das Werk, das dem Autor am meisten am Herzen lag.)

7. *George Anson* (1797-1857) tritt sehr jung in die Armee ein, ins dritte Garderegiment, und kämpft bei Waterloo. 1818 wird er Offizier. Als gewähltes Parlamentsmitglied sitzt er im Unterhaus. 1830 heiratet er Isabelle Forester. Nachdem er 1853 General geworden ist, befehligt er eine Division in Bengalen und im Jahr darauf das Heer im Gebiet von Madras. 1856 wird er oberster Heeresführer der indischen Armee. Er marschiert mit seinen Truppen auf Delhi und stirbt in Karnal am 27. Mai 1857 an der Cholera. Seine Frau überlebt ihn um zwei Jahre.

Nach den Prozeßakten der Scheidung Ellenborough wird Jane des Ehebruchs mit George beschuldigt. Die Fürstin von Lieven schreibt in ihrem Briefwechsel mit Lord Grey, im Brief vom 29. September: »Haben Sie gehört, mein lieber Lord, daß Lord Ellenborough die

Scheidung eingereicht hat und den Namen von Mr. Anson genannt hat? Er hat gerade entdeckt, daß dieser der Liebhaber seiner Frau gewesen ist! Damit ist der Österreicher gerettet.«

8. *Thomas William Coke, Earl of Leicester* (1752-1842) erbte von seinem Großonkel mütterlicherseits, Thomas Coke, Earl of Leicester, der ohne männliche Nachkommen geblieben war, einen der größten Besitztümer in England. Bekannt unter dem Namen Coke von Norfolk oder ›König Tom‹ lebte er dann auf Holkham, wo seine Enkelin, Jane Digby, 1807 das Licht der Welt erblickte. Als Student in Eton machte er eine Reise nach Italien, wo sein Auftreten und sein Stolz auffielen. Die Prinzessin von Savoyen bat ihn um seine Anwesenheit in ihrer Eskorte, als sie Sardinien verließ, um den Comte d'Artois zu heiraten. Die Prinzessin Louise von Stolberg, die Gattin Jakobs II., des englischen Thronanwärters, war ebenfalls in ihn vernarrt und schenkte ihm ihr Porträt. Er war zu dieser Zeit erst achtzehn Jahre alt.

Nach England zurückgekehrt, fand Tom Coke seine Kusine Jane Dutton sehr viel anziehender als die Hoheiten, denen er begegnet war und beschloß, sie zu heiraten.

Nach dem Tod seines Vaters, Robert Wenman, saß Tom Coke im Unterhaus von 1776 bis 1784, von 1790 bis 1807 und von 1807 bis 1832. Bei seiner ersten Wahl war er das jüngste Mitglied, und als er sich sechsundfünfzig Jahre später zurückzog, war er das älteste.

Er war gegen den Krieg in den amerikanischen Kolonien und brachte jeden Abend einen Toast auf General Washington aus. Sieben Mal lehnte er die Peerswürde unter der Regierung von sechs verschiedenen Premierministern ab, aber berühmt wurde er vor allem durch seine Neuerungen im landwirtschaftlichen Bereich: Er legte die Salzsümpfe trocken, pflanzte Weizen, wo früher nur Roggen gewachsen war, und verlangte von seinen Pächtern das gleiche. Er verstand viel von der Zucht, und es gelang ihm, Leicester- und Merinoschafe zu kreuzen, er führte die Southdowns ein, verbesserte die Schweineaufzucht in Suffolk und erreichte so die beste Fleischqualität des Landes.

1837 nahm er endlich den Titel eines Earl of Leicester auf Holkham an, und am 30. Juni 1842 starb er auf Longford Hall in Derbyshire. Er wurde in der Famliengruft in der Kirche von Tittlesham in Norfolk begraben. Auf Wunsch der Öffentlichkeit wurde in Holkham eine Gedenksäule errichtet. Lady Anne, seine Frau, heiratete den Rt. Hon. Edward Ellice und starb am 22. Juni 1844.

Holkham ist immer noch im Besitz der Familie. Man kann es im Sommer zweimal wöchentlich besichtigen.

9. *Edmond About* (1828-1885) trat 1848 in die Ecole Normale ein. 1851 wird er in die französische Schule in Athen geschickt; drei Jahre später, nach seiner Rückkehr, veröffentlicht er *La Grèce contemporaine*. In diesem Werk erwähnt er unter dem Pseudonym Ianthe mehrere Male Jane: »Ianthe ist eine bewundernswürdige Inkarnation von Kraft und Gesundheit. Sie ist groß und schlank, ohne mager zu sein (...). Ihre Füße und ihre Hände deuten auf ihre aristokratische Herkunft; die Züge ihres Gesichtes sind von unglaublicher Reinheit. Sie hat große blaue Augen, tief wie das Meer; schöne, kastanienbraune Haare, die hier und da von wärmeren Lichtern aufgehellt werden; was ihre Zähne angeht, so gehört sie zu dieser Elite der englischen Nation, die Perlen im Mund tragen und keine Klaviertasten. Ihr Teint hat dieses Weiß bewahrt, das nur im englischen Nebel gedeiht; bei der leichtesten Erregung jedoch rötet er sich. Man könnte beinahe sagen, diese feine und durchscheinende Haut sei nur ein Netz, in dem Leidenschaften eingeschlossen sind: man sieht, wie sie sich in ihrem Gefängnis bebend und rot hin- und herbewegen...« Von ihm wissen wir, daß Jane zum orthodoxen Glauben übergetreten ist, um Spiro heiraten zu können. Er beschreibt sie in einem Kapitel mit dem Titel: »Geschichte zweier großer Damen aus dem Ausland, die sich in Griechenland niedergelassen haben«. Die andere Dame ist die Herzogin von Plaisance. In der englischen Ausgabe dieses Buches, *The Greeks of the Present Day*, das 1855 erschienen ist, wird Janes Name nur ein einziges Mal erwähnt. Haben die Digbys und die Cokes ihren Einfluß geltend gemacht, um die Nennung zu verhindern? Wahrscheinlich.

1857 erscheint *Le Roi des Montagnes*. Später berichtet About in *Ahmed le Fellah* (1869) eine seltsame Geschichte, die der von Jane und Medjuel ähnelt. Die Handlung spielt in Ägypten: Eine bezaubernde Engländerin, die zu Besuch in diesem Land ist, verliebt sich in einen Fellachen, der jedoch ein reicher Grundbesitzer ist. Eine unmögliche Liebe wegen der unterschiedlichen Rassen und Religionen. Nach dem Aufflammen verzweifelter Leidenschaften siegt doch die Liebe, und die beiden Protagonisten bleiben schließlich zusammen. About sagt von seiner Heldin, sie sei eine hochgesinnte Seele, die über die Schlechtigkeiten der Welt fliegt, ohne sie mit den Flügelspitzen zu berühren.

10. *Prinz Felix zu Schwarzenberg*, geboren 1800 in Krummau, gestorben 1852 in Wien.

Nachdem er verschiedene diplomatische Posten innegehabt hatte, kehrte Felix 1831, nach seinem Bruch mit Jane Digby, ins Böhmische zu seiner Familie zurück, wo er sich eine Zeitlang aufhielt, um sich von einem Nervenleiden, das dem Ende seiner Liebesbeziehung entsprang, zu erholen. Am 9. September 1831 wurde er von Kaiser Franz II. in den Rang eines Majors der Ulanen erhoben. 1832 hat man ihn an die Gesandtschaft in Berlin berufen, wo er sechs Jahre lang blieb; 1835 wurde er zum Oberst des ersten Ulanenregiments ernannt.

Als Botschafter in Neapel von 1846 bis 1848 stellte er sich gegen Piemont und wurde 1848 Feldmarschall. Nach der Niederschlagung des Oktoberaufstandes in Wien wurde er am 21. November 1848 österreichischer Kanzler. Er etablierte ein zentristisches Miltärregime, löste den österreichischen Reichstag auf und verkündete am 4. März 1849 eine konservative Verfassung, die er 1851 wieder außer Kraft setzen ließ. Er führte den Krieg gegen die ungarische Revolution fort, wobei er die Unzufriedenheit der rumänischen, serbischen und kroatischen Minderheiten gegenüber den Magyaren nutzte, und gewann mit Hilfe von Zar Nikolaus I.

Nachdem er in Italien die Garden in Novara vernichtend geschlagen hatte (März 1849), besetzte er die Gesandtschaften und setzte die österreichischen Erzherzöge von Parma und Modena wieder ein.

In Deutschland bekämpfte er ohne Unterlaß die Ansprüche Preußens, aber auf der Dresdner Konferenz (Dezember 1850) konnte er die Umwandlung des germanischen Staatenbündnisses zugunsten von Österreich nicht erreichen. Er hatte jedoch die Autorität Österreichs und der Habsburger wiederhergestellt und träumte davon, einen einheitlichen Staat zu schaffen, das Herzstück einer politischen Neugliederung Mitteleuropas, als er 1852 in Wien einem Herzanfall erlag. Er hat, indem er den zukünftigen Kaiser ausgewählt und geformt hat, aus ihm einen Soldatenkönig gemacht, »den letzten berufsmäßigen König«, autoritär, gewissenhaft und absolut. In diesem Sinn hat Franz Joseph die Ziele und das Werk von Felix Schwarzenberg weiterverfolgt.

Felix heiratete nie.

11. *Anne-Sophie, Herzogin von Plaisance* heiratete Anne Charles Lebrun, Herzog von Plaisance (1775 - 1859), Adjutant von Napoleon I. Er nahm an der Schlacht von Jena teil und wurde Divisionsgeneral in Rußland (1812), Gouverneur von Antwerpen (1813), Abgeordneter während der Hundert Tage, Herzog und Pair im Jahr 1824.

Die Herzogin war die Tochter des Marquis de Barbé-Marbois (1745 - 1837), Finanzminister und erster Präsident des Rechnungshofes, dann Justizminister unter Napoleon. Sie war Hofdame bei Kaiserin Marie-Louise, und nach dem Sturz des Kaiserreiches verließ sie ihren Mann, um mit ihrer Tochter Louise, für die sie »nur von einem Thron träumte«, durch Europa zu reisen. Nach dem Tod ihrer Tochter ließ sich die Herzogin in Athen nieder, und erbaute die Villa Illissia und ein Haus auf dem Pentelikon. Edmond About schrieb in *La Grèce contemporaine*:

»Diese außergewöhnliche Frau, die unglücklich lebt und sterben wird, obwohl sie mehr Geist, Geld und Tugend besitzt, als man braucht, um auf dieser Welt glücklich zu sein, ist die Herzogin von Plaisance.«

Er beschrieb ihre Religion, »eine Religion ohne Anhänger, deren Priesterin und Prophetin sie ist. Die Überspanntheit ihrer Ideen und die Eigentümlichkeit ihres Glaubens beeinträchtigen weder die Feinheit ihres Geistes noch die Sicherheit ihres Urteils über gewöhnliche Dinge, noch ihr Erinnerungsvermögen.« About spricht über ihren Charakter, ihr Vermögen, über die Leute, die sie empfängt, unter anderem Théophile Gautier, David d'Angers, die Prinzessin von Belgiojoso, mit der sie sich nach zwei Tagen entzweit. »Die einzige Frau, die bei der Herzogin dauerhafte Freundschaft geweckt hat, ist Ianthe«, sagt er noch. Und als Jane für immer nach Syrien reist, schreibt er: »Die Herzogin hat bald über die Abreise Ianthes hinweggefunden. Sie hatte die Vorsichtsmaßnahme ergriffen, sich mit ihr zu streiten, um ihre Abwesenheit nicht allzu sehr bedauern zu müssen.«

Die Herzogin starb 1854 und wurde, mit ihren beiden Wolfshunden, auf dem Pentelikon begraben, wie sie es gewünscht hatte.

12. *Ludwig I. von Wittelsbach, König von Bayern* (1786-1868). Geboren in Straßburg, wo sein Vater Maximilian Joseph, Pfalzgraf von Zweibrücken Birkenfeld, das elsässische Regiment im Dienst Frankreichs kommandierte.

König Ludwig XVI. war sein Pate und verlieh ihm als Taufgeschenk den Rang eines Oberst und ein Diamantenbukett. Die Grenadiere des elsässischen Regiments schnitten alle ihre Bärte und Schnurrbärte ab, um seine Matratze damit zu füllen.

1803 begann Prinz Ludwig seine Universitätsstudien in Landshut und setzte sie in Göttingen fort. Von 1804 bis 1805 machte er eine erste Reise nach Italien, wohin ihn seine Liebe zu den Künsten zog. Bald konnte Ludwig kaum noch seinen Widerwillen gegen die kaiserliche französische Herrschaft verbergen. (Er nahm an der Unterdrükkung des Aufstandes in Tirol teil, doch beinahe zu seinem eigenen Bedauern. Seine Gedichte zeigen, wie schwer er an dem Joch trug, das auf Deutschland lastete.) Am 12. Oktober 1809 heiratete er die Prinzessin von Sachsen Hildeburg-Hausen. Am 24. des gleichen Monats wurde er zum Generalgouverneur der Inn- und Salzachkreise ernannt. Seine Residenz errichtete er in Salzburg. Er beschloß, nicht am Feldzug gegen Rußland teilzunehmen, als Bayern die Allianz mit Frankreich durch den Vertrag von Ried im Oktober 1813 aufkündigte; er beschleunigte die Organisation der bayerischen Reserve und stachelte sein Volk auf, sich gegen Napoleon zu erheben.

Nach dem Frieden kam er in die Stadt Paris, folgte den Herrschern, die in London zusammentrafen und begab sich auf den Wiener Kongreß. Als er von der Rückkehr Napoleons von der Insel Elba erfuhr, verlangte er ein Kommando, das ihm verweigert wurde. Trotzdem überschritt er mit dem Prinzen von Wrede den Rhein und gelangte bis Auxerre. Er wohnte in Paris der Rückholung von Kunstwerken bei, die er vergeblich gefordert hatte, dann kehrte er nach Deutschland zurück. Durch den Frieden von Paris war Salzburg wieder an Österreich gefallen. Ludwig residierte abwechselnd in München, Würzburg und Aschaffenburg, hielt sich aber häufig in Italien auf. Auf diesen Reisen erwarb er Gemälde und Skulpturen, die in der Folge die bayerischen Museen bereichern sollten.

Nach dem Tod seines Vaters am 12. Oktober 1825 folgte Ludwig ihm auf den Thron und schwor am 19. auf die Verfassung. Er schaffte sehr bald die Zensur für alle nicht politischen Blätter ab, verbot Lotterie und Glücksspiele, ließ die Landshuter Universität nach München übersiedeln und führte zahlreiche Verwaltungsreformen ein: beträchtliche Einsparungen bei den öffentlichen Ausgaben, Erleichterung des Militärdienstes. Er gründete ein Polytechnikum, erhöhte die Lehrergehälter, senkte die Zoll- und Wegegebühren. 1826 unterstützte er die griechische Sache mit beträchtlichen Summen. Bei einer Reise nach Weimar verlieh er Goethe eigenhändig seine Ordenskette.

Er wollte aus München ein modernes Athen machen und ließ unter anderem die Glyptothek, das Odeon, die Pinakothek, das königliche Palais, die Allerheiligenkirche, die Bonifatius-Basilika, die Mariahilfkirche, die Ludwigskirche, die Arkaden, die Bibliothek und den Obelisken zum Gedenken an die Bayern errichten. Alle diese von Klenze, Gärtner und Ohlmüller entworfenen Gebäude wurden von Cornelius, Hess und ihren Schülern dekoriert. Bald sprach man von einer Münchner Schule.

1829 gab Ludwig zwei Gedichtbände heraus. Man findet darin

Kantaten, Dithyramben, Sonette und Elegien. Er spricht von seinen intimsten Gefühlen und von der tiefen Melancholie, die ihm das Leben als König verursacht. Ludwig hat acht Kinder: Maximilian, der ihm als König von Bayern nachfolgte; Mathilde, die Gattin des Großherzogs Ludwigs III. von Hessen-Darmstadt; Otto, König von Griechenland; Luitpold, später Prinzregent von Bayern; Aldegunde, Gattin des Großherzogs von Modena, Erzherzog von Österreich Este; Hildegard, Gattin des Erzherzogs Albrecht von Österreich; Alexandra; Adalbert, Prinz von Bayern.

Nach den Ereignissen von 1830 wurde aus Ludwig ein Vertreter reaktionärer Ideen. Nach der Kundgebung von Hambach ergriff er strenge Maßnahmen gegen die Presse und ging gegen die Rädelsführer der liberalen Partei vor.

Dem König verdankt Bayern Eisenbahnlinien, das erste Dampfschiff auf dem Bodensee, und er ließ den Rhein-Main-Donau-Kanal erbauen.

Am 20. März 1848 dankte Ludwig I. zugunsten seines ältesten Sohnes ab. Lola Montez, seine Geliebte, die er zu einer Gräfin Landsfeld gemacht hatte, rief einen solchen Aufruhr in München hervor, daß die Situation unmöglich geworden war... Nun reiste Ludwig, suchte in den Künsten und Wissenschaften seinen Kummer zu vergessen. Er starb 1868 in Nizza.

Nachdem Jane 1831 in München eingetroffen war, begegnete sie dem König. Ludwig verehrte die Frauen. Auf seine Bitte hin malte Joseph Stieler (1781–1851) Janes Porträt. (Das Bild hängt heute im Nymphenburger Schloß, in der ›Galerie der Schönheiten‹.) In München verbreitete sich gleich das Gerücht, sie sei seine Favoritin. Da es wahrscheinlich für Ludwig nicht leicht war, sie so oft zu sehen, wie er wollte, schrieben sie sich zahlreiche Briefe. Die Briefe Janes, manchmal mit einem auf die Stunde genauem Datum versehen, immer auf dem gleichen zartgrünen Papier geschrieben, liegen im ›Geheimen Hausarchiv‹ in München, außer einem, der in den bayerischen Archiven wiedergefunden wurde (es handelt sich um das Gesuch, Ludwig möge das Bild von Hess an einer anderen Stelle aufhängen lassen). Alle diese vertraulichen Briefe sind liebevoll, bisweilen mehrdeutig, wahrscheinlich, damit sie nur vom König verstanden werden konnten, falls sie unbefugt geöffnet wurden.

Jane nennt den König Ludwig, Lewis oder Basili, sehr häufig sind die Briefe Antworten auf Schreiben des Königs, von denen aber keines erhalten geblieben ist. Manchmal handelt es sich nur um kurze Mitteilungen. So erfahren wir das Wesentliche über ihre Reisen, über das, was sie denkt und tut. Der Ton der Briefe gibt keinen Hinweis darauf, daß sie die Mätresse des Königs gewesen sein könnte. Dennoch schreibt Joseph Jekyll in seinem Briefwechsel: »Einer meiner Freunde, der letzten Sommer auf der Durchreise in München war, hat dort Lady Ellenborough getroffen, sie hat einen bayerischen Baron geheiratet, mit einem Namen, den ich weder buchstabieren noch aussprechen kann. Man empfängt sie bei Hof und überall. Keiner streitet ihre Liaison mit dem König ab. Der König ist ein begabter Mann. Mein Freund hat im Schloß ein Bild gesehen, ›Der Triumph Neptuns‹, und unter den Nymphen hat er das Porträt von Lady Ellenborough, das der König gewollt hat, entdeckt.«

Nach dem Theotoki-Skandal scheint der König Jane seltener zu schreiben. Ein Brief Janes ist vom Dezember 1836 datiert, der Ton hat sich gewandelt, statt »mein lieber Ludwig« heißt es nun »Eure Majestät« und »Hoheit«.

Im Juli 1837 antwortet sie auf einen Brief des Königs, der sie fragt, wie es um ihre Ehe mit Karl steht. »Das Mißgeschick meiner Natur ist es, die Liebe als ein Ganzes zu betrachten, ohne Liebe hat das Leben keinen Sinn.«

Ihr letzter Brief ist vom 19. Januar 1838 aus Mannheim datiert.

13. *Didi Mathilde,* Tochter von Felix und Jane, in Basel unter dem Namen ›Kind Einberg‹ eingetragen, ist am 12. November 1829 geboren.

Jane kam zweimal in Italien mit Didi zusammen, ohne daß das junge Mädchen damals erfuhr, daß ›die Dame‹ ihre Mutter war. Die Identität ihrer Eltern wurde ihr erst bei ihrer Heirat mit dem Baron Bieschin offenbart, damals war sie zwanzig Jahre alt. Sie versuchte nie, Jane zu sehen, und sie erfuhr nie, daß ihre Mutter ihr regelmäßig schrieb, denn die Brief wurden von Prinzessin Mathilde abgefangen.

Nach Janes Tod versuchte ihr Testamentsvollstrecker Edward St. Vincent Digby herauszufinden, was aus Didi geworden war, obwohl Jane sie in ihrem Testament nicht erwähnt hatte. Durch Vermittlung seines Anwalts erfuhr er, daß sie lebte, daß sie immer Sehnsucht nach ihrer Mutter gehabt hatte, so sehr, daß sie einen ihrer Freunde gebeten hatte, das Porträt Stielers in München zu photographieren.

Lord Digby schickte ihr gerührt eine Miniatur Janes, und erst zu diesem Zeitpunkt schrieb Didi, verheiratet und selbst Mutter von Kindern, zum ersten Mal in ihrem Leben einen Brief an die Digbys, worin sie sagte, daß sie die Initiative gegen den Willen ihrer Tante, der Prinzessin Mathilde, ergriff.

14. *Rawlinson – Sir Henry Creswicke* – (1810-1895) ist der ›Vater der Assyriologie‹. Mit sechzehn Jahren leistete er seinen Militärdienst in Indien ab und wurde Angestellter im Amtssitz in Bombay. 1832 tritt er in die Armee des persischen Schahs ein, wo er bis 1839 bleibt. Zu Beginn des Jahres 1833 schrieb er an den Sekretär der asiatischen Gesellschaft, um ihm mitzuteilen, daß er die Inschrift von Behistun (Kurdistan) in Keilschrift und babylonischen Schriftzeichen kopiert und entziffert habe. Er führte seine Forschungsarbeiten weiter. Von 1846 bis 1851 gab er die Übersetzung der babylonischen Schrift und ihr Alphabet heraus. Während der afghanischen Kriege wurde er zurückgerufen (er kannte also Lord Ellenborough) und als politischer Agent erst nach Kandahar, 1843 dann nach Bagdad geschickt; von hier aus konnte er die Inschriften in Ninive studieren. Als Konsul und Major wurde er 1856 zum Direktor der Indischen Kompanie ernannt. Er wurde Mitglied der königlichen geographischen Gesellschaft von London und mehrerer ausländischer Akademien. 1871 wurde er Kurator des British Museum und etwas später der königlichen asiatischen Gesellschaft. Er veröffentlichte: *A Commentary on the Cuneiform Inscriptions of Babylon and Assyria* (1850), *Outline of the History of Assyria* (1852), *The Cuneiform*

Inscriptions of Western Asia (1861-1880). Seine Übersetzungen sind ebenso bedeutend wie die von Champollion. Dank seiner Ausgrabungen verfügt das British Museum über reichhaltige Sammlungen. Jane begegnete ihm auf ihrer Reise nach Bagdad.

5. *Otto I.* (1815-1867) König von Griechenland von 1832–1862. Er ist der zweite Sohn von Ludwig I. von Bayern. Nach einer Zeit der Anarchie in Griechenland beschloß die Londoner Konvention, in diesem Land ein unabhängiges Königreich zu errichten. Das Interesse, das Ludwig I. für die philhellenische Sache gezeigt hatte, veranlaßte die Staatsmächte, den Thron seinem Sohn Otto anzubieten.

Otto verlegte die Hauptstadt von Nauplion nach Athen, gründete dort eine Universität, nahm wieder Beziehungen mit der Hohen Pforte auf. Aber da er in Verwaltung und Heer Bayern einsetzte, zog er sich die Feindseligkeit seiner Untertanen zu. Ein von Kallergis geleiteter Staatsstreich zwang ihn, eine Verfassung zu versprechen, über die 1844 eine Nationalversammlung abstimmte. Es werden eine mit den Stimmen aller Wahlberechtigten gewählte Abgeordnetenkammer und ein Senat, den der König ins Leben gerufen hatte, eingesetzt, doch die parlamentarische Regierungsform funktioniert nie. Das Ansehen des Königs leidet unter der ständigen Einmischung der Schutzmächte – wie zum Beispiel bei der Affäre mit dem Juden Pacifico, die sich lähmend auf den Handel des Landes auswirkte ... Zu diesem Zeitpunkt stellen sich die Intellektuellen neben den König, der angesichts dieses Machtmißbrauches von außen sehr viel Würde gezeigt hatte.

Otto gelang es, energische Maßnahmen gegen das im Land herrschende Banditentum zu ergreifen und den Widerstand des Senats zu brechen, der bis dahin die Abstimmung über den Haushaltsplan verhindert hatte. 1852 konnte er die Unruhen eindämmen, die die Trennung der Nationalkirche vom Patriarchen von Konstantinopel hervorgerufen hatten. Während des Krimkrieges (1854-1856) S. 746 die griechischen Sympathien für Rußland und durch die Aufstände in den türkischen Provinzen Epirus und Thessalien dazu veranlaßt, in Piräus zu landen (1854-1857). Otto war unfähig, sich an die Spitze der nationalen Bewegung zu stellen, und zeigte sich ohnmächtig gegenüber den Engländern, die sich weigerten, von den ionischen Inseln abzuziehen. In den folgenden Jahren konnte er das Unwesen der Räuberbanden, die es schlimmer trieben als je zuvor, nicht mehr in den Griff bekommen. Am 13. Februar 1862 revoltierte die Garnison von Nauplion. Am 22. Oktober erklärte Athen, unter der Oberherrschaft von Voulgaris, den die Engländer unterstützten, die Absetzung des Königs. Unglücklich, im Exil lebend, in dem er trotzdem immer noch die Fustanella trug, starb Otto 1867 in Bamberg, ein Jahr vor seinem Vater.

Bei Janes Tod behaupteten die Gazetten, ebenso wie die Werke von Oddie und Lesley Blanch, Jane sei die Geliebte Ottos gewesen. Edmond About, der Jane gut kannte und oft bei Hof empfangen wurde, erwähnte eine solche Liaison in keiner Weise. Er schreibt im Gegenteil: »Der König und die Königin haben ein untadeliges Privatleben. Selbst die ärgsten Verleumder respektieren sie, und ihre schlimmsten Todfeinde lassen ihren Sitten Gerechtigkeit widerfahren...« Aber er fügt auch hinzu: »Man sagt, der König und die Königin liebten sich sehr. Sie würden sich mehr lieben, wenn sie Kinder hätten. Ihre Interessen sind unterschiedlicher Art, manchmal sogar gegensätzlich.«

16. *Christodoulos Hadji Petros* (1799-1869), Held der griechischen Unabhängigkeit. Unter Otto wird er zum General ernannt und wird sein Adjutant. Während des Krimkrieges wird er nach Thessalien entsandt und nimmt teil an den Schlachten von Loutro, Megala Kalyvia, Veletsi und Kalambaka. Nach der Besetzung von Piräus durch die Franzosen und Engländer befiehlt Otto ihm, nach Athen zurückzukehren. Unter George I. wird er zum Ehrenadjutanten ernannt.

Alexandre Buchon beschreibt Hadji Petros in dem »Néopetras« überschriebenen Kapitel seines Buches *La Grèce continentale et la Morée en 1840-1841*: »Ich fand einen großen, gutaussehenden Mann, sehr elegant nach griechischer Mode gekleidet, aber ohne

Goldborten auf seinen Seidengewändern: Er saß im Türkensitz auf einem Kissen, das auf einem Teppich lag, unter schönen blühenden Bäumen in seinem Garten, nahe einem Brunnen mit lebhaft plätscherndem Wasser, neben ihm ein kleiner türkischer Eßtisch, um den eine junge, hübsche Frau (die Mutter Eirinis), ebenfalls sehr elegant nach griechischer Mode gekleidet, seine Schwiegermutter und sein Schwager saßen.«

Edmond About erzählt in *Le roi des montagnes* auf seine Art die Geschichte von Hadji Petros, der bei ihm zu Hadji Stavros, einer Karikatur der Pallikaren dieser Zeit, wird.

In *La Grèce contemporaine* spricht er von ihm, indem er ihn namentlich zitiert: »Der General, der den Ort (Lamia) kommandiert, war einer dieser Helden des Unabhängigkeitskrieges, halb Soldat, halb Räuber, denen die Regierung einen Posten geben mußte, um ihnen nicht den Kopf abschlagen zu müssen. Dieser galante Mann nennt sich Hadji Petros: Er ist ein guter Reiter, schmal von Gestalt, wiegt sich beim Gehen in den Hüften... Die Griechen aus der guten alten Zeit entbehren nicht einer gewissen Anmut. Sie kleiden sich ganz in Gold, um mit Silber aufgezäumte Pferde zu besteigen.«

An einer anderen Stelle erwähnt er Janes Abenteuer mit dem General: »Als sie Hadji Petros in seinem Ruhm sah, bildete Ianthe sich ein, sie sei zur Pallikarin geboren: Am nächsten Tag herrschte sie über Lamia. Die ganze Stadt lag ihr zu Füßen, und wenn sie ausging, um ihren Spaziergang zu machen, wurden auf den Schlachtfeldern die Trommeln geschlagen. Diese anspruchsvolle Frau lebte mit Haudegen zusammen, ritt in die Berge, aß buchstäblich mit den Fingern, trank harzigen Wein, schlief unter freiem Himmel neben einem großen Feuer aus Mastixholz und fühlte sich wohl dabei.«

Auch die Anekdote über den Brief, den Hadji Petros an die Königin geschickt hat, wird von E. About berichtet (er zitiert sie und behauptet dabei, der Brief sei in der Öffentlichkeit verlesen worden.).

17. *Carl Haag* (1820-1915), deutscher Maler. Er verließ Deutschland 1846 und fuhr nach England, um seine Aquarelltechnik zu vertiefen. Haag malte so meisterhaft, daß er in die Old Water Colour

Society gewählt wurde. Er wurde nach Balmoral eingeladen, wo Königin Victoria ihn bat, zwei Bilder für sie zu malen. Von 1858 an bereiste er den Orient. Auf Bitten von Königin Victoria stellte Sultan Abdul Madjid ihm einen Handelspaß aus, der ihn ermächtigte, das Innere des Felsendomes in Jerusalem zu malen. Im Juni 1859 kam Haag nach Damaskus und Palmyra und reiste mit Jane und Medjuel, dessen Porträt er malte. Er wurde von ihnen in ihr Haus in Homs eingeladen. Edwin Pears berichtet in seinem Buch *Forty Years in Constantinople*, die Mezrab besäßen zwei Bilder von Haag (darunter das von Medjuel).

18. *Richard Francis Burton*, englischer Weltenbummler (1821 bis 1890), 1842 Offizier im Dienst der Indischen Kompanie, besuchte die blauen Berge, den Sind, wo er fünf Jahre lebte. Wahrscheinlich begegnete er Edward Ellenborough, der zu dieser Zeit Generalgouverneur von Indien war.

Wieder in England, bereitete er eine Arabienreise vor und begab sich 1853 nach Mekka, das er als afghanischer Pilger verkleidet besuchte. Von dort aus erforschte er einen Teil Ostafrikas.
1856 brach er, unter den Auspizien der Königlichen Geographischen Gesellschaft, mit Speeck zur Suche nach den Quellen des Nils auf, entdeckte den Tanganjika-See, während Speeck den Victoria-See entdeckte.

Dann ging Burton nach Nordamerika, um die Lebensweise der Mormonen zu studieren, und als er wieder nach England zurückkehrte, heiratete er Isabel Arundell (am 22. Januar 1861).

Er wurde englischer Konsul in San Fernando Po und in Santos. In Brasilien besuchte er die Provinz Minas Geraes, fuhr den Rio San Francisco hinauf, drang zu den Oberläufen des Paraguay und des Parana vor. Nachdem Burton als Konsul nach Damaskus geschickt worden war (1869-1871), reisten er und seine Frau in Begleitung Janes und Medjuels durch ganz Syrien. In den Jahren 1876 und 1877 wurde er vom ägyptischen Pascha mit der Untersuchung der Goldminen von Madian beauftragt und besuchte 1882 mit dem Kommandanten Cameron die Goldküste. Er starb in Triest, wo er Generalkonsul war. Burton hat außergewöhnliche Entdeckungen gemacht; er sprach fünfundzwanzig Sprachen oder Dialekte und schrieb unzählige Bücher.

Seine Frau war seine getreue Mitarbeiterin, sie schrieb *The Inner Life of Syria, Palestine and the Holy Land,* in dem sie Jane und Medjuel oft erwähnt sowie zahlreiche Artikel, darunter einen, in dem sie, als man 1873 voreilig Janes Tod verkündete, deren Leben rechtfertigt. Sie beschreibt uns auch das Haus: »Das Bemerkenswerteste am Haus waren ein Balkon und Fenster mit Buntverglasung. Man tritt ein durch eine große Holztür und wird von zwanzig oder dreißig Beduinen vom Mezrab-Stamm empfangen, und unter dem Gewölbe liegt ein großer kurdischer Hirtenhund. Das Gebäude ist viereckig. Unten ist ein Empfangsraum, in dem Waffen und Trophäen hängen; die Ställe sind auf der rechten Seite. Der Hof mit den hier und dort an den Bäumen angebundenen Vollblütern, die Heubüschel fressen, ist malerisch. In der Mitte plätschert ein Brunnen. Auf der anderen Seite ist der Empfangspavillon für alle Mitglieder des Stammes, die in die Stadt kommen; auch die Badezimmer, das Gewächshaus, der Käfig und der Hühnerhof befinden sich dort.« Es folgt die Aufzählung der gesamten Menagerie. »Das Ganze ist umgeben von einem Garten, der außergewöhnliche Blumen aufweist. Oben liegt eine Reihe von Räumen, der Gipfel an Eleganz, Familienerbstücke, Erinnerungen an das Leben in Europa: Das Geschirr und die Bilder mischen sich mit orientalischem Luxus, mit einer Umgebung, die von Raffinement gekennzeichnet ist.«

»Als ich sie zum ersten Mal gesehen habe, war sie eine sehr schöne Frau, trotz ihrer einundsechzig Jahre (Jane war tatsächlich dreiundsechzig Jahre alt) (...) Die Augen schwarz mit Khôl umrandet, lebte sie in einer seltsamen Unordnung (...) Am unverständlichsten für mich war, daß sie alles hatte zurücklassen können, was sie in England besaß, um hier mit diesem kleinen, schwarzen, oder zumindest fast schwarzen Mann zusammenzuleben! (...) Sie war ihrem Scheich ergeben, was mich äußerst erstaunte (...) Sie schien absurderweise sehr verliebt in ihn zu sein, obwohl der Gegenstand ihrer Zuneigung mich mehr als verblüffte.«

19. *Edward Law, 1. Earl Ellenborough* (1790-1871), ältester Sohn von Edward Law, 1. Baron Ellenborough (1750-1818), Oberster Lordrichter von England.

Er studierte in Eton und am St. John College in Cambridge, reiste nach Italien. Nach seiner Rückkehr trat er ins Parlament ein, wo er sich besonders für militärische Fragen interessierte. 1813 heiratete er Lady Octavia Stewart, dritte Tochter des Marquis von Londonderry und Schwester von Lord Castlereagh, den er zum Wiener Kongreß begleitete und der ihn in das Gebiet der Außenpolitik einführte.

Nach dem Tod seines Vaters im Jahr 1818 erbte er den Titel und ein beträchtliches Vermögen. 1819 wurde er Witwer, und am 15. September 1924 heiratete er Jane Digby. Edward wurde 1828 Lordsiegelbewahrer und im gleichen Jahr Präsident der indischen Kontrollkommission. Mit viel Autorität und Energie versuchte Edward, den Handel mit Indien zu entwickeln, wobei er sich bemühte, eine Schiffahrtslinie über Alexandria durch das rote Meer bis nach Bombay zu schaffen. Er vergrößerte den Personalbestand der indischen Kompanie und änderte ein bis dahin recht kompliziertes Postsystem. Er senkte die Steuern und forderte Finanzexperten. »Ein reiches Indien könnte eine Einnahmequelle für den englischen Markt bedeuten, und wenn der Indus schiffbar wäre, könnte er einen Zufahrtsweg nach Zentralasien bilden und der russischen Expansion einen Stoß versetzen«, schrieb Edward in seinem Tagebuch.

Sein Sohn starb 1830. Im gleichen Jahr wurde seine Scheidung durch Parlamentsbeschluß verkündet, was einen gewaltigen Skandal entfesselte.

1834 und 1841 war er Präsident der indischen Kontrollkommission; 1842 wurde er an Stelle von Lord Auckland zum Generalgouverneur von Indien ernannt. Nach einer fünfmonatigen Reise an Bord der Fregatte ›Cambrian‹ erreichte er Madras, wo die Sepoys einen Aufstand anstifteten. Zugleich erfuhr er vom Massaker von Kabul und der Belagerung von Ghuzni und Jellalabad.

Er beendete den afghanischen Krieg, setzte den Indus als Grenze fest, wobei er die strategischen Punkte, die eine freie Schiffahrt sichern konnten, zurückbehielt, und senkte die Steuern in Sind,

Baravalpur, den nordöstlichen Provinzen, Madras und Bombay. Er eroberte Gwalior und stellte das Ansehen Englands in Indien wieder her, doch die Direktoren der indischen Kompanie riefen ihn 1844, seiner Arroganz und seiner Eigenmächtigkeit überdrüssig, wieder zurück.

Nach seiner Rückkehr wurde er zum Earl ernannt und 1846 wurde er 1. Lord der Admiralität. Während des Krimkrieges griff er die Verwaltung der Armee heftig an und verlor in der Öffentlichkeit an Ansehen. Das hinderte ihn nicht, 1858 noch einmal zum Präsidenten der indischen Kommission ernannt zu werden. Er schlug einen neuen Plan vor und wandte sich heftig gegen Lord Canning. Er trat schließlich von seinem Amt zurück und übernahm danach keine offizielle Funktion mehr.

1858 wurde die Indische Kompanie aufgelöst, und die von Disraeli vorgeschlagene Neuorganisation griff Edwards Ideen wieder auf. Königin Victoria sagte von ihm: »Leider ist Lord Ellenborough mit seinem Wissen, seiner Erfahrung, seinen Aktivitäten und seinen Fähigkeiten vollkommen unfähig, sich den allgemeinen Regeln guten Benehmens zu unterwerfen.«

Edward heiratete nie wieder, aber seine persönlichen Papiere enthüllen, daß er drei illegitime Kinder hatte (zwei Söhne und eine Tochter). Seine Tochter, sagt man, war die Geliebte von Victor Emanuel II., König von Sardinien, erster König von Italien.

20. *Lydie Paschkoff*, Mitglied der *Société de Géographie de Paris*, schrieb 1872: »Wir haben in unseren Zelten Scheich Medjuel, den Ehemann von Lady Ellenborough, empfangen; er kam überstürzt aus Damaskus. Der Stamm, dessen Oberhaupt er ist, ist angegriffen und ausgeplündert worden von einem anderen, sehr wilden Stamm. Man hat die Schafe, seine Haupteinnahmequelle, geraubt, obwohl Lady Ellenborough den Stamm ihres Mannes mit Revolvern ausgerüstet hat. Leider haben die Beduinen Furcht vor dieser Waffe und behalten sie deshalb achtungsvoll im Gürtel. Scheich Medjuel hat einen schönen Kopf und würdige und ausdrucksvolle Gesichtszüge. Lady Ellenborough, die Vize-Königin von Indien gewesen ist (sic!), und

die ich bereits mehrere Male in Damaskus gesehen hatte, ist trotz ihres Alters immer noch eine schöne Frau. Zu ihrer Schönheit gesellt sich eine ungewöhnliche Seele; man muß sehr stark aus sich selbst schöpfen können und ungewöhnliche Widerstandskraft besitzen, um in einem so wenig zivilisierten Land leben und sich damit begnügen zu können.«

21. *Dr. Louis Lortet*, Dekan der medizinischen Fakultät von Lyon, vom Bildungsminister mit einem wissenschaftlichen Auftrag betraut, schrieb in *La Syrie aujourd'hui* (erschienen 1882): »Nach einer Weile erscheint Lady Digby; sie ist eine große Engländerin, ungefähr zweiundsiebzig Jahre alt, aber noch lebhaft und agil; ihre regelmäßigen, gut erhaltenen Züge zeigen, daß sie einmal sehr schön gewesen sein muß. Diese liebenswerte alte Dame, von einer vollkommenen Anmut, empfängt uns in ihrem Haus, führt uns in ihrem Garten umher, der mit wunderbaren Rosenlorbeersträuchern im Schatten großer Bäume bepflanzt ist. Im Gewächshaus kultiviert sie, als echte Tochter Albions, seltene Farne; und in ihrem Stall hat sie uns voller Liebe und Stolz, und geschmeichelt als wirklicher Kenner, eine weiße Stute edelster Rasse aus dem Nedjed gezeigt. Lady Digby, die sich früher Ianthe nannte und auch Lady Ellenborough, hat zwanzig Jahre lang Europa und den Orient mit ihren romantischen Abenteuern erfüllt, die M. Edmond About in *La Grèce contemporaine* erzählt hat; sie beschuldigt ihn allerdings, mit ihr zu rauh umgesprungen zu sein. Heute ist sie die treue Gattin von Medjuel, einem der mächtigsten Stammesfürsten in der Wüste von Palmyra.«

22. *Don Pedro II.* (1825-1891), Kaiser von Brasilien, Sohn Pedros I., Kaiser von Brasilien und König von Portugal, und von Marie-Leopoldine von Österreich.

Auf seiner Reise durch den Orient besucht er Jane am 17. November 1876 in Damaskus. Er schrieb in seinem Tagebuch: »Vor dem Essen begab ich mich zum Haus von Lady Ellenborough, die einen Beduinenscheich namens Medjuel geheiratet hat. Der Besuch wurde unter dem Vorwand arrangiert, ich wolle ihre Bilder von

Palmyra sehen, wo sie oft gewesen ist. Ich begegnete auch dem Scheich, er hat ein intelligentes und schönes Gesicht, dunkler als das von Abd el-Kader. Er zeigte mir seine Araberpferde und unterhielt sich mit mir durch einen Dolmetscher, bis seine Frau eintraf: Sie muß einmal sehr schön gewesen sein. Ich bat sie, mir Zeichnungen von Palmyra zu zeigen, und sie suchte rasch ihr Album, in dem ich die schönen Aquarelle bewundern konnte, die sie von Palmyra, Babylon, der Akropolis in Athen und einer Stadt auf der Insel Tinos gemalt hatte. Diese Bilder zeugen von einer großen künstlerischen Begabung, und Mrs. Medjuel ist eine äußerst intelligente Person. Ich bat sie zur Erinnerung um eine Photographie von ihr und ihrem Mann, und sie antwortete mir, sie habe von sich nur eine alte Daguerrotypie (gerade darauf hoffte ich), aber als Ersatz zeigte sie mir ihr in Rom gemaltes Porträt (ein außergewöhnliches Gesicht) und eine Zeichnung, die sie von ihrem Mann gemacht hatte und die ihre leidenschaftliche Liebe zu ihm offenbarte und einmal mehr ihre künstlerische Begabung bestätigte. Wir haben in einem erstaunlichen, auf orientalische Art eingerichteten Zimmer Kaffee getrunken, und sie begleiteten mich bis zur Gartenpforte, die der Eingang zum Haus ist, um mir Lebwohl zu sagen.«

23. *Wilfried Scaven Blunt* (1840-1922), Dichter, Diplomat, Arabist und Anti-Imperialist, 1888 wegen seiner Unterstützung Irlands eingekerkert. Er schrieb zahlreiche Werke über die Würde der universellen Wesen und Dinge. Er heiratete die Enkelin von Lord Byron, Lady Anne. Lady Anne schrieb die Brüder *Bedouin Tribes of Euphrates* und *Pilgrimage to Nedj*. Beide waren fasziniert von Jane und Medjuel. »Es war eine große Sensation in der Wüste, ihn auf seinem weißen Pferd mit seiner Frau reiten zu sehen.« (Jane war zu dieser Zeit einundsiebzig Jahre alt.)

»Medjuel verließ Jane manchmal, um in die Wüste zu reiten und wieder in das Nomadenleben einzutauchen, aber die übrige Zeit war er ihr ganz ergeben. Physisch vereinigte er auf sich alle Merkmale besten beduinischen Blutes. Er ist klein und dünn, schlank von Gestalt, mit kleinen Händen und Füßen und von dunkler Hautfarbe.